한국연구재단 학술명저번역총서 동양편 282

반反디아스포라: 화어계 연구론

反離散: 華語語系研究論

反離散: 華語語系研究論

Against Diaspora: Discourses on Sinophone Studies

한국연구재단 학술명저번역총서 동양편 282

반反디아스포라:
화어계 연구론

反離散: 華語語系研究論

스수메이(史書美) 지음
고운선 성옥례 옮김

역락

본서가 한국어로 번역되어, 한국 학계 내외의 독자들과 만나게 된 사실이 무척이나 기쁘다. 나는 한국에서 태어나고 자란, 미국과 타이완이라는 이중국적을 가진 화인이다. 비록 주로 미국과 타이완 두 곳에서 연구와 출판 활동을 하고 있지만, 이 책의 한국어 번역서와 이전의『시각과 정체성: 태평양을 넘어서는 시노폰 언술』(학고방, 2021)의 한국어판 출판은 나에게 있어 매우 의미 있는 일이다. 이 의미는 개인적인 정감에 있어, 다른 지방을 돌다가 다시 돌아왔다는 특별한 따뜻함 외에, 처음 지식을 추구했던 자기 삶의 경험을 돌아보게 했다는 데에도 있다. 그것은 화어계의 지금 이곳이라는 사유에 관한 한 개인의 회고이기도 하다.

내 부모님은 국공내전 때 그들의 부모들에게 이끌려 남한으로 피난 왔다. 이후, 한국전쟁 등으로 인해, 좌절과 정처 없는 떠돎, 학업의 중단, 생활의 간난과 신고, 심리적 상처 등을 겪었다. 나는 자라는 동안, 이에 대해 결코 세세하게 이해하려 하지 않았다. 최근 미국 학술계에서 일어난 비판적 난민연구critical refugee studies로 인해, 나는 문득 내 부모세대의 경험은 사실 이민의 경험이 아니라 난민의 경험이라는 사실을 깨닫게 됐다. 이전에는 다들 화인 디아스포라의 경험을 하나로 뭉뚱그려 묶으려 했지만, 다시 새롭게 인식할 필요가 있었다. 전前근대 시기 노예[신분]세습으로 인해 계급이 매우 뚜렷했던 한국 사회에서, 내 아버지는 중국에서 남한으로 온 다른 난민과 마찬가지로 일용직에서부터 식당 개업까지, 계급과 이주민의 출신 에스닉의 차이로 인해 멸시를 받았었다. 하지만, 아버지와 어머니는 매우 성실하게 생활했으며, 현지의 화인사회에도 열심히 참여했다. 그래서 나는 성장하면서 다른 많은 사람들과 마찬가지로, 계급, 민족, 이주민의 출신 에스닉族裔, 성별 등의 차이와 계급질서階序를 분명하게 겪어야 했다. 아마도 이것이 나 스스로 이탈리아 마르크스주의 사상가인 그람시Gramsci가 말한 '유기적 지식인organic intellectual'이 되고자 가능한 한 노력했던 이유일 것이다. 비록 더 이상 노동계급에 속해있지 않지만, 그렇다고 해서 유기적 지식인이 아니라 할 수는 없다. 나는 나의 학술작업이 주변화되고 억압받는 이들에 대한 관심에서 멀어지지 않기를 바라며, 학문이 사회에 참여하여, 갖가지 사회의 불공정한 상황을 개선할 수 있기를 바란다.

내 기억에 아버지께서는 초등교육도 다 마치지 못하셨던 걸로 안다. 그럼에도 아주 잠깐, 두 칸 밖에 없는 교실에, 세 학급이 한 교실을 쓰면서 선생님이 돌아다니며 수업을 했던, 제천의 화인 소학교[초등학교] 교장을 맡으셨던 기억이 있다. 아침이면 십대 스무 명의 전교생과 두 분의 선생님은 국기 게양식에 참여했었다. 학교에서 거행한 중화민국의 각종 중요한 기념일 의식에서는 산둥어로 축사를 했다. 그들은 표준 화어[중국어]를 전혀 말할 줄도 몰랐으며 쓸 필요도 없었기 때문이었다. 아버지는 12살 때 중국에서 한국으로 왔지만, 그의 한국어는 산둥어의 강한 어조로 가득했다. 평생 그러셨다. 어릴 적 나의 두 모국어는 산둥어와 표준 한국어였다. 수업을 받을 때 역시 이 두 언어를 썼었다. 하지만 늘 표준 화어를 배우려 노력했다. 화인 학교의 각종 공식 모임에서는 소위 '국어[표준 중국어]'로 강연 등을 해야 했다. 남한으로 피난 온 수많은 화인들은 우리 집과는 다른 산둥어로 말하기도 했다. 산둥성 외의 다른 성 출신의 난민이 다른 화어를 말하는 경우를 제하고도, 그 공간은 전형적인 다양한 화어의 화어계 장면이 이루어지는 장소였다. 게다가 학교에서는 영어를 가르쳤다. 이처럼 다양한 화어와 다양한 사투리의 한국어(충청북도에는 표준 한국어와는 다른, 자체의 독특한 사투리가 있다) 세계가 내가 자란 세계였다. 유사한 다언어의 현실은 세계적으로 존재하는 현상이지만, 민족국가 담론과 언어 표준화의 압박으로 말미암아 비교적 적은 수의 사람들만 그 같은 현실을 진지하게 마주한다.

그러므로 어떤 이는 내가 어릴 때 그곳에서 공부했으니, 내가 말하는 것은 화교 학교가 아니라 화인이 세운 한국의 화어계 교육시스템이지 않냐고 묻는다. 나는 이후 많은 이들이 '화교'라는 개념 역시 되도록 사용하지 않기를 바란다. 왜냐하면 이 개념은 많은 문제적 의미를 가지고 있어서 화인을 현지 사회와 동일시하지 않는 잘못된 이해를 쉬이 낳기 때문이다. 또한 현지인이 화인을 얕잡아보는 근거로 쉬이 변하기도 한다. 한편, 우리가 만약 잠시 어느 지방에서 머무를 뿐, 이후 반드시 모국으로 돌아가야 한다면, 왜 현지 사회에 참여해야 할까? 이에 대해 한번 설명해보겠다. 소위 '현지' 참여란 결코 주류문화에 동화되는 것을 대표하지 않는다. '현지'란 모든 참여자들이 함께 만드는 것으로, 그곳의 화인 역시 구성의 일부이다. 게다가 '현지'는 다원적이고 다언어적일 수밖에 없다. 다른 한편, 한국인들의 경우 당신들이 현지에 동일시되지 않는다면 우리가 왜 당신들을 받아들여야 하는가라고 말할 수도 있을 것이다. 세계 각지의 역사와 현장에서 화인들은 유사한 문제에 반복해서 부딪혔다. 화어계 연구의 '다방향 비평'이 서로 다른 입장, 서로 다른 시각, 서로 다른 지리적 척도(공동체, 국가, 지역, 트랜스내셔널 등)에서 이루어지는 사유의 모식이 되어, '화교', '현지' 등과 같은 세습적인 오랜 관념들 속에 비판적인 재사유의 가능성을 주입하길 바란다. 미국의 화인은 미국인이며, 말레이시아의 화인은 말레이시아인이며, 한국에서 한국국적을 갖는다면 한국인이다. 한국의 화인은 그들의 독특한 역사를 가진 관계로, 모두가 한국국적을 갖지는 않았다. 이는 그들 자신이 오히려 한국인을 얕보는 것을 포함한, 서로 다른 현지 정체성 문제를 깊이 있게 연구할 기회를 우리에게 부여한다.

'화교'라는 개념은 '해외 화인'에 대한 중국의 소환을 은연중 내포한다. '해외화인'의 중국에 대한 향수와 충성은 '유민遺民'의식의 표현이다. 만약 세계 각지 화인이 각자의 운명을 자기가 선택하여, 상상의 중국이든 현실의 중국이든 상관없이, 영원히 중국을 떠나지 않기를 원치 않는다면, 그리고 중국에게 버려졌다는 남아있는 향수 어린 고통을 영원히 지니기를 원치 않는다면, 아마도 이 개념은 반드시 버려야 할 것이다. 왜 중국에서 세계 각지로 나간 화인 이민 모두는 '유민' 혹은 잘라내 버릴 수 없는 '포스트유민'의 심리를 영원히 지녀야 하는가? 만약 '유민'이 없다면, '포스트유민'도 없을 것이다. 왕더웨이王德威 교수의 「포스트유민 담론」은 중국을 놓아버리지 못한 채 세계 화인 모두를 결국은 중국과 연결시킨다. 문화평론가인 추치신邱琦欣이 말했듯, 이는 또 다른 '문화중국' 담론이 되어버렸다. 문화중국 담론은 확실히 비교적 온화한 것으로, 날카로운 비판성은 없다. 어떤 이는 필자의 화어계 개념은 보다 배타적이고, 왕더웨이 교수의 경우 보다 포용적이라 비판한다. 그가 화어계의 틀로 중국을 연구하려하

기 때문이라는 것이다. 사실 이는 너무 큰 오해이다. 화어계 연구의 대상
에는 세계 모든 화어지역이 포함된다. 당연히 중국도 들어가는데, 이 점이
그와 나의 논점 상 공통점이다. 하지만 그의 담론과 필자의 담론의 차이는
비판성, 개념성 그리고 이론성의 층위 상의 차이로, 그 차이는 매우 크다.
이에 대한 설명은 쉽지 않다. 본서의 제2장에 관련 내용이 들어가 있다.
어떤 이는 필자의 틀이 지나치게 정치적이라 비판한다. 당연히 그들은 학
문이란 반드시 '탈정치화'해야 한다고 주장한다. 이 또한 지나치게 순진하
다 할 수 있는데, '탈정치화'는 주류에 동일시하는 정치로, 지배자가 가장
반가워하는 논조이기 때문이다. 이러한 탈정치화는 고결한 입장인 듯 보
이지만, 사실 주류에 기대는, 결국은 권력權利 중심에 굴복한다는 표현이
다. 미학과 정치의 충돌 혹은 독립의 문제는 이미 상투적인 표현으로, 아
무런 신선함이 없다. 유미주의나 학술의 아카데미화 등에 관한 비판 역시
흔한 일이다. 하지만 왜 '중국 연구'라는 보수적 영역의 경우, 우리 모두는
옛 방식으로 되돌아간 듯, 그 어떤 정치성을 피할수록 좋다고 하는 걸까?
내 생각으론, 푸코Foucault가 우리를 일깨웠던, 지식과 권력은 영원히 분리
불가능하며, 함께 하나의 '권력/지식Power/Knowledge'이라는 복합명사를 이
루어 서로가 상보상생하는 공모 관계를 가리킨다는 사실을 알기 원치 않
아서이다. 이렇게 보자면, **탈정치화는 사실은 탈지식화이다.** 일본의 식민
통치, 남북한의 분단, 독재통치, 냉전과 반공이라는 히스테리, 광주민주화
운동 등을 겪은 한국의 지식인들은 학문의 탈정치화라는 주장이 황당하
다는 사실을 나보다 더 깊게 체득했을 것이다.

　　나는 이 책으로 한국 학술계 여러 학과의 학자와 독자들 그리고 재야
지식인들과 대화하기를 간절히 바란다. 고운선과 성옥례 두 선생님이 이

책을 한국어로 번역해 주신 것에 감사하며, 이 희망이 하나의 가능성이 되길 바라는 바이다.

2023년 9월 18일
스수메이

차례

일러두기

1. 본서는 史書美, 『反離散: 華語語系硏究論』, 聯經出版社, 2017 전체를 한국어로 옮긴
   것이다.

2. 인명, 지명 등 고유명사 표기는 현행 '국립국어원 중국어표기법'에 맞춰 중국어 발음
   으로 옮기고 한자를 병기하였으나, 신해혁명 이전의 고유명사는 한국 한자음으로 표
   기했다. 홍콩작가나 타이완 원주민 작가의 경우, 최대한 원래 발음에 맞춰 표기했다.

3. 가독성을 위해 본문 속에서 역자들이 간단한 용어 설명을 덧붙일 경우 [ ]로 표시했다.

4. 본문 속의 각주는 옮긴이들이 붙인 것이고, 각 장의 미주는 원저자의 각주이다.

도론

화어계 개념

중국의 초강대국超給强權으로의 급속한 부상은 우리로 하여금 제국과 포스트식민성에 관한 담론을 지금 다시 성찰하도록 압박하는 듯하다. 하지만 일찍이 18세기 중엽, '중국 본토China proper'*의 북쪽 변방과 서쪽 변방을 포함한 광범위한 통치 지역을 정복했을 때의 만주족의 청나라야말로 우리가 부여하는 '제국'이라는 용어의 현대적 함의에 더 부합한다.[1] 이 시기의 역사는 승인할 수 없다는 두 가지 집착, 즉 서구제국에 대한 미련 때문에 다른 제국의 확장 모델을 소홀히 한 것과 번영했던 중국을 깔보는 열강의 담론 때문에 항상 무시되었다. 만약 우리의 시야가 해양 (즉 서구라고 할 수 있는) 식민 확장모델에 장기간 치우쳐 있지 않고, 서구를 지식노동 가운데 가장 분석할 가치가 있는 대상으로 보지 않았다면, 중국의 부상에 이 정도로 놀라지는 않았을 것이다. 만약 우리가 오늘날 중국의 부상을 만주족이 내륙 아시아를 침략한 것과 이를 계승·강화한 식민사업으로 본다

---

* 역대 한족 왕조의 거점 지역을 지칭하는 서구학자들의 용어. 청대에 기존의 한족 거점지역을 정비하여 '본부18성'으로 지정하고, 현재의 동북 3성과 위구르, 티베트, 내몽골 지역과 통치 방식을 달리했다. 서구 학계에서 이런 맥락을 지칭한다.

면, 중국의 부상에 대해서 이처럼 놀라지 않았을 것이다. 우리가 서구 제국주의와 오리엔탈리즘에 대한 중국 지식인의 비판을 고려할 때 취하는 입장인, 우리가 이해하고 있는 포스트식민이론은, 특히 오리엔탈리즘에 대한 비판에는 무용하거나 심지어 공모의 혐의가 있을 수 있다. 왜냐하면 이 입장은 내적 성찰이 없는 민족주의, 일종의 새로운 제국주의의 또 다른 면으로 쉽게 빠져버리기 때문이다. 비록 만주족의 청 제국 이래 중국이 역사적으로 피해자로서의 경험을 견뎌야 했던 때가 있었음을 부인할 수 없다 하더라도, 중국이 서구 제국에게 멸시를 당했다는 사실은 피해자의 수난 정서 담론으로 해석되어, 내적 성찰이 없는 그들의 민족주의를 효과적으로 은폐해버린다. 오늘날 우리가 알고 있는 중국은 만주족의 청나라가 점령한 광활한 통치 지역을 계승했거나 재식민화한 것으로, 티베트, 위구르(중국어 '신장新疆'의 의미는 '새로운 통치 지역'으로서 분명하게 그 영토 확장을 지칭하고 있다), 내몽골과 만주 지역을 포함하여 '중국 본토' 원래의 영역을 2배 이상 확장한 것이다.[2] 현재 중국은 초기 서구 제국의 침략에 대해, 일종의 포스트식민과 유사한 입장에서 '온전한 영토'에 대한 과도한 관심과 비판을 언명하는데, 이 입장은 영토를 병탄 당한 티베트·위구르족과 몽골족에게는 마찬가지로 일종의 제국적 선언이다.

이러한 역사적 시기에 우리는 기존에 존재했지만 장기간 주변화된 비판전통 즉, '중국성Chineseness'*의 패권과 동질성을 비판하는 전통을 더

---

* '-ness'는 영미권에서 '정체성 담론'이 인문·사회과학계의 화두가 되면서 사용하기 시작한 용어이다. 각종 국가명과 결합하여 사용되는 이 개념은, 어느 에스닉(민족)의 고유한 특징을 지칭하기도 하고, 스스로를 그 민족 또는 국민으로 생각하는 사람들이 가지는 독특한 가치, 믿음, 특징, 태도의 결합체 등과 같이 복합적이고 다중적인 의미를 지칭하기도 한다.(배만호, 「영국성 다시 읽기」, 『코기토』 제84호(2018.2) 참고) Englishness를 '영국다움',

더욱 회복시킬 필요가 있다.[3] 중국 내외에서 활동하고 있는 작가와 예술가들은 일찌감치 각자 다른 다양한 주변화된 형식들을 통해, 중국 중심주의와 패권적인 중국성이 신분상의 식민 족쇄를 강화한다고 비판해왔다. 이러한 비판 전통은 중국 경내境內에서 이데올로기의 견제를 받고 있다. 더 놀라운 것은 중국 외부에서 이 전통의 운명이 더 비참하다는 사실이다. 중국성을 비판하는 전통은 기본적으로 못 본 척되거나 중시되지 않는다. 미국에서 좌파들은 사회주의 중국에 대한 낭만적인 정서와 고도로 자본주의화된 국가 메커니즘의 정치적·경제적 문제 때문에 중국을 달랠 필요가 있다고 생각한다. 이 두 가지 요소가 중국 중심주의에 대한 비판전통의 뺨을 세계 후려침으로 인해서 비판전통은 무시되고 나아가 전혀 무관한 전통으로 전락하게 되었다.

중국 경내에 있는 몇몇 (이른바 한족이 아닌, 그렇기 때문에 충분히 정통의 '중국인'이 아닌) 소수민족으로 말하자면, 이른바 중문中文은—한족의 언어, 한어漢語는—식민이 강제한 언어이다. 그러므로 소수민족 사이에서 '중국인'은 통상 여권의 국적란에 찍히는 칭호일 뿐, 문화적, 민족적 또는 언어적 지표를 포함하고 있지 않다. 중국 관방이 인정하는 [한족을 제외한] 55개 소수민족의 문화 종사자들은 자신들의 공동체社群가 중국에 편입된 후, 장기간 자신을 중국성의 주변에 위치시켰다. 이러한 중국의 내부 식민지는 자치구라는 미명으로 불리지만, 사실상 그 경계는 제멋대로 획정되었으며 자치 또한 언제나 명목상의 자치일 뿐이다. 현지의 문화, 언어, 그리고 종교 신앙이 사라지는 분명한 상황을, 최근 빈번하게 발생하는 티베트와

Chineseness를 '중국다움'으로 사용하는 학자들도 있지만, 본서에서는 복합적이고 다중적인 의미를 열어두기 위해 '중국성'으로 표기하도록 하겠다.

위구르의 각종 소란 및 항쟁 사건에서 한두 개쯤 찾아낼 수 있다. 중국 서남부에 위치하고 있는 어떤 소수민족 마을은 현재 관광촌旅遊村으로 지정되어 있는데, 전통 복장을 한 현지 거주자들이 대문을 활짝 연 채 호기심 많은 관광객을 맞이하고 있다. 일상생활을 극도로 상품화하는 것 중, 이국적인 풍모가 있는 일상의 의식주와 이동수단 등을 상품화하는 것보다 더한 것은 없다. 결국 일상생활이 삶을 유지하는 도구가 되기 때문이다.

동남아시아, 오스트레일리아, 타이완, 북미 대륙, 유럽, 그리고 기타 지역의 화어계 작가와 예술가들은 줄곧 중국성이라는 틀의 전통에 편입되는 것을 거절해왔다. 동시에 그들이 추구한 현지在地 정체성 또한 일반적으로 정착지의 주류强勢 민족주의, 식민주의 혹은 인종차별 패러다임의 정체성 모델과 일치하지 않았다. 중국에서 온 이민자들에게 덧붙여지는 차이나 맨chinaman, 치노chino·支那人, 이교도 중국인heathen chinee 등의 경멸적 호칭은 중국 이민자와 그 후손들이 귀화한 곳과 완전히 동일시할 수 없게 만든다. 서구에서의 황화黃禍 Yellow Peril 담론*이 중국 이민자와 그 후손

---

* 19세기 황화 담론은 노예무역과 노예제도가 폐지된 후, '이민'이라는 미명하에 '저임금 일용직 노동력'을 확보하고자 한 미국과 영국 중심의 자본주의 경제체제와 밀접한 관계가 있다. 구미 백인 자본가의 필요에 의한 인구 이동이었음에도 불구하고, 당시 미국, 동남아시아, 북미와 중남미, 아프리카 지역에서 폭발적으로 증가하는 중국인 이주를 '포위당한 백인'이라는 관점으로 구미의 미래를 비관적으로 전망하는 견해가 나오기 시작했다(이영석, 「찰스 피어슨과 '황화론黃禍論」, 『영국연구』 제46호(2021.12) 참고). 미국의 경우, 1848년 캘리포니아 주에서 금광이 발견된 이래 중국인 이민이 시작되어 1860-1870년대 10만명 이상의 중국인이 캘리포니아로 이주했다. 이때 백인 지배층은 백인 노동자와 유색 인종 노동자를 분리시키는 전략을 선택했다. 백인 노동자들에게 비록 그들이 노동자 계급이지만, 흑인을 비롯한 유색 인종보다 우월하다는 의식을 심어주면서 흑인·인디언·아시아인 노동자와의 연합을 처음부터 불가능하게 만들었다. 노동자라는 계급의식보다 백인이라는 인종의식이 앞선 백인 노동자 계층은, 백인 노동자의 권익 보호와 신장을 위해 유색 인종 노동자 배척에 앞장서게 되었다. 이러한 반중국인 정서는 1882년 '중국인 이민 금지법'까지

들에게 가한 다양한 멸시는 중국 이민자들로 하여금 정체성에 있어 조국이라는 염원을 품게 만들었다. 다른 한편, 중국 정부는 '해외 화교overseas Chinese'라는 이데올로기적인 신분 정체성을 효과적으로 그리고 지속적으로 퍼트려서 해외 화교들이 중국에 영원히 충성할 수 있도록, 그들이 타지에서 인종차별과 다른 형태의 멸시를 겪을 때 중국에 유리한 원거리 민족주의로 효과적으로 전환될 수 있도록 이용했다. 중국 정부가 해외 화교에게 사용하는 명칭과 프랑스 정부가 해외outré mer 속지에 대해 사용하는 명칭이 거의 비슷하다는 것은 결코 놀라운 일이 아니다. 프랑스 정부가 해외 속지에 대해 주권을 공언하듯이, 중국 또한 해외 화교를 모국에 충성해야 하는 속민屬臣으로 본다.

'화어계Sinophone'[4]연구는 민족국가 지연地緣정치* 및 패권 생산의 변경에 위치하는 화어계 문화에 관심을 두며, 그 초점은 중국의 내부 식민과 중국 이민자들이 각 지역으로 이동하여 형성한 화어계공동체에 둔다. 화

제정하게 했는데, 1952년 새로운 이민법이 제정될 때까지 중국·한국·일본을 포함한 아시아인에 대한 미국인의 일반적인 관념은 "게으르고, 더럽고, 문화도 없고, 믿을 수 없고, 백인들의 일자리를 빼앗는 이등 시민"이었다. 정치·외교적으로 실질적인 영향력을 발휘한 19세기의 황화론은, 아시아 지역에 대한 서구의 식민 지배와 권위를 합리화하는 담론으로서, 타문명에 대한 '멸시'와 '경멸'의 감정적 성격을 가지고 있다.(장태한, 『아시안 아메리칸: 백인도 흑인도 아닌 사람들의 역사』(책세상, 2004), pp.26-31 참고)

* 서구 학계에서 사용하는 geo-politics는 특정 공간에 대응하는 인류 공동체의 정치, 경제, 문화 사이에 존재하는 인과관계를 다루는데, 중국에서는 'geo-'를 '地緣'으로 번역하여 사용하기도 한다. 특정한 공간 범위 내에서 하나가 아닌 다양한 문명, 다양한 역사 문화 공동체의 집합을 가리킬 때 이 표현을 사용한다. 다만 어떤 공간에서 핵심 국가의 기타 국가에 대한 선도적이고 통합적인 역할을 강조하며, 두세 개의 핵심 국가의 역할이 없을 경우 단순한 지연 연속체로 취급한다는 시각을 가지고 있다. 즉 선도하고 통합하는 핵심 국가와 주변 국가를 상정하는 관점을 내포하고 있다.(르우안웨이, 최형록·김혜준 옮김, 『지연 문명』(심산, 2011) 참고)

어계연구는 민족국가가 흥기한 이래 언어·문화·민족 및 국가 간에 형성된 등가 사슬을 와해시키고, 현지에서 생산된 독특한 화어계 문화 텍스트를 고찰함으로써, 중국과 중국성, 미국과 미국성, 말레이시아와 말레이시아성, 타이완과 타이완성 등의 주변이 만화경처럼 변화무쌍하게 창조성을 가진 채로 중첩 교차하는 것을 탐색할 것이다. 예를 들자면, 화어계 티베트문학과 화어계 미국문학의 경우 문학 영역에서 화어계연구의 두 가지 범례를 제공해줄 것이다. 만약 화어계연구가 중국 중심주의를 날카롭게 비판할 수 있다면, 유럽 중심주의 또는 말레이시아에서의 말레이 중심주의*와 같은 기타 무슨 중심주의에 대해서도 똑같이 작용할 수 있을 것이다. 쉽게 말해, 이 비판 모델은 다방향 비평multi-directional critique이다.

근래에 학자들은 'Sinophone[화어계]'이라는 단어를 대체로 중문 언설 또는 중문 서사라는 그 외연적 의미를 지칭할 때 사용하고 있다. 신시아 웡黃秀玲 Sau-ling Cynthia**은 이 단어를 사용하여 영문 서사가 아닌 화

---

* 이른바 '부미푸트라Bumiputra 정책'으로 불리는 이 정책은 말레이어로 '토지의 아들'이라는 뜻을 가지고 있다. 화교에 비해 경제적·사회적 지위가 낮은 말레이인의 지위 향상을 위해 에스닉 간 향후 사회 자본 비율을 말레이인 30%, 화교 40%, 외국 자본 30% 이하로 가이드라인을 설정한 '토착 말레이인 우대 정책'이다. 토착 말레이인들의 가난이 개인의 노력 부족 때문이라기보다 포르투갈-네덜란드-영국의 식민 시대를 거치면서 전통적인 농업 부문에서 상공업 분야로 전환할 정당한 기회를 얻지 못한 탓이라고 판단하고, 이를 조정하기 위해 국가의 힘이 개입될 수밖에 없다는 말레이시아 정부의 공식 입장이 반영된 정책이다. 하지만 정부의 기대와 달리, 이 정책은 에스닉 간 계급 문제를 해결했다기보다 정부의 특혜가 일부 말레이인에게만 집중되어 오히려 말레이인 내부의 소득 격차를 더 벌어지게 만들었다는 평가를 받고 있기도 하다.(이와사키 이쿠오岩崎育夫 저, 최운봉 편역, 『아시아국가와 시민사회』(을유문화사, 2002) 참고)

** 신시아 웡(1948-현재)은 미국 UC 버클리대학 소수민족학과의 명예교수로, 아시아계 미국문학 연구의 선구자에 속한다. 대표 저서로는 『아시안 아메리칸 문학 읽기Reading Asian American Literature: From Necessity to Extravagance』(Princeton: Princeton Univ. Press, 1993)가 있다. 홍콩

문華文*으로 쓴 중국계 미국문학華美文學을 지칭한다. 신청사[New Qing History] 역사학자 파멜라 카일 크로슬리Pamela Kyle Crossley,** 이블린 S. 로

에서 출생하여 영어와 중국어에 능통한 자원을 바탕으로 중국계 미국인의 영문문학은 물론 중국계 미국인의 화문문학 연구의 초석을 닦았다. 특히 1911-1915년 사이에 출판된 『샌프란시스코 시가집金山歌集』을 통해, 중국인 배척 시기에 이민 온 중국인 하층 노동자의 삶과 글의 특징에 관한 분석(「民歌閱讀之政治觀與詩觀: 文學裡所描繪之排華年代生活」(1991), 「華美: 華美及離散華文文學論文集」 수록), 화문문학에서 목격되는 황인과 흑인의 변증적 관계(「黃與黑: 美國華作家筆下的華人與黑人」, 『中外文學』 34卷4期(2005))에 관한 고찰은 화문문학의 중요한 연구성과로 평가되고 있다.(單德興, 「華美的先行者: 黃秀玲教授中文論述出版的緣起與意義」, 『華美: 華美及離散華文文學論文集(上冊)』(允晨文化, 2021), pp.20-27 참고)

* 현재 중화인민공화국에서 중국 외의 지역에서 거주하고 있는 중국인이 법률적으로 중국 국적을 유지하고 있을 경우 '화교華僑, Oversea Chinese'라고 부른다. 반면, 20세기 이전의 '화인華人'은 주로 '한족'을 뜻하는 말이었지만, 20세기 이후 '화인'은 중국의 다양한 지역 및 타이완·홍콩·마카오에서 뻗어져 나온 중국계 사람들을 지칭하는 광범위한 개념이다. 화문은 한자로 표기되지만, 이러한 다양한 역사적 배경을 가진 화인들이 사용하는 '다양한 중국어' 즉 '화어華語'가 글말로 표기된 것을 지칭한다. '화문'은 '중국어 문학'·'중국 문학'이라는 용어가 '국가로서의 중국'과 직접적으로 연결되는 것과 거리를 두는 용어인 동시에, '균질하고 불변하는 중국어'를 상정하는 것을 경계하는 용어로 사용된다.(김혜준, 「화인 화문문학연구를 위한 시론」, 『중국어문논총』 제50집, 2011, p.82, 山口守, 「中國文學の本質主義を超えて」, 『中國: 社會と文化』 30號, 2015, pp.22-24 참고)

** 크로슬리(1955-현재)는 미국 다트머스대학 역사학과 교수로, 만주어로 된滿文 자료를 분석하여 청나라를 새로운 시각으로 본 최초의 학자 중 하나에 속한다. 한국에는 『만주족의 역사: 변방의 민족에서 청 제국의 건설자가 되다The Manchus』(양휘웅 옮김, 돌베개, 2013), 『글로벌 히스토리란 무엇인가What is Global History?』(강선주 옮김, 휴머니스트, 2010)가 소개되어 있다. 크로슬리는 중국사 속에서의 청이 아닌 내륙 아시아적 전통이 남아있는 청 제국으로 보기 위해, 청의 역사를 명이 멸망한 1644년이 아니라 1601년 팔기八旗가 만들어지기 시작했을 때 또는 1616년 후금後金이 건립되었을 때부터 시작되었다고 본다. 또한 청의 팔기 제도가 한족 중심의 중원왕조와 가장 크게 구별되는 특징이기는 하지만, 팔기를 중심으로 하는 만주족의 민족적 정체성이 청의 국가적 발전과정에서 계속 변화했음을 강조하며, 전통적인 '만주족' 문화나 정체성이란 것이 원래 있었다고 생각하기보다 1630년대 청 제국의 설립과 함께 만들어진 것임을 증명하고자 했다. 이를 통해, '만주족', '한인' 하면 으레 떠올리는 '일원적이고 단선적인 정체성'으로 청의 제국 질서를 설명할 수 없음을, 각각의 민족 정체성을 고정적이고 오래된 것으로 받아들이는 순간 결국 청대사에 대한 이해가 민족 특

스키Evelyn S. Rawski[*] 그리고 조나단 N. 립맨Jonathan N. Lipman^{**}은 중문을 의사소통 언어로 사용하는 무슬림 회족을 한어로 말하는 무슬림이라 부르며, 터키어로 말하는 위구르 무슬림과 구분한다. 이 학자들이 비록 외연적 의미에서 이 단어를 사용하고 있지만, 그 배후의 목적은 명명을 통해 대비를 분명히 하고자 함에 있다. 신시아 웡은 화문으로 쓴 중국계 미국 문학을 강조하여 학계에 영어계를 기준으로 미국문학을 정의하는 편견이 있음을 폭로하는 한편, 미국문학이 여러 언어로 나아가고 있음을 보여주고자 한다. 파멜라 카일 크로슬리 등은 중국 무슬림 민족의 언어, 역사 그리고 경험이 여러 갈래로 상이함을 강조한다. 티베트문학을 연구하는 학자 패트리샤 스키아피니 베다니Patricia Schiaffini-Vedani^{***}와 로라 마코니

수성에 대한 본질화의 함정('한화론')에 빠질 수 있음을 논증하고자 한다.(김선민, 「'신청사'의 등장과 분기(分岐)—미국의 청대사 연구동향」, 『내일을 여는 역사』 제45호(2011.12), pp.192-204 참고)

* 로스키(1939-현재)는 미국 피츠버그대학 역사학과 교수로, 1990년대 초 만주어 연구를 시작한 역사학자 중 하나이다. 한국에는 『최후의 황제들: 청 황실의 사회사The Last Emperors: A Social History of Qing Imperial Institutions』(구범진 옮김, 까치, 2010)이 소개되어 있다. 로스키는 청나라를 '다원주의, 다민족' 제국으로 정의하고 '중국화'되었다는 기존 견해를 반박하고자 했다. 만주족이 중국인과 흡사할지 몰라도, 중국인이 아니었기 때문에 제국을 건설함에 있어 몽골, 티베트, 동부 위구르 지역에 보다 유연한 정책을 시행할 수 있었다고 본다. 만주족의 차이를 주로 제국의 다양한 제도와 관행을 통해 설명하고자 한 특징이 있다.(Mark C. Elliott, Review The Last Emperors: A Social History of Qing Imperial Institution By Evelyn S. Rawski, The Journal of Interdisciplinary History, Summer, 2000, Vol. 31, No. 1(Summer, 2000), pp.154-156 참고)

** 립맨(1953-현재)은 중국 내 무슬림 연구자로서 미국 마운트 홀리오크 칼리지에 재직하고 있다. 대표적인 저서로는 『친숙한 이방인: 중국 북서부 무슬림의 역사Familiar Strangers: A History of Muslims in Northwest China』(Univ of Washington Press, 1998)가 있다.(https://www.mtholyoke.edu/people/jonathan-lipman 참고)

*** 베다니(1967-현재)는 미국 텍사스주립대학 언어학과 교수로, 박사학위 논문은 「자시다와: 티베트의 마술적 리얼리즘과 논쟁적 아이덴티티Tashi Dawa: Magical Realism and Contested Identity in Modern Tibet」(University of Pennsylvania, 2002)이다.(https://www.worldlang.txstate.edu 참고)

Laura Maconi[*]는 티베트족 작가가 '식민 지배자 언어'라고도 할 수 있는 한어를 사용할 때, 신분 정체성과 언어의 차이에서 갈등하며 글쓰기의 곤경에 처해 있다고 지적한다.

　본서는 중국 경내의 소수민족 문화와 경외의 식민 그리고 이민 문화를 서술하는 화어계의 외연적 의의를 기초로 하여[5] 화어계라는 개념을 분석하고, 그 역사적 내용, 언어의 다양성, 그리고 이론으로서의 잠재력을 검토할 것이다.

1. 역사 과정

　화어계공동체의 형성은 세 개의 상호 연관된 역사 과정, 대륙식민Continental Colonialism, 이주정착식민Settler Colonialism, 그리고 이주(Im)migration와 관련있다.

1-1. 대륙식민

근대 유럽 제국이 해외에 세운 식민지와 달리, 중국의 식민지는 내륙에

---

*　마코니는 2006년에 설립된 동아시아 문명 연구 센터(CRCAO, 프랑스 소재)의 연구원으로, 미국에는 「하나의 나라, 두 개의 담론: 현대 티베트 문학과 언어 논쟁One nation, Two Discourses: Tibetan New Era Literature and the Language Debate」(『Modern Tibetan Literature and Social Change』(Duke University Press, 2008) 수록)이 영어로 소개되어 있다.(https://crcao.academia.edu/LaraMaconi 참고)

위치하기 때문에 필자가 말한 '대륙식민'에 속한다. 최근 15년간 미국의 중국 사학자들은 만주족의 청 제국(1644-1911) 역사와 특성에 관해 고찰·분석할 때 이론적으로 정리하여 그것을 내륙 아시아제국이라고 정의했는데, 이러한 관점은 '신청사新清史'라 불린다. 그들은 청조清朝가 북쪽 변경과 서쪽의 광대한 강역을 군사적으로 확장하고 식민 통치한 것을 상세하게 연구하여, 약 18세기 중엽부터 서구 제국과 유사하게 내륙 아시아제국을 이루었음을 증명했다. 이같은 통시적인 역사 관점은 우리에게 오늘날의 중국을 어떻게 바라봐야 하는가에 관해 중요한 시사점을 제공한다.[6] 청조를 식민 제국으로 또는 오늘날의 중국을 청 제국의 후계자나 집행자로 볼 수 없다는 관점은 역사에 관한 두 가지 오독에 기반하고 있다.

첫 번째 오독은 현대 중국을 피해자로 선전·계도하는 중국 정부의 민족주의 사관을 비판 없이 수용하는 데서 비롯한다. 이 관점에 따르면, 청대 이래 중국의 역사는 단지 아편전쟁, 불평등 조약, 서구 제국의 침략과 중국이 그 압박하에서 부단히 주권을 잃지 않으려 했던 등의 사건으로 구성될 뿐이다. 18세기 이래 청나라의 강역 확장은 진부하면서 중요하지 않은 역사의 일부로 폄하되기까지 한다. 그러므로 현대 역사는 19세기 중엽의 아편전쟁에서 시작하는 것이지, 18세기 청의 내륙 아시아의 광활한 강역에 대한 침략과 식민통치에서 시작하는 것이 아니다. 예를 들면 군사적 진압·경제 통치·종교 동화·젠더화된 교육정책gendered pedagogy 및 다원 언어성과 민족 다원화에 대한 효과적인 관리 등의 식민 수단(월리 코헨Waley-Cohen*)과 같은 데서 시작하는 것이 아니다.

---

*   조안나 월리 코헨(1952-현재)은 미국 뉴욕대학 역사학과 교수로, 대표 저서로는 『중국 청대 중기의 망명: 신장으로의 추방, 1758-1820Exile in Mid-Qing China: Banishment to Xinjiang, 1758-

청나라를 한족이 아니라 만주족이 통치했다는 사실은 한족 민족주의자에게는 유용한 역사적 세목이 된다. 만주족의 청나라가 식민 침략을 했다는 이 탁한 역사에 한족은 자기 손을 더럽히지 않을 수 있기 때문이다. 그러나 한족 중국 역사학자는 '온전한 영토'라는 명분으로, 침략으로 확보한 강토를 식별할 때에는 한화sinicization라는 논점을 가지고 스스로에게 다음과 같은 권한을 부여한다. 만주족은 고도로 한화漢化되어 거의 한족이 되었기 때문에, 한족이 주도하는 현대 중국이 바로 그 영토의 합법적인 계승자라는 것이다. 한족은 자신에게 유리한 역사 해석만 (이 또한 피해자로서의 분개로 충만하다) 취하기 때문에, 민족주의 관점을 가진 중국의 역사학자들은 만주족 청나라의 침략사를 역사의 오점으로 매장시켜버린다.

두 번째 오독은 청나라가 확장한 지리와 관계가 있다. 세계적으로 근대 제국은 주로 유럽의 해양식민을 모델로 삼는데, 청의 지리적 확장은 유럽의 해양모델과 달리 주로 내륙 강역에서 발생했다. '유럽'은 특히 우월·이성·계몽을 의미하기 때문에, 유럽 식민 사업과 함께 확산된 이러한 관점은 비서구 권력에는 적용되지 않는 것으로 인식된다. 그러므로 만주족 청나라의 팽창주의는 식민 제국이라는 근대적 의미와 함께 논의될 수 없다. 독일 철학자 헤겔G.W.F.Hegel은 유럽성과 해양을 교묘하게 결합시켜 다음과 같은 논점을 피력했다. "유럽 국가는 오직 해양과 연결될 때에만 비로소 진정한 유럽이다." 유럽의 해양원칙은 유럽 통치의 수단이지만, 아시아라는 이 육지에 국한된 지역으로 말하자면 "해양의 중요성은 보잘 것

1820』(New Haven, Yale University Press, 1991), 『중국의 전쟁 문화: 18세기의 제국과 군대The Culture of War in China: Empire and Military in the Eighteenth Century』(London: IB Tauris, 2006)가 있다.(위키백과 참고)

없다."[7] '유동, 위기, 말살' 등의 특징에 근거하는 해양원칙은 유럽이 식민지를 건설하는 추진력이 되었으며 그래서 유럽 식민주의의 기초가 되기도 했다. 헤겔이 보기에 '자연 생명을 넘어서는 외부'라는 '출구'가 없기 때문에, 이 정의에 따라 아시아는 식민지를 건립할 수 없고 제국이 될 수 없다.[8] 물론 중국은 근대 이전에 이미 항해의 역사가 있었다.[9] 하지만 핵심은 식민 확장에 대한 오해에 있다. 즉 식민 확장은 대륙이 아닌 반드시 바다를 향해 나아가는 것으로 인식되어, 중국 제국을 전근대 또는 왕조식 dynastic 제국으로 분류하게 했다. 만주족의 청 제국은 전혀 거리낌 없이 대륙식민을 확장하여 '중국 본토'의 원래 영역을 2배 이상 넓혔고, (1949년에 건립된) 중화인민공화국은 외몽골을 제외한 영역까지 더 넓힌 뒤 이를 공고히 했다. 중화민국 시기(1911-1949)에 티베트와 위구르는 상징적으로만 중국과 연결되어 있었지만, 중화인민공화국은 두 지역을 새롭게 식민화하고 완전히 중국의 관리에 편입시켰다. 만주족의 청 제국은 다언어 제국임을 자각하여 만주어·한어·몽골어·티베트어를 관방 언어로 지정하였으며, 심지어 아라비아어와 위구르어까지 포함시키기도 했다. 하지만 중화인민공화국은 티베트와 위구르에 대해 언어를 식민화하기 시작했다. 이중언어교육이라는 억압이 야기한 티베트와 위구르 지역의 항쟁은 격화된 언어 식민 정책에 대한 반응을 보여주는 것이기도 하다.

중국 제국의 영토에 대한 재공고화를 분명히 인식함으로써 우리는 경내 에스닉그룹族群*과 언어의 다원성에 주목할 수 있다. 따라서 제국 내의

---

*   스수메이는 미국의 'ethnic studies'를 '종족種族연구'라고 번역·사용하거나 영문을 병기하기도 했다. 본 역서에서 種族은 '에스닉'으로, 타이완 학계에서 ethnic의 번역어로 사용하는 族群은 '에스닉그룹'으로 통일했지만, 문맥에 따라 번역하고 원문을 병기하기도 했다.

트랜스 에스닉그룹跨族群 관계에 집중하는 신청사는 중국 역사 연구에 있어서 에스닉 전향ethnic turn을 열어주었다. 화어계 소수민족 문학은 중국에서 에스닉과 언어가 교차하는 지점에 놓여있다. 몽골족, 만주족, 티베트족, 그리고 중국 경내의 많은 기타 민족들은 현재 한 가지 이상의 언어를 상용하고 있다. 자발적으로 학습한 것이든 외적 강압에 의한 것이든 그들이 한어로 사교를 하고 글을 쓸 수 있다는 것은, 이러한 소수민족이 화어계공동체의 한 부분임을 뜻한다. 서남 변경 지역에 있는 고유의 소수민족the historical minorities의 경우도 다원어계 공동체로서, 정도는 다르지만 한화에 저항하거나 이를 받아들이고 있다. 화어계연구는 대륙제국이 만주족 청나라에서부터 현재까지 일맥상통하는 역사임을 부각시킨다.

1-2. 이주정착식민

중국에서 이주한 무리는 (타이완과 싱가포르처럼) 현지에서 다수 인구를 이루거나 (말레이시아처럼) 제법 비중을 차지하는 소수의 인구가 모여 화어계공동체를 형성했다. 이 지역들은 특정한 의미에서 이주정착 식민지라

---

ethnic 또는 ethnicity는 근대적 민족nation이 성립하기 이전에 존재하는 원형적 공동체를 지칭한다. race와 같이 생물학적인 기원 또는 '공동의 이름·혈통·신화·역사·문화·영토와의 합일을 지닌 인구의 한 범주'에만 그치지 않고, 제도적 동포애로 나타나는 명확한 정체성과 연대의식을 지닌 공동체를 의미한다. 원서의 國族은 '(근대적)민족' 또는 '민족국가'로 번역했다. nation은 공동체의 모든 구성원이 평등한 시민으로 그리고 주권의 공동 행사자로 인식되어야 성립하는, 서구에서 발달한 근대적 평등과 주권 관념이 도입된 개념이다.(앤서니 D.스미스 지음, 김인중 옮김, 『족류: 상징주의와 민족주의』(아카넷, 2016), 아자 가트, 알렉산더 야콥슨 지음, 유나영 옮김, 『민족: 정치적 종족성과 민족주의, 그 오랜 역사와 깊은 뿌리』(교유서가, 2020) 참고)

고 볼 수 있다. 이 이주정착 식민지는 영국인이 북미, 오스트레일리아, 그리고 뉴질랜드 등의 식민지에 이주정착한 경우와 유사하다. 이들 영국 식민지배자 중 일부는 핍박을 받아 영국을 떠나온 자들이기도 했지만, 그들은 어쩔 수 없이 고향을 떠나게 된 디아스포라 주체가 아니라 식민지배자의 태도로 현지 원주민을 통치했던 이주정착 식민지배자라고 보아야 한다. 디아스포라로 그들의 역사를 이해하는 것은 그들의 식민 폭력과 문화 말살 조치를 부인하는 것이다. 이주정착식민은 소위 디아스포라라는 것의 어두운 이면이다. 역사로서의 디아스포라(민족의 흩어짐) 또는 일종의 가치관으로서의 디아스포라(일종의 관점과 존재의 방식)는 완전히 다른 것이자 서로 모순되는 것이다. 우리는 이주정착식민 문제를 처리할 때, 반드시 두 가지를 구분해야 한다.[10]

중요한 것은 '중국인 디아스포라the Chinese diaspora'라는 이 개념어의 틀이 두 가지 상황에서 똑같이 잘못 사용된다는 점이다. 먼저 이 개념은 오늘날의 식민 상태를 은폐한다. 타이완의 남도어계 원주민은 지금까지도 식민주의가 종결되는 것을 경험하지 못했다. 그들은 식민주의하에서 벌써 몇 세기를 생존해 왔다. (17세기에 이주하기 시작하여 타이완에 정착한 한족 식민지배자들은 오늘날의 타이완인 또는 커자인客家人*을 이루고 있는데, 원주민을 식

---

* 원래 특정한 민족 구성체를 지칭하는 말이 아니라, 이민으로 인해 호적을 지니지 못한 '외지인'이라는 의미의 보통명사였다. 중국의 역사 시기별로 이주하게 된 커자들 역시 자신의 출신 지역명을 따서 '○○인'이라고 자칭하는 것이 일반적이었다. 그러나 '客'이 '토착인의 기득권을 침탈하려는 외지 사람'이라는 의미로 사용되기 시작한 것은, 1854년 청대 함풍제咸豊帝 때 발발한 '토객대계투土客大械鬪 사건[토착민인 광둥 연해 지역 사람들과 이주민인 커자인 사이에서 발생한 대규모 혈투로, 12년간 지속되면서 수십만 명의 사상자 발생]' 이후부터였고, 중국어에 '커자'라는 말이 정착되었다. '커자'라는 명칭은 기득권을 가지고 있던 토착민이 먼저 사용했지만, 커자 측에서도 자신들의 언어와 풍속이 토착민과

민 지배한 자들로는 당연히 네덜란드인, 일본인 그리고 1940년대 후반에 제2차 이주한 한족 이주 정착자 등도 포함된다.) 동시에 '디아스포라 중국인'이라는 틀은 과거 중국인이 동남아시아에 이주정착하여 식민화한 정황을 은폐하기도 한다. 유럽 식민지배자가 도착하기 전 한족 중국 이주민은 원주민의 땅에 정치·경제적으로 거의 독립된 상태에 가까운 회사나 공화국을 세웠다. 이후에는 프랑스·네덜란드 그리고 영국 식민지배자에게 고용되어 세금 징수원 혹은 상인이나 대농장 관리인(초기 쿨리coolie의 후손)으로 일했다. 유럽 식민 지배 시기에 특히 말레이시아에서는 계급적 중개인 사회 또는 필자가 말하는 이주 정착한 중개인의 식민주의middleman settler colonialism를 만들어냈다.

다음으로, 일종의 가치관으로서의 디아스포라는 조국에 대한 충성과 향수를 암시한다. 디아스포라와 조국 사이에는 일종의 약속된 필연적인 관계가 형성된다. 설사 타이완과 동남아시아에서 살고 있는 화인華人이 (비정치적인) 문화적으로 중국과 다름을 표방한다고 하더라도, 디아스포라의 가치관은 여전히 수 세기 동안 흩어진 디아스포라 한족들을 이른바 '조국'과 꽉 묶어 버린다. 동시에 이러한 디아스포라의 틀은 '해외 화교'라는 범주와도 이어진다. 그래서 해외 화인은 협의적인 정의 하에서 반드시 중국성의 부름에 응해야 한다고 인식된다. 중국성은 계량화할 수 있는 개념이 되어, 한 사람이 충분히 중국적인가 그렇지 않은가의 준거가 되는 것이다. 그러나 사실 높은 비율의 타이완 한족들은 자신이 이주정착 식민지

다르다는 사실을 인정하는 동시에 토착민에 동화되지 않고 독자적으로 공동체를 꾸려 나가고 문화생활을 영위하겠다는 의미에서 '커자'라는 용어로 자칭하게 되었다.(문지성, 『현대 중국의 객가인 객가문화』(학고방, 2005), pp.81-91 참고)

배자임에도 불구하고, 중국이 '온전한 영토' 이데올로기를 고취하는 것을 무시하며, 자신을 중국인과 동일시하지 않는다. 중국은 타이완이 대륙의 일부라고 만방에 소리 높이지만, 타이완은 전전긍긍하며 중국에 편입되는 것을 거절하는 현상을 보인다. 17세기에 시작된 한족 이민의 (지리적으로 오늘날의 말레이시아와 싱가포르를 포함한) 말레이 제도로의 이주는 19세기에 최고조에 이르는데, 그들은 자신을 화교로 생각하지 않고 오히려 현지인으로 인식했다. 현지 화어계 작가와 평론가들은 20세기 초에 이미 여러 중요한 변론과 운동을 전개하면서, 중국성에의 소환과 중국 정부의 재한화再漢化 압력에 저항했다. 그러므로 필자는 디아스포라가 시효성이 있는, 유효 기한이 있음을 주장하는 바이다. 우리는 300년 후에도 여전히 자신을 디아스포라라고 부를 수는 없다. 각자 모두 현지인이 되는 기회를 부여받아야 한다.[11]

　이주정착 식민주의에서 가치관으로서의 디아스포라를 비판하는 첫 번째 의의는, 원주민성을 강조하고, 디아스포라 주체라는 이름을 빌려서 속이고 있는 이주정착 식민지배자를 폭로하고자 함에 있다. 원주민 언어는 대부분 글쓰기 체계가 없기 때문에, 타이완 원주민의 화어계 문학은 글을 쓸 때 통상 글쓰기 상의 충돌이 아닌 소리와의 충돌을 표현한다. 원주민 작가들은 주류 글쓰기 체계를 통해 원주민 구어를 표현하려 하며, 이를 통해 자신들의 반反식민 입장을 전달한다. 이주정착 식민주의에서 가치관으로서의 디아스포라를 비판하는 두 번째 의의는 현지화를 강조하기 위해서다. 세계 각지 화인에 대한 중국 정부의 소환을 거절하는 것 외에, 포스트식민 국가가 시스템적으로 국가 내부의 소수민족의 권리를 부정하는 것에도 반대한다. [영국으로부터] 독립한 뒤 말레이시아에서의 중국계 말레이시아인의 상황이 바로 이 예에 해당한다. 중국의 소환 압력은 해당 국가의 배외 심리와 결합하여 왕링즈王靈智·Ling-chi Wang[*]가 중국계 미국인을 분석할 때 붙인 '이중지배구조The Structure of Dual Domination'의 전형적인 사례를 형성하고 있다. 화어계 말레이시아 작가들은 이러한 이중지배구조에서 글을 쓴 지 벌써 100년이 넘었으며, '이주정착 식민지배자', '화교',

---

[*] 왕링즈(1935-현재)는 U.C. Berkeley 소수민족학과의 명예교수이다. 아버지는 일본 출신 화교, 어머니는 필리핀 출신 화교로, 왕링즈 본인은 홍콩에서 나고 성장했지만 1957년 대학 교육을 받기 위해 미국으로 이주했다. 원래는 신부가 되기 위해 프린스턴 신학교를 다녔지만, 1960년대 흑인들의 민권운동에 감화되어 미국 내 소수민족 연구로 전향하게 되었다. 오늘날 미국에서 '행동하는 학자'의 전형으로 평가받고 있다. 왕링즈가 말한 '이중지배구조'란, 미국에서 소수민족에 대한 대우는 '인종'보다 해당 소수민족 출신 국가와 미국 정부와의 관계에 따라 훨씬 더 많이 좌우된다는 이론이다. 물론 '흑인'에 대한 인식처럼 평균적인 미국인들에게 '인종적 분류'는 뿌리 깊이 박혀있지만, 사실 아시안 아메리칸에게 이것은 부분적으로 작용하고, 그보다는 중국을 하나의 국가로 인식하면서 중국의 경제적·군사적 부상을 미국에 대한 위협으로 느낄 때 미국에서 숭국계 미국인에 대한 대우는 급격하게 달라진다는 말이다.(Peter Kwong, L. Ling-chi Wang: The Quintessential Scholar/ Activist(review), Journal of Chinese Overseas, Volume 4, Number 2, November 2008, pp.288-291 참고) 실제로, 미국은 1882년 '중국인 이민 금지법'을 시행하고 부족해진 노동력을 '일본인 이민'을 통해 해결하고자 했다. 그 결과 1920년까지 약 27만 5천명의 빈농의 아들들이 미국으로 이주했다. 그러다가 1906년 샌프란시스코 대지진이 일어났을 때, 수많은 학교 건물이 파손되어 백인 학생과 일본인 학생을 함께 수용하게 되자 백인 학부모들이 '일본인 학생 분리'를 요구하는 사건이 발생했다. 중국인보다 수적으로 적었기 때문에 그동안 일본인 학생들이 백인 학교에 다니고 있었음에도 말이다. '일본인 학생 격리 정책'을 알게 된 일본은 미국 정부에 공식적으로 항의했고, 일본과의 우호 관계를 통해 동북아시아에서의 러시아 세력 확장을 견제하려던 루스벨트 대통령은, 일본이 자발적으로 노동 이민을 중지시킨다는 조건하에, 일본인을 '몽골족'이 아닌 '말레이족'으로 재분류하여 샌프란시스코에 거주하는 일본 학생들이 계속 백인 학교에 다닐 수 있도록 '신사 협정Gentleman's Agreement'(1907)을 맺었다. 하지만 일본이 진주만을 공격하여 미국이 제2차 세계대전에 참전하게 되자, 일본계 미국인들을 '적국 시민'으로 낙인찍어 11만 명을 '포로수용소'에 감금시켰다.(장태한, 『아시안 아메리칸: 백인도 흑인도 아닌 사람들의 역사』(책세상, 2004), pp.36-37, 49-50 참고)

'중개인'을 거쳐 '현지인'으로 변화하기에 이르렀다.

1-3. 이민/이주

화어계 소수민족 공동체는 대부분 서반구 국가에 집중되어 있으며 현지 인구의 소수를 차지하고 있다. 한족은 몇 세기 동안(막노동꾼coolie·노동자勞工·학생 또는 상인 등의 신분으로) 이주하면서 이주한 곳에서 자연스럽게 이주민 에스닉族裔*이 되었고, 에스닉화된 소수 공동체를 형성했다. 주로 광둥·광시어粵語와 (차오저우潮洲와 푸젠福建의 입말 등을 포함한) 민난어閩南語의 유지와 혼합에 의해 형성된 다양한 화어와 문화는, 중국 경외의 화어계 문화 연구에 하나의 기초를 제공해준다. 미국·영국·독일·오스트레일리아·캐나다 등의 국가에서 화어계 문화는 사라지지 않고 풍부하게 발전했다. 이들 지역에서는 초기 이민자들이 현지화하는 과정에 신이민이 수반되어, 화어계 문화에 새로운 생명력을 주입해 주었다.[12] 비록 동남아시아에서 화인들이 이주정착식민의 역사를 가지고 있었다 하더라도, 유럽 식민주의에서 벗어난 뒤 그들은 그 지역에서 점차 소수화되었다. 그들의 정치와 문화 역량은 (식민 시기 이래 누적된) 그들의 경제력과 정비례하지 않았

---

* 스수메이는 영어 ethnic을 種族, 族裔 두 가지 중국어로 구분하여 사용했는데, 한 문장 속에 동시에 등장하는 경우가 많아서 일괄 '에스닉'으로 번역하는 데 어려움이 있었다. 한국 학계에서도 학자에 따라 ethnic을 종족, 민족, 인종으로 번역하는 등 통일된 한국어 단어의 선정이 쉽지 않음을 고려하면, 각각 서양어(영어·프랑스어), 중국어, 한국어로 지칭할 때의 뉘앙스가 미묘하게 달라짐을 알 수 있다. 본서에서는 種族, 族裔가 동시에 등장하지 않을 경우 '에스닉'으로 번역하고, 族裔가 기본적으로 '이주한 지역에서의 소수 에스닉의 후예'라는 의미를 가지기 때문에, 문맥에 따라 '이주민의 출신 에스닉', '이주민 후예들'이라 번역했음을 밝혀둔다.

다. 서구 세계에서 살아가는 화인 소수 공동체와 마찬가지로, 그들은 국가 기구의 배경을 이루고 있는 민족 중심주의, 이를테면 말레이시아의 말레이인 중심주의에 항상 굴복해야 했다.

화어계연구는 이민/이주라는 명제를 다루기 때문에, 세계 소수민족연구 또는 소수민족 언어학 연구로 귀속되어 한 국가 내부 또는 국가와 국가 사이의 소수민족 비교연구를 열어줄 가능성이 있다. 화어계 미국문학과 스페인어계 미국문학을 비교하고, 화어계 미국문학과 화어계 프랑스 또는 독일문학을 비교할 때 우리는 어떠한 계발을 얻을 수 있을까? 필자는 이에 관해 일찍이 글로 밝힌 바 있다. 이러한 소수민족 비교연구 관점은 서로 다른 에스닉그룹과 서로 다른 지역의, 에스닉 그룹화와 소수화 과정 속 분기와 취합에 초점을 두고 있기 때문에, 다수와 소수의 이원적 차이만이 아니라 수평축 상의 소수와 소수 사이의 관계성을 강조할 수 있다고 말이다.[13]

화어계연구와 소수민족연구의 결합은 특정 민족국가 내에서 디아스포라가 아닌 현지 성질을 가지고 있는 화어계 문화가 민족국가 내의 다원문화와 다어성에 있어서 불가결한 일환임을 강조하는 데 도움이 된다. 이러한 연구들은 우리로 하여금 화어계 미국문화가 미국문화의 일부이며, 미국에서 사용하는 각종 화어도 미국 언어의 일부임을 인식하게 한다. 그것은 우리로 하여금 화어계 문화가 다음과 같은 것임을 이해하게 한다. 설사 가장 강렬한 향수의 방식으로 표류하는 심정이나 중국에 대한 진실한 그리움을 표현한다 하더라도, 장소를 본위place-based로 하는 현지의 산물임을 말이다. 화어계 미국문화 중에서 중국에 대한 향수는 미국에서의 생존 때문에 생겨난 향수이기 때문에, 현지성을 띤 일종의 미국식 향수이다.

2. 화어계의 다어성多語性

화어계 문화는 수많은 상이한 기호를 포함하여 형성되었다. 그 중 언어 기호는 통상 차이들을 암시하고 있는 축소판으로 볼 수 있다. 그러므로 한어계漢語系 언어에 대한 기본 지식은 필수적이다. 20세기 대부분의 국가가 소위 국어를 만들던 때로 거슬러 올라가면, 불행하게도 국적과 언어 사이에 등가 사슬이 그어져 있지만, 실제로 지구상에 존재하는 거의 모든 국가는 다어多語를 가지고 있다. 중국에는 (거의 400종에 이르며, 남아시아와 동남아시아에서도 광범위하게 사용되고 있는) 많은 티베트-버마어계 언어만 있는 것이 아니라, 시노-티베트어계 언어족Sino-Tibetan language family으로 인식되는 한어계도 있다. 그 속에는 최소한 8개의 주요 언어군과 수많은 하위 언어군子群이 포함되어 있다. 국어추진운동國語推行運動은 그중에서 하나의 언어를 규범으로 승격시키고 기타 언어를 방언으로 폄하했다. 목적은 현대 중국의 이질적인 다양한 소리의 사용역語域[register]을 통합하는 데 있었다. 소위 방언이란 실은 다른 언어로 볼 수 있다.[14] 하지만 중국 정부에 저촉되어 초래할 수 있는 정치적 여파는 언어학자들로 하여금 입을 다물지 않을 수 없게 한다. 특히 티베트-버마어계와 한어계를 동일한 상위 어계語系에 귀속시키는 불합리성에 대한 언급을 피하는 이유는, 그와 같은 진술이 정치 분리주의를 옹호하는 것과 동등하게 취급될까 두려워하기 때문이다. 하지만 각종 한어 사이에서의 소통 불가능성은 라틴어계와 인도-유럽어계 사이에서의 소통 불가능성과 비교해 보더라도, 항상 더 높은 편이다. 게다가 한어계와 티베트-버마어계 사이의 유사성은 이제껏 유력하게 실증된 적 없다.

우리가 어떤 사람이 중국어中文를 잘한다고 할 때, 그것은 통상 그 또는 그녀가 베이징 관화官話[표준 중국어]를 잘함을 뜻한다. 하지만 서로 다른 많은 화어계 언어가 중국에서 사용되고 있으며, 중국에서 살고 있는 소수민족이 사용하고 있는 수많은 한어가 아닌 언어非漢語語言가 있음은 더 말할 것도 없다. 만약 우리가 모든 기타 한어와 한어가 아닌 언어를 중국어中文 즉, '중국의 언어·문자語文'가 아니라고 주장한다면, 언어와 국적 사이의 1 대 1의 등호 관계를 인정하는 것이며 이러한 등호 관계를 민족과의 관계로 확장하게 된다. 중국에서 사람들이 '표준어普通話'와 '한어'를 바꿔가며 사용하는 현상은 결코 놀라운 일이 아니다. 한족 중심주의를 자연스러운 것으로 보고 있다는 점 외에, 기타 언어와 에스닉그룹이 언어 자주권을 실천할 수 없다는 사실에 대한 묵인을 의미하기도 한다. 그리고 이러한 묵인은 한족/한어 중심주의를 더욱 노골적으로 드러내 보인다. 만약 '중국'이 국적으로만 취급되고 언어 또는 에스닉그룹을 지칭하는 것이 아니라면, 우리는 중국 경내에서 사용되고 있는 모든 언어가 평등하게 중국어(중국의 언어·문자)가 된다고 주장할 수 있다. 어떠한 표준화 과정일지라도, 모두 패권 형성의 과정이라는 사실이 적나라하게 드러난다.

'중국어'라는 단어는 장기간 오용되어 왔다. 언어를 국적과 에스닉그룹에 등치시키면서 관방의 단일어 정책은 언어의 이질성을 무시하고 억압하였다. 반대로 화어계라는 개념은 소리와 서사 상의 다어성多語性과 다문성多文性을 그대로 보여준다. 19세기에 미국으로 간 이민자들이 주로 사용한 한어는 광둥·광시어로, 그들은 스스로를 중국인이라 칭하지 않고 당인唐人이라 칭했으며, 자신들의 거주지를 차이나타운中國城이 아니라 당인 거리唐人街라고 불렀다. 그들은 인종적으로 나뉜racialized assignation 후에야 '중국인'이 되었으며, 이러한 과정은 중국에서 온 기타 에스닉과 그들이 사용하는 언어 또는 기타 한어도 동시에 동질화시켰다. 미국이라는 이 인종화한 국가가 초기 화인 이민자들이 사용하는 언어를 '중국어Chinese'라고 인지했을 때, 그것이 지칭하는 것이 베이징 말이 아닌 광둥·광시어임을 의식하지 못했다. 20세기 초 샌프란시스코에서의 화어계 미국문학, 예를 들면 46자 노래四十六字歌* 같은 경우, 광둥·광시어 발음으로 낭독하고 글로 쓴 것이다. 화어계 홍콩문학은 아주 오래 전부터 전승되어 온 문자와 새로 만든 용어 및 문자가 광둥·광시어와 베이징 말 사이에서 장기간 협상해온 것이다. 주류 화어계 타이완문학은 허뤄어河洛語**와 베이징 말이 협상을 벌인 영역으로, 문자상 새롭게 만든 것도 있다. 화어계 말레이시아 작가와 문화 종사자들은 텍스트와 영화 대사에 광둥·광시어, 푸젠 말, 차오저우 말, 베이징 말 등 서로 다른 원소를 가진 소리와 문자를 운용하고 있다. 그러므로 화어계에는 다양한 소리polyphonic만 있는 것이 아니라 다양한 문자polyscriptic도 있다. 화어계라는 개념은 단지 언어의 다양성만을 표현하는 것이 아니다. 이들 언어가 특정 지역에서 그 지역의 한어가 아닌 각종 언어와 현지화되고 뒤섞이는 과정도 동시에 표현해 준다. 회족回族은 비록 중국 경내에서 가장 심하게 한화된 소수민족으로 보이지만, 화어계 회족

---

* 광둥 사읍四邑 지역에서 유행하던 노래로 8구 46자로 구성된 민간 가요를 가리킨다. 5-5-7-7-3-5-7-7(예: 照下個容像, 看來變細相. 皓首如霜又長, 腦煞星星光掩映. 老將至, 唔似靚仔樣. 不覺年登四十上, 自羞勞碌遠飄洋)의 고정된 형식으로 창작하며 구절 끝을 압운으로 처리하여 합창하기에 좋은 특징이 있다.(蒲若茜·宋陽, 「跨文化的語言嬉戲与離散身份書寫」, 『學術研究』 2011年 第9期 참고)

** 1945년 이전 타이완으로 이주한 내성 출신 한족들이 오늘날까지 사용하고 있는 상용 중국어를 가리킨다. 민난어를 중심으로 다시 구성된 언어로, 공식적으로 '타이완어台語'라 지칭하지만 '민난어閩南語'·'허뤄어河洛語'·'푸라오어福佬語'라 하기도 한다.

작가는 여전히 아라비아어를 사용하거나 도움받고 있다. 화어계 싱가포르 문학을 예로 들면, 작가들은 각종 화어와 말레이어, 영어 간혹가다 심지어 타밀어*까지 함께 혼용하기도 한다. 마찬가지로 화어계 미국문학은 이미 100년 이상 존재해온 문학 전통을 가지고 있는데, 초기에는 광둥·광시어로 글을 썼지만 최근에는 표준 한어를 더 많이 운용하고 있다. 그것이 오랜 기간 은밀하게 또는 드러나게 대화한 상대는 주류 언어 자리를 차지한 영어이다.

국어라는 단일한 언어 제도는 역사학자 앤더슨Benedict Anderson이 분석한 민족주의와 마찬가지로 다음과 같은 세 가지 모순을 안고 있다. 먼저 그것은 현대의 산물이지만 시대를 거슬러 올라가 오랜 계보를 만드는 방식으로 자신을 정당화하고, 그렇기 때문에 계보를 건너뛰기도 한다. 그것은 보편성을 가져야만 하지만, 구체적으로 표현하는 것은 오히려 특수하다. 또한 정치 효력을 가지고 있지만, 철학적으로는 오히려 빈약하며 논리가 부족하다.[15] 그러므로 간단하게 말해, 국어라는 단일한 언어 제도는 철학적으로 전혀 설득력이 없으며, 그 숙명론적 관점은 현재와 미래의 잠재적 능력을 배제한다. 그러나 언어공동체는 개방적이면서 끊임없이 변화하는 공동체이며, 구성원이 조성하는 파동은 정해져 있지 않다. 언어는 변화를 겪기도 하며 심지어 소멸하기도 한다. 게다가 언어와 언어 사용 사이

---

* 타밀어Tamil language는 가장 오래 살아남은 고대어 중 하나로서, 인도 남부와 스리랑카 지역을 중심으로 발전해 왔다. 현재 '국어'가 없는 인도 정부에서 인정한 22개의 계획 언어 scheduled language 중 하나에 포함되어 있으며, 인도의 타밀나두 주와 푸두체리 연방령에서는 공용어로 쓰이고 스리랑카와 싱가포르에서도 공용어로 지정되어 있다. 인도네시아·말레이시아·싱가포르 등지의 남인도계 이민자들이 주로 사용하는 언어로서, 말레이시아 고등교육 자격시험의 네 개 언어(말레이어, 중국어, 아랍어, 타밀어) 중 하나이기도 하다.

의 동력은 각각의 언어 자체를 부단하게 변화시킨다. 나는 프랑스 철학자 발리바르Étienne Balibar가 '현재에 존재하는 공동체community in the present'로 서의 언어공동체가 '불안정한 가소성strange plasticity'을 가지고 있다고 보는 관점에 동의한다. 여기에서 말하는 가소성은 "기존의 정감 구조를 만들어 내지만 후대에 변하지 않는다는 운명을 강화하지 않는다."라는 뜻이다.[16] 운명론의 제약을 받지 않는 언어의 현재와 미래가 화어계의 각종 화어가 존재하는 곳이다.

3. 결론: 화어계 문학이란 무엇인가?

화어계는 민족 또는 민족성nationalness 주변에 위치한 각종 화어 공동체 와 그것(문화·정치·사회 등 방면)의 진술을 포함하며, 중국 경내의 내부 식민 지, 이주정착 식민지, 그리고 기타 세계 각지 소수민족 공동체를 포괄한다.

마지막으로 나는 '화어계 문학이란 무엇인가?'라는 질문을 통해, 화어 계라는 개념을 글자 상의 의미에서 내적 함의를 검토하는 방향으로 전환 하고자 한다. 철학자 사르트르Jean-Paul Sartre는 1948년에 쓴 「문학이란 무 엇인가?What is Literature?」에서 문학을 논의할 때의 예시를 대부분의 경우 프랑스 문학에서 취하고 일부를 미국문학에서 취했다. 만약 우리가 이 큰 문제를 제시할 때 그가 가정한 보편성universality에 대한 비판을 잠시 내려 놓는다면, 오늘날 '디아스포라'가 이미 주류 가치가 된 시기에, 그가 제시 한 문학의 구체적인 실천이라는 문제situated practice는 더욱 절실해진다. 사 르트르가 제시한 '상황 문학situated literature' 개념은, 이곳에서의 글쓰기가 영원을 추구하는 추상적 문학이 아니라 특정한 역사적 상황에서 발생한 하나의 '행동act'임을 뜻한다. 그러므로 글쓰기의 대상은 한 개인의 시대, 어느 특정 '시기'의 '유한한 시간'을 위한 것일 뿐이다.[17] 사르트르는 문학에서 영원을 추구하는 것을 '영생에 대한 기독교 신앙의 최후의 유물a last remnant of Christian belief in immortality'이라고 풍자적으로 지칭했다.[18] 그리고 반대로 실천적 행동으로서의 문학은 '추상적인 보편성abstract universality'이 아니라 '구체적인 보편성concrete universality'에 진력을 다하는 것이 중요하다고 강조했다.

> '구체적 보편성'이란, 반드시 … 특정한 한 사회에서 살아가고 있는 사람들 전체라는 측면에서 이해해야 한다. 작가가 대중(즉 독자) 전체를 포함하는 데까지 확대할 경우, 그가 작품의 반향을 현재에 국한하고자 했던 것과 달리, 오히려 그가 배척했던 추상적이고 영원한 영예를 대표하게 된다. 왜냐하면 그것은 절대성에 대한 불가능하고 공허한 환상이기 때문이다. 이를 대신하는 것이 작가가 주제 선택을 통해 결정할 구체적이며 유한한 시간이다. 따라서 이것은 역사와 어긋나지 않고 도리어 사회적 시간 속에서 그의 상황을 규정해 줄 것이다.[19]

역사와 개인의 '사회적 시간'에 뿌리를 내리고, 특정한 사회의 유한한 시간 속에서 독자를 대하는 것이 구체적 보편성에 도달하는 관건이다.

사르트르의 견해를 진지하게 감안하여 나는 화어계 문학을 특정한 시간과 지역에 존재하는 일종의 상황情境 문학으로 볼 것이다. 그러나 나는 사르트르의 보편적 규범에서 부족한 점, 즉 지연 정치의 상황geopolitical situatedness과 장소地方를 본위로 하는 실천place-based practice을 강조하고자 한다. 각각의 화어계 문학 작품은 특수한 시공 상상chronotope에 대한 자아 표현으로 이뤄진다. 이 특수한 시공 좌표는 작품이 안배한 공중의 영역이다. 신시아 웡이 중국계華裔 미국문학에 관해 논할 때 제기한 견해와 같이, 이러한 형식을 통해 화어계 문학 작가는 '거주지에 대한 책임commitment to the place where one resides'과 '역사적 상황 속에서의 자아 실천'을 보여준다.[20] 화어계 문학에서 책임과 상황은 사이드식의 '세속성worldliness'*을 구성한다. 이 세속성은 뿌리없이 표류하는 무한한 확장이 아니며, 병태적인 나르시시즘 또는 전지구성the global과 동의어도 아니다. 이와 반대로 현지에 개입하는 입장과 그곳 상황에서의 실천에 대해, 사르트르식의 '유한성 윤리와 예술ethics and art of the finite'이 가능하게 한다.[21] 그러므로 화어계는 일종의 세계를 보는 방식, 일종의 이론 또는 심지어 일종의 인식론으로까지 볼 수 있다. 일종의 방법과 이론으로서의 화어계가 기대고 있는 것은 구체적인 시공 속의 역사와 실천이다. 디아스포라가 일종의 보편 가치로 취급될

---

* 사이드의 worldliness를 스수메이는 '現世性'이라 번역하였다. 이 용어의 한국어 번역어는 '세계성'과 '세속성'이 뒤섞여 사용되는데, 사이드의 원래적 의미를 살펴서 본 역서에서는 '세속성'으로 통일하되, 스수메이가 '세계성'이라 번역한 경우만 따라 표기했다. 사이드 사상에서 중요한 의미를 가지는 이 용어는 '독립적으로 존재하는 듯 받아들여지는 텍스트를 세계 안에서 기원한 것으로 역사화'하면서 '실질적으로 세계를 부정하고, 텍스트를 읽고 쓰는 사람들의 물질적인 세계를 허용하지 않으며, 결국 이론에서의 정치적 행동의 가능성을 차단'하는 기능을 했던 탈구조주의를 비판하는 것과도 연관된다. 그러므로 사이드식의 '세속성'이란 텍스트와 비평가 및 이론가의 현실세계와의 밀접한 관계를 바탕으로 한다. 특히, 사이드는 전문화하는 지식계의 경향에 대해 비판하면서 '세속적 비평'을 옹호하기도 했다. 그것은 문학텍스트란 '문학을 구성하는 일련의 경전들 속에 위치하는 것이 아니라, 정치·사회·문화 등 이 세계성[인용한 저서의 번역자 용어를 옮겨 씀]을 구성하는 다른 영역들과 관계된다'는 입장에서 이루어지는 그의 비평적 특성과도 연관된다.(빌 애쉬크로프트, 팔 알루와리아 지음, 윤영실 옮김, 『다시 에드워드 사이드를 위하여』(앨피, 2005), pp.33-35 참고)

때, 화어계는 디아스포라를 대신하여 유효 기한을 선언한다. 화어계라는 개념은 단일 언어 제도, 민족 중심주의와 식민주의를 배척하고, 언어공동체가 존재하는 개방성과 침투성流透性을 드러내며, 구체적 보편성을 목표로 한다. 화어계는 '중국성' 패권에 대해 저항하면서, 여러 제국이 부상하는 시대에 포스트식민 이론을 새롭게 성찰할 필요뿐만 아니라 학술 연구의 영역, 대상 그리고 방법을 새롭게 책정할 필요도 요구한다.

미주

1   미국에서 중국은 점점 신흥 제국의 하나로 취급되고 있다. 중국이 새로운 거동을 할 때
     마다 미국의 신문이나 기타 미디어에서 상당히 상세하게 다루고 있으며, 통상 우려의 논
     조를 띠고 있다. 2010년에 발표된 다큐멘터리 〈중국: 제국의 부활China: The Rebirth of an
     Empire〉은 이러한 중국의 흥기에 대한 소감을 반영하고 있다. 중국을 힐난China-bashing하는
     경향 외에 부인할 수 없는 것은 제국이 아니라 하더라도 중국은 최소한 이미 초강대국이
     되었다는 사실이다. 중국이 홍콩 문제를 처리할 때 보여준 제국적 심리상태에 관해 논한
     레이 초우Rey Chow, 周蕾의 『관념론 이후의 윤리Ethics after Idealism』를 참고하거나 중국이 제
     국의 심리상태와 같은 형태로 타이완 문제를 대하고 있는 것에 관한 졸저 『시각과 정체
     성Visuality and Identity』을 참고하시오.

2   '중국'이라는 이 기호 및 정치 체제의 기표의 전변과 연혁은 거자오광葛兆光의 『이 중국에
     거하라: '중국'은 무엇인가에 관한 새로운 탐구宅玆中國: 重建有關'中國'的歷史論述』(台北: 聯經,
     2011)를 참고했다.

3   현재 중국성에 대한 비판에 관해서는 이언 앙Ien Ang, 洪美恩의 저서, 레이 초우의 「이론 문
     제로서의 중국성에 관하여On Chineseness as a Theoretical Problem」과 앨렌 천Allen Chun, 陳奕麟의
     논문(망할 놈의 중국성: 아이덴티티 그리고 문화로서 모호한 민족성에 관하여Fuck Chineseness: On the
     Ambiguities of Ethnicity as Culture as Identity) 등을 참고하시오.

4   '화어계'는 Sinophone이라는 단어의 번역어로, 최초의 발상은 『칭화학보淸華學報』(34권 1
     호)에 발표한 2004의 글 「지구적 문학, 인가메커니즘全球的文學, 認可的機制」까지 거슬러
     올라가야 한다. '華語語系'는 지다웨이紀大偉가 화문으로 번역한 것이지만, 당시에 필자
     가 역자에게 '華語語系'라는 용어를 제공했다.

5   왕더웨이王德威·David Der-wei Wang, 장진중張錦忠 및 기타 학자들도 이 명칭을 사용하여 중
     국 경외의 화어계 문화와 문학을 강조한다. 스징위안石靜遠·Jing Tsu과 왕더웨이가 2010년
     에 엮은 『글로벌 화문문학 논문집Global Chinese Literature: Critical Essays』(Brill Academic Pub)을 참
     고하시오. 2013년에 출판된 『화어계연구: 비판적 에세이Sinophone Studies: A Critical Reader』
     (Columbia University Press)에서 차이젠신蔡建鑫이 처음으로 화어계연구가 전면적인 배척이
     아니라 '타자화된 방식으로 중국을 포함'해야 함을 제기했다.(p.20 참고)

6   새로운 청대 역사에 관한 간결한 개론은 조안나 월리 코헨Joana Waley-Cohen의 서평을 참
     고하시오. 만약 상세한 논의가 필요할 경우 피터 C. 퍼듀Peter C. Perdue의 전문 서적 China

Marches West: The Qing Conquest of Central Eurasia[공원국 옮김, 『중국의 서진: 청의 유라시아 정복사』, 길, 2012]를 참고하시오.

7   G.W.F.Hegel, Lectures on the Philosophy of World History, trans. H.B.Nisbet(Cambridge: Cambridge University Press, 1980), p.196.

8   G.W.F.Hegel, The Philosophy of Right, trans. T.M.Knox(London: Oxford University Press, 1967), pp.247-249.

9   참고한 책은 다음과 같다. Louis Levathes, When China Ruled the Seas: The Treasure Fleet of the Dragon Throne, 1405-1433(London: Oxford University Press, 1994), Billy K.L.So, Prosperity, Region, and Institutions in Maritime China: The South Fukien Pattern, 946-1368(Cambridge, Mass: Harvard University Asia Center, 2000), Gungwu Wang and Chin-keong Ng ed, Maritime China in Transition, 1750-1850(Wiesbaden: Harrassowitz, 2004), Kenneth Pomeranz and Steven Topik, The World That Trade Created: Society, Culture, and the World Economy, 1400 to the Present(New York: Sharpe, 2005, 2nd ed).

10 Shu-mei, Shih, "Theory, Asia, and the Sinophone", Postcolonial Studies13.4(2010), pp.465-484.

11 졸저, Visuality and Identity: Sinophone Articulations across the Pacific(University of California Press, 2007)[고혜림·조영경 옮김, 『시각과 정체성: 태평양을 넘어서는 화어계 언술』, 학고방, 2021], "Against Diaspora: Sinophone as Places of Cultural Production", in Jing Tsu and David Der-wei Wang ed, Global Chinese Literature: Critical Essay(Leiden: Brill, 2010), pp.29-48를 참고하시오.

12 화어계의 소멸에 관해서는 졸저, 『시각과 정체성』의 도론과 결론(pp.13-69, 265-278)을 참고하시오.

13 Françoise Lionnet and Shu-mei Shih, "Thinking through the Minor, Transnationally", in Françoise Lionnet and Shu-mei Shih ed, Minor Transnationalism(Durham: Duke University Press, 2005), pp.1-23.

14 Victor Mair, "What is a Chinese 'Dialect/Topolect'? Reflection on Some Key Sino-English Linguistic Terms", Sino-Platonic Papers29(1991), pp.1-31.

15 Benedict Anderson, Imagined Communities: Reflections on the Origin and Spread of Nationalism(London: Verso, 1992, revised edition), p.5.

16 Étienne Balibar, "The Nation Form: History and Ideology", in Étienne Balibar and Emmanuel Wallerstein, Race, Nation, Class: Ambiguous Identities(New York: Verso, 1991), pp.98-99.

17   Jean-Paul Srtre, "What is Literature?" in "What is Literature?"and Other Essays, trans.
      Bernard Frechtman(Cambridge: Harvard University Press, 1988), pp.133-136.

18   Ibid, p.239.

19   Ibid, p.136.

20   Sau-ling, Wong, "Denationalization Reconsidered: Asian American Cultural Criticism at a
      Theoretical Crossroads", Amerasia Journal 21. 1&2(1995), pp.19-20.

21   Jean-Paul Sartre, "What Is Literature?", p.245.

제1장

반反디아스포라:
문화 생산장場域으로서의
화어계

본 장에서는 '화어계연구Sinophone studies' 정의에 관해 개괄적이면서 원칙적인 시각을 제공하고자 한다. 이러한 시각은 포스트식민 연구·에스닉 연구·트랜스내셔널跨國族 연구 및 지역 연구 (특히 중국연구)를 융합할 것이다. 화어계연구는 중국과 중국성Chineseness 주변에 처한 각종 화어華語, Sinitic-language 문화와 공동체에 관한 연구이다. 여기에서 가리키는 '중국과 중국성의 주변'이라는 것은 구체적으로 이해되어야 할 뿐 아니라 동시에 개략적으로도 이해되어야 한다. 이것은 엄격한 의미에서의 중국 지연정치 바깥에 있는 화어 공동체를 포괄한다. 그들은 몇 세기에 걸쳐 이민과 해외 개척·정착이라는 역사적 과정을 지속한 결과, 세계 각지에 분포하게 됐다. 동시에 여기에는 중국 영내의 비한족非漢族도 포함된다. 한족 문화가 주도적인 지위를 차지하고 있기 때문에, 주류 한어와 마주할 때 그들은 한어를 수용·융합하거나 저항을 지속하는 방식으로 제각각의 반응을 보여주었다. 그러므로 화어계연구는 전반적으로 비교적이며 트랜스내셔널하지만, 곳곳의 시공간의 구체성과 긴밀하게 연결되어 있다. 즉 그것은 서로 다른 연구 대상에 기대어 끊임없이 변화한다. 이러한 의미에서 본 장은 문학에만 집중하지 않고 '디아스포라 중국인the Chinese diaspora'이라는 개념에 대한 분석과 비평을 통해, 화어계연구의 개략적인 윤곽을 보여줄 것이다. 필자가 보기에 '디아스포라 중국인'이라는 이 표현법은 적합하지 않다.

1. '디아스포라 중국인'

수백 년에 걸쳐 중국을 떠나 전 세계 곳곳에 흩어져 사는 사람들에 대한 연구는, 중국 연구·동남아시아 연구·미국의 중국계華裔 연구와 같은 하위 분야로 존재해온 동시에, 미국의 유럽 연구·아프리카 연구·라틴 아메리카 연구에서 산발적 관심을 받기도 했다. 이 하위 분야는 중국에서 이주하여 어떤 타지에 정착한 사람들로 경계가 설정되기 때문에, '디아스포라 중국인 연구'라고 불린다. '디아스포라 중국인'은 보편화된 범주로서 전 세계에 흩어져 있는 중화中華민족으로 이해되며, 하나의 통일된 민족·문화·언어·발원지 또는 조국을 기초로 한다. 만약 신장의 위구르인, 티베트 및 그 주변 지역의 티베트인, 내몽골의 몽골인들이 해외로 이민 갈 경우, 통상 디아스포라 중국인이라는 범주로 인식되지 않으며, 해외로 이주한 만주인滿人의 경우 애매모호하다. 디아스포라 중국인이라는 범주에 포함되느냐 아니냐의 여부는 이들 민족이 얼마나 한화漢化되었느냐에 따라 결정되는 것 같다. 왜냐하면 늘 디아스포라 중국인이란 주로 한족의 해외 산포를 가리킨다는 사실을 완전히 방기하기 때문이다. 다시 말해 '중국인'이라는 용어는 본래 한 국가의 소속 표식이지만, 민족적·문화적·언어적 표지를 표현하는 것으로, 상당히 한족 중심적인 표식이 되었다. 실제로 중국

당국이 인정한 민족은 56개이지만, 각 민족이 사용하는 언어를 기준으로 하면 이보다 더 다양하다고 할 수 있다. 통상적으로 공인·이해되고 있는 '한어'란, 국가가 보급한 표준어 즉, 한족의 언어이자 '푸퉁화[현대 표준 중국어]'라고 불리는 것에 불과하다. 일반적으로 말하는 '중국인'이라는 용어는 대부분 한족에 한정되어 있으며, '중국문화'라는 용어가 지칭하는 것도 한족문화漢文化이다. 간단하게 말해서, 어느 한 민족, 어느 한 언어와 문화의 범주인 '중국인'이라는 용어는 늘 한족을 지칭하는 것에 한정되어 다른 민족 및 다른 언어와 문화를 배척한다. 따라서 역외의 중국성을 한족이라는 단일한 민족의 속성으로 단순화해버리는 것은 사실 자신의 주장을 뒤집는inverse 것일 뿐이기도 하다. 역사적으로 다양한 민족이 오늘날의 '중국'을 형성하는 데에 중요한 공헌을 했다. 예를 들어 청대(1644-1911) 만주족의 중요한 유산 즉, 그들이 확장한 영토는 이후 중화민국을 거쳐 현재의 중화인민공화국으로 계승됐다. 그러므로 중국인을 한족으로 단순화시키는 것은 미국인을 앵글로 색슨으로 오인하는 것과 결코 다르지 않다. 상술한 두 가지 상황은 서로 모습이 다르지만, 유사한 민족 중심주의가 작동한 결과라고 할 수 있다.

중국 내외의 각종 요소들이 도대체 어떻게 통일된 '중국인'이라는 관념을 낳게 되었을까? 이 문제를 더 잘 해명하기 위해, 우리는 아마도 19세기 서구 열강의 에스닉 관념 체계까지 거슬러 올라가야 할 것이다. 그들은 피부색에 근거하여 중국인이라 분류하고 중국 내부의 풍부함과 차이를 무시했다. 이것이 바로 중국인이 '황인종'이자 단일민족으로 단순화된 시초이다. 하지만 실제로는 끊임없이 변화하는 중국 지연정치의 경계선 안에서, 역사적으로 계속해서 여러 다른 에스닉그룹이 분명 존재해왔다. 하지만 중국인이라는 통일된 외피를 강화하는 것과 중국의 내부적 통일에 대한 호소는 역설적으로 공모하게 된다. 특히 1911년 만주족의 통치가 종결된 후, 중국은 통일된 중국과 중국인 집단의 출현을 절박하게 기대하면서 문화적·정치적으로 서구로부터 독립되어 있다는 자주성을 부각시키고자 했다. 이러한 담론 환경을 고려해야지만, 우리는 19세기 말 서구 선교사가 제기한 '중국인의 국민성'이라는 화두가 어째서 중국 내외의 서구인과 한족 모두에게서 동시에 유행하기 시작했는지를 비로소 이해할 수 있다.* 또한 이 관념이 어찌하여 당시 중국에서 주류를 차지하고 있던 한족에게 중국인의 기질 문제와 유관한 논의가 지속적으로 매력을 발산하고 있었는가를 이해할 수 있다. 한편 서구 열강에게 이 문제는 1949년 이전에 중국을 식민화하는 이유가 됐다. 또한 19세기 말부터 현재까지 이러한 열강 국가 내부에서 화인 이민과 화인 소수집단에 대해 실시하고 있는 차별적 관리를 공정하고 합리적인 것으로 인식하게 했다. 어떤 목적에서 등장한 것이든, '황화黃禍 the Yellow Peril'라는 이 화법의 용도는 명백했다. 다른 한편, 중국과 한족에게 있어, 에스닉적 의미에서의 '중국인'은 적어도 세 가지 다른 의도에서 비롯된 것이었다. 첫 번째는 통일된 민족을 이루어 20세기 초 제국주의와 반半식민주의에 저항하기 위해서였다. 두 번째는 자아 성

---

* 아더 핸더스 스미스Arthur H. Smith(1845-1942)는 미국 북동부의 코네티컷주에서 태어나 1872년 27살 때 미국 공리회 선교사 신분으로 중국에 왔다. 그는 톈진天津, 산둥山東, 화베이華北 등지에 거주하면서 광범위한 중국의 사회 계층을 접할 수 있었는데, 1894년에 『Chinese Characteristics』(New York: Revell)를 출판했다. 19세기 말 중국 언론·학술계에서는 근대적 담론으로서의 '국민성'에 관한 다양한 이론을 일본어 번역이나 량치차오梁啓超를 통해 접하고 있었다. 이러한 분위기하에서 이 책은 중국인들에게 다각도로 회자된 바 있다.(아더 핸더스 스미스 저, 민경삼 옮김, 『중국인의 특성』(경향미디어, 2006), 차태근, 「량치차오와 중국 국민성 담론」, 『중국현대문학』 45호(2008.6) 참고)

찰self-examination을 실천하기 위한 것으로, 일종의 서구식 자아self개념을 내재화하려는 노력이었다. 마지막으로 가장 중요한 의도는, 일부 소수민족에게 일정 정도의 자주권을 주는 것 말고도, 소수민족의 국가 건설에 대한 열망과 애국적인 헌신을 중국이라는 이 민족國族 신분에 순응시키기 위해서였다.

이상과 같이 '중국인'과 '중국성'이라는 용어 문제를 간명하면서도 광범위하게 검토함에 있어 충분히 밝혀둘 것은, 이 용어가 중국 외부의 다른 사람과의 접촉 및 내부의 다른 에스닉그룹과의 충돌 때문에 급부상하게 되었다는 점이다. 이 용어의 의의는 가장 일반적인 차원의 사용에 있지 않다. 그보다는 가장 배타적인 방면에서 영향력을 발휘한다는 데 있다. 여기에는 보편과 특수가 함께 얽혀 있다. 더 정확하게 말하자면, 주류強勢 개체는 자신을 보편이라고 사칭하는데, 이것이 외부 요소와 함께 중국·중국인·중국성의 조잡한 보편화를 결탁하게 했다. 이러한 외부적 요소는 서구에서 유래했으며, 어느 정도는 한국과 일본 같은 아시아의 다른 국가에서 유래하기도 했다. 한국과 일본은 19세기 이래 줄곧 중국문화와 정치의 영향을 억제하고 이에 저항해 왔다. 한국과 일본은 분명하게 '탈한화去漢化' 운동을 전개하여 자기 국가의 언어를 정의하면서 중국문화의 패권에 저항했다. 각자의 언어 속에서 일본 한자어, 한국 한자어의 중요성을 점차 줄였던 방식을 일례로 들 수 있다.

중국을 떠나 세계 각지로 이주한 사람들 가운데 어떤 이들은 잠시 체류한 거주국인 동남아시아의 국가들(특히 인도네시아, 말레이시아, 태국, 필리핀과 싱가포르)에서 식민 개척을 하기도 했다. 설사 디아스포라 중국인 연구가 그들의 현지화 경향을 강조함으로써 중국인과 중국성의 폭을 넓히려는 문제를 없애려 했다 하더라도, 여전히 이 영역에서 '중국성'은 주도적인 지위를 차지하고 있다. 그러므로 '디아스포라 중국인'이라는 통일된 범주를 자세하게 살펴보는 것은 현재 대단히 중요해 보인다. 이것은 단지 이 범주가 중국의 민족주의와 공모 관계에 있기 때문만은 아니다.—민족주의자는 습관적으로 '해외 중국인'이라는 말을 사용하고 있으며, '해외 중국인'이라는 명칭은 이들이 조국으로서의 중국에 돌아가기를 갈망하고 있다고 가정하며, 그들의 최종 목적 또한 중국을 위해 일하는 것이라고 생각하고 있다.—이와 동시에 이 범주가 부지불식간에 미국 같은 서구 및 말레이시아 같은 비서구 국가와 '중국성'이라는 에스닉 구축에 함께 연루되고, 강화작용을 일으키기 때문이다.—이들 국가에게 '중국성'이란, 영원히 외국적인 것(이른바 '디아스포라적인 것')이며 진정한 현지本土의 자격을 갖추고 있지 않은 것이다. 동남아시아, 아프리카, 라틴 아메리카와 같은 포스트식민 민족국가에서, 각종 화어를 사용하는 사람들이 역사적으로 이미 현지의 거주민 대열에 진입했다고 말한다면, 이는 결코 견강부회가 아니다. 어떤 사람들은 6세기에 동남아시아로 와서 그 지역의 민족국가보다 훨씬 더 오랜 역사를 가지고 있기 때문에, 당연히 국적으로 묶인 신분 표식을 충분히 감당할 수 있다.[1] 문제는 누가 그들을 태국인, 필리핀인, 말레이시아인, 인도네시아인 또는 싱가포르인이라고 보는 것을 가로막고, 다른 국민과 똑같이 단지 다언어·다문화국가의 거주민으로서 중국에서 온 조상을 둔 사람에 불과할 뿐이라고 인식하는가에 있다. 비슷한 예로, (일찍이 19세기 중엽 미국으로 이주하여) 미국에서 살아가는 중국 이민자들이 '중국계 미국인'(이 복합 명사에서 후자인 '미국인'이 강조됨)이 되는 것을 누가 가로막는가? 우리는 다양한 종족 배척 행위에 대해 상세하게 살펴볼 필요가 있다. 미국의 '중국인 이민 금지법排華法安 The Chinese Exclusion Act', 베트남 정부의 현지 중국인 추방, 인도네시아·말레이시아에서의 반反중국인 폭력 사건, 필리핀의 스페인인과 자바의 네덜란드인이 중국인에게 행한 도살 행위, 필리핀의 중국 아동 납치 등 수많은 유사 사례가 있다. 이러한 사례를 통해, '중국인'이라는 구체화된 범주가 에스닉과 민족의 표식으로서 어떻게 타자를 배척하며 희생양으로 삼고 박해하는 각종 시도 혹은 기획을 완성시키는지 알 수 있다. 이탈리아인, 유대인 그리고 아일랜드인 이민은 점차 '백인'이 되어 미국 백인 사회의 주류로 편입되었지만, 중국계 미국인인 황인종 '중국인'은 여전히 정체성 확보를 위해 갖은 고초를 겪고 있다.

역설적이게도 디아스포라 중국인 연구가 제공하는 증거들은 오히려 이러한 이민자들이 이주한 국가에서 현지 지역화地方化하고자 하는 염원이 매우 강렬하다는 사실을 충분히 보여준다. 심지어 독립된 도시국가가 되기도 전에 싱가포르에서는, 중국에서 이주한 지식인들이 자신의 문화를 인식할 때 자신들이 정착한 국가를 중심으로 삼기까지 했다. 그들은 자신들을 위해 '난양南洋'*이라는 개념을 생각해냈고, 많은 사람들이 자신의 문화를 '해외 중국문화'라고 말하는 것에 반대했다.[2] 인도네시아에서 나

---

* '난양'은 중국의 시각에서 봤을 때 중국의 남쪽 해양 일대의 신비한 구역을 가리킨다. 현재 동남아시아 화인사회에서 이 단어는, 사용하는 사람의 의도에 따라 두 가지 의미를 내포하고 있다. 하나는 무의식중에 중국을 중심으로 상정하거나 자신들이 문화적으로 복고적 성향을 띨 때, 자신들의 거주지를 '난양'이라고 표현한다. 이와 반대로 자신들이 거주하고 있는 동남아시아의 말레이 중심주의에 저항을 표현하고자 할 때, 의식적으로 이 용어를 사용하기도 한다. 같은 용어이지만 어떤 때는 중국 친화적 성향을 표현하기 위해서, 어떤 때는 중국이 아니라 거주지의 부당한 차별정책에 저항하기 위해서, 이렇게 두 가지 의미를 띨 수 있다.(黃錦樹, 「內/外: 錯位的歸返者王潤華和他的(鄕土)山水」, 『中外文學』23(8), 1995 참고)

고 자란 페라나칸Peranakans과 말레이시아 혼혈인 '바바峇峇 Babas'는 이른바 '해협 화인Straits Chinese'으로서, 그들만의 독특한 혼혈문화를 형성하고 있으며 중국으로부터의 '재중국화resinicization' 압박에 저항하고 있다.[3] 오랫동안 수많은 중국계 미국인은 자신이 민권운동의 아들이라고 생각하면서 중국과 미국의 '이중지배'와 조종을 거절해왔다.[4] 중국계 태국인들은 자신들의 성씨를 현지화하여 태국 사회에 유기적으로 거의 철저하게 융화됐다. 1930년에 결성된 말라얀 공산당은 가장 활발하게 반反식민 활동을 한 조직 중 하나로, 영국인과 일본인의 침략에 저항했다. 그 구성원들은 주로 말레이시아의 한족 화인이었다. 거슬러 올라가면 중국 선조들이 있는 사람들, 에스닉 또는 민족적으로 다른 혼혈인 집단, 이를테면 샴[태국의 이전 명칭]에 살고 있는 화인 후예, 캄보디아와 인도차이나 반도의 혼혈인, 페루의 혼혈 인헤르토Injerto와 차이나촐로Chinacholos[라틴 아메리카인과 중국인의 혼혈], 트리니다드섬과 모리셔스의 크레올인Creoles, 필리핀의 메스티소인 등은 우리에게 다음과 같은 문제를 제기한다. 계속해서 이들을 '디아스포라 중국인' 범주에 포함시켜 버리는 것은 도대체 어떤 의미가 있는가? 이렇게 하는 것은 도대체 누구의 의도인가? 하는 문제를 말이다.

세계 각지의 화어계 이민자들의 정서는 당연히 천차만별이다. 이주 초기 단계에 그들은 대부분 소상공업에 종사하거나 막노동을 하는 노동자였기 때문에, 일종의 얹혀산다는 느낌을 강하게 가지고 있었다. 초기 이주자들이 현지에 남거나 현지를 떠났던 선택은 그들이 융합을 원했는가의 여부를 드러내는 서로 다른 측정 메커니즘을 제공해 준다. 디아스포라 중국인을 판단하는 기준은 '중국성'으로, 더 정확하게 말하자면, 서로 다른 정도의 중국성이다. 하지만 오랜 역사적 과정을 거쳐 세계 각지에 흩어져 사는 화어계 에스닉그룹은, '디아스포라 중국인'이라는 이 범칭 용어의 타당성에 의문을 야기한다. 예를 들어, 이 틀 속에서 어떤 사람은 '중국성'이 좀 더 많을 수 있으며, 어떤 사람은 '중국성'이 그다지 많지 않을 수 있다는 식의, 중국성이라는 것을 사실상 평가하고 계량화하며 잴 수 있는 것으로 만들어 버린다. 또한 디아스포라 중국인을 연구하는 저명한 학자 왕경우王賡武는 이러한 담론에 대해서, '중국성의 문화적 스펙트럼cultural spectrum of Chineseness'이라는 가설을 제기한 바 있다. 실례로서 그는 역사적 관점에서 볼 때 홍콩의 화인들이 훨씬 더 중국적이라는 데 주목했다. 설사 홍콩의 화인들이 '상하이에 있는 그들의 동포와는 이미 완전히 똑같지는 않게 되었다'고 하더라도 말이다. 하지만 샌프란시스코와 싱가포르의 화인들은 훨씬 더 '다양한 비중국적 변수'를 많이 가지고 있다.[5]

한편, 또 다른 디아스포라 중국인 연구자인 판링潘翎*은 미국의 화인이 이미 자신들의 문화적 근거를 잃어버려 '중국성을 잃어버렸다'고 지적한다. 나아가 판링은 중국계 미국인이 민권운동에 참여하는 것은 '기회주의'와 다르지 않다고 질책한다.[6] 이러한 말에서 우리는 부모 세대 이민자의 질책하는 목소리를 듣는 듯하다. 즉 20세기 초 샌프란시스코의 당인 거리唐人街에서 1세대 이민자들은 자기의 미국화된 자녀가 더이상 만족할 만한

---

* 판링(1945-현재)은 상하이에서 태어나 1950년대 중반 말레이시아 코타키나발루를 거쳐 15세에 영국으로 건너가 런던대학과 케임브리지대학을 다니면서 20년 동안 살았다. 다양한 언어를 하지만 성인이 될 때까지 완전히 고립된 '중국-상하이 사람'으로 살았다고 한다. 말레이시아에서도 모친은 상하이식 음식점을 운명했으며, 가족 모두 '상하이어'를 사용하며 말레이시아 현지 중국인과도 섞이는 생활은 하지 못했다고 한다. 이후 제네바와 헬싱키에서 잠시 교편을 잡았다가 1980년대 후반 홍콩으로 이주하여 기자로 일했으며, 1995-1998년에는 싱가포르 중국문화유산센터Chinese Heritage Center 소장을 지냈다.(Vikram Khanna, REVIVING A LOST HERITAGE: An Interview with Author Lynn Pan, NewStory, 1995 참고)

중국인이 아니라는 점을 질책하며, 자식 세대를 '속 빈 대나무空心竹'라 부르기도 했다. 그러면서 자기 세대는 중국에서 비롯된 민족주의가 주장하는 중국인으로서, 세계 각지에서 살아가고 있는 화인들과 비교해 볼 때 여전히 가장 정통적인 중국인이라고 자처한다.

디아스포라 중국인 연구에는 두 가지 맹점이 있다. 하나는 조직 원칙으로서의 중국성을 넘어설 수 없다는 것이고, 다른 하나는 다른 학술 영역과의 교류가 부족하다는 것이다. 이 범주에 속한 연구로는, 미국의 에스닉연구(여기에서 종족 신분과 국적이 근원적으로 분리될 수 있다), 동남아시아 연구(각종 화어를 사용하는 사람들이 불가피하게 갈수록 현지 동남아시아인으로 간주된다), 그리고 각종 언어에 근거한 포스트식민 연구, 프랑스어권 연구(프랑스 공화국의 이데올로기에 따르면, 프랑스어를 사용하는 화인은 프랑스인이다)[7] 등이 있다. 그러므로 디아스포라 중국인 연구의 주류적 관점에서, '중국계 미국인'은 무언가를 잃어버린 사람이며, 심지어 홍콩인과 타이완인도 홍콩의 중국인, 타이완의 중국인으로 인식될 뿐이다. 디아스포라 중국인 연구에서 중국을 조국으로 상정하는 관념의 과도한 편파성은, 전 세계에 산포하고 있는 화어계 에스닉그룹을 해석할 수 없을 뿐만 아니라, 어떤 국가 내에서 주어진 에스닉그룹 구분과 문화적 신분이 끊임없이 이질화하고 있는 것을 설명할 수 없다. 사미르 아민Samir Amin은 세계화가 진행된 오랜 기간longue durée을 감안해 볼 때, 이질화와 혼종화hybridization는 여태껏 일반적이었음을, 유사 이래의 예외적인 정황이 아님을 상기시켜 준다.[8]

2. '화어계'란?

　나는 '화어계'라는 개념으로 중국 밖의 화어 언어문화와 에스닉그룹 및 중국 지역 내의 소수민족 에스닉그룹―이곳에서 한어는 이식되거나 자발적으로 원해서 받아들여진 것이다―을 지칭하고자 한다. 중국이 문화제국이었을 때 경전적이고 문학적인 문어체 한어는 전체 동아시아 세계 및 베트남의 표준 글쓰기 형식이었으며, 학자들은 소위 '필담筆談'을 통해 소통할 수 있었다. 과거 20년 동안의 18-19세기 청 제국에 관한 연구영역에서도, 제국 중심론의 모종의 후속 효과가 보인다. 이것은 어느 정도 프랑스 관방의 입장에서 보는 '프랑스어권Francophone' 개념과 비슷하다. '프랑스어권'은 상당 정도 프랑스제국이 확장하면서 프랑스의 문화와 언어가 아프리카와 카리브해 군도를 식민화한 결과이다. 스페인 제국이 라틴 아메리카 스페인어권 지역에 끼친 영향, 대영제국이 인도와 아프리카 영어권 지역에 끼친 영향, 그리고 포르투갈 제국의 브라질 및 아프리카 지역에 끼친 영향 등의 예도 비교 가능하다. 물론 이 제국들이 취한 구체적인 방법은 결코 같지 않았다. 그들의 문화적 영향과 언어 식민이 보여주는 위협 또는 협력의 정도도 달랐으며, 최종적으로 끼친 영향의 정도 또한 모두 달랐다. 그러나 그들이 남겨놓은 것은 모두 해당 지역의 문화가 지배 시기의 언어가 남겨놓은 후과에 영향받고 있음을 보여준다. 앞서 말했듯이, 표준 일본어와 한국어 속에 오늘날까지 분명하게 경전 한어 글쓰기의 흔적이 남아 있지만, 그것은 단지 어떤 현지 지역화한 형식일 뿐이다. 이것은 하나의 예가 될 만하다.

　하지만 소수의 몇몇 예를 제외하고, 현재 중국 바깥의 '화어계'* 에스닉그룹과 중국과의 사이를 엄격한 의미에서의 식민 혹은 포스트식민의 관계라고는 할 수 없다. 이것이 '화어계'와 (프랑스어권, 스페인어권 등과 같은) 다른 언어에 기반한 에스닉그룹과의 중요한 차이점이다. 그런데 이주정착자의 식민주의settler colonialism는 정반대의 일례가 된다. 싱가포르는 이주정착 식민지로, 인구의 대부분이 한족이다. 이것은 마치 영어 이민자 국가인 미국이 미국 원주민을 통제하는 이주정착 식민지인 것과 유사하다. 20세기 역사발전의 결과, 싱가포르의 포스트식민 언어는 다양한 화어가 아니라 영어이다. 타이완의 경우 한족 인구 대부분이 17세기부터 타이완으로 이주하기 시작했고, 미국처럼 이주하기 전의 국가로부터 형식적인 독립도 시도했다. 게다가 타이완의 상황은 프랑스어권의 퀘벡과 다소 유사하다. 퀘벡에서는 82%에 가까운 사람들이 프랑스어를 말한다. 소위 '조용한 혁명Révolution Tranquille'을 통해, 프랑스령 캐나다인이라는 신분이 일종의 현지화한 현대 퀘벡인 신분으로 바뀌는 경우가 갈수록 늘어나고 있다.[9] 타이완의 경우 국민당 통치 시기에 이식한 대일통大一統 중국인이라는 신분이 현재 일종의 본토화한 신新타이완인 신분으로 점차 바뀌고 있다. 국어國語[표준 중국어]는 현재 다언어 사회인 타이완의 관방 언어 중 하나일

---

*   스수메이가 이론과 방법으로서 강조하는 '화어계'는, 화어가 현지화할 때 출발지(중국)와 거주지(북미·동남아시아 등) 양쪽의 언어/권력과 긴장 관계를 형성하면서, 각종 본질주의를 비판하고 마이너리티의 자기 결정권에 의한 주체성 구축 과정 자체를 보여주고자 하는 개념어이다. 따라서 일정한 범주를 연상시키는 화어'권'으로 번역하지 않고, '갈래'의 뉘앙스를 전달할 수 있는 화어'계'로 번역함을 밝혀둔다. 반면, 영국과 프랑스의 식민 지배를 받은 적 있는 무문자사회 또는 다종족·다언어·다문화사회가 포스트식민 시기에 소위 '민족국가'를 형성하면서, '영어'와 '프랑스어'를 식민의 유산으로 계승·유통·발전시키고 있는 것은 또 다른 맥락으로 이해하기를 당부드린다. 영연방The Commonwealth of Nations과 프랑스어권Francophonie를 봐도 알 수 있듯이, 영어'권'·프랑스어'권'이라는 용어는 언어·문화 공동체뿐만 아니라 관방 국제기구와 함께 맞물려 있기 때문에 가능하다.

뿐이다. 실제로 타이완에서는 대다수의 사람들이 민난어閩南語로 말하며 그밖의 사람들은 커자어나 각종 원주민 언어를 사용한다. 그런데 어떤 종류의 '화어(푸젠어福建語/타이완어, 커자어, 광둥어廣東語, 차오저우어潮州語 등)'를 사용하든 정착한 이주민인 싱가포르와 타이완의 한족은 원주민에게 모두 식민지배자이다. 원주민의 입장에서 보면, 타이완의 역사는 (네덜란드부터 스페인까지, 다시 중국, 일본 등에 이르기까지) 끝없는 식민의 역사였으며, 타이완은 식민 상태에서 벗어난 적이 없었다.

　동남아시아 각지에 정착한 화인들도 중국 정부가 규정한 표준어를 사용하는 경우가 드물다. 그들은 이주할 때 출발지에서 가져온 각종 '지방 언어topolects'를 현지화하여 사용한다.[10] 이러한 '지방 언어'는 국내외 이주 과정에서 다양한 형태로 변했을 것이기 때문에, 이주가 발생했을 때의 시간성이 대단히 중요하다. 예를 들어 한국에 살고 있는 화인이 사용하는 말은 산둥어山東語와 한국어의 혼합물이다. 이 혼합어의 '크레올화creolized'[11] 정도는 심지어 두 언어의 말뜻, 구조형식과 어법에 이르기까지 고도로 뒤섞인 형태로 표출되는데, 그 상호 의존 정도가 유기체를 방불케 한다. 한국의 2세대·3세대 화인들의 상황이 특히 그러하다. 화어 교육체계에 현지인이 개설한 표준 한어 교육이 (처음에는 타이완 정부가 지지했고, 한국과 중국 간의 외교 관계가 재건된 이래 지금은 중국 정부가 지지하고 있는) 포함되어 있음에도 불구하고 말이다. 다른 지역에서와 마찬가지로 한어의 표준어 지위는 일종의 문어체 언어에 머물 뿐, 말로 할 때의 발음은 산둥어이다. 우리는 이를 토대로 동남아시아에서 차오저우말, 푸젠말, 커자말, 광둥말 그리고 하이난海南말을 하는 사람들, 홍콩에서 광둥말을 하는 사람들, 그리고 미국에서 각종 '화어'와 중국식 '영어' 또는 상하이 조계식의 영어를 사용하는 사람들에 대해 동일한 결론을 내릴 수 있다. '바바峇峇'와 같은 토박이 해협 화인은 영어도 하고 말레이어도 한다. 화어를 정도가 다르게 '크레올화'하거나 중국과 관련된 조상의 어떤 언어든 철저하게 버리는 현상도 존재하고 있음은 두말할 필요 없다. 그러므로 '화어계'의 존재는 이러한 말들이 어느 정도 유지·지속되는가에 달려있다. 만약 이러한 말들이 폐기된다면 '화어계' 역시 쇠퇴하거나 소멸될 것이다. 그러나 그 쇠퇴와 소멸을 애석해하고 그리워할 이유는 없다. 아프리카의 프랑스어권 국가들은 이미 식민지배자의 언어를 다른 정도로 유지 혹은 폐지하면서 동시에 자기 언어의 미래를 모색하고 있다. 그러므로 '디아스포라 중국인'이라는 개념과 달리, '화어계'는 결코 한 인간의 에스닉 신분을 강조하지 않는다. '화어계'는 발전 중이거나 멸망 중인 이들 화어 언어 에스닉그룹 속에서 그/그녀가 사용하고 있는 어떤 언어를 분야로 삼는다는 사실을 강조한다. '화어계'는 끝까지 국가·민족과 함께 묶이지 않는다. '화어계'는 본래 국가와 민족을 넘어서는 전지구적인 것으로, 중국과 중국성 주변에 위치해 있는 각종 화어 형식을 포함한다. 이주민 에스닉그룹에게 '화어계'란 이주하기 전 언어의 '잔여물residual'이다. 이러한 성격으로 인해 화어계는 세계 각지의 이민 1세대 및 화인이 대다수를 차지하는 이주정착 식민지에서 많이 나타난다. 이런 점에서 그것은 사라지는 과정에 있는 일종의 언어 신분—그것은 형성되자마자 곧 사라지기 시작한다—일 뿐이어야 한다. 세대가 바뀜에 따라 이주 정착민과 그 후손들이 점차 이주하기 전 관심 가지고 있던 것 대신에 현지 언어로 소통하는 현지화에 관심을 가진다면, '화어계'도 결국에는 존재 이유가 사라질 것이다. 그러므로 분석적이고 인지적인 개념으로서의 '화어계'는 지리학뿐만 아니라 시간적으로도 특정한 의미를 지닌다.

홍콩의 민주파나 현재 타이완 독립을 주장하는 사람들에게 '화어계'라는 용어는 중국 패권에 저항하는 일종의 반反식민의 의미도 띤다. '화어계'는 지역 본위적이며 일상 실천적이면서 체험적이어서, 현지의 요구와 상황을 반영하며 끊임없이 변화하는 역사적인 구조이다. '화어계'는 각종 중국성을 갈구하기도 하고 배제하기도 하는 하나의 캠프營地라고 할 수 있다. '화어계'는 민족의 특성을 우회적으로 강조하기도 하고 중국정치에 반대하거나 심지어 중국 무관론이 발효되는 지점일 수도 있다. 중국과 역사적으로 같은 근원 관계를 가진 어떤 화어를 사용한다고 해서, 반드시 당대 중국과 관계를 맺어야 하는 것은 아니다. 영어를 사용하는 사람이 반드시 영국과 관계를 맺어야만 하는 것이 아니듯 말이다. 다시 말해 '화어계'라는 용어는 인류의 언설 영역속에서 온갖 다른 입장을 취할 수 있으며, 그 가치는 결코 중국에 의해 제한될 필요가 없다. 오히려 그것은 현지의 지역적 또는 전지구적인 각종 가능성과 요구에 의해 제한된다. 여기에는 배제, 합병 그리고 승화sublimation 등의 이원 변증법이 존재하지 않는다. 적어도 그것은 삼원 변증적trialectics[공간 연구영역에서 '시간-공간-사회'를 의미함]이다. 왜냐하면 발휘하는 조절작용이 소위 하나의 '타자'를 끊임없이 만들어 내는 것에 그치지 않으며, 더 많은 매개를 가지기 때문이다. 그러므로 '화어계'와 중국의 관계는 여전히 불안정하며 산적한 문제를 가지고 있다. 이처럼 뒤섞이고 착종하는 관계는 프랑스어권과 프랑스, 스페인어권과 스페인, 영어권과 영국 간의 관계와 유사하다. 지배적 위치를 점유하고 있는 '화어'는 아마도 표준 한어일 것이다. 하지만 동시에 그것은 각종 하위 언어가 저항하는 목표이기도 하다. 각종 하위 언어는 표준 한어가 더이상 표준화하지 않고 크레올어화, 파편화하도록 만든다. 심지어 때로 그것은 표준 한어를 아예 배척하기도 한다. 계엄 해제 이후 타이완에서 종종 등장했던 상징적인 '중국과의 결별告別中國' 장면을 예로 들 수 있다.[12] 1997년 이전에는 표준 베이징 한어가 패권에 다가서는 것을 저지하고 광둥어를 추종하려는 현지주의本土主義 사조가 '화어계' 홍콩에서 일어나기도 했다. 우산혁명* 이후, 홍콩 현지 언어를 수호하려는 운동 역시 바야흐로 발전 중이다.

두말할 필요 없이 문학 분야에서 '화어계'는 대단히 중요한 비판적 범주이다. 과거에는 한어 문어체로 쓴 중국 국내와 국외 문학 사이의 구별이 상당히 모호했다. 그 결과 중국 밖의 각종 화어로 쓴 문학창작은 완전히 잊혀지거나 그렇지 않을 경우 소홀히 취급되거나 주변화됐다. 영어에서 습관적으로 사용하는 분류인 '중국문학Chinese literature'은 중국의 문학이고, '화문문학Literature in Chinese'은 중국 밖의 문학을 의미한다는 분류는, 이러한 혼란을 더욱 가중시켰다. 두 용어 가운데 'Chinese'라는 말이 단순하게 지칭하는 'Chinese'란 일종의 패권의 상징으로서 아주 쉽게 중국 중심주의로 귀결되었다. '중국문학' 혹은 '화문문학'이라는 관념은 사실 [주

---

* 2014년 9월 하순부터 12월 15일까지 약 79일간 이어진 홍콩의 민주화 시위를 가리킨다. 당시 중국정국인민대표대회가 친중국계로 구성된 후보 추천위원회의 과반 지지를 얻은 인사 2-3명을 행정장관 입후보 자격으로 제한한 데 대한 반발로 일어난 시위이다. 10만 명 이상이 참여하며 전 세계의 주목을 받았고, 서구 언론이 당국의 최루탄을 우산으로 막아낸 시위대의 행동을 '우산혁명Umbrella Revolution'이라 명명하며 보도하면서 이 용어가 정착되었다. 비록 행정장관 직선제 개선안은 끌어내지 못했지만, 중국의 일국양제 하의 홍콩 정책에 허점이 많음을 알리는 효과를 거둔 점에서 중요한 사건으로 평가받고 있다.(위키백과 참고)

류] 중국문학을 패권의 원형에 두고, 서로 다른 각종 '중국 문학'*의 유형을 중국문학과의 관계에 따라 분류하고 배열한다. 중국에는 '세계화문문학world literature in Chinese'을 연구하는 제도화된 학술조직과 프로젝트가 있다. 이 연구는 현재 한창 번창하고 있는 중이다. 그 정치적 의도는 아마도 프랑스어권에 대한 프랑스 관방의 관념과 거의 차이가 없을 것이다. 또한 '세계화문문학'은 '세계문학'에 대한 '구미歐美문학'의 분류와도 매우 흡사하다. 구미문학은 표준적이고 보편적인 것이기 때문에 레테르가 필요 없다. 하지만 구미 바깥의 문학은 '외부세계'의 문학literature of 'the world at large'이다. 그러므로 '세계문학'이라는 것 자체가 모든 비非구미 문학을 상징하는 기호가 된다. '세계화문문학'이라는 용어의 기능은 이와 비슷하다. 중국문학이란 명명된 적 없으면서도 패권 지위를 차지한 채 통용되는 비어 있는 시니피앙이며, 나머지 세계는 '세계화문문학'만 생산한다. 이러한 구조에서 '세계'란 중국(중국 본토영역) 바깥의 특정 지역—이들은 각종 화어 문어체로 글을 쓰기 때문에 중국과 관련된 지역—의 집합을 의미한다. 중국의 '세계화문문학' 연구의 번영은 중국의 전지구화와 그림자처럼 은밀하게 결합되어 있다. 이는 우리로 하여금 특정 지식체계가 구성하고 있는 정치·경제학을 비판적으로 분석하게 한다.

그러므로 중국문학이 설정한 하나의 중심에 반대하는 개념으로서의 '화어계'는, 세계 각지의 다양한 화어계 문학을 효과적으로 지향한다. 화

---

* 이 부분에서 스수메이는 일반적으로 분류하는 명칭인 중국문학Chinese literature이 대륙 중국 중심적임을 지적하고 중국을 기반으로 생성된 다양한 문학을 지칭하기 위해 '서로 다른 각각의 중국 문학'이라는 표현을 사용했다. 일반 명칭인 '중국문학'과 구별하기 위해 '중국 문학'으로 띄어쓰기 했음을 밝혀둔다.

어계가 서로 다른 다양한 언어로 구성되어 있으며, 다양한 집단이 그들의 독특한 화어를 사용한다는 간단한 사실에 비추어 보자면, 화어계 문학은 본질적으로 다언어적이다. 예를 들어 화어계 말레이시아문학은 광둥어, 기타 화어 그리고 표준 한어가 공존하는 현실을 생동적이고도 핍진하게 포착해내고 있다. 화어계 말레이시아문학이 말레이어, 영어 그리고 타밀어로 크레올화 됐음은 더 이상 말할 필요가 없다. 이와 유사하게, 타이완의 화어계 문학 중 남도어계南島語系 원주민 작가가 창작한 작품에는 각종 원주민 언어와 한족의 한어가 한데 뒤섞인 채 서로 저항하고 협상하는 모습이 늘 나타난다. 서로 다른 저항 대상 앞에서 한족 타이완 작가는 새로 발명한 민난어 문어체로 실험적인 글을 써내기도 한다. 이것은 홍콩 작가가 광둥어 문어체를 확장하고 만들어내어 화어계 홍콩문학이 중국문학과 차이가 있음을 보여주려 하는 것과 같다.

미국문학의 언어 환경에서는 화어로 쓴 화어계 미국문학華美文學을 명확하게 지칭하는 명칭이 아직까지 없다. 그러므로 신시아 웡黃秀玲 Sau-ling Wong이 '영어계 화인문학'과 '화어계 화인문학'을 구분하려 한 것은 대단히 중요하다.[13] 화어계 미국문학의 역사와 비평실천 속에서 화어로 쓴 문학은 철저하게 주변화됐다. 왜냐하면 그것이 '비非미국적'이라서 동화시킬 수 없다는 우려를 야기했기 때문이다. 화어계 문학은 민족國族을 분류 모델로 하여 표준한어와 표준영어를 평가 기준으로 삼는 '중국문학'과 '미국문학'의 바깥으로 배척됐기 때문에, 줄곧 자신의 이름을 바로잡을 것을 호소하고 있다. 초기 미국의 화어계 문학은 대부분 광둥어 또는 광둥어에서 음이나 성조가 바뀐 화어로 창작됐다. 1965년 이후 많아진 표준한어를 사용한 창작은, 서로 다른 역사 시기에 중국, 타이완 및 기타 지역에서 온 이주민이 가지고 있는 특정한 지리적 윤곽을 보여준다. 몇 대에 걸쳐 이주한 기타 화어 공동체가 창작한 화어계 미국문학이 많아지자 미국문학에서 중심지위를 차지하고 있는 영어가 충격을 받게 됐다. 다른 나라의 문학과 마찬가지로 미국문학 역시 다언어적이다. 이것은 단순명료한 사실이지만, 주류 담론이 지지하는 언어와 문학 정치에 의해 늘 무시되었다.

만약 타이완 원주민이 창작한 화어계 타이완문학과 미국의 화인 에스닉그룹이 창작한 화어계 미국문학이 각자의 주류 문화에 정식으로 불만을 제기하고 반식민 혹은 탈식민의 의도를 드러냈다고 한다면, 화어계 티베트문학이나 화어계 몽골문학도 이와 같이 보아야 한다. 예를 들어 '화어'로 창작하는 수많은 티베트 작가들의 경우, (만약 그들이 주권 독립을 원한다면) 외재적이든 (비록 그들이 중국 국적을 받아들였지만 억압을 느낀다면) 내재적이든 비록 몸은 주체적 자아라 하더라도 식민 상황에서 생활하고 있다. 그들은 표준적인 한어 문어체로 글을 써낼 수 있지만, 그들의 감수성은 문화중국 및 '중국성'을 한족 중심으로 보는, 그리고 한족이 주도하는 동질화 구조가 은밀하게 영향을 주고 제어하는 정치를 느끼고 있다. 청 제국의 확장으로 티베트, 위구르 그리고 내몽골의 광활한 강토가 중국의 판도로 귀속되었으며, 중국이 그들에게 가한 효과적인 군사 정복과 문화 관리가 전형적인 식민 통치 방식[14]임을 역사는 이미 우리에게 알려주었다. 그러므로 중국의 내부 식민 상황 즉, 언어, 문화 그리고 에스닉에 있어서 '타자'보다 우월하다는 한족의 패권적 지위는 반드시 철저하게 살펴볼 필요가 있음을 지적해야 한다. 티베트족과 위구르족 작가가 표준 한어 문어체를 선택하여 창작할 경우, (만약 우리가 이중언어雙語 감수성이라 지칭하지 않는다면) 일종의 독특한 이원 문화 감수성을 띤다. 그 속에는 '교차 인식론적

대화跨認識論的對話, cross-epistemological conversation'[15]가 저항적으로, 이원 변증적 또는 기타 방식으로 존재하고 있다. '제3세계'라는 범주가 제1세계에서 통용될 수 있는 것처럼, '화어계'도 중국 영내의 주변에 존재하고 있다. 비록 이러한 주변이 상징과 강역疆域이라는 이중적인 의미를 가지고 있다 하더라도 말이다.

'화어계' 그리고 중국과 중국성은 복잡한 관계를 구성한다. 마찬가지로 '화어계'는 이주 정착지 및 생활 경험과도 복잡한 관계를 보여준다. '화어계'와 '중국성'의 주도적인 구조는 다르며, '화어계'와 '미국성美國性'의 주도적인 구조도 다르다.—'화어계'는 처음부터 미국에서의 생활 경험이라는 특수성을 가지고 있다.—'중국성'과 '미국성'의 주도적인 구조를 이질화시킴으로써 미국의 '화어계' 문화는 주체적인 지위를 지켜냈다. 어떤 이들은 이러한 점을 포스트 모더니스트의 '사이성in-betweenness'으로 간주하기도 하고, 어떤 이들은 화어계가 현지화를 실천하고 있는 존재의 양태로 보기도 한다. '장소place'는 일찌감치 화어계가 의의를 획득하는 기반이 되었다.

그러므로 '화어계'를 정의할 때 반드시 언급해야 할 점은 현지라는 공간이다. 게다가 '화어계'는 형성과 소멸의 과정을 충분히 살펴볼 수 있는 강한 시간성을 가지고 있다. 광둥어, 민난어 그리고 그 밖의 각종 화어를 사용하는 최근에 형성된 미국 집단의 경우, 정치적 충성으로 인해 종종 서로 극단적인 입장을 고집하기도 한다. 하지만 의심할 수 없는 것은 그들이 이주 정착지에서의 사회적 심리와 정감을 이입하는 경우가 점점 늘어나고 있으며, 원래 가지고 있던 미련을 없애버리기까지도 한다는 점이다. 그러나 새로운 이민이 끊임없이 몰려들면서 '화어계'는 생동적인 상태를 유지하고 있다. 비교적 초창기의 이주민은 주류를 향해 앞으로 나아가 주류문화를 이질화함으로써 다원문화를 추구하고 있다. 관방 프랑스어권Francophonie의 역사는 '화어계'도 중국 정부에 의해 간섭·재편될 수 있다는 위험을 일깨운다. 제도적 개념이 된 '프랑스어권'의 경우, 프랑스 정부가 의식적으로 '프랑스어권francophone'*의 반反식민적 특징을 무시하고 다원주의의 수호자로서 프랑스가 지니는 잠재능력을 강조함으로써 미국의 문화패권이라는 거대한 압박에 저항하고 있다.[16] '관방 프랑스어권Francophonie'은 어떤 의미에 있어서 프랑스 제국이 남긴 유령으로 볼 수 있다. 즉 프랑스 제국이라는 이 역사적 후광의 비호하에서, 오늘날의 프랑스는 쇠퇴해가는 문화적 영향력을 잠시 늦출 수 있었던 것이다. 하지만 불행하게도 그것은 프랑스의 세계적인 영향력이란 환상에 불과하거나, 그렇지 않다면 옛 제국에 대한 그리움이라는 약간의 감상적 논조를 불러일으킬 뿐이다. '디아스포라 중국인'이라는 개념이 불러온 결과도 이와 비슷하다. '디아스포라 중국인'은 중국을 근원으로 보고 세계적인 영향력을 행사한다. 당대의 '화어계'는 (베트남, 일본 그리고 조선을 포함하는 전근대적 '화어' 세계인) 고전적인 중화제국을 증명하려고도, '중국성'을 독점하고자 하는 현재 형성 중인 중화제국을 증명하려고도 하지 않는다. 당대의 화어계는 그러한 호소에 공명할지 아니면 반박할지 결정할 수 있다. 다음과 같은 경우가 그 예이다. 과거 두 세기 동안 일본은 두 차례의 중일전쟁을 일으켰으

---

* 국제기구로서의 프랑스어권은 '대문자'로 표기하고, 프랑스어 사용이라는 '언어 현상을 기초'로 하는 개념일 경우, 소문자로 표기한다.(이용철 외, 『프랑스어권 연구』(한국방송통신대학교출판문화원, 2017) 참고) 스수메이는 둘 다 대문자로 표기했지만 번역하면서 수정했음을 밝혀둔다.

며, 일본어 운동을 통해 한어 글쓰기 기호를 대체함으로써 상징적으로 중국을 '초극'했다. 한국의 경우 좀 더 우회적이었다. 17세기에 조선은 '사대주의' 이데올로기에 반대하면서, 유교적 중국문화의 수호자라는 역할을 적극적으로 맡아 참된 유교문화를 건설함으로써 만주족 청나라 정부에 저항했다.[17] 그러나 20세기 한국의 역사는 21세기 초에 중국이 다시 전지구적 판도에서 부상할 때까지 지속적으로 중국의 영향에서 벗어났음을 보여준다.

3. 화어계연구, 화어계 문학 및 기타

개괄하자면 이 글에서 '화어계'를 개념으로 제시하는 목적은 다음의 두 가지를 강조하기 위해서이다.

(1) 디아스포라는 그 끝이 있다.[*]

이주민이 정착하여 현지화가 시작되면 많은 경우 2세대나 3세대로 내려가면서 이러한 디아스포라 상태를 끝내려 한다. 소위 '조국'에 대한 이민 전의 미련은 통상 자각적이든 그렇지 않든 본국의 곤경에 감정 이입하는 형태로 반영된다. 예를 들어, 국가 에스닉 관념이나 기타 적대적 상황이 이주민을 압박하게 되면, 이주민은 과거에서 도피처나 위안을 찾게 된

---

[*] 제1장 3절 본문 속 굵은 글씨는 원저자 스수메이의 표기법을 그대로 따른 것이다.

다. 또 문화적으로나 기타 방면에서 우월감을 갖게 되면, 이주민과 현지인 사이에는 단절과 소외가 생긴다. 디아스포라에 끝이 있다고 강조하는 것은 문화와 정치적 실천이 결국은 현지를 기반으로 해야 하며, 모든 사람들에게 현지인이 될 수 있는 기회가 부여되어야 한다는 믿음에서 비롯된 것이다.

(2) 언어 집단은 변화 중인 개방적 집단이다.

이주민의 후손들이 조상의 언어를 더이상 사용하지 않게 된다면, 그들은 더이상 화어계 집단을 이루는 구성 요소가 아니다. 화어계는 변화하는 집단으로서 (얼마나 지속되든지 간에) 과도적 단계에 처해 있다. 그래서 불가피하게 현지와 융합하고 나아가 현지의 구성원이 된다. 또한 화어계는 개방적 집단이다. 화어계는 결코 발화자의 에스닉이나 국적에 따르는 것이 아니라 발화자의 사용 언어에 근거하여 규정되기 때문이다. 영어를 사용하는 사람이 반드시 영국인이나 미국인이 아니듯, 화어계에 속한 사람 또한 국적상 중국인일 필요가 없다. 대다수 집단은 다언어적이기 때문에, 언어로 규정되는 집단은 경계선이 불명확하거나 개방적일 수밖에 없다.

그렇다면, 화어계를 연구하는 이유는 무엇인가? 또는 화어계연구는 무엇을 할 수 있는가? 이러한 문제를 두고 필자는 다음과 같은 시범적인 답을 제안해보고자 한다.

1) 수 세기 이전부터 현재까지 각양각색의 화인 집단이 중국을 떠나 타향으로 이주했다. 그들을 연구할 때 '디아스포라 중국인'은 조직적인 개념

으로 사용되는데, 이러한 개념의 편차를 통해 새롭게 조직한 개념을 만들어 낼 수 있다. 이것은 '중국성'과 '중국인'과 같은 본질주의적 개념이 아니다. 그보다는 지역화·다양성·차이·크레올화·혼종성·이중언어체제·다원문화 원칙 등과 같이 새롭고 엄밀한 해석적 개념과 역사·문화·문학을 더 구체적으로 이해한 개념을 사용할 수 있다. 에스닉연구, 기타 '어계' 연구(예를 들어 프랑스어권 연구와 영어권 연구), 포스트식민 연구, 트랜스내셔널 연구 및 기타 관련 연구 모델은 다양한 콘텍스트 속에서 화어계연구를 진행할 때 참고할 수 있을 것이다.

2) 화어계연구는 우리에게 '뿌리源, roots'와 '이주 경로流, routes'의 관계를 새롭게 사고하게 한다. 여기서 '뿌리根源'는 조상으로부터 전해온 것이 아니라 현지적인 것이며, '경로流'는 고향家園을 더욱 융통성 있게 해석한 것으로서, 유랑한다든가 돌아갈 곳이 없다든가 하는 것과는 관계가 없다.[18] '고향'과 '뿌리'를 가르는 것은 특정한 시간과 특정한 지연정치 공간을 의식한 것으로, 하나의 정치 주체는 현지의 생활 양식을 심도 있게 동일시해야 한다고 여긴다. 고향과 거주지를 연결시키는 것은 현지 선택의 정치 참여로서 윤리를 중시함을 뜻한다. 고향에 집착하는 중산계급인 이민 1세대들은 소속감이 없다고 말하는데, 이런 말은 때로 독선적으로 들린다. 그들은 자신들이 상당히 강한 보수주의자이며 심지어는 민족種族주의자라는 사실을 인지하지 못한다.[19] 거주지는 바꿀 수 있다. 어떤 이들은 한 번의 이민으로 끝나지 않는다. 그러나 거주지를 고향으로 간주하는 것이 어쩌면 소속감의 최고 형식일 수 있다. '이동 경로'가 이런 의미에서 '뿌리'가 될 수 있다. 이것은 현지 민족—국가에 동일시하지 못하고 현지 정치를 벗어난 유동적 거주민에 적합한 이론이 아니다. 이것은 '이동 경로'와 '뿌리'라

는 본래 상반된 의미가 해체된 뒤 새로운 정체성을 지향할 수 있다는 가능성이다.

3) '이동 경로'는 '뿌리'가 될 수 있다. 다방향 비평은 가능할 뿐 아니라 반드시 실행되어야 한다. 화어계 집단은 민족국가의 경계를 넘어 자신들의 원초적 국가와 이주정착국가를 마주할 때 양자 모두에게 비판적인 입장을 취할 수 있다. 조상의 거주지와 현지와의 관계는 더이상 이것 아니면 저것이라는 양자택일의 관계가 아니다. 이것 아니면 저것이라는 양자택일은 이주민과 그 후손들의 행복에 분명 해롭다. 중국계 미국인은 중국과 미국 모두에 동시적으로 비판적 태도를 취할 수 있다. 타이완에서 이러한 다방향 비평은 일종의 비판적이고 명확한 입장의 출현에 가능성을 제공한다. 이러한 입장은 더이상 타이완과 미국의 우파를 연결시키지 않는다. 그러므로 하나의 개념으로서 화어계는 국가주의와 제국주의의 압력에 굴복하지 않는 비판적 입장에 가능성을 제공하면서, 다원 협상적이고 다방향적인 비평에도 가능성을 제공한다. 이처럼 화어계는 일종의 방법이 될 수 있다. 화어계는 처음에는 집단·문화·언어에 관한 역사와 경험의 범주였지만, 이제는 일종의 인식론으로도 새롭게 설명될 수 있다.

화어계 말레이시아 작가 허수팡賀淑芳은 「더는 말을 말자別再提起」라는 흥미로운 단편소설을 선보였다.* 이 작품은 화어계의 각도에서 참신하고 예리하게, 한편으로는 비판적으로 세계를 바라보는 방식을 제공하고 있

---

* 허수팡(1970-현재)은 말레이시아 케다Kedah 출신 작가로, 이 작품으로 2002년 제25회 스바오時報 문학상(단편소설 부문 심사위원상)을 수상했다. 2016년부터 타이완 국립예술대학의 교양교육센터에서 소설창작 교수로 재직하고 있다.(http://dge.tnua.edu.tw 참고) 이 작품은 『물고기뼈(말레이시아 화인 소설선)』(서울: 지만지, 2015), pp.349-363에 수록되어 있다.

다.[20] 이 작품에서 기혼자인 중국계 말레이시아 남성은, 세수 감면 특혜와 정부 및 기타 부문에서 제공하는 경제적인 이점을 이용하기 위하여 몰래 이슬람교로 개종한다. 말레이시아에서는 '적극적 차별 대우positive discrimination' 정책이 수십 년간 실시되었다. 이 정책은 토착 말레이인의 경제·정치상의 이익을 보장하는 한편 중국계 말레이시아인과 인도계 말레이시아인의 성공을 제한하기 위한 것이었다. 이 남성은 자신의 중국계 아내를 속이고 무슬림 여성과 결혼한다. 모든 일이 이 남성이 사망하기 전까지 순조롭게 흘러갔다. 그런데 그의 장례식에서 중국계 아내와 자식들이 도교 의식으로 장례를 치르려고 하자, 정부 관원들은 이 의식을 방해하고 무슬림은 무슬림의 방식으로만 장례를 치러야 한다고 선포한다. 이 작품의 압권은 남자의 시신을 두고 이어서 벌어진 육박전에 있다. 양측은 남자의 시신을 반씩 차지하려고 격렬한 '줄다리기'를 벌인다. 쟁탈전이 절정에 이를 무렵 남자의 시신에서 대변이 흘러나오고 만다. 작고 단단하게 쪼개진 대변 알갱이들이 사람들에게 쏟아진다. 양측의 격렬한 '줄다리기'로 대변이 흩뿌려지면서 거대한 반원을 만들어 낸다. 결국 무슬림 측이 남자의 시신을 가지게 되고, 중국계 아내는 대변만을 수습해서 가족묘에 매장한다. 말레이시아의 법률에 따라 중국계 아내는 상속권을 박탈당한다. 그녀는 무슬림의 재산을 물려받을 수 없기 때문이다. 이 황당한 코미디는 최고의 우언일 것이다. 시신에서 쏟아진 대변은 누구도 가리지 않고 자리에 있던 사람들을 모두 더럽히는데, 이러한 코미디는 (말레이시아 국가의) 국가 에스닉 정체성과 (중국 가족의) 중국문화 본질이라는 양자를 모두 비판한다. (이 두 개의 논조는 서로 대립하면서도 서로를 강화한다.) 이처럼 문화가 착종된 장면은 추하고 냄새가 나서 포스트식민론자들이 환호하는 문화적 혼종은 아니다. 정확하게 말해서, 이러한 상황이 추하고 냄새나는 이유는, **혼종성이 국가 에스닉 정체성과 중국문화 본질론 양쪽에서 승인되지 못했기** 때문이다. 그러므로 이 장면은 결코 마음 편히 바라볼 수 있는 장면이 아니다. '화어계'는 바로 이러한 난점과 복잡함을 직시함으로써 자신을 어떤 하나의 존재로 표현하려는 시도이다.

미주

1 중국과 동남아 무역노선이 최초로 개통된 것은 서기 2세기~6세기까지 거슬러 올라간다.
이 지역의 항구 도시에서는 초기 중국에서 온 공동체를 찾아볼 수 있다. C.P.Fizgerald費
子智, The Third China(melbourne: F.W.Cheshire, 1965) 참고.

2 David L.Kenley. New Culture in a New World: The may Fourth Movement and the
Chinese Diaspora in Singapore 1919-1932(New York and London: Routledge, 2003), pp.163-
185.

3 Wang Gungwu, The Chinese Overseas: From Earthbound China to the Quest for
Autonomy(Cambridge, MA: Harvard University Press, 2000), pp.79-97.

4 '이중지배'란 왕링즈王靈智가 이러한 상황을 지칭한 전문용어이다. Ling-chi Wang, "The
Structure of Dual Domination: Toward a Paradigm for the Study of the Chinese Diaspora in
the United States", Amerasia Journal21.1&2(1995), pp.149-169.

5 Wang Gungwu, "Chineseness: The Dilemmas of Place and Practice", in Cosmopolitan
Capitalism: Hong Kong and the Chinese Diaspora at the End of the Twentieth Century, ed.
Gary Hamilton (Seattle: University of Washington Press, 1999), pp.118-134.

6 Lynn Pan, Sons of the Yellow Emperor: A History of the Chinese Diaspora (Boston; Toronto:
Little, Brown, 1990), pp.289-295.

7 Leo Suryadinada ed, Ethnic Chinese as Southeast Asians(Singapore: Institute of Southeast Asian
Studies, 1997)을 보라.

8 Samir Amin, Capitalism in the Age of Globalization: The Management of Contemporary
Society(London; Atlantic Highlands, N.J.: Zed Books, 1997).

9 Margaret A.Majumdar, Francophone Studies(London: Arnold, 2002), p.210, p.217.

10 梅維恆, Victor Mair의 중요한 발견은 우리에게 다음과 같은 사실을 알려준다. 우리가 말
하는 표준 한어는 화어군에 속하며 우리가 '방언'이라 잘못 칭하는 언어는 결코 표준 한
어의 변종이 아니다. 그것들은 사실 다른 언어이다. 그러므로 민난말閩南話과 광둥말廣東
話은 타이완 국어로, 대륙의 푸통화 외부의 다른 언어이다. 다음 자료 참고. Victor Mair,
"What is a Chinese 'Dialect/Topolect'? Reflection on Some Key Sino-English Linguistic

Terms," Sino-Platonic Papers 29(September 1991): 1-31, Mair, "Introduction," in Hawai'i Reader in Traditional Chinese Culture, ed. Victor Mair, Nancy Shatzman Steinhardt and Paul R. Goldin(Honolulu: University of Hawai'i Press, 2005), pp.1-7.

11   크레올어화(크레올 Creole)이라는 말의 원뜻은 '혼합'으로, 포르투갈어, 영어, 프랑스어 및 아프리카 언어가 혼합되고 간략화되면서 생성된 세계의 언어를 넓게 가리킨다. 크레올어는 상하이 양징방洋涇浜 말을 기초로 발전해나간 비교적 완비된 언어로, 일체 생활 속의 표현 요구를 담아낼 수 있었다. 양징방 말 사용자에게 후대의 모어가 된다.

12   〈愛在他鄕的季節 Farewell China〉는 홍콩 출신으로 영국에서 교육받고서 현재 오스트레일리아에서 거주 중인 감독 클라라 로羅卓瑤, Clara Law가 연출한 영화의 제목이다. 타이완 문화시사 비평가인 양자오楊照의 명저 『고별 중국告別中國』은 이러한 정서를 생동감 있게 포착해냈다.

13   '화어계의 중국계 미국문학華語語系華美文學'은 '화어계 미국문학華語語系美國文學'으로 바꿀 수도 있다. 이는 언어로 분류한 것이다. 비슷하게 우리는 '중국계 미국華裔美國 Chinese America'과 '화어계의 미국'으로 나눌 수 있는데, 후자는 각종 화어를 말하는 미국 공동체를 가리킨다. 그밖에 언어적 지칭은 에스닉에만 기대어 분류하는 방식의 한계를 극복할 수 있을 것이다. 黃秀玲, 「黃與黑: 美國華文作家筆下的華人與黑人」, 『中外文學』 제3권 4기(2005년 9월), pp.15-53 참조.

14   Pamela Kyle Crossley(柯嬌燕), Helen F. Siu(蕭鳳霞), Donald S. Sutton(蘇堂棟) ed., Empire at the Margins: Culture, Ethnicity, and Frontier in Early Modern China(Berkeley and Los Angeles: University of California Press, 2006); Joanna Waley-Cohen(衛周安), The Culture of War in China: Empire and the Military Under the Qing Dynasty(New York: I. B. Tauris, 2006) 참조.

15   '跨認識論的對話'는 월터 미뇰로Walter Mignolo의 용어로 Local Histories/Global Designs: Coloniality, Subaltern Knowledges, and Border Thinking(Princeton, N. J.: Princeton University Press, 2000), p.85 참조.

16   Margaret Majumdar, "The Francophone World Moves Into the Twenty-First Centuty", in Francophone Post-Colonial Cultures: Critical Essays, ed. Kamal Salhi(Lanham, Boulder, New York, Oxford: Lexington Books, 2003), pp.4-5.

17   조선 왕조는 스스로를 '소중화小中華'라 불렀으며, 만주족 청나라보다 더욱 진실된 중국과 닮았다고 여겼다.

18   '유랑하는流浪的, wandering 중국인'이라는 말은 현재 광범위하게 받아들여지고 있다. Daedalus에 수록되어 있는 "The Living Tree: The Changing Meaning of Being Chinese Today"라는 전문란의 고전적 문장들을 참조하라.(Daedalus 120.2(Spring 1991))

19 黃秀玲은 이민 1세대 학생이 창작한 미국 화어 문학에서 아프리카계 미국인에 대한 인종
    주의적 경멸이 성행했다는 점에 주목한다. 어떤 이들은 소속감이 없다는 자기 연민과 이
    를 얽기도 하고, 어떤 이들은 에스닉·젠더·계층 방면에 걸쳐 가장 보수적인 경향을 보이
    기도 했다. 黃秀玲,「黃與黑」, pp.15-53을 보라.

20 賀淑芳,「別再提起」, 王德威·黃錦樹 엮음,『原鄕人: 族群的故事』(台北: 麥田, 2004),
    pp.228-234.

제2장

화어계연구에 관한
네 가지 문제

우리가 지금 말하려는 화어계연구는 내용과 이론의 측면에 있어 토론하고 사고할 많은 공간을 가진다. 이것이 바로 이 연구가 활발하며 경직되지 않는 원인이기도 하다. 많은 이들이 다양한 목소리를 냈던衆聲喧譁/華,[*] 2012년 12월 타이완 중국현대문학학회가 거행한 대규모의 국제학술대회 주제에는 수많은 내용과 화제 그리고 논점이 존재했다. 세계 각지의 복잡하고 다양한 화어계 공동체 문화와 같은 것을 모두 망라할 수 있는 이론이란 없다. 이처럼 한정된 인식론의 기초 위에서야 우리는 새로운 몇 가지 이론적 사유를 제기할 수 있을 뿐이다. 본 장의 내용은 최근 몇 년간 필자가 질문 받은 일련의 문제에 대한 종합적인 대답으로, 여기에서는 다음의 4가지 질문에 대해 답하고자 한다.

---

* '衆聲喧華'는 이후 '화어의 헤테로글로시아heteroglossia'로 번역한다. 이는 화어 즉 중국어를 기반으로 하는 다양한 목소리를 의미하는 것으로, 바흐친의 용어에 근거한다. 헤테로글로시아는 바흐친이 소설을 분석하는 가운데, 다양한 발화(인물들, 화자, 작가 등)와 언어가 공존하고 갈등하고 있다고 보았다.

1. 화어계연구는 포스트식민 연구의 틀을 끌어와 사용하고 있지 않은가?

영어권과 프랑스어권 연구를 광범위한 포스트식민 연구의 범주에 포함시키기 때문에 이러한 분류는 나름의 타당성을 지닌다. 그러나 만약 화어계연구처럼 영어권과 프랑스어권의 연구대상을 보다 전면적으로 살펴본다면, 그것은 실상 포스트식민담론을 넘어선다. 그러므로 이후 필자는 몇 가지 예를 들어 화어계가 왜 포스트식민담론과 완전히 같지는 않은지를 설명하고자 한다. 2011년에 발표한 졸저 「화어계의 개념華語語系的概念」(본서의 도론)에서 필자는 화어계 공동체가 구성하고 있는 때때로 교차했던 세 개의 역사 과정을 다룬 바 있는데, 여기에서는 앞서 분명하게 말하지 않았던 부분을 좀 더 보충하도록 하겠다.

본서의 도론에서 필자가 다룬 첫 번째 역사과정은 대륙식민 혹은 육상식민으로, 이는 서구의 해양식민모델과는 다른 것이다. 만주족 청나라는 영토를 확장하는 방식으로 명나라 왕조의 두 배가 넘는 영토판도를 획득했다. 미국의 신청사 학자들의 관점에 따르자면, 이것은 식민주의 모델의 하나이다. 티베트, 위구르 그리고 중국 중원中原의 복잡한 역사적 관계 및 땅이 원래 누구에게 속해 있었는가의 문제는 잠시 덮어두고 얘기해 보자. 왜냐하면 서로 다른 입장을 가진 사람들이 서로 다른 관점을 가지고서 어떤 역사 현상에 대해 완전히 상반되게 해석할 수 있기 때문이다. 이를 테면, 중국 관방이 출판한 간행물인 『티베트에 관한 100개의 질문과 답안100 Questions and Answers about Tibet』의 입장과 관점은, 서구학계와 티베트 망명학자들이 공동으로 써낸 『티베트 증명: 중국의 100개 질문에 대한 해답Authenticating Tibet: Answers to China's 100 Questions』*이라는 제목의 책에 대해, 역사적 근거를 하나하나 분석·대답·해체 심지어 전복시키는 방식으로 중국 관방의 관점을 관철시키고 있다. 당연히 오늘날 중국의 정권을 쥐고 있는 한족漢人은 한족이 아닌 만주족의 청나라가 티베트를 정복했다고 변명한다. 그러므로 절대 다수가 한족으로 구성된 중국의 경우, 티베트를 중국의 식민지로 볼 수 없다. 하지만 내몽골을 제외하고, 이같은 만주족 청 제국의 판도가 기본적으로 중화인민공화국에 의해 계승되었음을 부인할 수는 없다. 미국의 신청사 역사학자인 파멜라 카일 크로슬리Pamela Kyle Crossley는 중화인민공화국이 만주족 청나라의 판도를 계승했다는 사실에 대해 2014년에 글을 써서 분명하게 지적한 바 있다. 그리고 중국학자인 거자오광葛兆光 역시 2014년 말에 타이완 간행물『사상思想』에서 이 사실이 분명하다고 강하게 언급한 바 있는데, 이는 2011년의 필자의 관점과도 일치한다.¹ 이렇듯 한족이 주도하는 중국과 티베트의 관계는 아마도 포스트식민의 관계라 말하기는 어려울 것이다.

두 번째 역사과정은 이주정착 식민으로, 일반적인 식민과는 다른 형식을 가리킨다. 비록 이것이 때때로 일반 식민과 동시에 존재하더라도 말이다. 이것은 외부에서 온 수많은 사람들이 정착하여 떠나지 않는다는 것으로 정의된다. 전통적 형식의 식민주의는 대부분 끝날 가능성을 가지고 있다. 식민지배자는 소수이며, 식민주의가 끝나면 그들은 바로 식민모국으로 돌아가게 된다. 일본인이 타이완에서, 영국인이 인도에서 그랬듯이 말

---

* 이 책의 정확한 서지는 Authenticating Tibet: Answers to China's 100 Questions, edited by Anne-Marie Blondeau and Katia Buffetrille. Berkeley, Los Angeles and London: University of California Press, 2008(ISBN: 9780520249288)이다.

이다. 이 같은 일반적 식민과는 달리, 이주정착 식민지배자는 들어온 이후 떠나지 않고 천천히 인구의 다수를 차지하게 된다. 타이완인·커자인·외성인을 막론하고 소위 타이완의 한족이 원주민의 입장에서 보자면 모두 이주정착 식민지배자인 것과 같다. 예를 들어 오스트레일리아, 뉴질랜드 그리고 미국 등도 모두 전형적인 이주정착 식민지이다. 이주정착 식민은 식민주의가 계속 진행되는 방식으로, 원주민의 입장에서 보면 영원히 식민을 벗어날 가능성이 없다. 그러므로 이 또한 포스트식민이 아니다. 세계 각지의 이주정착 식민연구 및 그것과 밀접하게 연관된 원주민연구는 줄곧 포스트식민 연구 밖으로 배제되어 왔다. 이 둘은 서로 팽팽한 긴장관계를 이룬다. 예를 들어, 만약 우리가 포스트식민의 시각으로 호주와 미국을 본다면, 우리가 동정하는 대상은 영국의 식민지배를 받았던 호주 백인과 유럽에서 미국으로 이주하여 영국과 독립전쟁을 벌였던 백인들이다. 왜냐하면 그들은 식민주의가 종결된 뒤에 독립을 한, 포스트식민 상황을 경험한 이들이기 때문이다. 만약 우리가 이주정착 식민연구의 시각으로 본다면, 우리가 비판할 대상은 바로 호주와 미국을 개척하고 그곳에 정착한 백인이며, 동정할 대상은 오히려 원주민이다. 이처럼 두 입장은 확연하게 다르다. 그러므로 오세아니아의 이주정착 식민주의를 연구한 저명한 인류학자인 패트릭 울프Patrick Wolfe는 이주정착 식민주의가 일종의 구조structure이지 사건이 아니라고 지적한다. 하나의 사건은 발생하면 끝맺는 날이 있지만, 하나의 구조는 전체 사회구조가 철저하게 바뀌지 않는 한 영원히 종결될 수 없다. 그런데 이주정착 식민의 경우, 이후 인구의 다수가 되었기 때문에, 그들이 얼마나 원주민을 존중하고자 하는가와 상관없이 모든 토지를 원주민에게 돌려줄 수 없으며 떠날 수도 없다. 그래서 원주민이 식민 상태에서 벗어나는 것은 매우 어려운, 기본적으로 불가능한 것이 된다. 예를 들자면, 뉴질랜드는 대다수의 이주정착 식민지 중에서 이주정착 식민지배자와 원주민의 관계를 비교적 잘 처리한 곳이다. 마오리 Maori어는 국가가 지정한 국어의 하나이고, 원주민이 토지도 일정 정도 돌려받았다. 그럼에도 불구하고 이주정착 식민지배자가 여전히 뉴질랜드 자원의 대부분을 점유하며, 인구의 85%를 차지한다. 타이완으로 시선을 돌려 보자. 주지하듯, 마오리어는 남도어계 중 하나이다. 그러나 타이완의 경우, 뉴질랜드처럼 모든 초등교육 과정國敎 중에 남도어 학습을 포함시키고, 모든 공공기관이 남도어로 명시하고, 박물관의 해설을 모두 주류언어와 남도어로 병행하는 것은 여전히 실현되기 어렵다. 그러므로 타이완 한족의 원주민에 대한 이주정착 식민의 상황은 뉴질랜드보다 더 심하다고 할 수 있다. 대략 5~6년 전, 필자는 가오슝高雄 미술관에서 남도 문화를 주제로 한 예술 전시회를 관람한 적 있는데, 주로 뉴질랜드와 타이완 원주민의 작품을 전시하고 있었다. 뉴질랜드 원주민의 예술작품은 내용과 형식에 있어 그들의 다양성과 근대성을 충분히 드러내고 있었다. 하지만 타이완 원주민의 작품은 대다수가 전통적인 주제와 형식을 중심으로 하고 있어서 양자 간의 차이가 매우 두드러져, 마치 그들의 차이가 시간적 차이에서 비롯된 것처럼 보였다. 하지만 이 차이는 두 지역 원주민의 다른 역사 경험과 관계있다. 필자는 개인적으로 타이완 원주민이 전반적으로 더 심한 억압을 받았다고 생각한다.

상술한 바와 같이, 이주정착 식민주의는 식민에서 완전하게 벗어날 가능성이 영원히 없으며, 포스트식민의 가능성도 없다. 그러므로 이 같은 역사과정의 서술은 포스트식민의 프레임에 들어갈 수 없는 것이다.

세 번째는 이민 혹은 이주로, 넓게는 사람들이 소위 '중국'의 강역에서 세계 각지로 이동하여 그곳의 에스닉그룹이 되는 역사과정을 가리킨다. 서구 여러 나라에서처럼 이것은 분명 포스트식민의 틀에 속하지 않는다. 학술 영역에서 보자면, 이것은 소수민족 연구, 에스닉연구, 이주 연구, 다원문화 연구 등에 속해야 하는 것으로, 모두 포스트식민 연구의 대상이 아니다. 오늘날 포스트식민 연구의 가장 중요한 이론가인 스피박Gayatri Chakravorty Spivak은 이에 대해 분명하게 말한다. 그녀는 소수민족연구를 거부하는데, 서구 국가의 소수민족이 더 박해받고 있는 제3세계의 서발턴底層人民에 대한 관심을 가로막기 때문이다. 포스트식민담론이 미국 내부의 불평등한 에스닉 관계를 미국 밖의 영국 식민주의 분석으로 전이시키고, 나아가 미국의 소수민족 문제를 잘못 놓거나 주변화시키기 때문에, 미국 내 흑인연구 학자들은 포스트식민 연구를 신랄하게 비판한다. 필자는 미국의 아프리카계 학자인 베이커Houston A. Baker가 공적인 장소에서, 포스트식민 연구자가 성공한 이유는 그들이 에스닉[인종] 연구자들의 머리를 밟고 올라섰기 때문이라고 말했던 것을 기억한다. 미국에서 1990년대 이래 포스트식민을 연구하는 교수진이 많아졌음에도, 에스닉연구는 오히려 왜 더욱 주변화되었는가에 대해서도 살펴볼 필요가 있다. 미국의 대영제국에 대한 연구는 미국 내부의 소수민족의 억압에 대한 연구에 비해 훨씬 더 대수롭지 않은 것으로 다뤄진다. 이러한 현상은 지식과 권력, 이익의 공모에 있어 어떤 지식이 발탁되고 어떤 지식이 억압되는지를 매우 명료하게 보여준다.

이주 연구라는 범주 속에서 우리가 주로 연구하는 대상은 중국이 아니라 서구 여러 나라의 이민 이후의 국가이다. 예를 들어 우리에게 익숙한 아시안 아메리칸亞美 연구의 경우, 타이완에도 이 영역의 출중한 학자들이 여럿 있다. 중앙연구원의 리유청李有成, 산더싱單德興 등이 그들로, 이들의 학과영역은 서구연구에 속한다. 또 다른 예로, 우리가 연구하는 화어계 미국문학의 경우, 20세기 초 샌프란시스코 당인거리唐人街에서 출판된, 광둥어 혹은 광둥 문자로 쓴 46자四十六 노래에 주목할 때, 미국의 골드러시, 1882년의 중국인 이민금지법,* 청말 캉유웨이康有爲와 같은 지식인이 당인거리에 와서 그곳 거주민이 만든 시사詩社 회원과 회동한 것이 당인거리의 문화에 끼친 영향 등을 다루지 않기 어렵다. 당연히 중국과 타이완의 관련 역사 또한 말하지 않을 수 없는데, 이때의 설명 방법은 중국 연구의 설명 방법과는 다르다. 1960~70년대에 미국에서 유학한 타이완 유학생의 문학을 다룰 때, 민권운동과 같은 당시 미국의 상황이나 냉전 및 백색테러 시국 하의 타이완의 국가관 및 문화관, 그리고 중국의 문화대혁명 등을 말하지 않기도 어렵다. 여기에서 언급하고 비평하는 대상은 다방향적인 것으로, 본서의 도론에서 제기했던 다방향비평multi-directional critique의 좋은 예가 될 것이다. 다방향비평은 다중의 대상을 동시에 마주하는 비평 모델을 지향한다.

그런데 방 안에 있는 코끼리를 못 본다는 큰 문제가 결국 발생하게 된

---

* The Chinese Exclusion Act: 1882년 미국 의회가 통과시킨 '이민 배척법'으로 법의 효력이 발생한 시점부터 10년간 중국인 노동자의 입국을 금지한다는 법안을 가리킨다. 그러나 중국인 학생, 교사, 여행자, 상인, 외교관은 이 법의 적용에서 면제되는 사람들이었다. 1850~1889년 사이 미국으로 이주한 중국인 수는 30만 명에 이르렀고, 미국 태생 중국인 수는 10만 명에 이르렀다. 당시 캘리포니아 주의 백인 노동 운동가와 백인 노동자들의 주도로 이 법안이 통과되었다. 5월 6일 체스터 A. 아서 미국 대통령의 서명을 기점으로 1902년 다시 갱신되었으며, 1904년에는 항구적인 법으로 지정했다가 1943년에 폐지되었다.

다. 분명 방안에 코끼리 한 마리가 있는데 우리는 못 본 척한다. 여기서 말하는 코끼리란 문학과 정치의 관계이다. 문학은 반드시 정치와 완전히 분리해서 얘기해야 하는가 아니면 정치를 언급할 경우 반드시 정치적 올바름을 구별하는 책임을 져야 하는가? 게다가 우리는 혼잡성과 뒤섞임, 그리고 다원성에 대한 언급을 모두 받아들일 수 있다고 생각하지만, 일단 권리관계·식민주의·패권과의 저항 등과 연결될 경우, 좀 민감해져서 문학이란 그래도 문학성을 중심으로 삼아야 한다고 생각하게 되지 않는가? 필자의 일관된 학술적 입장은 형식과 사회구조form and formation에 대한 동시적 관심으로, 다시 말해 문학성과 세속성literariness and worldliness에 동시에 관심을 갖는 것이다. 왜냐하면 문학은 사회의 일부이자 세계의 일부로서 물질적으로 존재하며 물질세계에 참여도 하기 때문이다. 나는 미학과 정치aesthetics and politics의 엄격한 구분이란 사실상 성립할 수 없다고 본다. 어떤 학자들은 결국 가장 미학적인 입장 그 자체가 바로 일종의 정치적인 입장이라고 보는데, 프랑크푸르트학파의 아도르노Theodor Adorno가 이에 관해 폭넓게 탐구한 바 있다.

2. 역사로서의 화어계Sinophone as history와 이론으로서의 화어계Sinophone as theory는 어떤 차이가 있는가?

역사상 실존하는 언어공동체이자 문화 및 문학으로서의 화어계는 당연히 꼭 저항의 모습으로 존재하는 것은 아니다. 필자는 『시각과 정체성: 태평양을 넘어서는 화어계 언술Visuality and Identity: Sinophone Articulations across the Pacific』*의 서문에서 화어계의 언술에는 인간이 상상할 수 있는 모든 입장이 포함되며, 꼭 저항의 내용과 요구를 가지고 있는 것은 아니라는 사실을 직접적으로 얘기한 바 있다.[2] 중국이 급부상한 이후, 이들 공동체가 중국에 의지할 가능성은 훨씬 더 많아졌다. 이는 역사적 존재로서의 화어계의 일면으로, 그 문화적 표현과 입장 대부분은 사실상 비판성을 가지고 있지 않다. 『화어계연구: 비평적 읽기Sinophone Studies: A Critical Reader』에는 중국계 미국학자인 신시아 웡黃秀玲이 쓴 논문이 한 편 실려 있다. 화어계 미국문학 작품 가운데는 흑인을 인종적으로 멸시하는 미국 화인작가의 표현이 있으며, 이것이 바로 화어계공동체가 보수주의적임을 보여주는 예증 중 하나라고 글은 주장한다. 그밖에 현지 원주민에 대한 동남아시아 화인의 편견과 멸시는, 설령 거꾸로 화인들이 멸시 받는 상황에 처하더라도 여전히 존재한다. 그러므로 『시각과 정체성』에서는 필자가 화어계 미국영화와 예술 중에서, 특히 유동적 신분을 표출함으로써 영화 및 예술 시장을 획득하고 있는, 비판의식이 결여된 작품에 대해 분석하고 비평하는 것을 볼 수 있을 것이다. 책 제1장의 리안李安 초기 영화에 대한 비평**과 제

---

* 한국에는 스수메이 지음, 고혜림·조영경 옮김, 『시각과 정체성: 태평양을 넘어서는 시노폰 언술』(학고방, 2021)이 소개되어 있다.

** 스수메이가 『시각과 정체성』에서 다룬 리안 초기 영화는 '아버지가 가장 잘 아신다' 3부작인 〈쿵후 선생Pushing Hands〉(1992), 〈결혼 피로연The Wedding Banquet〉(1993), 〈음식남녀Eat Drink Man Wuman〉(1994)와 할리우드 데뷔작인 〈센스 앤 센스빌러티Sense and Sensibility〉(1995) 및 〈아이스 스톰The Ice Storm〉(1997)이다. 이 책에서 스수메이는 타이완인이자 타이완계 미국인인 리안이 '민족주의적 가부장제의 합법성의 영역인 제3세계 국가'와 '젠더를 반영한 소수화의 합법성의 영역인 대도시 국가'의 두 영역에 동시에 위치하고 있으며, 이 같은 민족주체인 동시에 소수자주체인 유연한 주체가 어떻게 작용하고 있는지를 상술한 영화작품을 통해 살피고 있다.(『시각과 정체성』 한국어판 「제1장 세계화 그리고 소수화」 참고)

2장의 류훙劉虹의 그림에 대한 비평*이 분명한 그 예이다. 본서의 제5장에서 다루는 진융金庸 소설의 경우 쉬커徐克가 영화로 개편한 뒤에도 여전히 원작 소설 속에 담긴 성별과 에스닉 문제에 대한 보수적인 태도를 벗지 못한 것 역시 그 예라 할 수 있다. 시장메커니즘이 늘 방해하여 성별과 에스닉에 대한 급진적인 의식은 표현할 공간 없이 완전히 억압되어 있으니, 학술 시장 역시 이렇지 않다 할 수 있을까?

필자는 중국 비판을 임무로 삼고 있다거나 새로운 냉전정서를 도발한다고 비판받는데 이는 상당한 오해이다. 앞서 언급한 『시각과 정체성』의 두 챕터는 사실상 미국의 동화同化메커니즘 속에서 성별과 에스닉의 정치가 어떻게 똑똑한 문화계 종사자들로 하여금 동화메커니즘 속의 원리를 파악하게 하여 영화시장과 예술시장에서 이익을 취하게 하는가를 비판한 내용이다. 이 두 장에서 내가 비판한 대상은 미국의 인가메커니즘이다. 쉬커의 영화가 맞닥뜨리고 있는 시장메커니즘은 헐리우드 시장과 관계가 없지 않다. 영화연구자는 세계 영화를 헐리우드 아니면 비헐리우드의 두 종류로 나눈다. 하지만 당연히 이 둘은 대단히 밀접한 관계이다. 그러므로 화어계의 비평대상은 반드시 제국의 사이inter-imperial에서 이해되어야 하

---

* 한국어판의 제2장 제목은 '페미니스트 초국가성'이다. 스수메이는 이 장에서 중국계 이민자 예술가인 류훙의 작품을 통해 '이주, 중국으로의 복귀, 미국으로의 복귀를 통한 초국가적 교점에서 변곡을 이루는 다수의 문화적 및 교차문화적 의미의 결절점을 교묘히 오가며 젠더가 반영된 시각 경제를 명확하게 표현하고 있는' 그녀의 '이민자 예술가'로서의 위치를 살피고 있다고 말한다. '주류 문화와의 관계에 있어서 인종적 성격이 보여주는 비주류적 관점을 견지하는' 민족 소수자 주체일 뿐만 아니라, '자신의 작품 속에서 중국의 국가적 문화라는 범주를 문화 자본의 한 형태로 유지시켜 나가는 중국인'이기도 한 류훙은 '정체성의 다양성과 그 다양한 정체성들의 상호관계 및 정체성 형성의 복잡함'을 작품을 통해 보여주고 있다.(『시각과 정체성』 한국어판 참고)

며, 그것이 마주하는 것은 역사적으로 존재했던 그리고 현존하는 여러 제국이다.

여기에서 오해의 가능성은 주로 역사로서의 화어계와 이론으로서의 화어계의 차이에서 비롯된다.

실존하는 공동체로서 화어계는 역사적 현실의 하나로, 이것이 역사로서의 화어계의 의미이다. 이러한 역사와 공동체들은 일부로 전체를 개괄할 수 없다. 우리는 그 과정에서 끊임없이 파생되는 차이성을 인정해야 한다. 다른 지역, 다른 시대가 다른 역사적 상황으로 인해 변화하기 때문이다. 설령 같은 지역, 같은 시간이라 하더라도 필연적으로 다른 화어계의 입장과 언술 등을 가지게 된다. 왜냐하면 현실은 영원히 단순화할 수 없는 상태로 존재하기 때문이다.

역사로서의 화어계는 역사로서의 디아스포라처럼 하나의 역사적 현상으로, 어떤 옳고 그름이나 비판 의식의 유무와 관계없이 객관적으로 존재할 뿐이다. 우리는 그 다양성을 완벽하게 장악할 수 없으며, 완벽하게 장악하려 시도할 필요도 없다. 그렇지 않을 경우 또다시 '해외 화인'과 같은 통일되고 정형화된 패턴으로 떨어지게 될 것이다. '해외 화인'이라는 개념은 가장 보수적인 혈통론으로 이들 무리를 하나로 옭아맨다. 화어계공동체 간의 관계에 대한 우리의 관심은 그것의 차이점과 공통점에 대한 관심과는 다르다. 화어계공동체는 기타 언어공동체 속에서 발생하기 때문에 그것을 거기[현지의 언어공동체]에서 끄집어내어 다른[다른 지역의] 화어계공동체와만 연결시키는 것 자체도 문제가 있다. 이러한 방법은 화어계공동체의 경계를 제거해버리고 마치 현지本地에 속하지 않는 것처럼 여기게 하는 데다, 현지의 에스닉 중심론자들에게 그곳의 모든 화인은 영원히 현지에 속하지 않는다는 빌미를 제공해줄 수 있기 때문이다. 연결하는 식의 연구 또는 최근 필자가 제창한 관계 비교법relational comparison은 반드시 역사적 근거가 있어야 하며, 혈통만으로 정의할 수는 없다. 여러 화어계공동체 사이에는 관계가 있으면서 틈도 있기 때문에, 우리는 반드시 혈연이 아닌 역사에 근거해야 한다.

이렇게 봤을 때 역사로서의 화어계는 결코 저절로 어떤 비판성을 가지게 되지 않는다. 사실 피식민의 상황하에서 많은 사람들이 식민에 동의하거나 식민을 옹호했다. 유럽 식민지 시기 동남아시아 화인을 예로 들자면, 어떤 이들은 영국인, 네덜란드인, 프랑스인의 통치하에서 많은 이익을 얻었으며, 포스트식민이론은 이러한 식민관계의 다양성을 더 많이 더 전면적으로 다룬다. 또 어떤 동남아시아 화인은 몇 백 년이 흘렀지만 여전히 중국에 대한 문화적 향수를 가지고서 (설령 그들 자신 또한 현지인이라 하더라도) 현지인本土人/소위 토착민을 무시하는데, 이 같은 다양성에 대해 비판과 분석이 요구된다. 인도네시아, 베트남, 말레이시아에서의 화인 배척이라는 상황 속에서 화인은 어느 정도 자위적이고 자존적인 심리적 요구에 의해 중국을 그리워하게 된다. 중국의 급부상과 전지구화로 인한 매우 잦은 인구 이동이라는 상황 속에서, 각지의 화어계공동체가 중국과 갈수록 깊은 관계를 일부분 만들어 가고 있다는 사실 역시 누구나 아는 바이다. 이는 정체성상의 필요 외에 시장상의 필요 때문이기도 하며, 싱가포르의 경우가 매우 전형적인 예이다. 그러나 필자가 본서의 도론에서 강조했듯이, 설령 향수 때문이라 하더라도 그것은 현지의 상황과 관련이 있으며, 일종의 현지에서의 중국에 대한 향수라 할 수 있다. 하지만 그 현지가 각기 다른 현지이듯 향수 또한 같지 않다. 경제적인 측면의 경우에도 현지의 생산관계 및 경제구조와 관계가 있기 마련이다.

필자는 역사적 객관 존재로서의 화어계와 그것의 가능한 모든 문화적 언술뿐만 아니라, 나아가 비판이론의 가능으로서 화어계에 주목해야 한다고 생각한다. 관건은 이론으로서의 화어계가 화어계문학이나 문화에 대한 연구를 거쳐 어떤 비판적 관점을 도출해내어 기존의 관점에 질문을 던지게 하는가에 있다. 이것이 바로 필자가 말하는 Sinophone as History와 Sinophone as Theory의 차이이다. 이전에는 필자가 이 두 관념을 명확하게 구별하지 않았기 때문에 쉽게 오해를 불러일으킬 여지가 있었다. 그래서 2012년 Journal of Chinese Cinemas의 화어계영화 특집호에 짧은 서문을 써달라는 요청을 받았을 때, 이를 제목으로 삼았던 것이다.[3] 정말이지 여러 사람들로부터 부단히 질문을 받으면서 이 두 개념을 명확하게 하는 것이 중요하고 절박하다는 사실을 느끼게 되었다.

필자는 화어계의 비판적 관점이 일종의 다방향적 비판이며, 그 비판대상이 온갖 것을 망라하고 있다는 사실에 특히 주의해야만 한다고 생각한다. 예를 들어 말레이시아의 말레이중심주의, 싱가포르의 화인중심주의, 미국의 백인중심주의 그리고 유럽의 유럽중심주의 등처럼 말이다. 이렇게 볼 때 이 이론이 신냉전과 반反중국을 도발한다는 말은 전혀 성립할 수 없다. 그리고 다음과 같이 반문하지 않을 수 없다. 왜 중국은 비판될 수 없는가? 어찌하여 중국을 비판한다는 이유로 냉전 정서를 도발한다는 죄명을 뒤집어 써야 하는가?라고 말이다.

리유청은 『경계선 넘기: 아프리카계 미국문학과 문화 비평跨越: 非裔美國文學與文化批評』에서 인문학에 대한 자신의 신념을 언급한 바 있다. 그는 인문학이 과학과 마찬가지로 사람의 마음을 계발하고 변화를 가져와 사회의 각종 분배가 더욱 공평하고 더욱 합리적으로 이루어지게 하여 인류의 생활을 개선할 수 있기를 희망했다. 필자도 같은 마음이다. 그가 말하는 '경계선 넘기'는 "현상에 도전하고, 불합리한 정치·경제·문화·교육의 분배를 개선하여, 더 합리적이고 더 정의로운 사회를 추구하기 위한 것이다. 아프리카계 미국인은 그들의 문학과 문화 생산을 통해 백인의 패권과 통제를 비판하고 전복시켜, 주류强勢 백인이 만들어 놓은 각종 정치·경제·문화적 분배를 넘어서, 현존하는 불공정하고 불의한 제도를 고치고자 한다. 이것이 문학과 문화가 가지고 있는 세상을 개선하는 기능이다."[4] 필자는 소수민족과 원주민문학을 연구할 경우, 비록 사람마다 입장이 달라서 반드시 자기 일처럼 여길 수는 없지만, 과학사학자인 샌드라 하딩Sandra Harding이 말한 가장 객관적인 이해 즉 'strong objectivity[강한 객관성]'[*]를 최선을 다해 추구하면, 리유청이 말한 아프리카계 미국작가의 '경계선을 넘는' 행위를 이해할 수 있을 것이라 생각한다. 이것이 이론으로서의 화어계Sinophone가 존재하는 이유 중 하나이다. 대다수가 화인인 싱가포르와 타이완(양자는 모두 화인이 이주하여 정착한 식민지이다) 그리고 독립 이전의 말

---

* 샌드라 하딩은 과학계에서 가치중립을 표시하는 용어로 사용해온 '객관성'이, 서유럽·남성·백인·상류계급 중심적인 맥락을 지운 상태로 이해되었기에 실상은 '약한 객관성'이라고 본다. 그러므로 지식이 생산되는 사회적 맥락을 인식하는 것, 연구 수행자 자신의 경험 및 사회적 지위로 인해 발생할 수 있는 잠재적 편견을 자각·성찰함으로써 연구방법과 가설을 보다 비판적으로 검토하는 것이야말로 '강한 객관성'이다. '강한 객관성'을 확보하기 위해, 그동안 지식 생산에서 소외·배제된 계급·인종·성별·비인간의 시각을 인정·포용해야 하며, 이렇게 다양한 입장의 관점을 통합함으로써 지식이 특정 집단의 편견으로 왜곡되는 일이 줄어들 수 있다고 주장한다.(샌드라 하딩 지음, 조주현 옮김, 「제6장 '강한 객관성'과 사회적으로 위치지어진 지식」, 『누구의 과학이며 누구의 지식인가: 여성들의 삶에서 생각하기Whose Science? Whose Knowledge?』, 나남출판, 2009, pp.211-246 참고)

레이시아(란팡공화국蘭芳共和國*과 같은 예 등)를 제외한 화어계집단은, 중국의 주변에서 그리고 세계 각지에서 모두 주변화되었기 때문에, 그들의 경계선 넘기 행위는 기타 모든 주변화된 이들에게 깊은 계발을 줄 수 있을 것이다. 만약 미국의 아프리카계 연구가 미국의 모든 소수인종연구에 기본적 이론을 제공했으며, 최근에 프랑스 등지의 에스닉연구에도 계발을 주었다고 한다면, 화어계문화의 풍부한 경계선 넘기는 더욱 깊이 있게 이론화할 수 있다고 생각한다. 현재 우리는 이제 막 걸음을 내딛는 단계에 섰을 뿐이다. 이론과 범주의 관계, 이론의 보편성과 특수성의 문제 등에 관해서는 아마도 『지식 타이완: 타이완 이론의 가능성知識台灣: 台灣理論的可能性』[6]을 참고할 수 있을 것이다. 필자는 이 지면을 빌려 이 책이 아마도 현재까지는 타이완의 입장에서 출발하여 경계선 넘기 문제를 가장 철저하게 연구한 것이라고 어느 정도 자신 있게 단언하는 바이다.

---

* '란팡공화국'은 커자인 뤄팡보羅芳伯(1738-1795)가 1777년 보르네오 칼리만탄 바랏Barat 주의 폰티아낙Pontianak에 정착하여 정치·사회·문화적으로 다소 독립적인 형태를 띤 공동체를 구성한 중국인 이민자 사회를 가리킨다. 1884년 네덜란드 동인도회사에 자치권을 넘겼다. 이 시기 백인-화인-원주민과의 관계에 대해서는 Mary Somers Heidhues, Golddiggers, Farmers, and Traders in the "Chinese Districts" of West Kalimantan, Indonesia(Cornell University Press, 2003)에서 자세히 고찰하고 있다.

3. 화어계문학 연구의 범주에 만약 정통 중국문학이 포함되지 않는다면, 그것은 중국 정통문학에 화어계문학을 포함시키는 것과 어떤 차이가 있는가?

화어계문학 연구는 반드시 중국의 정통문학을 그 대상에 포함시켜야 하는가? 본서에서는 비교의 입장에서 이 문제에 답하고자 함을 용인해 주기 바란다. 영어권문학은 일찍이 영국 식민의 경험이 있거나 현재 식민 상태인 국가에서 영문으로 쓴 문학(예를 들면 인도·아프리카 여러 나라·동남아시아·카리브해 등의 국가에서 영문으로 쓴 식민/포스트식민의 문학), 영국인이 원주민이 살고 있는 국가에 이주정착한 뒤에 쓴 문학(예를 들면 캐나다·미국·오스트레일리아·뉴질랜드 등의 이주정착 식민지의 문학), 원주민이 식민 지배를 당하는 상황에서 식민지배자의 언어로 쓴 문학(앞서 예를 든 이주정착 식민지), 그리고 세계 각지에서 영어권 국가로 이주하여 영문으로 쓴 문학 등을 포괄적으로 지칭한다. 그렇다면 영어권문학은 정통의 영국문학을 포함할 수 있는가? 이전에 나는 몇몇 영국 학자들에게 영국의 가장 정통적 문학가인 셰익스피어를 영어권문학으로 볼 수 있는가를 질문한 적이 있다. 내가 들은 답은 가장 개방적인 학자의 입장이었음에도 불구하고 그들 역시 타당하지 않다고 느낀다는 것이었다. 셰익스피어는 영국문학으로 귀결시켜야만 하며, 영어권문학은 아니라는 것이다. 이에 대해 두 가지를 고려할 수 있다. 만약 내 질문을 받은 이가 비교적 자기 비판적이라면, 그는 아마도 다음과 같이 생각할 것이다. 즉 영국은 식민 모국으로, 영국이 차지하고 있는 우위와 영국이 다른 국가를 능욕한 역사를 영어권이라는 틀로 무마시킬 수 없으며, 이름표의 우열과 등급은 역사적 연원에서 유래하기 때문에 자의적으로 삭제할 수 없다고 말이다. 만약 질문을 받은 이가 다소 보수적이라면, 그들은 아마도 정통 영국문학이 어찌하여 경전에서 보이지 않는 이름들, 저급한 영문으로 쓴 영어권 문학작품에 오염될 수 있단 말인가 하고 생각할 것이다. 분명 이런 상황에서 소위 정통 영국문학이라는 것은 영어권문학에 속하지 않는다. 우리가 설사 반反정통성의 입장을 취한다 하더라도, 이처럼 구조적으로 광범위하게 받아들여진 견해를 뒤집기란 쉽지 않다.

그러나 특정 상황에서는 영국문학과 대부분의 영어권문학이 동일한 무리에 속한다고 말할 수 있을 것이다. 그것은 정치·문화 기구 즉, The British Commonwealth[영연방국가] 또는 줄여서 the Commonwealth[영연방]의 범주로 정의되는 경우이다. 영연방국가는 영국을 포함한 57개의 영어권국가를 포함하며 런던에 본부가 있다.* 이들 국가 중 흥미롭게도 미국은 영연방에 속하지 않는데, 우리는 이를 통해서 영연방에 숨어있는 정치적 입장을 간파할 수 있다. 시선을 돌려 우리가 화어계문학을 어떤 정의 하에서 볼 것인지 그리고 이것이 중국의 정통문학을 포함할 수 있는지, 포함하길 원하는지의 여부라는 문제로 돌아가 보자. 만약 포함한다면, 우

---

* '영연방'은 2015년 기준 영국 본국과 함께 캐나다, 오스트레일리아, 뉴질랜드 등 옛날 영국의 식민지였던 54개의 국가로 구성된 국제기구이다. 1949년 '공동체를 현대화하고 회원국들은 자유롭고 평등하다는 것을 보장한다'는 런던 선언을 통해 공식적으로 구성됐다. 영국 여왕은 2년마다 열리는 영연방 정부 수반회의에 참석하며, 영연방 국가들은 '영연방 경기대회the commonwealth Games'라는 종합 스포츠 대회를 4년마다 개최하고 있다. 가입국들은 공화제나 의회제가 아닌 다른 정부형태를 택할 수 있으며 연방 탈퇴도 인정되었다. 1948년에는 아일랜드 공화국이, 1961년에는 남아프리카 공화국이, 1972년에는 파키스탄이 영연방에서 탈퇴했다.(김보원·신현택 공저, 『영어권 국가의 이해』, 「제3장 3.4 영연방」(한국방송통신대학교출판문화원, 2017) 참고)

리는 그것을 대중국 연방문학the commonwealth of Chinese literature, 화어계 연방문학the commonwealth of Sinophone literature, 중국문학공화국Republic of Chinese Literature 또는 화어계 문학공화국Republic of Sinophone Literature이라 불러야만 하는가? 이러한 명칭과 분류법에 어떤 분명한 장단점이 있는지는 다들 알 수 있으니 더 이상 췌언하지 않겠다.

마찬가지로, 프랑스어권 공동체는 특정 의미상에서만 프랑스를 포함한다. 프랑스어권 연방본부는 파리에 있다. 정식 명칭은 프랑스어권 국제기구Organisation Internationale de la Francophonie, 줄여서 프랑코포니la Francophonie라고 하며, 57개 회원국을 포함하고 있다.* 오직 이 조직을 인지하는 한에서만 프랑스가 프랑스어권 안에 포함된다. 그러나 모두가 알고 있듯, 프랑스 중심적인 학자들은 프랑스 밖에서 쓴 프랑스어권문학을 프랑스문학으로 인가하기를 결코 바라지 않는다. 그들은 늘 소위 '프랑스어권' 문학을 폄하하며, 그것은 비정통적 프랑스어로 쓴 문학이라고 생각한다. 예를 들어, 저명한 이론가인 데리다Jacques Derrida는 단지 알제리인이라는 이유로 조롱받았다. 이런 이유로 2011년, 프랑스에 거주하고 있는 수많은 프랑스어권

---

* 영어 대문자로 시작하는 Fancophonie[프랑스어권]는 언어·문화 공동체로서의 '프랑스어권'이 아니라 '국제기구로서의 프랑스어권'을 의미한다. 스수메이의 조사와 달리, 54개의 정회원국과 31개의 참관국(2016년 11월 한국과 캐나다 온타리오 주가 참관국으로 가입), 4개의 준회원국(태국, 아랍 에미리트, 헝가리, 누벨칼레도니 준회원국으로 승격)을 가진 대규모 국제 협력 기구이다.(1962년 프랑스의 식민 지배에서 독립한 알제리는 프랑코포니에 어떤 자격으로든 가입하기를 거부했다) 1880년 지리학자 오네짐 르클뤼Onésime Reclus가 프랑스를 중심으로 식민지들과 함께 구성하는 언어 및 문화 공동체를 지칭하는 용어로 사용하면서 정착됐다. 최근에는 프랑스와 캐나다가 주축이 되어 미국식 자유주의 사고방식에 대한 대안적 역할을 할 수 있는 방향을 모색하고 있으며, OIF 회원국의 다수를 차지하는 아프리카 국가들의 민주화 과정에서 정치 자문의 방식으로 적극적인 중재 역할을 하고자 노력하고 있다.(이용철·이영목·김태훈·박두운 공저, 『프랑스어권 연구』(한국방송통신대학교출판문화원, 2017) 참고)

작가들이 프랑스어권작가가 아닌 프랑스작가로 명칭을 바로잡아 줄 것을 요구하며 잇달아 서명했다. 그러나 우리가 제기하려는 문제는 왜 프랑스어권작가들이 이런 요구를 했는가 하는 점이다. 이 요구는 당연히 그들이 무시 혹은 주변화된 이후의 반응이었다. 그러나 세계에서 각종 프랑스어를 말하는 이들 가운데 현재 20% 정도만이 프랑스에 거주하고 있다. 카리브해와 아프리카 각국과 같은 프랑스어권문학의 성과는 사실 21세기에 이미 프랑스 본토의 소위 정통 프랑스문학이라는 것을 넘어섰다. 프랑스어권문학에는 우수한 반反식민, 탈식민의 전통이 있다. 바로 이런 이유 때문에 프랑스문학으로 인정받기를 요구하는 이들 작가의 서명운동이 일종의 시대에 역행하는 행위라고 생각되기도 한다. 중심의 인가를 얻고자 하는 것은 결국 일종의 타협이며, 프랑스의 동화정책에 기꺼이 굴복하는 것이거나 또는 파리의 표준을 최고의 인가메커니즘으로 상정하는 것이다. 만약 우리가 평등이라는 사유의 입장에서 본다면 그들의 바람을 이해할 수도 있다. 인가메커니즘이 프랑스 수중에서 작동하고 그들의 책 대부분이 프랑스에서 출판되며 중심에 다가서려는 그들의 희망 역시 분명 크게 비난할 바가 아니기 때문이다. 이것은 화어계 말레이시아작가나 화어계 미국작가가 중국에 인가되기를 바라는 것과 같다. 중국문학시장이 당연히 가장 크고, 그 인가가 작가에게 절대적으로 유리하기 때문이다. 이렇게 보자면, 중국을 인가메커니즘의 주재자로 하는 화어권華語語系圈도 마찬가지로 라 시노포니에la Sinophonie[화어권]라고 명명할 수 있을 것 같다.

영연방이든 프랑스어권이든, 모두 과거 제국의 주요 구성원이자 제국이 종결된 이후의 향수와 다 타지 못한 채 남아있는 제국 의식으로 충만한 조직이다. 호주와 뉴질랜드를 포함하여 영국과 프랑스의 수많은 과거

식민지가 이러한 국제기구에 참여하고자 하는 주된 이유는 백인의 이주 정착 식민주의 정권을 합리화함으로써 원주민에게 권력을 되돌려줄 필요가 없기 때문이다. 그들은 영국과 독립전쟁을 치루지 않았으며 명의상 최고 수장은 여전히 영국 여왕이다. 또한 카리브해의 여러 국가들처럼 많은 국가가 사실상 여전히 영국과 프랑스의 경제적 지원에 의지하고 있다. 그러므로 만약 화어계라는 상상의 공동체가 이러한 연방 의식을 답습한다면 문제만 가중시킬 뿐 그 어떤 문제도 해결할 수 없을 것이다.

알다시피 이전에 제기한 '해외화인문학', '세계화문문학', '화교문학' 등의 개념 외에, 또는 각 해외교민 사무실이나 해외교민 사무위원회 외에, 우리는 결코 영연방이나 프랑스어권 국제기구에 필적할 만한 상상의 공동체로서의 화어계 기구나 조직을 가져본 적이 없다. 하지만 중국이 급부상하고 있는 오늘날, 상술한 기구와 같은 것이 머지않은 미래에 등장할 가능성이 높다. 그러므로 이러한 시대에 어떻게 그런 수렴·재편에 저항할 것인가 역시 고민해야 할 문제이다. 나는 현재가 갖는 역사와 시기의 차이성을 마주해야만 한다고 생각한다. 영국과 프랑스의 제국주의 시대는 이미 지나가 버렸다. 그런데 중국의 시대는 이제야 비로소 막 시작하고 있다. 만약 화어계문학이 중국의 정통문학을 포함한다면, 즉 몇몇이 자인하는 소위 정통문학('정통' 자체도 만들어진 것이기 때문에)을 포함한다면, 우리는 아마도 la Sinophonie 또는 the commonwealth of Sinophone literature 혹은 the Sinophone Republic을 구축하는 것을 돕게 될 것이다. 중국의 문학가나 비평가가 원하든 원치 않든, 이러한 행동은 정말이지 중국문화의 광범위한 소프트파워soft power를 효과적으로 부각시킬 수 있을 것이다. 경제적 정치적 힘이 뒤받쳐주고 있기 때문에, 중국은 단번에 최종 인가를 부여하는 자가 되어 인가메커니즘을 조종하는 권리를 누리게 될 것이다. 예를 들어, 어떤 중국학자는 '해외화인'(누가 해내海內이고 누가 해외海外인가? 중심론에서 흔적을 찾을 수 있다)은 중국의 소프트파워 발전을 돕는 최고의 매개자로, 최근 세계 각지에 들어서는 공자孔子학원과 함께 세계를 정복할 중국문화의 매력을 전파할 수 있다고 거리낌 없이 말한다. 또 어떤 이는 다음과 같이 말하기도 한다. 화어계문학의 범주가 중국의 '정통'문학을 포함한다면, 중국문학 또는 세계화문문학, 해외화문문학, 중문문학, 화교문학 등 이미 존재하는 단어를 왜 그대로 사용하지 않는가? 또한 무엇 때문에 부질없이 화어계연구라는 의미에서 화어계문학을 구축하려 하는가? 라고 말이다. 이런 이유로 미국 학자인 혼 소시Haun Saussy는 화어계는 공자학원의 광범위한 건립과 같은 현재의 역사 변화로 인해, 그 성격이 점차 프랑스어권과 같은 상황으로 나아갈 수 있으며, 중국이라는 중심에 의존하게 될 것이라고 지적한다.[7]

그러나 화어계 말레이시아문학의 경우 그들이 얻고자 하는 것은 반드시 중국의 인가라기보다는 오히려 말레이시아의 인가로, 말레이시아문학이 말레이어만 국가문학으로 한정하는 협소한 태도를 벗어나 명실상부한 다언어·다문자 문학으로 바뀌기를 바라고 있음을 확인할 수 있다. 만약 말레이시아 화어계공동체가 중국의 인가를 받아 중국문학의 전당이나 전당의 주변을 채우는 식으로 중국문학에 포함된다면, 현지에서 자신들의 시민성公民性을 확보하는 데에 그다지 유리하지 않을 것이다. 20세기 전반에 걸쳐 동남아시아 화인이 받은 대우는 이들 동남아시아 국가의 대對중국관 및 대對중국 감정과 밀접하게 연관되어 있었다. 멸시받고 도살당하고 추방된 동남아시아 화인들에게 덧씌워진 명분은 그들이 동남아시아인이 아니라 중국/외국인이라는 사실이었다. 동남아시아에 대한 충성심이 없다는 식의 명분은 국가 에스닉 관념이 작동한 것이자 중국이 줄곧 동남아시아에서 행한 행위에 대한 반감의 표출이기도 했다. 현지에 이미 귀화하여 여러 세대를 걸쳐 정착한 화인에게 직접적인 영향을 미치지는 않았지만, 2014년 베트남에서 발생한 반중시위*의 경우, 중국에 대한 베트남의 민감한 정서와 그 충돌이 일촉즉발할 수 있는 것임을 보여준다. 문학과 정치의 관계에 있어 문학의 독립성을 견지하는 입장도 있지만 결국 둘을 엄밀하게 분리하기란 쉽지 않다. 화어계 말레이시아문학이 말레이시아의 국가문학으로 받아들여질 때, 말레이시아 화인이 외부에서 온 자들이 아니라 말레이시아인으로 좀 더 쉽게 수용되리라 기대할 수 있다. 문화와 문학에서의 인가가 결코 모든 영역에서의 수용을 대변하는 것은 아니겠지만, 통상적으로 이것은 시민화公民化 과정의 일부이다. 미국의 아시아계 미국문학의 경우, 영문으로 쓴 것은 거의 완전히 미국문학으로 인정되지만, 화어나 기타 언어를 사용할 경우 여전히 주변화될 소지가 있다. 그래도 미국학계는 다양한 언어로 쓴 문학을 미국문학으로 수용하는 것에 대해 비교적 열려 있는 편이다.

필자는 본서 제1장에서 다음과 같이 분명하게 지적한 바 있다. 중국 중

---

* 중국이 남중국해 파라셀 제도Paracel Islands(베트남어로는 '호앙사 군도') 인근에 석유 시추 장치를 설치한 것이 원인이 되어 2014년 5월 10일부터 장장 2개월에 걸쳐 일어난 반중 시위를 가리킨다. 베트남 입장에서 파라셀 제도는 '배타적 경제수역'이었기 때문에 중국 측에 장비 철수를 요구했다. 반면 중국은 파라셀 제도를 '시사 군도西沙群島'라 부르며 자국의 영토임을 강조하고 항공기와 헬리콥터까지 동원하여 베트남 측의 접근을 막았다. 양측 충돌이 5월 12일까지 계속되면서 베트남 선박 8척이 파손되고 인명 피해가 일어나자 베트남인들의 반중 감정을 자극하게 되었다.(위키백과 참고)

심론자가 자신의 신분을 내려놓고 개방적이고 공정한 태도로 차이를 마주할 때, 화어권이란 역사적 상황을 묘사해주는 용어에 그치지 않고, 소위 중국 중원을 당연히 포함하면서도 화어(다양한 한어漢語)를 운용하는 모든 지역을 지칭하는 말이 될 것이라고 말이다. 그러나 이러한 이상적인 국가 모습은 우리 시대에는 단지 유토피아적인 환상에 불과하다. 그러므로 우리는 여전히 화어계연구와 중국연구는 다르며, 이 둘은 가까운 듯 먼 듯한 관계라는 사실을 견지해야 한다. 만약 누군가 화어계연구를 탈정치화하려 고심한다면, 많은 경우 그것은 중국 중심에 기대는 방법일 것이다. 화어계연구의 대화 대상이 어찌 중국연구에만 그치겠는가. 그보다는 말레이시아연구, 미국연구, 아프리카연구, 유럽연구 등과 같이 세계 각지의 지역연구 및 소수민족, 원주민, 이주정착 식민, 현재의 식민, 포스트後식민, 탈去식민 등의 연구를 대상으로 한다. 이렇게 해야만 비로소 화어계연구는 풍부하기 그지없는 광경을 보여줄 수 있다. 그런데 무엇 때문에 반드시 중국연구와 함께 묶여야만 하는가?

4. 화어계연구는 타이완문학 연구에 있어 어떤 의미를 가질 수 있을까?

(1) '화어계 타이완문학'이라는 개념은 타이완문학이 다언어문학임을 의미한다. 여기서 말하는 다언어란 다음 세 개의 층위로 이뤄져 있다.

첫째, 화어계는 타이완에서 국어[표준 중국어]·허뤄어河洛語·커자어 등과 같은 각종 화어를 포함할 뿐 아니라, 이 세 가지 주류 화어와 갖가지 다른 관계를 맺고 있는 기타 화어까지 포함한다. 예를 들면, 이주정착 식민지배자의 언어와 원주민언어의 충돌로 인해 생긴 '한어'(이주정착 식민지배자인 한족의 언어임을 드러내기 위한 용어) 및 일제 강점기의 소위 식민지 한문漢文·제국 한문(일본인과 한족의 차이 및 오랜 세월 같은 문자를 사용했던 관계 그리고 이후의 식민관계를 상징) 등을 포함한다. 타이완 내부에서 뒤섞여 형성된 각양각색의 화어는 모두 그 안에 포함된다. 이것은 하나의 '헤테로글로시아'한 풍경으로, 타이완의 중국현대문학 잡지가 출판한 2014년 특집호의 제목이기도 하다. 이 용어는 다양한 화어들 자체가 타이완의 역사적 맥락 속에서 다양성을 지니고 있음을 상징한다. 그런 까닭에 '어계語系'가 되는 것이다.

둘째, 화어계 타이완문학은 타이완문학의 한 갈래이다. 타이완문학은 화어계를 넘어서는 다언어 문학으로, 식민 시기의 일본어, 약간의 영어 글쓰기, 병음을 표기하는 로마자(남도어와 민난어 병음 등을 포함), 그리고 새로 이주한 여러 동남아어 등을 포함한다. '중국 중심'의 헤테로글로시아적인 각종 화어衆聲喧'華'란 사실상 각 화어를 넘어서는 기타 언어의 왁자지껄한 '시끄러움嘩'으로부터 생겨난 것이다. 그러므로 화어계는 결코 화어를 최종적 주장의 대상으로 삼지 않으며, 화어를 전적으로 숭배하지도 않는다. 화어계가 관심을 가지고 있는 것은 언어 사이의 관계와 상호작용이다. 언어의 다양성이 없다면 각종 화어들의 생동적인 응용과 쇄신의 주요 동력은 제한될 것이다. 요컨대 필자가 『시각과 정체성』에서 강조했던 것처럼, 언어는 하나의 개방된 무리群體이며, 이 개방된 무리는 생생하게 살아있으면서 부단히 변화하는 무리이다. 그것은 어떤 선험적으로 결정된 운명도 가지지 않지만 언어의 사용자들이 어떻게 그/그녀들의 미래를 상상하는

가를 보여준다. 그리고 이러한 상상의 언어환경語境은 계승 불가능함·생생한 다양함·다성성·뒤섞임을 특징으로 한다.

셋째, 화어계의 다언어성은 다음성多音性 및 다문자성多字性도 함께 가리킨다. 민난어와 남도어 속에서 새롭게 만들어진 화어 문자와 로마 병음 등처럼 말이다. 세계 각지의 화어계 집단은 정통 중문과 다른, 오래되거나 새로운 철자법을 가지고 있다. 19세기 샌프란시스코의 당인거리에서 광둥어로 쓴 시가詩歌에 쓰인 몇몇 광둥 문자는 오늘날까지도 여전히 홍콩 등에서 폭넓게 응용되고 있다.

(2) 화어계연구의 식민역사에 대한 관심은 타이완문학이 겪고 있는 '지속'되고 '중첩'되는 식민성을 보여준다. 그러므로 화어계 타이완문학을 이야기할 때는 이처럼 지속적이고 중첩된 식민성의 의미에 관심을 기울여야만 한다. 첫째, 타이완의 식민사는 일종의 '연속식민serial colonialism'의 형식을 따른다. 타이완은 유럽(네덜란드·스페인)과 아시아 제국(중국·일본)의 식민을 차례로 겪었으며, 미국과는 구조적으로 피보호국protectorate 또는 의존국dependency이라 부를 수 있는 모호한 관계에 놓여있다. 그러므로 각종 언어가 담고 있는 역사, 그리고 그 침전물과 언술에는 신구新舊 식민주의의 낙인이 깊이 새겨져 있다. 화어계 타이완문학에도 이러한 타이완 식민사의 궤적이 깊게 낙인찍혀 있다. 이것이 타이완 식민성의 시간적 측면이다. 여기에서 매우 중요한 사실은 원주민의 입장에서 식민주의는 차례차례 무한히 이어져 현재에도 진행되고 있다는 점이다. 왜냐하면 이주정착 식민이야말로 가장 전복시키기 힘든 식민 형태이기 때문이다. 타이완으로 온 한족 이민은 원래 중국을 모국 또는 종주국으로 보고, 타이완에 대해서는 종주권suzerainty을 가진다고 생각했다. 이후 세계 각지의 이주정

착 식민주의와 마찬가지로, 타이완 한족은 중국으로부터 독립을 획득하고자 독립국가로 전환하여 주권sovereignty을 누리는 방식으로 타이완에 전형적인 이주정착 식민지를 형성하게 되었다.

이런 까닭에 타이완의 식민 상황은 역사의 어떤 단계에서는 다중적 또는 중첩적인 성격을 띤다. 한족의 이주정착 식민을 바탕으로, 새롭게 혹은 뒤에 온 이주정착 식민지배자를 포함하여 또 다른 기타 외래 식민이 동시에 존재했었다. 식민주의가 중첩의 방식으로 동시에 존재했기 때문에 원주민에 대한 억압은 더욱 촘촘해졌다. 이렇게 보자면 원주민의 식민 경험은 시간적으로는 현재진행형이며, 공간적으로는 중첩되었다고 할 수 있다. 기본적으로 식민을 전복시킬 가능성이 없기 때문에, 원주민은 단지 탈식민의 측면과 입장에서 원주민의 처지를 개선하려 노력할 수 있을 뿐이다. 타이완원주민의 목소리가 여타 국가의 원주민보다 크지 못한 이유는, 식민주의가 분명 시간축과 공간축에 있어서 다중적으로 더욱 철저하게 통제했기 때문이라고 생각한다.

화어계 타이완문학에는 네덜란드인의 해양 식민에서부터 한족의 이주정착 식민, 일본인의 정식 식민 그리고 다시 한 차례의 한족 식민에 이르기까지, 식민주의의 연속성과 중첩성이 굴절되어 있다. 이런 이유로 문자·어법·풍격·문체 등 문학적 성향과 관련된 모든 측면들이 뒤죽박죽된 식민 관계를 드러내고 있으며, 학자들로 하여금 하나하나 뜯어서 연구·분석할 것을 요구한다. 근래 중국이 급부상한 이후 홍콩 경험(특히 우산혁명)을 참고로, 타이완은 타이완인이 어떻게 나아가야 할지, 타이완작가는 어떻게 글을 써야 할지 등과 같은 또 다른 커다란 문제에 직면해 있다. 우리는 중국 고유의 제국 의식과 프레임이 크든 작든 모두 돌아오고 있음을 목격하고 있다. 백 년 간의 치욕이 조성한 피해자 심리에 오래도록 전해온 제국 의식이 더해져서 폭발적인 민족주의를 부추기고 대국이 지니는 넓은 도량을 축소시키고 있는 것이다. 이 같은 중국의 상황 속에서 타이완은 어디로 나아갈 것인가? 화어로 쓴 문학은 중국으로부터 또 어떻게 소환될 것인가? 최근 거대한 규모의 '세계화문문학학회'가 빈번하게 중국에서 개최되고 있다. 세계 각지의 적지 않은 화어계작가들이 이러한 학회에 참가 요청을 받거나 중국에서 상을 받는 것을 인정받는다는 가장 중요한 지표 중 하나로 인식한다. 그러나 역사적 경험을 통해 우리는 중국을 그리워하는 의식懷中意識과 동남아시아 각지에서 화인이 받고 있는 억압이 무관하지 않음을 알 수 있다. 인도네시아 화인의 경우, 여러 세대에 걸쳐 인도네시아에 정착했지만 많은 이들이 이전 세기에 결국 중국국적을 선택하는 바람에 외국인으로 분류되어 업신여김을 당했다. 필리핀화인이 스스로를 명명하고자 만든 새로운 단어인 치노이Tsinoy*는 바로 '현지'에서의 주장 하에 만들어진 현지 정체성의 대명사이다. 이는 타이완의 타이완 정체성을 지닌 모든 이가 타이완이라는 이름을 주장하는 것과 동일한 이치이다. 그러므로 중국이 급부상하고 있고 남중국해 각국의 해역이 중국의 위협에 처해있는 오늘날, 중국과의 거리가 겨우 100해리에 불과한 타이완은 또 다른 형태의 식민위기에 새롭게 휩싸이게 되지 않을까? 정말 '현재의 홍콩이 미래의 타이완'인 것일까? 이것은 우산혁명 시기 도처에서 목격되던 표어였다.

(3) 화어계의 관점이 강조하는 [장소 중심의]현지성place-basedness은 복

---

* Tsinoy는 필리핀에서 태어나 자란 중국인을 일컫는 명칭이다.

잡하지만 독특한 타이완의 역사를 화어계 타이완문학의 풍경과 연관시킨다. 예스타오葉石濤와 천팡밍陳芳明이 주장하는 타이완문학의 독특성과 현지성, 그리고 추구이펀邱貴芬*이 말하는 '타이완성台灣性'은 화어계의 현지성과 기본적으로 통용된다. 청년 학자인 쫭이원莊怡文이 제기한 화어계의 '현지 문화실천'을 타이완문학 발전의 흐름 속에 놓고 볼 경우, 추구이펀이 말한 '타이완성'이 아닌 적이 있던가? 소위 '타이완성'이란, 추구이펀이 말했듯이 부단히 변화하는 한정할 수 없는 하나의 과정이다.[8] 이것은 내가 가장 흠모하는 파농Frantz Fanon이 '민족문화' 또는 '국가문화national culture'를 보는 관점과 호응한다. 파농은 국가문화란 한 국가 안의 모든 사람들이 함께 창조한 것으로, 부단히 변화하는 문화이며, 그 경계는 국가 내의 모든 다원문화의 극한이라고 말한다. 그것을 창조할 권리는 지식인 혹은 정치적 대표인에 국한되지 않으며 모든 사람의 손에 달려있다.[9] 그러므로 '타이완성'의 경계는 타이완의 모든 다원문화의 극한으로, 이들 다원문화를 대할 때는 역사를 좇아 그것의 과거를 이해해야 하는 한편, 그것의 모든 가능성과 개방된 미래를 받아들이고 기대해야 한다.

그러므로 현지성과 타이완성을 요구하고 이를 목적으로 삼는 것은 결코 제자리걸음 하는 것이거나 자신을 되돌아보기만 하는 것이 아니다. 우리가 역사를 통해 배운 상식은 타이완의 자아 연역演繹인 타이완성이 모든 가능한 관계망 속에서 생산·발전·변화한다는 점이다. 따라서 타이완이

---

* 추구이펀(1957-현재)은 타이완 타이중 출신으로, 현재 국립중싱中興대학 교수이며, 주로 타이완 당대소설과 문학문화이론, 다큐멘터리, 비교문학을 연구대상으로 한다. 1990년대 이후에는 페미니즘 문학담론을 중심으로 탈식민 페미니즘의 관점에서 타이완문학과 문학현상을 분석하였다. 한국에 소개된 타이완 소설인 『검은강』(띵루 저, 허유영 역, 현대문학, 2017)의 서문에서 그의 글을 볼 수 있다.

세계의 일부이며, 타이완문학이 세계문학의 일부라는 사실을 충분히 이해한 다음, 타이완문학에 대한 우리의 태도를 확립해야 한다. 여기에서 필자는 다음의 문제를 제기할 필요가 있다고 생각한다. 소위 '세계'라는 것은 무엇인가? 화어계 타이완문학과 소위 '세계'라는 것의 관계는 무엇인가? 화어계 타이완문학과 세계 기타 지역의 화어계문학의 관계는 또 어떠한가?

여기에서 나는 별도로 청년 학자인 잔민쉬詹閔旭와 쉬궈밍徐國明이 공저한 「여러 화어계문학과의 조우當多種華語語系文學相遇」라는 글이 갖는 매우 창의적인 관점을 언급하고자 한다. 이 글에 따르면, 타이완은 이미 서로 다른 화어계문학이 만나는 장소가 되었다. 그들은 장진중張錦忠,* 추구이펀 그리고 리위린李育霖의 주장을 인용하여 "화어계라는 플랫폼은 타이완 학계가 세계와 소통하는 창구로, 국제 사회를 마주하고 있으며 경계를 넘나드는 문화跨文化를 향해 항해하고 있다"고 말한다. "타이완 본토 담론이 갈고 닦은 성과를 국가·국경을 넘나드는 맥락에 놓을 수 있으며", "타이완에 무궁무진한 경계를 넘나드는 문화의 사유가 갖는 잠재력을" 가져온다는 등의 주장에 대해 필자는 진심으로 동의하는 바이다. 하지만 이 논문의 독특한 공헌은 타이완을 화어계문학이 만나는 장소로 여기고, 타이완을 인가메커니즘의 운영자로 보는 분석과 비평에 있다. 그리고 현지임에도 오히려 국가·국경을 넘나드는 또 다른 독특한 모델을 보여준다는 사실이

---

* 장진중(1956-현재)은 말레이시아에서 태어나 1981년 타이완으로 가서 타이완스판師範대학을 졸업, 현재 국립중산中山대학에 재직하고 있는 말레이시아 화인문학 평론가이다. 말레이시아 화인화문문학을 주요 연구대상으로 삼아 이를 알리고자 노력하고 있다. 한국에 소개된 말레이시아 화인화문 작품선집인 『물고기뼈』(고운선·고혜림 역, 지만지, 2015)의 한국어판 서문을 통해 그의 글을 볼 수 있다.

의미 있다고 할 수 있다.[10] 이 새로운 모델은 타이완 내부의 에스닉·지식·권리 등의 관계와 그 작동을 보여준다. 원주민작가와 화어계 말레이시아작가가 어떻게 타이완 한족이 주도하는 인가메커니즘 속에서 인가를 받을 것이며, 타이완 한족이 가진 이주정착 식민지배자 의식에 대한 훌륭한 자아비판이 될 것인가와 같은 것은 대단히 힘든 일이다. 누가 타이완 한족의 타자인가? 누가 타이완 한족보다 더 많이 또는 더 능숙하게 중국식 고전을 향유하는가? 우리는 상상된 '중국고전' 또는 '순수중문'에 대한 화어계 말레이시아작가의 작업이 계엄 해제 이전 중국의 정통이라 자처하던 타이완의 열정에 뒤지지 않음을 알고 있다. 여기에는 누가 가장 정통인가 하는 경쟁의식이 있는 듯하다. 나는 일찍이 이러한 현상을 '정통성 경쟁competitive authenticity'이라 부른 바 있다.

영화 분야의 금마장金馬獎, Golden Horse Award* 상처럼 화어계문학의 인가 메커니즘은 원래 타이완이 장악하고 있었다. 그러나 중국이 급부상하는 현재, 아마도 이러한 상황은 갈수록 쇠퇴하거나 아니면 중국 밖의 다른 화어계문화가 생존·발전하는 것을 용인하는 보루로 변할 수도 있을 것이다. 하지만 상황이 어떻게 나아가는지를 뜻 있는 자들은 살펴야 한다. 타이완이 화어계문학과 문화를 수평으로 연결하는 데 있어 중요한 연결고리가 되느냐, 태풍을 피하는 항구가 될 수 있느냐의 여부는 온전히 이들에게 달려있다.

화어계 담론이 타이완연구로 하여금 국가·국경을 넘나들도록 개척한

---

* 타이완에서 매년 개최되는 영화제로, 홍콩 영화 금상장香港電影金像獎, Hong Kong Flim Award, 중화인민공화국의 금계백화장金鷄百花獎, Golden Rooster & Hundred Flowers Film Award과 더불어 중화권 3대 영화제 중 하나이다.

다는 문제와 관련해서 나는 타이완연구와 동아시아연구의 관계에 대한 몇 가지 생각도 제시하고자 한다. 나는 타이완문학을 동아시아의 국면에 놓고 봐야 한다는 점에 적극 동의하는 바이다. 여기에는 두 개의 식민 모국—중국과 일본—과의 관계가 연관되며, 나아가 전통적 한어권漢語權 차원에서의 관계, 그리고 타이완과 모든 동아시아 각국의 정치적·경제적 관계 등이 포함된다. 이는 세계 학술계에서 타이완연구가 존재감을 가질 수 있는 가장 중요한 일환 중 하나이다. 왜냐하면 일반적으로 타이완은 중국·한국·일본을 대상으로 하는 동아시아연구의 범위 밖으로 배제되기 때문이다. 타이완을 동아시아에 되돌려놓고 동아시아연구의 일부로 취급해야 한다는 사실은 당연히 절박한 문제이다. 이전에는 통일의식 때문에 줄곧 타이완을 중국 쪽에 두길 바랐고 타이완의 자아정체성도 부족했지만, 오늘날은 세계를 향해 손을 흔들어 모두에게 타이완이 동아시아에 존재한다고, 동아시아의 일부라고 알리는 것이 매우 절실하다. 이것은 타이완을 동아시아에 원상복귀 시키려는 것으로, 20세기 초에 일본이 추구한 '탈아시아脫亞'론과는 완전히 상반된다.

본론으로 돌아가자. 필자는 2년간 홍콩에서 학생들을 가르쳤으며, 젊은 시절 타이완에서 교편을 잡은 적 있다. 그리고 최근 몇 년간 타이완을 방문, 객원교수로 재직한 외에는 줄곧 미국에서 교편을 잡았다. 그리하여 동아시아연구에 대한 미국학계의 정치 경제학적political economy 반성에 관해 어느 정도 인식과 공감을 갖게 되면서 지면을 빌려 미약하게나마 나의 의견을 제시하고 싶었다. 또한 이 영역에 관한 전문적인 글을 미국 학술간행물의 특집호에 발표하려 하는데, 그 특집호의 주제는 '지역연구의 종결The End of Area Studies'이다. 이 특집호의 주요 편집인 중 한 명은 지역연구에 대해 극도로 비판적인 사카이 나오키Naoki Sakai, 酒井直樹*로, 타이완 사람들에게도 그의 연구는 낯설지 않다. 간략하게 말하자면, 서구학계의 구조 속에서 동아시아연구라는 영역의 전신은 소위 동양연구oriental studies까지 거슬러 올라갈 수 있다. 이후 그것은 2차 세계대전 시기에 오리엔탈리즘 색채가 물씬 나는 동양연구로부터 벗어나 대체적으로 지역연구area studies에 예속되면서 일정한 방법론 및 일정한 주안점을 가지게 되었다. 그렇기에 동아시아연구는 우수한 점과 함께 결점도 가지고 있다. 2002년의 『지역을 공부하다: 지역연구 이후Learning Places: The Afterlives of Area Studies』에서 일본 사상사의 권위자인 해리 하루투니언Harry Harootunian**과 이미 작고한

---

* 사카이 나오키(1946-현재)는 도쿄대학을 졸업, 이후 미국 시카고대학에서 박사학위를 받았다. 현재 코넬대학 교수로 있으면서 일본사상사, 문화이론, 비교사상론, 문학이론 등의 분야에서 활발하게 활동 중이다. 한국에 소개된 저서로는 『국민주의의 포이에시스』(이규수 역, 창비, 2003), 『번역과 주체』(후지이 다케시 역, 이산, 2005), 『일본, 영상, 미국』(최정옥 역, 그린비, 2008), 『희망과 헌법』(최정옥 역, 그린비, 2019), 『과거의 목소리: 18세기 일본의 담론에서 언어의 지위』(이한정 역, 그린비, 2017) 등이 있다. 사카이 나오키는 국민·민족·성·종교와 같은 동일성에 제약받지 않는 공동성을 만들고자 하는 문제의식을 바탕으로 '다른 언어를 쓰는 사람에게 말 건네기'를 실천하기 위해 다언어잡지 『흔적Traces』을 발행하고 있다. '지식의 생산 자체가 권력의 구성에 가담하는 것은 아닌가' 하는 초기의 물음은 이후 현상학, 데리다, 푸코, 탈식민주의 연구에 대한 관심으로 이어진다. 그의 본격적인 사상사 연구는 주로 '사람들이 민족과 국민적 주체의 역사를 스스로의 역사로 착각하는 메커니즘이 어디에 있는지'에 관한 것이다.(사카이 나오키 저, 이규수 옮김, 『국민주의의 포이에시스』, 「나의 사상역정」(창비, 2003) 참고)

** 해리 하루투니언(1929-현재)은 아르메니아 이민자 자녀 출신으로, 일본의 근현대를 주로 연구하는 역사학자이다. 그는 일본의 모더니티를 사례로 '근대 자본주의의 중심(서구)과 주변(비서구) 사이의 불균등을 내포한 글로벌한 동시대적 시스템'을 분석한 바 있으며, 비서구의 구체적인 자본사회의 체험을 '일상성'으로 명명, 분석하면서 기존의 근대성 중심의 역사관에 내재한 헤겔적 사유에 대해 비판하기도 했다. 한국에는 윤영실·서정은 옮김, 『역사의 요동: 근대성, 문화 그리고 일상생활』(휴머니스트, 2006)과 정기인·이경희 역, 『착한 일본인의 탄생』(제이앤씨, 2011) 등이 소개되어 있다.

비교문학의 대가 마사오 미요시MasaoMiyoshi, 三好將夫* 두 학자가 주편을 맡아 미국에서의 지역연구 상황에 대해 여지없이 비판한 바 있다. 그중에서, 지역연구가 미국정보국을 위해 개설되었으며, 군사 및 정치·경제적 정보를 얻기 위한 미국 정부의 창구였음을 폭로했다는 점이 가장 중요하다. 그러므로 필자는 우리가 동아시아연구를 할 때도 함정들이 있음에 유의해야 한다고 생각한다.

타이완연구의 상황은 당연히 지역연구와 완전히 같지는 않다. 그리고 새로운 동아시아연구는 이전의 냉전적 사유틀 하에서의 동아시아연구와도 다르다. 타이완연구는 동아시아연구의 후세대를 위해, 동아시아연구의 또다른 국면을 완전히 새롭게 열 수 있다. 이것이 소위 후세대가 누리게 될 장점이다. 하지만 후세대의 장점이 기존 담론구조의 여러 제약을 완전하게 제어하기 어려울 때도 있을 것이다. 이것이 우리가 경계해야 할 점이다.

필자 개인적으로는 타이완을 동아시아 국면에 두는 것이 타이완을 세계의 국면에 두는 것과 전혀 상충되지 않는다고 생각한다. 이는 단지 순서상의 문제일 뿐이다. 왜냐하면 학문 분야의 건립에 있어 타이완연구는 분명 동아시아연구에 먼저 안착해야 하기 때문이다. 그러나 필자는 타이완연구가 세계적 국면 속에서도 진행될 수 있기를 바란다. 왜냐하면 '타이완' 혹은 '타이완문학'은 복잡하게 얽힌 관계망 속에서 탄생했으며 이러한 관계망은 동아시아를 넘어서기 때문이다. 본서의 제4장에서 이에 관

---

* 마사오 미요시(1928-2009)는 일본에서 출생하여 도쿄대학을 졸업, 이후 미국으로 건너가 뉴욕대학을 졸업한 뒤 캘리포니아대학에서 교편을 잡았다. 주로 일본문학과 문화에 대해 연구했으며, 특히 일본과 미국의 관계 및 세계화를 비판적으로 고찰한 데서 성과를 보인다. 마사오 미요시의 저서 중 해리 하루투니언과 함께 쓴 『포스트모더니즘과 일본 Postmodernism and Japan』(곽동훈 역, 시각과 언어, 1996)이 한국에 소개되어 있다.

한 생각을 다루고자 한다. 그것은 우리가 여러 가지 방법을 동시에 사용할 수 있는가, 즉 다언어 환경 또는 여러 가지 국면을 동시에 살펴볼 수 있는가 이다. 동남아시아와 타이완의 관계가 대항해 시대에 이미 밀접했었다는 사실 등을 연구해야만 한다는 것을 일례로 들 수 있다. 여기에서 더 나아가 아시아라는 컨텍스트(일제 강점기의 타이완과 동남아시아, 대항해 시대 때 세계무역 네트워크의 중요한 일환이었던 타이완)와 트랜스 태평양跨太平洋(도서島嶼연구 비교·이주정착 식민연구 비교 등), 미주(특히 미국과의 관계), 유럽(타이완에서의 네덜란드인·프랑스인·스페인인 등) 그리고 아프리카(남도어계의 지속적인 동아프리카 전래, 타이완인의 아프리카 이주 등) 등도 살펴봐야 하는데, 이미 많은 학자들이 이 방면을 연구하고 있다. 간단하게 열거했을 뿐이지만, 거의 무궁무진한 가능한 관계망을 상상할 수 있다. 필자는 랴오빙후이廖炳惠와 함께 2015년 『비교 타이완Comparatizing Taiwan』을 출판한 바 있다. 이 책은 주로 타이완연구를 모든 비교 가능한 컨텍스트 속으로 되돌려놓고자 한 것으로, 타이완연구를 미국연구에 두어도, 카리브해연구에 두어도, 동남아연구, 그리고 아일랜드에 두어도 괜찮으니, 많은 대상과 다양한 통로를 통해 대화할 수 있기를 바랐다. 필자가 최근 주장하는 비교문학 방법론은 세계사의 안목으로 상호 비교 대상 간의 관계에 주목하는 것이다. 이 같은 관계식의 비교학은 공통점과 차이점을 비교하는 것으로 완성되는 것이 아니다. 진실되고 착실하게 연구하면서 역사적 근거를 조사해야만 한다. 그리고 세계사가 진행되는 방대한 관계망 속에서 문학작품의 문학성literariness과 세속성worldliness[11]을 이해해야 한다.

화어계라는 이 집단에 한정하자면, '난양南洋'에 대한 화어계 난양문학의 새로운 정의re-inscription와 현지성에 대한 인정은 거의 100년의 역사를 가진 것으로, 화어계 타이완문학이라는 주제와 시공을 넘어 호응한다. 동남아시아 각지의 몇몇 화인학자들이 냉전 시기부터 현재에 이르기까지 지속적으로 타이완으로 건너와 공부하고 타이완문학에 공헌하고 있다는 것도 잘 알려진 사실이다. 그/그녀들은 화어계 동남아시아문학을 풍부하게 하는 한편, 타이완문학도 풍부하게 만들었다. 또 다른 예로, 화어계 타이완문학과 화어계 미국문학의 관계는 더욱 밀접하여, 바이셴융白先勇* 등의 작품의 경우 타이완문학에 속하는지 미국문학에 속하는지 명확하게 구분할 수도 없다. 이처럼 멀기도 하고 가깝기도 한 것으로 보이는 화어계문학과 기타 화어계문학의 사이를 우리는 어떻게 발굴할 것인가? 화어계의 갈등에 대해서만 얘기하더라도 말할 만한 것이 실제로 많으며, 타이완을 주체로 하는 비교문학 연구를 풍부하게 해줄 수 있을 것이라 생각한다. 이러한 비교문학 즉, 관계 또는 관련성을 비교하는 방법은 각 문학작품에 대한 보다 깊이 있는 이해를 대상으로 한다. 이 역시 앞서 언급했던 화어계의 수평적 연결의 여러 가능성에 대한 탐구이다.

'왜 타이완에서 화어계연구를 얘기해야 하는가?' 하는 문제에 관해서, 필자는 이 글의 결말 부분에서 보다 직접적으로 답하고자 한다. 필자는 학

---

*　바이셴융(1937-현재)은 대륙중국에서 태어나 국공내전 이후 타이완으로 이주, 1960년대 타이완 모더니즘 소설의 발전을 이끈 작가이다. 타이완문학사에서 중요한 역할을 담당한 잡지 『현대문학現代文學』의 창간인 중 한 명이자, 타이완문학의 근대화를 이끈 중요 인물 중 하나이기도 하다. 『현대문학』 창간 당시, 타이완문단은 정치소설과 고향에 대한 향수를 다룬 문학이 대량 양산되고 있었는데, 바이셴융을 포함한 이들은 정치적 빈틈 속에서 '개인의 내면을 탐구'하는 모더니즘을 추구하였다. 이밖에 바이셴융은 타이완 문단에서 동성애소설을 창작할 수 있는 창구를 열어준 인물이기도 하다. 작품으로는 『타이베이 사람들』(1971)(『반하류사회/대북사람들』, 허세욱 역, 중앙일보사, 1989), 『쓸쓸한 열일곱 살寂寞的十七歲』(1976) 및 동성애 장편소설 『서자孽子』(김택규 역, 글항아리, 2023) 등이 있다.(『타이완신문학사·상』(천팡밍 지음, 고운선 외 역, 학고방, 2019) 참고)

문 이력을 쌓는 과정에서 20세기 중엽의 미국 시민권과 소수민족운동 및 제3세계의 반反식민, 탈去식민 운동에 깊은 영향을 받았다. 여기에는 계엄 말기 타이완에서 부상한 타이완의식이 가져온 거대한 진동 역시 포함된다. 화어계연구에 대한 사유는 영문담론을 위주로 하며, 세계영어global english의 주류에 물들어있지만 크게 비난할 바 못 된다. 그러나 아마도 이 영어는 대문자로 쓰인 영어English가 아니라 소문자로 쓰인 영어english라고 말할 수 있을 것이다. 미국의 화어계문학은 사실 주류영어와 영어를 우선시하는 미국의 국가문학을 비판대상으로 삼아, 미국문학의 다어성을 언급한다는 사실을 분명히 보여준다.[12] 다방향비평multi-direction critique으로서의 화어계란, 서로 다른 지역에서 서로 다른 현지 및 경계를 넘나드는 비판이 가능하다는 의미를 갖고 있다.

미주

1 葛兆光, 「納'四裔'入'中華'?: 1920-1930年代中國學界有關'中國'和'中華民族'的論述」, 『思想』 27기(2014년12월), pp.1-57.

2 『視覺與認同』 서론 참조, pp.13-65.

3 Shu-mei Shih "Foreword: The Sinophone as history and the Sinophone as theory," in "Sinophone Cinemas" special issue, guest-edited by Audrey Yue and Olivia Khoo, Journal of Chinese Cinemas 6.1(2012):5-8.

4 李有成, 『踰越:非裔美國文學與文化批評』(台北:允晨文化, 2007), p.14.

5 Sandra Harding, Objectivity and Diversity: Another Logic of Scientific Research(Chicago: The University of Chicago Press, 2015).

6 史書美, 梅家玲, 廖朝陽, 陳東升 주편, 『知識台灣: 台灣理論的可能性』(台北:麥田, 2016).

7 Haun Saussy, "On the Phone"(2012), http://printculture.com/on-the-phone/(2014년 1월).

8 타이완성과 현지성에 관한 논의는 莊怡文의 「以'殖民地漢文'與'華語語系文學'槪念重論日治時期臺灣古典文學相關問題, 一八九五-一九四五」, 『中外文學』, 44권 1기(2015년 3월), pp.105-130 참조.

9 Frantz Fanon, "On National Culture," The Wretched of the Earth(1961), trans. Richard Philcox(New York: Grove Press, 2004), pp.145-80.

10 詹閔旭, 徐國明, 「當多種華語語系文學相遇: 台灣與華語語系世界的糾葛」, 『中外文學』 44권 1기(2015년 3월), pp.25-62.

11 Shu-mei Shih and Ping-hui Liao ed, Comparatizing Taiwan(Milton Park, Abingdon, Oxon; New York, N.Y.: Routledge, 2015), 졸저 "Comparison as Relation," in Comparison: Theories, Approaches, Uses, ed. Rita Felski and Susan Stanford Friedman(Baltimore, Md.: Johns Hopkins University Press, 2013), pp.79-98, 및 "World Studies and Relational Comparison," PMLA 130.2(2015): 430-38.

12 졸저, "Sinophone American Literature," in The Routledge Companion to Asian American and Pacific Islander literature, ed. Rachel C. Lee(London and New York: routledge, 2014), pp.329-38.

제3장

이론·아시아·화어계

겉으로 봤을 때 본 장의 제목에서 열거하는 세 개의 개념 즉 이론, 아시아, 화어계란 사실 상응하지 않는 것으로, 관계가 있는 것도 아니다. 하지만 필자는 이 세 개는 큰 차이가 없을 뿐만 아니라, 그것들의 상호 관계가 일반적으로 생각하는 것보다 훨씬 밀접하다고 본다. 푸코Michel Foucault가 제시했던 (특히 니체의 독해에 대해서 제기했던) 다중과 모순—디테일·우연·역전·단층·틈·중단·실수·작은 악행·위장 등등—의 반복過往은 의도적인 오독이나 잊음으로 인해, 현재의 지식 형성이 전적으로 권력에 의해 구축될 수 있음을 보여준다. 계보genealogy를 추적하는 목적은 이러한 반복을 보여주는 데 있다. 그러므로 필자는 계보를 추적하는 일이 본질적으로 비교의 작업에 속하며, 다른 규모와 수준으로 작동하는 수많은 비전통적 동인과 연관된다고 생각한다. 계보 추적의 목표는 권력/지식이 공모한 물질과 상징이익[브루디외의 '상징자본'과 같은 개념]이 억압하고 은폐하고 있는 그것들의 각종 연관성을 부각시키는 데 있다. 푸코의 '부조화disparity'* 개념

---

* 프랑스어 disparité에 해당하며, 사물들의 역사적 단초에서 발견되는 것은 기원의 신성불가침한 주체성(동일성)이 아니라 '다른 사물들의 질서'임을 의미한다. 이 용어는 불연속성

에서 비롯된 다름disparate은 [필연적이지 않은] 개연적 결과이다. 개연의 여부와 사건으로서의 차이가 결국은 푸코가 니체 이후에 소위 '실제적 역사wirkliche Historie'*라고 부른 것을 구성한다. 이것은 기원을 추적하고 확정하는 그리하여 절대적인 의의를 구축하는 직선적 서술과 다르며, 이 작업의 목적은 본질적으로 형이상학적·선험적인 '고고학antiquarian history'과도 다르다. 본 장에서는 확연하게 연관되지는 않는 세 개의 개념을 병치함으로써 비선험적인 차이의 역사를 사유해보고자 한다.

푸코의 본보기를 따라서, 필자는 본 장에서 '실제적 역사가effective historian' [실제적 역사를 탐구하는]의 작업에 종사할 것이며, 패러디와 분리parodic and dissociate의 역사관으로 '보편성이라는 외피普世外衣'를 적극 떨쳐버리고 '타자의 면모'를 드러내는 디테일하면서도 우연적인 요소에 전적으로 협조할 것이다.[1] 이를 위해 본 장에서는 소위 서구the West를 구축할 때 늘 언급되는 영원한 타자—즉 타자the Rest, 그 속에는 늘 아시아가 포함된다—를 중요 대상으로 다루고자 한다.

먼저 본 장에서 살펴볼 두 개의 관념은 이론과 아시아이다. 양자 간의

---

discontinuité, 분할division, 차이 différence와 연관된다.(「니이체, 계보학, 역사」(『미셸 푸코: 광기의 역사에서 성의 역사까지』, 미셸 푸코, 이광래 역, 민음사, 1995) 참고)

* wirkliche Historie는 영어로 effective history(쓸모 있는 역사—이광래 역)로도 번역되는 개념으로 본서에서는 실제적 역사로 번역한다. 이는 기원을 중심으로 하는 역사인 고고학에 반대되는, 무수하게 많은 사건들 자체를 중시하는 역사를 의미한다. 푸코는 기원 중심적인 역사학에 반대하면서 출현, 유래, 발생 등을 기원에 대치시킨 니체의 입장을 빌려, '진리의 우연성, 동질적인 것이라 상상된 것의 이질성, 통일된 사고를 조각내는' 계보학을 새로운 역사학으로 내세운다. 이러한 '계보학은 모든 단선적인 목적성의 외부에서 사건들의 고유성을 기록'해야 한다. 계보학은 사건들의 반복에 민감해야 하는데, '이는 사건들의 점진적인 진보곡선을 추적하기 위한 것이 아니라, 각 사건이 상이한 역할들을 수행했던 다양한 장면들을 서로 고립시키기 위한 것'이다.(「니이체, 계보학, 역사」 참조)

관계를 분명히 하려면 다음과 같은 사실을 먼저 언급해야 한다. 즉, 역사상 아시아와 세계 간의 뒤얽힌 관계가 의도적으로 망각됐기 때문에 아시아는 이론의 원천으로 취급되지 않는다고 말이다. 이러한 망각이 오늘날 말해지는 이론, 보다 분명히 말하자면 소위 후기구조주의 이론을 생성시켰다. 1960년대에 일어난 전지구적인 동요 이후를 연구할 때, 우리는 다음과 같은 역사적 사실을 염두에 두고서 살펴야 한다. 그것은 프랑스의 1968년 5월, 중국의 마오쩌둥毛澤東주의와 문화대혁명, 동유럽의 마르크스주의 휴머니즘, 제3세계 인민이 이끈 전지구적 반反식민주의운동 그리고 미국의 이주민 후손들이 이끈 민권운동 등이다.[2] 이렇게 들끓던 1960년대가 바로 후기구조주의 이론의 기원이었다.

그러나 이 같은 서구이론과 아시아 사이의 대립 혹은 이원론은 필자가 보기에, 설령 양자가 균등하지 못한 관계에 놓여 있다 하더라도, 사실은 두 개의 주류 유형과 구조 사이에서 이루어진 대결로 보인다. 단지 이러한 주류들 사이의 대항 관계에만 관심을 가지고 비판한다면, 소수 혹은 소수화된 사람들人民의 목소리는 결국 체계적으로 배척될 것이다. 분명 서구도 아니고 아시아도 아닌 대상임에도 불구하고, 이들은 서구나 아시아와 똑같이 이론적으로 사유하고 주체로서의 자아를 구축해낸다. 서구의 비판이론과 문화이론은 서구 내부의 타자 입장을 지나치게 등한시한다. 일례로 1960년대의 전지구화 풍조 속에서 미국의 이주민 후손들이 맡은 중요한 역할이 무시된 사실을 들 수 있다. 이와 유사하게, 아시아의 주류 비판 전통은 내부의 에스닉화·소수 에스닉그룹화된 소수집단 및 기타 주변에 놓인 자들의 목소리에 귀를 막고서, 수년 동안 서구가 가져다준 자신이 입은 상처에만 천착해있다. 정치상의 그리고 인식론적 의미에서의 이러한 서구 식민주의의 폐해 및 일반적으로 민족주의 방식으로 나타나는 아시아의 반응은, 아시아로 하여금 내부의 다원적 타자를 지속적으로 억압하게 만든다. 이같은 동력메커니즘의 중요한 예가 바로 20세기 상반기의 일본 제국주의였다. 그들은 자신을 서구 침략에서 벗어나게 해줄 수 있는 아시아의 구원자로 자처했지만, 실제로는 드넓은 아시아지역을 군사력으로 통치했다. 일본이 주장하는 문명화 역할은 그들의 식민지에서 서구의 문명화 역할과 경쟁과 모방의 관계를 형성했다. 그리하여 일본 내부의 소수자(오키나와인·재일 조선인·아이누인 등등)와 일본의 식민대상(조선 반도·타이완·동남아시아·태평양 지역)은 식민의 폭력과 통제를 견뎌내야 했다.

또 다른 예인 20세기 중국의 민족주의는 서구에 대항한다는 피해 담론—그리고 '감시 우국感時憂國, obsession with China'이라는 미명—에 급급해하면서도 동시에 소수민족과 각종 주변적 집단을 억압하기도 했다. 다양한 관방언어가 병존했던 청나라에서 단일한 관방언어를 추구하는 근대 민족국가적인國族 중국(중화민국이든 중화인민공화국이든)으로의 전환은, 민족주의 관점에서 보자면 일본과 서구의 침략에 저항하여 승리한 것으로 해석된다. 그러나 왕조의 변방지역에서 토지를 침탈하고 사람들을 정복했던 역사는 이 같은 민족주의 담론言說으로 사라지지 않으며, 중국 내 에스닉들이 종교·문화·언어 등의 여러 방면에서 지속적인 억압을 받았다는 사실 역시 마찬가지다. 양메이후이楊美惠가 어느 논문에서 지적한 것처럼, 중국의 반反식민주의적 민족주의는 내부의 종교 인구가 세속화되길 지속적으로 요구하는데 이 때의 그 요구 자체가 바로 식민주의이다. 그녀는 아주 적절하게 그것을 주권의 박탈disenchantments of sovereignty이라 불렀다.[3] 필자는 여기에다 중국 내부의 무슬림과 티베트불교의 경우 너무나도 분명하게 이러한 세속주의가 에스닉과 그들의 종교를 겨냥하고 있다는 사실을 덧붙이고자 한다.

이와 유사한 방식으로 서구의 소위 이론이라는 것이 내부의 식민메커니즘을 어떻게 전략적으로 무시하는가에 대해 비판할 수 있다. 역사적으로 봤을 때 미국의 대학에서 크게 발전한 후기구조주의 이론은 오미와 위난트Michael Omi and Howard Winant가 신보수주의의 '인종 반격racial reaction'*이라 부른 것과 동보적이었다. 신보수주의는 미국 내에서 인종차별 받던 아프리카계 소수민족집단과 기타 소수민족집단이 이끄는 민권운동을 역습했다.[4] 역행하는 정치, '역행하는 [역]차별'의 고발과 신우파의 상승세 및 소수집단 우대정책affirmative action** 폐지 등과 같은 1970년대~1980년

---

* 오미와 위난트Michael Omi and Howard Winant는 그들의 역작 『Racial Formation In the United States』(Routledge, 초판은 1986년 발표, 참고한 책은 2015년 출판)의 힌 장(7장 'Racial Reaction: Containment and Rearticulation')에서 1950년대~1960년대 초반까지 폭발적으로 발전했던 흑인 인권운동이 흑인의 시민권, 투표권 획득 등과 같은 성과에도 불구하고 1960년대 중반 이후 다양한 억압적 상황에 부딪히게 됨을 서술하였다.

** 미국의 '소수집단 우대정책affirmative action' 또는 '인종 할당제'는 인종·성별·종교·장애 등의 이유로 불리한 입지에 있는 사람들에게 차별을 줄이기 위해 시행한 조치이다. 1961년 존 F.케네디 대통령이 행정명령을 통해 처음 시행한 뒤, 미국 내에서 대학입시·취업·승진 등 여러 분야에서 광범위하게 적용되고 있다. 그러나 2012년 10월 10일 백인인 고등학생이 유색인종 우대정책 때문에 역차별을 받아 높은 SAT 점수에도 불구하고 4년전(2008년) 대학에 불합격했다며 텍사스대학을 상대로 소송을 한 일이 있었다. '소수집단 우대정책'이 과연 미국의 헌법과 맞는 것인지 '위헌'을 가리는 소송은 1978년, 2003년, 2012년 세 차례나 진행되었는데 모두 합헌 판정을 받았다. 그런데 2014년 '공정한 입학을 바라는 학생들Students for Fair Admission. 약칭 SFFA'이라는 단체가 하버드대학과 노스캐롤라이나대학을 상대로 헌법 소원을 제기했는데, 2019년, 2020년 두 차례 패소당하자 대법원까지 가져가게 되었다. 최종 판결이 나기까지 10년의 세월 동안 트럼프 정부가 들어섰고, 보수화된 연방 대법원은 2023년 8월 '소수집단 우대정책'이 위헌이라고 판결내려 현재 논란 중에 있다.(위키백과 참고)

대의 추세는, 이후 신자유주의가 정권을 잡는 데에 밑바탕이 되었다. 그러나 이와 동시에 수많은 미국 인문학자들은 단어와 텍스트 속 의미의 아포리아aporia와 주체의 사망, 시뮬라크르 및 기타 형이상학적 문제를 이해하고자 고심했다. 얼마 후, 몇몇 사회과학자들도 포함된 대학교에 재직 중인 수많은 학자들이 오래 전의 옛 대영제국의 속국들, 옛 프랑스제국 식민지 내의 피식민자의 운명에 관심을 가지기 시작했지만, 미국사회 내부의 피식민자인 인종차별 받는 사람들의 고통에는 아랑곳하지 않았다. 그러므로 그 이론들이 전통적인 사회과학 영역에서 날로 중요해졌다는 사실은 잠시 차치하더라도, 적어도 미국 대학의 지역연구와 포스트식민 연구에서 에스닉이 직면한 잘못 놓인 윤리적 함의를 검증할 필요가 있다.

본 장에서는 서구(이론)와 타자(아시아)라는 주류적인 이원대립을 해체하고, 권력/지식이 다른 규모·다른 차원에서 형성하는 다양성을 해석하고자 한다. 이러한 규모와 차원은 언어·문화·에스닉·지리 등의 뒤섞임을 이해하는 데 한층 도움을 준다. 차이와 관련된 이같은 비정통의 역사 속에서, 나는 화어계를 하나의 소수화된 목소리 간의 느슨한 네트워크로 표현할 것이다. 서구와 아시아는 가장 중요한 결여된 타자 중 하나인 화어계를 상습적으로 경시했다. 게다가 화어계는 이들 양자로부터 '디아스포라 중국인Chinese diaspora'이라 마음대로 그리고 단순하게 분류된 채, 상세하게 연구되지 못했다. 다시 말해, 물질과 상징을 겸비한, 우리가 '서구'와 '아시아'라고 부르는 유명한 두 명칭 사이에는 뛰어나고도 강하며 상보적인 대치가 존재하는데, 화어계는 그것들의 바깥에서 버려진 자를 향해 목소리를 내고 이러한 대치 내부의 추태를 대담하게 폭로한다. 나는 본 장의 제2절에서 이러한 추태에 대한 폭로가 갖는 잠재력을 분석할 것이다. 이에 앞서 본 장의 제1절에서는 더 확실하고 구체적인 이원대립인 '서구이론과 아시아 현실'이 도대체 누구에게 어떠한 이점을 가져다주는가를 분석하고자 한다.

1. 이론과 아시아

이론과 아시아라는 두 단어의 병치는 아마도 모순적으로 보일 것이다. 우리가 알고 있는 이론은 설령 프랑스의 것이 아니라 하더라도 서구의 것임에 분명하다. 아시아는 이론을 가진 곳으로 여겨진 적 없으며, 이론이 출현하는 곳도 아니다. 사실의 여부와 상관없이 학자들이 서구이론을 응용하여 아시아 현실이나 아시아 텍스트를 연구한다는 사실은 아시아 연구에 있어 이미 관례가 되었다. 미국에서 아시아연구 영역 중 문학을 연구하는 학자들은 대부분 신비평부터 해체주의에 이르는, 그리고 페미니즘에서 포스트식민주의에 이르는 각종 문학이론의 흐름을 이해해야 한다. 구체적 예는 생략하겠지만, 사회과학자들 역시 근대화이론(심지어 실증적 연구에 그친다고 표명한다) 및 마르크스주의에서부터 합리적 선택 이론 Rational choice theory* 그리고 후기구조주의에 이르는 각종 이론을 명확하게

---

* 미국의 사회학자 제임스 콜만James S. Coleman(1926-1995)이 제시한 이론으로, 사회학 이론은 제도나 조직, 집단행동 등과 같은 집합적 현상에 일차적인 관심이 있지만, 그러한 집합에 대한 설명 방식은 그 집합을 구성하는 개인들의 행위에 대한 설명을 거쳐 이루어져야 한다는 생각에서 구체화되었다. 인간의 사회적 행위가 주로 개인 행위자의 '합리적 선택'의 결과임을 사회학적으로 이론화하는 접근 방법이라고 알려져 있는데, 콜만은 개인이 실제로 합리적이라거나 실제로 그런 사실이 확증됨을 말하고자 한 것이 아니라 방법론적 취지

또는 함축적으로 응용하고 있다. 오늘날 이처럼 서구이론을 폭넓게 그리고 내재화시켜 사용하는 상황은 결코 아무런 논쟁 없이 이루어지지 않았다. 그것은 소위 분과 학문화disciplines가 지역연구를 압도하고 이룬 성과이다. 아니면 지역연구의 영역이 오늘날까지 냉전식 정보수집 모델(사회과학 영역)과 구식의 동양학 문화주의 모델(인문과학)에서 여전히 벗어나지 못하고 있다는 평가와 관련 있다고 해도 무방하다. 사회과학 분야는 더이상 지역연구 전문가를 필요로 하지도, 그들의 임용을 연장하지도 않는다. 인문학과 특히 아시아의 전근대연구 영역은 동양학의 유산 속에서 버티어 내느라 애쓰고 있다. 이런 까닭에 바로 근대現代연구파트가 거리낌 없이 앞장서서 이론을 투입하면서, 문화주의의 수호자들을 아주 불쾌하게, 적극 반대하게 만들고 있다.

짐작하듯이 이론의 충격은 미국의 아시아 지역연구 가운데 역사가 가장 오래되고 규모가 가장 큰 영역인 중국연구에서 가장 먼저 발생했다. 이론의 충격은 1990년대 초, 전근대 및 근대중국을 연구하는 학자 간의 충돌로 나타났다. 이어서 이론학자와 문화주의자(전근대 인문학 분야) 사이로 발전해 나갔고, 이론학자와 실증학자(사회과학 분야) 간의 진일보한 논쟁으로 연결되었다. 스티븐 오웬Stephen Owen*의 후기구조주의 응용을 조나단 차베스Jonathan Chaves**가 "데리다의 광신적인 뇌가 만들어낸 멍청한 제자

에서 그런 합리성을 가정하여 미시-거시 연계의 문제를 다루고자 했다.(이재혁, 「비대칭 사회와 합리적 선택이론: 제임스 콜만의 사회이론」, 『사회와이론』 제25집(2014.11) 참고)

* 한국에는 스티븐 오웬 지음, 허경진 옮김, 『초기 중국 고전시의 형성The Making of Early Chinese Classical Poetry』(연세대학교출판문화원, 2017)이 소개되어 있다.

** 조나단 차베스(1943-현재)는 조지 워싱턴 대학교의 중어중문학 교수로 고전 한시 번역가이기도 하다. 중국 시가와 회화의 관계를 전문적으로 분석한 것으로 유명하며, 원굉도袁

가 중국 시가詩歌 연구에 진입"하기 쉽게 문을 활짝 열었다고 한 비평,[5] 그리고 장룽시張隆溪가 저우레이周蕾 Rey Chow*의 중국에 대한 이론연구를 '중국현실'과의 연관성이 충분하지 못한 것이라고 본 주장 등이 뒤이은 다중적 격동의 발생에 포함된다. 비록 이론의 운용이 '문화적 빈민굴을 벗어나려고get out of the cultural ghetto' 애쓰는 첫걸음이라고 장룽시 본인이 주장한 바 있음에도 불구하고, 저우레이를 비판할 때는 오히려 '중국현실'에 관한 정통지식authentic knowledge을 앞세웠다.[6] 장룽시의 글 제목은 자명하게도 「서구이론과 중국현실西方理論與中國現實」이었다. 공개 여부와 상관없이 이후에 발생한 근대와 전근대 학자 사이의, 청년학자와 풍부한 경력을 지닌 학자 사이의, 이론학자와 문화학자 사이의, 또는 이론학자와 실증학자 사이의 논쟁 등을 포함한 모든 논쟁은 다들 이 주제의 변형으로, '서구이론과 중국텍스트' 간의 충돌 문제라고 개괄할 수도 있을 것이다. 유사한 논쟁이 중국역사 연구영역에서도 발생했는데, 『근대중국Modern China』 잡지의 주편인 황쫑즈黃宗智는 동명의 논문에서, 이것을 '중국연구에 있어 패러다임의 위기'[7]라고 정의내렸다. 미국의 UCLA에서 개최한 토론회는 여러 의미에서 이론학자와 실증학자라 자임하는 자들 사이에 발생한 한 차례의 정면충돌이라 할 수 있다. 황쫑즈는 토론회에 관한 논문 몇 편을 1993

宏道와 그 형제들의 작품을 번역한 그의 역서 Pilgrim of The Cloudes: Poems And Essays From Ming China by Yuan Hung-tao and His Brothers(1978)는 1979년 미국의 내셔널북 어워드National Book Award의 최종 후보에 오를 정도로 중국시의 최고 영어 번역가로 손꼽힌다.(https://www.nationalbook.org/awards-prizes/national-book-awards-1979/?cat=fiction&sub-cat=translation 참고)

* 중국 현대문화 연구자이며, 한국에 『원시적 열정』(정재서 옮김, 이산, 2004)과 『디아스포라 지식인』(장수현, 김우영 옮김, 이산, 2005)이 번역, 소개되어 있다.

년 『근대중국』 1기 특집호에 발표했다. 저우레이가 편집한 『이론 시대의 중국 현대문학문화연구: 영역을 다시 상상하기Modern Chinese Literature and Cultural Studies in the Age of Theory: Reimagining a Field』(2000년)가 출판됐을 때에는 도대체 누가 투쟁에서 승리했는가를 가리기 어려워진 때로, 충돌 역시 시간 속에 묻히게 되었다.

　　이러한 이전 논쟁은 대략적 윤곽만 그려내고 각 논점의 복잡함은 거론하지 않겠다. 필자는 다만 인식 속에 지속적으로 존재하고 있는 (방법으로서의) 서구이론과 (연구대상으로서의) 아시아현실 사이에 존재하는 단절이 보이기를 바랄 뿐이다. 일반적으로 이론은 보편적이라 생각하는데, 서로 다른 지리적 위치에 있는 서로 다른 대상에 이론이 응용될 수 있기 때문이다. 아시아가 특수한 이유는 아시아는 지리상의 하나의 지점location이지 관념과 사상이 아니기 때문이다. 이러한 이유로 관념과 사상은 경계를 넘나들 수 있게 되지만 지점은 지리에 한정되기 때문에 피동적으로 관념과 사상을 기다릴 수 있을 뿐이다. 설령 지점이 공간을 구성하여 사상과 관념이 수정 또는 재조직되게 할 수 있다 하더라도 말이다. 이런 까닭에 아시아에 있어서도 서구이론은 사람들에게 선망을 불러일으키는 지식 부류이다. 아시아의 대학들은 열렬하게 전지구화를 추구하면서 교사들에게 영미 학술지에 영문 논문을 발표하라고 갈수록 거세게 요구하고 있다. 이 같은 추세가 각 영역의 이론언어의 종류 및 각종 학술지가 갖는 구체적 위상定位을 정확히 알라고 소리 높이고 있다는 사실은 말할 필요조차 없다. 수십 년 동안 화인 비교문학 학자들의 서구이론 방법론 사용에 대해, 세레나 푸스코Serena Fusco는 최근의 논문에서 '새로운 중화문화/민족의 자강시기a new moment of Chinese cultural/national self-strengthening'인 것 같다면서, 19

세기 청나라가 서학(특히 군사 지식)을 수입했던 민족자강운동에 빗댈 만큼 서구 이론을 운용한다는 사실을 풍자적으로 표현하였다.[8]

오늘날의 이러한 서구이론과 아시아현실 간의 관계는 적어도 19세기 중엽부터 존재했다. 그것은 현대 서구제국이 흥기했던, 홉스봄Eric Hobsbawm이 '제국의 시대Age of Empire'라 부르기도 했던 시기와 거의 동시대적이다. 아마도 다음과 같은 표현은 결코 과장이 아닐 것이다. 과거 150년 동안, 아시아의 비판사상의 틀型構은 근본적인 방식에 있어서 서구 지식의 계발과 자극을 빌려온 결과였다고 말이다. 19세기 중엽의 위기 상황에 등장한 중국의식은 아편전쟁 패전의 직접적인 결과물이었다. 청 제국이 영국에 비해 약하다는 사실이 패전으로 인해 폭로됐기 때문이다. 그때부터 오늘에 이르기까지, 지식의 틀은 각종 방식으로 서구지식 또는 이론을 조급하게 전용하여 이러한 위기를 처리하고 극복하고자 했다. 청말의 개량적 사유에서부터 5·4계몽에 이르기까지, 중국 마르크스주의에서부터 1980년대의 소위 제2차 계몽에 이르기까지, 그리고 최근의 (신)자유주의와 포스트식민주의 사조의 발전에 이르기까지, 우리는 그 속에서 언제나 어떤 서구이론을 관건이 되는 정당한 담론 또는 유력한 유령*과도 같은 대화상대로 여긴다는 사실을 발견할 수 있다. 일본도 마찬가지였다. 19

---

* 자크 데리다가 사용하는 유령과 유사한 의미로, 유령과의 대화란 '존재하고 있는 내가 존재하지는 않지만 나에게 영향을 미치는 어떤 것[어떤 사상, 관념, 기억의 정치학 등]에 말을 걸고' 대화를 나누는 것이라 할 수 있다. 데리다의 경우, 주로 유령과 맺는 관계를 '기존 세계의 불의에 맞서는 정의로움[유령과 함께 함으로써 인간에게 올바른 삶의 길을 열어주는]과 연결'시키고 있다. 하지만 여기서 스수메이는 동아시아의 입장에서 서구이론이 마치 이러한 유령처럼 여겨진다고 본다.(자크 데리다, 양운덕 역, 『마르크스의 유령들』(한뜻, 1996) 〈머리말〉 참고)

세기 중기 메이지유신은 대대적인 서구화를 목표로 삼은 것으로, 이후 지식의 틀은 서구 지식과 이론에 대한 여러 가지 반응으로 볼 수 있다.

많은 이들이 이와 같은 이론의 불평등한 여정에 대해, 그리고 아시아 각지에서 만들어진 서구 인식론에 대한 대규모의 전파에 대해 주의를 기울이고 탄식한다. 하지만 아시아에서 서구로 전파된 상응하는 이론이 없고, 역방향의 전파 역시 결코 많지 않다는 사실도 인정해야 한다. 반세기 전, 중국 역사가인 조셉 레벤슨Joseph Levenson*은 이러한 비대칭을 다음과 같이 생동적으로 비유했다. 그는 중국의 문화 요소가 서구의 어휘를 증가시키는 데 도움을 줬지만 서구문화나 서구의 세계관을 크게 변화시키지는 못했다고 말한다. 반면 서구는 중국문화의 언어 및 문법에 중대한 변화를 일으킴으로써 그 세계관에 근본적인 변화를 가져왔다고 한다.[9] 여기서 관건이 되는 문제는 두 방향에서의 문화적 전파가 수량과 강도에서뿐만 아니라 특히 그 질과 실제에 있어서 달랐으며, 이것이 확연히 다른 결과를 가져왔다는 사실이다. 즉 서구는 중국의 세계관을 바꾸었지만 중국은 서구를 위해 디테일과 약간의 어휘만 보태주었다. 이를 통해서 우리는 '서구 인식론'과 '중국 내용' 사이의 이원대립이 더 이상 일개의 관념형태나 서구화라는 기술적 문제에 그치지 않으며, 역사 실천 과정에 있어 일종의 물질적 결과임을 알 수 있다.

이러한 이원대립을 반박하고자 할 때 다음과 같은 사실을 고려할 수 있다. 그것은 서구이론과 아시아 사이의 불균형, 불평등, 비대칭적 교류에 대해 살필 때, 서구이론 내부에 사실은 풍부한 아시아적 요소가 포함

---

* 조셉 레벤슨(1920-1969)은 중국역사학자로, 캘리포니아대학 버클리에서 교수로 재임했었다. 훌륭한 학문적 성과로 인해 그의 이름을 딴 상이 우수한 동아시아 연구자에게 수여된다.

되어 있다는 논점이 늘 등장한다는 사실이다. 예를 들어, 다음과 같은 주장은 결코 지나친 과장이 아닐 것이다. 마르크스Karl Marx의 아시아적 생산양식이론과 서구 제국주의에 대한 마르크스주의의 인가 사이에, 베버Marx Weber의 프로테스탄트윤리에 대한 찬양과 동양종교에는 분명 이러한 윤리가 없다는 그의 비평 사이에, 헤겔G.W.F.Hegel의 서구가 세계의 역사를 이끈다는 역동적 관념動態觀念과 아시아의 정체에 관한 그의 관점 사이에, 그리고 우리가 일찍이 칸트의 인류학 저작에서 발견할 수 있었던 유럽 인종이 우월하다는 논점과 그에 상응하여 아시아인과 흑인이 열등하다는 관점 사이에는 중요한 연관이 있다고 말이다. 최근의 예로 설명하자면, 다소 억지스러운 측면이 없지는 않지만, 다음과 같은 생각도 전적으로 가능하다. 만약 한자로 된 서사가 저명한 페놀로사Ernst Fenollosa와 파운드Ezra Pound의 예찬을 받지 못했더라면, 데리다의 그라마톨로지grammatology*는

---

*　같은 제목의 책에서 데리다는 그라마톨로지[문자학]는 '에크리튀르écriture를 다루는 학문'이라 밝히고 있다. 한국어판 번역자의 역주에 의하면 그라마톨로지란 '단순히 전통적 의미에서 다양한 문자의 유형, 구조, 역사를 연구하는 경험적 학문을 지칭할 때 사용하는 고전적 문자학의 범주를 훨씬 뛰어넘는 것'이다. 보다 구체적으로 그라마톨로지란 '기호의 자의성에 대한 학문, 흔적의 비동기화에 대한 학문, 음성 언어 이전에 그리고 음성 언어 속에서 존재하는 문자 언어(에크리튀르)에 대한 학문'으로 정의된다. 데리다는 '문자를 언어 문제의 중심부에 가져다 놓으면서 언어 문제의 재구축을 겨냥'하는데, 이는 곧 '문자의 이동을 말하며, 그 개념의 변형과 일반화를 의미한다.' 형이상학적 기호관과 음성중심주의에 따르자면 '기의에 가장 가까운 곳에 위치하는 목소리'와 달리, 문자는 목소리를 대리 표기하는, 즉 '기표의 기표'가 된다. 이는 '진리가 기의 쪽에 놓이고, 기표는 감각적이며 비본질적인 표지'에 불과하다는 의미를 갖는다. 데리다의 그라마톨로지는 '이 같은 형이상학적 전제들을 해체'하고자 한다. 기호에 대한 형이상학적 개념화[기의와 기표의 관계를 영혼과 육체의 관계로 보는]와 단절하면서 문자의 의미 작용 과정은 '오직 차이들 또는 형식적 놀이로 사유'되어야 한다는 것이다. 이를 통해 그라마톨로지는 '언어를 조직화시키는 일체의 이분법들을 해체시키면서, 전체 형이상학의 근본적인 규정들에서 벗어날 수 있게' 해준다.(자크 데리다, 김성도 역, 『그라마톨로지』(민음사, 2019) 「명구」 및 역주 참고)

등장할 수 없었을 것이다. 중국의 백과사전百科校勘이 없었다면, 푸코의 지식 고고학은 있을 수 없었을 것이다. 게다가 만약 마오쩌둥주의에 대한 환멸이 없었다면, 20세기 후반기에 프랑스 사상이 언어학으로 전향linguistic turn하는 것은 근본적으로 불가능했을 것이다. 한 차례의 여행과 일본에 관한 한 권의 책이 아니었다면, 어쩌면 롤랑 바르트Roland Barthes의 저술은 구조주의에서 후기구조주의로 전환하지 못했을 것이며, 만약 교토 철학파의 창시자인 구키 슈조九鬼周造*와의 흉금 없는 대화가 아니었다면, 하이데거Martin Heidegger는 도가道家사상—이것이 그의 '존재Dasein' 개념의 기초라고 일컬어짐—을 영원히 이해하지 못했을 것이다. 그런데 이러한 모든 예증 속에서 아시아적 요소는 서구의 이론적 특성의 변화에 있어 이론을 보여주는 작용을 하거나 이론적 지지를 위한 디테일한 요소로만 존재한다. 그리고 또한 이러한 디테일은 아직 건드려지지 않은 오리엔탈리즘이 남아있는 서구의 상상 속에서 늘 불려 나온다.

아마도 포스트식민 이론은 이와 같은 '서구에서의 아시아'라는 논점을 보여주는 더욱 좋은 예일 것이다. 남아시아에서 이주한 미국 대학의 학자 [에드워드 사이드]가 창시한 이 이론은 오늘날까지 영국 식민주의가 남아시아 지역에 미친 영향을 이론화하는 데 주력해왔다. 그러나 이 남아시

---

* 　구키 슈조(1888-1941)는 일본의 프랑스 철학 연구자로 유럽에서 8년간 유학한 이력이 있다. 파리의 대학에 있을 당시 젊었던 사르트르J.P.Sartre를 프랑스 가정교사로 고용했다고 한다. 구키 슈조는 프라이부르크 대학에 있을 당시 에드문트 후설E.Husserl의 집에서 하이데거를 처음 만났다. 일본으로 귀국한 뒤 교토대학에 자리를 잡았으며 1933년 하이데거에 관한 첫 번째 책을 일본어로 출판했다. 하이데거 또한 구키가 쓴 『이키의 구조"いき"の構造』(1930)가 독일어로 번역·소개될 때 '서문'을 자신이 써주고 싶다고 교류했다고 한다. 한국에는 『이키의 구조』(이윤정 옮김, 한일문화교류센터, 2001)와 『프랑스 철학 강의』(교보문고, 1992)가 소개되어 있다.

아 연구는 서구에 의해 시작되었음이 너무나도 분명한 영역으로, 서구 식민 경험이라는 매개(실제로 아시아가 다른 식민지배자의 존재를 증언하고 있음에도 불구하고 식민지배자는 거의 영원히 서구라 여겨지는)야말로 미국 대학에서 사조와 유파로서의 포스트식민 이론이 관련된 정당한 메커니즘을 획득하게 되는 이유가 된다. 그러므로 이 남아시아가 이론화theorizable될 수 있었던 이유는 일찍이 서구와 심도 있는 충돌을 경험했기 때문이라고 해도 무방하다. 게다가 남아시아가 만약 포스트식민 이론의 집중적인 관심 대상이 아니었다면, 스피박Gayatri Chakravorty Spivak은 그녀의 최신 저작인 『다른 여러 아시아Other Asias』에서 다원적 아시아를 제창할 필요가 없었을 것이다. 더 나아가 지금에 이르기까지 발전한 포스트식민 이론은 선명한 미국 역사 및 그것에 상응하는 논증이 가능한 미국적 특색을 지니고 있다. 포스트식민학파는 미국 대학에서 체제로부터 지지받고 있지만, 영국에 거주하고 있는 포스트식민 학자들은 상응하는 지지를 받은 적이 없다. 남아시아를 근거로 하는 포스트식민 담론의 비판 대상은 미국이 아닌 영국이다. 그렇기 때문에 그것은 미국의 체제에 대해 그 어떤 도전도 행한 바가 없다. 더군다나 영국은 미국의 식민 모국이기도 했지 않은가. 이론사적 측면에서 그것의 기원은 부분적으로 스피박이 번역한 데리다의 『그라마톨로지De la Grammatology』에서 기인한다 할 수 있는데, 이 책은 미국 대학의 이론 시대—더 적당한 표현을 쓰자면 이론 번역의 시대, 심지어 프랑스사상의 미국화라고 할 수 있다—를 이끌었다. 『다른 여러 아시아』의 경우에도, 두 개 장의 부제목은 아시아의 다른 권역地點에서 '이론 시험하기testing theory'*

---

* 한국어판 「2장 책임-1992: 평원에서 이론을 시험하기」, 「5장 초대형 도시-1997: 도시에서 이론을 시험하기」(태혜숙 옮김, 『다른 여러 아시아』, 울력, 2011)에 해당된다. 「서문」에서 스피박

라 붙여졌는데, 이것은 포스트식민이론의 미국성 또는 서구성을 묵인하고 있다. '서구이론, 아시아현실'이라는 모델이 여전히 여기에서도 함축적으로 작동하고 있는 것이다. 모든 실천적 입장에서 봤을 때, 포스트식민이론은 아시아에서 수용되는 과정에서 기타 서구이론의 양상과 똑같이 영문 글쓰기를 통해 미 제국이 지지하는 전지구적 영어 중심이라는 움직임을 돕고 있으며, 아시아에서는 매우 부러움을 받는 이론이기도 하다.

아시아는 이론의 땅이 될 수 있을까? 일본의 중국학자이자 문화비평가인 다케우치 요시미竹內好는 반세기 전에 이에 대한 모종의 답안을 주려고 한 바 있다. 1948년 그가 쓴 저명한 글인 「근대란 무엇인가?何爲近代?」[*]는 서구와 아시아 사이에 존재하는 변증법적 이원관계를 묵인한 채 논지를 진행시켜나간다.[10] 다케우치 요시미가 보기에, 아시아는 유럽의 침입을

은, '전지구적 자본주의화와 더불어 생긴 것으로 가정되는 손쉬운 포스트국가주의'에 대한 해결책으로 '비판적 권역주의critical regionalism'를 제시한다. '비판적 권역주의'란 "민족주의와 포스트국가주의에 반대하며, 초민족주의 입장에 서되 현 지구화의 방향을 틀 수 있는 국가의 재발명과 권역의 대항성을 촉진하고자"하는 것이다.(「2장」, 「옮긴이의 글」, 『다른 여러 아시아』, 울력, 2011, pp.93-148, pp.496-498 참고) 2장 중 '책임'에 관한 부분은, 하이데거에 대한 데리다의 비판적 관점을 1992년 방글라데시 홍수에 관한 국제회의에 적용한 내용이다. 데리다는 하이데거의 '정신'에 대한 사유가 서구의 인간·이성 중심적 사유의 발현임을 비판하면서 그로부터 배제된 '자연'과 '동물' 존재에 대해 재사유할 것을 촉구한다. 스피박은 이를 바탕으로, 방글라데시 홍수를 둘러싼 서구 이성주의를 대변하는 이들(세계은행과 그 공모자들)이 방글라데시 농민들(서발턴)과 홍수(자연)가 오랜 세월 함께 만들어낸 삶의 방식을 묵살·배제하는 한편, 홍수 피해에 대한 책임을 자임하는 듯하지만 실은 개발을 강조하며 유럽의 이성적 책임을 세계에다 연출한 것에 불과하다고 비판한다. 스수메이는 데리다의 이론과 이를 현실해석에 개입시키는 스피박의 행동이 서구 이성중심주의에 대해 비판적 의미를 가진다고 보지만, 결국은 서구이론 대 아시아현실이라는 틀에서 벗어나지 못한다고 주장한다.

[*]   한국에는 『일본과 아시아』(소명출판, 2004), pp.17-63과 윤여일 옮김, 『다케우치 요시미 선집2: 내재하는 아시아』(휴머니스트, 2011), pp.218-268에 소개되어 있다.

받고서야 비로소 근대성現代性을 실현하고 역사로 진입할 수 있었다. 이러한 침입은 자본주의의 막을 수 없는 확장과 피할 수 없는 추세로 말미암은 것이었다. 그리고 바로 이 같은 유럽의 침입에 저항하는 방식으로 아시아는 자아의식을 획득했다.[11] 자아의식을 통해 아시아는 스스로가 따르지 않으려 고집하던 전통을 거부할 수 있었으며, 서구에 저항하면서 동시에 서구의 근대성을 전면적으로 받아들이게 되었다. 이러한 아시아의 근대성 관념을 바탕으로 다케우치 요시미는 서구이론과 아시아현실의 관계에 관해 다음과 같은 협상 모델을 제시한다.

> 유럽에서는 개념과 현실이 부조화할 (모순될) 때(이러한 모순은 필연적으로 발생한다), 일종의 기울어짐이 발생하게 된다. 이 기울어짐은 이 모순을 뛰어넘으려는 방향 위에서, 다시 말해 힘의 대립장張力場의 발전을 통해서 조화를 얻게 된다. 그리하여 개념 자체가 발전한다. 그러나 일본에서는 개념과 현실이 부조화할 때(이러한 부조화는 모순성을 가지고 있지 않다. 왜냐하면 이 개념들이 운동에서 탄생하지 않았기 때문이다), 이전의 원리를 버리고 새로운 원리를 찾아서 조정한다. 개념이 한쪽에 놓이면 원리는 버림받는다. 문학가는 현존하는 언어를 버리고 다른 언어를 찾는다. 그들은 소위 학문이라는 것, 소위 문학이라는 것에 충실하면 할수록 옛것을 버리고 새것을 찾는 데 더욱 열중하게 된다.*[12]

---

* 일본어를 한국어로 번역했을 때의 뉘앙스 비교를 위해 함께 제시해 두겠다. "유럽은 관념이 현실과 부조화한다면(그것은 반드시 모순된다) 그것을 뛰어넘고자 하는 반항에서 요컨대 틀[場]의 발전에 의해 조화를 추구하는 움직임이 일어난다. 그래서 관념 자체가 발전한다. 일본에서는 관념이 현실과 부조화한다면(그것은 운동이 아니기 때문에 모순이 아니다) 이전의 원리를 버리고 다른 원리를 찾는 것으로 바뀐다. 관념은 내버려두고 원리는 포기해버린

다케우치 요시미는 반드시 현지의 현실로 유럽에서 빌려온 개념을 검토하고, 발생하는 모순을 해결해야 하며, 이로부터 개념이 적합하게 발전해 나가게 된다고 본다. 여기에서 개념 사유의 기원은 여전히 유럽이지만, 다케우치 요시미는 그것을 수용하는 방식과 태도에 관심을 기울인다. 발전은 현지의 현실과 상응하는 비판적 협상critical negotiation을 바탕으로 삼는다.

다케우치 요시미는 일본 동포가 이런 점에서 부족하다고 탄식한다. 많은 사람들이 항상 먼저 버리고 난 뒤에야 소개하며, 또 다른 사람들은 아예 서구를 모방하면서 그 어떤 저항의 자태도 취하지 않는다고 말이다. 그러나 루쉰魯迅의 저작 속에서 다케우치 요시미는 서구의 것을 가지고 오면서도 저항의 자태를 유지하고 있는 양자의 완전한 결합을 발견하게 된다. 그가 루쉰에게서 본 저항의 표식은 노예가 자신의 곤경을 충분히 이해하고, 구원의 방법도 없다는 사실을 알기 때문에 생기는 절망이다. 서구의 노예 처지임에도 이를 자각하지 못하는 일본인과 달리, 루쉰은 노예가 자신이 처한 조건임을 인정하였다. 그러므로 그는 비판정신을 표현해내면서, 황량해 보이는 듯하지만 오히려 굴종적인 상태를 벗어난 미래를 지향하고 있다. 여기에서 절망은 저항의 형식이 된다.[13]

만약 1940년대 다케우치 요시미의 글이 결국 모종의 절망의 시학과 절망의 정치를 서술할 뿐, 본인은 여전히 '서구이론, 아시아현실'이라는 이원론적 곤경에 빠져있었다고 한다면, 그가 1961년에 쓴 「방법으로서의

다. 문학가는 말을 버리고 다른 말을 찾는다. 그들이 학문이나 문학에 충실하면 할수록 점점 옛것을 버리고 새로운 것을 도입하는 경향이 심해지게 된다."(백지운·서광덕 옮김, 『일본과 아시아』(소명출판, 2004), p.37)

아시아亞洲作爲方法」*라는 제목의 유명한 글은 이 난제를 다시 힘 있게 끌어
안는다고 볼 수 있다. 글의 제목은 내부에서 방법이 만들어지는 근거지로
서의 아시아가 전적으로 가능하다는 사실을 명확하게 제시하면서, 서구
가 반드시 개념과 방법의 근원이어야 한다고 보는 생각에 반대하고 있다.
곤혹스러운 사실은 저항처럼 보이는 언술 속에서 다케우치 요시미가 그
것[방법으로서의 아시아]을 아시아와 서구가 톱니바퀴처럼 충분하게 맞
물린 이후에야 가능하다고 본다는 점이다. 더 분명하게 말하자면, 아시아
가 '새롭게 서구를 포용'—특히 일본이 제2차 세계대전에서 패한 이후—
하면서 서구를 변혁시키려 시도해야지 진정한 보편성을 창조해낼 수 있
다는 것이다.

> ······ 동양은 반드시 새롭게 서양을 포용해야 하며, 서구 자체
> 를 변화시켜야 한다. 그래야 더욱 광대한 범위 안에서 후자[서
> 구]의 뛰어난 문화적 가치를 실현시킬 수 있다. 이러한 문화 혹
> 은 가치상의 되감기回落는 보편성을 창조할 것이다. 동양은 반드
> 시 서양을 개조해야지만 서구 자신이 탄생시킨 보편적 가치를
> 한 단계 드높일 수 있다. ······ 되감기할 때 우리는 반드시 자신의
> 문화적 가치를 지니고 있어야 한다. 그러나 이러한 가치는 실질
> 적인 형식으로 존재한 적이 없을 것이다. 나는 이것이 바로 방법
> 즉 주체적 자아가 형성되는 과정이지 않나 의심한다. 이것이 바
> 로 내가 말하는 '방법으로서의 아시아'이다. 그러나 나는 이것이
> 어떤 의미인지 정확하게 설명할 방법이 없기도 하다.**14

---

* 한국에는 백지운·서광덕 옮김, 『일본과 아시아』(소명출판, 2004), pp.140-169에 소개되어 있다.

** '되감기回落'라는 표현은 일본어 원본-한국어 번역을 참고했다. 다케우치 요시미의 일본어

다케우치 요시미는 아시아의 문화적 가치는 '방법으로서 큰 가능성을 지니며', 이것은 물질적 또는 실체적이라기보다 '주체적인 자아 형성'의 과정이라고 말한다. 비록 이처럼 모호하게 설명하고 있지만, 핵심 내용은 바로 실행력驅動力, agency과 아시아의 자아 주체화의 능력이다. 바꿔 말해 아시아가 방법이 탄생하는 지역이 될 수 있다면, 실행력과 아시아의 주체화가 바로 그 관건이 된다는 것이다. 그러므로 다케우치 요시미는 최종적으로 정치·경제학적 의미상에서 이를 운용한다. 아시아와 서구의 이원대립 속에서 아시아는 반드시 서구를 배우기도 하고 서구를 비판하기도 해야 하며, 다름 아닌 바로 이러한 비판적인 과정 속에서 아시아는 주체가 되고 실행력이 되어 이론의 발전을 이루게 된다. 오직 아시아가 이러한 비판적 주체를 형성할 때에만 비로소 '방법으로서의 아시아'가 미래를 향한 잠재적 가능성으로 실현될 수 있다.

다케우치 요시미의 이 글이 갖는 중요한 공헌은 정치·경제학적으로 이론을 투철하게 관찰한 것에 있다. 이것은 아시아 중심론자들과는 다르다. 아시아 중심론자는 아시아인이 반드시 아시아적 가치와 아시아적 이론 속에서 위안을 찾아야 한다고 주장한다. 그러나 다케우치 요시미가 이 문

문장을 한국어로 옮긴 것도 함께 제시해 두겠다. "서구의 우수한 문화 가치를 보다 대규모적으로 실현하기 위해 서양을 한 번 더 동양에 의해 다시 싸안아서 역으로 서양 자신을 이쪽에서 변혁한다는 이 **문화적인 되감기 또는 가치상의 되감기**에 의해 보편성을 이루어냅니다. 동양의 힘이 서양이 만들어낸 보편적인 가치를 보다 높이기 위해 서양을 변혁합니다. … 그 **되감기**를 할 때에 자신 속에 독자적인 것이 없으면 안 됩니다. 그것이 무엇인가 하면—그러한 것이 실체로서 존재한다고 생각하지는 않지만—방법으로서는, 다시 말해 주체 형성의 과정으로서는 있을 수 있지 않겠는가 생각합니다. 때문에 '방법으로서의 아시아'라는 제목을 붙이는 것이지만, 그것을 명확히 규정하는 것은 저로서도 불가능한 일입니다."(백지운·서광덕 옮김, 『일본과 아시아』(소명출판, 2004), pp.168-169)

제에 대해 고려하고 있는 초점은, 아시아에 대한 서구의 피할 수 없는 침입이 이미 **발생한 후**라는 사실에 있다.* 어떤 의미에서 다케우치 요시미는 포스트식민 이론의 초기 선구자라 할 수 있다. 분명 전쟁[2차 세계대전] 초기에는 대동아공영권이라는 노선을 지지했지만, 이후 그는 일본 제국주의에 대해 강하게 비판했다. 왜냐하면 서구 제국주의에 대한 일본의 맹목적인 모방이 한편으로는 노예 심리를 드러내면서 다른 한편으로는 전략상에 있어서의 [서구 모방자이자 아시아 침탈자라는] 내부모순으로 바뀌었기 때문이다. 바로 이런 점에서 다케우치 요시미의 모방이론theory of mimicry은 의외의 힘을 갖는다. 그는 식민지배자를 먼저 모방한 뒤에 그것을 저지했던 피식민자들에게는 아무런 관심이 없었지만, 타인을 식민지화하고 지배하기 위해 서구를 모방했던, 스스로 식민지배자自我殖民者가 된 이들은 비판했다. 다케우치 요시미의 이러한 이론은 중첩적이면서 다변적인 모방이론으로, 각종 실행 중개자agents를 포함한다.

일본 제국주의를 비판함으로써 다케우치 요시미는 단일한 아시아를 다중의 복수로 해체하였다. 아시아 내부에 다양한 식민과 저항의 동력dynamics이 있다는 다케우치 요시미의 시각은 오늘날 미국의 포스트식민이론—이 이론들은 일반적으로 근대의 그리고 역사상의 동아시아제국을 무시한다—에서도 보기 드물다. 루쉰의 저항이 갖는 특정한 형식을 분석하는 가운데 다케우치 요시미는 나아가 서구라는 상징적 구조를 해체하고, 그 주변이나 타자를 가상의 통일체로 삼았다. 그는 루쉰이 선택한 번역 작품이 일본인이 일반적으로 중요하게 여긴 주류 서구문학이 아니라 '폴란

---

* 굵은 표시는 저자 스수메이가 원문에서 굵게 강조한 것이다.

드·체코·헝가리·발칸 국가 그리고 슬라브와 같은 약소하고 핍박받는 민족의 저항적 시가'[15]였다는 사실에 더 주목하였다. 루쉰은 문학에 있어 '힘없는 자' 쪽을 동정했으며, 그의 반항 정신은 이러한 동정심에서 나타났다. 왜냐하면 중국으로 수입된 서구문학 중에서 '가장 우수'하다 생각되는 작품을 그가 맹목적으로 따르지 않았기 때문이다. '가장 우수'하다는 개념은 일본 근대화를 힘찬 움직임, 영원한 낙관, 충만한 희망, 기꺼이 자신의 상태를 알지 못하게 하는 노예 심리로 이끌었다. 일본은 '최신의 조류를 쫓음으로써 자신의 낙후함을 극복하기에 급급했던 것'이다.[16]

다케우치 요시미에게 있어, 방법으로서의 아시아는 루쉰의 약소문학 선택과 같은 자주적인 선택(비록 그의 총체적인 어조가 절망적이라 하더라도)을 필요로 했다. 그리고 모방과 추종의 심리를 극복하여 유럽과 아시아의 관념 및 가치가 본원적이지 않다는 생각에서 진정한 보편주의를 주조해낼 것을 필요로 했다. 이런 측면에서 우리는 다케우치 요시미가 '서구이론, 아시아현실'이라는 이원대립을 넘어섰다고 말할 수 있다. 그러나 이 이원대립은 역사적 산물로, 여전히 특정한 이익에 복무할 수만 있다면 지속적으로 존재 가능하다. 바로 이와 같은 이익이 일본 제국주의로 하여금 아시아 대 서구라는 이원대립을 전략으로 삼아 패권통치를 합법화하게 했으며, 내부의 비주류弱勢민족이 피식민자의 신분과 동일시되게 만들었다. 간단하게 말해서 서구로부터 피해를 입었다는 담론을 빌려서 타인을 해할 때의 위선적인 변호로 삼았던 것이다. 일찍이 일본과 서구 제국주의에 저항했던 중국민족주의 역시 피해 담론을 빌려서 유사한 패권 전략을 시행했었다. 21세기 첫 10년 동안 티베트지역과 위구르에서 발생했던 대규모의 소동에 대해, 중국정부와 몇몇 중요한 지식인들은 서구가 티베트인과 위구르민중 사이에 '잘못된' 관념을 퍼트렸다고 질책하면서, 서구가 예로부터 이 지역에 대해 가지고 있던 식민주의 야심이 당대에 표현된 것이라고 과격한 언사로 비난했는데, 이는 지속적으로 중국을 괴물화妖魔化하는 서구식 '오리엔탈리즘'의 또 다른 예증이기도 했다. 이러한 프레임 속에서 중국은 피해자이지, 티베트인과 위구르인의 소동이 겨누는 패권의 원동력이 아니었다. 피해라는 언술로 전개한 오리엔탈리즘에 대한 비판이 결국 이처럼 쉽게 패권담론으로 탈바꿈할 줄을 사이드Edward W. Said는 예상하지 못했을 것이다.

내부의 이질성을 억압하고 패권을 보호하는 이데올로기가 순조롭게 작동할 수 있도록, 아시아/중국 대 서구라는 이원대립은 반드시 끊임없이 생산과 재생산을 지속해야 했다. 그런데 또 다른 더 일반적인 행위가 수시로 발생하고 있다. 즉, 어떤 구체적인 관점을 논증하기 위해서 학자들이 자각하지 못한 채 이러한 이원대립을 반복적으로 만들어내고 있다는 것이다. 이 이원대립은 스스로 만들어지고 있다고 보아도 무방하지만, 이 생산 과정이 의미하는 나쁜 결과에 대해 우리는 반드시 경각심을 가져야 한다. 바로 이와 같은 자아반성을 바탕으로, 필자는 정반대의 시각에서 소위 '중국현대문학'의 패권적 해석이라는 것이 화어계의 이질적 특성을 억압하고 있다는 사실을 검토할 것이다. 문학의 집합체이자 역사사건의 동일체로서의 '중국현대문학'은 오늘날 중국에서는 이미 완전히 체제화된 연구영역이 되었을 뿐만 아니라, 미국과 기타 지역에서도 날로 중시되고 있다. 다음의 간단한 계보 탐색은 거듭 푸코의 예를 따라, '역방향의 작용력反向作用力'과 '말들辭彙을 운용하는 자들에 대항하여 바로 그 말들을 전용하는'[17] 방식으로, 구체적 사안을 통해 이러한 역사 사건들*을 읽어내려는 것이다.

2. 화어계의 개입

먼저, 화어계와 관련된 유언비어는 화어계가 소위 '중국', '중국인' 혹은 '중국성' 등의 이론을 해체하는 것과 연관되어 있다는 데에서 비롯된다. 이러한 이론구성은 상징적인 의미에서뿐만 아니라 물질적인 의미에서도 작동한다. 이 이론구성을 깨뜨리는 중국 내부의 소수화된少數化 목소리—티베트, 위구르, 몽골 혹은 기타—는 특히 문학에서 더욱 주도면밀하게 연구·분석되어야 한다. 최근 몇몇 학자들은 벌써 이 중대한 임무를 짊어지기 시작했다. 인류학과 민족학의 영역에서 우리는 뛰어난 연구자의 명단을 가지고 있으며, 그중 어떤 학자들은 중국 소수민족연구에 크게 공헌했다. 또 어떤 학자들은 청나라 역사 전문가로서 만주족 청 제국의 에스닉그룹 문제를 설득력 있게 분석하였다. 설사 이러하더라도 문학의 관점에서 출발하여 제국과 서사의 관계 및 현당대에 있어서의 양자의 관계 상황과 언술에 대한 탐구는 많은 관심을 받지 못했다. 유일한 예외가 로렌 하틀리Lauren R. Hartley와 파트리샤Patricia Schiaffini-Vedani가 함께 편찬한 『현대 티베트문학과 사회변혁Modern Tibetan Literature and Social Change』으로, 이

---

* 스수메이는 역사에 대한 니체의 이해를 전용하는 푸코의 방식을 따라서, '제반 도덕의, 이상의, 형이상학적 개념들의 역사를 기록'함으로써 상이한 해석의 출현을 보여주는 것이 계보학의 역할이며, 그것들은 '역사 진행과정의 한 단계에서의 사건들'로 표상되어야 한다는 데 공감하며 이를 화어계 해석에 사용하고 있다.(미셸 푸코, 이광래 역, 「니이체, 계보학, 역사」 참조)

책은 1980년대 이후 티베트지역의 화어계 및 티베트어를 매개로 하는 문학을 고찰했다. 사이드는 그의 중요한 저서 『문화와 제국주의Culture and Imperialism』*에서 우리가 소설과 제국 간의 관계를 탐색해야 하는 이유에 대해 설명한다. 사이드는 소설이 갖는 영국·프랑스·미국 등의 제국과의 관계가 제국 확장에 있어서 '분명하고도 노골적인 일환'이며, '제국주의적 태도와 언급과 경험'에 있어 대단히 중요하다고 보았다.[18]

'중국현대문학'은 오랫동안 중국혁명사에서 하나의 관건적인 사건으로 추대되었다. 이 절에서 나는 내가 가리키는 중국현대문학의 제국[제국주의]의식imperial conscious에 대해서 살펴보고자 한다. 중국현대문학을 추대하는 과정에서 마오쩌둥은 일찍이 루쉰을 '가장 정확하고, 가장 용감하며, 가장 단호하고, 가장 충실하며, 가장 열정적인 전대미문의 민족영웅'이라 극찬한 바 있는데, 이는 이후 루쉰 찬양의 본보기가 되었다.[19] 루쉰 이래로 중국의 주요한 지식인 다수는 중국현대문학 학자들이었으며, 심지어 루쉰 전문가들이었다. 중국현대문학과 루쉰은 상징적인 의미에서 동의어였던 셈이다. 좌·우익의 젊은 지식인 리더들이 오랫동안 깊이 영향을 받은 문화계몽운동 역시 1919년에 시작된 5·4운동이었으며, 이 운동의 핵심 내용인 반反서구·반일본·반제국은 '중국현대문학'과 서로 돕는 관계였다. 그런데 서구와 일본에 저항하기 위해서 '중국현대문학'은 서구와 일본의 사고방식·형식·기교를 채용했기 때문에 대단히 서구화된 것이기도 했다. 이것이 바로 다케우치 요시미가 이후 1940년대의 글에서 심금을 울리

---

* 한국어 번역본으로는 김성곤·정정호가 옮긴 『문화와 제국주의』(도서출판 창, 1995년 초판, 2021년 개정판)가 있다. 본 장에서 언급되는 서사敍事를 이 영문 → 한글 번역서에서는 '내러티브'로 번역하고 있는데, 여기서는 '서사'로 표현하도록 하겠다.

며 논의했던 대상이었다.

'중국현대문학'이라는 사건은 분명 세계주의와 민족국가國族주의의 종합으로, 그 창작은 모더니즘과 사실주의를 가로지르며, 도시소설과 프롤레타리아 소설을 포함한다. 문학사에서 중국현대문학에 관한 토론은 특히 1949년~1976년까지의 사회주의가 고조되던 시대에 민족주의를 드높이면서 세계주의를 억압했다. 비록 국제 공산주의적 관점을 가지고 있었지만, 중국 마르크스주의의 주요한 관심은 주권의 문제였다. 공산당혁명으로 인해 1차 아편전쟁 이래 중국이 느낀 치욕은 마침내 사라지게 되었으며, 국가의 주권도 확립되었다. 정치·역사적 측면에서 봤을 때, 쑨원孫逸仙이 이끈 국민당의 신해혁명이 중국을 제국에서 민국으로 변화시키기 시작했다면,—전반적으로 붕괴하던 제국은 반半식민국가로 바뀐 다음, 다시 사회주의 주권국가로 변화하였다—'중국현대문학'은 이러한 변화를 가능하게 한 문화적 사건이었다. 1949년 이후 사회주의의 본질에 혹 변화가 생겼다 하더라도, 민족국가로서의 중국의 주권은 오히려 이전의 그 어떤 시기보다 훨씬 공고해졌다. 상술한 역사가 주류가 주장하는 판본이라는 사실은 부연할 필요가 없을 것이다. 설사 언술 형식에서 약간의 변화가 있더라도 말이다.

'차이의 역사'라는 관점은 '중국현대문학'이라는 사건을 복원하는 데 영향을 미치면서, 제국에서 민족국가로의 변화 및 그 결과가 '제국주의적인 태도, 언급 및 경험'과 함께 하고 있다는 사실을 폭로하는 데도 영향을 미친다. 사이드는 영국의 소설 전통(『로빈슨 표류기Robinson Crusoe』, 새커리William Thackeray, 디킨스Charles Dickens, 오스틴Jane Austen, 콘래드Joseph Conrad에서부터 강대한 제국 시기에 이르는 기타 작가까지)에서 나타나는, 유구한 역사의 제국주의적 태도에 주목했다. 이들 작가의 작품에는 식민지와 깊이 연관된 '태도와 언급의 구조'가 출현한다. 이 구조는 다소간의 '밀도density'를 필요로 하는데, 왜냐하면 마지막에 진상이 드러나기 때문이다.

> 제국이 없었다면 …… 우리가 알고 있는 유럽 소설도 없었을 것이다. 그리고 만약 우리가 유럽 소설이 등장한 배후의 원인을 확실하게 연구한다면, 우리는 소설을 구성하는 서사 권위의 서로 다른 모델 사이에 결코 우연적인 중첩이란 없음을 확인할 수 있는 한편, 제국주의적 의향 하에 복잡한 이데올로기적 배치가 잠재되어 있음을 확인할 수 있을 것이다.[20]

중국현대문학이 구축되던 시기(일반적으로 1917년과 1949년 사이를 지칭함)에 중국은 당연히 제국이라 할 수 없었다. 아편전쟁 이후의 치욕스런 역사와 20세기 초의 반半식민주의 상황은 깊은 수렁에 빠진 듯한 중국으로 하여금 쇠락한 제국이든 당시의 민족국가든 상관없이 모두 수용하게 했다. 이런 이유로 중국현대문학은 고통과 실패의 서사로 충만하게 된다. 예를 들어, 위다푸郁達夫의 유명한 「타락沈淪」*이 그려낸 것은 일본에 머물고 있는 중국인의 나약함과 무력감이었다. 중국의 나약함과 일본의 강대함이 중첩된 그림자에 둘러싸여 중국남자인 그는 일본여인 앞에서 무능해서 아무 것도 할 수 없다고 느낀다. 자살할 지경에 임박한 이야기의 주인공은 개인의 실패를 중국이라는 국가에 전가하는 유명한 한마디를 내뱉는다.

---

* 한국에는 강계철 옮김, 『타락』(한국외국어대학교출판부 지식출판원, 1999), 이욱연 옮김, 『장맛비가 내리던 저녁』(창비, 2010), 조성환 옮김, 『시간에 무감각한 두 남자』(써네스트, 2016), 이주노 옮김, 『중국 현대단편소설선1』(어문학사, 2018)에 소개되어 있다.

"조국아, 조국아, 나의 죽음은 네가 나를 해친 결과이다!"[21]

「타락」보다 더 유명한 루쉰의 「아Q정전阿Q正傳」은 교육을 받은 적이 없는 군중과 그들의 무력감이 자신들의 우매함을 넘어선 것에 관한 작품이다. 스징위안石靜遠은 최근 연구에서, 현대중국의 정체성이 심각한 좌절감 위에 형성되었으며, 이 좌절감이 오히려 '장애의 극복超越과 재생' 담론을 촉진시키면서 동시에 문화적 근대성과 속죄라는 의미의 민족주의 욕망을 촉진시켰다고 정확하게 지적한 바 있다.[22] 위다푸의 이야기 속에서 개인을 넘어서는 좌절감과 실패감은 반드시 민족국가 자체의 강건함을 거쳐야지만 극복될 수 있는 것으로, 이것은 극단적인 민족국가 우언으로 향한다. 상대적으로, 루쉰 서사 속에서 극복은 좌절과 실패의 문제에 대한 예리한 분석 위에 투사(혹은 적어도 기대)되고 있다. 어떠한 예든 관계없이, 우리는 도대체 누가 서사구조에서 다루고 있는 실패에 대해 책임져야 하는지를 다음과 같이 추궁할 수 있다. 위다푸의 중국인 주인공은 일본여자의 연애 대상이 될 수가 없는데, 이것은 누구의 책임인가? 아Q와 그가 대표하는 중국군중이 이처럼 우매한 것은 누구의 책임인가? 위다푸의 주인공은 중국을 통렬히 책망하고 있으며, 루쉰의 서술자는 비판의 창끝을 중국문화를 향해 겨누는 것 같다. 둘 다 텍스트 구조 속의 서술敍事하는 혹은 글을 쓰는書寫 자아를 비난하진 않는다.

단순하게 말해서 여기서의 논점은 좌절과 민족주의의 매우 기괴한 관계 속에 제국주의적 의향이 잠재되어 있으며, 그런 까닭에 이런 괴이함이 가능하게 되었다는 데 있다. 만약 오랫동안 일본을 '왜구倭寇'로 보았던 중국의 우월감으로 인해 잘못된 생각을 가지지 않았다면, 위다푸의 주인공은 지독한 좌절감을 겪을 필요가 없었을 것이다. 우월감이 의문시된 적 없기 때문에, 좌절감은 더욱 가중된다. 오늘날의 시각에서 보자면, 소위 좌절과 실패를 극복할 때(오늘날 중국은 세계에서 급부상하고 있다), 갈망하던 민족주의가 실현된 후에(중국의 주권과 '완전한 영토'의 수호를 통해), 이러한 극복과 실현에 있어서 중국현대문학이 공헌한 바를 우리는 좀 되돌아보고 다르게 사고해야만 한다. 중국현대문학을 세계주의와 민족주의의 대치로 보지 않고ㅡ이 두 종류의 주의는 서구(세계주의)와 중국(민족주의)의 가치를 모두 포함하고 있으며 이원대립을 심화시킨다ㅡ중국현대문학의 '언급의 구조structure of references'* 및 그것의 각종 관계로 이해해야지 제국주의적 무의식의 결말을 탐구하는 데 도움이 될 것이다. 좌절·상처·피해와 관련된 각종 담론은 제국주의적 무의식을 성공적으로 부인하면서 나아가 중국이 서구에 대항한다는 식의 패권의 이원대립을 지탱한다. 그 결과, 중국이 계승한 (중국현대문학이 계승하기도 한) 두 개의 중요한 역사적 유산이 중국현대

---

* 사이드가 영국, 프랑스, 미국 소설 속에서 살펴보고자 한 '제국주의적 태도, 언급, 경험'에 있어서 언급의 구조를 의미한다. 사이드는 제국주의적 태도와 언급의 구조가 제국주의 문화의 체계적인 양태를 보여준다고 보고 당시 소설 속에서 이를 찾고자 했다. 그것은 서구의 우선성과 중요성을 주장하면서 전체주의적 형식과 폐쇄적인 태도와 제스처로 타자를 제외시킨다. 그런데 문제는 이것이 19세기 제국주의 문화에만 한정된 것이 아니라, 여전히 순환되고 있다는 사실이다. 사이드는 제국주의 형성의 과정이 '어떻게 경제적 법칙의 수준과 정치적 영역을 넘어 일어났는가'를 살피려 하며, '경향에 의해, 인정할 만한 문화적 형성의 권위에 의해, 교육과 문학과 시각예술과 음악예술 내부의 지속적인 통합에 의해, 어떻게 다른 아주 중요한 차원, 즉 지적 기념비의 영역으로서 우리가 순수하고 고결하게 생각하는 민족문화의 차원에서 이루어지고 있는가'를 분석하려 한다. 그는 '서구 제국주의와 그것이 만들어내는 문화 사이의 관계' 및 '프랑스와 영국의 위대한 소설들이 제국의 사실들에 형식적으로 이념적으로 의존하고 있다는 사실'을 밝혀내려 하는데, 여기서 한발 더 나아가 제국주의와 식민주의의 상충하는 경험을 살피고 새로운 전망을 찾아야 한다고 주장하면서 '세속적이고 참여적 비평'을 통해 이것이 이루어질 것이라 본다.(『문화와 제국주의』 한국어판 참조)

문학 연구의 영역에서 치밀하게 비판될 수 없었다. 그 유산이란, 현대중국이 청 제국의 영토 판도를 계승했다는 사실과 정화鄭和가 동남아시아를 경유하여 서양에 갔었다는 사실이 후세에 끼친 영향이다.

첫 번째 역사적 유산의 경우, 중국현대문학의 제국주의적 무의식과 중국 내부의 소수민족 및 그들의 문학창작을 분석하려는 많은 작업이 대기 중이다. 본 장의 한정된 편폭으로는 이 문제에 대해 보다 깊이 연구하기 힘드니, 단지 몇 개의 관찰만 제공하고자 한다. 앞으로 연구가 확대되고 보충되길 바란다. 그리고 이것이 다른 학자의 연구에 자극이 되기를 희망한다. 필자는 이 문제가 적어도 다음과 같은 세 개의 방향에서 주목할 가치가 있다고 생각한다. 그것은 한족과 비한족 작가의 중국현대문학이 어떻게 에스닉그룹 문제와 문화적 차이를 협상했는가, 그리고 표준규율典律을 생성하는 과정이 어떻게 특수한 항목과 형식을 배제하거나 창설開創하는 방식으로 규율을 소수민족 작가에게 전달했는가, 마지막으로 만약 이러한 표준규율에 따라 범위 밖으로 배제된 작가들을 새롭게 평가한다면, 중국현대문학사는 어떠한 모습을 갖추게 될 것인가? 이다. 예를 들어, 중국의 문학 사료를 대략 소수민족창작과 한족문학漢文學으로 나눌 경우에는 무엇은 정통이고 무엇은 정통이 아니라는 식의 '중국문학'이 구성된다. 미국 내의 중국문학사도 여태껏 소수민족작가의 문학창작을 포함한 적이 없었다. 이들의 창작이 소수민족언어를 사용한 서사일 뿐이라면, 한어 중심漢中心이라는 표준에서 볼 때 그것은 중요한 창작과는 관계없다. 중국현대문학은 오랜 기간 동안 다민족과 다언어의 문학으로 취급된 적이 없다. 이와 더불어 소수민족의 문학서사에 존재하는, 청 제국이 그들의 영토와 인민을 정복했던 후과에 대해서도 자세하게 탐구된 적이 없다.

우리는 중국현대문학의 주요한 성과 중 하나가 백화문의 촉진임을 명심해야 한다. 백화문운동은 고전 문언문을 대체하고자 했으며 언문일치를 추구했다. 그런데 이때 백성을 교화하고자 했던 백화문이란 한족의 언어였다. 상술했듯이 중국현대문학은 청대 문학과 많은 차이를 보인다. 청대 문학에는 여러 종류의 각기 다른 관방 언어가 존재했으며, 많은 수의 이중언어 문학도 창작되었다. 고전 문언문의 극복과 백화문의 제도화는 모두 한어漢語 작가들(그들은 또한 대부분 한족이었다) 사이에서 일어난 활동이었다.[23] 역사적으로 문학 영역에서 일어난 백화문운동은 국가가 추동한 '국어'와도 관계가 있다. 국어운동은 정부가 주장하는 소위 표준어를 제정하고, 학교에서 지방어와 방언을 가르치는 것을 금지했다.[24] 이러한 사실들로부터, (소수민족언어로 쓴 문학은 더 말할 것도 없이) 비표준어 문학은 반드시 제거해야 했으며 이후에는 신속하게 주요한 이단이 되어야 했음을 알 수 있다. 이것이 바로 선충원沈從文과 라오서老舍 같은 비한족 작가의 경우, 출신이 무시되어 언급되지 않거나 아니면 아주 간단하게만 언급된 이유이다. 학자들은 일찍이 선충원의 미학과 독특한 세계관에 대해서 정밀한 이론적 견해를 제시했지만, 선충원의 먀오족苗族 출신배경과 창작의 관계를 전반적으로 고려하지는 않았다. 선충원의 이야기가 먀오족 지역을 배경으로 하고 있고 수많은 먀오족 인물이 등장함에도 불구하고 말이다. 라오서의 경우 1966년에야 자살했음에도 불구하고, 무엇 때문에 그가 1962년 이후에는 자기가 쓴 만주족 소설 「정홍기 아래서正紅旗下」*를 본체만체

---

* 「정홍기 아래서」는 라오서가 1961-1962년 사이에 집필한 마지막 작품이자 미완성 작품으로 그의 생전에는 발표되지 못하다가 1979년에 이르러서야 『人民文學』에 처음 연재되었다. 1인칭 시점으로 의화단 사건에서 청 왕조 몰락까지의 역사를 그려낸 이 작품은 라오서

했는지 역시 연구해볼 만한 가치가 있다.

동남아시아 또는 중국 상상 속의 '난양'은 오랫동안 한족 중국인이 생계를 위해 찾아갔던(심지어 부를 축적했던) 곳이었다. 필립 쿤孔飛力, Philip A.Kuhn의 『타인들 사이의 중국인Chinese Among Others: Emigration in Modern Times』*은 15세기 초 정화의 성공적인 탐험 이래, 중국 남방 연안의 중국인들이 끊임없이 동남아시아로 이주했다고 설명한다. 필립 쿤은 난양이 전지구적 해양 무역에서 중요한 역할을 담당했으며, 아시아·아메리카·유럽을 연결시킨다고 보았다. 강희康熙황제는 1684년의 조서에서 무엇 때문에 몇 세기 동안 단속적으로 일관되지 않게나마 집행해오던 해금海禁정책을 당시에 해제하려 하는지를 설명한 바 있다. 강희제는 해상 교역 및 이에 따른 이주가 '사람들의 복리'와 '푸젠福建·광둥廣東 각각의 경제적 발전'을 위한 것일 뿐만 아니라, 나아가 '상업이익을 통해 국가의 자산을 불리기'

의 '만주족으로서의 기질과 문화를 은연중 체현한 작품'으로 평가된다. '정홍기'는 청나라의 팔기八旗 가운데 하나로, 만주족 팔기 중 '전체 기의 색이 붉은색'인 기를 뜻하며, 제목인 '정홍기 아래서'는 '정홍기 관할 하의 기인들'을 의미한다. 라오서가 만주족의 목소리를 낼 수 있었던 것은 당시의 시대적 분위기와 관련 있었다. 1950년대부터 소수민족문학이 새로운 관심을 받게 되고, 만주족 역시 이전의 배만排滿 분위기에서 벗어나 중국의 '多民族大家庭'의 일원으로 인정받게 됐기 때문이다. 소수민족문학위원회 위원장을 맡았을 당시 다음과 같은 라오서의 발언 내용은 당시 중국의 소수민족정책 변화과정을 살펴보는 데 있어 의미가 있다. "한족 문학사로써 중국문학사를 대표하는 것은 분명 타당치 않으며 중국은 다민족국가이고 형제 민족은 저마다 유구한 문학전통을 가지고 있다. …… 이제 쓰게 되는 중국문학사는 각 형제민족의 문학사를 포함해나가야 한다." 하지만 이와 같은 상황은 정책의 급변으로 인해 오래가지 않게 되고, 라오서는 만주족으로서의 정체성을 더 이상 드러내기 어렵게 된다.(김수진, 「라오서의 『正紅旗下』에 나타난 만주족 기인의 의식 연구」『중국어문논역총간』 20, 2007) 참고)

* 한국에는 필립 A. 쿤 지음, 이영옥 옮김, 『타인들 사이의 중국인: 근대 중국인의 동남아 이민』(심산, 2014)으로 소개되어 있다.

위함이라고 언급했다.[25] 이 같은 제국 조정의 조령 유무와 관련 없이, 중국 이주민은 동남아시아로 진출하여 항만 관리·해관 검열원·도시 개발자·세리·무역상이 되었으며, 유럽의 식민주의가 들어온 이후에는 제국의 관원이 되어 '가장 없어서는 안 될 조력자'가 되었다.[26] 이 무리는 대단히 성공하여 그들의 재정 경제력은 때때로 유럽 식민통치자와 현지의 엘리트를 훌쩍 넘어서기도 했다.[27]

피할 수 없는 유럽 식민주의의 압박에 직면하여 몇몇 중국 이민자들은 말레이시아와 보르네오Borneo 서쪽에 자신들이 통치·관할하는 영지를 세우기까지 했는데, 무장부대도 가지고 있었다.[28] 광둥에서 온 커자인이 오늘날 서칼리만탄Kalimantan에 세운 란팡공화국蘭芳共和國의 경우, 네덜란드인이 그들을 소멸시킬 때까지 백 년 정도 지속되었다고 한다. 이 공동체는 유럽인이 도착하기 전에 이주한 상인·노동자·기타 법률 밖 사람들이 함께 협력하여 이룬 것으로, 일종의 이주정착 식민주의인 셈이다. 심지어 유럽의 식민 통치 기간에도 그러했는데, 그때가 바로 중국 이주민들의 이주가 최고치에 이르렀던 때였기 때문이다. 이처럼 넓은 지역에 걸친 이주와 잘 알려진 상황에 대해, 청나라 말기의 저명한 개혁가이자 중국근대 사상의 거두인 량치차오梁啓超마저 1906년에 다음과 같이 선포하고 있음을 찾아볼 수 있다. "남쪽 바다에 있는 백 수십 개의 나라는 그 백성 대부분이 황제黃帝의 자손으로서, 지리적地勢論·역사적으로 살펴보더라도 천성적으로 우리 민족我族의 식민지이다."[29] 결국 난양은 '오랑캐番'가 거주하는 '오랑캐 섬番島'이었다.[30] 그곳으로 이주한 사람이 누구건 상관없이 타고난 식민지임에 분명했다. 량치차오가 이렇게 말한 배후는 그가 찬양해 마지않았던 인물들을 소개하는, 동남아에 관한 글 「중국 식민 8대 위인전

中國殖民八大偉人傳」*을 살펴보면 알 수 있다. 이 글에서 량치차오가 극찬한 8
인은 동남아시아의 화인 술탄과 화인 통치자였다. 전체적으로 봤을 때, 중
국인이 동남아로 이주한 경험과 서구로 이주한 경험은 확연하게 달랐다.
두 가지 상황 모두 노동자·쿨리coolie와 관련 있더라도 말이다.[31] 필립 쿤은
이러한 이주의 역사를 통틀어서 '중국 자체의 해외 확장'[32]으로 볼 수 있
다고 한다. 유럽식민주의 하의 수많은 중국이주민이 자리했던 중간인 신
분을 고려한다면, 우리는 그것을 일종의 '이주정착한 중개인의 식민주의
middlemen settler colonialism', 즉 현지인을 지배하는 동시에 유럽 제국주의의
탄압을 받은 것으로 볼 수도 있다.

중국현대문학이 구축되던 때는 중국에서 동남아로의 이주가 가장 활
발하던 시기(1850년부터 1920년대까지)가 이미 절반 정도 지났을 때였다. 그
런데도 중국현대문학과 이 시기 역사의 긴밀한 관계는 오랜 기간 무시
되었다.[33] 문학연구회의 회원들은 기본적으로 중국현대문학의 주요방향
과 추세를 설명해준다. 이 단체의 창립 원로 중 한 명인 쉬디산許地山의 작
품 속에서, 우리는 늘 바다 건너 사업 기회를 찾아 난양으로 향한 사람들
을 볼 수 있는데, 그들은 사이드가 분석한 영국소설 속의 인도로 간 영국
인들과 다를 바가 없다. 새커리와 오스틴의 작품에 등장하는, 법을 위반하
여 인도로 향했거나 식민모국의 대도시에서 성공할 길이 없었던 조연들
처럼, 쉬디산 이야기 속의 조연인물 역시 유사한 이유로 난양으로 향한다.
어떤 스토리에서는 질투로 아내를 찌른 남편이 페낭[현 말레이시아 지역]

---

*   이 글은 량치차오가 1905년『新民叢報』에 발표한 글로, 근대 시기 서구제국의 위협 속에
    처한 중국의 민족정신을 고양하기 위해 역사적으로 중요한 여덟 명의 동남아 화인華人 지
    도자를 소개한 글이다. 원문은『飮冰室文集』(上海中華書局, 1936)에 수록되어 있다.

으로 도망가며,[34] 또 다른 작품인 「상인의 아내商人婦」의 스토리에서는 남편이 도박 때문에 가산을 탕진하고 부득이하게 난양으로 가게 된다. 그의 여정은 중국 남부사람들閩人의 관례에 따라 '오랑캐 땅으로 건너가다過番'라고 일컬어진다. 그는 대세를 반전시켜 상업으로 성공하고 새로운 말레이인 아내에게 장가들게 되는데, 그의 중국인 아내가 방문하러 왔다가 이 말레이인 아내와 마주친다. 정실 아내의 눈에 이 말레이 여자는 지나치게 보석으로 치장한 '검은 얼굴'에다가, 머리에는 금비녀와 구슬을 달고, 몸에는 온통 금과 은으로 둘러서 '추하기 그지없게' 보였다.[35] 이 유명한 이야기 속에서 서사가 동정하는 것이 그 중국인 아내(이후 그녀의 남편은 그녀를 어떤 인도 남자에게 팔아버린다)이기 때문에, 쉬디산의 중국 독자들이 말레이 여자를 마주친 뒤 정실 아내가 묘사하는 모종의 에스닉 관념에 대해서 그 어떤 무례함도 전혀 느끼지 못함을 알 수 있다.

이 이야기 속에서 에스닉 관점은 주의를 끌지 않는다. 가장 기이한 점은 쉬디산이 바로 당시에 가장 세계적인 시야를 가진 중국 작가 중 하나였다는 데 있다. 그는 타이완에서 출생했지만 중국과 영미에서 공부했고, 일찍이 인도와 미얀마에서도 일정 기간 생활했으며, 마지막에는 식민지 홍콩에서 삶을 마감했다. 그의 이야기 속에는 인도인, 유럽인, 혼혈인종, 미얀마인, 말레이인 및 기타 동남아시아인이 자주 등장하며, 그들 각각의 다른 생활방식과 종교에 대해서 작가는 대체로 공평하게 묘사한다. 그밖에, 쉬디산의 이야기에 늘 보이는 여성주의적 내용의 경우, 당시 많은 남성 작가의 붓 아래에서 남성이 천박하게 여성을 서술하던 관점과는 전혀 달랐다. 쉬디산은 남성이 주재하는 세계에 처한 여성의 운명에 관해서 진지하게 반성하고 비판했다. 이러한 쉬디산의 세계주의와 여성주의를 감안해 본다면, 우리는 그가 자주 다루는 난양 이주라는 사건 즉, 중국인의 남방 탐험과 확장에 대한 서사화가 바로 사이드가 영국소설에서 관찰해 냈던 일종의 언급으로서의 무의식 구조를 만들어내고 있다고 말할 수 있다. 난양을 뜬금없이 모든 문제가 해결되는 장소라는 의미의 데우스 엑스 마키나deus ex machina로 설정하면서, 쉬디산의 인물들과 서사는 합리적인 해석이나 이야기 결말을 얻을 수 있었다. 쉬디산이 홍콩으로 간 뒤 쓴 「위관玉官」은 아마 가장 널리 알려진 소설일 것이다. 이 이야기 속에는 상술한 난양 모델이 더이상 분명할 수 없을 정도로, 게다가 다음과 같이 세 차례나 중복해서 등장한다. 어린아이를 유괴한 어떤 남성 범죄자가 아이를 팔아버릴 수 없는 상황에서 다른 사람의 이목을 피해 멀리 난양으로 가기로 결정한다. 또 다른 경우, 폭력 성향을 가진 남자가 원래 작디작은 시골 마을에서 기다리다 이후 '오랑캐 땅過番'인 난양으로 건너가게 된다. 마지막에는 이야기의 결말에서, 주인공 위관이 참회하기 위해 앞서 언급한 두 번째 남자를 찾아 난양으로 온다. 위관은 1등칸을 탈 능력이 있었으나 3등칸을 선택하여 승선하는데, 이것은 참회하고자 하는 그녀의 바람을 어느 정도 보여준다.[36]

만약 난양이 모든 문제가 순리적으로 해결될 수 있는 장소라고 한다면, 그곳은 또한 부자가 된 이를 고향으로 돌려보내는 장소이자 곤란함이 빚어지는 장소이기도 하다. 다시 말하자면, 난양의 화어계세계는 단지 하나의 종점이 아니라, 사람들(특히 소위 '화교'와는 당연히 아주 다른 이민 후세대)로 하여금 '고향原鄉'으로 돌아가게 하는 기점이라는 것이다. 화교라는 분류가 갖는 이데올로기와 효용은 오늘날 학계에서 더욱 완전하게 분석되어야겠지만, 이 지면에서는 필자 역시 깊이 있게 탐색할 도리가 없다. 그럼에도 불구하고, 필자는 아래에서 일종의 분류로서의 화교가 두 편의 중국 현대문학의 경전적 작품 속에서 어떻게 다뤄지고 있는지 깊이 있게 살펴보고자 한다. 만약 난양화인 또는 난양의 화어계 목소리의 절묘한 표출이 없었다면, 중국현대문학에서 5·4 문학혁명 외의 또 다른 중요한 혁명인 애정혁명이 격동할 수 없었을 것이라고 필자는 생각하는 바이다.

딩링丁玲의 「소피 여사의 일기莎菲女士的日記」(1928)[*]가 정감과 성性 의식의 해방을 자아 해방의 주요한 원칙으로 여기는 텍스트 가운데 초석을 다진 작품이라는 사실은 의심의 여지가 없다. 이 작품은 아름답고 근심과 감정이 풍부한 한 여성이 결핵을 앓는다는 병중 일기로 구성된다. 그녀는 일련의 감정적 좌절을 겪었으며 두 사람의 구애를 동시에 받고 있다. 한 명은 성실하지만 흥미롭지 못한 중국 남자이고, 다른 한 명은 싱가포르에서 온, 준수하고 아름답지만 의심스러운 점이 있는 남자이다. 그녀의 일기는 남성을 응시하는 여성의 애욕 어린 눈빛을 드러냄으로써 문학에 있어 한바탕 혁명을 일으킨, 중국현대문학 역사상 아마도 공전의 작품일 것이다. 소피 여사의 애욕의 눈빛이 응시하는 대상은 이국적 정조로 충만한 링지스凌吉士로, 그녀는 그를 '그 난양인' 혹은 '난양 화교'로 지칭한다. 그는 소피 마음속에 거센 욕망의 불을 붙여 그녀로 하여금 육체가 녹을 것 같은 극한의 쾌락을 느끼게 하며 그의 온몸에 입 맞추고 싶은 생각이 들게 한다. 중국계 싱가포르인(영국 식민지에서 온 화어를 말하는 화인)인 그는 유럽의 용감한 기사도 정신과 동양적 섬세함의 화신이다. 성애는 소피 여사가 원하지만 감히 돌파하지는 못하는 금기이며, '남녀 간의 괴이한 일'이거나 '양

---

* 한국에는 김미란 옮김, 『소피의 일기』(지만지, 2009)로 소개되어 있다.

성 간의 대담한 일'이다.

소피 여사는 성욕(싱가포르인)과 정감(중국인) 사이를 이원대립시켜 자신의 공포심을 드러낸다. 이렇게 해야지 자신의 욕망을 제어할 수 있기 때문이다. 그러므로 그 싱가포르인을 사랑하게 되었음을 알게 됐을 때, 그녀는 즉시 지혜의 검으로 감정을 끊어버리고 시비로부터 멀어져야만 했다. 그녀는 사랑과 성性 사이의 화해를 받아들일 수 없었다. 왜냐하면 양자의 화해는 이에 상응하는 도덕과 부도덕 사이의 이원대립적 토대를 부숴야지만 이룰 수 있기 때문이었다. 이러한 이원대립 과정에서 싱가포르인은 부도덕해야만 하며, 그렇기 때문에 반드시 버려져야만 했다. 설령 그가 바로 소피에게 소피 자신의 정욕을 이해시켰다 하더라도 말이다. 이런 생각을 갖고 있었기 때문에, 그녀는 반드시 그 난양인을 거절해야만 했다.[37] 이야기는 주인공에서부터 서사 자체에 이르기까지 모두 이 난양인을 이용하여 도덕군자인양 점잔을 뺀 채 위장한다.

장아이링張愛玲의 「붉은 장미와 흰 장미紅玫瑰與白玫瑰」(1944)*에 나오는 또 다른 버려진 싱가포르인은 애정혁명이 지속적으로 진행될 수 있게 한 인물이다. 이야기의 주인공은 '가장 이상적인 중국 현대인'이다. 그는 유럽에서 고등교육의 학위를 취득한 뒤 성실하게 일하는 인물로, 품행이 바르며 타인을 잘 돕는다. 그의 생활은 친구의 아내를 우연히 만나게 되기 전까지 줄곧 대단히 규범적이었다. 싱가포르 출신인 이 중국계 여성은 매우 유혹적인데다가 마침 그의 집주인이기도 하다. 또 다른 이국인 오랑캐 땅으로 건너간 사람過番客인 그녀의 남편은 공교롭게도 늘 싱가포르에 출장

---

* 한국에는 김순진 옮김, 『경성지련』(문학과지성사, 2005)에 소개되어 있다.

중이다. 그러므로 불타오르는 '육체의 유혹'과 '육체의 희열'이라는 가슴 뛰는 장면의 설정은 이미 완성되어 있다. 이후 자신이 싱가포르 연인을 사랑하게 되었음을 깨달았을 때, 이전까지 주인공이 유지하려고 노력했던 성과 사랑의 이원대립은 심각한 위협을 받게 된다. 소피 여사와 마찬가지로, 그는 자신과 영육합일을 바라는 싱가포르 여인을 떠나버린다. 이후 그는 비쩍 마르고 키가 크며 밋밋한 데다 변비가 있는 여성을 아내로 맞이하게 되는데, 그녀는 '방안에서 하는 가장 좋은 운동'에 대해 완전히 냉담했다. 그는 순진한 흰 장미를 아내로 맞이한 뒤 아내와 재봉사 간의 외도를 발견하게 될 때까지, 줄곧 자신이 확실하게 규율을 지키고 있으며, 섹시한 붉은 장미를 성공적으로 거절했다고 굳게 믿는다. 그리고 그는 복수하려는 마음으로 밖에서 공개적으로 여자를 데리고 놀기 시작한다. 어느 날 침대에서 일어난 뒤 다시 새롭게 좋은 사람으로 변하자고 결심하게 될 때까지 말이다. 그리고 작품의 이야기도 여기에서 끝이 난다.

'가장 이상적인 중국 현대인'이 요구하는 최저표준은 난양 여성에 대한 주인공 남성의 정감과 애욕을 억압하며, '그들 화교'와 '우리 중국인'을 대립시키기도 한다. 필경 문화와 에스닉에 대한 주인공의 인식 속에서 화교 여성은 중국 여성보다 훨씬 '활발'하며, 혼혈아는 화교보다 더 '거침없다 大方'('거침없다'는 것의 성적 의미는 독자가 어떻게 해석하는가에 달려있다).[38] 자오루이嬌蕊(붉은 장미)라는 싱가포르 여성이 없었다면, 우리의 주인공은 스스로를 '가장 이상적인 중국 현대인'이라는 신분에 부합하게 만드는 고통스러운 과정을 잃게 될 것이다. 마찬가지로, 링지스라는 이 싱가포르 남자가 없었다면, 우리는 중국현대문학에서 여성 애욕의 혁명성을 보여주는 「소피 여사의 일기」의 핵심인 내적 충돌을 볼 수 없었을 것이다. 난양에서 온 이들 인물이 가지고 있는 은유의 작용은 '근대성'과 '중국'이 어떻게 하나로 합쳐지는가를 의미한다. 주인공들은 그다지 중국적이지 않은 이들 싱가포르인의 근대성을 먼저 흡수한 뒤에 이를 거부한다. 그리하여 그들의 독특한 근대성이 발전하게 된다. 싱가포르인은 중국인이 욕망하고 사랑할慾戀만한 존재이다. 왜냐하면 그들이 훨씬 근대화되었고 거침없기 때문이다. 그런데 바로 똑같은 이유로, 오히려 그들은 훨씬 더 부도덕하며, 훨씬 더 '중국인' 같지 않아 배척되어야만 했다.

'오랑캐 땅으로 건너감過番'을 경제적 문제와 범죄 상황에 대한 일종의 유효하면서도 흔한 해결 방안으로 재현하는 것은 '화교'의 배척을 통해 체현한 난양 문화와 함께 난양과 마주하고 있는 중국현대문학의 [제국주의적]언급指涉구조를 공통적으로 드러낸다. 난양은 재산을 축적할 수 있는, 물질적으로 풍족하여 걱정할 것이 없는, 두 번째 봄이 열리는 곳이다. 그러나 난양은 또한 부도덕하고 충분히 중국적이지 못한 사람들을 송출하는 곳으로, 그들은 믿을 수 없고 결혼할 수도 없는 대상이다. 즉 그들은 가장 유혹적인 자태로 (또는 바로 그렇기 때문에) 욕망과 애정을 도발한다. 지금까지 이러한 언급구조가 펼쳐 보이는, 사이드가 연구한 제국주의의 심리와 같은 것을 연구한 학자들은 없었다.

또한 동남아시아의 화어계작가가 계획적으로 현대문학을 생산하기 시작한 때는 중국현대문학이 막 싹을 틔우던 때이기도 했다. 그러나 붉은 장미처럼, 이들 화어계작가는 경멸에 찬 교훈을 마주하게 된다. 그들이 사용한 중문이 지나치게 제한적이거나 지나치게 유치하다고 평가된 것이다.[39] 중국인의 상상 속에서 붉은 장미와도 같았던 이들 화어계작가의 표준중국어普通話는 간신히 통할 수는 있었으나 그들이 쓴 한자는 차마 볼 수 없는 지경—그들은 실제로 충분히 '중국적'이지 못했다—이었다. 그러므로 동남아시아 화어계 문학이 표준어와 문자를 사용한 글쓰기에 대해 일종의 병적인 암시를 내포한 페티시즘을 표출하는 것도 그리 이상하지 않다. 황진수黃錦樹*가 일찍이 지적했듯이, 청말 시기의 표준중문(혹은 국어國語)과 문자(혹은 국문자國字)에는 한족의 민족國族심리가 반영되어 있었는데, 이 언어와 문자는 한족이 사용한 것이기 때문이었다. 어느 한 에스닉그룹의 언어와 문자가 에스닉국가ethno-nation와 분리할 수 없게 변해버리면서, 이 언어와 문자는 중국성에 있어서 더욱 불가결한 조건이 되었다. 비록 중국현대문학이 매우 격렬하게 과거와 단절하고자 했지만, 민족중심주의에서 보자면, 실제로는 여전히 단절되지 않은 채 이어지고 있다. 황진수는 이러한 현상을 '과거의 집단 기억이 구조화된 것'이라고 불렀다. 그는 각종 근대라는 것이 모두 이 구조 속에서 1644년 만주족의 중원 진출入關 이전의 한족 중심적 세계를 그리워하는 청말 한족지식인들의 정서로 편입되었다고 본다. 이는 타당한 분석이라 생각하기 때문에 더 자세히 설명할 필요없다.[40]

화어 문자의 탈페티시즘은 황진수 자신의 작품에서 상당히 잘 드러난

---

*　황진수(1967-현재)는 말레이시아출신 화인작가로 타이완에서 대학과정을 밟고 현재 타이완에서 거주하며 활동 중이다. 그의 작품과 글쓰기는 '말레이사 화인 문학/정치 주체성에 대한 사색 및 타이완 거주 말레이시아 화인 작가가 나아가야 할 방향'에 대한 내용으로 이루어진다. 말레이시아의 정치 종교적 체제 하에서 겪은 화인 억압은 그로 하여금 말레이시아를 떠나게 만들었지만, 타이완에서의 말레이시아 출신 화인 작가라는 신분 역시 그의 정체성에 대해 고민하게 만들었다. 그는 '중국성 추구를 전제로 한' 말레이시아 화인 전통을 비판하고, 종종 생략되는 말레이시아 화인 전통의 주체성을 추구하고 있다. 그의 작품 중 「물고기뼈魚骸」(『물고기뼈: 말레이시아 화인 소설선』고혜림 역, 지만지, 2015)가 한국에 소개되어 있다.(왕더웨이 저, 김혜준 역, 『현대 중문소설 작가 22인』(학고방, 2014) 참고)

다. 그의 작품은 민족·언어·신분과 국적(중국뿐만 아니라 동남아시아의 경우가 이 예에 더 적합함) 사이의, 존재하지만 전혀 흔적이 보이지 않는 갈등을 이해하는 데에 이론적인 관심을 제공한다.[41] 중국을 예로 들자면, 중국현대문학은 영국과 프랑스문학이 직면해야 했던 것과 마찬가지로, 제국의 주변에서 '사람들의 시야를 밝히는 일군의 작가들이 새롭게 일어나 유력한 목소리를 냄으로써 사람들로 하여금 경청하지 않을 수 없게 만들었다.'[42] 그중 가장 힘 있는 목소리는 동남아시아 지역에서 나왔는데, 그곳은 바로 중국 상상 속의 난양이었다. [그들이] 중화제국을 반격했다.* 그 반격은 유럽제국의 주변을 점거하고 있던 중개인中間人의 후예로부터 비롯되었다. 다언어·다민족 국가인 말레이시아에서, 오직 말레이어로 된 문학이어야지만 '국가문학'이라는 언어환경 속에서 허용된다고 반포하자, 말레이시아 화인화문馬華작가들은 화어문자를 페티시하면서 언어를 민족과 국가로부터 떼어내려는 바람을 펼쳐보였다.** 화어계 말레이시아작가는 타이완에 거주하든 그렇지 않든 간에 모두 화어와 화문을 사용함에 있어서 남다른 뛰어난 특징을 보여주었다.

중국현대문학 가운데 아직 연구되지 않았으며 대단히 문제적인 난양의 재현은 하나의 예가 된다. 게다가 화어계라는 이질성에 대한 억압은

---

* 　중국어 원문은 '中華帝國反擊了'이다. 스수메이에게 문의한 결과 이 표현은 '포스트식민문학이론'의 고전이라 할 수 있는 빌 애쉬크로프트 등이 쓴 『The Empire Writes Back』을 패러디한 것이며, '동남아시아 지역의 목소리가 중화제국의 주변에서 중국중심주의를 비판'하는 의미를 지니고 있다. 『The Empire Writes Back』의 한국어판으로는 『포스트 콜로니얼 문학이론』(이석호 역, 민음사, 1994)이 있다.

** 　말레이어가 국어로 지정된 후, 말레이시아 화인화문작가의 화어에 대한 집착에 관해서는 본서의 제6장을 참고하시오.

'중국과 서구'라는 이원대립의 조종이 갖는 위험성을 드러내 보인다. 다케우치 요시미와 황진수 등이 보여준 이론적 통찰은, '서구이론과 동아시아 현실'이라는 이분법을 한층 더 와해시키고, 우리로 하여금 이러한 이원대립이 어떤 사람의 이익을 위해 존재하는지, 이러한 이익이 어떠한 성취를 방해하고 지연시키는지, 즉 도대체 또 어떤 것들이 우리의 완성을 기다리고 있는지를 탐문하게 한다. 관련 방면의 필요한 연구를 가속화시키기 위해서 하나의 방법으로 인식되는 화어계는, 주류의 이원대립을 느슨하게 만드는 동시에, 스스로 예가 되어 더욱 풍부하고 다방향적인 비평의 잠재력을 제공할 수 있을 것이다. 이것이 바로 화어계가 개입하는 방식이다.

1　Michel Foucault, "Nietzsche, Genealogy, History" in The Foucault Reader, ed. Paul Rabinow(New York: Pantheon Books, 1984), pp.76-100. 인용 단락은 p.91, p.80.

2　필자는 이전에 두 편의 글 속에서 연구를 진행한 바 있다. Shu-mei Shih, "Is the Post in Postsocialism the Post in Postthumanism?" Social Text 30.1(2012):27-50, 그리고 Shu-mei Shih and Françoise Lionnet, "The Creolization of Theory," in The Creolization of Theory, ed. Françoise Lionnet and Shu-mei Shih(Durham: Duke University Press, 2011), pp.1-33.

3　Mayfair Mei-hui Yang楊美惠, "Postcoloniality and Religiosity in Modern China: The Disenchantments of Sovereignty," Theory, Culture and Society 28.2(March 2011):3-44.

4　Michael Omi and Howard Winant, Racial Formation in the United States: From the 1960s to the 1990s(New York and London: Routledge, 1994, 2 ed).

5　Jonathan Chaves, "Forum: From the 1990 AAS Roundtable," Chinese Literature: Essays, Articles, Reviews 13(Dec. 1991):77-82, p.80.

6　Longxi Zhang張隆溪, "Out of the Curture Ghetto: Theory, Politics and the Study of Chinese Literature," Modern China 19.1(Jan. 1993):71-101.

7　Philip Huang "The Paradigmatic Crisis in Chinese Studies," Modern China 17.3(Jul. 1991):299-341; 그리고 Philip Huang ed, "Public Sphere"/"Civil Society" in China? paradimatic issues in chinese Studies, III, special issue of Modern China 19.2(April 1993).

8　Serena Fusco, "The Ironies of Comparison: Compartive Literature and the Re-Production of Cultural Difference between East and West," Trans: Revue de literature generale et comparee 2(2006), http://trans.univ-paris3.fr/spip.php?aticle 238(2010년 9월 2일 접속). 인용문은 이 글 전자판 논문의 p.11.

9　Joseph Levenson, Confucian China and its Modern Fate(Berkely: University of California Press, 1958).

10　사카이 나오키酒井直樹는 다케우치 요시미의 이원관계를 일종의 돌면서 다시 시작하는 논리로 이해한다. 그중 서구 국가는 타자(아시아든, 아프리카든 혹은 라틴아메리카든)를 통해서 자기를 구축한다는 필요를 서구의 문화 상상이 빠짐없이 기대는 모식으로 변화시켰다.

Naoki Sakai酒井直樹, "'You Asian': On the Historical Role of the West and Asia Binary," South Atlantic Quarterly 99.4(Oct. 2000):789-817.

11 Takeuchi Yoshimi竹內好, "What is Modernity?"(1948), in What is Modernity? Writings of Takeuchi Yoshimi, ed.and trans. Richard f. Calichman(New York: Columbia University Press, 2005), pp.53-81.

12 같은 글, p.65.

13 Takeuchi Yoshimi, "Ways of Introducing Culture,"(1948), in What is Modernity?, pp.43-52.

14 Takeuchi Yoshimi, "Asia as Method,"(1961), in What is Modernity?, p.165.

15 Takeuchi Yoshimi, "Ways of Introducing Culture," p.46.

16 같은 글, p.49.

17 Michel Foucault, "Nietzsche, Genealogy, History" in The Foucault Reader, ed. Paul Rabinow(New York: Pantheon Books, 1984), p.88.

18 Edward W. Said, Culture and Imperialism(New York: Alfred A Knopf, 1993), pp. xiv, xii.

19 毛澤東, 「新民主主義論」(1940), 中共中央毛澤東選集出版委員會 편, 『毛澤東選集』(北京: 北京人民, 1968), 658쪽. 과장하지 않고 말해서, '중국현대문학'의 영역은 중국대륙에서 인문연구로 높이 지칭되며, 최고의 학자는 일반적으로 주요한 지식인 혹은 국제문화사무의 발언인으로 여겨진다. 예를 들어, 汪暉는 처음에는 중국현대문학 전문가로, 루쉰연구서를 발표했는데, 이후에는 사상사와 철학 저술가로 전향하였으며, 당대문화와 사회적 의제에도 더 관심을 기울이고 있다.

20 Edward Said, Culture and Imperialism, pp.69-70.

21 郁達夫, 「沈淪」, 『郁達夫小說全編』(杭州: 浙江文藝, 1991), p.27.

22 Jing Tsu石靜遠, Failure, Nationalism, and Literature: The Making of Modern Chinese Identity, 1895-1937(Stanford: Stanford University Press, 2005). 인용문은 p.8.

23 한족은 기타 다른 공동체와 마찬가지로 오랜 기간 동안 끊임없이 융합하고 변화해왔다. 그런데 한족은 이와 동시에 상징적 측면과 물질적 측면에서의 연유를 가진 하나의 문화와 사회의 범주이기도 했다. 한족의 페티시화는 청나라 만주족 오랑캐놈들을 축출하려 한 신해혁명 속에 존재하고 있었다. 루쉰이 변발을 자르고서 일본 유학을 갔던 것은 청나라 사람으로서의 신분을 떼버리려 한 것이었으며, 쑨중산孫文 역시 그러했다. 민국 정부는 변발 단발 운동을 강하게 집행했는데, 변발은 만주족이 죽음으로 위협하며 추진했던, 만주족이 한족을 노예화했던 것을 대표하는 것이었기 때문이다. 서구와 대면하게 되면

서 변발은 무력화되었다. 어떤 이는 농담조로 민국정부는 변발 단발을 강제 집행한 뒤에
야 비로소 정식으로 시작되었다고 말하기도 한다.

24 황진수黃錦樹가 이에 대해 종합적으로 토론한 것으로는 「幽靈的文子-新中文方案,白話文,
方言土語與國族想像」, 『文與魂與體:論現代中國性』(台北: 麥田, 2006), pp.44-52.

25 Philip A.Khun, Chinese Among Others: Emigration in Modern Times(Lanham, MD: Rowman
and Littlefield, 2008), p.21.

26 같은 글, 12쪽.

27 예를 들어, 필립 쿤孔飛力은 다음과 같이 지적한다. 18세기에 이르러 네덜란드 동인도회
사의 화인 재산은 네덜란드인과 인도네시아인과는 비교할 수 없을 정도로 많아서 결국
에는 네덜란드인의 조사를 받게 된다. Philip A. Kuhn, Chinese Among Others, p.154.

28 같은 글, p.56.

29 인용문은 Philip A.Khun, Chinese Among Others, p.12.

30 란딩위안藍鼎元이 1724년에 청 조정에 올린 상소문으로 인용문 출처는 Philip A.Khun,
Chinese Among Others, p.88.

31 수많은 임시 노동자와 쿨리는 사실 중국 상인 및 경영인이 동남아로 데리고 왔다. 미국
의 중국이민사와 관련된 자료는 Ronald Takaki, Strangers from a Differet Shore: A History
of Asian American(Boston: Little, Brown, and Company, 1998, revedn) 및 Iris Chang(張純如), The
Chinese in America: A Narrative History(New York: Penguin Books, 2003).

32 Philip A.Khun, Chinese Among Others, p.12.

33 유일한 예외는 Brian Bernards의 박사논문이 있다.

34 許地山, 「綴網勞蛛」, 『許地山小說選』(台北: 洪範, 1984)에 수록. pp.75-95.

35 許地山, 「商人婦」, 『許地山小說選』, 59-74쪽.

36 許地山, 「玉官」, 『許地山小說選』, 31-67쪽.

37 丁玲, 「莎女士的日記」, 『丁玲全集·三』(石家莊: 河北人民, 2001), pp.41-78.

38 張愛玲, 「紅玫瑰與白玫瑰」, 『傳奇』(北京: 人民文學, 1986), pp.397-447.

39 왕안이王安憶가 말하는 '실어한 남방'은 더 최근의 예로, 중국 한족 작가가 오랫동안 난양
출신 작가를 화어의 열등 사용자로 보는 편견을 밝히고 있다. 타이완의 중요한 말레이시
아 화인 작가인 황진수는 일찍이 격한 문장으로 이에 호응한 바 있다.

40 黃錦樹, 「魂在-論中國性的近代起源,其單位,結構及(非)存在論特徵」, 『文與魂與體』, pp.15-35, 인용문은 p.31.

41 예로는 『由島至島』(台北: 麥田, 2001)가 있다.

42 Edward W. Said, Culture and Imperialism. pp.xx.

제4장

세계에 복귀시킨
타이완연구

1. 불가능한 임무

국가라는 지위가 없고 잇달아 식민역사를 거쳤으며 점차 혹은 이미 급부상한 강권의 그림자의 위협하에 놓인 탄환만한 작은 섬의 입장에서, 전지구화는 도대체 무엇을 의미하는가?

전지구화 이론가들은 이미 우리에게 전지구화 시대의 유토피아와 디스토피아라는 이중적 풍경을 제시한 바 있다. 유토피아 측면에서 전지구화란 우리가 더이상 국가 규범의 정치체제에 속박당하지 않고, 더 자유롭고 더 유연한 공간을 확보할 것임을 의미한다. 그리하여 더 자유롭게 후기 자본주의를 형성하여 다국적·초국적 협상을 통해 최대의 이윤을 확보하고, 더 자유로운 여행객이 되어 사방 곳곳을 다니거나 심지어 다국적 어권을 가질 수 있을 것이다. 또한 문화적 코스모폴리탄世界主義으로서 더 자유롭게 각국의 문화적 요소들을 광범위하게 섭렵하고, 더 자유롭게 국경을 넘나드는 노동자가 되어 노동을 통해 최고의 가치를 찾을 것이다. 이러한 의미에서 말하자면, 유동성을 표방하는 이런 세계에서 그 대상이 돈·인민·영상·정보·상품이더라도 주체성은 유연성·혼종성·다원성·유목성을 의미한다. 문화가 이질화되면 될수록 소위 '중심—주변'의 이분법 또한 와해되고 해체될 것이다.

디스토피아 측면에서 전지구화는 자본과 권력을 장악하고 있는 자들이 신속하게 주변을 새롭게 식민주의화neo-colonialism하게 한다. 따라서 빈부 격차가 심화되고 국가 간 불균등한 노동력 분배가 강화되며, 변방의 자원을 최대치로 착취하고 세계 문화의 다양성을 억압한다. 전지구화에 반대하는 사람들은 우리에게 경고한다. 전지구화가 세계 문화의 동질화를 야기할 것이며, 미국에서 유행하는 문화, 특히 패스트푸드 문화와 예능 엔터테인먼트처럼 가장 저속한 문화가 공동의 표준이 될 것이라고 말이다. 전지구화는 일정 정도상 사실은 미국화로, 여러 방향에서 현지 문화를 잠식할 것이다. 이런 의미에서 전지구화와 현지[locality]는 이원대립적이다. 전지구는 보편적인 것이고(즉 서구적인 것이자 미국의 주도하에 있고), 현지는 차이와 타자성otherness을 담지하고 있는 독특한 육신으로서, 전지구화와 동질화의 세례를 기다리고 있다.[1]

국제 사회에서 문화, 경제 그리고 정치 자본의 중요성이 부족하며, 세계의 주변에 처한 타이완과 같은 비서구 정치체제에 대해 말하자면, 이론가들은 도대체 어떤 담론을 제공해 주었는가? 상대적으로, 타이완은 담론으로 하여금 전지구화라는 이 명제를 새롭게 사고할 수 있도록 도대체 어떤 내용을 제공해 주었는가? 전지구화 이론이 국가를 선결 조건으로 하여 오늘날 국가 개념의 해체를 분석할 때 타이완의 곤경은 심지어 하나의 국가로 인정받지 못하고 있다는 바로 그 점에 있다. 그러나 경제·문화 활동·소비 패턴·정치 구조·인간의 유동성으로 말하자면, 타이완은 여전히 고도로 전지구화된 곳이다. 예상하듯, 타이완의 상황이 전지구화를 제창하는 자 또는 반대하는 자가 언급한 것보다 훨씬 더 장황하고 복잡하기 때문에, 이러한 상황에서는 유토피아적 전망이든 디스토피아적 전망이든 모두 타이완의 정황을 설명할 때 완전하게 적용될 수 없다. 필자는 여기에서 전지구화 담론의 (비)적용성을 강조하고자 하는 것이 아니다. 이것은 우리가 현재 여전히 해결하지 못한 문제 중 하나이다. 이와 반대로, 필자의 관심은 이론가들이 주변에서 전지구화를 보고자 하는가의 여부에 있다. 왜냐하면 그들은 거의 항상 중심의 위치에서 이 문제를 바라보기 때문이다. 설사 그들이 전지구화와 대립적인 측면에 서 있다 하더라도 그러하다. 전지구화가 구심력centripetal으로 구성되었든 원심력centrifugal으로 구성되었든지 간에, 분석틀과 비판적 시각은 여전히 중심에 서 있는 그들의 목소리 및 담론 위치와 긴밀하게 그리고 불가피하게 함께 묶여 있다. 현지성 또는 본토성의 저항 이념을 지지하거나 전지구화가 아주 일찍부터 시작되었기 때문에 일찌감치 혼종화된 담론이라고 주장하는 것 외에, 주변에 대한 관심은 현저하게 부족하다고 할 수 있다. 서구에서 '타이완'은 결코 진정으로 존재하는 논의의 대상이 아니라고 하는데, 이러한 화법은 조금도 지나치지 않다.

서구에서 타이완을 연구하는 것은 '불가능한' 임무이다. 내가 '불가능'하냐고 말하는 이유는 타이완이 이미 서구 주류 담론의 밖에 있어서 기의 중요하지 않기 때문이다. 설령 타이완이 크고 작은 관심을 받더라도, 이 또한 항상 일종의 경험상의 정치 분석의 객체로 환원된다. 그밖에 문화 연구나 기타 인문 연구 영역에서도 타이완은 이론적으로 비판하고 분석할 만한 가치가 있는 객체로 취급되지 않는다. 타이완은 보기에 너무 작고, 너무 주변에 있으며, 너무 애매하기 때문에 중요하지 않다. 타이완은 지난 세기 또는 이번 세기에 서구 세력에게 식민 지배를 받은 적이 없는 역사적인 예외로서, 기타 아시아 세력 즉, 일본(1895-1945), 그리고 타이완으로 퇴각한 국민당 정부(1945년-1980년대 말)에 식민 지배를 당했다. 만약 타이완이 영국에게 식민 지배를 당했다면, 타이완은 그래도 포스트식민 담론의 붐에 포함되었을 것이다. 만약 타이완이 프랑스에게 식민 지배를 당했다면, 그래도 프랑스어권 연구의 일부가 되었을 것이다. 일본과 중국 정권의 식민 지배를 받았다는 이 사실은 효과적으로 타이완을 아시아 연구의 일환에 포함시켰으며, 이러한 틀 하에서 다시 한학漢學연구나 중국연구의 주도적 지위로 인해 상대적으로 더욱 주변화되었다. 선의의 소홀함은 차치하더라도, 타이완을 연구하는 것은 불리한 것으로 인식된다. 미국 학술계의 논리를 보면, 어떤 사람이 학술적 관심을 타이완에 둘 경우, 이것은 분명 그가 중국을 충분히 이해하지 못함을 뜻하며, 그래서 중국연구 영역에 임용되기에 충분하지 않다. 만약 타이완이 일찍이 또는 여전히 공산주의 또는 사회주의 정치체제를 가지고 있다면, 최소한 비교 분석할 만한 하나의 예가 되어 서구 좌파 학자들의 동정어린 시선을 받을 수 있었을 것이다. 단지 타이완 정부와 미국 우파가 '반동적인' 연맹을 맺고 있다는 이유로, 서구 좌파 학자들은 타이완의 사회·문화·인민에 대해 당연히 무시하거나 심지어 배척한다.

'타이완'은 서구 주류 학술계에 있어 '이해할 수 없는' 존재이다. 왜냐하면 상징적 의미에서든 실질적인 의미에서든 타이완을 이해하는 것은 소위 '가치'라 할 만한 것이 없으며, 그 중요성은 인정되지 않아서가 아니라 아예 안중에 없기 때문이다. 어떤 측면에서 타이완이라는 이 안건은 홍콩과 유사하다. 홍콩은 역사의 플래시 불빛이 우연히 홍콩을 비출 때 비로소 유의미한 연구 대상이 될 수 있었다. 영국이 식민지배를 종결하고 1997년 홍콩을 중국으로 반환하려 하자 비로소 홍콩문화연구의 필요성과 가능성이 부각되었다. 홍콩영화가 크랭크인 되고, 각종 서사가 만들어지고, 문화연구가 서막을 연 것이 모두 그러하다. 그러나 일단 '반환'되자, 홍콩 밖의 비평 공동체도 반환된 듯 조용해졌다. 세계적 담론 환경에서 타이완은 그 자신의 창의력과 날카로움으로 자신의 스포트라이트를 만들어내든지 아니면 계속해서 관심에서 벗어나 있든지 할 수밖에 없다.

이러한 비평과 이론 분위기 속에서 서구에서 타이완연구에 종사하는 것은 한층 더 어려워지고 있다. 부분적으로는 다음과 같은 사실 때문이다. 경험적인 정치 분석의 대상(냉전 후의 산물)으로 귀결되는 것을 제외하고, 서구의 독자들이 타이완 사회와 문화를 분명하게 이해하고 분석할 만한 용어와 틀이 우리에게 부족하다. 한학연구와 중국연구가 발전하면서 양산된 용어는 대부분 중국을 본위로 하며, 서구의 주류 방법론 또한 서구중심주의에 국한되어 있다. 만약 이 두 가지 중 타이완연구를 하는 데 하나를 사용하지 않으면 안 될 경우, 아마 대부분의 학자들은 후자를 선택할 것이다.

다시 말해 만약 타이완을 담론의 지도상에 놓으려면, 필요한 것은 여태껏 학자들에게 사용되어 온 전지구화·포스트모던·포스트식민 등과 같은 서구 본위적 비평용어를 배치하고 운용하는 것일 터이다. 기타 비서구 강대국으로 말하자면, 이를테면 중국 같은 경우, 서구 비평용어의 담론에 저항하고 자기 인식과 세계를 구성하는 틀을 발전시킴으로써 상대적으로 주목받을 수 있다. 하지만 타이완 같은 주변에서 서구 담론에 저항하면 아주 가볍게 무시된다. 문제는 타이완으로부터의 담론적 저항이 경청·인정되는가의 여부에 있다. 인도와 알제리의 역사 경험으로부터 발전한 저항 담론은 현재 충분히 중시되고 있다. 이것은 아시스 난디Ashis Nandy(1937-현재)*와 프란츠 파농Frantz Fanon과 같은 사상가 덕분이다. 우리는 아프리카의 '네그리튀드negritude'[흑인·아프리카의 고유한 특성이란 뜻을 가진 용어로, 아프리카의 근원과 전통을 추적하여 흑인의 정체성을 확립하고 이를 통해 전 세계에 흩어져 있는 흑인들에게 흑인 의식의 진정성을 고취하고자 한 에메 세제르Aimé Césaire가 내세운 키워드] 주장, 중국 사회주의, 라틴 아메리카의 원주민운동 등에 관해서 상응하는 일련의 사상가 명단을 쉽게 떠올릴 수 있다. 하지만 타이완의 경우, 국제 학술계에서 차지하는 목소리가 있다고 하더라도 여전히 침묵 중으로 거의 들리지 않으며 미미한 정도에 머무르고 있다. 우리는 타이완에서 출발하여 세계 사상계에서 중시되거나 인정받는 이론가를 아마도 찾을 수 없을 것이다.

이것은 타이완의 문화평론가가 여태껏 전지구화 담론에 투신하거나

---

* 인도의 정치 심리학자이자 사회 이론가로 한국에는 『친밀한 적』(이옥순·이정진 옮김, 창비, 2015)이 소개되어 있다. 제도로서의 식민 통치가 지난 세기 후반에는 모두 종식되었지만, 정신·감성·사고 차원에서의 식민주의가 여전히 남아 있음을 인도의 사례를 중심으로 분석했다. 그는 식민 통치의 부역자들과 정반대 편에서 반식민 저항운동을 펼쳤던 이들의 이념 및 운동에서도 식민주의가 구축한 범주들이 작용하는 아이러니한 현상이 있다고 본다. 그러므로 식민주의의 협조자나 반대자가 아닌, 간디Gandhi·고세Ghose·비디야사가르Vidiyasagar처럼 식민주의 이데올로기를 재정의하는 방식으로 식민지인들이 스스로 정신의 탈식민화를 추동하고자 한 '대안적인 담론'을 창출하려 했던 역사를 계승해야 함을 강조했다.(『친밀한 적』(창비, 2015), pp.134-210 참고)

기타 서구 담론과 대화나 변증적 작업을 진행한 적이 없음을 말하는 것이 아니다. 사실은 이와 정반대로 거의 90%의 타이완 인문학자들은 미국에서 학위를 받은 외국 교육 배경을 가지고 있다. 그리고 타이완의 문화와 문학 연구의 많은 부분에 미국식 학술 훈련을 받은 학자들이 종사하고 있다. 그들은 신비평, 구조주의, 후기 구조주의에서부터 포스트모더니즘, 정신분석, 포스트식민이론, 그리고 최근 학술적 붐을 이끈 전지구화 이론에 이르기까지 서구의 이론 용어를 사용하여 서술한다. 하지만 이러한 변증과 대화는 오히려 전형적인 일방향 교류로, 세계주의가 얼마나 대등하지 못한 상태로 작동하고 있는지를 드러내며, 지식의 생산과 유통이 여전히 서구 중심적인 현실을 폭로한다.

전지구화 이론 용어를 사용하는 것은 여러 차원에서 필요한 평론틀이다. 전지구화의 문화 내용은 타이완에 영향을 끼치고 있는 중국 본위의 문화를 대신하여 타이완을 새로운 트랜스문화 형식으로 발전시킬 수 있을 것이다. 타이완 내부의 에스닉그룹과 정치 장력으로 말하자면, 전지구화는 타이완에게도 유익하다. 중국 본위의 문화적 관점에서 벗어나기 위해, 타이완이 애초에 가장 먼저 수행한 임무는 타이완문화에 대한 인식 즉, 소위 '타이완인'의 문화적 본질을 재건하는 것이었다. 이러한 '타이완인'을 본위로 하는 문화 본질주의가 다양한 에스닉그룹, 다양한 문화를 지닌 타이완에 여러 갈래를 형성하고 있을 때, 전 총통 리덩후이李登輝는 '신新 타이완인'이라는 개념을 제기하며 타이완인이 타이완인인 이유를 주장했다. 즉 타이완 정체성은 특정한 에스닉그룹이나 이민의 역사로부터 정의되는 것이 아니기 때문이다. 이러한 다원 문화, 다원 에스닉그룹의 '새로운' 타이완이라는 수사는 타이완이 한마음으로 전지구화를 향해 매진하던 바로 그 시기에 시작되었다. 아마도 훨씬 더 전지구화된 타이완문화는 특정한 에스닉그룹 또는 단일한 공동체에 의해 농단될 수 없을 것이다. 모든 문화가 향유하는 '보편' 가치를 통해서, 진정으로 문화 다원적·에스닉 다원적인 타이완 민주 정치가 꽃을 피우고 결실을 맺을 것이다. 그러므로 타이완은 실제로 '보편화'의 과정 중에 있다.

그러나 전지구화 비평용어를 사용한다는 선택은 사실상 모순적인 의미가 충만한 태도이다. 이 선택은 명확성을 가능하게 하는 거래이지만, 동시에 이 명확성 자체의 범주를 한정하여 그 대가로 타이완 역사의 복잡성을 덜어내어 버린다. 서구 도시 중심이 변증과 저항의 태도로, 완전히 새로운 전지구화 시대(즉 미국의 사회학자 월러스틴Immanuel Wallerstein이 말한 자본주의 세계화의 제4단계)[2]로 진입했을 때, 주변은 전지구화가 자신에게 이익이 될지 해를 끼칠지 사고할 여력이 전혀 없었으며, 심지어 대응할 전략을 연구할 시간도 없었다. 전지구화는 예상할 수 있는 불안, 온몸이 떨릴 정도의 놀라움, 격동, 그리고 끊임없이 흔들리는 파문을 동반하면서 아주 짧은 시간에 발생했다. 사람들은 비판할 틈이, 저항을 선택할 틈이, 현지의 관습에 따를 틈이 없었으며, 전지구화의 틀은 무엇이든 간에 현지 맥락에 녹아들게 됐다. 타이완과 같은 주변은 그것이 차지하고 있는 공간이 중요하지 않았다. 시간상 늦게 도착했으며, 또 밀도 높게 압축되어서 부피의 우위도 갖지 못했고, [체화할] 충분한 시간도 없었다. 그렇다면 전지구화 상황에서 타이완연구는 어떻게 발전해야 하는가?

2. 타이완을 세계에 복귀시키기

앞서 말했듯이, 전지구화 맥락에서 타이완을 연구하는 데에 흥미가 있는 연구자로 말하자면, 현재 대단히 한정적이다. 미국의 타이완연구를 예로 들면, 냉전 질서 때문에 타이완연구는 정치학 영역에 국한되어 발전해 왔으며, 우연하게도 타이완 향촌만 인류학 연구의 대상이 되었다. 하지만 인문학과와 기타 사회학과 방면에서 타이완에 대해 행하는 연구는 모두 타이완에 열정을 가진 소수의 학자들이 고생한 산물로서, 장기간 중국연구의 그늘 하에 있었다. 포스트식민 연구가 부상함에 따라, 타이완은 유럽과 비유럽 국가에게 식민 지배를 받은 풍부한 역사 때문에 중요한 연구 모델과 이론화 현장이 될 수 있음에도 불구하고, 이같은 현상은 현재까지 발생하지 않았다. 타이완은 좋은 기회를 놓쳤거나 소홀히 취급된 듯하다. 상술했듯이, 타이완의 '불행'은 영국이나 프랑스에게 식민 지배를 받지 않았다는 것이다. 만약 그랬다면 지금쯤 활약하고 있는 영어권 연구나 프랑스어권 연구의 일부분에 속할 수 있었을 것이다. 그러나 네덜란드의 식민 시기는 너무 짧았고 또 오늘날과 너무 멀리 떨어져 있으며, 중국과 일본은 비서구 제국이기 때문에 포스트식민 연구에 있어 영국·프랑스 양대 제국과 똑같이 주목받을 수 없다. 만약 당신이 서구의 제국을 연구한다면, 이것은 포스트식민 연구에 속한다. 하지만 만약 당신이 비서구의 제국을 연구한다면, 이것은 지역연구에 속한다. 이것이 탄식할 만한 미국의 학술 생태이자 지식 상의 위계적인 분과 구획법이다.

만약 우리가 평론을 일종의 노동으로 생각하고 모든 노동은 가치를 생산할 수 있다고 생각한다면, 서구 제국에 대한 비판은 기이하게도 식민지가 아니라 제국에 대해서 더 높은 가치를 생산한다. 제국을 비판하는 것이기 때문에 표면적으로 볼 때는 부정적인 비판이 아이러니하게도 모종의 긍정을 뒷문으로 몰래 들어가게 한다. 필자가 생각하기에 이것은 결코 과장된 말이 아니다. 왜냐하면 식민지와 비교해 볼 때, 영어권 연구 또는 프랑스어권 연구가 식민 모국을 위해 생산하는 새로운 지식이, 초과할 정도는 아니라 하더라도 최소한 식민지를 위해 생산하는 새로운 지식과 맞먹을 정도이기 때문이다. 심지어 피식민과 관련된 지식은 예상과 달리 식민 모국을 다시 관심의 중심으로 돌려놓기도 한다. 예를 들면, 인도 출신으로서 영미권에서 교육을 받은 포스트식민 이론가는 영국인보다 뛰어난優異 학술 영어로 미국 학술계에서 영국 식민을 비판한다. 하지만 비판의 대상이 미국이 아니라 영국이기 때문에 핵심을 찌르지 않고 겉돌기만 하는 셈이다. 또 다른 예로, 사이드Edward W.Said가 쓴 유럽문학에 관한 많은 저작이 포스트식민 연구의 경전으로 여겨진다는 사실은, 이러한 점에서 가장 좋은 예증이 될 것이다. 왜냐하면 이러한 책들이 분석하고 최종적으로 관심을 두고 있는 것도 여전히 서구문학의 경전 작품이기 때문이다. 그렇다면, 전지구적 맥락 하에서의 타이완연구를 고려할 때 우리가 질문해야 할 것은 다음과 같다. 첫째 우리가 비서구 제국을 연구하지만 어떻게 제국을 위해 작업하지 않을 수 있을 것인가? 둘째 비서구 제국을 연구하지만 어떻게 지역연구에 국한되지 않을 수 있을 것인가? 더 적나라하게 말하자면, 어째서 지역연구 즉, 타이완을 위한 타이완연구로는 불충분하다는 말인가? 이것은 타이완이 서구에서 최소한 반세기 동안 중국연구의 주변화된 타이완연구로만 필요했기 때문이 아닐까? 물론 지역연구는 부인할 수 없는 중요한 가치가 있다. 타이완의 각종 언어, 문화, 역사와 사회의 독특함에 대해 깊이 있는 관심을 가지는 것은 대단히 중요하다. 타이완을 지역으로 보는 방법은 타이완연구의 기초를 구체화하고, 문건을 발굴하고, 아카이브檔案를 구축하고, 역사를 쓰거나 다시 쓰는 등의 측면에서 도움이 될 것이다. 필자는 이것이 타이완문학이 전지구화 맥락으로 들어가는 과정에서 근본적으로 중요하다고 생각한다. 하지만 이것은 첫걸음에 불과하거나 제2장 제4절에서 논의한 것처럼 수많은 방법 중 하나에 불과하다.

간단하게 말해서 지역연구는 오직 같은 라인 또는 일정한 권역에 한에서만 말하는 경향이 있으며, 자신의 작은 테두리를 거의 넘어설 수 없다. 전지구화 맥락에서 지역연구로서의 타이완연구도 많은 지역연구처럼 협소화라는 문제에 직면해 있으며, 마지막에는 정보제공센터로 전락할 것이다. 그 가치가 긍정될 때 타이완연구는 방법론적으로 공헌을 할 수 있을 것이다. 그렇지 않으면 단지 정보 또는 자료 더미에 불과한 것으로, 발견되거나 이해되기를 기다리거나 인가와 무시의 메커니즘[3]에 제약받을 것이다. 지역연구의 한계에 관해서 과거 미국에서 이미 상당히 충분한 논의가 전개되었으니, 여기에서는 더이상 췌언하지 않겠다.[4] 필자의 포커스는 신흥 영역의 하나로서 타이완연구가 여태 지역연구에 포함되지 않아서 유리한 점도 있기 때문에 참신하게 등장할 수 있다는 데 있다. 이러한 이유로 우리는 다른 문제를 제기해야 한다. 세계의 광범위한 환경에서 타이완은 아마 너무 작고 '너무 하찮아서 말할 가치가 없을 것'이다. 특히 현재의 슈퍼 대제국을 마주하고서는 말이다.[5] 그러므로 우리가 사색해야 할 것은 이렇게 작은 섬나라 연구가 '너무 하찮아서 말할 가치가 없는' 조건을 어떻게 극복할 수 있을까이다.

이미 고인이 된 카리브해 사상가 에두아르 글리상Edouard Glissant(1928-

2011)[*]이 제기했듯, 실제로 복잡성complexity은 작은 나라와 다도 지역에서 먼저 발생한 뒤 대륙과 큰 나라에서 공명한다.⁶ 그가 말하는 복잡성이란, 크레올화creolization 같이 문화가 끊임없이 변화하는 과정이다. 그것은 전 세계에 영향을 끼칠 수 있지만 작은 나라와 다도 지역에 기원을 두고 있다. 또 다른 카리브해 작가 카마우 브래스웨이트Kamau Brathwaite(1935-2020)^{**}의 화법으로 설명하자면, 타이완의 도서성島嶼性은 독특한 '해류 변

---

* 카리브해 마르티니크Martinique 섬 출신의 작가이자 이론가로서, 인간 경험의 터전으로서의 땅과 장소가 인간의 행동양식을 결정하고 삶을 구성하는 중요한 요인이라는 데서 출발하여 자신의 이론을 구축했다. 글리상이 말하는 '크레올화'는, 카리브 군도의 사람들이 겪어온 특별한 경험을 자신들이 지닌 원래의 정체성을 상실함과 동시에 새로운 복합 문화를 형성해온 '이종교배'로 지칭하는 용어다. 문화적 진정성이나 민족적 순수성 및 근원에 대한 집착으로부터 벗어나고자 하는 주요 전략이자 개념으로 제시된다. '크레올화'는 어떤 완결된 상태가 아닌 하나의 과정이나 되어감이다. 그리고 이것은 카리브 군도의 특수한 환경에만 적용되는 것이 아니라 전 세계의 보편적 현상을 설명해주는 포괄적인 개념이 된다고 본다. 글리상에게 오늘날의 전지구화 시대 전체-세계whole-world의 문화 정체성은 생성과 소멸 및 변화를 그 특징으로 한다. '관계'는 하나의 구조가 아니라 정체성이 생겨나고 변화하는 하나의 과정으로, 서로 분리된 독립적 요소들이 상호 작용하는 시스템이 아니라 그 요소들이 비위계적인 상태로 자유롭게 상호 연결되는 유동적·비체계적인 상태에 가깝다.(박주식, 「크레올의 시학: 에두아르 글리상과 카리브 군도의 탈식민 문화 정체성」, 『비평과 이론』 제21권3호(2016, 겨울) 참고)

** 카리브해 바베이도스Barbados 출신의 시인이자 역사가·이론가이다. 에두아르 글리상의 '크레올화' 개념에 큰 영향을 끼친 브래스웨이트는, 하나-둘-셋 과정을 말하는 헤겔Hegel식 변증법이 아니라 바닷물이 앞뒤로 움직이는 것 같은 동작, 직선적 동작이 아니라 일종의 순환적 동작을 바탕으로 한 아프리카-카리브 중심적 변증법을 '해류변증법'이라 명명했다. 투쟁·정복·갈등의 논리에 기초한 목적 지향적인 직선적 역사관이 아니라, 원형적 리듬을 타고 쉴 새 없이 소용돌이치는 카리브해의 조수와 북대서양의 해류처럼, 인간의 역사는 미래를 향해 직선적으로 나아가기보다 역동적으로 순환하는 자연의 법칙에 충실할 뿐임을 역설한다. 지구는 약 70%가 물로 되어 있는데 반해 카리브 군도는 90%가 물로 되어 있어서, 땅에 의거한 해법은 애당초 불가능하기 때문이다. 대서양을 가로지르는 끊임없는 해류의 흐름은 군도의 섬들을 전체로 묶기도 하고, 파편으로 나누기도 한다. 인간이 만든 모든 것을 '굴절시키는 바다'에 의해 군도의 섬들은 전체이며 동시에 개별화된 존재

증법tidalectics'을 파생시켜 헤겔식의 주인—노예 관계 사이의 변증을 뛰어넘어, 일종의 해양과 대륙간의 변증이 될 수 있다. 해양을 시야에 둔 문화경험을 통해, 완전히 새롭게 세계를 보고 경험하고 느끼는 방식을 창조해내는 것이야말로 일종의 새로운 인식론이다. 다시 말해, 세계의 다른 지역에 대해 타이완이 하나의 복잡성의 모델이 될 수 있으며, 크레올화 과정을 이해함에도 큰 도움이 될 수 있으니, 기타 세계적인 역사 과정에서 어찌 타이완이 줄곧 중요한 일환으로 존재하지 않겠는가.

이는 우리가 타이완을 세계에 복귀시켜 타이완을 연구해야 함을 의미한다. 타이완의 '세계성worldliness'은 사이드식의 문화 텍스트의 사회적 배경 또는 담론 환경에만 그치는 것이 아니라, 세계의 능동자로서 세계의 서로 다른 역사적 동력이 상호 작용한 과정에서 형성된 결과이다. 예를 들어, 해양 타이완 개념은 이와 같은 세계적 관점에서 착수한 것으로서, 타이완을 해양 시대 무역노선의 일환으로 본다.[7] 타이완문학 연구에 있어 그 의의는 타이완을 반드시 세계 속에 놓고 봐야 한다는 데 있다. 세계 속에 놓고 본 타이완은 더이상 홀로 존재하는 실체가 아니라 다른 실체의 역사·지리·문화·정치 및 경제 등과 상호 관계하여 생긴 것이다. 세계 맥락 속의 타이완문학 연구를 필요로 하는 예는 사실 한 두개가 아니다. 예를 들어 일제 강점기의 타이완문학을 고찰할 때, 만약 중국문학 및 일본문학과의 관계를 살펴보지 않는다면, 19세기 말 그리고 이후 세계 식민지 근대성의 맥락(일본 제국도 세계 속에서 형성되어 서구 제국과의 긴밀한 관계에 기초

들로 드러난다. 브래스웨이트의 전체성과 개별성의 문제는 바로 이러한 '해류변증법'을 통해 이해할 수 있다.(박주식, 「유랑, 림보, 집단적 기억: 카리브 군도와 카마우 브래스웨이트(Kamau Brathwaite)의 귀향여정」, 『비평과 이론』 제26권2호(2021, 여름), pp.96-98 참고)

하고 있음)을 분명하게 하지 않는다면, 청 제국의 유산과 명말 시기의 정치적 저항, 한족문화漢文化주의와 기타 관련 문학이나 배경을 살펴보지 않는다면, 일제 강점기 타이완문학의 전반적인 면모를 파악할 수 없다. 세계를 언급하는 틀은 부단히 확대되거나 축소될 수 있는데, 이는 연구자의 기획에 달려있다. 이것은 타이완의 어떤 시기의 어떤 텍스트든 똑같이 적용될 수 있다. 하지만 모든 타이완문학 텍스트는 문학·문화·정치 또는 경제 방면을 막론하고, 모두 세계 역사 과정과 관련되어 생산되었다. 이러한 연관성이란 타이완문학과 독일 문학, 프랑스 철학, 일본 대중문화 또는 5·4문학, 카리브해 혁명 사상 또는 미국 모더니즘과의 관계일 것이다.

이 지면에서 강조하고자 하는 것은 이렇게 타이완문학을 '세계에 복귀시키는' 중요한 연구 방법이 비교라는 것이다. 이 방법은 서구 비교문학 방법론을 본보기로 삼지만 그 틀을 넘어서기도 한다. 전통적인 서구의 비교문학은 일종의 학과목의 정의와 범주에 대한 초조함 또는 위기로 인해 생긴 학문 분야이다. 이러한 초조함 또는 위기는 이 분야로 하여금 끊임없이 자아를 새롭게 상상하고 창조하게 했으며, 이 때문에 '비교'라는 정의는 줄곧 시대에 따라 달라졌다. 찰스 번하이머Charles Bernheime(1942-1998)[*] 와 혼 소시Haun Saussy(1960-현재)[**]는 일찍이 각각 미국 비교문학학회의 이

---

[*] 미국 펜실베니아 대학의 비교문학과 교수로 재직했다. 대표 저서로는 『플로베르와 카프카: 심리시적 구조 연구Flaubert and Kafka: Studies in Psychopoetic Structure』(Yale University Press, 1982) 『악명 높은 인물들: 19세기 프랑스의 대표적인 매춘Figures of ill Repute: Representing Prostitution in Nineteenth-Century France』(Harvard University Press, 1989) 등이 있다. 55세에 췌장암으로 사망한 번하이머를 기리기 위해, 미국비교문학협회ACLA는 비교문학 분야에서 뛰어난 논문에 대해 매년 '찰스 번하이머 상'을 수여하고 있다.(https://almanac.upenn.edu/archive/v44/n24/deaths.html 참고)

[**] 2011년부터 미국 시카고대학의 비교문학과 교수로 재직 중이며, 2009-2011년 미국비교

름으로 학과목의 계보를 살피기 위해 주요한 사건·인물과 개념의 보고서를 제시한 바 있다.[8] 이러한 서구의 계보를 따라가 보면, 타이완의 종전 비교문학 연구는 대부분 중국문학 연구이지 타이완문학이 아니었다. 소위 '중국과 서구' 비교문학과 같이, 타이완문학은 전혀 끼어들 수 없었다. 중·서 비교문학이든 타이완과 서구의 비교문학이든, 타이완의 상황도 충분히 초조—서구이론에 대한 초조—하다. 얼마나 많은 이론을 사용할 것이며 어떻게 이론을 본토화할 것인가, 어떻게 본토의 이론으로 발전시킬 것인가 등으로 말이다. 이때 '서구이론'과 '비교문학'은 거의 상호 호환할 수 있다. 이러한 서구이론에 대한 집착은 대부분 1970년대~1980년대 해체주의에 대한 미국 비교문학계의 페티시와 이어진다. 여기에서 우리는 이론에 대한 초조함과 집착뿐만 아니라 서구에 대한 보편적인 깊은 관심 즉, '서구'는 거의 항구적인 틀이라는 사실을 보게 된다.

중국과 서구 또는 타이완과 서구라는 특유의 이원대립은 사실 유럽 중심주의에서 파생된 것으로, 유럽 중심주의적 포스트식민 연구와 서구 제국이 긴밀한 관계인 상황과 유사하다. 역사적으로 볼 때 확실히 타이완 작가들은 서구문학을 본보기로 삼았을 수 있다. 하지만 서구가 유일한 본보기여서는 안 되며, 서구를 본보기로 삼기 때문에 다른 것을 배척해서도 안 된다. 바로 이런 서구에 대한 깊은 관심, 숭배 또는 흠모에 가까운 욕망은

문학협회 회장을 지내기도 했다. 고전 중국시와 주해서, 문학 이론, 구전의 비교연구, 번역의 문제, 20세기 이전의 미디어사, 민족학과 의료윤리를 주요 연구 주제로 삼고 있다. 대표 저서로는 『중국 미학의 문제The Problem of a Chinese Aesthetic』(Stanford University Press, 1993), 『담론의 만리장성과 문화 중국의 또 다른 모험들The Great Walls of Discourse and Other Adventures in Cultural China』(Harvard University Asia Center, 2001) 등이 있다.(제프리 슈나프 외 엮음, 양진비 옮김, 『대중들』(그린비, 2015), p.925 참고)

타이완에서 비교문학을 보편적으로 비교의 폭력a violence of comparison에 빠지게 한다. 서구이론을 주류의 모범과 표준으로 받들어 현지 문학을 평가하는 것은 항상 후자가 부족하다고 느끼게 한다. 이렇게 진행한 비교문학은 서구 지식의 통제력을 강화하고, 비교 행위를 일종의 신新 식민주의식의 굴종으로 변질시킨다. 여기에서 설명해야 할 것은 우리가 서구이론을 사용할 수 없다거나 사용해서는 안 된다는 것이 아니라 어떻게 사용해야 하는가가 관건이라는 점이다.

서구의 일부 학자들은 비교문학이라는 이 분야 개념의 기원이 괴테 J.W.von Goethe의 세계문학weltliteratur; world literature(1827)에서 비롯되었다고 한다. 괴테의 세계문학이 상상한 것은 보편적인 문학으로서 국경을 초월하는 문학이다. 괴테가 상상한 세계문학의 '세계'가 분명 헤겔이 1822년에 제기한 세계사weltgeshichte; world history(1822) 이론의 '세계'보다 훨씬 포용성을 가지고 있기는 하지만, 여전히 유럽 중심주의라는 후대 학계의 비판에 직면해 있다. 괴테가 77세의 만년에 세계문학이라는 이 개념을 천명할 때, 그가 부단히 추앙했던 것은 프랑스와 독일의 문학이었다. 그러므로 괴테가 겸손하며 세계를 끌어안는 시각을 가지고 있다고 긍정적으로 평가하는 학자들이 있다 하더라도, 여전히 괴테는 유럽 중심주의의 한계에서 벗어나지 못했다고 할 수 있다. 헤겔의 세계사관에 내포된 유럽 중심주의는 더 분명하게 드러난다. 그는 독재 체제하에 있는 아시아의 경우, 세계 역사의 정신에서 멀리 뒤떨어져 있다고 생각했다. 이후 마르크스와 엥겔스Friedrich Engels가 괴테로부터 계발을 받아 다시 세계문학 개념을 제시했는데, 그들은 경제 구조의 변화에 바탕을 두고 입론을 세웠다. 그들은 생산 모델이 국가를 넘나드는 형태로 인해 형성되는 소위 세계 시장이, 문화

생산이 국가를 넘나드는 새로운 특질을 끌어낼 것이라고 했다. 이 때문에 문학과 문화의 생산도 필연적으로 국경을 넘나들게 된다고 말이다. 이것은 경제와 문화가 필연적인 관계가 있다는 상당히 보편적인 담론이다. 하지만 마르크스와 엥겔스의 뿌리 깊은 편견 때문에 그것이 가져온 보편가치 또한 저평가되었다. 최근 주목받고 있는 프랑스 사회학자 파스칼 카사노바Pascale Casanova(1959-2018)*는 그녀가 쓴 저서 『세계문학공화국The World Republic of Letters』에서 또 다른 관점으로 괴테의 유럽 중심주의를 넘어서고자 했다. 이 책에서 말하길, 원래 세계적으로 우수한 문학 작품은 모두 유럽에서 생산되지만, 이후 식민주의의 역사적 상황 때문에 피식민자들이 식민 모국의 언어를 사용하여 충분히 글쓰기를 할 수 있게 되면서, 식민지 문학이 점차 주목을 받게 되었다고 한다. 표면적으로 볼 때 이러한 담론은 충분히 포용적이고 개방적인 것처럼 보이지만, 그에 내재되어 있는 논리를 곱씹어 보면 그 담론 내부의 다음과 같은 핵심을 발견하기 어렵지 않다. 즉, 피식민자의 문학이 인가받을 수 있는 이유는 그들이 식민지배자의 언어를 통해 글을 쓰기 때문이며, 유럽에서 출판·유통 심지어 상을 수여

---

*   프랑스 출생의 문학비평가로서 피에르 브루디외의 제자였으며, 프랑스 문화에 관한 라디오 방송의 프로듀서로 활동했다. 대표 저서로는 『세계문학공화국La republique mondiale des lettres』(Paris: Editions du Seuil, 1999)과 『사무엘 베케트: 문학혁명의 해부Beckett l'abstracteur: Anatomie d'une révolution littéraire』(1997)가 있다. 2004년 『세계문학공화국』이 영어로 출판되면서 영어권 학계에 '세계문학'에 관한 논의를 촉발시켰다. 카사노바는 세계문학 공간의 가장 중요한 특징이 국가 간 '경쟁'에 기반을 둔 중심과 주변 사이의 불평등성에 있다고 보았다. 나아가 문학의 '공간'을 브루디외의 '장field' 개념으로 풀이하며, 각 국가별 문학 공간들 및 자율적으로 움직이는 세계적 문학의 장의 출현을 상정했다. 이러한 시각을 중심으로 세계적 인정을 받기 위해 역경을 헤쳐나가고 있는 '소규모 문학'에 대한 분석을 시도한 바 있다.(Pascale Casanova: A French champion of Irish literature, The Irish Times(2019.1.19), 윤화영, 「파스칼 카사노바의 세계문학 이론과 베케트」, 『외국문학연구』 제35호(2009) 참고)

받을 수 있기 때문이다. 다시 말해 작품이 유럽의 인가를 받은 후에야 비로소 '세계문학공화국'의 전당에 진입할 수 있다는 말이다. 카사노바에게 있어 유럽의 중심은 바로 파리이며, 일단 파리에서 '신성화consecrated'된 작품이 '세계문학공화국' 전당의 한 작품이 될 수 있다.

19세기 괴테의 세계문학 이념의 창설과 설명에서부터 현재 구미에서의 이 문제에 대한 토론에 이르기까지 타이완문학은 항상 제외되었다. 최근 몇 년 동안, 세계문학 개념은 참신하면서도 유력한 주제가 되었으며, 이는 주류 전지구화 담론과 세계체제이론에 대한 비교문학계의 반응이라 볼 수 있다. 만약 세계가 이미 또는 여전히 전지구화 하고 있다면, 세계라는 개념은 이미 원래의 각 국가의 배열에서 벗어나 상호 작용하고 긴밀하게 관계를 맺으며, 끊임없이 변동하고 있는 '전지구'로 변화했다. 그리하여 어떤 이가 제시한 것처럼 '전지구적 문학global literature', 심지어 '행성 문학planetary literature'이라고 하는 다양한 개념들이 나오게 됐다. 문학 연구를 전지구적 규모로 확장시키는 것은, 현재 비교문학을 세계문학의 새로운 상상으로 보는 것으로, 기본적으로 모든 문학이 동일한 보편적 세계문학 체제에 놓여있다고 생각하는 것이다. 이러한 체제가 어떻게 작동하는지, 어떠한 맹점을 가지고 있는지, 그 상층부와 하층부가 어떠한지, 조직의 논리는 어떠한지 등에 관한 논쟁이 많은데, 이 논쟁에서 타이완문학 학자들이 많은 공헌을 할 수 있을 것이다. 만약 우리가 진실로 세계체제 이론가 월러스틴이 말한 바와 같이, 15세기 말에 시작된 전지구적 자본주의화와 식민지화한 세계를 하나의 체제로 본다면, 세계문학체제는 타이완문학 연구에 지대한 계발을 줄 수 있을 것이다.

이 같은 관점에서 타이완문학은 당연히 세계문학의 작지만 빠트릴 수 없는 일부분이기도 하다. 또한 만약 우리가 잠시 크기를 기준으로 삼는, 유럽 중심적으로 거칠게 주변/중심의 틀로 나누는 담론에 개의치 않는다면, 타이완문학을 어떻게 세계로 복귀시킬 것인지를, 타이완문학이 세계문학에 이미 공헌한 바가 있으며 지속적으로 공헌할 것임을 공정하게 바라볼 수 있을 것이다. 만약 우리가 화어계 시각에서 접근한다면, 그렇다면 세계문학 개념은 또 다른 이론적 사고의 공간을 만들어낼 수 있을 것이다. 화어계 문학은 세계 각지에 산포해 있으니 그것의 세계성 자체는 말할 필요도 없다. 화어계 문학이 강조하는 것은 하나의 중심 담론이 아니며 중국문학이 정통이라는 중원中原 의식이 아니다. 이와 반대로 화어계 문학은 다양하고 다원적인 현지성을 강조한다. 식민, 포스트식민, 이주정착식민 그리고 비주류弱勢 에스닉그룹의 문학을 포함하는 화어계 문학은 식민지배자와 피식민자의 문화 충돌로 인해 생긴 문화적 산물로서, 피차 상충하면서 멀리 떨어져 있지만 부득이하게 친밀하게 접촉한 이질적 문화를 융합시켰다. 이 때문에 식민 모국 또는 주류 문학 이데올로기와 비교해 볼 때, 훨씬 다원적이고 훨씬 더 세계성을 띤 다양성을 갖추고 있다. 이러한 차원에서 우리는 대담하고 지속적으로 타이완문학이 세계문학의 본보기라는 이 명제를 심도있게 고찰해 볼 수 있다. 세계는 식민주의를 통해 타이완으로 왔고, 타이완은 해양적 사유를 통해 세계를 체험하면서, 다언어·다문화·다에스닉이 충돌하는 와중에 깊이 있고 독특한 세계문학을 창출해 내었다고 말이다.

타이완의 주요 화어는 소위 국어[표준 중국어]·민난어·커자어를 포함한다. 또한 이 세 가지 언어는 서구의 영어, 타이완의 원주민어와 상이한 비율로 뒤섞여 있다. 일제 강점기에는 일본어와 결합하여 식민지 한문 및 제국 한문 등이 타이완의 화어계 문학으로 하여금 다언어·다문화 양상을 띠게 했다. 화어계 타이완문학이 보여주는 것은 이러한 특정적이고 현지적인 다종 언어문화가 뒤섞이고 충돌한 산물이다. 이 때문에 중국문학·문화의 정통성에 대해 모종의 질문을 던질 수 있는 역량을 만들 수도 있다. 그러므로 화어계연구는 중국연구와의 사이에 모종의 장력을 형성할 수 있다. 즉 중국 중심주의를 비판하는 한편, 그 현지성과 독특성을 통해 스스로를 구축할 수 있다. 이러한 틀에서 타이완문학을 본다면, 첫째, 타이완문학과 다른 화어계 문학을 하나의 문학 체계로 연결할 수 있을 것이다. 이것은 타이완문학을 더이상 하나의 고립된 객체로 존재하지 않게 할 것이며, 소위 지역을 넘나들며 비교하는 연구를 가능하게 하여 종국에는 타이완문학의 세계성을 현저하게 보여줄 것이다. 둘째, 화어계연구가 포스트식민 연구영역에서 독특한 하나의 맥락을 형성할 수 있게 해줄 것이다. 그 다양한 창조력을 통해 현재 영어와 프랑스어를 기치로 삼은 포스트식민 연구에 대화와 변증의 공간을 제공해 줄 것이다. 나아가 이론적인 차원에서 돌파구를 마련해 주고, 타이완문학의 보편성과 세계성을 다시 조성하는 힘을 제공해 줄 것이다.

화어계연구의 틀에서 작업하고 진행할 수 있는 연구 과제는 무궁무진하다. 예를 들어 '해류 변증법'적 사유를 운용하여, 우리는 타이완문학을 태평양 연구 체계 속에 넣을 수 있다. 태평양 연구는 태평양의 여러 도서島嶼의 문화생산을 대상으로 하는데, 타이완은 줄곧 여기에서 제외되었다. 아니면, 더 나아가 타이완의 해양문학과 카리브해의 해양문학을 비교할 수 있을 것이다. 이것은 사실 화어계와 프랑스어권 그리고 영어권을 대등하게 비교하는 연구라고도 할 수 있다. 카리브해의 카마우 브래스웨이트 또는 노벨 문학상 수상자 데릭 월콧Derek Walcott(1930-2017)* 모두 타이완문학과 비교의 대상이 될 수 있다. 이러한 해양문학 연구도 '해류 변증법' 차원에서의 타이완문학 연구이자 화어계연구 차원에서의 타이완문학 연구이기도 하다. 또 다른 예로, 일제 강점기 타이완문학에 재현된 한족 타이완인, 원주민 그리고 일본인 사이의 복잡하고 다층적이며 다각도적인 성별, 에스닉 또는 이주민 출신 에스닉의 에너지動能의 상호 작용이 아마도 현재의 포스트식민 이론에 풍부한 공헌을 할 수 있을 것이다. 유감스럽게도 현재의 포스트식민 연구는 식민의 상관성에 대해 대부분 이원대립적으로 보고 있으며, 이주정착 식민주의settler colonialism에 대한 연구는 대단히 부족하다. 특히 그것과 외래 식민주의가 중첩될 때 더욱 그러하다. 여하튼 타이완 또는 뉴질랜드 남도어계[Austronesian] 원주민과 관련된 원주민 문제는 확실히 포스트식민 연구의 가장 눈을 끄는 지점이다. 일제 강점기 원주민·한족·일본인의 삼각 에스닉그룹의 관계, 초기 화인이 타이완에 들어온 뒤의 이주정착 식민주의, 원주민의 문제 등과 같은 타이완 의

---

* 카리브해 앤틸레스Antilles 제도에 있는 작은 섬나라 세인트 루시아Saint Lucia 출신의 작가로, 아버지는 영국인, 어머니는 자메이카·네덜란드 혼혈이다. 특히 어머니는 월콧이 태어나기도 전에 남편을 여의었지만 두 아들이 대학 과정을 마칠 수 있도록 강한 생활력을 가졌을 뿐 아니라 월콧이 작가로 성장하는 데 큰 영향을 끼쳤다. 그의 문학적 주제는, 서구 제국들의 식민 통치를 거치면서 무시·왜곡·소외되어 온 카리브인들의 실존과 억눌린 삶을 발굴하고 재현하는 데 집중되어 있다. 하지만 카리브해의 여러 섬나라들을 정치적·문화적으로 흑인세력 중심으로 재편하자는 다수의 흑인 분리주의자들의 주장에는 동의하지 않는다. 그는 피부색의 차이로 정형화된 기존의 인종적·문화적·경제적 의식구조를 전복적으로 해체하고, 인종간의 차이점 및 타자성을 인정하고 존중하면서 상호 주체성과 평등에 바탕을 둔 다민족·다문화적 사회를 만드는 것이 세인트 루시아의 크레올적 현실을 외면하지 않는 것이라 생각했다. 한국에는 『데릭 월콧 시 전집 1948-1984: 카리브의 식민 역사와 그 후유증』(이영철 옮김, 한빛문화, 2010)이 소개되어 있다.(이영철, 『데릭 월콧 연구』(한빛문화, 2010), pp.3-18 참고)

제에서부터 출발하여 포스트식민 연구를 한다면, 현재의 이론에 더 많은 그리고 더 진실한 복잡성을 제공해 줄 수 있을 것이다. 우쥐류吳濁流(1900-1976)*의 '타이완 3부곡'은 그 어떤 식민지 문학과 비교하더라도 전혀 손색이 없다. 식민주의의 욕망이라는 주제로 재미 화인 작가 데이비드 웡 루이David Wong Louie(1954-2018)**의 단편소설집 『사랑의 고통Pangs of Love』을

---

* 타이완 신주新竹현 신푸新埔 출신으로 본명은 우젠톈吳建田이다. 그의 할아버지는 한학漢學에 소양이 있는 문사文士였고, 아버지는 한의사였다. 우쥐류는 1920년 타이완총독부 국어학교 사범대학을 졸업하고 약 20년간 소학교 교사로 근무하다가 1940년 타이완 출신 교사를 모욕한 군의 장학사에 항의하다 교사직을 그만두게 되었다. 1941년 난징의 『대륙신보大陸新報』에서 기자로 일하면서, 왕징웨이汪精衛 정부 시기의 중국 사회의 현실을 목격했으며, 1년 후 타이완으로 돌아와 『타이완 일일신보台灣日日新報』, 『타이완 신보台灣新報』의 기자로 일했다. 일본이 제2차 세계대전으로 총력전을 펼치던 1943년부터 집필하기 시작하여 1945년 일본이 항복하기 전에 탈고한 『아시아의 고아』의 원래 제목은, 주인공 이름인 『후즈밍胡志明』(台北: 國華書局, 1946[일본어판])이었다. 그러나 하필이면 베트남 공산당의 지도자 이름과 같아서, 1956년 일본에서 재출판을 할 때 주인공 이름을 '후타이밍胡太明'으로 고치고 책 제목도 『아시아의 고아』(東京: 一二三書房)로 수정했다. 1959년 중국어로 번역(양자오치楊召憩 옮김, 1962년 일본 큐슈대학 법학박사 출신 푸언룽傅恩榮 옮김·황웨이난黃渭南 교열 판본에서 그동안 삭제된 부분을 완전히 복원함)된 이래, 그의 문학은 일본어 문학이 중국어 문학으로 전환되는 과도기를 대표하는 타이완문학으로 중요하게 평가받고 있다.(천팡밍 지음, 고운선 외 옮김, 『타이완 신문학사·상』(학고방, 2019), pp.285-295, 우쥐류 지음, 송승석 옮김, 『아시아의 고아』(도서출판 아시아, 2012), pp.5-12, 393-397 참고)

** 미국 뉴욕의 록빌 센터Rockville Centre 출신의 2세대 중국계 미국인이다. 양친은 세탁소를 운영했으며, 웡 루이는 5형제 중 장남이다. 1977년 미국 바사르 대학Vassar College을 졸업한 뒤 1981년 아이오와 대학The University of Iowa에서 창작으로 석사학위를 취득했다. 첫 결혼을 백인 여성과 하여 두 사람 사이에 아들 하나가 있으며, 재혼은 아시아계 여성과 한 것으로 알려져 있다. 1991년 『사랑의 고통』으로, 『LA Times』가 소설가로 데뷔하는 작품에게 수여하는 '세이덴바움 상Art Seidenbaum Award for First Fiction'과 문학잡지 『플라우쉐어츠Ploughshares』가 주관하는 '존 C. 자카리스 상John C. Zacharis First Book Award'을 수상했다. 두 곳의 시상이 1991년부터 시행되었는데, 모두 데이비드 웡 루이가 최고상을 받았다. 『사랑의 고통』에는 총 11개의 단편소설이 수록되어 있는데, 작중 화자는 대부분 남성이지만 그 신분이 중국계 미국인으로 확신할 수 있는 것은 몇 편 되지 않는다. 보수적인 레이건 대통령 집권 시기를 보내면서 웡 루이는 최대한 작중인물의 신분이 중국계 미국인이 드러나지 않도록 노

우쩌류의 『아시아의 고아亞細亞的孤兒』와 대조해 본다면, 대단히 재미있고 의미 있는 작업이 될 것이다.

가장 광의의 측면에서 볼 때 '비교'가 견인해내는 것은 영향 연구 influence studies나 서구이론의 정밀한 운용, 유사함의 병치 또는 유사점과 차이점 연구만이 아니다. 가장 중요한 것은 타이완문학이 세계의 일부분이라는 것을 이해하는 것이고, 모든 가능한 차원과 역사적 맥락에서 각종 가능한 관계의 체계 속으로 들어갈 수 있다는 점이다. 뉴질랜드의 마오리족과 타이완 원주민을 비교하는 것은 사과와 귤을 비교하는 것과 다르다. 그들은 전지구의 남도어계의 기원과 이민의 역사와 관계가 있다. 시아만 라퐁안夏曼·藍波安, Syaman Rapongan(1957-현재)*의 민족 전기傳奇 고사 또는 해양문학에서 보여주는 바다에 대한 사고와 기타 태평양 제도의 해양 사유를 비교해 보는 것은, 타이완 원주민 문학에 있어 하나의 새로운 비교의 착안점이 될 것이다. 마오리족 사상가 린다 투히와이 스미스Linda Tuhiwai-Smith(1950-현재)**와 파이완排灣족 페미니스트 리그라브 아우利格拉樂·阿𡠥,

---

력했다고 한다. 『사랑의 고통』을 창작할 당시만 하더라도, 중국계 미국인의 출판물을 찾아보기 힘들었으며, 미국에서 이런 사람들의 이야기에 관심을 가진 사람은 없었다. 그래서 작품이 출판되도록 하기 위해서라도 최대한 인물의 신분을 모호하게 설정했다고 한다. 작품에서 목격되는 아시아계 남성과 백인 여성 사이의 사랑과 결혼, 부모 세대와의 갈등 등은 윙 루이의 삶과 무관하지 않다.(何文敬, 「跨種族的兩性關係與兩代衝突: 雷祖威的『愛之慟』」, 『歐美研究』 第34卷 第2期(2004.6), pp.233-235 참고)

* 타이완 란위蘭嶼 섬 출신 다우족達悟族 작가. 1980년 란위 섬에서 처음으로 '원주민 특별전형'이 아니라 자신의 실력으로 단장淡江대학에 입학했다. 졸업 후 교편을 잡은 적 있지만 1989년 고향으로 돌아와 어부로 살아가면서 작품을 발표하고 있다. 한국에는 샤만 란보안 지음, 이주노 옮김, 『바다의 순례자冷海情深』(어문학사, 2013)가 소개되어 있다.

** 뉴질랜드 해밀턴에 있는 와이카토 대학University of Waikato에서 원주민 교육을 담당하고 있다. 10대 시절 스미스의 아버지가 박사학위를 마치는 동안 미국에서 살았다. 대학 재학 시

Liglav A-wu[*]의 비교연구는 아마도 병치 연구처럼 보이겠지만, 관계 연구이다. 왜냐하면 이 둘은 역사적으로 밀접한 관계가 있을 뿐만 아니라 세계 원주민 지식운동 체계와 국경을 넘나드는 세계적인 신흥 원주민 단결운동의 일환이기도 하기 때문이다. 이러한 관계의 발굴이 바로 내가 말하는 비교 윤리를 실천하는 것이다.[9] 비교 윤리학은 등급을 나누지 않고 호혜적인 비교 실천을 요구한다. 우리는 더 이상 전횡과 굴종의 틀, 또는 메이저 문학大文學과 마이너 문학小文學의 높고 낮음을 복제하지 않고, 과거 전통적으로 분명한 역사와 긴밀한 여러 관계를 지녔으나, 명확하게 나뉘어진 양쪽을 가까이 끌어당겨야 할 것이다. 타이완문학의 세계성을 세계로 하여금 보게 하고 인가하게 하고 견인하게 하는 것은, 문학 자체 또는 문학작품의 번역 문제에 국한되지 않는, 학문 분야 건립·분류·방법론의 문제이기도 하다. 여기에서 비교문학의 시각으로 화어계를 연구 틀로 삼은 타이

절, 마오리 정치 단체 'Ngā Tamatoa'의 일원이었으며, 1996년 미국 오클랜드 대학University of Auckland에서 「교육에서 마오리족의 다층적 투쟁Ngā aho o te kakahu matauranga: the multiple layers of struggle by Maori in education」으로 박사학위를 받았다. 대표 저서로는 『탈식민화 방법론: 연구 및 원주민Decolonizing methodologies: Research and indigenous peoples』(1999)이 있다.(Bhakti Shringarpure, Decolonizing Education: A Conversation with Linda Tuhiwai Smith, Los Angeles Review of Books(2021.5.18) 참고)

* 외성 출신 한족 부친과 파이완족 모친 사이에서 태어나 '군인가족동네眷村'에서 성장한 혼혈 한어작가이다. 18세 이전까지 자신을 '외성 2세대'라고 생각했기 때문에, 원주민어는 알아들을 수만 있을 뿐 의사소통을 하거나 사고할 정도로 하지는 못한다. 고교를 졸업한 뒤 대체 교사로 일하다가 '원주민운동'에 참여하게 되었기 때문에, 1세대 원주민운동 출신 작가로 분류되기도 한다. '원주민 집단 정체성' 정치가 '부족별 차이'와 '성별 차이'를 누락시킬 수 있음을, 한족 엘리트여성 중심의 '페미니즘운동'이 서구의 이론과 방법론에 기대며 '원주민 여성'의 현실을 외면할 수 있음을 비판한 것으로 유명하다. 각 부족의 거주지를 현장답사하면서 인터뷰한 기록 『1997원주민 문화 휴대달력1997原住民文化手曆』과 각종 르포르타주報導文學는 '원주민 여성들의 집단창작'이자 '서민 여성사'로 평가받고 있다.(邱貴芬, 「原住民女性的聲音: 訪談阿塢」, 『中外文學』 第26卷 第2期(1997.7) 참고)

완문학이야말로 자신의 세계성을 세계 지도상에 등장시키는 하나의 방법이 될 것이다.

미주

1   Anthony D.King ed., Culture, Globalization and the World-System: Contemporary Conditions for the Representation of Identity (Minneapolis: University of Minnesota Press, 1997), Samir Amin, Capitalism in the Age of Globalization: The Management of Contemporary Society (London and New York: Zed Books, 1997), Roland Robertson, Globalization: Social Theory and Global Culture (London: Sage, 1992), Frederick Buell, National Culture and the New Global System (Baltimore and London: Johns Hopkins University Press, 1994).

2   Immanuel Wallerstein, "The Rise and Future Demise of the World Capitalist System: Concepts for Comparative Analysis", The Essential Wallerstein(New York: The New Press, 2000), pp.71-105.

3   '인가 정치학politics of recognitition'에 관해서는 졸고 「전지구적 문학, 인가메커니즘全球的文學, 認可的機制(Global Literature and the Technologies of Recognition)」을 참고하시오. 紀大偉 옮김, 『淸華學報』 34권 1기(2004년 6월), 1-30쪽.

4   마사오 미요시Masao Miyoshi와 해리 하루투니언Harry Harootunian 주편, 『지역 배우기Learning Places: The Afterlives of Area Studie』(Durham: Duke University Press, 2002)

5   슈퍼 대제국에 관해서는 "Cosmopolitanism among Empires", Visuality and Identity: Sinophone Articulations Across the Pacific(Berkeley: University of California Press, 2007), 제6장.

6   "Edouard Glissant: One world in Relation", Manthia Diawara 감독(2009, 컬러, 러닝타임 1시간, USA)

7   蔡石山 지음, 黃中憲 옮김, 『海洋台灣: 歷史上與東西洋的交接Maritime Taiwan: Historical Encounters with the East and the West』(台北: 聯經, 2011)

8   내가 여기에서 말하는 부분은 베른하이머의 1993년 보고가 아니라 그가 편집한 『다원문화 시대의 비교문학Comparatieve Literature in the Age of Multiculturalism』에서 그가 쓴 도입 「비교의 초조함Introduction: The Anxieties of Comparison」(Baltimore and London: Johns Hopkins University Press, 1995, pp.1-17)과 Haun Saussy, "Exquisite Cadavers Stitched from Fresh Nightmares: Of Memes, Hives, and Selfish Genes", Comparatieve Literature in the Age of Globalization, ed. Haun Saussy(Baltimore and London: Johns Hopkins University Press, 2006, pp.3-42) 이다.

9   졸고 "Comparative Racialization: An Introduction", PMLA 123.5(October 2008), pp.1347-1362.

제5장

성별과 에스닉 좌표 상의 중화무협華狹문화: 홍콩

무협소설의 대가인 진융金庸과 영화계의 귀재인 쉬커徐克 두 사람은 좀 다른 이민자 신분을 가지고 있다. 진융은 중국대륙에서 홍콩으로 왔으며, 쉬커는 베트남에서 홍콩으로 왔다. 만약 영국 식민시기의 홍콩을 중화문화의 변두리 지역으로, 중화문화華文化에 있어 추방된 공간(즉 본서의 도론에서 제기했던 '역사로서의 디아스포라' 상황)으로 본다면, 진융의 추방은 의심의 여지없이 중심에서 주변으로 향한 것으로, 문화중심에 대한 추방자의 복잡한 사정을 은연중 내포한다 할 수 있다. 이 글에서 '추방放逐'과 '디아스포라離散'로 진융을 설명하려는 필자의 관점은 당연히 특정한 의미를 지닌다. 그것은 진융 작품이 가진, 허구일 수도 진실일 수도 있는, 중원문화에 대한 너무나도 간절한 상상과 구축에서 그 실마리를 찾을 수 있으며, 더더욱 작품의 중화무협에 대한 깊은 동경에서 문화중국 심리의 궤적을 찾아낼 수 있다. 그러나 이 같은 문화중국의 심리는 그 자체 역시 어떤 화어계의 입장으로, 회고와 반성, 그리고 자체 메커니즘의 괴이함도 지닌다. 성별과 에스닉의 좌표 위에 놓인 문화중국의 심리는 복잡한 욕망과 의미의 그래프를 그려내기도 한다. 지난 세기인 1990년대에 진융 작품은 [대륙]

중국을 풍미했었다. 이 사실은 전지구화라는 정경 속에서 중국독자가 자아와 전통문화의 관계를 새롭게 자리매김했음을 잘 보여준다. 중국의 경외에서 탄생한, 문화중국의 입장을 지닌 텍스트가 [홍콩이라는 주변에서 대륙중국이라는] 중심으로 이동한 사실은 중심으로 하여금 중화무협문화를 새롭게 발견하고 인가하게 했다. 주류인 서양화된 한어漢語문학의 세례를 거쳤던 중국독자들은 그리하여 중화무협문화에 대한 자신들의 소외감을 소비 가능한 이역異域의 상상으로 전환시켰는데, 사실상 이는 이역화한 뒤 자신의 전통을 다시 받아들이는 과정이었다. 90년대의 중국에서 그리고 그 이후에, 이처럼 바깥의 물을 먹은 '중국전통문화'는 중국 지식인들이 서구의 한학漢學을 거쳐 새롭게 중국을 인식했던 과정과 유사한 메커니즘을 지니고 있었다.

쉬커의 경우 또 다른 이야기가 가능하다. 그는 베트남에서 홍콩으로 왔다가 미국으로 건너가 공부한 뒤, 다시 홍콩으로 돌아와 정착하여 일을 하게 된 경우이다. 그는 때때로 홍콩과 할리우드의 사이에 유리된 채, 각기 다른 중심의 주변과 주변의 중첩, 교착, 영향의 낙인을 남기고 있다. 베트남과 홍콩은 둘 다 화어계의 정경을 이루지만, 완전히 다른 문화역사적 맥락을 지닌다. '베트남화인'이라는 신분이 지닌 모호함(쉬커는 언제 홍콩인으로 변했으며, 심지어 홍콩문화인을 대표하는 사람이 되었던가?)과 다중적인 디아스포라라는 불확정성, 그리고 인종적으로 '타자'라는 신분으로 미국에서 갖는 역할과 같은 여러 입장은 중첩되거나 갈라진다. 이 같은 상황속에서 그는 어떤 방식으로 중화무협문화를 다시 반추해야 하는가? 성별과 에스닉 좌표 상의 중화무협문화는 쉬커가 진융의 사유를 고쳐 쓰는 가운데 또 어떤 의미의 취합을 드러내고 있는가? 그것은 어떤 욕망의 그래프인걸까?

본장에서는 먼저 진융의 『소오강호笑傲江湖』와 쉬커가 이를 개편하여 시리즈로 만든 영화 <소오강호>, <소오강호의 동방불패笑傲江湖之東方不敗> 그리고 <동방불패의 풍운재기東方不敗之風雲再起>*가 드러내는 중화무협문화를 검토하면서, 성별/에스닉 정치의 분석이라는 측면에서 이를 반성하고자 한다. 이와 더불어 성별과 에스닉이라는 두 정체성의 복잡한 구조가 중화문화의 주변에서 어떻게 다면적인 화어계의 문화적 상상을 드러내는지를 살피고자 한다.

1. 진융金庸의 '해외화인'이라는 입장

타이완에서 교수직을 맡고 있는 말레이시아 화인학자 황진수黃錦樹는 「진융을 그리워하지 않다—문화가 대신하는 아와 속, 시간 그리고 지리否想金庸—文化代現的雅俗, 時間與地理」라는 글에서 해외 중화자녀의 문화적 길 잃음을 정신적 위기라 개탄한 탕쥔이唐君毅선생**의 주장을 간접적으로 반박한 바 있다. 황진수는 진융이 갖고 있는 해외의 입장이 해외화인이 중화문화를 대하는 전형적인 방식이며, 다수 해외독자군의 문화적 요구에 매우

---

* 진융의 무협소설 『소오강호』는 여러 차례 한국에 번역 소개되었는데, 최근의 한국어판으로는 전정은이 옮긴 『소오강호』(김영사, 2018)가 있다. 쉬커의 영화는 각각 〈소오강호〉(1990), 〈동방불패〉(1992), 〈동방불패2: 풍운재기〉(1993)로 한국에 소개되었다.

** 탕쥔이(1909-1978)는 쓰촨 출신 중국 철학자이자 현대사상가로, 신유가학파를 대표하는 인물 중 하나이다. 난징의 국립중앙대학 철학과를 졸업한 뒤 교편을 잡고 활동하다 이후 홍콩으로 이주, 홍콩중문대학에 재직하였다. 유가사상의 현대적 가치를 설파한 「爲中國文化敬告世界人士宣言」를 徐復觀, 張君勱, 牟宗三과 함께 발표함으로써 신유학의 시작을 알렸다.

부합한다고 보았다.

> 진융 소설 속에 보이는 역사문화의 연혁과 관상가와 점쟁이,
> 거문고를 타고 바둑을 두며 글씨를 쓰고 그림을 그리는 것 그리
> 고 무술, 독약 등등은 근거의 확실성 여부와는 관계가 없다. 게
> 다가 '응당 그러려니'하는 사이비 지식pseudo-knowledge은 그들(즉
> 해외화인) 대다수가 충분한 학술적 참조를 지닐 방법이 없기 때
> 문에, 그 세계 속의 '디테일한 중국' 속으로 유기적으로 녹아들어
> (사이비) 백과사전의 방식으로 존재하고, 수용된다.[1]

이러한 문화적 주장은 아雅와 속俗 사이로 동시에 개입하는데, 마치 홍
콩의 우아雅하면서도 세속俗적인 문화현상과도 같다. 이 같은 황진수의 꽤
날카로운 주장으로부터, 진융의 입장이란 홍콩식 화어계문화의 표현일
수도 있다고 확장 가능하다. 즉 민족국가로 엮이지 않는 문화 공간에서는
어느 정도의 '사이비' 중국이 중원을 멀리서 그리워할 때 피할 수 없는 궁
극적 표현이 된다고 말이다.

소설 『소오강호』는 트랜스내셔널의 형식으로 여러 화어계공동체에서
꽤 유행하기도 했다. 가장 먼저 홍콩의 『밍바오明報』를 시작으로, 사이공
의 화문 신문, 베트남어 신문, 불어 신문 등 21곳에서 동시에 연재됐으며,
1980년대에는 타이완과 세계의 기타 화인집단이 있는 곳으로 전해졌고,
90년대에는 중국대륙을 풍미했다. 이 과정은 줄곧 주변에서 주변으로의
이동이다가 90년대에 이르러서야 근대화와 서구화의 세례를 경험한 중
국으로의 진입으로 이어졌다. 이러한 경험의 과정은 당대 중국문화로 하
여금 문화유산을 새롭게 이해하고 자리매김하려는 동기를 유발했다. 그

리고 새롭게 생겨나는 중화문화의 소비모델을 사색하고 그것의 의미와 이유를 분석하게 했다. 왕경우王賡武는 중화문화에 대한 난양 화인의 감성을 '시렁에 매달린 채 방치된 민족주의'[2]와 연결된다고 말한 바 있다. 필자역시 중화문화에 대한 타이완상상의 백과사전식 소비가 기대고 있는 정치, 경제, 문화논리에 대해, 그리고 이 상상이 어떻게 서로 다른 역사적 정경 속에서 여러 차례 절충, 조정을 거쳐 완성되는지에 대해 글로 분석한 바 있다.[3] 홍콩은 영국 식민주의의 충격을 경험했기에 중원문화에 대해 줄곧 가까운 듯 먼 듯한 모호한 태도를 유지했다. 같음/다름의 사이에서 중원문화에 대한 화인집단의 모순된 정서는 상당히 분명했다. 진융 소설에 대한 90년대 중국독자의 환영과 그것이 야기한 아속문화의 구별은 서구화라는 '아문화'와 전통이라는 '속문화'의 구별을 근원으로 한다. 그 다음의 중서문화논쟁이 배척하는 대상은 완고하고 융통성 없는 고루한 전통이 아니라 중화문화에 대한 중국경외 화인들의 소비패턴과 입장인 것 같았다. 이 소비패턴과 입장은 중국경외화인의 투자에 힘입었기 때문에 당시에는 더욱 막기 어려웠음이 분명했다. 중화문화에 대한 소비와 그리움의 '반복過往'은 마침내 시대의 흐름을 좇는 '모던한' 생활방식으로 변하게되었다. 20세기 말과 21세기 초에 우리는 중원상상과 해외상상이 이렇게기묘하게 상통하고 있음을 볼 수 있다. 그리고 사실상 이 상통하는 모습이 중화문화에 대한 중국내부의 기꺼운 회고와 동경에 힘입어 21세기 '중국몽中國夢' 속의 전통문화에 대한 재동일시再認同의 길이 되었다.

『소오강호』에 대해서 해외 입장은 특히 작품이 갖고 있는 문혁에 대한함축적이고 비유적인 의미를 읽어낸다. 진융은 1980년에 썼던 <후기>에서 『소오강호』가 비이성적인 권력의 각축이 초래하는 극도의 파괴를 비유한다고 분명하게 기술한 바 있다. 그는 1960년대의 문화대혁명 속에서 '당권파와 조반파*'는 권력과 이익을 쟁탈하기 위해 온갖 극단적 수단을 썼으며 이는 인성의 비열함을 집중적으로 보여준다'고 직접적으로 지적한다. 또한 '나는 매일 『밍바오』에 사설을 써서, 더러운 정치적 방법에 대해 강한 반감을 표현했는데, 매일 써내려가던 무협소설 속에 자연스레 반영되었다.'[4]고 분명히 밝힌다. 『소오강호』의 세계는 사리사욕에 빠진 인물들로 가득하다. 가장 심한 경우가 동방불패東方不敗 및 임아행任我行과 같은 '후손만대, 강호통일'을 주장하는 전형적 독재자이며, 그 다음으로는 위僞군자인 악불군岳不群과 패권 탈취의 궁리에 빠진 좌냉선左冷禪과 같은 이들로, 모두가 피비린내 가득한 강호를 대변한다. 동방불패는 진융의 글에서 더욱 전형적인 인물로 빚어진다. 악불군의 야심이 마침내 드러났을 때, 그의 행동은 '동방불패의 길'을 따르는 것으로 비유된다. 규화보전葵花寶典을 수련하기 위해 악불군이 거리낌 없이 스스로 거세한다는 사실은 권력욕의 정점을 보여준다.[5] 진융에게 있어 동방불패는 여성도 남성도 아닌 모호한 성별을 지닌, 비인간적이고 비이성적인 냉혹함의 표상이다. 복수의 일념에 찬 임평지林平之나 군자라는 이름으로 거대한 음모를 꾀하는 악불군, 그리고 규화보전을 뺏으려는 강호의 군웅들처럼 이러한 길을 선택한 모든 사람들은 동방불패의 복각이거나 복제품으로, 폭군의 여러 판본이라 할 수 있다.[6]

---

* '당권파'는 '주자파走資派'로 통상 지칭되며 문화대혁명 기간 중 공산당 내 자본주의노선을 주장한다하여 비판대상이 되었다. '조반파'는 문화대혁명 기간 동안 마오쩌둥의 이념을 숭배하고 실천했던 홍위병 가운데 고위관료 자녀 출신인 봉황파鳳凰派와 비교해서 주로 노동자, 농민의 자녀들로 구성된 조류를 지칭한다. 이들은 홍위병의 상당수를 차지하여 마오쩌둥의 사상에 입각한 농촌에서의 문화대혁명을 이끌었다.

독자가 보는 동방불패는 소설 속의 각기 다른 인물의 관점으로부터 표현된다. 그중, 주인공인 영호충令狐沖의 관점이 가장 대표적이다. 동방불패라는 인물은『소오강호』속에서 처음에는 목소리만 들릴 뿐 모습은 보이지 않다가 30장에 이르러서야 모습을 드러낸다. 그가 모습을 드러내는 순간 사람들은 경악한다. 동방불패는 나타나자마자 즉시 남성들의 본보기(영호충처럼, 절기絶技를 지닌 정 많은 숨은 협객)와 여성의 모범(임영영任盈盈과 같은 적당한 재주와 적당한 교태를 가진 여성)이라는 성별 질서에 소란을 일으킨다. 그는 남자도 여자도 아니며, 추악하고 퇴폐적이며, 어디에 포함시켜야 할지 알 수 없으며, 불가사의하다.—영호충은 양성 질서가 정연한 입장에서, 동방불패를 질서 밖 '타자'의 경계로 배제할 수 있을 뿐이다.—영호충이 보기에 동방불패는 변태적인 동성애자이자 음험하고 악랄한 악당의 우두머리로, 인간성을 상실했을 뿐 아니라 '요기와 귀기'가 충만한, '요상하고 이상한 모습'을 지닌 '구역질'날 것 같은 존재이다. 더욱이 '보면 볼수록 털이 곤두서는', '늙은 요괴', '여장한 늙은 남자배우老旦[旦은 중국 전통극 중 여성역할을 의미하는데, 1930년대 이전에는 남자가 이 역을 맡았다]' 등과 같은 존재이다.[7] 이때, 성별의 경계가 모호한 동방불패는 이미 '요마妖魔'의 범위에 포함되어 '인정人情'의 논리를 그에게 적용할 수가 없다. 그리하여 그는 절대적인 '타자'의 대명사로 변하게 된다. 나쁜 줄 알면서도 동방불패를 따르던 악불군은 복위 이후 권력을 탐닉한다. 결국 본성이 드러나게 되는 임아행 및 권력과 이익을 다투던 강호의 모든 사람들이 동방불패와 같은 무리로 변한다. 성별 혼란이라는 매개를 거쳐 극단으로 나아가는 '동방불패'라는 기호의 구축은『소오강호』속에서 정치인에 대한 풍자를 암시하면서 성별 넘어서기에 대해서는 감히 맞장구칠 수 없다는 입장을 은연중 내포한다.

그러나 냉혹하고 용의주도한 악불군과 자신에 반대하는 자를 조금도 거리낌 없이 제거하는 좌냉선에 비해, 동방불패는 오히려 약간의 인간성을 지닌 것처럼 보인다. 그가 임아행, 임영영 등 자신을 죽이려는 자들과 풍뢰당風雷堂 당주인 동백웅童百熊 등을 마주했을 때 내뱉은 말 한마디는 양심이 아직 사라지지 않았음을, 심지어 은혜에 감사함을 아는 것으로 보여진다. 동방불패는 비록 임아행에게서 지위를 찬탈했지만, [임아행을 따르던 무리를] 모조리 없애지 않으며, 임아행의 딸 영영에게는 줄곧 예의를 갖추어 대한다. 동방불패의 남첩男寵에 대한 지극한 사랑은 기이한 듯 보이지만, 진심과 지극한 정성의 일면을 드러낸다. 임아행 등은 동방불패를 이기지 못하자 그의 남첩을 괴롭혀 동방불패의 신경을 분산시키려 한다. 그러나 실패함으로써 그것은 오히려 더욱 수치스런 소인의 행실이 돼버린다. 하지만 영호충을 중심으로 하는 『소오강호』의 내용 속에서, 동방불패가 의리와 정을 중시했던 예는 그의 기이한 성별 혼란으로 인해 더 이상 납득 불가능한 파트로 변하여 완전히 '타자화'되고 상쇄된다.

『소오강호』의 성별 좌표는 대체로 경계가 뚜렷한 남성/여성의 두 영역으로, 남성은 무정하면서도 다정하고 야심에 차 있으면서도 명리에 담담하다. 여성은 대부분 다정하고 온유하여 끊임없이 포용하고 희생하는데, 임영영(영호충에 대한 흠모)과 악영산岳靈珊(임평지에 대한 흠모)처럼 사랑을 지속하면서도 인의를 다하는 이들로, 그녀들은 조금도 야심이 없다. 이러한 중화무협의 양성지도地圖 속에서 성별의 경계를 뛰어넘는 자는 극단적인 인물이기 때문에, 스스로 거세한다는 '탈남성화去男性化'란 곧 극단적인 자멸의 길을 추구하는, 멸망의 길일뿐이다. 만약 고전 문인세계 속 백면서생의 원형이 전기傳奇소설 속에서 다정과 우아, 온유와 섬세의 화신으로 나타난다고 한다면, 중화무협문화 속에서 그에 해당하는 협객남성이 다정하다는 이유로 '탈남성화'된 인물로 여겨질 리가 없다. 왜냐하면 늘 여성이 모든 온유한 역할과 공간을 메우고 있어서 남성에게는 지대한 확장伸展의 공간만이 남겨지기 때문이다. 남자는 양강陽剛의 기세가 넘칠 수도, 서생 기질로 충만할 수도 있지만, 근본적으로 그 어떤 성별 위협도 받지 않는다. 영호충의 무공은 서생의 학문과 동등한 것으로, 무협세계의 이 서생 남자주인공은 무예가 출중하면서도 시름이 많고 감상적이기도 하다. 하지만 결코 남자로서의 신분을 잃지 않는데, 뭇 여성들이 그를 사랑한다는 이유로 성별질서가 이미 매우 견고하게 세워져있기 때문이다. 악부인과 임영영 같은 이들 여성은 뭇 남성들에 뒤지지 않는 협기를 지니고 있으며 늘 지혜와 용기가 넘쳐나지만, 남성과 천하를 다투지 않으며, 다들 현숙하고 온유한데다 도덕적이고 선량하다.

동방불패를 제외하고 『소오강호』에서 이러한 성별질서에 도전하는 유일한 인물로는 먀오족苗族 여성인 남봉황藍鳳凰이 있다. 제16장의 「피를 주입하다注血」에서 남봉황이 등장할 때, 남녀가 희롱하며 즐기는 광란과도 같은 음악소리가 그녀를 맞이한다. 그녀는 '결코 한족 여성이 아닌' 옷차림으로, '중얼중얼' 먀오족 말을 하며, '상식적으로 가늠할 수 없는' 독충을 부리는 데다, 하는 말은 단도직입적이고 한어의 에두르는 표현을 이해하지 못하며, 행동은 대담하고 방탕하다. 과연 악부인은 즉시 '음탕하고 사악한 여자'와 '요마와 귀기' 등의 말로 남봉황을 꾸짖는다. 그녀와 함께 온 영호충의 상처를 치료한 네 명의 먀오족 여인은 다들 꺼리지 않고 팔과 다리를 노출시키는데다, 화산파의 뭇 남성 제자가 주목하는 와중에 거머리로 자기 몸의 피를 뽑아 과다출혈로 위험에 처한 영호충의 몸에 주입함으로써 이들 뭇 남성 제자들로 하여금 '아연실색하여 가슴이 뛰게 만들며' '거친 숨소리'를 내뱉게 한다.[8] 그녀들의 이민족異族 정서와 신비하고 두려운 독 사용법, 대담한 신체언어는 쉬이 한족 제자들의 사념과 정욕을 끌어낸다. 이는 전형적인 이민족 정서화 과정과 유사한 것으로, '여성 타자她者'와 '자아' 간의 차이를 정욕의 원천으로 전환시킨 것이다. 이 같은 '여성 타자화'의 과정 속에서 그녀들은 정욕의 객체로 변하여, 한족 제자인 주체가 마음대로 그녀들을 객체화, 여성 타자화하게 만든다. 한족 남자인 욕망 주체가 갈망하는 자극과 탐험이라는 내면의 의도 역시 여기에 투사된다. 하지만 이러한 욕망의 표출이 주체에게 그 어떤 위협도 되지 않고 전적으로 주체가 만든 패턴대로 진행된다면, 욕망의 객체는 결국 필연적으로 배척될 수밖에 없다. 이렇게 함으로써 '자아'는 완전하게 보호된다. 그러므로 다섯 명의 먀오족 여성이 떠난 뒤, 한족 제자와 악불군 등은 다들 상징적인 방식으로 욕망의 객체를 축출하는데, 이 상징의 매개가 바로 구토이다. 영호충을 제외한 모든 사람들은 배를 잡고서 구토한다. 뱃속의 위산을 모두 게워낼 때까지 멈추지 않는다. 이처럼 위장을 모두 비워내는 구토란 제어할 수 없는 먀오족 여성에 매혹됐다는 규범을 벗어난 욕망을 배척하고 심지어 배설하는 행위이다. 신체의 배설로 성욕을 제거함으로써 그들은 당당하게 형이하학적인 정욕의 미혹을 중독으로 보고, 표출된 욕망을 먀오족 여성의 조종이라 탓하며 자신의 순간적 일탈을 용서한다. 여성 타자에게 매료되지만 다시 여성 타자를 배제해야 하는 이러한 메커니즘은, 한족 중심의 중화무협상상이 어떻게 먀오족을 이민족 정서화, 토착화, 정욕화 하는지를 곳곳에서 보여준다. 이 과정 속에서 먀오족은 기이한 욕망의 객체가 되어 주체에 의해 감정과 욕망이 투사되거나 회수된다. 남봉황의 '당신네들 한인은 음험한 속셈이 많군'이라는 말은 한족 중심의 중화무협 강호에 대한 소설의 소소한 메타적 비평으로 볼 수 있다. 영호충의 경우 자신과 다르다 배척하지 않고 남봉황의 독주를 받는데, 이는 그가 '여성 타자'에 대해 개방적이고도 포용적이라는 사실을 보여주는 것이기에 구토의 고통을 면하게 된다. 이것이 아마도 진융이 교묘하게 상징을 운용한 부분이라 할 것이다.

이상에서 말한 것처럼, 소설 『소오강호』의 중화무협세계는 극단적인 권력욕과 그것과 대조되는 극도의 은둔 욕망으로 가득 차 있다. 소설이 비판하는 대상은 푸코처럼 권력 자체의 성질 및 그 체제의 건립과 파생에 대한 분석에 있지 않다. 소설은 권력이 인성을 소멸시킨다는 사유를 또 다른 측면에서 도덕적으로 살피고 있으며, 이 측면에서 정치의 어둔 면을 성공적으로 연결시켜낸다. 정치적 알레고리로서 소설이 암시하는 대상은 문혁 시기의 쟁권자들일 수도, 인성을 잃은 뒤의 어느 정치인의 모습에 대한 묘사일 수도 있다. 소설이 빗대는 것은 특정한 역사를 배경으로 할 수 없는 옛 중국이기 때문에 옛것을 빌려 지금을 비유한다는 '보편성'을 지닌다. 하지만 이것이 아마도 바로 '해외화인'의 입장일 것이다. 그것은 시간적으로 요원한 국가를 심리적으로 요원한 중원에 비유함으로써 그리움과 회의가 교차하는 가운데, 그리고 직접적으로 고마움을 느끼는 듯하면서도 거리가 느껴지는 모순된 감정 속에 추방된 자의 복잡한 관점을 드러낸다. 홍콩이 반환되는 해인 1997년을 앞두고, 『밍바오』의 사설에서 보여주는 진융의 이 같은 모순된 정서는 『소오강호』 분석에 참조할 만하다. 홍콩의 앞날에 관해 쓴 1981년부터 1984년에 이르는 사설은 중국 정치의 실체에 대한 복잡한 그의 정서를 엿보게 한다. 그는 '대국이자 사회주의 혁명정권의 면모를 지닌 중국을 위해 중국의 영예와 민족적 존엄을 조금도 손상시킬 수는 없다'는 생각에서 홍콩인이 97년의 도래로 놀라거나 당황할 필요가 없다고 보면서도 다른 한편, 영국정부의 '법치와 자유와 인권을 중시하는 원칙에 깊이 동감하며, 중국, 영국, 홍콩 거주민 모두가 반드시 충분히 만족해야 한다고 생각'[9]한다. 중국과 영국의 협상이 갈수록 순조롭지 못하게 되고 홍콩인이 협상에서 거절당하자, 이에 대해 진융은 『소오강호』식의 거침없는 태도로 '일소에 부치니, 어디 한번 두고 보자'라며 다음과 같이 직접적으로 표현했다.

> 홍콩인은 줄곧 현실적 태도로 생존해왔다. 다들 전혀 근거 없는 비관도 맹목적인 낙관도 하지 않았다. …… 그러나 해결할 수 없더라도 그 역시 별 게 아니다. 결론부터 말하자면, 대부분의 사람들은 호탕하게 일소할 뿐, 긴장하거나 걱정하는 표정을 지은 이는 없다는 것이다.[10]

이 인용에서 우리는 진융이 '홍콩인'을 독특한 하나의 집단으로 설정하여 기타 집단과 구별함으로써 마치 독특한 민족성이나 집단성을 지닌 것처럼 이해한다는 것을 알 수 있다. 이렇게 독특한 집단을 구축하는 것이 바로 민족사유의 기본적 요소로, 이로 인해 기타 민족과 구별된다. 하지만 홍콩은 국가/민족이 아니기 때문에, 이 같은 사유가 구축하는 '홍콩인'은 '중국인' 혹은 '영국인' 등의 정체성과는 다르다. 그것은 홍콩인이라는 주체의 구축과 생산을 촉진시킨다. 그러므로 진융 작품 속 홍콩은 '황금알을 낳는 거위'로, 결코 아름답지 않은 존재이다. 주변 사람들은 거위가 아름답지 않다고 생각하지만, 그렇다고 해서 거위의 추한 털을 뽑고 봉황의 털이 나 공작의 털, 금계의 털을 꽂는다면 이 괴상한 거위는 더 이상 황금알을 낳을 수 없게 된다.'[11] 그러므로 황금알을 낳는 괴상한 거위는 다음과 같이 꽥꽥거린다. '넌 날 변화시킬 수 없어!'라고.

'홍콩인'이라는 집단의 이런 특수한 에스닉성에 대한 관심은 중국과 영 국 간의 협상에 대한 실망으로 나아갔다. 협상에서 홍콩인의 바람과 의견 이 완전히 묵살됐기 때문이다. 홍콩인의 마지막 항의를 진용은 뛰어난 글 솜씨를 발휘하여 소극적이나 지극히 풍자적인 어투로 다음과 같이 서술 한다.

> 법률상으로나 실제상으로 홍콩인은 중국과 영국의 협상에 대 해 아무런 부결권을 갖고 있지 못하고 그들에 대한 항의나 반대 역시 실질적 효과를 지니지 못하지만, 적어도 우리는 1997년이 도래하기 이전에는 '찬성하지 않을 권리不能贊成權', '신념 결핍의 권리缺乏信心權', '자금을 옮길 권리調走資金權', '줄행랑을 칠 권리逃 之夭夭權'를 가지고 있다. 그러므로 오늘 이후 13년 동안의 번영 과 안정이란 아마도 까마득하기 그지없는 일일 것이다.[12]

1984년 중국과 영국의 협상 이후에 야기된 위기감은 '홍콩인'이라는 에스닉집단에 대한 특별한 관심을 불러일으켰다. 상기 인용문은 주체성 을 구축하려는 저의를 가지는 한편, 또 주체성을 운용하여 사용가능한 권 력과 영향력을 지키려 함을 보여준다. 하지만 소극적이면서도 풍자적인 어투 속에는 주변에 처해있는 홍콩인의 기지와 무력감이 드러난다. 그러 나 이러한 홍콩인의 심리상태와 문화정체성은 중국 중심 혹은 영국 중심의 민족 사유와는 사실 많이 다르다. 만약 '홍콩인'이라는 집단의 구축이 앞서 말한 것과 같은 민족 사유의 그림자를 지니고 있다면, 그것은 온갖 부득이함과 모순이 지속된 역사적 상황 속에서 강제로 만들어진 것일지도 모른다. 그 집단의 구축은 국가에 묶인 것도, 민족 혹은 에스닉에 묶인 것도 아니다. 그것은 1997년을 함께 마주한 하나의 공동체로, 특수한 역사적 상황으로 인해 만들어져 나온 자아이다.

이상의 '홍콩인'이라는 정체성의 구축에 관한 논쟁은 『소오강호』의 해외화인이라는 입장이 지니는, 중화문화에 대한 다원적이고 복잡한 사고를 참조할 수 있다. 『소오강호』의 성별/에스닉 질서의 정연함은 유연성 없이 판에 박힌 듯한 중원 한족문화의 민족중심적인 경향 및 성별 역할의 경향을 암시하는 것 같으며, 그러한 독선에 대한 진융의 비판은 매우 생생한 것으로 보인다. 그런데, 소설 속에서 진융은 오히려 이러한 판에 박힌 듯한 성별과 에스닉관을 대체로 보존하면서, 추방된 화인문화가 중원문화의 독선적인 부분을 더욱 잘 보존할 수 있음을 과시하고 있다. 소위 디아스포라 문화의 '거품효과泡沫效應'란 이산자가 추방 전의 모국문화에 집착하여 그것을 거품 속에 넣어 원래 모습을 고스란히 보존한 채, 역사의 시간적 변화와 현지문화의 잡종화를 거부하고 역사 밖에다 얼려 놓고서는 더욱 정통적이고 더욱 완정한 것으로 날조하는 것을 가리킨다. 중화무협문화에 대한 진융의 묘사 중, 옛 중화문화에 대한 그리움은 바로 이 거품효과의 흔적을 지니고 있다. 그러나 문혁이라는 의제에 있어 소설의 정치적 우언을 부각시키고 수행할 때, 그는 옛 문화의 입장에 새롭게 현실성과 역사성을 부여한다. 그리하여 『소오강호』는 추방자의 내려놓을 수 없는 문화적 향수懷鄕의식을 가지는 한편, 특정한 정치적 풍자의 의미도 지닌다. 이 같은 고향에 대한 그리움은 본서의 서론에서 지적한 것처럼, 사실 현지에서 느끼는 향수로, 결국은 홍콩식의 것이다. '해외화인'임을 인정한다는 입장에서 보자면 진융은 불가항력적으로 '화어계'의 입장을 향하고 있다.

2. 쉬커徐克의 다중적인 주변의 입장

『소오강호』를 원작으로 삼은 세 편의 영화는 쉬커를 감독으로 내세우지는 않지만, 쉬커의 풍격이 깊은 영향을 미치고 있다. <소오강호>(1990)는 무협 영화의 대가인 후진취안胡金銓이 감독했으나 그가 영화 제작 중간에 그만뒀기 때문에 사실 실질적인 작업은 쉬커, 청샤오둥程小東, 리후이민李惠民이 함께 한 작품이다. <소오강호의 동방불패>(1991)는 쉬커가 시나리오에, 청샤오둥이 감독에 이름을 내걸었다. <동방불패의 풍운재기>(1993)는 쉬커가 촬영 제작과 시나리오에 참여했으며, 감독에 이름을 올린 이는 청샤오둥과 리후이민이다. 홍콩 문화평론가인 뤄펑洛楓이 말했듯, 이들 영화 시리즈에는 '쉬커 풍격'이 넘쳐흐른다. 비록 그가 다른 역할들로 이름을 올리고 있지만 기본적으로 쉬커가 유기적인 연관을 부여했기에, 이들 영화는 사실 모두 '쉬커 영화'라는 범주에 속한다 할 것이다.[13]

영화 <소오강호>의 제1부는 '내승운고內承運庫'에 있던 규화보전이 도난당하는 사건으로 시작한다. 전체 영화의 중심사건은 규화보전의 쟁투전으로, 이야기 역시 이를 토대로 엮어진다. 작품 속 각 인물은 두 종류로 나뉘는데, 보전을 뺏으려는 권력을 탐하는 인사(강호 인물인 악불군, 좌냉선 그리고 임진남과 조정의 인사인 동창 환관 고공공(古公公)과 그 부하 구양전(歐陽全)와 이 보전에 아무런 감흥이 없는 협사/여성 그리고 소수민족(영호충 및 그의 사매 악영산, 일월신교의 여러 먀오족 인물)이다. 원본 『소오강호』의 인물 계보에다 영화는 그 밖의 관계(官場) 인물을 덧붙이고 있으며, 배경은 명나라 만력(萬曆)연간이다. 원래의 진융 소설에서 강호는 의심할 여지없는 한인의 천하로, 먀오족 여성 남봉황의 부각은 우연일 뿐이었다. 관료계의 인물 역시 거의 나오지 않아서 이야기서술 가운데 영향력 있는 의미를 형성하지 못했다. 그런데 쉬커의 제작 속에서 〈소오강호〉의 세계는 세 개의 세력권으로 형성된다. 명나라 조정과 한인 강호, 먀오족 무리가 그것이다. 이 셋의 경계는 서로 통하지 않으며 경계를 넘는 자는 큰 화를 면하기 어렵다. 예를 들어 임진남의 경우, 원래는 금의위(錦衣衛)[명나라 황제의 친위군 중 하나]였으나 강호로 물러난 이후에는 보전을 훔쳐 몸을 보전하려 한다. 그러나 명나라 조정의 추적과 살해의 위협으로 인해 집과 가족을 잃게 된다. 순풍당(順風堂) 당주인 한족 유정풍(劉正風)과 일월신교인 먀오족 곡양(曲洋)의 경우, 서로를 이해하며 아끼지만 결국 죽음의 화를 불러들이게 된다는 등이 그 예이다. 소설에서 일월신교는 원래 한족 강호의 파벌 중 하나였으나 영화에서는 먀오족의 일파로 바뀌어 수많은 충돌은 더욱 극적 긴장감을 띠게 된다.

먼저, 거세된 남성인 고공공으로 대표되는 명 조정은 질서정연한 것처럼 보이나, 곳곳에 위험이 도사린 권력의 각축장으로, 구양전과 그는 보전을 갖기 위해 옥신각신한다. 그는 명 조정에 대한 충정을 드러내는 한편, 비열하기 그지없는 수단을 사용한다. 남을 이용해 나쁜 짓을 하면서도 관리로서의 당당함을 유지하며, 두렵고도 더러운 모든 행위를 숨기고자 무고한 일월신교에게 화를 전가한다. 또한 일월신교를 모조리 없애 폭력으로 나라를 다스리는 것을 능사로 여긴다. 명 조정의 비루함과 수치스러움은 강호 인물보다 심하다고 할 수 있다. 왜냐하면 명 조정은 온통 거짓 도덕이 지배하고 있기 때문이다. 다음으로, 강호 역시 권력투쟁으로 험악하기 그지없다. 악영산은 선량하고 순수하지만 강호를 경험한 이후 중병에 걸리게 되며, 이때부터 강호에 실망하여 의기소침해져 은거하려는 뜻을 품기 시작한다. 화산파의 선배인 풍청양風淸陽이 독고구검을 영호충에게 전수할 때 했던 다음과 같은 의미심장한 말 역시 한인 강호에 대한 쉬커의 견해를 분명하게 보여준다. "강호의 파벌은 다들 도리를 말하지만 그것은 한 바탕의 권력 놀음에 불과하지." 강호의 인사는 겉으로는 도덕군자인양 점잔을 빼지만 명나라 조정 앞잡이들의 거짓과 가식에 호응하고 있으니 사실 그들은 한통속이라 할 수 있다. 강호 사람이지만 은밀하게 조정을 위해 힘쓰는 좌냉선은 전형적인 어용 살수일 뿐 아니라, 원칙이라고 할 만한 게 전혀 없는 인물이다. 풍청양, 영호충, 유정풍 등은 강호의 권력 놀음에서 벗어난 강호의 주변인으로, '강호를 비웃기'만 한다. 영화 속의 세 번째 큰 집단인 일월신교의 먀오족 역시 한인 강호의 밖을 표상한다. 풍청양, 영호충 그리고 먀오족의 교류는 주변의 관점이 포용적임을 보여준다. 주변은 다름을 받아들일 수 있기 때문에 명 조정이나 한인 강호로부터 허용되지 못한다. 영화의 이야기 구조에서 먀오족의 경우 상당한 동정을 얻고 있다. 명 조정은 임진남 일가를 학살하고 일월신교에게 그 죄를 전가하는데, 임가의 참극은 명 조정에 의해 '한족과 먀오족의 은원'으로 해석되어 먀오족이 참혹한 죽임을 당하게 된다. 먀오족은 죄 없이 원망과 질책과 핍박을 받을 뿐 아니라 완전히 '타자화'되어, 주류 한족의 눈에 그들은 언제든 제거해도 되는 대상이다. 먀오족에 대한 한족의 핍박에 관해 영화가 경제적인 측면에서의 분석을 제공한다는 사실은 눈여겨볼 필요가 있다. 먀오족 여인 임영영은 한족이 먀오족 사람들을 속이고 억압하는 이유가 먀오족 사람들이 밀조 소금을 판매하는 데 있다고 생각한다. 이것은 일종의 원시적인 폭력형의 경제적 규제로, 통치자 입장에 있는 한족이 이익의 기득권을 지키려하기 때문이라는 것이다.

이러한 경제적 측면의 사고가 아마도 한족과 먀오족의 충돌을 묘사하는 데 있어 쉬커의 독특한 지점일 것이다. 그가 두루뭉술하게 에스닉집단의 차이를 충돌의 원인으로 보지 않고, 경제적 규제라는 측면에서 이를 바라본 것은 꽤 급진적 의의를 지닌다. 보다 흥미로운 사실은 청나라 건륭乾隆과 가경嘉慶 연간에 정말로 먀오족의 봉기가 일어났으며, 그것이 소금 판매 금지와 연관 있었다는 점이다. 중국의 먀오족 학자인 우룽전吳榮臻은 먀오족 지역에는 소금이 없어서 청 조정이 소금 판매 금지의 방식으로 먀오족을 제어했다고 말한 바 있다. 이에 관해 건륭 60년에 호광지역 총독湖廣[양호라고도 부르며, 호북湖北과 호남湖南을 의미함]이었던 복녕福寧은 황제에게 아뢰는 글에서 다음과 같이 쓴 바 있다.

> 먀오족 지역에는 소금이 없어서 심심하게 먹어서 병이 납니다. 요즘 들리기로는 이미 소금이 없어서 꽤나 당황해한다고 합니다. 신이 먀오의 땅 곤련주현昆連州縣을 성실하게 조사하여 금지시키라고 엄하게 타일렀습니다. 소금을 먀오 지역으로 들여 팔아서 큰 이익을 시도하는 경우, 국외의 도적으로 간주하여 처리할 것이라고 말입니다.[14]

소금 금지의 방식으로 먀오족을 억압한 경우 외에, 당시 먀오족이 봉기한 원인으로는 세 가지가 있었는데, 그중 하나가 소금과 관련된 경제적 압박이었다.[15] 청 조정의 한인은 먀오족 지역에 소금이 없기 때문에 고가로 소금을 판매하는 방식으로 먀오족 지역의 시장에 진주하였고, 다시 땅을 사서 대지주가 되어 먀오족의 노동력을 쥐어짜는 한편, 시장을 농단함으로써 먀오족의 경제를 와해시키다시피 했다. 당시의 봉기가 12년간 지속되었다는 사실은 이상할 것 없었다. 역사적으로 사실 수차례의 먀오족 봉기와 반항이 존재했다. 가장 이른 것이 상商나라 때였고, 명나라 홍무洪武 13년(1390)에도 비교적 큰 봉기가 발생하여 역사책에는 '묘만苗蠻이 난을 일으키다'라 기록되어 있다. 명 왕조는 군대를 파견하여 이를 진압하였다.[16] 명청 교체기에는 모두 4차례의 대규모 먀오족의 무장 봉기가 있었다. '외지인을 쫓아내고 옛 지역을 되찾자'라는 먀오족의 구호는 먀오족 지역을 점령했던 한족을 축출하자는 의미였다.[17]

이상 필자가 언급한 먀오족 봉기의 역사적 근거는 쉬커가 보여주는 먀오족의 입장과 대조하기 위해서이다. 식염의 결핍과 조정의 관리와 억압, 한족의 기득권 이익은 모두 확실한 역사적 근거를 지닌 것으로, 영화에서 명 조정이 먀오족을 폭력적으로 통치했다는 사실은 이러한 역사적 근거와 호응한다. 그러므로 쉬커의 영화에서 먀오족은 더 이상 이민족 정서의 표징이 아니며, 더 이상 기이하게 만들어진 '타자'가 아니다. 그들은 정치적 역사적 경험이 풍부한 소수민족 심지어는 원주민으로, 생존과 자신을 보호하기 위해 명 조정에 저항한다. 먀오족은 독을 사용할 때 명확한 원칙이 있을 뿐만 아니라, 절대로 무고하게 함부로 죽이지 않는, 정과 의리를 지닌 이들이다. 이밖에 묘하게 느껴지는 부분은 한족 에스닉집단을 영화의 영어 자막에서 번역한 부분으로, 영어 자막에서 한인은 'Mainlander'(대륙사람)로, 먀오족은 'Highlander'(고지사람)로 되어 있다. 이러한 번역은 상당히 이상하게 여겨진다. 영문의 'Mainlander'는 '해외'화인이 중국'대륙'에 사는 사람들을 가리키는 용어이다. '해외'와 대조할 때만 '대륙'은 도드라지는 부호가 된다. 하와이 각 민족이 미국 대륙사람들을 거론할 때에도 'Mainlander'라 지칭함으로써 그들他과 우리我를 구분하는 것처럼, 이 용어는 늘 부정적인 의미를 지닌다. 미국 대륙인은 19세기에 원래는 독립되어 있던 하와이왕국을 강제로 점령한 뒤, 각종 동화 및 에스닉 분화의 방법을 써서 하와이를 통치했다. 하와이 원주민은 이에 분개했으며 하와이에 정착한 아시아계 신이민 역시 미국 대륙의 압박에 대해 반감을 가지고 있다. 정치·경제력이 불평등한 상황 속에서 대륙/섬島嶼의 차이가 부단히 강화되고 확장되었다. 쉬커가 일부러 이를 빗대고자 '대륙사람'이라는 단어로 강호의 한족을 번역한 것인지는 알 수 없다. 하지만 쉬커의 강렬한 시대 의식과 1997년을 앞둔 홍콩의 곤경에 대한 깊은 감회는 수차례의 인터뷰 속에서 분명하게 드러난 바 있다. 1992년 10월의 특별 인터뷰에서 쉬커는 다음과 같이 언급한다.

> 근 백 년 동안 중국은 너무나 많은 동란을 겪었습니다. 맞습니다. 나의 영화는 동란의 시대를 자주 배경으로 삼고 있습니다. <천녀유혼倩女幽魂>과 <소오강호>조차도 그렇습니다. 그건 아마도 스스로를 해외 문화인으로 생각하는 마음이 표출된 것이자, 홍콩이 최근 10년간 처한 불안한 상태와 관련된 것이기도 할 겁니다.[18]

쉬커는 '조차도'라는 말을 사용하여 언뜻 보기에 비유가 가장 적은 영화인 <소오강호>가 보다 교묘하게 빗대어 표현한 작품이라고 말한다. 지붕 위를 날아다니는 무협영화인 것 같지만, 영화는 비유적 의미가 풍부한 정치 평론이기도 했다. 어둔 인성을 비판한다는 측면 외에, 권력투쟁의 비열함에 대한 폭로와 에스닉정치에 대한 여러 문제에 있어서도 앞서 얘기했던 것처럼 영화는 먀오족의 입장을 충분히 보여준다. 만약 영화 속 먀오족이 홍콩의 대유代喩라면, 권력에 저항하는 먀오족의 용기는 아마도 홍콩 본토주의의 입장을 투사한 것일 터이다.

이러한 사실은 <소오강호의 동방불패>에서 더욱 발전되어 나타난다. 이 속편에서 우리는 영화사에 있어 오래도록 이름을 떨칠 독특한 인물— 린칭샤林靑霞가 맡은 동방불패—을 알게 될 뿐만 아니라, 한족에 대한 먀오족 사람들의 입장을 보다 명확하게 목격하게 된다. 동방불패가 스스로 거세하여 규화보전을 습득하려는 이유는 명나라 조정에 저항하기 위해서이다. 그가 대적하는 대상은 더 이상 한족의 강호가 아니라, 한족의 조정이다.—이 점의 정치적 우의는 너무나 분명하다.—먀오족의 일월신교는 동방불패의 세력확장으로 인해 더 이상 강호에 눈을 두지 않으며, 강호에서 실의한 영호충을 수용하기까지 한다. 먀오족이 적대시하는 대상은 이미 강호에서 조정으로 도약하고 있다. 일월신교는 일본에서 도망 온 낭인과 닌자를 받아들인다. '한족의 주변'과 '일본의 주변'(번이 도요토미 히데요시豊臣秀吉에게 천하통일 된 이후, 남중국을 떠돌게 된 각 번의 소속 무사)이 결합하여 주변과 주변이 힘을 합쳐 중심을 막아낸다.

동방불패는 먀오족에 투항한 조정의 무관을 받아들여 각 군대로부터 네덜란드 군의 화포 무기를 얻게 된다. 동방불패와 조정의 전쟁포로 그리고 무관과의 대화 속에는 그의 반역의 시도가 충분히 표현되어 있다. 무관이 동방불패더러 먀오족의 개라고 욕하자 동방불패는 도리어 무관을 한족의 개라고 욕하는데, 그는 한족의 강산이 더 이상 유지될 수 없다고 본다. 동방불패는 한족이 여진金, 거란遼, 먀오苗, 티베트藏, 몽골蒙, 위구르回의 여섯 에스닉 가운데 가장 수가 적은 먀오족만을 골라 속이고 억압하고 있음을 질책한다. 그러므로 그의 임무인 '반역으로 나라를 세우다', '먀오족의 반역은 타당하다'는 것은 그의 좌우명이기도 하다. 그는 소위 '하늘이 큰 임무를 내리어, 나에게 신공을 하사했다. 해가 동방에서 뜨니 오직 나만이 지지 않는다'라며 모든 한족으로 하여금 '저는 [더이상] 한인이 아닙니다!我不做漢人了'라고 부르짖도록 강요한다.

이상의 내용에 대해서는 적어도 두 가지 해석이 가능하다. 첫째, 소수민족種族 정치의 측면에서 이 작품의 주제를 먀오족이 한족 조정에 저항하는 것으로 보는 해석이다. 둘째, 동방홍東方紅* 및 「심원춘沁園春」** 등의 비유를 풍자적으로 사용하여 문혁을 의도적으로 암시하고 있다는 해석이다. 그러므로 이 작품은 권력에 대한 우언으로 볼 수 있다. 비록 문혁의 그

---

*   '동방홍'은 1966년부터 1978년까지 사용된 중화인민공화국의 비공식 국가國歌로, 마오쩌둥과 공산당에 대한 찬양을 기본 내용으로 하며, 전문의 한국어 해석은 다음과 같다. '동방이 붉어지고, 태양이 떠오른다! 중국에 마오쩌둥이 나타났다. 그는 인민의 행복을 도모하니, 얼씨구나, 그가 인민을 구할 위대한 구원의 신이구나! 마오주석은 인민을 사랑하니, 그는 우리를 인도하여, 신중국을 건설하려 하네, 얼씨구나, 우리를 앞으로 이끄네! 공산당은 태양과 같이 어디든 비추고, 어디에든 공산당이 있으니, 얼씨구나, 모든 인민이 해방된다네!'.

*** 마오쩌둥이 지은 사詞로, '심원춘沁園春'이라는 동일한 사패詞牌로 지은 작품으로는 「창사長沙」(1925)와 「눈雪」(1936)이 있다. 스수메이는 어느 작품인지 구체적으로 밝히고 있지 않지만 가극 〈동방홍〉의 배경음악의 가사로도 유명한 「눈」에 대한 언급으로 보인다. 전자는 '공산당의 정책노선이 자신의 뜻과 달리 우경 또는 좌경 기회주의자의 모험에 따라 흔들리는 당시의 상황을 개탄하면서, 농민운동과 혁명운동을 구체적으로 접목해 낼 묘안을

림자가 영화 속에 수차례 나타나고 있지만 영화의 서술 구조 속에서 동방불패는 비판보다는 동정을 더 많이 받는다. 그런 까닭에 권력에 대한 비유는 단지 표면적인 것에 불과한 듯하다. 동방불패는 영준하고 뛰어나며 다정하다. 그리고 명분과 당당함을 갖추고서 아름답고 신묘한 영화화면 속에서 밝게 빛나고 있어 홍콩 영화사상 가장 매력적인 인물 중 하나라 감히 칭할 만하다. 동방불패의 차림새 기호에는 일본풍이 많은데, 임영영, 남봉황 등의 민족적 의상과도 그 취지가 크게 다르다. 화인공동체가 일본문화의 영향을 깊게 받았기에, 마음속으로 동방불패를 동경하는 그들의 심리 역시 그다지 이상하지 않다는 식으로 말이다.

먀오족에 관한 진술에서 쉬커는 더더욱 '트랜스내셔널'적인 입장을 지니는 것처럼 보인다. 한족에 대한 먀오족의 저항은 일본의 통일 및 고려[영화에서 고려라 칭하고 있어 그대로 옮기지만 원래는 '조선']와의 전쟁,

---

찾으려 창사에 들렀을 때의 감회를 적은' 작품으로 알려져 있다. 후자는 마오쩌둥의 사 중 문학성이 뛰어난 작품으로 평가받는데, 마오쩌둥은 이 작품을 '중국의 탈봉건성에 초점을 두고 썼다'고 말했다. 작품 속에 언급되는 숱한 역사적 인물들이 '어느 누구도 봉건성에서 벗어나려는 문제의식을 가지고 있지 않았다'고 하면서, 작품의 마지막 구절인 '오늘을 되돌아보렴還看今朝'은 당시 '모든 인민을 대표해 혁명을 추진하던 공산당을 주목하라'는 의미였다고 밝히고 있다. 여기서는 「눈」 전문(공기두 번역을 바탕으로 수정을 가했음)만 소개하도록 한다. "과연 북녘다운 정경이로다. 얼어붙은 대지 위에 눈보라 휘몰아치고, 바라본 장성 안팎은 드넓어 여유로운데, 황하의 도도한 물결은 흘러가기 싫은가, 빙하와 어우러진 채 멈춰 서버린 꼴. 산은 꿈틀대는 은빛 배암같고, 진진秦晉의 옛 고원은 내달리다 그대로 밀랍된 코끼리의 형상이나, 높이는 모두 하늘과 겨뤄볼 듯 한껏 치솟았네. 쾌청하게 날 맑아지면, 눈 내린 뒤 태양의 빛남이, 유독 아름답네./ 강산의 이 같은 아름다움에 끌려, 숱한 영웅들 앞다퉈 허리 숙였다네. 애석하게도 진시황과 한무제는 글이 너무 짧았고, 당태종과 송태조는 시 솜씨가 부족했지. 일대의 군주 징기스칸은 활쏘아 독수리 맞추기만 알 뿐이었지. 모두가 가버린 지금, 정말 걸출한 인물을 찾아내려면 오늘을 되돌아보렴."(공기두 엮음, 『모택동의 詩와 혁명』, 풀빛, 2004 참고)

명 조정이 네덜란드로부터 선박과 화포를 샀던 사건 등과 같은 국제 정치의 틀 속에서 진행된다. 더욱 흥미로운 사실은 먀오족이 중국에서 핍박받아 남으로 이주할 때 가장 많은 사람들이 이주했던 곳이 바로 쉬커가 자란 곳인 베트남이라는 점이다. 게다가 베트남의 먀오족(즉 '몽족蒙族'으로 영문으로는 'Hmong'라 부른다)은 해발 800에서 1700미터 높이의 산중턱에 많이 거주했는데,[19] 이는 쉬커가 영화에서 먀오족을 고지 사람Highlander이라 부른 것에 부합한다. 프랑스 식민 시대에 그들은 여러 차례 무장봉기를 일으켰다. 또한 베트남 먀오족의 소금 부족에 대한 금기는, 특히 음식에 소금이 적다는 말을 절대로 해서는 안 된다는 것과 같은 일상적인 말의 금기로 발전하기도 했다.[20] 이상의 논의에서 보자면 쉬커의 베트남 입장은 멸시와 억압에 대한 이들 '베트남 먀오족'의 저항정신과 '중국 남방 먀오족'의 투쟁정신이 결합된 것처럼 보인다. 이렇게 트랜스내셔널 소수민족의 입장 하나가 탄생하게 되는데, 이는 '한족민족漢國族'을 근본으로 삼는 한인 조정에 저항하기에 충분했다.

쉬커의 트랜스내셔널 먀오족의 입장은 성별을 가로지르는 그의 입장과도 호응한다. 만약 한족 강호는 질서정연하며, 규율을 넘는 모든 이는 반드시 멸망한다는 것이 진융의 세계관이라 한다면, 쉬커의 한족조정, 한족강호, 먀오족지역이라는 세 개의 세계는 오히려 성별 구분을 고집할 수 없는 영역이다. 영화에서 동창東廠[명나라 때 환관이 주로 책임 관리를 맡았던 감찰·첩보기관]의 고공공(<소오강호>에 등장)과 홍공공(<동방불패>에 등장)은 명 조정을 대표하는 이들로, 이는 환관을 당권자로 여기는 국가제도를 보여준다(동방불패는 명 조정이 어떻게 척계광戚繼光의 직책을 낮추어 명 조정의 군사력을 쇠퇴시켰는가를 언급하고 있다). 남자도 여자도 아닌 한족 강호인인 악영산은 남자로 분장한 채 자랐기 때문에 성별정체성에 있어 곤혹을 느낀다. 당연히 여기에서 가장 대표성을 띠는 인물은 여전히 동방불패이다. 그는 규화보전을 연마하고자 스스로 거세하여 외모와 목소리가 점차 여성화되어 간다. 이러한 격변은 애첩의 극적인 음독자살을 불러올 뿐 아니라, [남자이자 여자라는 이중성별을 지닌]그/그녀로 하여금 성별의 경계를 넘어서서 영호충을 사랑하게 만든다. 또한 이 사랑 때문에 천하패권의 기회를 희생하고 임아행에게 기회를 노리게 해준다. 동방불패는 제3부 <동방불패의 풍운재기>에서 다시 등장하지만, 그것은 그/그녀가 결코 죽지 않고 그/그녀의 입장이 이전과 이미 확연히 달라졌음을 보여준다. 동방불패가 이전에 세운 '동방불패의 신화'를 무너뜨리려 하면서도 다른 한편 권력에 대해 커다란 망상을 지니고 있다는 측면에서 말이다. 그는 무고한 자를 학살하기 시작하며 마지막 애첩 설천심雪千尋도 놓아주지 않는다. 그리하여 영화 제3부의 동방불패는 완전히 매력을 상실하고, 영화 역시 앞선 두 편의 일부와 새로운 부분을 갖다 붙여 만들어 여러 측면에 있어서 실패작이 되었다.

<소오강호의 동방불패> 속 동방불패는 영준하고 빼어날 뿐만 아니라 처량한 아름다움도 지니고 있다(특히 영화 속 그/그녀가 낭떠러지에서 떨어질 때 영호충에게 토라져 질책하는 장면이 가장 눈에 띈다). 동방불패는 원래의 남성 정체성에서 점차 '성별 연속체' 속 여성화(이는 그의 남자 목소리가 두 개의 목소리로 변했다가 다시 여성의 목소리로 변하는 과정에서 들을 수 있다)로 향하는데, 이를 통해 쉬커의 성별 넘나들기의 입장을 볼 수 있다. 영화는 남녀 성별의 질서정연함을 넘어선 세계를 보여주면서, 다면적인 표현과 다중적으로 가능한 성별욕망의 도상이 상상될 수 있음 역시 보여주었다. 만약 이러

한 잘못 놓임錯置이 1997년을 앞둔 세기말적 모습이라면, 쉬커가 말했듯이 이는 또한 하나의 '새로운 세기의 시작'이기도 하다. 즉, 세기말 심리를 풀어내는 과정 속에서 새로운 에스닉과 성별 그리고 욕망의 그래프가 새롭게 창조된다는 것이다.[21] 쉬커의 화어계 입장은 곧 세기말의 창조적인 전환으로, 주변과 주변의 교착과 중첩을 입각점으로 삼아서 이원대립적 질서가 없는 신세기의 새로운 논리를 표현하고 있다.

미주

1 黃錦樹,「否想金庸-文化代現的雅俗,時間與地理」, 王秋桂가 주편한『金庸小說國際學術研討會論文集』(台北: 遠流, 1999), pp.604-605.

2 같은 글, p.606 주59.

3 楊華慶 번역,『視覺與認同:跨太平洋華語語系表述·呈現Visuality and Identity: Sinophone Articulations across the Pacific』(台北: 聯經, 2013),「第四章 曖昧之不可承受之重」, pp.177-205.

4 金庸,「後記」,『笑傲江湖』(台北: 遠流, 1996), 제4권, p.1682.

5 金庸,『笑傲江湖』, p.1420.

6 같은 책, p.1682.

7 같은 책, p.1276, 1278, 1279.

8 같은 책, pp.647-656.

9 查良鏞,『香港的前途:明報社評選之一』(香港: 明報有限公司, 1984), pp.13-14.

10 같은 글, p.34.

11 같은 글, p.93.

12 같은 글, p.309.

13 洛楓,『世紀末城市: 香港的流行文化』(香港: 牛津大學出版社, 1995), pp.15-16.

14 吳榮臻,『乾嘉苗民起義史稿』(貴陽: 貴州人民, 1985), p.129.

15 다른 두 원인으로는, 1. 폭력적 진압 및 봉건제도의 강제적 집행, 2. 대대적인 민족 압박과 동화 그리고 노역이 있었다.『乾嘉苗民起義史稿』, pp.11-21 참조.

16 陳天俊,「歷代王朝對苗族地區的政策以及其影響」, 中國西南民族研究會가 편찬한『西南民族研究』(貴陽: 貴州民族, 1988), pp.98-118에 수록.

17 『乾嘉苗民起義史稿』, p.29.

18 洛楓의『世紀末城市』p.8에서 인용.

19 申旭, 劉稚,『中國西南與東南亞的跨境民族』(昆明: 雲南民族, 1988), p.124.

20 같은 책, p.166.

21 洛楓,『世紀末城市』, p.34.

제6장

화어계 문학 고찰: 말레이시아, 홍콩, 미국

2004년에 발표한 졸고 「전지구적 문학, 인가메커니즘」[1]은 처음으로 '화어계'라는 개념을 제기한 논문이다. 이 논문에서 나는 노벨상을 받은 가오싱젠高行健을 예로 들면서, 가오싱젠이 영원히 중국작가로만 취급되어서는 안 되며, 화어계 프랑스작가로 보아야 한다고 밝힌 바 있다. 스웨덴 왕립학술원의 협소한 민족 관념에 모종의 단순한 정통성 관념이 더해져서 가오싱젠이 프랑스인이 되었다는 사실을 무시하는 한편, 프랑스 문단도 어리석게 가오싱젠을 중국에게 공손히 양보했는데, 노벨 문학상을 하나 더 추가하는 것이 자신들의 영광이라 생각하지 못한 듯하다. 즉 두 측면 모두 국가·에스닉·언어를 단순히 일대일 등호 관계로 보는 잘못된 인식에 근거를 둔다. (국가로서의) 중국을 떠난 사람(황인종)이 화어(언어)로 글을 쓸 경우 프랑스문학이 아니라 중국문학에 속하는 것처럼, 또는 프랑스문학은 오직 프랑스에서 태어난 백인종이 프랑스어로 쓴 것이라고 생각하는 것처럼 말이다. 이것은 가오싱젠이 프랑스 국민이라는 것, 중국계華裔 프랑스인이라는 것, 나아가 그의 많은 중요한 작품들이 모두 프랑스에서 완성되었다는 점을 완전히 무시했다. 이러한 편견은 프랑스어로 저술한 저명한 철학자 루소Jean-Jacques Rousseau가 프랑스 철학자로 광범위하게 오해받으면서 스위스가 무단으로 세계적인 철학자 한 명을 잃게 된 것에 못지 않다.

우리는 진실로 지식에 국경이 없다고, 어떤 작가나 철학자가 어느 국가에 소속되는가는 결코 중요하지 않다고 말할 수 있다. 루소가 글을 쓰던 18세기에 서유럽의 판도는 끊임없이 변하였기에 어느 국가에 속했는가가 꼭 중요했던 건 아니다. 그러나 20세기와 21세기의 세계는 이미 전 세계적으로 국가체제를 공고히 하고 갈수록 경직화하고 있어서, 어떤 사람이 국가가 없거나 국민 신분이 아니라면 살아나갈 수 없을 것 같다. 그리고 정착하지 못하고 국적이라는 국가인가를 받지 못한 작가가 대표하는 것은 국경 없는 문화적 세계주의cosmopolitanism의 개방된 시선이 아닌 잠재적인 무시와 배척이다. 이러한 무시와 배척은 단지 문화계의 편견일 수도 있다. 하지만 그러한 시선에는 사실상 강한 사회적 함의가 담겨 있어, 문화적 측면뿐 아니라 정치적 측면에까지 영향을 끼친다. 표면적으로 볼 때는 단지 지식에 국경이 있는가의 문제 같지만, 자세히 보면 소수자 그리고 약소민족 또는 언어공동체가 기대는 생존의, 가장 기본적인 정당성의 문제이다. 만약 당신이 프랑스어로 글을 쓰지 않는다면, 당신의 작품이 프랑스문학으로 취급되고 프랑스에서 상을 받으며, 프랑스문학사에 들어갈 수 있겠는가? 만약 당신이 백인이 아니라면 프랑스인으로 프랑스에서 (투표권 같은) 정치권리를 행사할 수 있겠는가? 이러한 일련의 문제는 실은 서로 밀접하게 연관되어 있다. 반대로 만약 당신이 메이저多數 에스닉그룹의 일원도 아니고 마이너小數 언어까지 사용한다면, 디아스포라 이전의 소위 '고국'에 영원히 묶여야 하는가? 그리고 이러한 디아스포라가 평생 그리고 이미 수백 년의 역사까지 가지고 있다면 어찌하겠는가?

그러므로 우리는 문학에 국적이 있는가 하는 문제를, 문학에 지역적인 경계를 부여하기 위해서가 아니라 문학작품의 현지성과 지역 초월성跨域性 사이의 복잡한 관계를 더 정확하게 이해하기 위해서 물어야 한다. 우리는 대부분의 문학작품이 각종 요소로 인해 출판된 현지에서만 유통될 수 있기 때문에 그 작품의 지역 초월성이 드러날 기회가 없음을 알고 있다. 우수한 문학작품이 출판 또는 창작된 현지에서 배척당한 경우도 많으니, 번역되지 못하고 국경을 넘어 유통될 방법이 없는 작품들도 비일비재함을 말해 무엇하겠는가. 이는 당연히 세계문학의 손실이다. 그러므로 우리는 드디어 '인가메커니즘(어떤 작품, 어떤 사람이 쓴 작품, 어느 지역에서 출판된 작품, 어떤 언어로 쓴 작품인가 등은 하나의 작품이 국경을 넘을 수 있는가의 가능성 정도와 관련된다)'을 특히 중시할 수 있다. 설사 현지라 하더라도 유사한 '인가메커니즘(어떤 작품, 어떤 사람이 쓴 작품, 어느 도시에서 출판된 작품, 어느 출판사에서 출판된 작품, 어떤 언어로 쓴 작품인가 등은 현지에서의 유통과 관계가 있다)'이 있으니, 우리는 이러한 사실을 알리고 이해하며 분석해야 한다. 화어를 주류 언어로 하는 소수의 지역(타이완·홍콩·싱가포르)을 제외하고, 화어계 문학은 세계 각지에서 소수 에스닉그룹의 마이너 언어이다. 그러므로 현지와 국경 초월이라는 이중적 인가메커니즘의 제한을 더 강하게 받는다. 이제 필자는 마이너 언어와 에스닉그룹의 문화가 수행하는 화어계 문학으로서의 말레이시아와 미국문학을 예로 들면서, 다양한 면모를 드러낼 것이다. 그밖에 필자는 우리가 어떻게 화어계 홍콩문학의 국적 문제를 대해야 하는가에 대한 토론을 미약하게나마 끌어내고 싶다.

1. 언어가 정체성을 결정하는가?

표제로 제기한 이 질문에는 긍정적인 답변, 부정적인 답변, 그리고 긍정적이면서 부정적인 답변이 있을 수 있다. 이 세 가지 답변의 배후에는 각각 특정한 계보가 있다. 기존의 이익과 이데올로기 및 심지어 타자를 섬멸하지 않으면 스스로 소멸할 것이라는 죽음의 욕망이 있다. 이러한 계보, 이익 그리고 이데올로기에는 상당한 가치가 부여될 수 있으며, 논쟁을 일으켜 사람들이 상처를 받거나 다른 사람에게 상처를 입히기까지 할 수 있다. 이는 아마도 사람들이 대가를 계산하지 않고 국가를 수호하는 열정과 유사할 것이다. 머리를 바치고 피를 흘리는 그러한 죽음의 욕망은 언어와 정체성을 보호하는 욕망구조와 호응 관계를 이룬다. 이러한 죽음의 욕망에 기대어 그리고 언어와 정체성 사이에 형성된 등호 관계를 거쳐서, 언어와 국가는 20세기 민족국가가 생성되는 과정에서 긴밀하게 연결된 개념이 되었다. 근대 민족국가의 흥기는 통상 민족언어의 인정과 동시에 발생했다. 즉 그 민족의 어떤 특정한 언어가 '국가언어'로 명시되었다. 일찍이 과거에 (라틴어, 고대 아라비아어 또는 고대 한문과 같은) 오래된 제국의 문자언어書寫文字에 억압받은 각양각색의 지방언어나 구술언어를 사용하는 지역에서는, 소위 국가언어운동을 통해서 구술언어와 문자언어가 통일되도록 최선을 다했다. 예를 들어 19세기 일본의 언문일치운동, 20세기 초 중국의 백화문운동은 이전의 구어에 불과했던 언어를 표준어의 지위로까지 끌어올리고 그에 상응하는 문자언어를 발전·개선시키거나, 민족 정체성을 상징하는 데까지 승급된 어느 지방언어에 부합되도록 문자언어를 개조한 것이었다. 사람들은 구술어 및 지방어에 대응하는 문자 부족 및 다양한 방법으로 쓰는 문자를 대신하여 새로운 문자를 발명하고 개정했으며, 전통 문자를 현대 용법에 맞게 개조하고 거기에 뚜렷한 민족문화 색채를 주입했다.

이처럼 언어를 국가화하고자 하는 목표와 민족 정체성의 문제는 긴밀하게 맞물려 있다. 이것은 언어의 국가화nationalization of language가 진행되는 곳에서 서로 다른 민족의 계보가 발명·억압되는, 그리고 서로 다른 이익이 충족·거절되는, 서로 다른 이데올로기가 찬성·비난받는, 각종 열정이 고취·부인되는 상황을 초래했다. 이 과정에는 항상 승자와 패자가 있었다. 왜냐하면 여러 지방언어 중 승리한 언어가 민족/국가언어national language로서 독존하게 되었기 때문이다. 설령 세계 대다수의 국가에 다양한 언어가 있다 하더라도, 대다수의 국가, 특히 수많은 신흥 국가에서는 여전히 오직 하나의 국가적·관방적·표준적 어문만을 학교 교학과 정부 기관에서 사용한다. 19세기 말 민족국가가 흥기한 이래, 벨기에·스위스·싱가포르·인도 등과 같이 오직 소수의 국가에서만 전세계적 추세에서 벗어나 다원 관방언어정책을 실시하고 있다. 그러나 이러한 국가들에서조차도 각종 명분을 내세워 패권 다툼을 통해 어느 하나의 언어가 기타 언어를 압도하기에 급급한 경향이 지금까지 계속되고 있다. 그러므로 단일언어가 국가언어로 지정된 모든 민족국가에서는 사회적으로 약속된 분명한 언어 위계가 존재하고 있다. 이른바 국어 또는 표준어는 최고의 권위를 누리며, 기타 소수적·지방적 언어보다 우세하다. 비록 소위 국어라는 것이 소수 에스닉 그룹의 언어일 때도 있고, 국어라는 것도 분명히 원래는 어느 지방의 언어에 불과했겠지만, 일단 국어로 지정된 후에는 정통적·표준적인 언어로 변하고 기타 언어는 '방언'으로 변하게 된다. 따라서 소위 국어화 과정에서

'국어'로 선택된 언어는 '보편화' 과정을 거치게 되고, 기타 모든 언어 또한 '방언화' 또는 '특수화' 과정을 거치게 되는 것이다.

언어의 국가화 과정 중 언어 패권의 쟁탈전에서 누가 이기고 지는가는 모든 사람에게 심원한 영향을 끼친다. 어느 하나의 언어가 지고한 위치를 차지하게 되면, 민족 정체성 문제에 직접적인 영향을 끼치며 심지어 국가 정권의 문제에도 영향을 끼친다. 다음과 같은 예를 한번 생각해 보자. 중화민국이 건립될 무렵, 광둥어廣東話가 1표 차이로 베이징어北京話에 패해서 중화민국의 국어가 되지 못했다는 풍문이 있었는데, 이 결과는 북방의 정치 세력이 남방에 압력을 가하는 현상을 공고하게 만들었다. 만약 당시에 광둥어가 국어로 지정되었다면, 오늘날 홍콩의 광둥어가 점점 주변화되는 현상도 당연히 있을 수 없을 것이다. 또한 어떤 이는 독일어가 1표 차이로 영어에 져서 미국의 국어가 될 수 없었다고 한다. 이러한 풍문들은 언어의 국가화 과정이 하나의 독단적인 과정이었음을, 그리고 이 과정에서 수많은 심원하면서 가시적인 후과를 남겼음을 보여준다. 우리는 이하의 경위를 일례로 들어 생각해 볼 수 있다. 만약 미국이 애초에 현지의 어떤 원주민족의 언어를 국어로 삼았다면, 미국과 유럽의 역사적인 관련성은 완전히 다른 내용과 결과를 가지게 되었을 것이다. 이는 미국에서 원주민성indigeneity이 존중되고 가치가 부여되었을 것이라는 의미로, 유럽에서 온 이주정착 식민지배자들에 의한 아메리카 원주민 집단학살은 미국이 유럽을 문화적 고향으로 여기기를 거부하는 가장 충분한 이유가 되었을 것이다. 만약 미국이 스페인어를 국어로 선정했다면, 서구인들에게 스페인은 거의 아프리카의 남쪽 국가들에 준하는 대부분의 라틴 아메리카 국가와 연결되므로, 미국은 서구와 연결될 때와 같은 문화 혹은 정치 자본을 얻을 수 없었을 것이다. 그리고 이로 인해 미국은 라틴 아메리카와 비슷한 난항에 빠져, 발전적 미래를 온전하게 실현할 수 없었을 것이다. 상술한 경위는 미국이 영어를 유일한 국어로 삼아, 자신과 서유럽 간에 친족 관계가 있다는 상상을 투사해내는 방향으로 발전했음을 보여준다. 유럽계 미국인은 미국의 에스닉그룹을 구성하는 일부였음에도 불구하고 '표준 미국인normative American' 또는 정통 미국인이 되었으며, 기타 에스닉 인종은 비주류 또는 비표준적 에스닉으로 전락했다. 따라서 유창한 영어 능력은 개인의 '미국성Americanness'을 평가하는 표준이 되었고, 나아가 개인이 일개 국민으로서의 자격을 갖추고 있느냐의 여부를 판단하는, 심지어 개인의 종합적인 소양의 근거가 되었다. 만약 당시에 미국의 원주민어가 국어가 되었다면, 미국이 오늘날과 같은 백인 중심적 사회가 되지 않았을 수 있으며, 문화적으로도 유럽문화를 가치있는 것貴/귀속처歸로 삼지 않았을 것이다. 마찬가지로 만약 타이완이 원주민어를 가치있는 것/귀속처로 삼았다면, 타이완의 모든 정체성은 섬과 해양 상상에 훨씬 더 가까웠을 것이다. 그리고 지금까지 떨쳐버리지 못한 대륙성·대륙적 심리상태, 그리고 대륙을 돌아갈 곳으로 상상하여 야기된 정체성 위기가 아니라, 타이완의 도서성을 더 반영할 수 있었을 것이다. 필경 타이완인들 중 핑푸족平埔族 [한족화한 원주민]* 요소를 가진 인구가 대다수이니, 만약 모두가 원주민과 동일시된다면, 정체성의 가장 큰 난제 중 하나가 해결되지 않을까? 그

---

* 平埔는 원래 '평원'·'평지'를 의미하는데, 타이완 원주민 중 평지에 거주하던 부족들을 지칭했다. 청대에는 타이완으로 이주 정착한 한족과 자주 접하면서 원주민적 특성이 희석된 이들을 '한족화되고 귀순 납세한 토착민'이라는 뜻의 '숙번熟番'으로 지칭했다.(주완요 지음, 손준식·신미정 옮김, 『대만, 아름다운 섬 슬픈 역사』(신구문화사, 2003), pp.36-37 참고)

러나 (비록 대부분 혼혈임에도) 타이완 한족은 이주정착 식민지배자의 신분을 내려놓을 방법이 없다. 언어적으로 남도어계로 회귀하여 남도어계 정체성을 공고히 할 방법도 없다. 만약 진실로 남도어계에 동일시할 수 있다면, 타이완의 상황은 확연하게 낙관적일 수 있다. 태평양 군도, 동남아시아의 여러 국가, 심지어 아프리카 동쪽 해안에 이르기까지 모두 남도어계 집단이 사는 곳으로, 중국과는 다른 하나의 방대한 문화·언어적 네트워크를 형성할 수 있기 때문이다. 여기에서 가장 관건이 되는 것은 바로 원주민의 탈식민 문제이다. 벗어나야 할 것은 일반적인 의미에서의 식민이 아니라 특정한 이주정착 식민주의settler colonialism이다.

역사학자 앤더슨Benedict Anderson은 일찍이 다음과 같은 민족주의의 궤변 세 가지를 총결한 바 있다. 첫째, 민족주의는 근대적이지만 오래된 것으로 인식된다. 그래서 먼 조상대까지 거슬러 올라가는 계보를 만들어내어 자신의 존재를 정당화한다. 둘째, 사람들은 민족주의가 보편적인 것이라고 생각하지만, 민족이 귀속되는 구체적인 표징을 보면 오히려 특수한 것이다. 셋째, 민족주의는 정치적 힘을 가지고 있지만, 철학적인 함의는 오히려 빈곤하며 연속성도 없다. 앤더슨은 톰 네언Tom Nairn의 말을 인용하여 다음과 같이 말했다. "민족주의는 일종의 병태적, 신경 관능적 또는 더 거칠게 말하자면, 약으로 구제할 수 없는 질병으로, 인간을 어리석음의 밑바닥까지 떨어지게 한다."[2] 우리는 이 세 가지 궤변을 다시 숙고해볼 만하다. 왜냐하면 이 세 가지가 우리의 앞선 질문인 '언어는 정체성을 결정하는가?'에 대한 답을 도와줄 수 있기 때문이다. 정체성은 다양한 면모로—문화 정체성, 에스닉 정체성, 정치 정체성과 성별性別 정체성 등등—나눌 수 있다. 그중에서 현재 필자가 관심을 가지고 있는 것은 언어와 밀접한 관계가 있는 민족 정체성이다. 앞서 논의했던, 어떤 하나의 언어가 수많은 언어 중에서 선택되어 국가언어가 되는 것에 관한 현상은, 상술한 민족주의 궤변의 세 가지 성질을 가지고 있다. 소위 국어라는 것은 옛 서적의 문자언어書寫文字와 같지 않다. 국어는 강렬한 근대적 특질을 가지고 있지만, 반드시 과거의 역사 속에 투사되어야지 그 정통성을 주장할 수 있다. 국어는 특정한 집단의 언어에 전적으로 속하지만, 보편적인 것으로 공언된다. 국어는 사람들에게 패권을 행사하고 주장하는 바를 명시하지만, 취약하거나 있지도 않은 철학적 함의에 겨우 의지하고 있다. 역사적 측면에서 볼 때, 민족국가의 영토 경계선은 결코 개별 언어집단의 경계에 따라 그어진 것이 아니다. 그러므로 사실상 오늘날 모든 민족국가에는 다양한 언어가 병존한다. 민족국가의 경계는 이질적인 각종 언어집단이 이미 존재하고 있는 상황에서 형성된 것이지, 그 반대가 아니다. 그러므로 정치권력을 장악하고 있는 집단은 언어를 국가화하는 과정이 반드시 필요하다. 따라서 국가언어는 민족주의와 같이 내부의 이질적인 언어를 포용하지 못할 뿐 아니라 철학적으로도 내용이 빈약한 개념이다. 그것은 결코 국가 정체성을 상징할 수 없다. 그것이 상징하는 것은 어떤 언어를 사용하는 집단이 기타 언어 집단에게 행하는 패권이며 이질성에 대한 억압이다.

우위를 차지하지 못한 집단에게 국어는, 그들의 정체성에 대한 모든 요구를 결코 만족시킬 수 없다. 그러므로 우리는 부득이하게 시선을 특정 국가 내의 기타 언어로 돌릴 수밖에 없다. 그리고 우세하지 못한 이러한 언어들이 정체성 의제에 대해 제기하는 각종 이의와 질의에 귀를 기울이지 않을 수 없다. 언어·문화·에스닉·국가 등의 개념으로 형성된 등가 사슬의 단절에 반응하는 지역으로 들어가 보자. 티베트의 경우, 티베트인들은 자신들의 언어를 위해 통제적 지위에 있는 한어漢語에 지속적으로 대항하면서, 자신들의 종교를 위해 정교를 분리하려는 한족 정권에 대항하고 있으며, 중국과의 해결할 수 없는 정치 관계를 위해서 계속 저항하고 항쟁하고 있다. 그외 중국 국경 내의 위구르족도 마찬가지이다. 그들은 중국 정부가 위구르어 교육 자원을 축소하는 것, 위구르인에 대한 에스닉 무시, 그리고 중국 정부의 사회주의적 세속 정책 하에서의 이슬람 억압에 대해 끊임없이 항의하고 있는데, 이 모든 것이 명확한 예라고 할 수 있다.

말레이시아를 예로 들면, 광둥어·푸젠어·차오저우어潮州話 및 소위 '화어華語(즉 표준 중국어普通話)'[3] 등을 사용하는 말레이시아 중국계 공동체는 총인구에서 상당히 큰 비율을 차지하고 있다. 이 공동체와 중국의 티베트인 및 위구르인 공동체는 유사하지만, 또한 다방면에서 상당히 다르다. 비슷한 점은 말레이시아의 국가언어(말레이어Bahasa Melayu/말레이시아어Bahasa Malaysia)*는 말레이인의 언어에 속하지만 국가언어Bahasa Kebangsaan로 지정되어, 각종 화어를 사용하며 인구가 많고 말레이시아 역사에서 중요한 역할을 했음에도 불구하고, 화어가 여전히 소수 에스닉그룹의 언어에 속한다는 데 있다. 티베트인과 위구르인이 자신들이야말로 그 땅에 거주하던 원주민이라 주장하는 것과 달리, 중국계 말레이시아인은 다른 곳 (즉 중국)에서 온 언어를 사용하는 디아스포라 공동체로 인식된다. 이런 점에서 볼 때, 말레이시아 정부는 말레이시아 화어계공동체가 100년 이상 존재해온

---

* Bahasa가 '말, 언어'라는 뜻이고 믈라유Melayu는 말레이 반도·제도를 지칭한다. '말레이시아Malaysia'는 1957년 영국의 식민 지배로부터 독립한 뒤, 1963년 말레이 반도·제도에 거주하고 있는 토착 말레이Malay인과 인도계·중국계를 비롯한 비非말레이인을 모두 국민으로 포함시키고, 보르네오 섬의 사바와 사라왁까지 합친 뒤 선포한 국가명이다.(마하티르 지음, 정호재·김은정 외 옮김, 『마하티르, 수상이 된 외과의사』(동아시아, 2012), pp.7-8 참고)

역사적 실체일 뿐 아니라 두드러지게 활약한 공동체이기도 하다는 사실을 철저하게 무시한다. 말레이시아 화어공동체는 신문·방송국·출판사·사회 조직 같은 규모 있는 출판물과 영상 전파 미디어를 가지고 있으며, '화어' 교학에 힘써 초등학교부터 전문대학에 이르는 교육 기구를 운영하고 있는데, 이것은 기타 문화와 언어처럼 말레이시아의 과거와 현재를 구성하는 중요한 부분이다.

말레이시아가 영국 식민 통치를 겪은 뒤, 이전 시대로 거슬러 올라가 국가를 상상하고 말레이어만 국어로 지정하자, 말레이시아 화어공동체의 언어는 이러한 국가 상상의 포위 공격 하에서 주변화되었다. 이렇게 언어가 주변화되자 화어공동체가 사용하는 소수 에스닉그룹의 언어는 거꾸로 아이러니하게 그 공동체에서 극도로 중시되었다. 그래서 일상에서 사용하는 것은 물론 문학 표현의 측면에서 이 언어가 소통과 표현 등 실용적인 기능을 넘어서는 독특한 의미를 가지게 되었다. 1957년 말레이시아가 영국의 식민 통치에서 벗어나 독립한 이래, 현지 화어공동체는 그들의 문화와 언어가 곧 상실될 것이라는 위협을 지속적으로 감지했다. 이러한 위협감과 이에 수반된 오만과 절망 등의 정서는 그들에게 독특한 중국계 말레이시아 문화를 상실하게 될 것이라는 일종의 우울한 정서를 야기했다. 이러한 우울한 정서는 그 문화, 심지어 에스닉을 대표하는 문자언어에 집중적으로 표출되었다. 그들은 각양각색의 화어를 말하기 때문에, 화어 교육 제도에서 통용되는 화문華文이 그들의 지식·문화·사회 및 본능적인 욕망에 있어 깊은 투사의 대상이 되었다. 그들의 화문 문자에 대한 집착은 일종의 '문자 페티시戀字癖' 또는 '문자 숭배 신앙'이라고까지 할 수 있을 정도이다. '문자 숭배 신앙'의 대상으로서의 화문 문자는 중국계 말레이시아인의 에스닉 및 문화 정체성을 상징하는 책임을 담당하고 있기도 하다.

다른 국가의 문학 발전 맥락에서는, 문자언어가 형식의 실험 대상이 되어야지만 숭배받는 지위에 오르게 된다. 이를테면 서구 국가의 모더니즘과 포스트모더니즘 텍스트에서 극단적으로 문자를 추구하고 연연해하는 예를 들 수 있다. 그러나 말레이시아 화어공동체의 문자언어에 대한 페티시적 경향은 극도로 다른 문화적 논리를 가지고 있다. 많은 문학사가와 학자들이 지적했듯이, 화어계 말레이시아문학은 20세기 초 이래 리얼리즘이 주도하며, 그것이 광범위하게 인가된 글쓰기 풍격이다. 흥미로운 점은 화문이 가지고 있는 각종 복잡한 심정—중국에 대한 향수와 그리움을 포함해서 스스로 말레이 문화보다 수준이 높다고 생각하는 문화 우월적 정서, 그리고 말레이 에스닉이 주도하는 사회에 대한 저항 등—을 담아내는 기능이 오히려 리얼리즘 소설에서 직접적으로 체현된다는 점이다. 다시 말해, 다른 지역에서 (포스트)모더니즘적 글쓰기 형식으로 인해 언어가 연연하는 대상이 된 다수의 경우와 반대로, 말레이시아 화어공동체가 사용하는 문자언어는 리얼리즘 풍격 속에서 작가들의 집착의 대상이 된다. 이러한 기이함은 어떤 언어가 소실될 것이라는 위협에 직면했을 때, 문체·형식 또는 장르를 불문하고, 거꾸로 어떻게 언어 페티시즘linguistic fetishism으로 전환되는지의 과정을 보여준다.

화어계 말레이시아문학에서 많은 학자들이 지적한 또 다른 경향은 '중국' 고전주의를 얻고자 하는 갈망이다. 이데올로기 스펙트럼의 양 끝에서 좌익에서 우익에 이르는 작가군 모두가 중국 고전문학 속의 문학적·서정적 언어를 전용함으로써 문화 중국에 대한 선망을 표현한다. 글을 쓰는 자는 엄청난 공을 들여 서적을 탐독하고 고전 중문의 풍격과 어휘 사용을 학습하는데, 그들이 사용하는 것은 결코 일상적인 생활어가 아닌 것 같다. 예를 들어 천원황陳文煌(필명 사친沙禽으로 유명)*은 화문이 "역사를 전개하는 가장 중요한 관건"이라고 찬미한 바 있다.[4] 그밖에 리융핑李永平**의 '순수한 중문 글쓰기'에 대한 추구도 이와 관련이 있는데, 그가 추구하는 것이 고전 서정주의가 아니라 순수한 백화문이라 하더라도 말이다. 원런핑溫任平이 창설한 시리우스 시사天狼星詩社***가 요원한 중국을 사모하기 때문에

---

* 1951년 말레이시아 페락Perak 주 게릭Gerik 출신의 화문 시인이다. 1975년 툰구압둘라만대학 건축학과를 졸업하고 싱가포르에서 일했다. 1970년대 초부터 시를 발표하기 시작하여 2012년 100여 편의 시를 묶어 『생각하는 사람의 두드림沉思者的叩門』을 출판했다. 말레이시아 화문문단에 모더니즘을 들여온 사람이기는 하지만, 그의 시에는 『시경』의 문화적·언어적 요소가 많이 반영된 특징이 있다.(辛金順, 「詩的叩門, 激盪的回音—讀沙禽詩集『沉思者的叩門』」(2017.12.17), 『更生日報』 참고)

** 1947년 말레이시아 보르네오Borneo 섬 북부 사라왁Sarawak 주 쿠칭Kuching 성 출신으로, 1966년 첫 작품을 발표한 뒤 타이완으로 이주하여 2017년 타이완에서 작고할 때까지 창작활동을 지속했다. '국외자의 눈'으로 눈부신 경제 발전에 가려진 타이완 사회의 타락과 식민의 잔재, 전통문화와 외래문화와의 갈등을 신랄하게 폭로한 『지링의 연대기吉陵春秋』(1986)가 제9회 스바오時報문학상을 받으면서 타이완 문단에서 주목받기 시작했다. 이후 발표한 『해동청海東靑』(1992), 『주링의 신선나라 유람朱鴒漫遊仙境』(1998)에서 장제스 정권에 대한 시각과 롤리타 콤플렉스 혐의로 논란을 야기하기도 했지만, 성장기를 보냈던 보르네오 섬을 배경으로 한 『대하의 끝에서(상)大河盡頭(上)』(2008)가 2010년 제3회 '훙룽몽상: 세계 화문장편소설 추천상'을 받으면서 말레이시아 출신 화인작가의 입지를 다졌다. 『대하의 끝에서』의 중국 대륙판에는 첫 번째 장 '타이완' 부분이 삭제되어 있다.(천팡밍 저, 고운선 외 옮김, 『타이완 신문학사·하』(학고방, 2019), pp.393-397, 王德威, 「原鄕想像·浪子文學」, 『李永平自選集 1968-2002』(麥田出版, 2003), pp.15-22 참고)

*** 원런핑은 1944년 말레이시아 페락Perak 주 이포Ipoh에서 태어난 말레이시아 화문 시인이다. 일찍이 말레이시아 화인문화협회 언어문학팀 주임을 역임한 적 있으며, 1972년 시리우스 시사를 창설하여 1989년 해산할 때까지 이끌었다. 영국 케임브리지대학 해외 장학생으로 뽑힐 정도로 여러 언어에 능통하지만, 중국고전에 대한 탐독으로 '중국 고전주의자'로 평가받기도 한다. 1999년 화어와 말레이어, 이중언어로 창작한 시를 모아 『부채꼴 지대扇形地帶Kawasan Berbentuk Kipas』(吉隆坡: 大將)를 출판했으며, 2018년에는 『기울어짐傾斜: 溫任平詩集』(秀威出版)을 출판하여 중국 고전시에 대한 감상과 현대시에 대한 상상을 융합한 작품을 발

생겨난 중국 문화민족주의의 상상 모두가 말레이시아 화문 작가들이 중국을 그리워할 때 항상 보이는 일례라고 평가받은 바 있다.[5] 상술한 예시에서 화문문자가 일종의 신앙이 된 것은, 결코 형식 실험의 결과로 인한 것이 아니며, '중국' 문화와 글쓰기를 상실하게 될 것을 우려한 데서 기원한다. 그러므로 리얼리즘 전통에서 형성된 독특한 '문자 페티시'는 그들의 사회적 처지에서 연유한 것이지 텍스트에서 비롯되지 않았다. 글자 그대로 이것은 아이러니하게도 리얼리즘이 추구하는 '핍진함verisimilitude' 또는 '현실 반영'을 도모하는 것에 더 부합하게 된다. 왜냐하면 사람들은 노력을 통해, 착실한 고전주의 또는 순수 중문의 함의를 담은 문자를 배울 수 있기 때문이다. 나아가 장진중張錦忠이 말한 중국 국경 밖의 화문문자 글쓰기의 '탈영토화deterritorialization'[6]로 말미암아, 화문을 사용한 리얼리즘적 글쓰기는 반드시 인위적인 조작과 전략artifice이 충만해야만 그 문학성이 더욱 부각될 수 있다. 따라서 순수 고전주의를 추구하는 것이든 순수 백화문주의를 추구하는 것이든, 아마도 모두 문자 페티시의 현현일 것이다.

이러한 '문자 페티시'는 화문문자에 형이상학적 중요성을 부여한다. 그것의 형이상학적 힘은 다중적 의미를 가지고 있다. 첫째, 화문은 정치·문화 정체성 패권에 저항하는 거점으로서, [말레이시아] 정부가 국가·민족 정체성에 대해 독단적으로 정의하는 것에 전략적 또는 방어적으로 대항할 수 있다. 둘째, 현지 화인의 정치 정체성이 반박의 여지없이 말레이시아인이라면, 화문은 문화 정체성으로 귀속된다. 언어를 중추로 하면서 야기되는 문화 정체성과 정치 정체성 사이의 이러한 분열은, 말레이시아 화

표했다.(타이완 위키백과 참고)

인에게서 항상 목격되는 일상적 실천이다. 셋째, 화문을 지나치게 중시하기 때문에, 비판적인 사람들은 통상 화문 사용자를 환원론자, 보수·수구논자로 보며, 중국 본질주의 또는 중국 문화민족주의의 옹호자로 본다. 넷째, 화문의 형이상학적 의의를 부정하고 화문을 말레이시아 다원언어사회 속의 하나의 언어로 보기를 선택하는 사람들도 있다. 이러한 다원언어사회에서 가장 이상적인 정황은, 모든 언어가 정당한 인가를 받아 국가를 구성하는 일원이 되어, 화어·말레이어·영어·타밀어로 쓴 모든 문학작품이 광범위하고 개방적인 '국가문학'의 전당에 들어가는 것이다.

그러나 포스트식민적 상황에서, 자신의 국가문학national literature을 수립하는 데 급급하여, 민족nation과 민족주의nationalism를 지지하는 민족국가로서 말레이시아 정부와 그 문화 정책 제정자들은, 오직 말레이어만을 민족/국가언어로 보고 말레이어로 쓴 작품을 '국가문학sastera kebangsaan[민족문학]'으로 삼았다. 이러한 문화 정책과 동시에 제정한 것이 말레이인 중심적인 '토지의 아들'을 구실로 하는 본토주의이다. 게다가 1970년대 이래의 신경제정책은 영국 식민 역사에서 핍박받은 말레이인의 정치와 경제적 지위를 격상시켰다. 이처럼 포스트식민 상황에서 말레이시아가 세운 민족관은 말레이인 특색의 민족국가만을 강조하여, 그밖의 거의 절반에 이르는 인구가 권리를 박탈당했다고 느끼게 했다. 확실히 탈식민이라는 절박한 요구로부터 출범한 포스트식민 민족을 만들어야 한다는 말레이시아의 초조한 기대는 이해할 수 있지만, 이러한 기대는 프랑스 철학자 발리바르Étienne Balibar가 다른 맥락에서 말한 '내부로부터의 배제internal exclusion' 즉, 국가 내부에서 배타적인 방식으로 만들어지는 에스닉·문화·언어의 위계 등급을 공고히 할 수도 있다.[7] 여기에서 국가문학으로 정의되는 가장 기본적이고 필수적인 조건은 말레이어의 사용 여부이다. 그러므로 기타 언어를 사용한 모든 창작은 '에스닉그룹문학sastera sukuan'으로 강등된다.[8]

국가문학과 에스닉그룹문학 사이의 관계는 말레이시아, 싱가포르, 미국 등지에서 주요한 차이를 보인다. 말레이시아에서 이것은 결코 귀속 관계(에스닉그룹문학은 결코 국가문학의 일부분이 아니며, 국가문학에 속하지도 않음)가 아니다. 오히려 일종의 범주 상의 별도 분야(에스닉그룹문학은 국가문학이 아님)이다. 주요 학자이자 관료 중 하나인 사이드 후신 알리Syed Husin Ali는 일찍이, 에스닉그룹문학의 생산과 발흥은 말레이시아의 서로 다른 에스닉그룹 사이에 통일된 정신이 부족하다는 징조이며, 이것은 국가문학의 종결을 야기할 수 있다고 주장한 바 있다.[9] 이렇게 말하면, 에스닉그룹문학과 국가문학의 관계는 일종의 제로섬 게임을 이룬다. 이러한 게임에서는 오직 한쪽만 승자가 될 수 있으며 나머지는 모두 패자가 된다. 이처럼 정부가 나서서 '국가'와 '비국가'를 확연하게 구분하는 극단적인 방법은 식민주의에 대한 강렬한 반작용의 결과라고 할 수 있다. 그러나 이러한 확연한 구분은 소수 에스닉그룹의 언어를 사용하는 창작자에게 극도로 불리하다. 특히 창작한 지 이미 1세기를 넘어 생산·유통·발전을 견지·지속하고 있는 화어계 말레이시아문학의 경우 말이다.

우리는 비교할 만한 예를 들어 이러한 상황을 이해할 수 있다. 단순히 수적인 측면에서 말레이시아 심지어 식민 시기 말레이시아 화인의 인구는 미국의 화인 인구보다 훨씬 적었지만, 화어계 말레이시아문학의 창작량은 화어계 미국문학을 훨씬 초과했다. 이것은 말레이시아에서 화어를 사용하는 인구 밀도가 거의 총인구의 1/3을 차지하고 있음을 반영한다.

그런데 미국 경내의 화어계 미국문학은 중국계 미국문학美國華美文學[Chinese American Literature]이라는 이름으로 주류 학술계에서 작은 한 자리를 차지하고 있다. 20세기 초의 중요한 화어계 미국문학부터 지속적으로 영어로 번역되고 있으며, 아시안 아메리칸 문학 교실에서 자주 볼 수 있는 교과서 내용이 되었다. 1960년대의 민권운동이 흥기한 직후 잇달은 에스닉연구는, 미국에서 인가되어 하나의 학술 영역으로 정착되었다. 화어계 미국문학은 주류 학술계에서 비록 규모가 작고 상대적으로 주변적이더라도 이미 제도화된 영역이다. 비록 반복적으로 공언할 필요가 있지만, 그럼에도 불구하고 이러한 학술 영역이 있어야 할 정당성에 관해서는 더이상 쟁론할 필요가 없다. 상대적으로 설사 언젠가 화어계 말레이시아문학이 국가문학의 하나로 인정된다 하더라도, 만약 그 사회적 상황이 극적으로 변하지 않는다면, 화어계 말레이시아문학은 여전히 현지 주류 학술계에서 인가된 연구대상이 되기 어려울 것이다.

말레이시아 국가문학의 개념은 앞서 앤더슨이 비판한 민족주의의 세가지 자기 모순적인 특성, 즉 정치관과 철학관의 충돌을 포함해서, 가정된 보편성과 실제의 특수성 사이의 모순, 그리고 근대성과 원류성遠古性 사이의 어그러짐을 가지고 있다. 이러한 개념하에서, 순수한 말레이 특색melayu jati과 토착 본토인Bumiputera을 강조하는 이데올로기가 성행하면서, 화어계 말레이시아문학이 중국문학과 선천적인 관계가 있기 때문에 말레이시아에 충성하지 않음을 문제 삼게 된다. 또한 이러한 개념하에서, 국가문학은 반드시 '애국정신'과 '국가의식'을 내포하고 있어야 하기 때문에 반드시 말레이어로 글을 써야만 한다.[10] 어느 지식인은 다음과 같이 공언했다.

이 전달 미디어는 확실히 중립적일 수 없다. 왜냐하면 미디어 또는 도구 그 자체가 일종의 정보이기 때문이다.[11] 이러한 관건 상에서, 미디어(즉 언어)도 민족의 한 요소라고 해석할 수 있다. 어문과 문학은 분리할 수 없는 샴쌍둥이로, 선율과 노래를 분리 할 수 없는 것과 같다. 언어가 없는 문학은 사병이 없는 장군과 같다. 국가문학이라는 안건에서 문학이 자신의 다른 반쪽을 필 요로 함은 논란의 여지가 없는 사실이다. 즉 그 국가의 관방 언 어를 전달 도구로 삼는다. 말레이시아에서 말레이어 또는 말레 이시아어가 국어이기 때문에, 말레이시아 국가문학은 반드시 말 레이시아어로 된 문학이어야 한다.[12]

이러한 논쟁의 외부에 있는 필자로서는 상기 샴쌍둥이에 비유한 것에 큰 문제가 있다고 지적하고자 한다. 왜냐하면 기타 비말레이족 에스닉그 룹과 언어도 마찬가지로 민족의 역사를 구성하고 있으며 국가 건설에 지 속적으로 참여하고 있기 때문에, 마찬가지로 분리해낼 수 없다. 단지 하나 의 선율과 노래 한 곡의 통일된 연관성을 강조하는 것도 문제가 있다. 왜 냐하면 말레이시아는 결코 한 곡의 선율과 노래만 가지고 있는 것이 아니 라 각양각색의 선율과 노래를 가지고 있기 때문이다. 한편, 장군과 사병에 의 비유는 타당하지만 극히 풍자적으로 보인다. 왜냐하면 이 비유가 상기 내용의 배후에 말레이중심적 국가주의가 있음을 보여주기 때문이다. 인 용문의 마지막 부분은, 특히 일종의 동어반복tautology, 일종의 논리상의 오 류이다.

아마도 말레이 민족주의가 누리고 있지만 분명하게 말하지 않은 것은 현재 말레이시아 사회의 다원 언어와 다원 문화가 식민주의가 남겨놓은 일종의 유산이라는 사실일 것이다.[13] 만약 이것을 그 논리 논증의 극한으로 밀고 나간다면, 우리는 극도로 문제적이고 놀라운 결론에 이를 수 있다. 그것은 다원 언어와 다원 문화를 거절하는 것이 바로 탈식민이라는 것이다. 이러한 논리는 최종적으로, 영어는 식민 엘리트가 식민 시기와 그 이후에 사용한 식민지배자의 언어이고, 타밀어와 중국어는 영국인이 끌어오고 허가한 교민·이민·상인 그리고 노동자가 가져온 언어라고 주장한다. 이들 언어를 거절하는 것이 바로 식민주의와 그 잔재에 저항하는 것으로, 이를 통해 새로운 민족국가의 기초를 공고히 할 수 있다는 논리이다. 그러나 이러한 관점에서는 중국어와 타밀어만 눈에 띄게 말살되는 것이 아니라 기타 비말레이 에스닉그룹인 원주민 언어와 지방 언어의 목소리도 제거될 수 있다.

화어계 말레이시아 작가들은 이러한 민족 상상 속에서 자신이 주변화되는 현상에 대해 어떻게 반응하고 있는가? 이에 관해서는, 장화싱莊華興*과 황진수黃錦樹가 2004년 가을에 행한 논의가 대단히 계발적이다.[14] 장화싱의 경우, 국가를 구성하는 일원이 되기 위해서는 부단히 번역과 이중 언어 창작에 종사해야 한다고 생각한다. 양쪽의 이해를 증진시키기 위해, 말레이어로 된 문학을 화어로 번역하거나 화어로 된 문학을 말레이어로 번역하는 것이 필요하며 중요하다고 생각한다. 그밖에 말레이시아 독립 이후 교육 시스템의 변혁으로 이중언어에 통달한 작가들이 말레이어와 화

---

* 1962년 말레이시아 느그리슴빌란Negeri Sembilan[말레이어로 '아홉 번째 주'라는 뜻] 주 출신의 말레이시아 화문문학 연구자이다. 말레이시아대학 중문과에서 박사학위를 취득한 뒤, 푸트라대학 외국어문학과에서 강의를 하고 있으며, 말레이시아 번역·창작협회의 비서를 담당하고 있다.(Mentor Bookstore https://bookstore.mentor.com.my/zhuang-hua-xing/ 참고)

어로 동시에 글을 쓸 수 있도록 수련해야 한다고 생각한다. 확실히 이중언어 글쓰기는 일종의 자아 번역의 형식이다. 그러므로 장화싱은 자신과 타자를 번역함으로써 언어의 경계를 넘어서는 이해를 증진시키자는 입장이다. 상대적으로 황진수는 일종의 저항적인 태도를 취하여 화어계 말레이시아문학의 비국가문학non-national literature 또는 탈국가화 문학denationalized literature의 가능성을 고려하고 있다. 따라서 황진수는 말레이시아 정부의 민족주의와 동화주의적 요구에 굴복하는, 일종의 유토피아적이고 비극적인 장화싱의 태도에 비판적이다.

확실히 이러한 논쟁은 다른 국가의 맥락 속 에스닉 또는 소수 에스닉 그룹문학 영역에서 일찍이 그리고 지속적으로 발생해왔다. 미국의 수많은 이주민 후예 작가들은 일찍이 동화주의의 동조자로 지적받거나 그 탈국가화 경향 때문에 찬사 혹은 비판을 받아왔다. 그러나 동화주의와 탈국가화 사이에는 각종 가능한 입장과 태도를 용납하는 광활한 스펙트럼이 있다. 장화싱과 황진수의 입장은 모두 극단적인 편은 아니다. 각자 이러한 스펙트럼의 어디 즈음 위치하고 있다. 그러나 말레이시아와 미국 에스닉 문학의 비교를 더 복잡하게 하는 것은, 미국 경내에서 이주민 후예들의 문학에 관한 논쟁은 주로 주류 에스닉그룹 언어에 대한 것이지 소수 에스닉그룹 언어로 쓴 문학창작이 아니라는 데 있다. 앞에서 설명한 바와 같이, 소수 에스닉그룹 언어를 사용한 문학창작이 항상 무시되긴 하더라도 이미 미국의 주류문학에 선택적으로 들어가 있기 때문이다. 예를 들면 20세기 초 '엔젤 아일랜드Angel Island'*에 갇힌 화인 이민자들이 나무로 된 집의

---

* 샌프란시스코에서 한 시간쯤 걸리는 곳에 위치해 있으며, 샌프란시스코 시민들의 유명한 휴식처이다. 하지만 관광지인 해변 뒤쪽의 산을 타고서 30분 정도 뒤쪽으로 넘어가면, 초

벽에 새긴 구체시와 같은 것이 있다. 반대로 화어계 말레이시아문학은 그 국가 내부에 방대한 공동체를 가지고 있는 문학이기 때문에, 만약 말레이시아가 이 비주류 에스닉그룹의 언어로 된 문학을 상실한다면 그 손실도가 훨씬 더 높아질 것이다. 어떤 측면에서 말레이시아가 화어계 말레이시아문학이 자신들의 문학이라고 주장하지 않는다면, 우리는 중국이 다음과 같이 주장할 것임을 알 수 있다. 예전처럼, 세계 각지 화어 공동체에게 충성을 독촉하고 이 공동체들을 중국의 '해외' 공동체, '교민 거주', 즉 단기간 해외에서 잠시 거주하는 '화교', '교민'으로 볼 것이다. 예를 들면, '해외화문문학'이라는 용어를 빌어, 중국 정부와 그 학술 기구는 이미 신속하게 세계 각지의 화어계 문학을 전지구적 문학체계 내에 편입시켰다. 마치 스위스가 니체와 루소를 독일과 프랑스로 양도한 것처럼 말레이시아 또한 가장 성취가 높은 화어계 작가들을 잃을 수 있으며, 중국 정부로 하여금 중국이 이러한 작가들의 조국임을 공언하게 할 수 있다. 중국 정부가 사용하는 '해외'라는 용어는 20세기에 시작된 짧지 않은 역사를 가지고 있다. 이는 프랑스 정부가 마르티니크Martinique와 과달루페Guadaloupe 같은 현존하는 식민지를 해외 레지옹région d' outre-mer이라 부르며 같은 기원

기 아시안 이민자들이 검문을 받던 막사를 확인할 수 있다. 1882년 이후 중국인 이민 금지법이 시행되고 있는 상황에서 1906년 샌프란시스코에서 큰 지진이 발생했다. 지진으로 기존의 기록들이 전소되자, 시민권자일 경우 아내 및 자녀를 미국으로 데려올 수 있음을 안 중국인 이민자들이 자신을 미국 시민권자라 주장하게 되었다. 미국 이민국은 중국인들이 서류를 조작해 가짜 가족을 데려온다는 사실을 알아차리고, 1910년 엔젤 아일랜드에 '이민국 검문소'를 설치해 까다롭고 혹독한 신원 확인 조사를 실시했다. 이곳에 온 아시안 이민자들은 빠르면 3일, 늦으면 3년까지 이 섬에 갇혀 있어야 했다. 막사 안의 벽을 가득 메운 중국어, 일본어를 지금도 확인할 수 있지만, 대다수의 미국인과 아시아계 미국인 대부분은 엔젤 아일랜드의 역사를 전혀 모른다고 한다.(장태한, 『아시안 아메리칸: 백인도 흑인도 아닌 사람들의 역사』(책세상, 2004), pp.45-47 참고)

으로 묶는 것과 함께 충분히 풍자적인 현상으로 느껴지게 한다.

2009년 5월, 중국 광저우廣州에서 개최된 제4회 해외화인연구와 문헌소장기구의 국제협동학술회에서 수많은 중국 학자들이 '해외화인연구'란 무엇인가에 관한 논문을 발표했다. 그중 한 편은 지나치게 성실해서 또는 요령이 부족한 글이었기 때문에, 여러 편의 논문 중에서도 두드러졌다. 이 논문은 중국 정부가 전략적으로 '해외 화인'의 인력 자원을 운용해야 함을 호소했다. 이 글의 제목은 「해외 화교·화인과 중국의 소프트파워의 제고: 미국과 동남아시아 화교·화인을 일례로 한 분석」인데, 소위 해외 중국인이 어떻게 중국의 소프트파워를 증강시킬 수 있는가에 대해 설명하고 있다. 인터넷상의 이 논문의 영문 제요 두 번째 단락은 다음과 같이 시작한다.

> 필자가 생각하기에, 해외 화교·화인은 이하 몇 가지 측면에서 중국의 소프트파워를 제고시킬 수 있다. 1.중국문화와 예술을 포함한 중국문화, 그리고 전통문화의 가치 등을 전파할 수 있다. 2.현재 중국의 환경, 정황과 발전 모델을 소개할 수 있다. 3.중국 정부의 대외 행동을 이해·지지하거나 해석할 수 있다. (천이핑陳奕平)

이 논문의 영문 제요가 매끄럽지 않지만, 목표로 한 어젠다는 다음과 같이 분명하다. 소위 해외 '화교·화인'은 중국에 보은해야 함을 호소한다. 그들이 중국에서 타국으로 이주한 지 이미 몇 세기가 지났든 몇십 년이 지났든지 간에, 그들은 여전히 문화적으로 공헌하는 바가 있어야 할 뿐만 아니라 특히 문화를 통해 정치적으로 적극 중국에 보답해야 한다는 것이다. 현재 중국은 이미 경제적·군사적 하드파워hard power 방면에서 우세하기 때문에 더욱더 소프트파워sofe power(즉, 문화)를 얻어야 하는데, 수많은 '해외' 인구는 더할 나위 없는 가용 가능한 자원이자 매개이다.

왕링즈王靈智는 1995년 한 편의 권위 있는 논문에서, 미국 화인이 대대로 미국 정부와 중국 정부의 이중적인 통제를 받아왔음을 지적한 바 있다.[15] 그리고 중국이 부상하면서 중국이 발휘하려는 경제, 정치 그리고 문화적 세력이 나날이 증가하고 있기 때문에, 말레이시아 화인은 더욱 미국 화인이 처했던 것과 비슷한 구조, 현지 정부와 중국 정부의 이중적인 통제에 직면할 수 있다. 중국의 부상은 우리가 진지하게 생각해야 할 역사적 사건이다. 그 속에서 이익을 얻거나 그 때문에 위협을 받는 사람들뿐만 아니라, 지금과 같이 다른 국가에서 생활하고 있지만 조상이 중국에서 왔기 때문에 중국과 복잡하게 연결되어 있는 사람들도 마찬가지로 신중하게 고찰해야 한다. 숙고하지 않는 사람들로 가득 찬 세상에서, 1은 1이라는 단순한 사유방식은 아주 쉽게 중국계 말레이시아인 또는 중국계 미국인을 중국으로 송환시키며, 나아가 그들의 출생지에서의 생활 실천과 현지 정체성을 부정한다.

언어가 정체성을 결정하는가? 이것은 단순한 질문처럼 보이지만, 한층 더 나아가 특정한 민족의 맥락에서 역사·문화·언어와 에스닉 간의 교차하는 관계를 검토해야 할 필요가 있다. 본 장에서 생각해본 화어계 말레이시아문학의 가능과 불가능에 관해 필자는 다음과 같이 제기하고자 한다. 말레이시아에서 언어 정체성과 민족 정체성 사이에는 식민 잔재와 포스트식민 민족주의가 널려 있는 괴이한 길이 놓여 있다. 반세기 이전, 마르티니크의 정신 병리학자이자 탈식민 사상가인 파농은 아프리카의 포스트식민 국가를 향해, 단지 식민주의에 저항하기 위해 존재하는 민족문화를 구축하거나 규정해서는 안 된다고 경고한 바 있다. 포스트식민 국가의 민족문화가 이미 떠나간 식민 통치자에 대항하기만 한다면, 이미 경직된 전통으로 너무 쉽게 돌아가서 수구적, 보수적 그리고 폐쇄적으로 변할 수 있기 때문이다. 식민 탄압으로 인해 포스트식민 국가의 전통문화는 이미 '경직'되었고, '정체되었으며, 활력을 상실'했다. 그러므로 이러한 문화를 진흥시켜 새로운 민족문화의 기초로 삼는 것은, '점점 위축되고 느려지며 공동화되고 있는 세포핵을 절망적으로 붙잡고 있는' 것과 같다.[16] 하지만 식민주의를 파괴하고 제거한 뒤 세운 새로운 민족문화는, 국가 내부의 다원 에스닉그룹의 창조력과 발명 정신을 채용하는 방식으로 미래를 전망해야 한다. 이러한 민족문화는 과거가 아니라 반드시 미래를 바라보는 사람들이 창조해야 한다. 더 정확하게 말하자면, 오늘날 우리가 생각해야 할 문제는 이러한 개방적인 민족문화 관념을 말레이시아의 국가문학이라는 의제에 응용할 수 있느냐의 여부이며, 여기에서 출발하여 언어와 정체성 사이의 관계를 새롭게 사색할 수 있느냐는 것이다.

2. 홍콩문학의 국적은 무엇인가?

화어계 말레이시아문학이 '국가문학'에서 배제된 예와 비교해볼 때, 화어계 홍콩문학은 비슷하면서도 다른 과정을 가지고 있다. 마찬가지로 일찍이 영국의 식민지였고, 마찬가지로 2차 대전 때 일본에 점령당했던 화어계 홍콩문학은 영어를 상위上乘언어로 하는 식민지 시기에 융성하게 발전하여 그 영향력이 동남아시아 화어계공동체에까지 이르렀다. 『중국학생주보中國學生週報』는 1950년대부터 1970년대에 이르기까지 일찍이 말레이시아 등지의 화인문학 청년들의 사랑을 받았다. 하지만 홍콩은 소위 자신의 국가 짜임새를 가지고 있지 않았기 때문에, 그 문학의 속성은 줄곧 일정 정도 모호함을 띤다. 이러한 측면에서 화어계 타이완문학과 다소 유사한 이력을 가지고 있다. 중국·일본 식민지와 타이완문학 사이에 다른 속성을 지녔던 시기, 타이완문학의 분투掙扎는 타이완인의 정치·문화 정체성의 분투와 밀접한 관계가 있다. 마찬가지로 화어계 홍콩문학은, 중국·영국령 홍콩·본토 홍콩이라는 세 개의 속성 속에서 배회하다가 식민시기 말기에, 홍콩의 본토의식이 부상할 때, 소위 '홍콩문학'이라는 문학 주체적 의식이 비로소 충분히 확립된다. 『홍콩문학香港文學』 잡지는 식민 말기에 창간되었다. 과거와 현재(영국에 속함)가 다른 사람에 속하고, 미래도 자신(중국에 속함)에게 속하지 않은 듯한 바로 그때, 현지 정체성의 필요에 의해 발간되어, 2015년까지 이미 30년의 역사를 가지고 있다. 식민 후기에 룽빙쿤梁秉鈞 Leung Ping-kwan*이 필명으로 발표한 포스트모던 소설 『미친 도시의 날뛰는 말狂城亂馬』은 사람을 불안하게 하는 문화생활의 복잡함, 그러모음, 히스테리와 열광을 보여주었다. 그 속에는 정치와 문화상의 모든 가능한 식민 중개자(영국인·중국인, 심지어 타이완인)가 지니는 초조함, 두려움, 분노 및 이러한 정서가 극도의 조롱으로 전이되는 것이 수반되어 있다. 영국 식민주의와 알 수 없는 미래 사이에서, 곧 도래할 포스트식민 정

---

* 룽빙쿤(1949-2013)의 필명은 예쓰也斯로 홍콩의 시인·소설가·수필가·번역가·학자이다. 홍콩링난嶺南대학 중문과 비교문학 강좌교수로 재직하던 중 별세했다. 한국에는 『홍콩시선 1997-2010』(고찬경 옮김, 지만지, 2012), 『포스트식민 음식과 사랑後殖民食物與愛情』(김혜준·송주란 옮김, 지만지, 2012)이 소개되어 있다.

황에 대한 형언할 수 없는 정서를 희석·처리하고자 광동어로 대담하게 써 냈다. 형언할 수 없는 이러한 정서가 바로 억압된 홍콩 의식이 돌출되는 방식 중 하나로서, 도처에서 모든 것을 공격하지만 또한 자신을 잃을 수도 있다. 미친 도시에서 날뛰는 한 마리의 말이 되지 않으면, 어떻게 홍콩의 생존 정황을 마주할 수 있겠는가? 이러한 혼란스러움은 일종의 도주이기 도 하다. 광동어로 '달릴 주走'가 '제거하다'는 뜻이기도 한 것처럼, 도주는 일종의 반항의 방식이기도 하다.

엄격한 국제법의 관점에서 보면, 홍콩문학은 식민 시기에는 영국의 외 지문학에 속해야 하고, 포스트영국 시기 '일국 양제'하에서는 소위 일국이 가리키는 것은 당연히 중국이므로 이치상 중국문학에 속해야 한다. 그러 나 반세기(1842-1997)가 넘는 영국 식민 통치기 속에는 일본이 3년간 점령 (1942-1945)한 시기가 포함되어 있으며, 소위 '포스트식민 시기'에는 한 차 례 한 차례씩 밀려오는 '대륙화' 또는 '재중국화'의 압박 하에서, 홍콩문학 은 '중국문학'의 범주에 편입될 가능성에 대해, 어찌할 수 없음과 자신의 주체성을 상실했다는 심각한 위기감을 느끼고 있다. 또한 '대륙화'의 압박 외에도, 홍콩은 거의 패러다임의 말기, 신자유, 금융자본사회라 할 수 있 는 구조가 되었다. 중국이 부상한 뒤에는 구조적으로 갈수록 극단으로 향 하여 전세계에서 가장 빈부 격차가 심한 사회 중 하나가 되어버렸다. 홍콩 문학의 주변화는 더욱 심화되었고, 홍콩 문화계의 위기의식도 줄어들지 않고 증가했다. 필자가 홍콩대학에 있을 때의 동료였던 문화 평론가 스테 판 추朱耀偉, Stephen Chu*가 자신들 세대가 홍콩연구에 종사하는 홍콩의 마

---

* 스테판 추(1965-현재)는 샌프란시스코 주립대학교에서 중문학 석사를, 홍콩중문대학에서 비교문학 박사학위를 받았다. 홍콩침례대학 인문학 및 문예창작과의 창립 책임자였다. 홍

지막 지식인 세대일 것이라고 탄식한 것도 당연하다. 타이완의 해바라기 太陽花 학생운동*처럼 2014년의 우산혁명이 가장 기본적인 차원에서 표현하고자 한 것은, 방대한 중국의 그늘 아래 놓인 현지인의 현지 정체성에 대한 호소였다. 홍콩학자 비비안 리李佩然, Vivian Lee는 우산혁명을 '탈현지화'하라는 압력에 대한 '재현지화'를 표현한 것이라고 보는데, 대단히 맞는 말이다.[17]

'재현지화'가 필요한 이유는 현재의 '대륙화'와 '전지구화'가 이미 반대말이 아니게 된 새로운 역사적 상황 때문이다. 스테판 추는 이에 관해 예리한 분석을 한 바 있다.

> 홍콩은 더이상 홍콩이 아니다. 왜냐하면 과거의 홍콩은 중국과 세계 사이에서 나름의 입지를 가지고 있었고, 이곳本地은 국

콩과 관련된 이론에 오랫동안 관심을 가지고 2013년에는 『과도기에 길을 잃다: 중국 시대의 홍콩 문화Lost in Transition: Hong Kong Culture in the Age of China』(Albany: SUNY Press)와 같이, 중국 시대를 맞이한 홍콩문화의 재구성에 집중하고 있다. 현재 홍콩대학 현대언어문화학부 교수로 재직하고 있다.(The Hong Kong Academy of the Humanities, https://www.humanities.hk/fellowsdirectory/chuyiuwai 참고)

* 2014년 3월 18일 대학생과 시민단체가 함께 일으킨 시민운동으로 '3·18학생운동'으로 불리기도 한다. 국민당 국회의원이 「중국·타이완 서비스 무역 협정海峽兩岸服務貿易協議」의 검토 기한 90일이 지났으므로, 이미 검토한 것으로 간주하고 강제로 입법안건으로 넘길 것을 선포한 것에 대해, 중국의 타이완에 대한 정치적 영향력이 강화될 것을 우려한 대학생과 시민단체가 국회의사당을 점거한 사건을 가리킨다. 이에 총통 마잉주馬英九가 학생단체와 담화를 하려고 했으나, 시위대가 행정부를 점령하여 경찰의 강제 해산과 함께 담화가 결렬되었다. 그러나 이와 동시에 이 법안을 지지하는 군중과 사회단체의 시위까지 맞붙어서, 사회적 파장이 상당했다. 이 사건은 「중국·타이완 협정 감독 조례兩岸協議監督條例」를 제정하겠다는 국회의장의 약속을 받고 일단락되었다. 타이완에서는 1980년대 이후 최대 규모의 '시민불복종' 시위였다고 한다.(타이완 위키백과 참고)

가와 전지구 사이에서 자기 발전의 자원을 얻었었다. 중국이 전지구화를 품고 세계로 변한 지금, 홍콩 또한 어찌할 바 모르고 있다. 예전에 홍콩은 중국과 서양 사이에서 이리저리 유동할 수 있었다. 혼잡混雜은 오직 이런 문화에서 나올 수 있는 것으로, 식민지배자와 또 다른 식민지배자의 사이in-between-ness에서 자아 글쓰기를 했으며, 또는 전지구와 홍콩本土 사이에서 '전쟁'을 했다. 하지만 [중국으로] 반환 이후, 대국이 부상함에 따라 유일하게 가지고 있던 그 '사이'를 잃어버렸다. 더이상 중국과 서양 사이에 처해 있지 않으며, '동서양 문화가 모이는 곳'이라 당당하게 외치던 큰소리도 실효성을 잃었다.[18]

강대한 대륙화란 곧 전지구화이기도 하다. 즉 중국의 자본이 바로 전지구적 자본을 대표할 때 재현지화는 더욱 절박해진다. 또 다른 예로, 홍콩 광둥어는 마찬가지로 표준 중국어화라는 강력한 추세 하에서 도대체 생존할 수 있을까 하는 불안과 초조로 인해, 지켜내야만 한다는 책임감(매년 7월 1일의 유세에서, 2015년 광둥어를 보호하자는 주장을 담은 표어가 눈에 띄게 증가함)이 화어계 홍콩문학의 재현지화라는 역사적 명제의 일환을 구성하고 있다. 이러한 상황에서 홍콩문학이 주장하는 바는 이미 쇠약해진 주체성을 지켜야 한다는 것이다.

이렇게 보면, 화어계 홍콩문학이 현지성을 품을 수 있는 가장 좋은 방법은 일종의 특정한 의의 하에서의 '무국적 문학'일 것이다. 일개 소수 언어 및 공동체 신분의 문학이 반드시 거절해야 하는 것은 아니지만, 예전 식민국과 현재의 종속국에 속하는 것을 전략적으로 선택하지 않을 수 있다. 어떤 이가 일찍이 화어계 말레이시아문학은 무국적 문학이라고 말한

적 있는데, 내가 생각하기에, 이 개념은 홍콩에 훨씬 더 잘 들어맞는다. 화어계 말레이시아문학의 말레이시아 현지성은 앞 절에서 설명했듯이 말레이시아문학의 일부로서, 말레이시아 국경 내에서 인가를 받으려 시도하고 이를 요구하고 있다. 현지성과 현지 의식을 근본으로 하는 홍콩문학의 속성은 반드시 중국문학의 범주 내에 있는 것이 아니며, 홍콩은 특수한 장소이기 때문에 '중국문학'으로 홍콩문학을 개괄할 수 없다. 홍콩인이 바랐으나 갈수록 좌절된 50년간의 자치 보장처럼, 홍콩 정치체제의 독특성(도대체 어떤 의미에서 그리고 어느 정도로 중국에 속하거나 속하지 않고, 자신에게 속하는가?)은 홍콩문학이 가질 수 있는 주체성의 주요 조건도 동시에 포함하고 있다.

공교롭게도 2015년 8-9월, 홍콩 Para Site에서의 <오직 성적省籍만 있고 국적이 없다면> 전시에서 '성적' 개념이 제기되었다. '국적'은 일종의 강요된 정체성으로서, 만약 잠시 그것을 유보하고 예술가들이 성적에서 출발한다면, 그들의 홍콩에 대한 상상력과 집중력이 더 잘 발휘될 것이라는 내용이었다. 마치 40년 전 시시西西*가 쓴 『나의 도시我城』**가 홍콩을 '나

---

* 시시(1938-현재)의 본명은 장옌張彥으로, 중국 상하이에서 태어나 초등학교를 마친 뒤 1950년에 부모를 따라 홍콩으로 이주했다. 1957년 교육대학을 졸업한 후 1978년까지 초등학교 교사를 했다. 중학교 시절에 시를 발표하기 시작하여 소설·수필·동화는 물론 칼럼 산문·시나리오·영화 평론을 쓰기도 했으며, 편집·번역 분야에서도 활동했다. 신문이나 잡지에 게재된 작품을 제외하고 시시가 정식으로 출판한 작품집은 20여 권에 달한다. 필명인 '西'자는 치마를 입은 여자아이가 땅바닥에 그려 놓은 사방치기의 네모 안에 서 있는 모습을 따온 것으로, '시시'란 치마 입은 여자아이가 사방치기 놀이를 하느라고 그 네모들을 팔짝팔짝 뛰어다니는 모습을 상징한다. 필명을 통해 알 수 있듯이, 시시는 냉정한 현실 속에서도 동화적인 이상 세계를 추구하는 작가다. 그의 작품은 자기 도시에 대한 사랑, 어린이와 같은 순수한 심성, 다종·다양한 소재 및 서사의 시도가 잘 결합되어 있다는 평가를 받는다. 시시의 등장은 2차 대전 종식 후 1970년대 이르러 비약적인 발전을 하게 된 홍콩

의 도시'라는 정체성으로 삼아, '국가는 너무 크고 사람은 너무 작아서, 도시를 대상으로 삼으니 오히려 이야기하기 좋았다'로 시작하면서, '무국적'을 하나의 창작의 계기로 전환시킨 것처럼 말이다.[19] 홍콩문학 중 많은 작품들이 마치 조이스James Joyce의 붓 아래에서의 더블린처럼 도시 글쓰기의 방식으로 전개된다. 필자는 이러한 도시가 강하고 힘 있는 문화 생명력을 가지고 있어서 협애한 정치적 숙명을 충분히 돌파할 수 있다고 진심으로 믿는다.

홍콩문학이 무국적임을 고려하는 것을 제외하고, 나는 홍콩문학의 장소 기반place-basedness 범주가 제약적인 것만은 아니며 광범위한 포용성을 가져야 한다고 생각한다. 그것은 제약과 포용이라는 양자 사이에서 동시에 필연적인 논리 관계를 지닌다. 주지하다시피, 샤오훙蕭紅의 대표작 『후

과 더불어 홍콩에서 성장한 세대가, 그들의 출생지에 관계없이 자신들을 홍콩인으로 자각하면서 홍콩에 대한 사랑을 표현하고 홍콩인으로서의 발언권을 주장하기 시작했음을 보여주는 표지였다.(시시 저, 김혜준 옮김, 『나의 도시』(지만지, 2011), pp.25-29 참고)

** 『나의 도시』는 1974년 창작되어 1975년 1월 30일-6월 30일 사이, 홍콩의 『쾌보快報』에 연재되었다. 그 뒤 1989년 일부 내용을 삭제 또는 수정해서 타이완 윈천원화允晨文化에서 발간했고, 1996년 타이완본을 바탕으로 쏘우입素葉출판사가 다시 약 12만자 분량으로 증보판을 냈으며, 1999년에는 타이완의 홍판洪範서점에서 연재 당시의 분량에 근접하는 약 13만자 분량으로 출간했다. 한국에는 쏘우입출판사가 1979년에 출판한 판본을 바탕으로 번역·소개되어 있다. 『나의 도시』는 홍콩이라는 도시 자체에 대한 충만한 관심과 애정이 곳곳에서 드러나는데, 도시적인 삶을 비판하고 비난하기보다 이미 그것에 적응하기 시작해서 자연스럽게 받아들이는 단계로 접어든 양상들을 보여준다. 그래서 소설 속에서 묘사되는 도시는 홍콩에 국한되지 않는 지구상의 그 어느 대도시로 보아도 무방할 정도이다. 이 작품의 진정한 주인공은 각종 인물들이나 그들이 겪는 사건 자체라기보다 그런 것들을 통해 보여주는 도시의 각종 면모 그 자체라고 할 수 있다. 『나의 도시』는 홍콩인들이 홍콩이라는 도시에 일체감을 느끼고 이 도시 자체를 자신의 도시로 받아들이는 태도가 처음으로 뚜렷하게 드러난 작품이다.(시시 저, 김혜준 옮김, 『나의 도시』(지만지, 2011), pp.7-13 참고)

란허 이야기呼蘭河傳』는 홍콩에서 완성되었다.* 하지만 이 소설은 완전히 '중국' 문학에 편입되어 중국문학의 대표작으로 여긴다. 그녀의 대표작을 볼 때, 홍콩에서 썼다는 사실은 예외적인 일일 뿐, 고려할 가치가 없는 듯하다. 그러나 당시 홍콩은 영국 식민지인 홍콩이었고, 샤오홍이 작품에서 그린 중국 둥베이는, 홍콩에서 추억하고 상상한 둥베이로서 홍콩과 모종의 관계가 없을 수 없다. 그러므로 필자는 『후란허 이야기』가 당연히 화어계 홍콩문학에 속해야 한다고 생각한다. 이것은 장소 기반의 제약성(홍콩에서 쓴 작품은 모두 홍콩문학)이 지니는 포용적인 측면이다. 이러한 작품에서 홍콩 정체성이 있는가의 여부는 장소 기반 제약성의 또 다른 면모이다. 이두 가지는 동시에 존재할 수 있다. 따라서 나는 다중 소속multiple belonging 개념을 제기하고자 한다. 샤오홍의 『후란허 이야기』는 중국문학에 속할수 있지만, 홍콩문학에도 속한다. 우리가 『후란허 이야기』를 홍콩문학으로 볼 때, 샤오홍의 홍콩에서의 경력과 『후란허 이야기』의 관계를 분석할수 있다. 이것이 바로 화어계가 이론 또는 방법이 되는 의의이다. 일반적으로 학자들은 이 소설을 중국문학으로 보기 때문에, 샤오홍의 둥베이에서의 생장 경력, 그녀의 중국 전통 예교에 대한 비판, 그녀와 루쉰과의 관계등을 탐구하며, 중국을 연구하는 학자 중에 홍콩의 중요성을 고려하는 경우는 매우 드물다. 다시 말해 장소 기반의 포용성은 홍콩을 동일시하지 않은 작가의 홍콩에서의 글쓰기를 포함한다. 장아이링張愛玲, 위광중余光中, 왕안이王安憶, 스수칭施叔青, 룽잉타이龍應台의 홍콩 서사는 비록 입장이 다르더라도, 모두 홍콩 문학이 아닌가? 게다가 홍콩문학으로 급하게 취급된, 모

---

* 한국어본으로는 원종례 옮김, 『호란하 이야기』(글누림, 2006)가 있다.

두가 인정하는 대표적인 작가들인 룽빙콴, 웡픽완黃碧雲 Wong Pik-wan,[*] 시시, 류이창劉以鬯,[**] 둥카이청董啓章 Dung Kai-cheung[***] 등은, 홍콩이라는 이 작은 지역이 예전에 사람들에게 '문화 불모지'라 비난받았던 것을 완전히 근거 없는 것으로 만들었다. 홍콩은 이미 그리고 당연히 세계 화어계 문학의 요충지이다!

필자는 2008년에 발표한 「화어계 문학으로서의 홍콩문학」이라는 제목의 짧은 글에서, 샤오훙의 『후란허 이야기』가 홍콩문학으로 인가되어야 한다고 제기한 바 있다.[20] 2006년 류이창이 선별·편찬한 『홍콩 단편소설 백년 정화』에는 샤오훙, 마오둔茅盾, 쉬디산許地山 등이 홍콩에 체류하던 시

---

[*] 웡픽완(1961-현재)은 홍콩작가로서, 『부드러움과 폭력溫柔與暴烈』(1994)은 제3회 홍콩중문문학 격년상香港中文文學雙年獎 소설부문을 수상했으며, 『포스트식민 기록後殖民誌』(2003)은 타이완 롄허보 문학 부문에서 최고상을 받았다. 기타 여러 차례 다양한 문학상을 수상했으며, 케임브리지 중국문학사에는 중요한 현대작가로 소개되어 있다.(위키백과 참고)

[**] 류이창(1918-2018)은 상하이에서 태어나 1941년 상하이의 세인트존스대학을 졸업했고, 그해 겨울 태평양전쟁이 일어나자 충칭으로 피난을 갔다가 1945년 다시 상하이로 돌아와서 출판사를 설립하고 『풍소소風蕭蕭』(徐訏, 1946) 등 수십 권의 문학서적을 출판했다. 그러다가 화폐가치가 급락하여 어려움에 처하게 되자 만 30세이던 1948년 돌파구를 찾아 홍콩으로 이주했다. 1952-1957년 일시적으로 싱가포르에서 체재하기도 했지만 이후 별세할 때까지 홍콩에서 거주했다. 고교 시절부터 창작을 했기 때문에 작품량이 상당히 많은데, 현재 서적으로 출판된 것만 꼽더라도 40권을 웃돈다. 그중 대표작인 『술꾼酒徒』(김혜준 옮김, 창비, 2014)이 한국에 소개되어 있다.(김혜준, 「홍콩작가 류이창의 소설 『술꾼』의 가치와 의의: '의식의 흐름' 문제를 중심으로」, 『중국어문논총』 제70집, 2015, pp.227-228 참고)

[***] 둥카이청은 1967년 홍콩에서 태어난 소설가이자 저널리스트, 극작가이자 수필가이다. 1996년에 발표한 『아틀라스: 가상 도시의 고고학Atlas: The Archaeology of an Imaginary City』은 영어와 일본어로 번역되어 있을 정도로 유명하다. 둥카이청은 홍콩이 영국인에 의해 만들어졌지만, 만들어진 홍콩이라는 본성이 이 도시를 도전과 혁신에 개방적인 곳으로 발전시켰다고 본다. 그리고 홍콩이 중국에 반환된 이후 이러한 장점이 줄어들었다고 주장한다. 그에게 홍콩은 자신이 살아가는 곳이자 자신의 글쓰기가 가능하게 해주는 세상의 중심이다.(위키백과 참고)

기에 쓴 단편소설이 수록되어 있으며, 2015년에 출판된『홍콩문학대계』중 소설권, 특히 황녠신黃念欣이 편집한 제2권에는 다이왕수戴望舒, 마오둔, 예링펑葉靈鳳, 저우얼푸周而復 등의 작가가 포함되어 있다. 출생지 또는 홍콩에서의 장기 체류 여부를 조건으로 삼지 않고 홍콩문학의 범주에 넣은 것에 필자는 매우 찬성한다. 하지만『후란허 이야기』는 다른 장편소설처럼 그렇게 발췌되어 실리지 않았다. 한편으로 이 소설은 중국에서 고전으로 취급되기 때문에, 묻혀 있던 다른 문학작품처럼 반드시 대계에 수록되어야 하는 것은 아니지만, 다른 한편으로는 이 또한 일종의 자기 보호식의 인가메커니즘을 보여준다. 필자는 개인적으로, 이러한 자기 보호식의 인가메커니즘이 사실상 홍콩문학의 장소 기반 범주를 제한한다고 생각한다. 소위 이러한 고전 작품들은 어째서 홍콩에 속할 수 없는가?『홍콩문학대계』의 총편집자 천궈추陳國球가 대표 서문總序에서 말한 것처럼, "우리는 '홍콩'이 하나의 문학과 문화의 공간이라고 생각한다. '홍콩'은 '문학이라는 존재'를 가질 수 있으며, '홍콩문학'은 하나의 문화 구조 개념이다."[21]『후란허 이야기』를 포함하는 것이 이러한 신념을 더 잘 체현하지 않을까? 하나의 '문학과 문화적 공간'으로서의 홍콩이 지향하는 장소 기반을 더 잘 보여줄 수 있지 않을까?

비록 오랜 세월 영국의 식민을 겪었지만, 현재의 홍콩은 '포스트식민' 상황으로 분류될 수 없다. 홍콩문학의 주요 의식은 이미 포스트식민 담론이 개괄할 수 있는 범위를 넘어섰다. 2008년의 짧은 글에서 필자는 또 이러한 상황하에서 홍콩문학의 주체성을 추구하는 것은 포스트식민이 아니라 '탈식민decolonialism'이어야 한다고 언급한 바 있다. 각종 억압이 집결되기 때문에 문학 주체가 구축하고 유지할 공간이 상당히 좁은 한편, 각 세력에 의해 부단히 무시되기 때문에 홍콩문학의 정경은 시장·경비·독자가 부족하다. 이렇게 곤란한 상황에서 홍콩은 오히려 수많은 세계문학적인 성취를 이루었다. 룽빙콴의 『미친 도시의 날뛰는 말』과 윙픽콴의 소설에서 잘 사용하는 그러모음·모방·익살맞음은 조롱하는 기지와 홍콩에 대한 깊은 감정으로 충만하다. 바로 이러한 점에서 홍콩의 상황은 라틴 아메리카와 비슷하다. 라틴 아메리카의 각 이주정착 식민지배자들은 아직 떠나지 않았고, 서구 인식론의 이에 대한 통치도 줄곧 지속되고 있다. 따라서 월터 미뇰로Walter Mignolo*가 말했듯, 그들의 지식이 추구해온 것은 줄곧 탈식민이었지 포스트식민이 아니었다.[22] 홍콩도 마찬가지로 포스트식민이 가능하지 않으므로, 타이완 또는 라틴 아메리카의 원주민처럼 오직 탈식민의 길만 있다. 홍콩의 '국적'을 이곳 사람들本地人이 결정할 수 없을 때, 물러나 차선으로 '성적'을 추구하는 것도 추구와 창작을 과정으로 삼는 일종의 탈식민적 행위이다. 모든 홍콩문학이 존재하고 발흥하고 두각을 나타내는 이유는 모두 도시에 대한 정체성과 깊은 관계가 있다. 홍콩이 영국의 식민지가 되면서부터 홍콩의 '국적'은 줄곧 지우개로 지워졌고, 홍콩인의 정체성과 두 국가의 정치체제(영국·중국) 사이에는 줄곧 큰 틈이 있었다. 이러한 '성적'을 주장하는 것은, 바로 우리가 샤오훙의 『후란허 이야

---

* 월터 미뇰로(1941-현재)는 아르헨티나 출신의 기호학자로서, 서구 백인들의 인종주의가 '르네상스' 때부터 시작되었음을 고찰한 『르네상스의 어두운 면The Darker Side of the Renaissance: Literacy, Territoriality, Colonization』(University of Michigan Press, 1995)으로 유명한 글로벌 식민주의, 지식의 지정학, 트랜스모더니티 연구의 대가이다. 한국에는 『라틴아메리카, 만들어진 대륙: 식민적 상처와 탈식민적 전환The Idea of Latin America』(김은중 옮김, 그린비, 2010)과 『서구 근대성의 어두운 이면: 전지구적 미래들과 탈식민적 선택들The Darker Side of Western Modernity: Global Futures, Decolonial Options』(김영주 외 옮김, 현암사, 2018)이 소개되어 있다.

기』를 홍콩문학에 포함시키고자 하는 것처럼 일종의 장소 기반을 추구한다. 우리가 본서의 도론에서 인용한 사르트르의 관점을 사용하자면, 문학의 '구체적인 보편성concrete universality'에 대한 추구이다.

3. 무엇이 화어계 미국문학인가?

우리가 '화어계 미국문학Sinophone American literature'에 대해 탐색하려면, '중국계 미국문학華裔美國文學 Chinese American literature'과 구분하는 것에서 시작해야 한다. 무엇이 중국계 미국문학인가? 앞에 달린 '미국'이라는 두 글자는, '영어'라고 하는 미국의 주류언어로 쓴 문학작품이기 때문인가? 이러한 정의는 에스닉의 것인가? 그렇다면 중국계 미국문학에서 독특한 에스닉 분류법에 따른 '화인'이란 일종의 이주민 후예들의 특수성을 유지하는 방식인가? 우리가 살펴본 바와 같이 중국계 미국문학에서 가정할 수 있는 변수는 바로 영어와 소위 화인이라고 하는 에스닉그룹이다. 설사 중국계 미국문학이라는 이 분류가 지금까지 이미 확립되어 있다 하더라도, 이러한 가설의 표준에는 여전히 심각한 결점이 있다.

첫 번째 문제는, 중국계 미국문학에는 역사적으로 광둥어, 국어(베이징어), 그리고 기타 다양한 지역어와 같은 각종 화어로 쓴 대량의 작품들이 있다는 사실이다. 이 화어계의 계보는 극도로 풍부하며 중국계 미국문화와 역사의 기초로 볼 수 있는 텍스트를 포함하고 있다. 이를테면, 20세기 초기 샌프란시스코 당인 거리에서 전해오는 광둥어로 된 46자시와 같은 운문, 그리고 엔젤 아일랜드 이민 구류소의 목조 수용소 벽에 새긴 5언·7

언시를 들 수 있다.[23] 문학적 글쓰기로 말하자면, 이러한 계보는 중국에서 또는 1930년대 미국으로 이주한 이중언어작가를 포함하고 있다. 가장 대표적으로 린위탕林語堂과 장아이링張愛玲의 경우, 영어와 화어로 작품을 발표했다. 이 계보의 하이라이트로는 일련의 타이완 모더니즘 세대의 미국에서의 문학, '유학생 문학'(바이셴융白先勇을 포함해서, 천뤄시陳若曦, 충쑤叢甦, 그리고 시인 예웨이롄葉維廉, 양무楊牧, 그리고 정처우위鄭愁予 등등)이라 불리는 것이 포함된다. 그리고 기타 중국, 타이완과 홍콩(우리화於梨華, 옌거링嚴歌苓, 샤오리훙蕭麗紅, 위리칭喩麗淸, 장시궈張系國, 아청阿城 등등)에서 미국으로 이민온 걸출한 작가의 현대 작품들, 그 외 수적으로는 많지만 비교적 알려지지 않은 작가들이 근래 이미 신세대 이민문학의 새로운 페이지를 쓰고 있음은 더 말할 것도 없다.

수많은 전후 화어계 작가의 작품들은 선택한 언어 때문에 타이완, 홍콩 그리고 중국에서 출판되었고, 각지에서 대량의 독자도 생기게 되었다. 20세기 초 샌프란시스코 당인 거리에서, 당시의 화문 시집은 대부분 현지의 시사詩社에서 출판했지만, 전후戰後의 작품들은 화어 지역에서 출판한 것이 대다수를 차지한다. 프랑스에서도 유사한 정경을 볼 수 있다. 많은 프랑스어권 아프리카·카리브해 작품들이 프랑스에서 출판된다. 비록 촉진시킨 계기가 이민이 아니라 식민주의임에도 불구하고, 이러한 예들은 인도·아프리카·카리브해 그리고 기타 지역에서 온 영어권 문학 작품들이 영국에서 출판되는 것과 유사하다. 그러나 이러한 작품들은 종종 서로 다른 지역의 독자군을 염두에 두기 때문에, 출판된 지역이 문학작품의 국적을 결정할 수 없다. 데릭 월콧Derek Walcott의 대부분의 작품들은 영국과 미국에서 출판되었지만, 분명하게 세인트루시아Saint Lucian 문학으로 인정되고 광범위하게 읽힌다. 화어계 미국문학은 미국문학의 가지로서 오랜 기간 동안 다음과 같은 곤경에 처해 있다. 국가문학이라면 반드시 일반적으로 관방의 언어라고 생각되는 언어로 써야 한다는, 즉 국가문학은 단일언어여야 한다는 잘못된 이해 말이다. 하지만 사실 모든 국가문학은 다언어적이다. 워너 솔러스Werner Sollers 같은 적지 않은 학자들이 진심을 기울여 1990년대 이래 다언어 미국문학을 주장했으며, 마크 쉘Marc Shell과 함께 다언어 미국문학선과 기타 다양한 저작을 편찬했다.[24] 어떤 언어가 주류언어가 된다는 것은 정치력이 개입하여 유일한 언어로 지정되면서 다른 언어는 주변화됨을 의미한다. 영어를 우선으로 하는 미국문학에는 이러한 언어 패권 과정이 가장 직접적으로 반영되어 있다.

두 번째 문제는, '화인'이 결코 단일한 에스닉그룹이 아니라는 점이다. 또한 그들의 이민 전 모국도 반드시 중국인 것은 아니다. 미국에서는 일반적으로 화인華人 Chinese이 바로 중국인中國人 Chinese이라고 생각한다. 언어상의 혼동은 출신 민족과 국적의 관계를 단순화했기 때문이다. 즉 중국에도 55개가 넘는 주요 에스닉그룹이 있으며, '중국인'은 기술적으로 어떤 사람의 국적 또는 어느 국가에 속한 국민임을 지칭하는 것이지 결코 에스닉그룹으로 분류한 것이 아니다. 어떤 한 사람이 한족漢人일 수도, 먀오족苗族, 바이족白族, 만주족 또는 몽골족일 수 있다. 그러므로 '중국인'이라는 것은 에스닉이 아니라 어느 국가의 국민 또는 국적을 지칭한다. 만약 우리가 '중국인'을 에스닉의 칭호로 사용한다면, 그것은 말도 안 되는 것으로, 즉 다른 에스닉의 중국인을 모두 한족과 동일시하는 것이다. 그런 다음 우리는 아무런 의심없이 한족은 모든 중국인을 지칭하며, 마치 중국에는 다른 에스닉그룹이 없는 듯, 한족이 가장 보편적인 중국성Chineseness을 대표한다고 인정하게 될 것이다. 이러한 한족 중심론적 암시는, 인종주의자가 미국인 전체를 백인과 유럽의 후예로 동일시하는 것처럼, 에스닉 중심주의의 위험을 은연중 내포하고 있다. 에스닉의 칭호로서 '중국인'은, 한족을 중심으로 함을 공공연하게 승인하며, '중국계ethnic Chinese'라는 단어를 광범위하게 운용하여 에스닉 멸시를 공고하게 하는 위험을 안고 있다. 그밖에 에스닉의 칭호로서 '중국계'는 공공연하게 미국 중심적이기도 하다. 왜냐하면 미국이 바로 중국 내부의 차이성과 다원성에 관심이 없는 전형적인 대표자로서, 중국 경내 에스닉그룹의 다원성을 '중국계'라는 하나의 에스닉그룹으로 축소시키기 때문이다. 하나의 국가(중국)가 하나의 에스닉(중국계)이 된다. 이렇게 단순화된 '중국계' 개념은 한족 중심론과 미국 백인 중심론이 공동으로 만들어낸 것이며, 대단히 효과적임이 증명되었다. 한족 중심적 입장에서는, 중국 경내에 다원 에스닉이 있다는 사실을 무시하고 비한족 에스닉을 박해하는 현실을 은폐할 수 있으며, 한족을 중국인의 표준이자 규범으로 추앙할 수 있다. 백인 중심적 입장에서는, '이교도 중국인heathen Chinee'이라는 '황화黃禍' 담론 같은 판본을 지지하는 데 협조하여 인종과 에스닉 차별의 담지체를 형성할 수 있다. 따라서, 태평양 양극단에 있는 두 개의 제국 담론이 공모하여 '중국인'이라는 에스닉이 제조된 것이다. 이 과정에서 모든 비한족의 소위 다른 '중국인'은 모두 소리 없이 자취를 감추게 되었다.

한족과 같은 의미의 '중국인'이라는 용어에서 나아가 동시에 생산된 패권화와 에스닉화의 효과는 지리상의 동질화로부터 형성되었다. '중국계 미국인Chinese American'이라는 말이 화인의 기원이 되는 조상이 물려준 땅인 중국을 대신하여 실체론적 지위를 설정했다. 설사 많은 화어계 이민자들이 타이완, 홍콩, 베트남, 말레이시아, 싱가포르, 호주, 그리고 기타 다른 지역에서 왔더라도 말이다. 다시 말해 '중국계 미국인'은 상술한 서로 다른 화어계 지역에서 온 이민자들을 동질화했으며, 그들을 직접적으로 중국계 미국인이라는 단일한 부류로 귀속시켰다. 미국의 이러한 단일 에스닉 의식은, 미국으로 이민 온 중국계 말레이시아인, 타이완인, 또는 베트남인을 말레이시아계 미국인, 타이완계 미국인, 베트남계 미국인이 아닌 모두 중국계 미국인으로 취급한다.

반대로 (다양한 언어를 포함한) 화어계 미국(국적과 국민 신분으로서의 미국) 문학은, 서로 다른 화어로 작성되었다 하더라도 그 자체의 미국성은 선험적이며, 미국에서 사용하고 창작할 때 쓰인 이러한 각종 화어 또한 미국의 언어임을 훨씬 더 견지하고 있다. 화어계 미국문학은 에스닉그룹을 기준으로 경계 지어지지 않고, 그 범위는 작가의 에스닉이나 원래의 출신지에 관계없이 모든 미국의 화어계 글쓰기 형태를 포함한다. 화어계 미국문학은 간단하게 말하자면, 베이징 만다린어北京官話·광둥어·민난어 등 소위 표준어 또는 기타 지역어에 관계없이 각종 화어로 쓴 작품을 지칭한다. 예를 들면, 20세기 초기의 화어계 미국문학은 광둥어를 기초로 쓴 것이고, 최근 몇십 년 동안은 (간체 중문을 사용한) 중국의 표준적 글쓰기 형식과 (번체 중문으로 쓴) 타이완 스타일 같은 베이징 만다린어를 기초로 쓴 작품들이 비교적 많다. 화어계 미국문학과 기타 미국문학의 주요한 차이는 에스닉이 아니라 언어에 있다. 화어계 미국문학과 영어계 미국문학, 그리고 기타 다른 언어로 된 작품들은 그 지위가 대등하다. 이것은 미국문학의 다언어多語적 본질을 보여주면서, 단일언어주의를 가정하는 미국문학을 비판한다. 게다가 언어와 에스닉이 더이상 일대일 대응하지 않기 때문에, 문학의 가치를 판단할 때 에스닉 의식으로부터 자유로울 수 있다. 그런 다음 우리는 프랑스어계 미국문학, 영어계 미국문학, 스페인어계 미국문학 Hispanophone American literature 등등에 관해, 얼마든지 직접적으로 각각의 어계마다 특정한 의의를 가지고 있으며, 각자의 특정한 역사와 이어짐을 논의할 수 있다. 결국 영어는 수많은 미국 언어 중의 하나에 불과하다. 우리가 (다양한 피부색과 에스닉의 미국인이 모두 영어를 말하고 영어로 글을 쓰기에) 영어와 에스닉을 함께 연결시킬 수 없듯이, 각지의 화어계와 어떤 단일 에스닉을 함께 연계시켜서는 안 된다.

'중국인Chinese'이라는 범위가 지나치게 넓은 이 말은 국적(중국 공민)과 지역(중국)을 특정하게 지칭하는 것이지 언어(중국에는 다양한 언어가 있음), 에스닉(중국에는 다양한 민족이 있음)을 지칭하는 것도, 문화(소위 중화문화라는 것은 한족문화만 포함해서는 안 된다)를 지칭하는 것도 아니라고 엄격하게 한정할 수 있다. 타이완, 홍콩, 인도네시아, 말레이시아와 같이 지리적으로 다른 국가 또는 지역에서 필요할 때 적당하게 지칭하는 것으로, '중국'은 더이상 본질적인 지위를 가지지 않는다. '중국계 미국문학Chinese American literature'을 에스닉적·지리적 특수성에서 유지하고자 하는 사람들에게는, 그러한 문학작품이 중국에서 온 조상을 둔 미국작가가 쓴 것일 뿐임을, 다원성과 민주성을 위해서는 '타이완계 미국문학' 또는 '말레이시아계 미국문학' 같은 단어를 사용해야 한다고만 설명할 수 있을 것이다. 그러나 이러한 단어는 현명하지 못하다. 아시아계 미국문학에서 다양성과 특수성의 명시는 범아시아계 미국인의 욕망을 격파하는 또 다른 발칸화[적대와 비협조로 인해 여러 개로 쪼개지는 현상]가 아니라, 초기에 급히 구축된 담론을 복잡하게 하는 것이다. 이러한 범에스닉적pan-ethnic 분류는 설사 미국에서 다원 에스닉이 구축되는 과정에서 필요하다 하더라도, 이미 지나치게 범론화되는 데다 아시아계 미국 내부의 주변적 에스닉그룹(동남아시아의 각 에스닉그룹은 분명 동아시아 에스닉그룹에 비해 주변적임)을 패권화하는 혐의가 있다. 그렇다면, 화어계 미국문학이란 언어에 근거해서 기타 미국문학 작품과 구별할 수 있는 것이지, 에스닉·출신·출판지역·문화적 내용·주제 또는 제재에 근거한 것이 아니다.

개별 작가의 언어 선택으로 인해 대량의 화어계 미국문학은 세계 각지에서 온 화어계 공동체의 1세대 이민작가가 쓴 것이다. 예를 들면, 타이완계 미국작가 장시궈가 계속해서 표준 중국어國語로 글을 쓸 때, 중국계 미국작가 하진哈金은 비록 이민작가임에도 불구하고 단호하게 영어를 글쓰기의 매개물로 선택했다. 이민작가가 글을 쓸 때, 자신의 원래 출신 국가의 모어 사용을 선택하는 것이 바로 신시아 윙黃秀玲이 말한 아시아계 미국문학에서의 '세대 효과generational effect'의 예이다.[25] 비록 그들의 작품 곳곳에서 화어에 대한 언급이 비일비재하더라도 미국에서 출생한 작가들이 화어로 글쓰기를 선택하는 경우는 많지 않다. 우리는 맥신 홍 킹스톤湯婷婷 Maxine Hong Kongston과 기쉬 젠任璧蓮 Gish Jen의 작품을 생각해 볼 수 있다. 그녀들의 모든 작품은 문화의 이중번역일 뿐 아니라 다중 언어 번역, 특히 광둥어 번역이기도 하다. 앞서 언급한 타이완 모더니즘 작가들과 같은 이민 작가의 경우, 대부분 미국에서 유학했으며 미국 시민이 되었다. 정처우 위는 예일대학에서 중국어를 가르치다 퇴직했고, 예웨이렌은 캘리포니아대학 샌디에이고 문학과에서 교편을 잡고 있다가 퇴직했으며, 양무는 워싱턴대학에서, 바이셴융은 캘리포니아대학 산타바바라에서 퇴직했다. 이들의 작품은 그들이 최근 40년간 이미 학생 신분이 아니었음에도 불구하고, 중국과 타이완에서 '유학생 문학'이라 불린다.

이것은 디아스포라 모델이 극단적인 문제의 장소로 변했음을 의미한다. 중국에서 화어계 미국문학은 항상 '해외화문문학'과 '유학생 문학'으로 묘사되는데, 이렇게 정의된 화어계 미국작가는 단지 '해외'에 있는 '중국인overseas Chinese'이며, 그들의 신분은 미국에서 결국은 마치 외국인과 같다. '해외 중국인(글)'이라는 분류는 (해외의 중국인이라는) 사람을 가리키는 것이자, (해외 중문이라는) 언어를 가리키는 것으로, 일종의 심각한 이데올로기로 가득한 분류이다. 그것은 영원히 중국과 뒤얽혀 해외에 거주하고 있는 모든 디아스포라 주체가 중국에 대해 그리움, 의무와 충성을 표현할 것을 요구한다. 이들 해외 중국인은 이하 몇 개의 표준으로 일일이 평가된다. 그들의 정치 충성도, 문화적 신용, 그리고 중문 정도가 그들의 '중국성Chineseness'의 많고 적음을 측량하는 표준이 되며, 그중에서도 혈연이 지고무상한 지위를 차지한다.

그러므로 아시아계 미국연구에서 성행하는 디아스포라 개념은 부지불식간에 이 같은 혈연론에 빠지게 되고, 인종론의 함정도 가지고 있다. 이것은 곧 아시아계는 종신토록 외국인이며, 그들은 미국에 융합될 가능성이 전혀 없다는 에스닉에 대한 편견이다. 이러한 상황에서 디아스포라는 현지화될 수 없음을 대표하고, 현지 참여와 동일시가 부족함을 암시한다. 그러므로 필자는 '중국인'이라는 이주민 후예들의 동질화에 반대하듯이, 태평양 양쪽의 양대 제국의 디아스포라 담론에 봉사하는 것에 반대한다. 오늘날 절박하게 요구되는 것은 역사로서의 디아스포라(사람들이 뿔뿔히 흩어진 역사적 사실)와 가치로서의 디아스포라(디아스포라를 일종의 세계를 바라보고 가치를 결정하는 방법으로 삼는 것)의 구별이다. 사람들의 흩어짐·이주·이민은 역사적 사실이지만, 가치로서의 '디아스포라'는 무의식중에 이주한 지역과 원래 거주지 양쪽 패권의 이데올로기에 봉사하게 된다.

미국에서 인가를 쟁취하기 위해, 소위 '미국 청구claiming Ameica'라는 계획이 이전에 의식적으로 아시아계 미국인의 아시아에 대한 관계를 단절함으로써 아시아계 미국인의 미국성을 강화하려 했지만, 현실은 이것이 불가능했음을 증명한다. 이것은 미국 국내 에스닉그룹의 정치·경제적 정황이 불가피하게 국제 경제와 정치 관계에서 결정된다는 단순한 사실 때문이다. 1965년 이래 아시아에서 미국으로 온 대량의 이민이 아시아계 미국 인구의 80%를 이루었는데 이들은 미국 출생이 아니었다. 아시아가 경제적으로 부상하면서 아시아계 미국인은 더는 아시아와의 연관성을 부끄러워하지 않게 되었다. 포스트냉전 시기의 권력 배치에서, 우리는 중국의 부상 등을 보게 된다. 상술한 사실들은 모두 1990년대 전반 동안, 디아스포라 모델이 아시아계 미국연구 영역에서 흥기하여 우세하도록 촉진시켰다. 이는 1980년대 인문학과의 패러다임이 포스트구조주의로 바뀌게 된 것과 밀접한 관계가 있다. 신시아 웡은 1995년 탈국가화denaionalization를 겨냥해서 쓴 한 편의 중요한 논문에서, 이 문제에 대해 강한 이의와 논평을 제기한 바 있다.[26] 그러나 디아스포라 모델과 미국 경내를 범주로 하는 '미국 청구' 모델 사이의 이론적 만남에서 도대체 누가 이기고 누가 졌는지 아직 분명하지 않다. 이것은 디아스포라 모델이 새로운 트랜스내셔널 모델속에서 부분적으로 변하거나 완강하게 유지되면서, 양자 사이의 근본적인 차이가 일반적으로 무시되기 때문이다. 따라서 우리는 디아스포라 모델(여기에서 디아스포라는 일종의 가치로서의 디아스포라이다)과 트랜스내셔널 모델(어떻게 개념화되든지 간에)을 구분해야 하는 매우 절박한 필요성에 직면해 있다. 디아스포라 모델은 ('중국' 문화를 궁극의 참고 근거로 삼는) 단순한 문화주의와 인종주의(배타적 인종주의 및 에스닉 국가주의 담론과 혈연 담론의 공모)를 합리화하는 매개가 될 수 있다. 이것은 근본적으로 평탄하지 않은 영역에서 출발하여, 아시아와 아시아계 미국 사이에 정치·경제상 피할 수 없는 관계가 있음을 보여주는 트랜스내셔널 모델과 어긋난다.

앞서 언급한 바와 같이, 화어계 미국문학은 현지를 기초로 하는 유형이며, 특정한 조건에서는 그 트랜스내셔널한 성질을 보여준다. 이에 대해서는 이하 단락에서 한층 더 상세하게 설명할 것이다. 이러한 특정의 트랜스내셔널한 성격은 많은 문학작품에서 이민 신분인 각종 인물의 심리적 상처로 드러나며, 종종 다중 인격의 형태로 표현된다.

화어계 미국문학은 상술했듯, 대부분 이민작가가 쓴 것이기 때문에 복잡한 이민 경험을 탐색하고 파헤치는 것을 주요 특색으로 한다. 만약 우리가 이민의 경험이 먼저 시간(이민 전후)과 장소(원래 거주국에서 이민국으로)의 분열에 있기 때문에, 화어계 미국문학이 일종의 독특한 시간적 단절과 복잡한 '장소'와 '공간'의 변증dialectic of place and space을 보여준다고 한다면, 그속에서 시간과 공간의 연계는 그들이 원래 가지고 있던 논리를 상실하게 하고 혼란에 빠트린다. 이러한 혼란에는 정신분열의 양상도 포함된다.

가장 표면적인 글자의 의미에 따르면, 이민자는 어떤 하나의 지리적 지역에서 또 다른 지리적 지역으로 옮긴 사람으로, 심리적으로 원래 거주국을 생활 경험의 '장소'에서 추상적이고 상징적인 '공간'으로 변화시켜야 한다. 그것은 이미 과거의 공간이다. 이는 개인의 경험과 애초 원래 거주국을 떠난 각기 다른 이유에 따라, 향수에서 부정에 이르는 새로운 심리상태를 야기한다. 상대적으로, 이민 온 이후의 나라는 상상적·추상적인 '공간'에서 행복이 가득한 곳이든 사방이 위기든 상관없이 매일 생활해야 하는 '장소'로 변한다. 이민자들은 모두 여기에서 살아가야 한다. 이러한 과정에서 이전에는 원래 미래에 거주할 '공간'이었던 이민국이 눈앞의 현재의 '장소'로 전환된다. 이곳에서 이민자는 매일의 생활과 기쁘거나 슬픈 모든 경험을 마주해야 한다. 어느 한 장소에서 나와 이동하는 것은 동시에 또 다른 장소에서 안주하는 과정으로, 공간의 추상화와 장소의 구체화라는 이중적 전변 과정을 동시에 포함한다.

다소 복잡한 차원에서 볼 때, 이민자의 정신 경험은 공간과 장소 사이의 장력을 극대화한다. 만약 이민 경험이 최후에 상처라는 결과로 변하게 된다면, 일상 경험을 실천하는 그 장소는 추상화되어 다시 공간으로 변할 수 있으며, 이를 통해 현재의 상처받은 경험이 억눌리거나 잘못 안착될 수 있다. 이민자가 상처를 처리할 힘이 없어, 정신적 또는 심리적으로 각종 초조함·질서 상실에서부터 다중 인격까지에 이르는 불안정한 상태에 처할 때, 개인의 경험 현실은 공중에 뜨거나 비현실로 바뀔 수 있다. 다중 인격은 사실상 하나의 은유이다. 통상 이민작가는 극단적인 형식으로 이민자의 존재 상황을 묘사한다. 두 문화가 두 가지 인격으로, 두 종류의 언어가 두 가지 인격으로, 두 개의 서로 다른 가치와 도덕 규범이 두 개의 인격으로 바뀐다. 이렇게 분리된 상태가 경직되면, 조화될 수 없는 이원 문화주의가 되어 두 개의 자아가 뒤얽히면서 등장하는 혼란 상태가 형성된다.

예를 들면, 녜화링聶華苓의 경전적 화어계 소설 『쌍칭과 타오홍桑靑與桃紅』(1976)은, 전후의 미국에서 여주인공이 쌍칭과 타오홍이라는 이중 인격 사이에 뒤얽혀 있음을 보여 준다.* 쌍칭은 우아하고 내향적이며 정숙하고 베이징어를 사용하지만, 타오홍은 야성적이며 자유롭고 섹시하며 영어를 사용한다. 자신의 불법 이민 신분에 대한 쌍칭의 반응은 사냥당해 먹히는 동물처럼 잔뜩 겁을 먹고 있지만, 타오홍은 자신의 몸에 가해진 그러한 법률이나 습속의 속박을 전혀 신경쓰지 않는다. 가장 중요한 것은 쌍칭은 중국이나 타이완에서의 자신의 과거 추억에 묶여 스스로 빠져나올 수 없어 하지만, 타오홍은 기억을 잃었다는 점이다. 클라라 로羅卓瑤 Clara Law의 <타향살이의 사랑愛在別鄕的季節>(1990)**이라는 영화를 우리는 '아홍阿紅과 일레인Elaine'으로 바꾸어서 '쌍칭과 타오홍'과 비교할 수 있다. 여주인공인 아홍은 신 이민자로서 뉴욕의 빈민가에 살고 있는데, 생활 환경의 어려움이 그녀를 다중 인격으로 변하게 만든다. 이러한 상황에서 그녀는 미국인 인격의 일레인으로 분열하고, 자신의 중국인 남편을 성범죄자(그녀가 보기에 남편은 사람들이 싫어하는 막 하선한 신 이민자와 같았다)로 오인하여 그를 찔러 죽인다. 남편은 피를 흘리면서 조각상의 다리 밑에 쓰러지는데, 그 조각상은 자유의 여신상의 복제품으로서 1989년 6·4[천안문]사건으로 죽은 사람들을 기리기 위한 것이었다. 아홍은 전체주의적인 중국에서 도망쳤지만, 상상하는 아름다운 나라에 이르지 못했을 뿐 아니라 아홍의 인격은 점차 일레인 속에서 소멸된다. 오직 일레인이 될 때만 아홍은 살아갈 수 있다. 다시 말해 아홍이 계속 살아가는 것이 그녀 자신의 소멸이라는 모순적인 전제에 달려 있다는 사실은, 오직 타오홍이어야만 쌍칭이 살아갈 수 있는 것과 같다고 할 수 있다. 쌍칭과 타오홍 사이의 전환은 소설에서 완결되지 않기 때문에, 정해지지 않은 미래를 예고한다. 여기에서 다중 인격

---

*   한국어 번역본의 제목은 『바다메우기』(이등연 옮김, 동지, 1990)이다.

**   1990년대의 대표 홍콩배우인 장만위張曼玉와 량자후이梁家輝가 남녀 주인공 역을 맡은 영화로, 한국에는 <애재별향적계절>이라는 이름으로 소개되어 있다.

은 문학화의 방식으로 과거의 자아와 현재의 자아 사이의 단절을 은유한다. 미국에서 새로운 자아가 탄생하려면 상당히 격렬한 방식으로 과거의 자아를 뒤집어야 한다. 이렇게 고통스런 과정을 겪고, 미국이라는 장소에 처하게 된 새로운 자아는 진실한 생활의 하루 하루속에서 계속 생활해 나가는 데 필요한 생존 기술을 체득한다. 이러한 맥락에서 다중 인격은 자아가 다시 만들어지는 폭력 속에서 상처받은 경험을 은유하고 있다.

질서를 잃은 상술한 다중 인격을 제외하고도, 화어계 미국문학에는 여전히 시체가 들판에 널려 있다. 1960년-1970년대 타이완에서 미국으로 온 이민작가 세대들이 쓴 한 편 한 편의 소설에서, 독자들은 도시 또는 교외에서의 '죽은 듯한 삶'에 관한 수많은 스토리를 접할 수 있다. 이민자인 주인공은 자신이 현지에 융화될 수 없는 한편, 다음 세대가 미국화되는 풍조(그들은 이것을 배신으로 보았다)를 피할 수도 없다는 사실을 발견한다. 공중에 붕 뜬 듯 현지에 융화될 방법 없이 길게 이어지면서 영원히 끝나지 않는 과도기와 같은 그들의 삶은 생존 현실과 관계된 감각이나 연결 감각을 느낄 수 없었다. 그래서 어떤 사람들은 자살하기도 한다. 바이셴융의 「시카고에서의 죽음芝加哥之死」(1964)에서 다룬 것이 바로 이러한 징후이다. 주인공은 공교롭게도 한족의 영혼이라는 뜻을 가진 '한훈漢魂'이라 불리는데, 시카고대학의 문학박사 학위를 받은 뒤 자신의 생활이 다른 사람과 전혀 아무런 관계가 없음을 발견하고서는, 과거, 현재, 미래를 잊고 자살하려 한다. 그는 미시간 호수에 뛰어들 계획을 세웠는데, 그곳에서 시간은 아무것도 아니었다. 자살자 형상은 바이셴융의 다른 경전 소설, 「적선기謫仙記」(1965)처럼 비슷한 시기의 스토리에서 상당히 자주 등장한다. 충쑤의 『날고 싶다想飛』(1976) 선집에 있는 동명의 스토리에도 주인공이 록펠러센터에서 뛰어내려 자살하는 것으로 그려진다. 자살은 일종의 시간의 흐름을 저지하는 행동으로서 이민자들이 자신이 다른 사람과 무관한 삶을 살고 있다고 의식할 때 살아나갈 것을 거절하는 방식이다. 불행한 이민에 있어 다중 인격이 일종의 정해진 존재 방식이라고 한다면, 자살은 동시에 이러한 다중 인격에 대한 거부라고도 할 수 있다.

가장 중요한 것은 이민자의 자살이 그들이 현재 정주한 땅과 연결점을 찾을 수 없음을 드러낸다는 점이다. 그들이 체험한 배척에는, 자기 마음대로 미국인과 그 가치관에 대한 수용을 거절한 것도 포함된다. 이러한 자살 서사 속에서 각 인물들은 에스닉이 불평등한 나라로 하방된 상류층 사람들로, 마치 천당 밖으로 내쳐진 신선들(바이셴용의 「적선기」 제목으로부터 알 수 있듯이)처럼 묘사되어 있다. 비교하자면, 정신분열은 다소 곤란한 상황이긴 하지만, 과거와 현재의 자아 사이에서 극렬하게 동요하면서 적어도 귀속을 찾고자 하는 욕망을 여전히 보여준다. 새로운 자아는 필요하다. 그래서 그녀는 현재를 살아갈 수 있으며 미래를 향해 나아갈 수도 있다. 그것이 얼마나 취약하든 불확정적이든 상관없이 말이다. 그녀는 벤야민이 말한 역사의 천사가 아니다. 전진하는 바람에 의해 등 뒤의 미래로 밀려지는 그녀의 발걸음은 비틀거리고 그녀의 얼굴은 세찬 바람에 쓸린다. 반면, 그녀는 일레인과 타오홍이 가장 좋아하는 색인 불같이 붉은색 또는 선명한 분홍색 옷을 입고 있으며, 권위·반항·부패를 조소하지만 강렬한 생존 의지를 가지고 있다.

화어계 미국문학에서 가장 불안한 상태를 은유하는 다중 인격과 자살이, 중국과 타이완 이민의 극단의 반복과 불안정한 정황을 보여준다고 한다면, 이는 결코 포스트모더니즘이 보편화한 분열적 주체가 아니다. 당대의 개념에서 대부분은 주체가 불완전하고 개괄할 수 없거나 결론 내릴 수 없다고 생각한다. 특히 프로이드Sigmund Freud와 라캉Jacques Lacan 이래의 정신 분석학 이론에 따르면 더욱 그러하다. 그 외 주체의 형성은 푸코식 또는 알튀세르식의 종속subjection의 과정을 겪어야지만 비로소 규율 사회적, 이데올로기적 주체subject가 된다. 이러한 이론을 모은 정신분석과 마르크스주의자는 필요한 조각, 갈라진 틈, 그리고 불완전성으로 이러한 주체 개념을 지지한다. 우리가 주의해야 할 것은 이러한 이론들이 비록 우리로 하여금 당대 주체의 분열과 소외를 이해하게 해주지만, 이민 상황이 촉발한 주체의 분열은 특정한 상황으로, 반드시 별도로 분석해야 한다는 것이다. 모든 분열된 주체가 같은 것은 아니며 모든 우울증 형태가 같은 것도 아니다. 그러므로 앤 쳉程艾蘭 Anne Cheng이 제시했듯, 에스닉 문제와 관련된 우울이라는 개념이 생겨나게 된다. 공교롭게도 '한훈'(즉 한족의 영혼)이라는 이름을 가진 바이셴융의 「시카고에서의 죽음」 이야기의 주인공은 백인 창녀를 찾아가는데, 백인 창녀의 눈에 그는 '중국인'을 대표할 뿐 아니라 모든 '동양인'을 대표한다. 그가 창녀로부터 받은 치욕이 보여준 것은 1세기 동안 침전된 황화론이었다. 고민과 치욕이 이처럼 마음을 아프게 하는 충쑤의 작품 『중국인中國人』 속의 주인공은 우울과 낙담이 심지어 정서적인 사치라고까지 말한다.

영어계 이민작가인 하진은 이와 대비를 이루는데, 이러한 의제를 살펴보는 데 한층 더 도움이 된다. 왜냐하면 이민국을 공간에서 장소로 전환한 것은 하진 자신이 내린 중요한 선택이기 때문이다. 그 선택이란 영어로 글을 쓰고 이후에는 자기 소설의 정경을 중국에서 미국으로 바꾸기로 한 것이다. 하진은 자신이 영어라는 비모어로 글을 쓰기로 선택한 것에 대해 다음과 같이 말했다.

> 우선 우리는―내 아내와 나는―이민을 결정했다. 우리 아이가
> 중국 역사의 악순환과 끝없는 폭력에서 멀어질 수 있도록 말이
> 다. 다음으로 나는 모어로 쓴 작품을 출판한 적 없다. 만약 내가
> 화문으로 글을 쓴다면, 아마 최종적으로 분명 중국 대륙에서 출
> 판될 것이며 검열 제도의 통제를 받아야 할 것이다. 셋째, 나는
> 더이상 중국 정부의 권력이 내 존재를 조소形塑하게 하고 싶지
> 않다. 다시 말해 나는 그 세력 범위에서 벗어나고 싶다. 내 작품
> 의 온전함을 보호하고 내 존재를 그러한 권력과 분리시키기 위
> 해, 나는 부득이하게 영어로 글을 쓴다.[27]

하진은 자신과 린위탕이 다르다고 생각했다. 그에게 린위탕은 '자기 문
학의 존재로서의 중국에 의지'하는 '문화 대사'와 같았다. 그리고 중국계
프랑스어 작가 다이쓰제戴思杰*와 같이 '문화 판매자'처럼 운용하는 방식도
있다. 그래서 하진은 상반되는 방식을 선택하여 콘라드Joseph Conrad(폴란
드)와 나보코프Vladimir Nabakov(러시아)의 걸음을 따라, '그들이 이후에 선택
한 언어 속에서 자신의 운명을 찾았다'. 잇따르는 실패를 마주하고서 하진
의 영어 글쓰기는 마침내 주류 문학 기구의 긍정적 평가를 받았으며, 전미
도서상American National Book Award, 아시아계 미국문학상Asian American Literary
Award, 그리고 플래너리 오코너 단편소설상Flannery O'Connor Award for Short

---

* 　한국에는 『소설 속으로 사라진 여자』(이원희 옮김, 프레스21, 2000)와 『발자크와 바느질하는
　　중국 소녀』(이원희 옮김, 현대문학, 2005)가 소개되어 있다. 특히 후자는 영화를 통해 더 많이
　　알려져 있다.

Fiction, 헤밍웨이상PEN/Hemingway Award, 윌리엄 포크너상PEN/Faulkner Award for Ficion 등과 같은 미국에서 태어난 작가들도 받기 어려운 상을 받았다.*
하진이 상을 받은 소설의 내용은 모두 소시민의 생활을 그린 것으로, 이들 보잘 것 없는 남녀가 사회주의 중국에서 매일 억압받고 분투하는 것을 다루고 있다. 글로 쓴 중국 이야기를 통해 그는 호평을 받았으며, 전통적인 미국의 위대한 작가 헤밍웨이, 오코너, 포크너의 대열에 들어섰다.

그러나 하진의 수상운은 그가 처음으로 미국을 배경으로 쓴 소설 『자유로운 삶A Free Life』(2007)에서 멈췄다. 이 소설은 직접적인 서술 방식으로 어느 중국 이민 가정의 세속적인 자잘한 사건들을 느리게 펼쳐 보인다. 이후 다시 단편소설집 『멋진 추락A Good Fall』(2009)을 출판했다. 이 이야기에도 자살하는 인물이 등장하지만, 이 인물이 자살하는 원인은 매우 독특하다. 앞서 말한 미국 사회의 핍박으로 인한 것이 아닌 중국인 동료의 착취로 인한 것으로, 하진은 이민 생활의 상처를 조성하는 것을 질책함에 있어 각종 사람들에게 골고루 분배하여 단순하게 에스닉을 분리하지 않았다.

이상과 같이 화어 또는 영어로 이민 경험의 차이나는 내력을 보여주는 것은 출판 지역 그리고 예상 독자군과 관계가 있다고 할 수 있다. 앞에서 언급했듯이, 1960-1970년대 화어계 미국문학 작품은 타이완에서 이주한 작가들이 썼지만, 그들이 계속 출판한 책의 경우 전부는 아니지만 대부분

---

* 연대순으로 정리하자면, 『말들의 바다Ocean of Words』(1996)로 헤밍웨이상을, 단편 소설집 『붉은 깃발 아래서Under the Red Flag』(1997)로 플래너리 오코너 단편소설상을, 『기다림Waiting』 (1999)으로 전미도서상과 포크너 상을 동시에 받았다. 한국전쟁의 포로를 그린 『전쟁 쓰레기War Trash』(2004)는 2005년 퓰리처Pulitzer상 소설 부문의 결선 진출작이었는데, 이 작품으로 하진은 재차 포크너 상을 수상했다.(이수진, 「하진의 중국재현과 오리엔탈리즘 논쟁」, 『비교문화연구』 제38집, 2015.3, p.192 참고)

타이완문학의 일부로도 편입되었다. 타이완문학도 다언어적이지만 화어 작품이 여전히 타이완에서는 주류이다. 사실 그들의 작품이 주로 겨냥한 독자는 대체로 타이완 독자들로서, 불가피하게 이것이 글쓰기의 방향을 결정할 것이다. 이러한 점에서 그들의 작품은 화어계 미국문학과 화어계 타이완문학이라는 두 종류에 동시에 들어갈 수 있다. 트랜스내셔널한 방식으로 두 개의 나눠진, 하지만 관계가 있는 문학사에서 존재하는 것이다. 이것은 특정한 트랜스내셔널한 유형으로서, 다중 귀속의 개념을 증명해 준다. 반대로 하진의 소설은 미국에서 설정된 것으로 미국 독자를 위해 쓴 것이다. 그는 공인된 인가 논리—만약 당신이 소수 이주민 후예 작가로서 호평 받기를 원한다면, 반드시 이국정조의 제재나 원래 거주국에서 상처받은 사건을 써야 한다는 것—에 따라 특수한 글쓰기 윤리를 구성하기를 거절한다. 하진의 작품에서 국가를 넘나드는 생활을 하는 이민자가 적지 않지만 우리는 하진의 작품을 '중국문학' 영역에 편입시키기 쉽지 않다.

화어계 미국문학이라는 패러다임에는 또 다른 트랜스내셔널한 형식도 있다. 녜화링의 『쌍칭과 타오훙』이 처음으로 출판된 곳은 홍콩이다. 왜냐하면 그녀는 타이완에서 정치적 이의를 제기한 사람이어서 작품이 타이완에서 출판될 수 없었기 때문이다. 초기의 소설 독자는 주로 홍콩과 타이완인이었지만, 영어판이 번역된 후에는 전미도서상을 받았다. 『쌍칭과 타오훙』은 일종의 언어를 횡단하는 트랜스내셔널함을 보여준다. 이 작품은 그 다양성과 복잡성이 교차하며 만들어낸 다원 언어를 가지고 미국문학의 내용을 풍부하게 하는 화어계이자 동시에 영어계 미국문학이다.

미주

1 Global Literature and the Technologies of Recognition, PMLA 119:1(Jan. 2004), pp.16-30. 紀大偉譯,「全球的文學, 認可的機制」,『淸華學報』34卷1期(2004年 6月), pp.1-30.

2 Benedict Anderson, Imagined Communities: Reflections on the Origin and Spread of Nationalism, Revised Edition(London: Verso, 2006).

3 말레이시아와 싱가포르에서 소위 '華語'가 가리키는 것은 Mandarin, 즉 중국 관방의 '普通話'이다.

4 黃萬華,『文化轉換中的世界華文文學』(北京: 中國社會科學, 1999), pp.225-226.

5 黃錦樹,『馬華文學與中國性』(台北: 元尊文化, 1998).

6 張錦忠,「小文學, 複系統: 東南亞華文文學的意義」, 吳耀宗編,『當代文學與人文生態』(台北: 萬卷樓, 2003), pp.313-327 수록.

7 Étienne Balibar, "Racism and nationalism", In Race, Nation, Class: Ambiguous Identities, ed. Étienne Balibar and Immanuel Wallerstein(London: Verso, 1991), pp.37-67.

8 Abdul Rahman Embang著, 莊華興譯,「國族與國家文學議題」, 莊華興編著譯,『國家文學: 宰制與回應』(吉隆坡: 雪隆興安會館·大將, 2006), pp.56-67 수록. 伊斯邁·胡辛著, 莊華興譯, 「馬來西亞國家文學」, 莊華興編著譯,『國家文學』, pp.33-43 수록.

9 Syed Husin Ali著, 莊華興譯,「族群文學在多元社會中的定位與角色: 馬來西亞個案」, 莊華興編著譯,『國家文學』, pp.44-55.

10 Abdul Rahman Embang,「國族與國家文學議題」, p.63.

11 McLuhan, 1964; 1967.

12 Abdul Rahman Embang,「國族與國家文學議題」, p.64.

13 Syed Husin Ali,「族群文學在多元社會中的定位與角色」, pp.44-55.

14 이에 관한 논의는 5편의 논문에 포함되어 있다. 그중 3편은 황진수가, 2편은 장화싱이 썼는데 莊華興編著譯,『國家文學: 宰制與回應』에 수록되어 있다.

15 Wang, Ling-chi, "The Structure of Dual Domination: Toward a Paradigm for the Study of

the Chinese Diaspora in the United States", Amerasia Journal 21.1-2(1995), pp.146-169.

16 Frantz Fanon, The Wretched of the Earth, Trans. Richard Philcox(New York: The Grove Press, 1963), p.172.

17 李佩然,「'本土'作爲方法: 香港電影的本土回歸與文化自主」,『字花』55期(2015年 5,6月), pp.119-123.

18 朱耀偉,「香港(硏究)作爲方法: 關於'香港論述'的可能性」,『二十一世紀雙月刊』147期(2015 年2月), p.55.

19 http://www.para-site.org.hk/en/exhibitions/imagine-theres-no-country-above-us-only-our-cities 2015년 8월 2일 인터넷에서 다운로드

20 Shu-mei, Shih, "Hong Kong Literature as Sinophone Literature", Journal of Modern Literature in Chinese 8.2&9.1(2008), pp.12-18.

21 陳國球,「總序」, 黃念欣編,『香港文學大系 1919-1949 小說卷二』(香港, 商務, 2015), p.30.

22 Walter D. Mignolo, Local Histories/Global Designs: Coloniality, Subaltern Knowledges, and Border Thingking(Princeton, N.J.: Princeton University Press, 2000) 참고.

23 이하 두 권의 대표 선집을 참고하시오. Songs of Gold Mountain: Cantonese Rhymes from San Francisco Chinatown, ed. Marlon K. Hom(Berkeley and Los Angeles: Unversity of California Press, 1992), Island: Poetry and History of Chinese Immigrants on Angel Island, 1910-1940, ed. Him Mark Lai, Genny Lim and Judy Yung(Seattle: Unversity of Washington Press, 1991).

24 The Multilingual Anthology of American Literature: A Reader of Original Texts with English Translations, ed. Marc Shell and Werner Sollars(New York and London: New York University Press, 2000), Through their work at the Longfellow Institute, Shell and Sollors have published several other related books and edited volumes, including Multilingual America: Transnationalism, Ethnicity and the Languages of America(1998) and American Babel: Literatures of the United States from Abnaki to Zuni(2002).

25 Sau-ling C. Wong, "Generational Effects in Racialization: Representations of African Americans in Sinophone Chinese American Literature", in Sinophone Studies: A Critical Reader, ed. Shu-mei Shih, Chien-hsin T's sai and Brian Bernards(New York: Columbia University Press, 2013), pp.375-384.

26 Sau-ling C. Wong, "Denaionalization Reconsidered: Asian American Cultural Criticism at a Theoretical Crossroads", Amerasia Journal 21.1&2(1995), pp.1-27.

27 "Exiled to English", Sinophone Studies: A Critical Reader, p.119.

부록

트랜스내셔널 지식생산의 시차時差

─ 스수메이의 『시각과 정체성: 태평양을 넘어서는 시노폰 언술·표현視覺與認同: 跨太平洋華語語系表述·呈現』을 읽고

샤오리쥔蕭立君(국립타이완대학 외국어문학과 부교수)[1]

최근 '트랜스내셔널', '디아스포라', '전지구화' 등의 명사가 타이완 학술계 및 지식권에서 대단히 뜨거운 키워드가 되고 있다. 이들 의제와 관련된 스수메이史書美 교수의 논의는 타이완 외국문학 및 타이완문학과 관련된 하위 학문영역의 학자들에게는 이미 익숙한 바이다. 사실상, 스수메이가 홀로 세우다시피 한 '화어계연구Sinophone studies'는 전지구적 자본주의의 맥락 속에서 트랜스내셔널 문화생산 및 디아스포라 공동체 등의 현상—특히 디아스포라 중국인/화인Chinese Diaspora 연구─을 새롭게 살피고 반성하고 비판하면서 뿌리 깊은 관념에 도전하고 있다. 스수메이가 2007년에 출판한 『시각과 정체성: 태평양을 넘어서는 시노폰 언술Visuality and Identity: Sinophone Articulation across the Pacific』은 그녀가 처음으로 전문저서의 방식으로 '화어계'의 관점을 체계적으로 기록한 것이었다.[2] 시간적 측면에서 보자면 중국어 번역본인 『시각과 정체성: 태평양을 넘어서는 시노폰 언술視覺與認同: 跨太平洋華語語系表述·呈現』은 2013년에야 비로소 출판됐기에 6년이라는 시간차를 갖고 있다. 정보 유통이 동시적으로 이루어지는 인터넷 시대인 오늘날 이는 상당히 많이 늦어진 것으로 보인다. (타이완문학台文學門을 포함하는) 타이완 학술계는 이미 전지구화의 지식생산체계 속으로 들어가 영어가 엄연히 학술연구에 있어 통용하는 언어가 된 데다, 스수메이의 경우 최근 몇 년 간 상당히 자주 국내의 관련 영역의 학자들과 교류하였기 때문에, 학술계에 있는 우리는 화어계 관점이 타이완에 전파되기까지의 '시간차'를 감지할 수 없었다. 하지만 필자는 중국어 번역본으로 스수메이의 저작을 '다시 읽으면서' 그 속의 여러 논점이 오늘날 타이완이라는 시공간 속에서 의외로 '시기적절'하며 매우 계발적임을 발견했다.

새로운 명사나 새로운 의제의 유행이 반드시 옛 관념의 교체나 기존 가치체계의 철저한 변화를 대표한다고 할 수는 없다. 게다가 종종 지배적 이데올로기가 새로운 도전을 유연하게 조절하고 흡수함으로써 새로운 명사나 새로운 의제는 쉽게 기존 체제와 묶이게 된다. 다른 한편, 실질적인 변화와 전적으로 새로운 시각이 도래하려면 계기뿐만 아니라 시간도 필요하다. 타이완문화권 심지어 대학 내의 트랜스내셔널과 디아스포라 문화에 대한 응당 그러할 것이라는 관점과 비교하자면, 필자가 보기에 『시각과 정체성』의 몇몇 논점(예를 들어, 디아스포라는 끝나는 날이 있을 것이며, 타이완의 디아스포라 상태는 이미 끝났다는 주장: 268-70쪽)은 일부 독자에게 듣기 거슬린다고 여겨진다. 그러나 이와 마찬가지로 상당히 많은 독자들은 매우 신선하다는 느낌을 가질 수 있다. 타이완은 '트랜스내셔널 문화' '디아스포라 담론'과 같은 표현을 흔쾌히 받아들여 이를 토대로 기존 문화형태를 묘사, 해석, 심지어 합리화하거나 혹은 (만약에 인식 상 아직 연결되지 않았다고 한다면) '빈틈없이 연결'하는 전지구화를 최종적 목표로 삼는 것처럼 보인다. 이 때문에 스수메이 저서 속의 '주류 담론'에 관한 비판은 트랜스내셔널 지식의 조류를 즐겁게 받아들이는 가운데 무시될 가능성이 있다. 그러므로 필자는 이 책의 주요 논점을 평가하는 외에, 비판성과 급진성radicality 역시 짚어볼 것이다.

1.

『시각과 정체성』 전체를 꿰뚫고 있는 주요 담론論述은 당연히 스수메이가 '화어계'라는 개념틀에서 출발하고 있는 관점으로, 서로 다른 시공간 속에 존재하는 화어문화의 표현/양상에 대한 분석과 해석이다. 소위 '화어계'란 '중국 밖과 중국성 주변에 놓인 문화생산의 네트워크'를 가리킨다. 그것은 '화어계 가운데 여러 언어의 이질성 및 화어를 사용하는 사람들華語人士이 분포된 지역의 다양화'가 여러 세기에 걸쳐 여러 다른 지방에서 중국문화를 이질화, 현지화시켰음을 보여준다(중국어본『시각과 정체성』, 17쪽 [이하 표기되는 쪽수도 중국어본]). 당연히 스수메이는 서론 후반부에서 다음과 같이 재빨리 보충하여 서술한다. 화어계는 생명력과 이질성을 지닌 수많은 언어 및 문화를 동시적으로 대표하기 때문에 '통일된 정의로는 포괄할 수 없다'(62쪽)고 말이다. 설령 '화어계'라는 명사의 정의와 범주가 일정정도 유연성을 지닌다 하더라도,[3] 필자는 스수메이의 화어계에 관한 논술은 책제목에 표시된 '시각'과 '정체성'이라는 두 주제에 딱 맞게 전개된다고 지적해야만 하겠다. 사실, 스수메이의 '화어계'라는 표현이 갖는 흥미롭고도 새로운 부분은 시각 혹은 시각성visuality이라는 요소의 강조에 있으며, 화어계의 트랜스내셔널한 표현과 양상 속에서 시각(성)이 정체성 identity의 기초와 구조를 떠받친다고 주장하는 데 있다.

『시각과 정체성』은 주요 장절에서 시각성을 중심으로 다양한 시각 텍스트―리안李安의 영화(제1장), 류홍劉虹의 시각예술작품(제2장), 프루트 챈陳果의 '홍콩삼부곡香港三部曲'* 영화와 '로팅盧亭, Lo Ting' 설치미술시리즈**(제5장), 우마리吳瑪悧의 설치미술(제6장 후반), 영상매체 속의 '대륙'과 '대륙자매大陸妹'***의 형상(제3,4장)―의 자세한 읽기와 그 분석에 이론적 기초를 제공하고 있다. 그런데 시각성이라는 주제에 대한 탐구 역시 아래의 몇 가지 주요한 함의를 지닌다. 첫째, 화어계 하 여러 언어의 차이는 '화어the Chinese language'의 이질성과 다원성(본래 단일언어가 아니다)을 분명히 드러낸다. 하지만 단지 말소리語音의 차이를 화어계의 기준이나 '공통성共性'으로 삼는다면, 여전히 어떤 상상적이고 본질화된 '화어특징'이라는 정형화된 패턴속으로 빠져들 가능성이 있다. 또한 중국 중심주의가 가지고 있는 '표준

---

* 각 영화의 제목은 다음과 같다. 〈메이드 인 홍콩香港製造, Made in HongKong〉(1997년 작, 1998년 한국 상영), 〈그해 불꽃놀이는 유난히 화려했다今年煙火特別多, The Longest Summer〉(1998년 작, 같은 해 부산국제영화제에서 상영), 〈리틀 청細路祥, Little Cheung〉(1999년 작, 2001년 한국 상영)

** '로팅'은 전설 상 전해지는 반인반수半人半魚의 존재로, 홍콩인들의 선조(한족이 아님)라고 알려져 있으며, 진위여부와 상관없이 오늘날에도 그 목격담이 전해진다. 홍콩인들의 정체성 문제와 관련하여 '로팅 전시회'가 1997, 1998, 1999년 세 차례 홍콩 아트센터에서 열렸다. 『시각과 정체성』(한국어판) pp.239-240 참고.

*** 1990년대 중반 성행했던 일종의 대륙 현지처를 뜻한다. 주로 중국 경외(특히 타이완) 남성사업가들이 중국 경내에서 생활할 때 함께 했던 여성들로, 타이완에서 불법적으로 거주하는 대륙여성을 일컫기도 한다. 『시각과 정체성』(한국어판) pp.147-157 참고.

중문/각지 방언'이라는 종속의 틀로 재편되기 쉽다. 화어계 시각문화에 관한 언술은 트랜스내셔널의 맥락 하에서 시각 영상을 통해 '탈중국중심화'된 정체성, 세계 및 다른 의미와 문화생산으로 나아갈 가능성을 열어준다. 둘째, <와호장룡>에 대한 분석을 일례로 알 수 있듯이, 언어와 시각 사이의 긴장은 스수메이의 화어계 문화 언술의 전복성 및 창조력과 연관된다. 언어환경과 문화를 넘나드는 것을 속성으로 하는, 화어계공동체가 만들어내는 영상과 시각 텍스트는, 전지구화와 트랜스내셔널 문화산업의 맥락 속에서 언어의 장벽을 넘어서는 가로지르기 문화跨文化의 번역과 이해의 가능성(당연히 여기에는 탈맥락화된 소비(213)나 오해의 위험도 포함된다)도 증가시킨다. 셋째, 전지구적 자본주의global capitalism라는 큰 틀 속에서 '정체성의 주요 방식으로서의 시각이 여태껏 겪지 못한 수준에 이미 올라섰기'(21쪽) 때문에, 스수메이는 비서구적인, 특히 화어계의 영상문화 생산이 전지구화를 포용하거나 거절하는 가운데 어떻게 서로 다른 '시각적 문해력visual literacy과 영상에 대한 인지'[4]를 발전시켜나가는지, 그리고 서구가 주도하는 전지구화 시각문화에 어떻게 대응하고 도전하는지를 설명하려 한다.

'전지구적 자본주의'라는 큰 맥락은 인지 상의 현상에 대한 묘사일 뿐 아니라 스수메이가 견지하는 이론의 큰 틀이기도 하다. 책에서 이론을 설명하는 주요 장(주로 「서론」, 「결론」 및 제1장과 제6장의 앞부분에 집중되어 있지만, 여타 장절 속 개별 사례 분석의 이론적 기초도 포함된다)을 자세히 읽어보면, 스수메이 논의의 동력과 기초가 대부분 서구 마르크스 학파의 입장에서 출발하고 있으며, 전지구적 자본주의의 유동적 확산에 대한 해석, 서구 포스트구조주의의 핵심적 개념에 대한 비판 그리고 (포스트구조주의의 영향을 받은) 탈식민 이론 입장에 대한 질의로 이루어져 있음을 쉽게 발견할 수 있다.

예를 들자면, 시각문화가 자본의 힘을 전용할 수 있지만 자본의 힘에 전용되지 않는다는 하비David Harvey의 희망적 견해에서부터 딜릭Arif Dirlik의 포스트모던의 유연한 주체관彈性主體觀에 대한 비판(43쪽)에 이르기까지, 우리는 스수메이의 이론적 기초와 사고의 과정을 찾아낼 수 있다. 이론적 계보로 보자면, 책 속의 '시각'과 '정체성'에 관한 이론적 탐색은 사실 상당히 공격적이라 할 수 있다. 스수메이는 당대 서구이론의 발전이라는 맥락 속에서 시각(성)과 신분 정체성의 중요성 및 정당성 그리고 급진적인 정치적 의의를 중건하고자 시도한다. 스수메이가 시각과 정체성을 위한 변호의 입장과 태도를 취하는 이유는, 주로 서구가 전지구적 자본주의 속에서 문화의 '시각 전향'에 주의를 기울이면서도 동시에 '주류 철학과 학술 담론이 패권적 태도로 시각을 깔보는'(27쪽) 데다, '언어로의 전향'이라는 후기구조주의가 유행하자 서구 지식인들이 서사의 문화적 우월성을 높이 받들면서 시각의 재현 형식을 업신여기는 태도를 더욱 공고히 했기 때문이다. 그러나 후기구조주의가 이론적으로 전통적인 주체관의 파산을 선고했던 것처럼, 주체란 단지 다중적이고 무한한 변환의 가능성을 지닌 주체의 위치subject position로 대체될 수 있을 뿐이며, 특정한 신분 정체성이란 부단하게 연기될 뿐인 것 같다. 모종의 다원적 문화관이 유행하는 분위기 속에서 서구학계의 '정체성 정치identity politics'에 대한 비판은 이미 비평계의 상식critical commonsense이 되었다. 스수메이는 결코 경직된 신분 정의를 기준으로 삼는 정체성 정치로 돌아가자고 주장하지 않는다. 그녀는 정체성 정치에 대한 비판 때문에 여러 다른 역사 정치 문화의 맥락에 놓인 정체성 언술이 만들어낼 수 있는 다중의 정치적 함의(진보적이든 반동적이든)가 무시돼서는 안 된다고 강조한다. 당연히 그녀는 또한 정체성 정치에 대한 비판이 우리로 하여금 '(여전히 필요한) 정체성을 잃게' 해서도 안 된다고 말한다(41쪽).

필자가 여기에서 스수메이의 기본 입장과 그녀가 '견지'하는 바를 정리한 까닭은 중역본 독자들이 이 책의 논리적 흐름을 이해하는 것을 돕기 위해서지, 결코 스수메이에게 이론적 계보 상에 있어서 고정된 위치를 억지로 덧씌우기 위해서가 아니다. 사실, 스수메이에게서 도드라지는 어떤 이론적 입장의 여유는 관점을 빌려오거나 사례를 분석할 때 상당히 적절하게 유연성과 복잡성을 지키면서도 결코 함부로 간략화하거나 귀납시키지 않는다는 데 있다. 책에서 논하는 서구 구미 각 학파의 시각이론 주장에 대한 정리를 예로 들자면, 작가는 정반正反 의견을 세밀하고 깊이 있게 정리하면서도 연관된 이원대립적 관점을 벗어나야만 한다는 사실을 잊지 않고 일깨운다. 게다가 어떤 매체(서사이든 시각이든)가 태생적으로 패권 혹은 반항적 특성을 지니고 있다는 식의 본질론적 관점(당연히, 후기구조주의에 대립하는 입장에 선다는 것은 후기구조주의가 반대하는 본질론을 옹호하는 것을 뜻하지 않는다)을 지양한다.[5]

2.

스수메이 이론은 유연성으로 인해 절충주의eclecticism나 효용을 중시 —예를 들어, 비주류집단은 분명한 신분 정체성을 필요로 하며, 시각 매체는 억압받는 자의 욕망을 투사할 수 있다는 것과 같은—하는 실용주의pragmatism처럼 보인다. 그러나 그것은 주로 작가가 보편적universalist 이

론을 역사화, 맥락화 하려는 데서 기인한다(40쪽). 역사화와 맥락화는 이
론의 보편성과 적용범위를 축소시키는 것처럼 보인다. 그러나 역사와 현
지 맥락이라는 특수성은 기존의 패턴이나 일상적인 상태를 벗어난 다중
적인 발전의 가능성을 구체적으로 드러내기도 하며, 예기치 못한 우연성
contingency의 불가피함을 간접적으로 에둘러 보여주기도 한다. 스수메이
자신의 지식 생산과 담론은 각종의 다른 지식맥락—예를 들어 서구의 비
판이론, 미국의 동아시아연구 담론, 여러 화어 공동체의 현지 문화적 실
천 등—사이에서 유연한 언술의 중역重譯과 재구축과 전화의 기회를 어떻
게 가져올 수 있는가에 대한 모범이 되기도 한다. 비록 이런 유연한 공간
도 결국 맥락에 의해 제한되겠지만, 무한하고 임의적인 확장이나 변이거
나 혹은 유연성을 마음대로 컨트롤하려는 것은 아니다.

　　스수메이의 유연한 이론적 실천은 아마도 그녀가 책에서 인용하는 라
클라우와 무페Ernesto Laclau and Chantal Mouffe의 '결절점nodal points'* 및 관련
된 용어/개념을 빌려 이해할 수 있을 것이다.[6] '결절점'의 위치를 차지한
특정의 기표意符(영상 표현을 포함하는)는 불가피한 다중의 맥락 속에 동시적
으로 놓이는 까닭에, 서로 다른 심지어 서로 배척하는 관찰의 시점과 의미
의 접합articulation을 내포할 수 있다.—이는 진실을 가리고 있는 시각 매체
의 환상화 경향의 배후를 간접적으로 도출해내는 것으로, 여전히 급진적
잠재력이라는 또 다른 일면을 지닌다.[7] 그런데 이러한 트랜스내셔널한 다

---

* 　누빔점, 마디점, 매듭 등으로도 해석된다. 라클라우와 무페의 저서는 한국어판으로 『헤게
　모니와 사회주의 전략』(에르네스토 라클라우·샹탈 무페 지음, 이승원 옮김, 후마니타스, 2013)이 있
　으며, 한국어판에서는 '결절점'으로 번역되어 있다. 라클라우와 무페는 라캉의 [같은 개념
　으로, 의미화 사슬의 의미를 고정하는 특권적인 기표인] '누빔점'을 빌려, '의미를 부분적
　으로 고정하는 특권적인 담론 지점들'(p.205)을 결절점이라 지칭한다.

중의 맥락은 동시에 유연성으로 제어, 은폐, 전용되는 공간을 더 많이 지니는 것 같기도 하다(왜냐하면 각 맥락 하의 의미접합을 깊이 검토하고 이해하려는 도전성 역시 더욱 크기 때문에). 리안의 영화 시리즈가 트랜스내셔널·가로지르기 문화의 특성과 전략을 통해 민족國族 주체와 이주민 출신의 에스닉 주체가 유연한 작용 속에서 어떻게 교묘하게 결합되며, 서로 다른 맥락 하에서 주류문화의 기대에 어떻게 부합하는지를 설명하려했던 스수메이의 의도가 바로 그렇다. 류훙의 예술창작이 보여주는 다중적인 주체의 위치 역시 유사한 유연성의 방식으로 잠재적인 정치적 급진성을 타협시킴으로써 주의력을 끌려 했다. 하지만 대단한 상업적인 구매력을 갖진 못했다. 이것이 바로 우리가 '트랜스내셔널한 공모 구조'(131쪽)가 더 유연하게 새로운 차이를 컨트롤하는 국면을 마주할 때(예를 들어, 이질문화 언술의 잠재적 번역가능성은 위협성을 갖지 않을 때야 비로소 받아들여질 수 있다는 것처럼), 라클라우와 무페가 강조하는 '안타고니즘antagonism'*이 이론에 있어 다른 사유의 방법을 제공할 수 있을 것이라 필자가 생각하는 까닭이다. 이 두 이

---

* 『헤게모니와 사회주의 전략』에서 '수많은 사회적 적대들'로 표현되는 '안타고니즘antagonism'은 '현대사회를 이해하는 데 핵심적인 수많은 쟁점들'로 '마르크스주의적 범주들 내에서 재개념화될 수 없는', '마르크스주의 외부에 존재하는 담론성의 영역들에 속한 것'이다. 라클라우와 무페는 1980년대 이후 급변한 세계의 상황과 새롭게 등장한 갖가지 문제들을 성찰하기 위해서는 '마르크스주의 범주들을 재활성화(이때의 재활성화란 기존의 범주들을 해체deconstruction하는 것)'해야 한다고 주장한다. 이들에게 있어서 antagonism은 '그 현존 자체가 하나의 폐쇄적 이론 체계로서의 마르크스주의에 대해 문제를 제기하는 것이며, 사회분석을 위한 새로운 출발점의 선결조건'이 된다. 이들은 '적대'라는 용어를 고수함으로써 '민주주의의 급진화 과정이란 (…중략…) 중립적인 지형 내'에서 일어나는 일이 아니며, 그들의 목표인 '새로운 헤게모니의 확립'은 '정체적 경계들의 소멸이 아니라 그것의 새로운 창출을 요구'한다는 사실을 분명히 하고 있다. 한국어판 『헤게모니와 사회주의 전략』 제2판 서문 참고.

론가에게 있어 '안타고니즘'은 최종적으로 결절점을 봉합시킬 수는 없다(그것은 사회 정체성의 불가능을 증명한다). 그러나 바로 그것이 대표하는 틈의 존재로 인해서 결절점 상의 주요 기표는 완전히 다른 언술의 가능성을 여전히 지니게 된다. '안타고니즘'은 그 어떤 기존의 구체적인 대립관계(예를 들어 두 에스닉그룹 사이 혹은 자본가 단체와 노동운동 단체 사이와 같은)와 다르다. 또한 현존하는 객관적인 사회적 차이의 관계 속에서 완전하게 언술表述될 수도 없다(124-127쪽). '안타고니즘'은 다만 '부정적으로 언술負面表述'할 수 있을 뿐인 것 같다. 하지만 특정한 대상이 없고 고정된 내용이 없다는 '안타고니즘'의 특징은 그것이 식별되거나 번역되기 어렵게 만들기도 하며, 조정된 차이의 관계 속으로 재편되어 들어가게 만들기도 한다. 다시 말해, '안타고니즘'은 현실 정치 속에서 유연하게 규제되거나 계산된 부분이 되기 어렵다. 더 나아가 그것은 정치성이란 정치적 현실이 다가 아니다 the political is irreducible to political reality라는 것과 같은 급진적인 민주주의에 대한 염원을 가능하게 만든다.

3.

전반부의 이론적 설명은 어떤 해석이 이론의 근원적 뜻에 가장 부합한가 혹은 어떤 이론을 전용해야 정당성이나 합리성을 가질 수 있는가를 주장하려는 것과는 다르다. 사실, 『시각과 정체성』이 이론 상 갖는 공헌은 그것이 제공하거나 인용하는 이론 내용 자체에 있지 않다. 오히려 가져온 문제의식이 우리로 하여금 이론과 비이론의 측면에서 여러 의제를 사고하도록 자극한다는 데 의미가 있다. 이 글의 마지막 부분에서는 이들 의제에 관해 간략하게 요점만 정리함으로써 논자들이 더욱 깊이 탐구할 수 있길 바라는 바이다.

(1) 비非 서구 중심주의의 인지 구조와 세계관

서구 중심주의(특히 '이론'의 유럽 중심관)에 대한 비판은 이전부터 드물지 않았다. 그러나 스수메이는 서구 중심(metropolitan, 책에서는 '대도시'로 번역)이라는 맥락 속에서 이주민 후손들의 주변성, 자아의 마이너리티화 및 반反서구중심관을 표방하는 지식인들이 결국에는 서구 중심에 대한 집착을 드러내고 이원대립적 담론論述(248-252쪽) 속으로 빠져들 수 있다는 사실을 더욱 체계적이고도 정밀하게 비판·지적한다. 스수메이의 화어'계' 주장이 반反 서구식민주의라는 비서구적 관점으로부터 계발 받았음을 독자들은 어렵지 않게 발견할 수 있다.(프랑스어권 문화처럼, 스수메이가 강조하는 것은 '자아의 소수민족계화弱裔化, Minoritization' 혹은 '자아의 타자화' 방식으로 아직 서구중심관과 이어지지 못했다는 관점이다) 화어계의 '탈중국중심화' 경향이 의미하는 바는 신구新舊 문화제국주의 간의 이원대립론적 입장에 빠지길 원하지 않는다는 사실이다. 타이완의 경우, 직접적인 서구 식민의 역사적 경험이 없고, 제국 주변에 자리한 위치는 중심에 의해 받아들여지기를 갈망하는 것처럼 보이기 때문에, 피식민 경험을 지닌 제3세계의 문화관 속에는 우리가 참고할 영역이 없는 것처럼 보인다. 또한 '근대화/전통' 혹은 민족주의의 틀 밖에서 우리와 서구문화의 관계를 돌아보는 경우도 거의 없는 것 같다. 마찬가지로 서구 중심관의 인지적 측면에서의 무의식적 속박을 벗어나기 위하여, 스수메이는 다른 논자의 관점을 빌려서 다음과 같이 독자의 '정체성의 인식론적 지위the epistemic status of identity(42쪽)'를 일깨워 준다.[8] 즉 정체성은 우리가 어떤 세계관을 형성하는 데 기대는 이론적 구조建構일 수 있다고 말이다. 정체성은 구체적 경험을 토대로 세워진 것으로, 본체론적 측면의 문제처럼 보이지만, 경험으로부터 의미를 채택하고 나아가 지식으로 전화시키는 것을 도울 수도 있다. 그러므로 정체성 문제는 이론의 문제일 수도 있다.

(2) 지식의 현지화와 이론의 일정

만약 우리가 정체성의 인식론知識論적 지위를 받아들일 수 있다면, 우리는 '서구이론/현지경험 혹은 소재'라는 '방법/사례' 간의 단순한 구분과 관성적인 지식의 (재)생산 패턴을 벗어날 수 있을 것이다. 왜냐하면 경험 순서의 변화脈動는 사실 인지의 구조적 형태認知架構의 이론 및 의제와 관계를 끊을 수 없기 때문이다. 이는 우리로 하여금 잠재적인 '이론진화론'(방법의 측면에서 서구의 수준을 따라갈 수 있을지)이나 이론이 타당하게 운용되는가와 같은 우려를 다시 살펴보게도 한다. 탈식민이론을 예로 들자면, 우리가 묻는 것은 다음과 같다. 타이완의 사회문화적 맥락 속에서 탈식민이론의 개입지점은 어디인가? 우쉬안훙伍軒宏이 지적한 것처럼, 탈식민연구는 '주변 지역邊緣田野'의 다중성을 더욱 발전시킬 수 있어야 하고, '서로 다른 정경이 서로 다른 구분기준을 가질'(221-222쪽) 수 있어야 한다. 이러한 정돈되지 않은 '현지의 자료田野資料'란 이론화를 위해 모아서 정리(예를 들어 전형적인 구미중심관 주체의 방법)하여 외부에 있다고 자인하는 인지주체에게 제공하기 위한 것이 아니라고 필자는 생각한다. 그것은 현지화된 인지주체의 이론적 사고의 움직임 그 자체이다. '이론상의 동시성theorectical coevalness'*을 추구하는 것이 갖는 한계—즉 몇몇 서구 지식생산의 중심에 위치한 탈식민이론가에 대한 스수메이의 비판(76쪽)—의 문제는 아마도 동일한 이론용어나 구조를 사용하는 데에 그치지 않을 것이다. 나아가 그것은 '인식의 민주화認知平等性 epistemic democratization' 문제(Lionnet and Shih 29) 및 자신의 이론적 일정을 어떻게 볼 것인가의 문제이기도 하다. 90년 대 타이완에서는 타이완 주체성과 탈식민/포스트모던에 관한 일련의 논쟁이 출현했었다. 그것은 이론 용어 상 서구와 '동시성'을 지니고 있지만, 이 같은 공시성과 그 배후의 진화적 시간관이 만약 타이완 경험에서 단련된, 그에 상응하는 이론적 진보와 세계관을 발전시키지 못한다면, 이는 곧 우리가 이론과 지식의 현지화 문제를 다시 사고해야 함을 의미한다. 그러므로 이론과 지식의 시차는 필요할 수도 있지만, 이 시차가 반영하는 것은 서구가 참고하는 좌표에 인지적 시각이 묶인 시간관이 아니다. 그것은 본토의 경험에서 침전되고 잉태되어 길러진 시간을 필요로 한다.

(3) 시간 흐름 속의 '현상現狀'

시간은 정체성을 구성하는 요소이면서, 화어계공동체의 변화를 이끈

---

* 동시성으로 번역한 'coevalness'는 '공재성'으로도 번역된다. 이 용어는 요하네스 파비안 Johannes Fabian(대표 저서는 『Time and the Other: how anthropology makes its object』(New York: Columbia University Press, 1983))에 의해 인류학의 서양중심주의를 비판하기 위해 사용되었다. 인류학자가 비서양 지역을 관찰할 때 필연적으로 요구되는 인류학자, 원주민, 중개인과의 협력 관계가 민속지와 같은 인류학적 결과물 속에서 철저하게 은폐되고, 원주민이 대상화되어 버리는 것을 비판할 때 사용된다. 동시성의 한 양태인 공재성이 인류학 속에서 거부되면서 시간은 계층화·공간화되며, 이를 토대로 서양the West과 나머지 지역the Rest 사이의 분리로 나아가게 된다는 것이다. 이와 더불어 시간의 계층화 혹은 공간화라는 기제가 달성되면 인식주체(서양)는 타자(비서양)에게 대답해야 하는 책임 역시 그만두게 된다.(사카이 나오키 저, 이규수 옮김, 『국민주의의 포이에시스』, 「공감의 공동체와 공상의 실천계」 참고)

변수 중 하나이기도 하다. 왜냐하면 '이민의 후예가 더 이상 …… 각종 한어를 말하지 않게 됐을 때, 그들은 더 이상 화어계집단의 일원이 아니기'(269쪽) 때문이다. 언어범주로서의 화어계는 지극히 과도기적인 시간범주이기도 하다. 화어계를 주장하는 것이 오늘날까지(6년 후)도 여전히 필자로 하여금 상당히 '시기적절'하다 느끼게 하는 원인은 다음과 같다. 먼저, 뭇 화어공동체가 여전히 일종의 '기원이라는 이데올로기'에 기초한 채, 이민을 '영구적인 상황'(268쪽)으로 여긴다는 점이다. 또한 차이밍량蔡明亮이 지적한 것처럼, (그 자신을 포함하는) 동남아의 '화교'공동체는 다른 시공을 배경으로 하는 유행가(역시 오래된 노래) 듣기에 빠져있는데, 이러한 경향은 시간을 그 어떤 부드러운 향수 문화의 언술로 응결시킨다.[9] 마치 화어계집단에 가하는 시간의 흐름이라는 피할 수 없는 침식에 완강하게 저항하고 있는 것처럼 말이다. 원저와 중국어 번역본 사이의 시차라는 점에서 봤을 때, 스수메이가 수년 전 관찰했던 '모호성이 타이완의 현상유지에 협조하는 듯하지만, 세상에는 변하지 않는 현상이란 없다'(202쪽) 사실은, 타이완에서 익숙해진 '현상 담론'의 허망함을 한마디로 설파한 것이라 할 수 있다. '현상유지'라는 공통된 인식의 배후에는 '현상'에 대한 각종 차이 및 충돌하는 해석 간의 힘겨루기가 존재한다. 각 세력이 공식적, 비공식적으로 현상유지의 물질적 조건과 정치문화적 분위기를 바꾸려 시도한다는 것은 더 말할 필요도 없다(221쪽).

『시각과 정체성』은 해외 글쓰기(특히 미국이라는 맥락 속에서)와 영문 매개라는 우위('중국' '중화'와 같은 중국어로 번역된 단어는 오늘날의 맥락 속에서는 중립적이거나 이데올로기의 간섭을 받지 않기가 어려운 언술이다)를 점하고 있다. 이 책은 내부인이 자신의 처지를 말할 때 감당할 수 없는 모호함이라는 부담

감을 지니고 있지 않으면서, 외부인이 이해하기 힘든 현지 지식의 복잡한 맥락이나 미국 이익을 중심으로 하는 사고 역시 가지고 있지 않다. 그렇기 때문에 이 책은 우리가 스스로에게 주기 힘든, 어렵게 얻은 귀한 선물이다. 하지만 마찬가지로 외국어학문의 훈련을 받은 우리가 책에서 제기하는 타이완정체성, 지식 맥락 등과 관련된 어려운 의제에 대해 깊이 사고하고, 생각하고, 도전하는 바통을 넘겨받을 수 없다면, 스수메이가 주는 지식상의 증여는 사라지게 될 것이다.

인용도서목록

史書美, 『視覺與認同:跨太平洋華語語系表述·呈現』, 楊華慶 번역, 蔡建鑫 교정, 台北: 聯經, 2013.

伍軒宏. 「再現後殖民:評張君玫『後殖民的陰性情境:語文,飜譯和慾望』」, 『中外文學』 41권 4기(2012년 12월), 221-28쪽.

Butler, Judith, Ernesto Laclau, and Slavoj Žižek. Contingency, Hegemony, and Universality: Contemporary Dialogues on the Left. London; Verso, 2000.

Laclau, Ernesto, and Chantal Mouffe. Hegemony and Socialist Strategy: Towards a Radical Democratic Politics. London; Verso, 1985.

Lionnet, Françoise, and Shu-mei Shih, eds. The Creolization of Theory. Durham: Duke UP, 2011.

Mohanty, Satya P. "The Epistemic Status of Cultural Identity." Reclaiming Identity: Realist Theory and the Predicament of Postmodernism. Ed. Paula Moya and M.Hames Garcia. Berkely: U of California P, 2000.

Shih, Shu-mei, Visuality and Identity: Sinophone Articulations across the Pacific. Berkeley: U of California P, 2007.

Shih, Shu-mei, Chen-hsin Tsai, and Brian Bernards, eds. Sinophone Studies: A Critical Reader. New York: Columbia UP, 2013.

Žižek, Slavoj. The Sublime Object of Ideology. London; Verso, 1989.

미주

1   본문은 『中外文學』 43권 1기(2014년 3월)에 발표되었다. pp.213-222.

2   史書美의 '화어계'에 관한 전문저서로는 이 밖에 그녀가 공동으로 주편을 맡은 『華語語系讀本Sinophone Studies: A Critical Reader』(2013)이 있다.

3   앞에서 인용한 정의와 좀 부합하지 않는 예로, 史書美는 화어계에도 '중국 중심주의'의 가능성이 표현되고 있음을 인지한다.(p.58)

4   이 점에 관해서, 史書美는 영문 원저 속에서 '다른 시각 문해력과 시각에 대한 이해'a difference visual literacy and understanding of the visual(p.10)를 언급하고 있다. 하지만 중역본에서는 '다른 시각 해석'이라고만 언급한다. '시각 문해력'이 작가의 화어계 시각문화에 대한 관점 혹은 기대와 관련 있다 생각하기 때문에 이 글에서 필자는 세부적으로, 자구 하나하나를 번역해서 제공하는 바이다.

5   그러므로 우리는 다음과 같이 추론할 수 있다. 화어 시각 문화의 언술을 사고하는 것은 서구이론의 '글쓰기書寫 대 시각성視覺性'이라는 대립적 개념에서 벗어나야 한다는 것과 비슷하다. 비非자모병음 문자(즉, 비非어음중심관phonocentrism)인 중문서사의 경우 시각성과의 관계가 필경 어떠해야 하는가—그것은 시각 인지의 일부로, 유럽어계 서사와 다른 개방적 잠재력을 지닌다. 아니면 중문서사는 각종의 뒤섞인 화어계 어음의 표준화와 안정화로 인해 더욱더 현저하게 반동적인 것인가?—가 『視覺與認同』이 필자로 하여금 생각을 유도하는 복잡한 이론 문제 중 하나이다. 책에서 초점을 맞춘 시각 텍스트와 의제는 당연히 있지만, 그에 대해 더 이상 설명하지 않고 있어서 애석하다.

6   라클라우와 무페 및 그들이 전용하는 라깡의 정신분석개념은 늘 후기구조주의(후기구조주의와 같은 커다란 이름표는 때로 참고로서의 가치만 지닐 정도로 광범위하게 응용된다. 지젝Slavoj Žižek이 그의 첫 영문 저서인 『이데올로기의 숭고한 대상The Sublime Object of Ideology』에서부터 줄곧 라깡 학설을 후기구조주의의 한 부류로 보는 것에 반대했다는 사실을 많은 이들이 잊어버린 것처럼 말이다)로 귀납되기 때문에, 필자는 여기에서 이론 진영을 가로지르는 해석의 가능성을 시도하려 한다.

7   여기서의 이론과 윤리적 의미의 경우 우리가 이미 '불가능하나 필요한'impossible yet necessary 순간(Butler, Laclau, and Žižek 8)과 연관시킨 바 있다. 지젝은 라깡의 결절점points de capiton[누빔점]이라는 개념으로 이데올로기적 결절점을 설명하였다. 결절점은 '민주'와 같은 핵심어를 다른 맥락 속에서도 같은 것으로 완벽하게 이어서 언술하지만 그것의 정치 스펙트

럼의 위치는 현저하게 다르다는 주장이다.

8   史書美는 여기에서 주로 모한티Chandra Talpade Mohanty(1955년-)[인도계의 포스트식민 여성
     주의 이론가로, 국내에는 저서 『경계 없는 페미니즘』이 번역 소개되어 있다]의 주장을 인
     용한다.

9   蔡明亮의 관련 주장은 그의 단편 인터뷰인 〈蔡明亮談老歌〉(http://cscf100.pixnet.net/blog/
     post/78076313)에서 보인다.

화어계연구는 중국중심주의에 대한 비판만이 아니다
― 스수메이 인터뷰 기록

일시: 2014년 6월 8일

장소: InterContinental Hotel, Singapore

인터뷰와 수정: 쉬웨이셴許維賢

인터뷰 녹음 정리: 양밍후이楊明慧

화어계연구의 도전

쉬웨이셴(이하 '쉬'로 표기): 화어계연구의 가장 중요한 이론 창시자로서 당신은 화어계연구의 미래를 하나의 학과목의 형태로 추진하고자 하십니까? 아니면 그것은 단지 일종의 문제 제기mode of enquiry입니까?

스수메이(이하 '스'로 표기): 좋은 질문입니다. 기본적으로 우리는 하나의 영역 또는 하나의 방법론, 또는 영역의 구축이나 탄생에 관해 얘기하고 있으니까요. 물론 학술계에서 우리의 담론은 비교적 성공한 예로서, 제도화될 수 있고 하나의 학과목 형태로 존재할 수도 있습니다. 하지만 실제로 이러한 학과목 형태도 곤란한 점이 있습니다. 그리고 제도화되었을 때 비교적 틀에 박히게 변할 수도 있고요. 따라서 제가 생각하기에, 이를테면 영어권 연구, 프랑스어권 연구 등과 같이, 저는 기본적으로 화어계가 역사적으로 형성된 과정이라는 것을 제외하고, 역시 하나의 방법론적 문제라고 생각합니다. 그래서 이후 발전의 상황이 어떠할 것인가는 당연히 이후 젊은 학자들이 어떻게 하기를 바라는가를 지켜봐야겠지요. 저 스스로는 반드시 학과를 만들겠다고 하는 야심이나 기획이 없습니다. 그보다는 화어계 담론이 촉진promote하고자 하는 것은 사실 비판적인 태도, 기존의 지식 틀에 대한 비판이라고 생각합니다. 따라서 기존의 지식틀과 같은 어떤 범주의 사유와 방법론에 대해 비판하고 돌파하고자 하는 것이 있다면, 저는 그것으로 충분하다고 생각합니다. 그 이후의 사람들, 그들이 어떻게 하고자 하는가, 젊은 사람들이 어떻게 하고자 하는가는 그들 스스로 발전시킬 매우 큰 여지로 남아있습니다. 저는 줄곧 다른 사람들에게 자신의 이론을 스스로 발전시켜야 한다고 상당히 독려해 왔습니다. 왜냐하면 각 지역在地의 역사적 경험, 문화 생산, 문학작품 내용, 영화 내용이 상당히 다르기 때문에, 현지와 소위 전지구적 또는 기타 지역과의 사이에 부단한 교류와 부단한 충돌이 생깁니다, 그렇지 않나요? 충돌하는 과정은 지역마다 다릅니다. 충돌할 때마다 생기는 새로운, 혼합적인 문화 또한 지역마다 다릅니다. 그러므로 서로 다른 지역에서의 화어계 문화는 다른 논리, 다른 역사와 다른 함의를 가지고 있습니다. 따라서 저는 사실 화어계가 상당히 개방적인 공간이라고 생각합니다. 더 많은 사람들이 입론하고 사고하고 비판하고 싶어야 하고, 그런 다음 모두가 이 영역에 기대를 갖게 된다면, 그것은 더 재미있게, 더 복잡하게, 이 세계의 복잡함을 더 충분히 대면할 수 있게 변하겠지요. 이것이 제 입장에서 보는 비교적 바람직한 발전입니다.

쉬: 당신은 줄곧 화어계연구가 과거의 Chinese Studies, 중국을 중심으로 연구하는 모델에서 벗어나려는 것임을 강조해 왔습니다. 이 화어계가 만약 하나의 학과목으로 발전하려 한다면, 당신은 다소 한계가 있을 것이라고 말했습니다. 그렇다면 어떤 한계들인지 설명을 부탁드려도 될까요? 이 한계들은 중국중심을 벗어나려는 화어계연구에서 어떻게 해결될 수 있을까요?

스: 저는 앞서 화어계연구가 중국중심주의에 대한 도전만은 아니라고 설명했습니다. 화어계연구는 각 지역의 서로 다른 중심론에 대한 도전이기도 하기 때문에, 그것은 큰 오해라고 생각합니다. 실제로 우리가 미국의 화어계 문화를 얘기할 때는 미국의 백인 중심과 영어 지상론에 도전합니다. 우리가 말레이시아 화어계 문화를 얘기할 때는 말레이 중심과 말레이어로 된 문학만이 말레이시아 국가문학으로 간주된다는 것에 대해 도전합니다. 싱가포르의 상황이라면, 화어계가 도전하는 것이 또 많이 다르겠죠, 그렇죠? 왜냐하면 싱가포르는 포스트식민 상황하에서, 영국의 식민을 겪은 후 전반적으로 전지구화된 국제도시의 하나로 나아갔으니, 화어계는 각각 다른 비판 대상을 가지고 있습니다. 중국 중심주의에 대한 도전이라고만 생각하는 것은 잘못 이해한 것입니다. 사실 화어계연구는 미국 연구에서 중요한 위치를 차지할 수 있습니다. 말레이시아 연구에서 중요한 위치를 차지할 수 있고요. 아프리카 연구 또는 프랑스 연구에서도 그럴 수 있습니다. 가오싱젠高行健 연구처럼, 정말 주의해야 할 것은 화어계 프랑스 문학 작가로서의 그의 의의를 연구하는 것입니다. 화어계 집단은 전 세계 도처에 있기 때문입니다. 사실상 그들의 현지 경험과 현지 비판은 그 지역의 민족, 에스닉, 문화 같은 주류적多數的·국가의식 등등이 구축한 것에 대

한 비판입니다. 물론 그들에게도 중국에 대한 관점이나 반성이 있고, 세계에 대해 사고하는 바가 있으며, 현지적 관점에서 볼 것인지 아니면 트랜스내셔널한 관점에서 볼 것인지도 그들의 선택입니다. 그러므로 화어계는 정말이지 중국중심주의에 대한 비판인 것만은 아닙니다.

　저는 이러한 오해가 생길 수 있는 이유가 있다고 생각합니다. 사실상 이 오해는 화어계에 대한 대단히 비우호적인 입장에서 비롯됩니다. 그들은 중국 민족주의에 대해 일종의 방어적인 반응을 하기 때문에, 화어계가 그들을 비판하고 있다고 생각합니다. 사실상 이것은 권력을 가진 자在位者, 중심에 있는 자의 일종의 대단히 자기애적인 반응 방식입니다. 그렇지 않습니까? 다른 사람이 무언가를 말하면 모두 자신을 비판하는 것인 양, 무엇이든 자신과 관계가 있는 양, 이것도 잘못되었습니다. 사실 미국에서도 이러합니다. 모든 제국은 이러한 경향이 있습니다. 즉 그들은 다른 사람이 자신을 비판한다고 생각할 수 있습니다. 여기에서 상대적으로 자신감이 있는 제국은 차이가 납니다. 그들은 다른 사람이 자기를 비판할 때 고통스러워하지 않습니다. 자신감이 없는 제국은 사람들이 자기를 비판할 때, 자기방어적인 대단히 reactive한 반응을 하는 겁니다. 현재 중국이 이러한 역사적 상황에 처해 있습니다. 왜냐하면 100년의 치욕을 50년 전에야 떨쳐버릴 수 있었고, 그래서 그들은 현재 세계를 대면할 때 대단히 자기방어적이고, 대단히 defensive 합니다. 그러므로 화어계가 그들을 비판하는 것처럼 생각할 수 있는 거죠. 하지만 사실은 그런 것만은 아니죠. 화어계는 미국 제국도 비판합니다, 그렇지 않습니까? 기타 국가의 민족문화적 언어중심주의도 비판합니다. 말레이시아 정부의 말레이 중심주의를 비판하는 것도 매우 중요한 일이잖아요. 우리는 영국, 네덜란드, 프랑스 등이 동남아시아에서 식민 통치를 한 것도 비판해야 합니다. 그렇지 않습니까? 따라서 저는 모두 어째서 중국을 비판하는 점만 보고, 다원적이고 풍부한 비판성은 보지 못하는가 생각하고 있습니다. 그래서 저는 이후에 이 부분에 대해서 좀 더 많이 설명할 필요가 있다고 생각합니다. 앞서 『시각과 정체성』에서, 저는 화어계 사고 모델이 하나의 다방면적·다방향적多維 multi-directional 비판임을 제시한 바 있습니다. 그것은 미국을 비판할 수도, 중국을 비판할 수도, 기타 다른 지역을 비판할 수도 있습니다. 왜냐하면 이러한 집단 자체의 역사 경험, 그들이 핍박받은 경험, 또는 그들이 다른 사람을 억압한 경험이 모두 현지적이며 다른 역사 경험이기 때문입니다. 우리가 어떻게 화어계는 모두 반反중국적이라고 말할 수 있겠습니까? 그렇지 않습니다. 그렇죠? 그러므로 저는 이 자리에서 그것이 매우 큰 오해임을 강조하고자 합니다.

학과목 만들기와 관련된 한계에 있어서 중요한 것은 하나의 제도화된 학문 분야로 변하는 과정에서 경직될 수 있다는 것으로, 저는 이것을 보고 싶지 않습니다. 제가 생각하기에 화어계의 활력은 바로 화어계가 끊임없는 변화의 가능성을 가지고 있다는 점입니다. 현지 역사 경험의 차이가 서로 다른 중심주의에 대한 비판을 양산하는 것처럼요. 예를 들면, 이와 같이 제도화하기 어렵다고 생각되는 화어계연구를 어느 과에 넣어야 할까요? 그것은 학과를 넘나드는, 지역을 넘나드는 인문사회과학 연구의 한 program 같은 것에만 속할 수 있을 것입니다. 동남아시아 연구에 화어계를 집어넣는다면, 모든 화어계 집단을 포함할 수 없겠지요? 중국연구에 화어계를 집어넣는다면, 역시 모든 화어계 공동체를 포함할 수 없겠지요? 그렇죠? 그러므로 어떤 연구의 일부로 삼거나 일종의 방식, 화어계연구센터와 같은 연구센터의 방식으로, 영역·언어 그리고 국가를 넘나드는 입장에서 화어계연구 대상과 관련된 공동의 논의를 진행할 수 있을 것입니다. 하지만 사실 화어계는 대단히 느슨한 하나의 맥락, 하나의 네트워크 network입니다. 만약 그것을 화어계라는 것과만 함께 연결시킨다면, 이 자체도 일종의 게토화ghettoization입니다. 중국어는 어떻게 할 거죠? 그 자체가 바로 예전의 디아스포라 연구, 화인 연구, 화교 연구와 같은 일종의 자아 격리로서, 이러한 자아 격리는 대단히 문제가 많습니다. 그래서 화어계가 이러한 연구영역에 대해 비판적인 태도를 가지려는 것입니다. 이러한 영역들의 중국 중심적 경향이 상당히 심각한 것은 더 말할 필요가 있겠습니까? 따라서 저는 화어계의 범주를 어떻게 이해해야 하는가 하는 문제를 생각할 때마다 이러한 기존의 모든 함정에 대해 경각심을 가져야 한다고 생각합니다. 이렇게 해야지만 화어계가 비로소 더 활발해져 여러 방면과 서로 다른 뒤얽힘과 논의를 할 수 있을 겁니다. 이런 영역을 저는 꽤 괜찮다고 생각합니다. 그렇지 않을 경우, 모든 화어계 집단의 사람들은 반드시 기타 비슷한 집단과만 대화하고 소통해야겠죠? 미국의 화어계 문화가 반드시 말레이시아 화어계 문화와 함께 쓰여야 하나요? 그런 경우는 없는 듯합니다. 처음에 그렇게 하는 것은 의미가 있습니다. 따라서 내가 화어계에 관해 쓴다면, 당연히 먼저 그들을 함께 연구할 것입니다. 하지만 제가 바라는 것은, 장래에 세계 각지의 각 국가문화와 국가문학에 대해서 좀 더 기본적인 개입을 하는 것입니다. 예를 들면, 제가 최근에 쓴 「화어계 미국문학」이라고 하는 짧은 글은 미국의 아시아계 미국문학의 한 영역에 넣어 아시아계 미국문학 지침서들 중 하나로 출판해야 합니다. 이것은 미국연구에 대한 하나의 개입이죠. 한번은 제가 미국 펜실베니아 대학에서 강연을 했는데, 역시 화어계를 가지고 미국연구를 비판했어요. 당시 미국을 연구하는 사람들이 듣고서 많이 공명해줬지요. 왜냐하면 미국도 영어가 권력을 잡고 있다는 심각한 문제가 있기 때문입니다.

쉬: 싱가포르처럼요?

스: 맞습니다. 싱가포르의 다원 문화 전략도 문제가 많죠. 무슨 다원 언어 전략 등등, 정책적 측면에서 우리가 진지하게 생각하고 비판할 필요가 있는 것이 많습니다. 그러므로 당신이 실제로 개입할 수 있는 면은 매우 다방면적입니다. 제가 다시 분명하게 밝히고자 하는 첫 번째는 중국 중심론에 대한 도전은 그중 하나에 불과하다는 것입니다. 두 번째로, 정말 제도화하려 한다면, 우리가 그것을 제도화하는 과정에서 경직화되는 문제를 반드시 스스로 성찰해야 한다고 생각합니다.

다방향적 비판 전략

쉬: 네. 방금 화어계가 탈중국중심주의만은 아니라는 것에 관해 해명해 주셔서 감사합니다. 물론 제가 여기 오기 전에 당신의 논문을 자세히 읽고, 당신의 전체 시야가 대단히 널리 열려있음을 발견했기 때문에, 사실 중국중심주의를 비판하는 것만은 아니라고 생각했고, 화어계는 각 지역의 민족주의, 제국주의, 심지어 이성애 패권에 대한 반성과 비판도 포함되어 있다고 생각합니다. 만약 우리가 현재 당신이 말한 다방향 비판 전략을 채택하여 그것을 싱가포르에 적용한다면, 방금 당신이 제기한 싱가포르에서 비판받아야 할 그 대상도 중국중심주의가 아니겠죠, 그렇죠? 그렇다

면, 싱가포르와 같은 현지 언어 환경에서 동남아시아 연구에 종사하는 우리가 화어계 이론을 사용할 때, 어떤 전략적인 비판을 진행해야 한다고 생각하십니까?

스: 싱가포르의 역사와 언어 환경에 대해 저는 제가 충분히 이해하고 있다고 생각하지 않습니다. 하지만 싱가포르의 상황은 대단히 흥미롭습니다. 홍콩과 다소 평행하고 유사한 역사 경험이 있지만, 또 대단히 다르지요. 왜냐하면 홍콩은 중국 민족주의와 영국의 식민주의 사이에서 배회하며 불안정하니까요. 현재 영국 식민주의가 종결된 후, 중국이 하나의 새로운 위협, 일상생활에서의 위협으로 변했기 때문에, 홍콩 사람들은 이 방면에서 매우 격렬하고 부정적인 반응을 보이고 있습니다. 이러한 상황에서 그들의 광둥어 문학, 그리고 곧 없어지게 될 광둥어로 된 그러한 문학, 문화, 문자에 대한 그들의 상실감과 분노가 있는데, 이것은 현재 대단히 절박하며 도처에서 느낄 수 있습니다. 홍콩에서 중국 패권의 그림자는 대단히 커서, 현지의 광둥어로 된 문화에 대한 그들의 보존과 보호에는 반항적 의식과 내용이 담겨 있습니다. 왜냐하면 중국이 너무 가까우니까요. (홍콩은 이미 중국의 일부분이죠!) 싱가포르에서 이 상황은 그렇게 똑같지 않습니다. 제가 생각하기에, 포스트식민한 싱가포르에는 관방의 다언어 정책이 있고, 다민족·다문화 정책이 있죠. 하지만 기본적으로 볼 때 전지구화를 향하고 있습니다. 관방은 대단히 전략적으로 중국 유가 전통의 문명 자원을 가지고 와서, 싱가포르의 전지구화 및 기타 지역과는 다른 자원이나 구실로 삼고 있습니다. 하지만 실제로 그들의 생활에 정말로 유학과 유가적 문화 사유를 많이 반영하고 있을까요? 그렇다고 말하기 어렵습니다. 사실상 싱가포르는 이미 상당히 서구화 또는 이미 상당히 전지구화되

었다고 할 수 있습니다. 이러한 상황에서 싱가포르의 각종 화어는 당연히 중문과의 입장에서 볼 때, 각 방면에서 좀 밀리는 것 같습니다. 이곳에서는 영어가 권력을 잡고 있기 때문이기도 하고요. 하지만 제가 생각하기에, 싱가포르가 이 화어계라는 것을 자신의 일부로서 유지하고자 하는가 하는 문제에 있어, 모두가 그다지 듣고 싶어하지 않는 생각을 저는 좀 가지고 있습니다. 예를 들어, 미국의 중국계는 미국에서 2세대·3세대가 되면, 대부분 화어를 말하고 싶어하지 않으며 할 수도 없습니다. 1세대 이민자인 부모의 눈에, 이들은 모두 작은 미국인이 된 것이죠. 그들은 그들의 전통을 잊어버렸고, 그래서 부모와 자식 간의 세대차는 사실상 언어와 문화의 세대 차이로 변했습니다. 단지 세대가 다르기 때문이 아니라 그들의 경험이 다르기 때문에 세대 차이가 생긴 것이죠. 이러한 상황에서 사실상 부모 세대와 자식 세대의 소통은 매우 심각하게 변합니다. 다른 한편 이러한 아이들의 경우, 2세대는 사실상 자기 부모의 문화에 대해 좀 더 이해하는 것이 그들에게도 나쁠 것이 없음을 알고 있습니다. 하지만 그들에게 영어를 위주로 하는 미국인이 되고자 하는 바람이 있는 것도 사실입니다. 저는 부모가 그들에게 화어를 배우라고 강요할 필요는 없다고 생각합니다. 이해가 되시나요? 왜냐하면 저는 사람마다 다른 선택을 할 수 있다고 생각합니다. 그들이 화어를 버리고자 한다면, 저는 이것을 크게 비난할 것 없다고 생각합니다. 그들이 자기 부모의 문화를 유지하고자 계속 화어로 말하고, 화어로 글을 쓰고, 화어로 책을 읽고, 저는 이것도 좋다고 생각합니다. 즉 사람마다 각자 모어를 유지하든 버리든 모종의 현지인으로 변할 권리를 가지며, 그것은 그 자신의 선택입니다. 그러므로 싱가포르 사람들이 어떤 방향으로 가기를 바라는가는 공동의 과제이자 선택이며, 문화적 변론과 정치적 과정을 통해 결정해야 할 것입니다. 싱가포르 사람들의 중국문화에 대한 태도는 어떠합니까? 중국문화는 싱가포르에서 사실상 이미 이른바 중국문화가 아니지 않습니까? 그것과 중국의 중국문화는 다릅니다. 그렇다면 이렇게 전환한 싱가포르의 화어계 문화를 우리는 어떻게 대해야 합니까? 소실될 위기에 직면했다 등등을 우리는 어떻게 생각해야 할까요? 저는 현지인들이 결정할 권리가 있다고 생각하는 편입니다. 그래서 저는『시각과 정체성』의 머리말에서, Sinophone 그 자체의 소실을 반드시 애도해야 하는 것은 아니라고 제시한 바 있습니다. 왜냐하면 싱가포르는 중국이 아니기 때문입니다. 홍콩에는 선택지가 없는 편입니다. 싱가포르는 선택지가 있죠. 싱가포르 사람들은 어디로 갈지 자신이 결정할 수 있습니다. 물론 싱가포르인 중에도 권력의 다름이 있습니다. 누구는 권력을 가졌고, 누구는 돈이 많고 등등. 그렇지 않습니까? 따라서 화어를 말하는 싱가포르 사람은 여전히 주변화되었다고 생각할 수 있지만, 타밀어Tamil, 말레이어를 말하는 사람은 더 주변화되었다고 생각하겠지요? 일부 싱가포르 사람들은 줄곧 중국과 밀접한 관계를 유지할 텐데, 이것도 당연히 개인의 선택입니다.

언어, 국적, 그리고 '싱가포르·말레이시아' 디아스포라 화인의 언어 환경

쉬: 말레이어는 싱가포르의 국어이고, 국가 헌법에서 여전히 대단한 상징적인 작용을 하고 있습니다. 싱가포르의 말레이인은 일상생활에서

서로 일반적으로 여전히 말레이어로 교류하기를 원하는 편입니다. 싱가포르 화인들과 비교한다면, 사실 총체적으로 싱가포르 말레이인들의 말레이 어문에 대한 숙련 정도와 사용 정도가 싱가포르 화인의 화어에 대한 숙련 정도 및 사용 정도보다 높을 겁니다. 싱가포르 말레이인에게는 에스닉그룹 응집력의 거점인 이슬람교가 있기 때문에, 기본적으로 여전히 말레이어 학습을 통해 말레이 문화 또는 종교를 계승하고자 하는 에스닉그룹의 심리가 유지되고 있습니다. 하지만 싱가포르의 화인은 비교적 복잡합니다. 기본적으로 최근 20년간 싱가포르 현지 화인 사회의 주류 언어는, 관방 이데올로기든 중상류층 화인 가장들이든, 적지 않은 사람들이 국가 교육 정책상 모어 정책을 취소하기를, 중국계 자녀들이 화어를 배울 필요가 없기를 바라는 경향이 있습니다. 그 이유는 싱가포르 사람이 되고자 화어를 배우지 않는 데 있지 않습니다. 아마 잠재된 주요 이유는 화어를 말하는 것이 남들에게 열등하게 보인다고 생각하기 때문인 것 같습니다. 도대체 누가 그들에게 화어를 말하는 것에 대해, 자연스럽게 이러한 내재화된 역사적 공포의 그림자를 느끼게 하는 것일까요? 누가 그들에게 화어라는 문화 상징자본이 영어라는 문화 상징자본보다 훨씬 저급하다고 느끼게 한 것일까요? 심지어 열등인으로 전락한다고 말이죠. 누가 그들에게 이러한 권력으로 자아를 분류하게 한 것일까요? 싱가포르는 갈수록 영어를 중심으로 하는 단일언어사회를 향하고 있습니다. 소위 이중언어 또는 다언어는 사실상 허상입니다. 게다가 싱가포르에서 당신이 화어를 좀 유창하게 말하면 중국인으로 오해를 받을 수 있습니다. 반대로 싱가포르에서 영어를 말하면, 사람들에게 당신은 영국인 또는 미국인이라는 오해를 받지 않습니다. 당신은 『시각과 정체성』에서 아주 예리하게 언어와 국적 사이에는 필연적인 관계가 없다는 중요한 관점을 제시했습니다. 하지만 지금 강세를 띠는 싱가포르의 모든 주류 현지 언어 담론에서는 화어를 말하는 것을 중국 국적과 동일시하는 현상이 끊임없이 연쇄적으로 진행되고 있습니다.

스: 맞습니다. 정말 맞는 말입니다. 그런 현상에는 역사적 원인이 있습니다. 영미 제국주의 때문에 그들의 언어가 세계 각지로 배포되었지요. 그래서, 우리는 세계의 다양한 인종이 모두 영어를 말한다는 것을 알고 있습니다. 반드시 미국인이 아니어도 영국인이 아니어도, 그리고 그들에게 에스닉 차이가 있어도 말이죠. 아프리카의 흑인이 영어를 말하거나 카리브해의 흑인이 영어를 말하거나, 인도인이 영어를 말하는 것을 예로 들 수 있습니다. 우리는 그들이 반드시 미국인 또는 영국인이라고 생각하지 않을 것입니다. 왜냐하면 역사가 다르기 때문에요. 하지만 중국은 하나의 신흥 제국입니다. 그리고 막 얼마 전에 백 년의 치욕을 경험했지요. 이 백 년 치욕의 일부가 바로 이른바 황인종을 중국인과 동일시하는 것이었는데, 이것은 외부에서 구축한 것이지만 한편으로는 스스로 구축한 것이기도 합니다. 중국에서 말하는 소위 화교 개념 자체도 염황炎皇의 자손은 모두 중국인이라는 개념입니다. 그렇지 않습니까? 왜 타이완의 허우더젠侯德健이 <용의 후예龍的傳人>*를 불렀겠습니까? 그런 다음 중국으로 돌아갔지

---

* 1978년 미국이 타이완을 UN에서 퇴출시키고 중화인민공화국과의 공식 수교를 위해 단교하자, 타이완 정즈政治대학에 재학 중이던 허우더젠(1956-현재)이 아편전쟁 이래 줄곧 견제를 받아온 중국의 비통한 처지를 생각하며 [한족] 민족에 대한 충정을 담은 <용의 후예>를 작사·작곡했다. 당시 타이완에서 '캠퍼스 민가民歌붐'이 한창이었기 때문에 곧장 음반(리젠푸李建復의 <용의 후예>(1980))으로 출시될 수 있었고, 국민당 정부의 호응으로 「롄허보聯合報」에 가사 전문이 소개되기도 했다. 현재 중국에 거주하고 있으며, 2018년에 <중국몽中國夢>

요? 마치 용의 후예는 중국인이 아닐 수 없다는 듯이 말입니다. 이것은 크나큰 오해입니다. 전 세계가 모두 이렇게 오해하고 있습니다. 하지만 이런 오해는 단시간에 고칠 방법이 없습니다. 왜냐하면 중국도 이러한 의식과 화법을 좋아하기 때문입니다. 그래서 이를테면, 말레이시아에서 미국으로 다시 이민 간 많은 화인들은 미국에 도착하면 마치 중국에서 간 것처럼 변하여 Malaysian American이 아니라 Chinese American이 됩니다. 다른 동남아시아 국가 또는 라틴 아메리카의 화인도 미국으로 재이주를 한 뒤, 통상 Chinese American으로 변합니다. 그들의 정체성이 [중국인으로] 에스닉화되는 것이죠. 그들의 본래 국가 정체성은 제거해 버리고요. 이와 같은 단순한 에스닉 정체성 방식은 사실 백인 세계의 인종 무시와 관계가 있습니다. 하지만 중국 자체의 화교라는 개념에 대한 기대 즉, 심리적으로 중국에 귀속되고, 심지어 정치적으로 중국에 귀속되기를 바라는 것과도 관계가 있습니다. 이 두 가지가 함께 재촉하는 거죠. 그러므로 싱가포르인들이 이러한 느낌을 가지고 있는 것은, 아마도 그들 스스로 자신을 무시하거나 어떻다는 것이 아니라, 어떤 큰 세력이 이러한 담론을 재촉해서 그럴 것입니다. 따라서 싱가포르인들이 중국인이 되고 싶어하지 않고, 중국인으로 오해받고 싶지 않은 것은 대단히 뿌리 깊은, 백 년의 역사적 근원을 가지며 거기에서 비롯되었을 것입니다. 이렇게 해석하는 것에 대해 당신은 어떻게 생각하십니까? 그외, 그것은 아마도 외래자 신분으로서의 모종의 난감함과 관계가 있을 것이라고 저는 생각합니다. 비록 이미 오랜 역사가 되었지만, 말레이인처럼 당당하게 온 것이 아니었고, 말레이인 역시 원

이라는 노래를 작곡했다.(「侯德健: "紅歌"『龍的傳人』是怎樣煉成的」(2011.5.23) http://www.sina.com.cn 참고)

주민이 아님에도 말입니다. 그렇기 때문에 더 화어를 선양하고 싶어하지 않는 것이 아닐까요? 그리고 싱가포르의 이민 정책이 중국 이민을 썩 환영하는 것이 아님을 우리도 알고 있지 않습니까? 이민정책의 각종 방법에는 어느 정도 잠재적인 이유가 있을 것입니다. 사실상 여전히 화인 정권을 공고하게 하고 오래 유지하기 위한 것일 수 있죠. 이러한 분석이 맞는지 모르겠습니다.

쉬: 싱가포르 또는 말레이시아의 디아스포라 화인 언어 환경에서, 절대다수의 화인은 공민권을 취득한 후 더는 중국을 자신의 뿌리root로 보지 않고, 싱가포르 또는 말레이시아를 자신의 뿌리로 생각합니다. 그리고 자신의 길routes이 타이완이나 홍콩으로 뻗어나가거나 영미·유럽·오스트레일리아·뉴질랜드로 뻗어나가거나 중국 등등으로 뻗어나갈 수도 있지만, 그 중심은 이미 중국에 있지 않다고 확실하게 말할 수 있습니다. 따라서 싱가포르와 말레이시아의 협의의 디아스포라 담론은 일종의 싱가포르·말레이시아 국가 중심으로부터 멀어지고자 하는 디아스포라에 더 많이 편중되어 있는 것이지, 광의의 디아스포라 화인 담론에서 말하는 중국을 뿌리로 삼아 각국으로 뻗어나가는 그런 디아스포라가 아닙니다. 그것은 싱가포르·말레이시아 국가 담론이, 많은 경우, 싱가포르·말레이시아 화인들에게 실질적인 귀속감을 주지 못했기 때문입니다. 이처럼 귀속감이 없는 디아스포라 상태는 말레이시아 화인화문문학·문화 또는 싱가포르 화인화문문학·문화에 강렬하게 재현되어 있습니다. 설사 많은 싱가포르 화인들이 화어를 할 줄 모르고 영어만 할 수 있더라도, 그들은 싱가포르인이 되고 싶어하지 않고 오히려 기타 영미 국가로 이민을 가고 싶어 합니다. 이러한 디아스포라 현상에는 계급 문제가 훨씬 더 많습니다. 반드시 에스닉그

룹 문제인 것은 아닙니다. 말레이시아 화인의 상황도 이와 같아서, 종종 국외로 이주할 수 있는 사람들은 모두 전문직 종사자이거나 일정한 부나 지식·기술을 가진 중상층 계급, 또는 문화 상징자본을 가진 문예 집단 등등입니다. 그리고 대다수의 말레이시아 화인들은 이러한 디아스포라의 조건을 전혀 갖추고 있지 않아서, 오직 말레이시아 판도 내의 공간으로 흩어질 수밖에 없을 것입니다. 벌집 같은 시골에서 도시로 옮기는 정도로, 도시 빈민지역의 사회 하층집단이 되더라도, 전혀 아쉬워하지 않습니다. 디아스포라 담론은 이렇게 사회 하층집단이 국내에서 정처 없이 떠도는 상태를 어떻게 정시할 수 있을까요? 국가 담론은 그들에게 귀속감을 주지 못하고, 디아스포라 담론은 그들에게 닿을 수 없이 멀리 있어서, 그들은 일종의 돌아갈 집이 없는 homelessness 상태에 처해 있습니다. 화어계의 반디아스포라 담론은 또 어떻게 그들의 존재를 위로할 수 있을까요?

반디아스포라 담론과 말레이시아 화인화문문학

스: 언어와 계급의 동맹은 식민주의가 가장 잘하는 방법으로, 포스트식민 국가들이 식민주의가 남겨놓은 이러한 심리상태를 계승한 예는 아마도 상당히 많을 것입니다. 싱가포르의 상황은 거의 경전에 가깝죠. 말레이시아의 경우 또 다른 경전으로, 식민지배자의 언어를 억지로 잘라냄으로써 말레이 중심적 문화와 정권을 세우려 한 것 같습니다. 이러한 상황에서 싱가포르와 말레이시아 두 지역의 화인들이 유럽·미국으로 이민 가고자 하는 것에는 각자 다른 역사적 원인이 있습니다. 하지만 대부분의 사

람들은 이민의 조건을 갖추고 있지 못하죠. 그렇다면 우리는 이 문제를 어떻게 봐야 할까요? 이전에 어떤 사람이 이를테면, 현재의 전지구화와 전지구적 인구의 이동은 대단히 빈번하고 대단히 많다고 언급했습니다. 하지만 그 인구의 이동에서도 계급이 구별되죠. 그리고 이동할 방법이 없는 사람들도 있습니다. 그렇다면 이동할 방법이 없는 이들은 어떻게 합니까? 그렇죠. 그래서 우리가 트랜스내셔널리즘을 얘기하며, 저도 이 문제에 대단히 관심이 많습니다. 트랜스내셔널리즘에는 상류층 트랜스내셔널리즘이 있고, 하류층 트랜스내셔널리즘이 있다고 말할 수 있습니다. 상류층이라 할 수 있는 사람들로는 자본가, 부자, 또는 문화자본을 가진 사람들이고, 하층의 트랜스내셔널리즘은 난민 또는 노동자 같은 사람들이라 할 수 있는데, 이들의 트랜스내셔널한 이동은 살기 위해서입니다. 어떤 사람은 이것조차 아예 할 수 없을 것입니다. 그럼 이렇게 할 수 없는 사람들은 진짜 현지에서 분투해야 합니다. 그렇죠? 그러므로 우리는 현지의 사회운동이 필요합니다. 이것이 반디아스포라입니다. 그래서 말레이시아의 화인들은 말레이시아에 남아서 자기 사람들을 대신해 권익을 쟁취하고자 합니다. 특히 하층민을 위해 권익을 쟁취하는 것, 이것이 바로 반디아스포라적인 하나의 행동, 하나의 행위입니다. 저는 알고 있습니다. 상류층 지식인들이 떠나간 뒤 말레이시아에 대해 이러쿵저러쿵 말하는 것을 말레이시아 국내에 있는 자들 중 많은 경우 그렇지 않다고 생각한다는 점을요. 그렇죠. 하지만 현재의 상황은, 말레이시아의 문화 구조적 문제가 이러한 매우 우수한 화어계 작가들을 남아있지 못하게 합니다. 어제 제가 화어계 말레이시아 작가들 중에서도 뛰어난 허수팡賀淑芳과 나눈 한담처럼 말입니다. 허수팡은 원래 경전적인 단편소설로 알려진 「더는 말을 말자別再提起」

를 말레이어로 번역한 다음, 게재하려고 했었답니다. 두 언어 집단 사이의 소통을 촉진시키기 위해서요. 화어계 말레이시아 학자 장화싱莊華興이 이중언어 글쓰기와 두 언어 사이의 상호 번역을 줄곧 독려했듯이, 이것은 대단히 중요할 뿐만 아니라 대단히 필요한 일입니다. 결과적으로, 이 소설이 이슬람교를 비교적 풍자적이고 유머스럽게 처리했기 때문에, 말레이시아에서는 말레이어로 발표될 방법이 전혀 없었습니다. 왜냐하면 너무 위험하니까요. 따라서 이런 측면에서 때로 그들의 디아스포라도 압박을 받습니다. 그럼 당연히 그들이 어떻게 말하겠습니까, 마치 예전의 소위 망명 작가 같은 상황이겠지요. 망명 작가라는 이 exile 개념은 의식상의 디아스포라일 것입니다. 이 자체도 장황한 담론을 가지고 있으므로, 우리는 그것을 통해 이해할 수도 있습니다. 따라서 말레이시아 현지 사람들이 이러한 사람들은 모두 떠나버렸다고 생각한다는 것을 저도 이해할 수 있습니다. 남은 자들이 분투하는 것도 매우 고생스럽죠. 그래서 사실 우리는 이렇게 디아스포라한 사람들에게 비판적일 수도 있습니다. 하지만 한편으로 저는 매우 흥미롭다고 생각하기도 합니다. 황진수黃錦樹의 경우, 그는 사실 말레이시아 화인화문문학에 대단히 관심이 많습니다. 비록 그는 떠나버렸지만, 사실상 끊임없이 참여하고 있는 듯합니다. 이러한 상황에서 타이완은 그가 행동할 수 있는 가능성의 거점이 될 수 있죠. 그러므로 지금은 이렇게 말할 수 있습니다. 당신이 그러한 디아스포라를 어떻게 이해할 수 있냐고 물었는데, 저는 일부를 가지고 전체를 평가할 수는 없고, 하나의 국지적인 역사 언어 환경에서 세밀하게 분석해야 한다고 생각합니다. 왜냐하면 말레이시아는 확실히 이러한 문제가 있으니까요. 왜냐하면 말레이시아의 국가문학 개념에서, 화어계 문학은 말레이시아문학에 속하지 않습니다, 그렇죠? 그러므로 이런 상황에서는 말레이시아의 국경 밖에 비판의 공간이 있을 수 있습니다. 그들의 말레이시아에 대한 집착은 아마도 그들이 디아스포라 할 수 없음을 표시하는 것이고, 그럼 이것은 일종의 반디아스포라가 아닐까요?

쉬: 만약 당신이 말레이 작가나 학자에게 물어본다면, 그들은 말레이시아 화인화문문학도 우리의 말레이시아문학Malaysian literature, 하지만 에스닉문학ethnic literature의 하나라고 대답할 것입니다. 말레이시아문학에는 국가문학national literature과 에스닉문학이 포함되어 있습니다. 전자는 말레이어로 쓴 국가문학이고, 후자는 기타 비말레이 에스닉그룹이 각자의 에스닉그룹 어문으로 쓴 에스닉 문학입니다. 우리는 이 두 종류의 말레이시아문학이 국가 기구의 이데올로기 안에서 고·저 등급으로 나뉘어져 있음을 인정합니다. 말레이시아 국가문학에서 말레이시아 화인화문문학도 말레이시아문학이기는 합니다만, 말레이어보다 저급한 언어로 쓴 국가문학, 소위 에스닉그룹의 문학으로서만 존재할 수 있습니다. 이 Malaysian Chinese literature라는 에스닉화된 표기를 통해 말레이시아문학에서 에스닉문학으로 각인됩니다. 화어계 이론은 Sinophone으로 Chinese를 대체하는 전략을 주장하는데, 이것이 말레이시아문학에 존재하는 Chinese 개념을 해체할 수 있을까요? 왜냐하면 말레이인은 항상 자각적 또는 무의식중에 Chinese를 '중국'과 동일시하는데, 만약 말레이시아 화인화문문학의 '華'가 Chinese가 아닌 Sinophone으로 번역된다면, 말레이시아 화인작가가 화어를 말하거나 화어로 글을 쓰는 것이 반드시 중국과 필연적인 관계가 있는 것은 아님을 말레이 동포에게 이해시킬 수 있을까요? 마치 어떤 사람이 영어로 글을 쓰는 것이 반드시 대영제국이나 미국제국과 필연적

인 관계가 있는 것은 아니듯이 말입니다. 그러나 문제는 여전히 화어계연구와 영어권 연구가 매우 다른 괴이한 상태에 직면해 있다는 것입니다. 화어계연구는 현재 여전히 초보적인 단계에 있어, Chinese라는 에스닉화된 표기에서 부단히 벗어나고자 하지만, 어째서 영어권 연구는 English라는 에스닉화된 표기에서 분명하게 벗어나자고 말하지 않는 것일까요?

스: 맞는 말씀을 하셨습니다. Sinophone 개념의 주요한 의도가 바로 여기에 있습니다. 화어계 말레이시아문학의 호소는 말레이시아를 향한 것이지 중국을 향한 것이 아닙니다. 말레이시아문학의 일부가 된다는 것은 단지 선택한 언어가 다른 것일 뿐입니다. 결국 말레이시아는 다민족·다언어 국가입니다. 그러므로 문학이 언어적 다양성을 띠는 것이 국가 정체성의 불일치를 의미하지 않습니다. 영어와 국가 정체성과의 관계가 융통성이 있는 것은 결국 역사가 다르기 때문인데, 하물며 말레이시아와 같이 독립한 신흥 국가는 말할 필요도 없죠. 포스트식민 신흥 독립 국가들은 모두 이와 같은 대단히 방어적인 민족주의defensive nationalism 경향을 가지고 있습니다. 영어권 세계는 언어와 인종의 동일시 관계가 거의 분리된 것 같습니다. 하지만 당신이 미국·영국 같은 (예전) 제국의 중심에 가보면, 영어는 여전히 백인의 언어로 인식됩니다. 이것은 논리는 다르지만 효과는 비슷하죠. 말레이시아 정부는 더더욱 이러한 마음과 도량이 없습니다. 저는 많은 국가들이 이러한 과정을 거쳤다고 생각합니다. 그래서 동남아시아에 있는 화인들의 이력은 상당히 복잡합니다. 동남아시아에 있는 화인들은 전반적으로 식민 통치를 해체하는 과정에서 대단히 난감한 위치에 처해 있었습니다. 왜냐하면 그들이 때로 식민지배자와 동맹을 맺었다고 인식되기 때문입니다. 식민 통치를 해체하는 과정에서 대다수의 민족들은

화인을 배척했습니다. 베트남이 이와 같았고, 인도네시아가 이와 같았고, 말레이시아가 이와 같았고, 대부분의 지역에서도 이와 같았습니다. 따라서 동남아시아에 있는 화인들의 처지가 상당히 곤란해졌습니다. 예전에는 서구 식민지배자 아래에서 생존했기 때문입니다. 서구 식민지배자가 떠난 뒤, 정권을 소위 다수를 차지하는 사람들에게 돌려줬습니다. 어떤 곳에서는 다수가 원주민이었고, 어떤 곳에서는 원주민이 아니었죠. 그들은 외부에서 온 정착자들이기도 했습니다. 말레이인이 말레이시아 원주민이 아닌 것처럼요, 그렇죠? 그렇다면 이러한 상황에서 화인은 반대로 매우 심각하게 주변화됩니다. 저는 이 과정이 아직 완전하게 연역적인 완성을 갖지 못했다고 생각합니다. 이러한 국가들은 아직 그렇게 자신있게 충분히 마음을 터놓고 비교적 넓은 마음으로 화인 문제를 대하는 단계에 이르지 못했습니다. 현재, 특히 중국이 부상한 뒤, 다시 새로운 문제가 생겼기 때문입니다. 화인은 이들 사회에서 다른 대우를 받게 되었습니다. 현재 베트남에서, 베트남인들은 그들의 식민지배자 프랑스인을 적대시하지 않으며, 10년간 베트남 전쟁을 치른 미국인도 적대시하지 않습니다. 그들은 뜻밖에도 중국인을 적대시합니다. 베트남의 남쪽은 북쪽의 공산당 국가 체제의 방대한 범위에 있지 않았기 때문에 중국 변경과도 비교적 멀어서, 화인에 대해 비교적 우호적이지만, 북쪽의 경우 여전히 매우 민감합니다. 그러므로 사실상, 하나의 소수민족으로서의 화인은 항상 많든 적든 중국과 함께 연계될 수 있습니다. 이것이 바로 우리가 앞서 얘기를 나눈, 어째서 화어계연구의 관점이 화인의 현지성을 대거 강조했는가 하는 이유입니다. 2014년 5월 베트남의 반중사건처럼, 기본적으로는 외래의 중국인과 현지의 화인을 혼동하지 않지만, 반중과 반화排華의 경계선이 쉽게 무너질 수 있음을 알 수 있습니다. 이것은 역사적인 상황이죠. 예를 들면, 독일인이 미국에 도착한 뒤, 미국으로 이민 온 뒤, 독일에서 발생한 사건으로 미국과 싸울 때, 독일계 미국인이 영향을 받았습니까? 우리는 2차 세계대전 시기, 그들이 거의 조금도 영향을 받지 않았음을 목격했습니다. 이것은 인종주의와 관계가 있습니다. 하지만 일본이 하와이를 폭격하자, 일본계 미국인에게 재앙이 닥쳤습니다. 강제 수용소 같은 곳에 갇혀서 그들이 가진 모든 것을 잃었죠. 그리고 자원하여 유럽 전쟁에 참여한 일본계 미국 병사는 유럽의 최전선으로 파견되어 전장에서 죽었습니다. 442부대의 경우, 전 대원이 일본계였는데, 2차 세계대전 시기의 모든 미국 부대 중에서도 사상자가 가장 많은 부대였습니다.[*] 원자 폭탄이 개발되자, 독일에 떨어뜨리지 않고 오히려 일본에 떨어뜨렸죠. 세심한 연구자라면 이러한 인종 논리를 살펴보지 않기 어렵습니다.

---

[*] 442부대는 2차 세계대전 당시 일본계 미국인으로 구성된 부대이다. 이들은 부모, 형제, 친구들이 포로수용소에 감금된 후 미국에 대한 자신들의 충성심을 증명하기 위해 미군에 자원입대했다. 인종 차별 및 스파이 혐의 때문에, 백인과 같은 부대에 편성되지 못하고 따로 편성되었다. 이들은 '일본군과의 전투 중에 총을 미군에게 돌리면 어떻게 하는가?'라는 미국의 의심 때문에, 독일·이탈리아의 최전방에 배치되어 가장 어려운 전투를 도맡아야 했다. 또한 프랑스에 파견된 텍사스 주에서 온 부대가 독일군에게 포위당해 전멸당할 위기에 처하자, 211명의 미군 병사를 구출하기 위해 442부대의 800여 명이 전사하는 불공평도 감수해야 했다. 아이러니하게도 이 442부대를 이끈 장군은 한국계 2세인 김영옥 대령이라고 한다. 3만 명이 넘었던 442부대는 전후에 18,143개의 무공훈장을 받았으며, 1988년 레이건 대통령은 2차 세계대전 당시 일본계 미국인을 적국인으로 간주하여 포로수용소에 감금했던 것이 왜곡된 보고에 의한 미국 정부의 잘못임을 공식 사과했다. (장태한, 『아시안 아메리칸: 백인도 흑인도 아닌 사람들의 역사』(책세상, 2004), pp.67-72 참고)

화어계 이론은 중국 위협론이 아니다

쉬: 이러한 것들은 모두 냉전 시대의 산물입니다. Chinese를 포함하여 에스닉화된 역사도 이와 같습니다. 비록 당신이 제안한 화어계가 중국 한족 문학·문화를 포함하지 않더라도, 방금 당신이 한 일련의 분석으로부터, 여전히 사람들은 중국 한족 중심주의를 비판되어야 할 주요 주체로 삼는 것이 화어계 이론 속에 아직 남아있다고 느낍니다. 그렇죠? 중국 한족은 여전히 당신에게 벗어나야 하고, 극복해야 하며, 없애 버려야 할 하나의 담론으로 생각됩니다. 현재 냉전 시대는 거의 이미 지나갔고, 포스트냉전 시대가 아닙니까? 이에 대해 각자 다른 견해가 있겠지요. 몇몇 미국학자들은 당신의 이 Sinophone studies를 평가할 때, 이러한 탈중국중심적 전투 전략이 포스트냉전적 태도가 아니냐고 제기한 바 있죠? 이러한 학자들이 당신의 Sinophone studies에 대해 한 비슷한 질문에 대해서 당신은 어떻게 대답하실 겁니까?

스: 이것도 오해입니다. 왜냐하면 나의 연구는 중국 중심주의에 대한 비판만이 아니기 때문입니다. 하지만 현재 중국이 부상하고 있기 때문에, 이런 점에서 우리는 비판해야 할 절박함이 있습니다. 따라서 많은 사람들이 다방향적 비평으로서의 화어계를 알아보지 못하는 듯합니다. 이에 대해서, 사람들이 일반적으로 중국에만 관심을 가지고, 동남아시아의 여러 나라, 타이완, 홍콩 등에는 관심이 없다는 사실과 관련된다는 것을 저도 생각하지 않을 수 없었습니다. 게다가 중국은 이미 공산국가가 아닙니다. 현재 미·중 간의 대치는 이미 냉전식의 사유로 해석해서는 안 됩니다. 어떤 이는 제가 냉전적 사유를 야기한다고 비판하는데, 우리의 역사와 시

대를 잘못 생각하는 듯합니다. 냉전은 자본국가와 공산국가 이데올로기의 싸움이기 때문에, (군사적으로) 뜨거웠던 것이 아니라 차가웠습니다. 비록 현재의 중국이 공산주의 이름을 내걸고 있다 하더라도 실제로는 대단히 자본주의적인데, 그런 견해로 나의 논점을 비판한다면, 다소 견강부회하는 것과 같으며, 비판할 구실을 찾고자 하는 듯합니다. 만약 우리가 중국에 관심이 있다면, 우리가 미국에 대해 비판적인 태도를 가지고 있는 것처럼, 비판적인 태도를 가지고 있어야 합니다. 그렇지 않다면, 그것이야말로 문제가 있습니다. 미국의 많은 중국연구 학자들은 자신의 연구대상—즉, 중국—을 보호해야 한다는 생각이 비판을 넘어서는 상태인데, 이것은 대단히 문제가 있습니다. 현재의 중국은 이미 이전의 중국이 아닙니다. 미국 중심론 또는 말레이 중심론을 비판하는 것처럼 하물며 중국 중심론을 비판하는 것은 말할 필요도 없이 당연한 것입니다. 어째서 중국을 비판하는 것이 냉전 정서나 중국 위협론을 야기한다고 질책받아야 하나요? 이러한 시각은 지나치게 단순한 것으로, 근본적으로 서로 다른 비판 내용과 입장을 분명하게 구분하지 않은 것입니다.

쉬: 저는 반대로 이러한 중국 부상 담론의 배후에서 일종의 가짜 이데올로기를 보았습니다. 이러한 가짜 이데올로기는 중국 관방의 노력에 의해 구축된 것만은 아니고, 해외 미디어, 물론 미국의 미디어든, 아시아의 미디어든, 모두가 공모하여 힘써 구축한 주류 담론이라고 말입니다. 이 담론은 중국 위협론에 대한 사람들의 상상을 강화하고 있습니다. 하지만 이렇게 강화하는 배후는 사실 전지구적 자본주의 이데올로기로, 중국의 부상이라는 신화를 구축하고 있다고 말이죠.

스: 중국의 부상은 신화적인 측면이 있지만, 신화적이지 않은 측면도

있습니다. 만약 당신이 베트남, 미얀마, 필리핀, 타이완, 일본 등의 국민들에게 이와 같이 물어본다면, 아마도 중국의 부상이 신화가 아니라 확실한 경험이라고 느낄 겁니다. 저는, 우리가 단순한 반서구중심적 담론으로 또 다른 일종의 서구 위협론을 계속해서 구축해서는 안 된다고 생각합니다. 이것 역시 너무 단순화하는 것이지요. 이것은 전지구적 좌파가 중국을 대할 때의 공통된 맹점이며, 때마침 중국의 민족주의와 호응하는 관점이기도 합니다. 화어계의 중국 중심론에 대한 비판이 새로운 포스트냉전 시기의 중국 위협론으로 오해되는 것은 완전히 잘못되었습니다. 따라서 제가 비판할 때는 항상 다소 복잡하게 씁니다. 왜냐하면 화어계는 단순한 중국 위협론이 아니기 때문입니다. 그리고 저는 여전히 좌익 사상을 견지하고 있는 사람이기 때문에, 저의 중국에 대한 비판은 사실상 중국이 그 사회주의 전반의 본래 이상을 완전히 파멸시킨 것에 대해 비판하는 겁니다. 예를 들어, 제가 싱가포르 국가도서관에서 강연할 때 주로 말씀드리고 싶었던 문제는, 사회주의, 즉 마오쩌둥의 중국이었습니다. 중국이 1960년대에는 전 세계 반식민국가non-aligned movement[비동맹운동]*의 하나로서, 당시에는 여전히 아프리카에 대한 관심을 가지고 있었으며, 모든 유색 인종

---

* 1954년 6월 인도 델리에서 인도의 네루와 중화인민공화국의 저우언라이가 애써 쟁취한 독립을 미·소 중심의 팽창주의로부터 지키기 위해, 상호 존중과 평화 공존을 염원하는 '평화 5원칙'을 발표했다. 이를 계기로 아시아와 아프리카의 수많은 나라들이 하나로 뭉치게 되었다. 다음 해 1955년 인도네시아 반둥에서 아시아·아프리카 29개국 대표들이 모여 식민지 문제에 대해 토론하고, 소련과 미국 등 강대국을 비판하는 '평화 10원칙'을 발표했다. 영토와 주권의 상호 존중, 인종·국가 간의 평등, 군사 동맹 불참가, 국제 분쟁의 평화적 해결 등을 담고 있는 이 선언으로, 아프리카 여러 나라들이 걷잡을 수 없이 독립을 요구하게 되었다. 아시아·아프리카의 이러한 자각은 미국과 소련 중심의 냉전 질서에 큰 타격을 주었다.(위키백과 참고)

의 동맹이라는 개념적인 것에도 관심을 가지고 있었고, 중국 소수민족의 자치에 대한 관점도 있었는데, 지금은 모두 없어졌습니다. 따라서 우리가 관심을 가져야 하는 것은 중국 스스로가 자기 이상의 반역자라는 점, 자기 이상에 대한 파멸과 의식적인 파괴를 한 것이 중국이라는 사실입니다. 비판해야 할 점은 이것입니다. 아시겠습니까? 이것은 단순한 중국 위협론이 아니며, 이는 매우 큰 오해입니다. 하지만 중국이 부상하고 있는 와중에 중국은 실제로 자신의 권력을 운용하고 있습니다. 자신의 권력을 어떻게 잘못 사용하고 있는가에 대해서도 반드시 비판해야 합니다. 중국은 물론 대단히 복잡한 곳입니다. 그렇죠? 중국에는 많은 좋은 사람들, 좋은 지식인들이 특히 베이징에 있습니다. 베이징은 매우 특이한 곳입니다. 왜냐하면 베이징은 바로 정부의 눈앞에 있으면서도 기괴하게도 훨씬 많은 자유가 있는 곳이기 때문입니다. 그러므로 더 많은 자유주의 지식인 또는 기타 유형의 지식인이 있으며, 그들은 세계를 바라보는 비교적 균형잡힌 시각을 가질 수 있습니다. 하지만 대부분의 중국인은 중국을 나오자마자 바로 민족주의자로 변하지요.

쉬: 이렇게 이해할 수 있을까요? 당신의 화어계연구의 목적이 '탈중국성de-Chineseness'은 아니지만, 그중 하나의 목적 또는 최종 목적은 '탈중국화de-sinicization'('탈한화去漢化'로도 번역됨)라고 말입니다.

스: 각각의 언어 환경에서 가장 중요한 목적은 다릅니다. 하나의 통일된 최종 목적은 없습니다. 당신이 말씀하신 것은 어떤 입장에서 보고, 어떤 언어 환경에서 보느냐 입니다. 중국의 언어 환경에서는 한족이 권력을 잡고 있고 소수민족을 억압하고 있으니, 당연히 탈한화해야 합니다. 말레이시아 언어 환경에서는 말레이인이 권력을 잡고 있고 화인을 억압하

고 있으니, 당연히 탈말레이화해야 합니다. 그렇죠? 이것은 부분으로 전체를 평가할 수 없습니다. 그래서 제가 특별히 주의를 기울이는 것은 현지의 역사와 현지의 온전한 계보genealogy입니다. 우리는 화어계의 주장이 각기 다른 지역에서 각기 다르다는 사실을 이해해야 합니다. 그렇죠? 그럼 이러한 상황에서 그들에게 가장 정치적인 주제, 가장 중요한 주장은 무엇일까요? 우리는 실제로 그리고 확실하게 이해해야 합니다, 그렇지 않습니까? 어떤 종류의 주장이 가장 윤리적일까요? 현지의 사람들에게 가장 도움이 되는 것은요? 이것은 통일할 수 없습니다. 언어 환경에 근거해서 볼 때, 화어계는 탈중국중심인 것만이 아니라, 수많은 다양한 중심에서 벗어나는 것입니다.

화어계연구의 사상 자원

쉬: 이렇게 이해해도 될까요? 당신의 이론 틀에서 화어계연구는 결코 과거 중국 좌파가 남긴 사회주의 유산을 배제하지 않는다고? 당신은 좌파, 비교적 서구 마르크스주의 경향의 사상에 매우 익숙한데요, 비록 당신도 비판한 바 있지만, 사르트르Jean-Paul Sartre에 대해 특별한 감정이 있는 것처럼 느껴집니다. 그의 관점을 여러 차례 당신의 논문에서 적극 인용했습니다. 당신이 생각하기에, 사르트르의 사상은 우리의 화어계연구에 또 어떠한 사상 자원을 제공해줄 수 있을까요?

스: 저는 여전히 [어떤 사상 자원이] 있다고 생각합니다. 그에게서 흥미로운 점은 본래 존재주의자였지만 1950년대에 좌경화했다는 데 있습

다. 그런 다음, 그의 존재주의 사상에 변화가 좀 생깁니다. 그의 사유에서
저는 이 점이 매우 흥미롭습니다. 본래 말한 것은 존재는 허무하다는 것
이었고, 그렇다면 사실 할 수 있는 뭔가가 없습니다. 하지만 제가 생각하
기에 그의 큰 전환은 바로, 존재는 허무하기 때문에 우리는 할 수 있고, 해
야 한다는 것입니다. 이것이 우리의 의의입니다. 그래서 그는 사회에 적극
적으로 뛰어들어, 현실 세계에 참여하고 개입하게 되었습니다. 이것이 제
가 그를 매우 좋아하는 지점입니다. 따라서 그의 문학관도 이와 같습니다.
저는 그의 문학관이 현실 세계에 참여하는 바가 있다고 생각합니다. 당신
은 리얼리즘을 추구할 수도 있고 모더니즘을 추구할 수도 있습니다. 저는
형식 문제에 있어 완전히 개방적입니다. 그도 이와 같았죠. 그의 소설 창
작에서도 이러한 정황을 볼 수 있습니다. 이런 측면에서 저는 그의 사고가
여전히 중요한 계발을 준다고 생각합니다. 당시 식민 통치에서 해방된 국
가들, 또는 반식민적인 이런 국가의 사상가들이 쓴 저서를 위해 그가 써
준 서문을 우리는 여전히 볼 수 있습니다. 역시 매우 흥미롭지요. 그러한
반식민주의 국가의 사상가들은 사실 그에게도 비판적이었습니다. 왜냐하
면 그가 막 식민 통치에서 해방된 국가들을 동정하기는 했지만, 여전히 프
랑스의 관점에서 출발하여 논의를 전개했기 때문입니다. 종합하자면, 그
의 시야는 대단히 개방적이었습니다. 비록 프랑스 사상계의 전반적인 발
전이 이후 그에 대한 심각한 반역으로 향했지만, 저는 장래에 더 많은 사
람들이 그의 저작에 관심을 가질 것이라고 생각합니다. 왜냐하면 어떤 의
미에서 그의 저작은 철학과 정치를 결합하는 데 관심을 보인 가장 훌륭한
모범이니까요.

부록 3

끊임없는 탈중심화의 여정

— 스수메이 교수 특별 인터뷰[1]

일시: 2008년 6월 17일
장소: 미국 캘리포니아대학 스수메이 교수 연구실

방문자: 펑잉전彭盈眞, 쉬런하오許仁豪
원고 정리: 펑잉전, 샹쑹項頌

1. 2세대 화인

캘리포니아에 위치한 로스앤젤레스는 미국 전역에서 에스닉이 가장 다원적인 도시이자 화인 최대의 집결지 중 하나이기도 하다. 캘리포니아대학 LA분교(UCLA)는 이러한 다원문화가 목격되는 환경에 자리잡고 있으면서 1980년대부터 아시아계 미국문학 연구의 요충지가 되었다. 리어우판李歐梵 교수가 일찍이 이곳에 재직했었고 현재 스수메이 교수가 바통을 이어받아, 비교문학에 관한 착실한 이론 훈련과 텍스트 분석을 기초로 하여 현대와 당대의 중국문학과 문화를 연구하고 있다. 우리가 스 교수와의 인터뷰를 진행한 것은 6월 중순의 어느 초여름 오후로, 학기가 막 끝나 북쪽 캠퍼스는 푸른 담요 같은 풀밭과 나무에 둘러싸여 조용했다. 맑고 파란 하늘 아래, 해가 눈부시게 빛나고 미풍이 부는 상쾌한 공기 속에는 캘리포니아 특유의 활력이 떠다니고 있었다. 스 교수의 연구실은 도서관 옆의 붉은 벽돌로 된 건물에 있었는데, 우리는 계단에서 마침 스 교수와 마주쳤다. 그녀는 친절하게 우리를 이끌고 복도를 지나 연구실로 갔다.

연구실 문에는 세 개의 문패가 걸려 있었다. 중국어, 영어, 한국어로 쓴 스 교수의 이름은 스 교수의 다문화 배경과 그 연구 방향을 선명하게 보여준다. 그녀의 개인 이력과 학술 흥미의 발전 궤적은 2세대 화인 의식이 맹아에서 성숙에 이른 과정을 대표하는데, 이러한 정치의식은 그녀의 두 권의 중요한 학술 저작 『모던의 유혹: 반半식민지 중국의 모더니즘에 관하여(1917-1937)The Lure of the Modern: Writing Modernism in Semicolonial China, 1917-1937』와 『시각과 정체성: 태평양을 넘어서는 화어계 언술Visuality and Identity: Sinophone Articulations across the Pacific』에 구현되어 있기도 하다.

스 교수는 미국에서 석·박사 과정을 마쳤고, 현재 미국에 정착하여 교편을 잡고 있지만, 일반적으로 미국에서 교육을 받고 정착한 화인과 비교할 때, 소수 이주민의 후예로서 경력상 다른 점이 있다. 원래 스 교수는 한국에서 출생하여 성장한 화인이다. 한국에서의 성장과 취학 이력은 그녀가 학술을 양성하는 데 깊은 영향을 끼쳤다. 스 교수는 자신이 한국에서 다닌 화어학교에서 사용한 것이 국민당이 보내온 타이완 시스템의 교과서였으며, 교사도 같은 시스템 출신으로 이러한 정황 하에서 중국에 대한 모종의 향수 또는 국가의식이 생겼다고 한다. 그녀의 부모님은 모두 중국인이다. 그러므로 그들에게 이러한 감정은 당연한 것이었지만, 중국에서 태어나지 않은 2세대 화인에게 이러한 이데올로기는 당연한 것이 아니라 교육의 산물이었다. 이러한 교육 체제에 영향을 받아 당시의 스 교수는 교과서가 가르쳐주는 중국을 그녀와 매우 관계가 있는 역사적 개념이라 생각했다. 그러나 참여한 적이 없기 때문에 일종의 과거에 대한 그리움, 향수, 국가에 대한 그리움과 같은 콤플렉스를 가졌다고 한다.

스 교수가 읽은 국민당판 역사 교과서에 쓰인 내용은 무엇인가? '20세기 중국 역사는 일련의 불평등 조약, 국치, 그리고 대단히 고통스러운 역사로 구성되어 있다' 그녀는 웃으면서 말했다. "당신들은 린줴민林覺民의「아내에게 보내는 작별 편지與妻訣別書」*를 기억할 것입니다. 생각해 보세요. 그렇게 어린 나이에 그렇게 아름다운 글을 읽은 학생이었던 내가 얼마나 나라를 사랑하게 되었는지, 읽고 난 후 당연히 중국에 대한 모종의 관심이 생길 수 있었죠. 이러한 관심과 타이완에서 자란 2세대 외성인은 상당히 유사한 경험을 한 것입니다. 우리 모두 자신이 중국에서 온 것처럼 생각했죠. 비록 반드시 진짜로 중국인인 것은 아니었지만요." 한국 2세대 화인으로 1970년대 후반 타이완으로 가서 학업을 하고, 다시 미국으로 발걸음을 옮긴 스 교수는 자신의 2세대 화인 의식이 타이완인과 유사할 뿐 아니라 미국의 2세대 화인과도 일치하는 점이 있음을 발견하였으며, 이는 그녀가 학술을 발전시킬 때 매우 중요한 요소가 되었다. 그러므로 스수메이 교수의 특수성은 바로 그녀가 2세대 화인이라는 데 있다. 그리고 그녀는 이러한 관점에서 출발하여 중국문학을 연구했다. 자신의 배경을 총정리한 스 교수는 다음과 같이 말했다. "중국현대문학 연구는 기본적으

---

* 린줴민(1887-1911)은 푸젠성 푸저우福州시 사람으로, 일본 게이오기주쿠慶應義塾대학에서 철학을 공부했다. 일본 유학 중 동맹회同盟會에 가입했으며, 1911년 4월 27일 황싱黃興의 통솔하에 양광兩廣총독부를 공격하기 3일 전, 유서로 남긴 것이 「아내에게 보내는 작별 편지」이다. 린줴민의 유해는 광저우廣州 황화강黃花崗에 안장되었으며, '72열사' 중 하나로 추모받고 있다.(한국 위키백과 참고)

로 국민당 이데올로기의 산물입니다. 그렇지 않았다면 나는 줄곧 미국문학을 연구했을 것입니다. 왜냐하면 나는 본래 영문과 출신이고, 석사 논문 주제도 미국문학이기 때문입니다. 그래서 내가 받은 전반적인 훈련은 모두 외국어문학과에서 온 것입니다."

만약 어릴 적의 중국 정체성이 스 교수의 박사논문인 그녀의 첫 번째 저서 『모던의 유혹: 반식민지 중국의 모더니즘에 관하여(1917-1937)』를 촉발시킨 요인 중 하나이기도 하다면, 이러한 중국 정체성 중의 또 다른 면도 소홀히 할 수 없을 것이다. 스 교수가 타이완에서 대학을 다닐 때 진학한 곳은 스판師範대학 영문과였고, 연연했던 것은 모더니즘 문학이었다. 당시의 캠퍼스는 확실히 사람들로 하여금 모더니즘에 빠지게 하는 분위기로 충만했다. 예를 들면, 스 교수가 스판대학에 재학 중일 때의 교수들 대부분이 모더니즘과 관련된 교과과정을 개설했다. 하지만 모든 선생님들 중 그녀에게 가장 깊은 영향을 끼친 사람은 셰익스피어를 가르친 천쭈원陳祖文 교수였다. 천 교수는 량스추梁實秋와 선충원沈從文의 제자였는데, 스 교수는 2년간 그의 셰익스피어 강좌를 수강했고, "량스추처럼 착실하게 텍스트를 분석하고, 한 글자 한 글자씩 읽는" 영문과의 기본적인 훈련을 받았다. 이후 두 사람은 스승이자 친구로서의 정을 쌓았고, 이러한 사제 관계는 스 교수가 나중에 중국현대문학을 연구할 때 일종의 친밀감을 느끼게 해주었다. 중국 모더니즘 문학을 말할 때 스 교수는 장아이링張愛玲을 언급하지 않을 수 없다고 했다. "어째서 이렇게 많은 사람들이 모더니즘에 관심을 가지는가 하면 장아이링 때문이기도 하죠." 그녀는 웃으면서 "우리 모두 장아이링 매니아잖아요"라고 했다. 공교롭게도 장아이링의 옛집이 바로 UCLA 캠퍼스 부근에 있어서, 모더니즘을 그리워하는 사람들이 종종 가서 이 재주 많은 여성을 추모하기도 한다. 이러한 현대문학에 대한 애호는 이후 스 교수가 영미문학 석사를 마친 뒤 박사는 비교문학 전공으로 바꾸어 현대중국문학을 연구하게 했다.

2. 아시아계 미국문학 연구

스 교수는 스판대학 영문과를 졸업한 뒤, 1983년 캘리포니아대학 샌디에이고 분교로 가서 문학석사를 취득했다. 석사 논문의 연구대상은 미국 작가 포크너였다. 1985년 석사학위를 취득하고 둥하이東海대학에 부임하여 1년간 가르친 뒤, 1986년 다시 캘리포니아대학 로스앤젤레스 분교로 돌아가서 비교문학 박사를 전공했다. 이러한 학문 탐구의 경험을 추억하면서 스 교수는 전혀 주저하지 않고 다음과 같이 말했다. "UCLA의 최대의 장점은 매우 크다는 것, 그리고 당신을 자유롭게 발전시킨다는 것입니다. 이곳에는 당시든 지금이든 이론을 가르치는 교수들이 매우 많고, 영역이 광범위하여, 당신이 배우고 싶은 것이 모두 있습니다. 비교문학의 장점은 서로 다른 언어를 운용할 수 있다는 점입니다. 나는 본래 영문과 출신이며, 미국에서도 미국문학을 전공했기 때문에, 영문과 자체의 한계를 잘 이해하고 있었어요. 내가 석사 과정에 있을 때 아시아계 미국문학은 여전히 하나의 학과목이 아니었는데, 나중에 UCLA에 온 뒤 막 아시아계 미국문학 과정이 생기기 시작했고, 나는 빠르게 흥미가 생겼죠. 중국문학에 대해서는 개인적으로 흥미가 있었기 때문에, 선생님들과 수업 외 나머지 시간에도 자발적으로 읽었죠. 당신들도 알다시피 독서는 본래 자신이 흥미가 있어야 하잖아요."

당시 UCLA에는 명교수들이 모여 있었다. 2세대 한국 화교이자 광범위한 흥미를 가진 비교문학과 학생에게 있어, 신흥 아시아계 미국문학 연구, 한국문학의 태두 피터 리Peter Lee* 교수의 수업, 데리다Derrida 특집, 그리고 프랑크푸르트 학파의 주요 학자들의 수업은 모두 강한 흡인력을 가지고 있었다. 스 교수가 전공한 비교문학과는 이론 훈련을 상당히 중시한다. 서구이론 훈련에 관해 스 교수는 경험자로서 비서구에서 온 연구자와 서구이론 사이에는 매우 복잡한 관계가 있다고 했다. 그중에는 확실히 사람으로 하여금 불쾌하게 하는 점도 있다고 한다. 예를 들면 그것은 때로 매우 서구 중심적이다. "하지만 사실 우리가 생각해봐야 할 것은 당신이 배척하거나 저항할 때, 모든 지식학, 철학, 이론 등등은 인류의 유산임을 알아야 한다는 것입니다. 따라서 설사 서구중심주의에 저항하고자 하더라도, 먼저 그것을 이해한 다음에 완전히 빠져들지 말고 자신의 목적이 어디에 있는지 잊지 않아야 합니다. 요컨대, 비교문학을 전공하는 것은 장점이 있습니다. 그것은 바로 당신이 전통의 내부에서 전통을 볼 필요가 없다는 것이지요. 당신은 그것을 흡수하되 외재적 관점에서 비판할 수 있습니다. 왜

---

*   피터 리(1929-현재, 한국명 '이학수')는 미국에서 토대조차 마련되어 있지 않은 한국학 분야를 개척하고 발전시킨 학자로, 현재 UCLA 아시아언어문화학과 소속의 한국비교문학 명예교수로 있다. 고전시 선집을 비롯하여 한국 신화와 구비문학선집 및 근대시와 단편소설에 대한 번역 및 비평서를 출판했을 뿐 아니라, 한국문학의 장르에 대해 논의한 연구서도 10여 종에 이른다. 최고의 저서로는 『A History of Korean Literature』(UK: Cambridge University Press, 2003)가 손꼽힌다. 한국문학사를 다룬 유일한 영문 서적으로서 허점이 적지 않음에도 불구하고, 한국문학에 익숙치 않은 외국인의 이해를 돕기 위한 54쪽에 달하는 용어집과 100쪽에 이르는 방대하고 체계적인 참고문헌은 한국 연구자들에게도 사전적 기능을 한다는 평가를 받고 있다.(김지연, 「피터리의 A History of Korean Literature의 의의와 한계」, 『고전과해석』 제20집, 2016, pp.208-211 참고)

나하면 비교문학은 주로 비영어권 문학을 위주로 하기 때문입니다. 당신은 언어적으로 이러한 외재적 비판을 할 수 있고, 이것이 훈련 중의 비교적 중요한 점이 됩니다."

리어우판 교수가 당시 인연이 되어 UCLA로 와서 만날 수 있었으며, 스 교수의 주요 지도교수가 되었다. 리어우판 교수가 1999년에 출판한 『상하이 모던: 새로운 중국 도시 문화, 1930-1945Shanghai Modern: The Flowering of a New Urban Culture in China, 1930-1945』*와 스 교수가 2001년에 출판한 『모던의 유혹』은 최근 미국 중국현대문학 연구의 패러다임의 전이를 촉진시킨 두 권의 주요 저작이라 할 수 있다. 『모던의 유혹』은 스 교수의 박사논문을 기초로 고쳐 쓴 것이다. 저술 과정에서 스 교수는 중국과 정면으로 접촉하기도 했다.

1991년에서 1992년에 이르기까지 스 교수는 중국으로 가서 박사논문 구상을 했다. 직접 본 중국—상상의 중국이 아니라—은 그녀를 상당히 떨리게 했다. 사실 스 교수의 첫 번째 중국 방문은 1989년, 미·중 작가단의 방중 때 수행단 통역사의 신분으로 따라갔을 때였다. 방문단 일행들은 최고 수준의 대우를 받았다. 전 중국 도처를 다니며 중국 현지인이 어떻게 생활하는지 실제로 보았다. 언젠가 스 교수 일행이 삼협三峽에서 승선하여 특실을 이용하면서 매 끼니 다양한 음식을 먹을 때였다. 식당으로 가려면 먼저 일반실을 통과해야 했다. 특실의 화려함·편안함과 상대적으로, 복도에서는 농민이 끓인 물에 밥을 넣고 고춧가루를 타서 먹고 있었다. 이것은 스 교수에게 매우 큰 충격을 주었다. 두 번째 중국 방문은 베이징대학에

---

* 한국어판으로는 장동천 외 옮김, 『상하이 모던: 새로운 중국 도시 문화의 만개, 1930-1945』(고려대학교출판부, 2007)가 있다.

학술 방문을 했을 때였는데, 스 교수에게 또 다른 학술적 충격을 주었다. 그녀가 가장 인상 깊었던 점은 베이징대학의 중문 연구 훈련이 상당히 정련되어 있어 타이완과 달랐다는 것이다. 초기의 타이완 외국어문학과는 갑자기 등장한 다크호스와 같았지만, 중국 대륙의 가장 핵심은 중문과였으며, 현대중국문학을 연구하는 가장 좋은 학자들이 모두 거기에 있었다. 그곳은 인재가 넘치고 재주꾼들이 운집한 곳이었다. "그들의 독서는 광범위하고, 저술도 뛰어났어요. 비록 전통이라는 짐을 져야 하는 것을 피하기 어려웠지만, 참으로 진지한 학자들이었기 때문에, 베이징대학에 있는 1년 동안 항상 그들과 이것저것 온갖 것에 대해 이야기를 나누었고, 수확이 많았죠."

하지만 그해 베이징에서의 연구는 스 교수에게 미·중 학술연구의 차이를 인식하게 했다. 한편으로 "베이징에서는 대량의 텍스트와 잡지를 읽을 수 있었어요. 민국 시기의 모든 잡지를 나는 최소한 대략적으로나마 본 적 있습니다. 미국에서는 볼 수 없었거든요"라고 했다. 다른 한편으로는 "중국에서는 매우 많은 자료를 볼 수 있지만 그들과 우리의 관점이 너무 달랐습니다. 우리는 전반적으로 서구식 훈련을 받았기 때문에, 텍스트를 손에 넣은 이후에는 어떻게 사고하고 관점을 생산해낼 것인가가 대단히 중요합니다. 좋은 학자에게 가장 중요한 것은 얼마나 많은 것을 읽었느냐가 아니라 문제를 사고할 수 있느냐, 본 것을 정리할 수 있느냐로, 조리만 있어서는 안 되고 새로운 견해가 있어야 한다는 것입니다. 우리가 미국에서 받은 훈련에서 핵심은 후자입니다. 대륙학자가 받은 훈련에서 가장 좋은 점은 자료에 대한 장악력입니다. 이상적인 것은 자료를 장악하고 어젠다를 사고하는 것을 배워 이 양자 사이에서 균형을 얻는 것이겠지요." 이론과 텍스트에 관해 말하자면, 텍스트를 장악하는 것을 배운 중국문학 연구자는 이론에 대해서 종종 복잡한 생각을 가지고 있다. 특히 젊은 학자들은 연구에서 이론을 운용하고 싶어하지만, 여러 이치에 들어맞는 방법을 찾을 수 없음을 고민하다가 표면적인 명사를 차용하는 데로 빠지고, 심지어 오독하는 곤경에 처한다. 스 교수도 이론을 학습하고 실천하는 것은 학자에게 가장 큰 도전이라고 지적한다. 그녀는 이론을 전부 받아들여서만은 안 되고, 일종의 대조로서 심지어 그에 대한 비판도 있을 수 있다고 생각한다. 스 교수의 경우, 그녀는 학습 과정에서 포스트식민 이론으로부터 많은 계발을 받았다고 한다. 왜냐하면 그것은 후기 구조주의와 인도의 역사적 정경을 긴밀하게 결합시키고 심지어 양자를 함께 살피기 때문이다. 중국—또 다른 비서구의 역사적 정경—을 연구하는 학자에 있어서도, 우리는 마찬가지 방식으로 생각할 수 있다. 스 교수는 자신이 『모던의 유혹』을 쓸 때, 가장 중요하게 발견한 한 가지는 이것이 사실 결코 어렵지 않은 것이었다고 한다. "이론을 이해한 다음, 그것들을 서로 부딪치게 하지 그것을 해설하려는 시도를 할 필요는 없어요. 그래야지 자신의 입장이 생길 수 있고 새로운 이론이 등장할 가능성이 있습니다. 그러나 비판적인 관점에서 이론을 사고하는 것은 말로는 간단하지만, 실천하려면 그래도 심혈을 기울여야 합니다."

3. 탈중심화 사고

『모던의 유혹』에 이어 2007년 스 교수는 그녀의 두 번째 저작 『시각과

정체성: 태평양을 넘어서는 화어계 언술』을 출판했다. 스 교수의 많은 독자들에게 가장 큰 호기심을 불러일으킨 것은 그녀의 두 저작 사이의 궤적이었다. 첫 번째 책에서 중국현대문학은 연구 대상일 뿐 아니라 세계에서 주변에 위치해 있는 반半식민지 현대문학으로서 연구되었다. 두 번째 책에서는 연구대상이 중국 밖의 화어문학이었고, 중국도 거의 필적할 수 없는 하나의 패권을 형성하게 되었다. 그 속에서 복잡하게 착종된 관계는 개인의 역사와 거대사의 환경이 상호 작용하여 그렇게 된 것이다. 중국이 20세기 상반기의 비주류적弱勢 역량에서부터 현재 부상하고 있는 대국으로 급속하게 변했기 때문에, '우리는 반드시 역사의 변화를 마주해야' 한다고 스 교수는 해석했다. 하지만 마찬가지로 중요한 것은 두 번째 책에서, 2세대 화인으로서의 그녀의 시각이 비교적 충분하게 구현되어 있다는 점이다. 이 관점은 『모던의 유혹』에서도 다루었지만, 다소 불분명했다. 그런데 두 번째 책에 녹아 있는 2세대 화인 의식은 스 교수가 생각하기에 타이완, 홍콩의 관점과 상당히 비슷한 점이 있으며, 그 속에서 결합할 수 있는 부분을 찾았다고 한다.

심지어 다음과 같이 말할 수도 있다. 첫 번째 책이 추억 속의 중국에 대한 관심에서 저술된 것이지만, 사실 관점상으로는 이미 중국현대문학을 전지구적 식민과 현대문예사상의 세계적인 유통의 틀에 놓고 본 것이므로, 그때 이미 중국문학을 '탈중심화de-center'했다고 말이다. 그러므로 두 번째 책의 어떤 장·절이 첫 번째 책과 동시에 진행되었음을 이해하기 어렵지 않다. 두 권의 저서 사이의 또 다른 차이는 이론적인 틀에서 구현된다. 『모던의 유혹』이 포스트식민 이론의 관점을 사용하여 중국의 현대문학을 고찰한 데 비해, 『시각과 정체성』의 이론적 틀은 포스트식민 이론의 그림자(예를 들면, 그녀가 책에서 제기한 화어계sinophone가 바로 프랑스 밖에서 프랑스어로 쓴 문학francophone의 개념을 빌려온 것)이면서, 아시아계 미국문학 연구와 디아스포라 연구diaspora studies이기도 하다. 그밖에 서명이 가리키는 시각성visuality이라는 단어에서 알 수 있듯이, 스 교수가 이 책에서 탐구한 것은 영화와 예술 등 시각문화이지 텍스트가 아니다. 그러나 그녀는 다른 학문 분야의 이론에 각각의 장점이 있다는 관점을 견지하고 있다. 이를테면, 영화연구는 심리와 형식 분석을 대량으로 사용하여 텍스트 분석과 매우 다르다. 영역을 넘나드는 연구는 필요하며, 이는 문화 연구의 추세이기도 하다. 스 교수는 각 영역의 뛰어난 점을 상호 보완하는 것이 가장 중요하다고 생각한다.

스 교수는 자신의 첫 번째 책에서 중국현대문학에 대한 전력을 다했으며, 이 시기 역사에 대해 꽤 괜찮은 설명을 했다고 자인한다. 『모던의 유혹』은 현재까지도 많은 사람들이 찾아 읽는데, 이 사실에 그녀는 매우 큰 기쁨과 보람을 느낀다고 한다. 스 교수가 이 책에 특히 깊은 애정을 가지고 있는 이유는, 그녀가 서구이론을 사색한 뒤 중국현대문학을 새롭게 검토했다는 장점을 젊은 세대가 비교적 충분히 알아보기 때문이다. 그리고 두 번째 책에서 제시한 화어계 이론은 중문문학의 연구를 새로운 방향으로 밀어 넣으려는 시도였다. 이 개념이 포섭하는 범위와 복잡성은 학술계에서 많은 반향과 토론을 일으켰다. 비교적 대표적인 평론에서는 이 개념이 중국 대륙과 그 이외의 화문 창작을 서로 대립시킬 수 있다고 본다. 그리하여 중국 대륙 밖의 화문 창작의 다양함과 복잡함을 무시할 뿐 아니라 중국 대륙 내부의 각종 서로 다른 목소리, 특히 (독립 다큐멘터리와 같은) 소수 목소리를 말살한다고 말이다. 뿐만 아니라 다음과 같은 비평 내용도 있다. 이렇게 중국을 보는 것은 중국 현지와 전지구적 각종 제도institutions 및 유통 영역circuits의 관계를 소홀히 할 수 있지 않겠는가? 오스카 최우수 외국어 영화상을 받은 <와호장룡臥虎藏龍>은 전지구적 영향력이 아주 큰 것으로 보이지만, 중국 본토에서 절대적인 소수적·비주류弱勢的에 속하는 독립영화가 영화제와 학술 영역에서는 오히려 리안의 영화보다 더 큰 영향력을 지닐 것이다. 그렇다면 누가 소수자인가? 전지구와 본토의 관계는 어떻게 처리해야 하는가?

이에 대한 스 교수의 대답은, 이 개념이 결코 다양성을 말살하고자 하는 것이 아니며 일종의 패권 범위 내의 이론을 운용하여 담론의 가능성을 찾고자 하는 것이라고 한다. "소위 '중국'이라는 클 수도 작을 수도 있는 이 패권 범위는, 어떠한 담론 범주 속에 있어야 비교적 정확할 수 있는지를, 각자의 담론 입장과 각도에 근거하여 살펴봐야 합니다. 패권 범위 내에서의 저항적 관점은 그 크기에 따라 매우 큰 변화가 생길 수 있습니다. 그러므로 사방에 모두 들어맞는 저항적 관점이란 있을 수 없습니다. 현재의 전반적인 상황은 대체로 서구 중심과 중국 중심이 교차하는 형세이고, 현재는 상대적으로 성숙해져서, 서로 충돌하는 상황으로 발전하지는 않을 것입니다. 그 외 다양한 지역적local, 지방적regional, 국가적national 등 다른 구획 방식도 있습니다. 따라서 자신이 상정하는 범위가 어디인지를 확인해야지만 당신이 비교적 의미 있다고 느끼는 관점을 확립하고 주장할 수 있을 것입니다." 스 교수는 나아가 다음과 같이 보충했다. "사실 sinophone의―화어계라고도 하는―경계는 매우 광범위할 수 있지만, 이것은 단순히 테두리를 긋는 분류가 아닙니다. 이것은 당신이 세계를 바라보는 관점을 열어주는 것이지 제한하고 분류하는 것이 아닙니다. 나는 항상 sinophone이 일종의 공공재라고 말해왔습니다. 어떠한 영역에서도 화문연구를 할 수 있으니, 이것은 덜어내는 방식이 아니라 더하는 방식이라고도 할 수 있습니다."

4. 시야 전환의 필요성

『시각과 정체성』, 이 책을 통해 스 교수는 화문 연구의 지위를 끌어올릴 수 있기를 바라며, 이를 통해 타이완의 젊은 세대가 중국의식과 타이완의식을 이해하는 데 도움이 되기를 바라고 있다. 그녀가 보기에 기본적으로 화문 연구는 이 학문 분야에서 상당히 주변화되어 있다. 예를 들면, 말레이시아에서 화문 연구는 외국문학에 속한다. 하지만 그 나라의 화인은 전체 인구수의 1/3을 차지하고 있다. 타이완의 경우 스 교수는 모두가 여전히 곤혹스러움을 피할 수 없다고 생각한다. 왜냐하면 기본적인 이데올로기의 전환 과정에서 충돌이 있었고, 전환 현상 역시 만족스럽지 않기 때문이다. 거의 아주 단순한 타이완 중심 의식이 되어 버려, 이 과정 전반에는 여전히 이해되지 못한, 모두가 계속해서 생각해야 할 많은 부분이 있다고 말이다. 그녀는 또한 각 지역 화인의 상황, 이를테면, 타이완과 홍콩, 말레이시아, 또는 미국의 화인 사이에 얼마간의 공통점이 있다고 주장한다. "우리의 시야를 종적 방향이 아니라 횡적으로 향하게 해야 합니다. 현재의 시야 제한이 권력의 작동 결과임을 당신이 확실히 이해할 때, 세계를 새롭게 바라보는 방식이 생길 것입니다. 여전히 세상은 가없이 넓기 때문에, 새로운 가능성이 있죠. 이것은 기본적으로 나의 비주류弱勢 트랜스내셔널리즘의 개념이기도 합니다."

그러므로 이 두 권의 책을 상호 대조하면, 스 교수의 민족주의 이데올로기에 대한 심도있는 인식이 드러날 것이다. 그녀가 보기에 이것은 사실 일종의 누적된 결과물이다. "당신이 이데올로기의 본질을 이해하고 있고 또한 바깥에 자리하고 있다면, 그 내용을 더 잘 이해할 수 있을 것입니다. 물론 우리가 이데올로기 바깥에 자리할 수 없겠지만, 모종의 상당히 비판적인 관점을 가질 수 있을 것입니다. 왜냐하면 당신은 이러한 이데올로기 속에서 생활하고 있으니까요. 타이완의식이 부상하면서 국민당의 이데올로기를 아주 철저하게 비판했는데, 이러한 타이완의식의 자각이 바로 화인 2세대의 자각입니다. 그밖에 제가 미국에서 오랫동안 살다보니, 미국인의 이데올로기 작동 방식에 대해서 이제 막 외래자의 관점에서 보기 시작했으며 비교적 분명해지기도 했습니다. 그러므로 저는 최소한 이 세 가지 다른 이데올로기의 작동을 경험함으로써, 그들의 다름을 통해 그 한계를 보다 잘 이해할 수 있게 되었고, 비교적 철저하게 볼 수 있었습니다. 만약 단일한 문화, 이데올로기 하에서 성장했다면, 보지 못했을 것입니다. 그러므로 저는 떠나거나 여행하거나 지리적 공간을 변위시키는 것이 학술을 양성하는 데 매우 중요하다고 생각합니다."

미주

1 원문은 鄭文惠, 顔健富主編, 『革命·啓蒙·抒情: 中國近現代文學與文化研究學思錄』(台北: 允晨文化, 2011), pp.27-37에 수록되었다.

화어계연구 및 기타
— 스수메이 인터뷰[1]

날짜: 2014년 11월 22일

장소: 홍콩 툰먼屯門 골드코스트 호텔

인터뷰 진행자: 산더싱單德興(중앙연구원 구미연구소 특별초빙연구원)

서언

스수메이는 2세대 화인華人으로, 한국에서 출생, 성장했다. 그러나 중화민국의 교육을 받았기에 국립타이완스판대학國立臺灣師範大學 영문과를 1순위로 지원하여 학사학위를 취득하게 된다. 미국으로 건너간 뒤, 캘리포니아 샌디에이고 대학에서 석사학위를, UCLA에서 비교문학 박사학위를 취득했다. 연구영역은 비교문학, 문학이론, 아시아계 미국연구, 현당대 중국연구 등을 포함하며, 근년에는 화어계연구로 국제적인 명성을 얻고 있다.

꼼꼼한 사유로 깊이 있게 연구하는 그녀는 2001년 캘리포니아 대학 출판사에서 출판한 『모던의 유혹: 반半식민지 중국의 모더니즘에 관하여 (1917-1937)The Lure of Modern: Writing Modernism in Semicolonial China, 1917-1937』(중국어 번역본은 2007년 南京江蘇人民出版社 출판)로 널리 중국연구학계의 인정을 받게 된다. 이후, 그녀의 관심은 화어계연구로 전향한다. 2007년 캘리포니아 대학 출판사가 출판한 『시각과 정체성: 태평양을 넘어서는 시노폰 언술Visuality and Identity: Sinophone Articulations Across the Pacific』(중국어 번역본은 2013년 臺北聯經出版公司 출판, 현재 2쇄)은 이 영역의 개척적인 글로, 화문세계에서 풍조를 일으켜 광범위한 논쟁을 야기하면서 커다란 영향을 주었다. 그녀가 차이젠신蔡建鑫, 브라이언 베르나르즈Brian Bernards와 함께 편찬한 『화어계연구독본Sinophone Studies: A Critical Reader』은 2013년 컬럼비아 대학 출판사에서 출판되었다.

그녀가 리오넷Françoise Lionnet과 함께 진행한 공동연구프로젝트에는 수십 명에 달하는 인원이 참여하여 오늘날까지 두 권의 논문집을 출판하였다. 그것은 2005년의 『비주류 에스닉그룹의 트랜스내셔널리즘弱勢族羣的跨國主義 Minor Transnationalism』과 2011년의 『이론의 크리올화理論的克里歐化 The Creolization of Theory』로, 듀크대학 출판사에서 출판됐다. 이 밖에 타이완 학자들과 지속적으로 긴밀한 관계를 맺으면서 랴오빙후이廖炳惠와 함께 『비교 타이완比較臺灣 Comparatizing Taiwan』을 편찬하여 2015년 라우틀리지Routledge 출판사에서 출판했는데, 이 책은 타이완을 전지구적 맥락 하에서 토론하고 있다. 최근에는 타이완 학자와 '지식/타이완' 학술모임("Knowledge/Taiwan"Collective)을 결성하여, 타이완의 지식생산 등의 현상을 되돌아보고 있다. 2016년 마이텐麥田에서 출판한 『지식타이완: 타이완이론의 가능성知識臺灣: 臺灣理論的可能性』에는 스수메이의 「이론 타이완의 시작理論臺灣初論」을 포함, 이 분야를 망라하는 열 명의 학자들의 논문이 수록되었다.

1984년 중앙연구원 미국문화연구소의 『미국연구American Studies』에 스수메이가 발표했던 논문은 그녀의 석사논문의 한 챕터로, 포크너William Faulkner의 소설을 입체적으로 분석하여 깊은 인상을 남긴 바 있다. 2005년 필자는 그녀의 요청에 응해 타이완 학자 몇 명과 함께 UCLA대학으로 가서 '보편의 번역[번역의 보편성을 모색하는 연구들]Translating Universals' 학회에 참여하여 논문을 발표한 적 있다. 2007년에 우리 두 사람은 함께 왕더웨이王德威와 스징위안石靜遠, Jing Tsu이 하버드 대학에서 개최한 '전지구적 현대중문문학: 화어계와 디아스포라 글쓰기Globalizing Modern Chinese Literature: Sinophone and Diasporic Writings'에 참가했다. 이런 이유로 수년 간 그녀의 학술 발전에 관심을 가졌음에도 불구하고 인터뷰를 진행하여 깊은 의견을 나눌 기회는 없었다.

2014년 11월 필자는 연구를 위해 링난嶺南대학 번역과를 방문한 바 있다. 마침 당시 스수메이가 홍콩대학교 중문대학中文學院의 천한셴陳漢賢부부기금 강좌교수로 와 있어서, 약속을 정해 골드코스트호텔에서 만나 두 시간 정도 영어로 인터뷰를 진행했다. 인터뷰 녹음은 웨이위안위魏元瑜, Helena Wei가 녹취했으며, 필자가 먼저 훑어본 뒤 스수메이 본인에게 다시 보내 수정하게 했다. 영문판 제목은 "Sinophone Studies and Beyond: An Interview with Shu-mei Shih"로, 링난대학 인문학과 연구센터의 『현대 중문문학 학보現代中文文學學報 Journal of Modern Literature in Chinese』(Summer 2016)에 실렸다. 화문세계가 주목하는 화어계연구를 다루는 내용인 관계로, 필자는 중문으로 번역하여 스수메이가 살펴보게 한 뒤, 천쉐메이陳雪美 양의 협조를 받아, 교정 및 자료를 보충해서 『중산인문학보中山人文學報』(2016년 1월)에 게재함으로써 화문세계의 독자들에게 선보이는 바이다.

가정과 교육 배경

산더싱(이하 '산'으로 표기): 당신은 미국에서, 저는 타이완에서 홍콩으로 와 함께 공통 관심사에 대해 토론하게 됐습니다. 먼저, 당신의 가정과 교육 배경에 대해서 들을 수 있을까요?

스수메이(이하 '스'로 표기): 누군가가 나에게 어디 출신이냐고 묻는다면, 나는 늘 타이완에서 왔다고 말합니다. 타이완에서는 모두 7,8년 정도 밖에 있지 않았지만 말입니다. 제가 타이완인인 이유는 태어나자마자 타이완의 보살핌을 받았기 때문이지요. 부모님은 1940년대에 중국을 떠났는데, 아마도 1947년 전후가 아닐까 생각됩니다. 우리 가족은 지금 타이완에 있으며, 저 역시 타이완의 이념에 동화認同된 관계로, 스스로를 타이완계 미국인Taiwanese American이라 생각합니다.

산: 당신의 부모님은 산둥山東 출신인가요?

스: 네. 산둥에서 남한으로 갔습니다. 국공내전을 피해서였지요.

산: 제 부모님 역시 산둥 출신입니다. 그들은 이주流亡 학생으로, 학교를 따라서 남하한 뒤 1949년 바다를 건너 펑후澎湖에 도착, 마지막에 타이완으로 왔습니다.

스: 아, 그래요? 제 부모님이 한국으로 피난 갔던 건 조부님과 외조부님이 한국에서 사업을 하고 계셨기 때문입니다. 그때는 산둥에서 배를 타면 하루 만에 인천에 갈 수 있었습니다. 당시 어머니는 9살, 아버지는 12살 정도였으며, 두 분은 나중에 한국에서 만났습니다. 그들은 민국 시기에 중국을 떠났던 관계로 중화민국 국민이라는 신분을 가지고 있었으며, 이는 우리가 한국에서 출생했지만 중화민국 국적을 가지게 됐음을 의미합

니다. 그래서 저는 줄곧 중화민국 국민이었으며, 한국 국민이었던 적이 없습니다. 저는 한국에서 외국 국적을 가진 이였고, 그것은 한국화인의 특수한 역사입니다. 그곳의 학교시스템인 초등학교, 중학교, 고등학교로 된 화어계 학교시스템을 거쳤습니다. 그것들은 주로 중화민국 정부가 세운 곳으로, 모든 교과서가 중화민국정부가 보낸 것이었죠. 그런 까닭에 저는 중화민국정부의 국립편역관이 편찬한 모든 책을 읽었습니다. 거기에는 『국부사상國父思想』, 『공민과 도덕公民與道德』이 포함되어 있었습니다.

산: 저 역시 타이완에서 그런 교과서를 읽으며 자랐네요.

스: 그렇기에 우리가 읽었던 것은 모두 같은 것으로, 교육 방면에서의 국민당 이데올로기의 힘을 보여줍니다. 나중에 대학입학시험을 치를 때 1 지망이 국립타이완스판대학 영문과였습니다.

산: 타이완의 가장 좋은 대학 중 하나죠.

스: 당시에 그곳은 좋은 대학이었습니다. 게다가 저는 그곳이 줄곧 좋은 곳이었다고 생각합니다. 제가 알기로는, 제가 스판대학에 들어간 그해에, 학교가 요구했던 합격 커트라인이 가장 높았습니다. 대학입학시험 중 인문학과에서 최고점을 받아야 갈 수 있는 관계로 그들의 자부심이 대단했습니다. 제가 다닌 스판대학 영문과는 훌륭한 학자 여럿을 배출했습니다.

산: 당신은 언제 스판대학에 다녔나요?

스: 1978년에 타이완에서 대학을 다녔는데, 그때가 저의 사상 형성에 있어 매우 중요한 단계였습니다. 좋은 선생님과 훌륭한 교육으로 견실한 기초를 다질 수 있었습니다. 미국연구자이면서 모더니스트였기에 우리는 영문과에서 아주 많은 형식 분석법을 배웠습니다. 졸업 후에는 타이베이에서 1년 간 중학생들을 가르쳤죠. 당시 스판대학 졸업생은 반드시 1년

간의 실습을 거쳐야 했기 때문입니다. 이후에 샌디에이고 캘리포니아 대학 문학과에서 석사학위 과정을 밟으며 주로 미국문학을 공부했습니다. 제 석사논문은 포크너에 관한 것으로, 그중 한 장을 나중에 중앙연구원의 『미국연구』에 발표했었죠.

산: 맞아요. 우리가 만든 계간지죠. 당신은 입체주의적 관점으로 포크너의 소설을 연구했죠. 관점이 신선해서 사람들에게 깊은 인상을 주었던 걸로 현재까지 기억되고 있습니다.[2]

스: 오래된 일입니다. 하지만 저는 샌디에이고에서의 시간이 무척 좋았습니다. 당시 에드윈 퍼셀Edwin Fussell의 지도를 받으며 석사논문을 썼습니다. 그는 저명한 작가이자 역사가인 폴 퍼셀Paul Fussell의 동생입니다. 퍼셀이 요구한 수준이 높았지만 저를 고무시키기도 했습니다. 그는 저에게 하나의 분석구조[입체주의]를 제시하여 저로 하여금 사유의 독창성을 발휘할 수 있게 했습니다. 석사학위를 가지고 타이완으로 돌아온 뒤 둥하이東海대학에서 1년을 가르쳤죠. 이후, 매년 혹은 이년에 한 번 타이완으로 오는 이유는 가족들이 그때 타이완으로 이주했기 때문입니다. 나중에 UCLA에서 비교문학 박사학위 과정을 밟았습니다. 이것이 제 개인적인 가정사 및 교육배경의 대체적 내용입니다.

산: 당신은 한국에서 자라면서 자연스레 한국어를 익혔나요?

스: 그곳에서 태어나고 자랐으니, 당연히 어릴 때부터 한국어를 익힌 native speaker이긴 합니다. 이미 많은 한국어를 잊어버렸지만, 그곳에서 자랄 때 매일 신문의 한국어나 한국의 한자를 보았죠. 아버지께서는 대략 4종류의 한국신문을 구독하셨는데, 각 신문마다 문학부간이 있었고, 연재소설이 있어서 저는 매일 그걸 볼 수 있었습니다. 어머니께선 연애소설 애

독자라서 집에는 충야오瓊瑤 전집이 있었으며, 어머니께서는 그걸 다 보셨답니다. 집에는 무협잡지도 있었습니다.

산: 진융金庸?

스: 아니요. 잡지였습니다. 당시 어머니께서 무협잡지를 정기구독하셨기 때문에, 저는 자라는 동안 한국에서 유행하던 연재소설 말고도 많은 무협소설과 충야오의 작품을 읽었습니다.

산: 당신은 어떻게 일본어와 프랑스어를 익혔나요?

스: 대학 때 2년 정도 프랑스어를 배웠기 때문에 그럭저럭 읽을 수 있었습니다. 일본어는 중국에 있을 때 배웠죠. 베이징대학北京大學에서 1년 정도 있으면서 박사논문과 관련된 연구를 한 적 있습니다. 중국현대문학을 연구하고 싶었죠. 리어우판李歐梵 교수님께서 '일본어를 배우도록 하라'고 하셔서 일본어 선생님을 한 분 모시고 1년 동안 일본어를 배웠습니다. 하지만 저의 일본어 실력은 좋지 못합니다.

산: 리어우판이 당신의 지도교수님이신가요?

스: 박사 반 마지막 2년간, 선생님께서 우리 학교로 오셨습니다. 정말 운 좋게 대학원 생활 마지막 2년을 선생님의 지도학생으로 있을 수 있었죠. 처음에 그곳에 갔을 때, 유일하게 중국현대문학을 가르치는 분으로 페리 링크Perry Link가 계셨지만, 이후에 프린스턴 대학으로 가셨습니다. 사실 저와 같이 가서 저를 지도하길 원하셨습니다. 그러나 당시 조부님이 로스앤젤레스에 계셨는데 연세가 많으셨고, 저의 공부 방향이 페리 링크와 달랐기 때문에 가지 않았습니다. 프린스턴으로 가자는 말이 무척 끌렸지만 말입니다. 그렇게 해서 저는 독립된 연구를 하게 됐습니다. 이후에 학교에서 리어우판을 초빙하여 그가 정식으로 응했을 때 마침 저는 연구를 위해

중국에 1년간 가야만 했습니다. 그가 정식으로 부임하기 전에 우리 학교를 방문했을 때, 저는 그와 함께 두 개의 가능한 박사논문 제목을 고르게 됐습니다. 하나는 중국문학의 모더니즘이었고, 다른 하나는 페미니즘으로 더욱 이론적인 제목이었습니다. 그가 중국문학의 모더니즘 쪽 제목을 고르는 게 어떻겠냐고 추천했었죠. 중국에서 1년을 보낸 뒤 학교로 돌아와서, 전체 박사논문을 쓰는 과정 동안 리어우판의 지도를 받았습니다. 비록 상하이 모더니즘에 대한 취향에 있어 다른 점이 있었지만, 그는 중요한 관점을 제공해주었습니다. 그의 지도에 매우 감사드립니다. 제가 박사생일 때, 가장 중요한 순간에, 그가 우리 학교에 왔던 것이 큰 행운이었다고 늘 생각합니다.

베이징대학에 갔을 때는 특히 옌쟈옌嚴家炎과 연구를 했는데요, 당시 그는 상하이 모더니즘에 있어 중요한 자료를 발견했으며, 몇몇 상하이 모더니즘의 중요작품 역시 발굴했었습니다. 그 몇 년 전에 샌디에이고에서 만난 적이 있었기에 원래 우리는 아는 사이였습니다. 그가 저에게 와주길 요청해서 제가 갔던 겁니다. 그는 의롭고 대범한 사람으로, 거의 매주 저와 만나다시피 하면서 제 연구에 많은 시간을 들였습니다. 우리는 줄곧 이러한 학술관계를 유지하고 있습니다. 제가 그곳에서 1년 동안 읽었던 데이터 속에는 중국의 모든 문학잡지가 포함돼있습니다. 그것들이 제 박사논문의 기초가 되었으며, 이후 『모던의 유혹』이라는 전문서로 개작, 출판하였습니다. 저가 대학원에 있을 때, 리어우판, 옌쟈옌과 같은 든든한 선생님을 만났던 것은 큰 행운이었습니다.

초기 학술 사상의 과정

산: 그 책은 2001년에 캘리포니아 대학 출판사에서 출판됐었죠. 그때부터, 다시 말해 21세기가 시작된 때부터 지금까지 당신은 5, 6종의 저서를 출판했습니다. 2015년 출판될 『비교 타이완』을 포함해서요. 이들 책으로 자신의 학술사상 과정을 말씀해주실 수 있으신가요?

스: 그것은 좋은 질문이지만 어렵기도 하네요. 누가 말했는지 기억 못하지만, 모든 작품은 어느 정도는 자전적 성격을 지닌다고 하죠. 『모던의 유혹』은 비교 연구라 생각하는데, 중국문학의 모더니즘을 전지구적 맥락하에 두고자 했기 때문입니다. 그 책은 사실 일본 모더니즘, 프랑스 모더니즘, 유럽 모더니즘과 미국 모더니즘을 탐구한 것으로, 특히 그것을 비교하고자 기획한 것이었습니다. 비록 책에서는 민국 시기 중문텍스트를 비교적 중점적으로 다루고 있지만 말입니다. 어떤 측면에서 저는 이 책이 젊은 시절 제가 좋아했던 모더니즘에 표하는 경의 혹은 어떤 훈련과 흥미를 완성시킨 것이라고 생각합니다. 타이완에서 공부할 때 저의 문학을 일깨운 것 중 하나가 실은 타이완의 모더니즘이었으며, 『현대문학現代文學』의 작가를 아주 많이 읽었기 때문입니다.

산: 바이셴융白先勇, 왕원싱王文興……

스: 여작가인 충쑤叢甦, 어우양쯔歐陽子도 있죠. 왕원싱이 제게 준 영향은 상당합니다. 저는 그의 발자크Honoré de Balzac에 관한 수업을 청강한 적도 있습니다. 또한 대학 때는 미국 모더니즘 작품을 많이 읽었는데, 포크너와 헤밍웨이Ernest Hemingway도 포함됩니다. 어떤 측면에서 보자면, 『모던의 유혹』은 이 모두를 한 데다 모아두고서 모더니즘을 다룬 책이라 할 수

있습니다. 하지만 그 책을 쓸 때는 박사논문을 수정하던 시기기도 했으며, 타이완을 집중적으로 다룬 시각매체에 관한 글을 이미 쓰기 시작했던 때이기도 했습니다. 『시각과 정체성』의 1장은 사실 오래전에 발표했는데요, 아마 1992년이나 93년 무렵이었을 겁니다. 발표했던 다른 글은 이후 『시각과 정체성』의 「모호성의 믿기 힘든 무게The Incredible Heaviness of Ambiguity」가 되었습니다. 그런 관계로, 저는 그 책과 『모던의 유혹』을 동시에 썼다 할 수 있습니다. 『시각과 정체성』에는 미국에 관해 언급한 부분이 많은 관계로, 타이완, 홍콩 그리고 미국에 관한 장절을 줄곧 동시에 써내려갔다 할 수 있습니다. 당신도 알다시피, 저는 박사반 과정 중에 아시안 미국인 연구자 신분으로 장징줴張敬珏, King-Kok, Cheung와 함께 몇 과목 수업을 한 적이 있습니다. 여태껏 저는 미국 연구자라는 뿌리를 버리지 않았다고도 할 수 있습니다. 제가 미국에서 발표한 첫 논문은 맥신 홍 킹스톤湯亭亭, Maxine Hong Kingston*의 『차이나맨金山勇士 China Men』에 관한 연구로, 미국에서 먼저 출간했으며, 중국어판은 타이완에서 발표했습니다.[3]

산: 『중외문학中外文學』에 게재했죠?

---

* 맥신 홍 킹스톤(1940-현재)은 이민 2세대 중국계 미국작가로, 주로 중국계 미국 이민자의 삶을 그려내는 소설가다. 대표작으로는 에스닉과 젠더 문제에 초점을 맞춘 자전적 소설 『여전사The Women Warrior』(1976년 출판, 한국어 번역본으로는 서숙 번역의 『女戰士』(황금가지, 1998)가 있다)와 또 다른 자전적 소설인 『차이나맨China Men』 등이 있다. 전자는 작가 어머니의 삶을 중심으로, 후자는 아버지의 삶을 중심 서사로 한다. 후자의 중국어 제목은 원래 『金山勇士』인데, '금산용사'[金山은 샌프란시스코의 별칭]는 '캘리포니아 지역으로 이주해온 중국의 광산 노동자들과 철도 노동자들'을 일컫는 표현이다. 맥신 홍 킹스턴은 캘리포니아 주 최대의 내륙항인 스탁튼Stockton에서 출생했다. 이 책은 '중국계 이민 2세대인 딸의 시점에서 자신의 아버지와 다른 수많은 중국인 남성 이민자들이 미국 시민이 되어가는 (혹은 미국 시민이 되는 데 실패하는) 긴 여정을 서술한 역사적·자전적 기록'이다.(김준년, 「맥신 홍 킹스턴의 『차이나맨』을 찾아서」, 『영미문화』 제11권 2호(2011.8) 참고)

스: 맞습니다. 영문판은 1992년 출판된 『이민과 망명의 문학The Literature of Emigration and Exile』이라는 논문집에 수록되었는데, 아직 학위를 받지 못했을 때였습니다. 저는 한국계 미국작가인 차학경車學敬, Theresa Hak Kyung Cha에 대해서도 썼습니다. 중국어판은 타이완에서 출판했으며, 영문판은 미국의 한 논문집에 수록되었습니다. 그 책은 이후 2쇄가 나왔으며, 제 글은 현재까지 인용되고 있습니다.[4]

산: 차학경의 텍스트 『딕테Dictee』*는 매우 어려운 텍스트로, 특히 한국이라는 배경에 익숙하지 않기 때문입니다.

스: 그렇습니다. 그 텍스트의 형식이 너무나 괴이해서 저는 그 중 일부분을 분석했죠. 저의 한국어 독해력이 도움을 주었다 생각합니다.

산: 당시에는 그녀에 대해 연구하는 글이 그다지 많지 않았죠?

스: 네. 그 논문집은 1997년에 출판됐으며, 제목은 『또 다른 자아에 대한 이야기: 미국 여작가Speaking the Other Self: American Writers』였습니다. 제가 대학원에 재학하는 기간 동안 쓴 맥심 홍 킹스턴과 차학경에 관한 이 두 편의 글은 매우 흥미롭게도 쓰자마자 바로 게재되었습니다. 그때의 저

---

* 한국어 번역본으로는 김경년 번역 『딕테』가 있다. 이 책은 1997년 토마토에서, 2004년 어문각에서 출판되었다. 차학경(1951-1982)은 한국계 미국인(미국 이민 1.5세대)으로, 부모를 따라 미국으로 이주하여 시인, 영화감독, 행위 예술가, 문학비평가로 활동하다가 불의의 사고로 젊은 나이에 생을 마감하였다. 그녀의 대표작인 『딕테』는 영어와 프랑스어, 그리스어와 한자, 한국어 등의 여러 언어와 다양한 시각 이미지를 함께 사용한 작품으로 난해하고 낯선 작품으로 알려져 있다. 제목 'Dictee'는 프랑스어로 '받아쓰기'를 의미[이 책 제목의 중국어 번역은 받아쓰기라는 의미의 '聽寫'임]하며, 이는 '제도화된 언어 규칙에 철저하게 포섭된 피식민주체의 신체를 보여주면서 그 이면에 영어가 호명하는 이데올로기에 저항하는 의지 또한 드러내기' 위한 것, 즉 '영어에 담긴 제국주의의 이데올로기를 해체시키기위한 것'으로 분석된다.(김화선, 「언어 제국주의에 저항하는 문학적 글쓰기」, 『경계와 소통, 탈식민의 문학』(김정숙 등 저, 도서출판 역락, 2006) 참고)

는 아시아계 미국연구자에 가까웠습니다. 이런 의미에서 보자면, 『시각과 정체성』은 사실 아시아계 미국연구자와 아시아연구자라는 저의 역할을 결합시킨 것으로, 주변화된 세계를 다루는 측면이 있습니다. 중국연구에 있어서 타이완과 홍콩은 완전히 주변화돼 있습니다. 영문세계에서 아시아계 미국연구 역시 주변화됐습니다. 그 밖에도 우리는 아시아와 아시아계 미국 사이를 넘나드는, 날로 복잡해지는 정체성을 보게 됩니다. 저는 이들을 통해 여러 가지 연결 작업을 합니다. 아시아인에서 아시아계 미국인이 된 것처럼, 그들은 정말로 각종 국경의 경계를 넘나드는 인물이기 때문입니다. 저는 이렇게 넘나드는 전형적 인물이 리안李安이라 생각합니다. 그는 어떻게 타이완인이면서 동시에 타이완계 미국인이 되었을까요? 이런 이유로 『시각과 정체성』의 서론에서 그의 영화 <와호장룡臥虎藏龍 Crouching Tiger, Hidden Dragon>에 대해 분석했으며, 1장인 「세계화와 소수화Globalization and Minoritization」*에서 리안이 어떻게 타이완 국민에서 미국의 비주류 이주민 출신의 에스닉弱勢族裔이 되었는지, 즉 국가주체에서 소수주체 혹은 소수민족이 되었는지, 타이완인에서 타이완계 미국인이 되었는지를 연구했습니다. 게다가 에스닉정치, 성별정치 등과 같은 정치도 언급했지요. 그 결과, 영화연구자가 아시아계 미국연구자보다 이 장을 더 중시합니다. 리안의 영화제작자이자 컬럼비아 대학의 작가인 제임스 샤무스James Schamus도 이에 반응했다는 사실은 저를 무척 놀라게 했습니다. 그가 이 글에 자극을 받았음이 분명했습니다. 그 책은 사실 중국연구로부터 고개를 돌려 타이완과 홍콩을 얘기하려한 것이었습니다. 미국 인문학

---

* 챕터 제목은 한국어 번역본을 따랐다.

계에 타이완과 홍콩을 진지하게 대하는 이가 적었기 때문에, 당시 저는 아시아계 미국연구와 함께 연계시키고 싶었습니다. 사실 지역연구와 이주민 출신 에스닉 연구를 결합시키려한 것이었죠. 그 글을 쓸 때 저는 하나의 틀을 생각해내서 모든 것을 한 덩어리로 놓고 보려 했습니다.

화어계연구의 시도

산: 당신은 언제부터 화어계연구를 다루기 시작했나요?

스: 오래전부터 화어계를 연구했습니다. 아마도 이르게는 2000년에 연구하기 시작했다고 말할 수 있을 겁니다. 매번 얘기할 때마다 사용했던 사례가 홍콩과 타이완 혹은 미국인 까닭에, 듣는 사람들이 익숙하지 않은데다 자극이 되어서인지 줄곧 저에게 질문하려 했습니다. 처음에는 부끄러워서 그것을 시각텍스트나 문장텍스트를 사유하는 방법으로 삼으려 하지 않았습니다. 하지만 사람들에게 자극을 주었으니, 스스로 담대해져야 한다고 생각하게 되었고, 용기를 내어서 이 관점을 제기했습니다. 이런 관계로, 2004년 「전지구적 문학, 인가메커니즘全球的文學,認可的機制 Global Literature and the Technologies of Recognition」에서 저는 처음으로 이 개념術語에 관한 초보적 사유를 발표하게 됩니다.[5] 저는 그 글에서 가오싱젠高行建은 화어계 프랑스작가로 봐야만 하며, 중국작가가 아니라고 주장했습니다. 그때 각주에서 전용했던 '화어계'라는 개념은 당시 제가 이 말에 대해 얼마나 겸손하고 수줍어했는지를 보여줍니다. 『시각과 정체성』의 서론을 쓰려 했을 때, 저는 화어계가 진짜 이 모든 것을 묶어낼 수 있는 키워드라 판단했

습니다. 타이완을 연구하는 사람은 늘 의기소침함과 주변화됐음을 느낍니다. 만약 당신이 미국학계에서 타이완을 연구한다면 일자리 찾기가 쉽지 않을 겁니다. 만약 홍콩을 연구한다면 마찬가지로 일자리 찾기가 상당히 어렵습니다. 당신이 화어계의 말레이시아나 싱가포르를 연구한다면 더 말할 필요조차 없지요. 이리저리 두리번거리는 젊은 학자에서부터 비교적 경력이 풍부한 학자들조차도 각종 주변화를 겪고 있음을 보고난 뒤, 나 자신이 앞장서서 발언해야만 한다고 느꼈습니다. 저의 상황을 가지고서 말하자면, 저는 이미 중국에 관한 책을 한 권 썼으며 종신 직장을 얻었기 때문에, 제가 하고 싶은 일을 할 자유를 어느 정도 가지고 있었습니다. 그런 까닭에 저는 용기를 내자고 결심했는데, 그건 또한 저의 학술 생애가 어느 정도의 위험을 감수한다는 것을 의미하기도 했습니다. 왜냐하면 제가 더 이상 중국연구에서 더 높은 곳에 오를 수 없는 사람이 되기 때문입니다. 제 첫 책이 나온 이후로, 많은 대학에서 저에게 교직을 맡아줄 것을 요청했습니다. 하지만 두 번째 책인 『시각과 정체성』이 출판된 뒤에는 어떤 요청도 없었습니다. 제가 이미 더 이상 전통적인 중국연구의 틀 안에 있지 않았기 때문입니다. 그들이 원한 것은 중국을 연구하는 사람이었지, 타이완이나 홍콩 혹은 아시아계 미국을 연구하는 사람이 아니었던 거지요. 저는 그것을 손실이나 희생이라 말할 수 없습니다. 하지만 저는 저의 선택이 만든 결과를 책임져야만 합니다. 저의 연구는 이제까지의 전통적인 지역연구나 중국연구가 아니기 때문입니다.

산: 그것은 당신이 치뤄야만 하는 대가인가요?

스: 그것은 제가 치루겠다 결심한 대가입니다. 제 스스로가 이러한 결과를 책임져야 한다고 생각하기 때문입니다. 그것이 상황의 시작과 결말

입니다.

산: 그 대가가 당신에게 좀 지나치지 않던가요?

스: 아닙니다. 결과는 오히려 상상하기 어려울 정도로 사람을 흥분시킨다고 생각합니다. 저는 이 틀이 어떤 발언의 지위를 부여할 수 있음을 보았습니다. 몇몇 학자들이 자신의 관심과 입장을 표명하고, 주변화된 연구주제에 종사할 수 있으며, 심지어 그들에게 어떠한 동질감認同感을 가질 수 있게 한다는 것을요. 그러므로 저는 매우 만족스럽습니다. 설령 사람들이 저를 비판한다 하더라도, 그것 역시 하나의 포상이 아닐까요? 그야말로 정말로 가치 있는 것이죠. 저는 화어계와 관련된 작품을 출판한 이후, 매우 흥미로운 여정을 겪었다고 말해야만 하겠네요. 실제로도 그것은 저로 하여금 글을 쓰면서 계속해서 화어계연구를 하게 채찍질합니다. 사람들은 늘 제게 질문하며, 제가 가는 곳마다 멈추지 않고 항상 묻기 때문입니다.

산: 일반적으로 당신에게 어떤 질문을 하나요?

스: 처음 시작된 질문은 화어계의 정의였습니다. 화어계에 대한 저의 정의가 결코 사람들의 호의를 얻기 위한 조화로운 정의가 아니라는 사실을 말해야만 하겠습니다. 그것은 소수와 비주류 그리고 주변화라는 지위에서 비롯한 것으로, 중심론에 대한 반박이기 때문입니다. 또한 어떤 목적성과 정치성을 지녔기 때문에 비교적 보수적인 취향을 가진 학자들에게 영합할 수 없는 것이기도 합니다. 이들 학자는 모든 이들과 다툼 없이 평화롭게 지내기만 바랄 뿐, 비판적이거나 정치적인 것을 바라지 않습니다. 제가 말하고자 하는 바는 학술연구에 종사하는 사람들에게 있어 학술과 정치를 완전하게 구분하는 것은 아무런 의미가 없다는 것입니다. 일부러

회피하는 경우를 빼고는요. 그런데 많은 학자와 많은 사람들이, 특히 타이완과 미국의 아시아연구의 경우, 학술과 정치는 아무런 상관이 없다고 생각합니다. 이것이 바로 저의 아시아계 미국연구라는 자아가 진실로 개입하는 지점입니다. 저의 대부분 작품은 에스닉 연구의 영향을 받았습니다. 포스트식민의 경향을 더 많이 가지고 있는『모던의 유혹』역시 그렇습니다. 예를 들어, 제가 상하이의 에스닉 관계를 연구한 챕터의 경우, 에스닉 연구의 시각을 녹여냈습니다. 하지만 제가 한 작업은 결코 전형적인 에스닉 연구가 아닙니다. 저는 영문과에서 가르치고 있지 않습니다. 비록 제가 아시아계 미국문학을 연구한다고 말하지만 그것은 아시아계 미국연구 학과에서 하는 것입니다. 저는 전형적인 에스닉 연구를 하지 않습니다. 그러나 에스닉 연구의 관점으로 세계를 사유하기 때문에, 저의 작품에는 다른 지향점이 존재합니다. 당연히 많은 이들이 이를 받아들이기 힘들어하는데, 그들은 에스닉을 연구하고 싶지 않으며 정치적 압박이나 문화적 압박 혹은 주변화를 연구하고 싶어 하지 않기 때문입니다. 그런데 그것들은 대부분의 경우 에스닉 탄압, 종교 혹은 성별과 관련됩니다. 많은 사람들은 이런 민감한 화제를 말하길 꺼립니다. 처음에 이러한 현상들은 저를 경악시켰습니다. 왜냐하면 미국 연구영역과 비교해서, 다시 말해 당신이 만약 미국연구협회American Studies Association의 미국연구에 참여하는 경우라면, 그들은 에스닉[인종]을 마음껏 얘기하기 때문입니다! 하지만 당신이 아시아연구에 참여할 경우, 에스닉을 거론하는 이는 전무하죠!

산: 정말로 강렬한 대비네요.

스: 그렇습니다. 진짜 믿기 어렵죠. 그들은 각자의 목소리를 내며, 양자는 전혀 상관이 없습니다. 빨리 완성되길 바라는 책의 한 챕터의 제목은

「지역연구의 인종화種族化區域硏究 Racializing Area Studies」로, 비판적 인종이론 critical race theory으로 아시아연구를 비판하고 있습니다. 그러므로 기본적으로 저는 아시아계 미국연구로 아시아연구를 비판하고 있는 거죠. 여러 다른 곳에서 이 논문을 강연으로 발표했었는데 항상 사람들이 매우 긴장했답니다. 몇 년 전 제가 듀크대학에서 이 논문을 강연 발표했을 때, 한 관중은 나중에 저에게 '수메이, 당신은 저를 모골송연하게 만드네요.'라고 말하기도 했죠.

　산: 왜죠? 그가 그렇게 말한 건 어떤 이유인가요?

　스: 제가 직접적으로 권력을 향해 말했기 때문입니다. 저는 제가 권력을 향해 사실을 말하길 바라는데, 그것이 사람들을 매우 불편하게 한 겁니다. 아시아연구는 상상하기 힘들 정도로 보수적이기 때문에, 저의 그 연구는 사람들을 불편하게 만듭니다. 중국연구의 경우, 많은 학자들이 평생동안 중국을 연구하면서 중국을 사랑하는 사람이 되기까지 합니다. 이들에게 있어서 중국은 비판할 수 없는 대상입니다. 어떤 이들은 중국의 잔존하는 늙은 좌파에 대해 낭만적 정서를 가지고 있기 때문에 중국을 비판할 수 없습니다. 심지어 어떤 이들은 자신이 중국의 민족주의자를 대표한다고 느끼며(어떤 이들은 분명 중국연구에 종사하는 중국 민족주의자일 겁니다) 다른 사람들이 중국을 비판하는 것을 용인하지 않습니다. 또한 중국의 승인을 얻길 갈망하여, 다른 사람들이 중국을 비판하는 걸 용인하지 않는 사람들도 있답니다. 요컨대, 당신은 '중국을 사랑하는' 수많은 이유를 목격할 수 있습니다. 이주민의 출신 에스닉 연구의 입장을 취한다는 것은 이들에게 커다란 혼란을 야기합니다. 오래전 제가 어느 미국대학의 강연에서 리안을 언급했을 때, 청중 가운데 너무나도 유명한 역사학자가, 여기서는 이

름을 거론하지 않도록 하겠습니다만, 강연이 끝난 뒤 저에게 다가와서 이렇게 말했던 걸 기억합니다. "수메이, 당신의 상하이에 관한 그 책은 정말 좋았는데, 왜 이런 걸 다루나요? 왜 에스닉 연구를 하려하고 상하이 연구를 계속하지 않는 건가요?" 보세요, 상황이 이렇답니다. 저는 사방팔방에서 유사한 의견과 압박을 받습니다. 아시아연구 속에서 에스닉 연구를 한다는 것은 크나큰 위험을 무릅써야 한다는 사실을 알고 있습니다. 하지만 그것을 해야 한다고 저는 마음먹었습니다. 어떤 측면에서 이 사실은 두 번째 책인 『시각과 정체성』의 성격을 설명해줍니다. 저는 그 책에서 수많은 시각 자료를 사용했습니다. 예술가들을 위해 말하고자 했으며 특히 타이완과 홍콩 출신 예술가와 시각연구자들을 위해 말하고자 했습니다. 그 책의 뒤에서 두 번째 장*은 타이완 예술가인 우마리吳瑪悧에 관한 연구로, 어제 막 그녀와 함께 저녁식사를 했네요.

산: 당신의 책에 수록된 사진 속에 우마리의 예술작품이 포함된 걸 봤습니다. 그래서 그녀가 지금 홍콩에 있는 건가요?

스: 그렇습니다. 그녀는 홍콩 중문대학의 학회에 참여하러 왔다가 오늘 떠났습니다. 저는 그녀의 작품에 지속적인 관심을 가지고 있습니다. 제가 앞으로 발표할 새로운 글에서는 그녀와 아시아계 미국예술가의 작품을 다루고 있습니다. 그 논문은 원래 2012년 시애틀의 워싱턴 대학에서 열린 '아시아 페미니즘 예술의 새로운 지리亞洲女性主義藝術的新地理'라는 국제학회에서 발표했던 주제 강연으로, 듀크대학 출판사가 출판할 『영토와 궤적: 문화의 흐름Territories and Trajectories: Cultures in Circulation』이라는 책에

---

* 한국어판 「제6장 제국 가운데의 세계시민주의」를 말함.

들어가 있습니다.

비주류弱勢 에스닉그룹의 트랜스내셔널리즘

산: 흥미로워 보입니다. 당신은 또 프랑수와즈 리오넷Françoise Lionnet과 함께 작업하는 걸로 아는데, 당신들의 공통 프로젝트, 그 프로젝트의 발전 및 그것들과 당신 자신의 연구 사이의 관계에 대해 말해줄 수 있나요?

스: 네. 『비주류 에스닉그룹의 트랜스내셔널리즘弱勢族群的跨國主義』이라는 책의 서론에서 우리 두 사람이 만나게 된 과정에 대해 설명한 적 있습니다. 우리는 1998년에 만났습니다. 그해는 그녀가 아직 UCLA에 가지 않았던 때였습니다. 파리의 한 학회에서 만나서 이야기를 나누기 시작했답니다. 그녀는 프랑스계 모리셔스인으로, 모리셔스는 프랑스 식민지와 영국 식민지를 겪은 나라입니다. 모리셔스 사람인 그녀는 미시간대학 박사학위 논문에서 아프리카계 미국문학을 연구했습니다. 그러므로 저와 마찬가지로 그녀의 연구영역은 에스닉 연구이면서 지역연구이기도 하죠.(프랑스어권연구와 프랑스연구) 그런데 당시 저는 중국연구와 아시아계 미국연구를 하고 있었기 때문에 화어계가 필요했습니다. 우리는 두 사람이 평행한 길을 걷고 있음을 알게 되었고, 만났을 때 놀라우면서도 기뻤습니다. 우리는 '아, 오마이갓, 우린 완전히 같잖아!'라고 느꼈답니다. 저는 한국에서 출생한 특수한 화인(중화민국 국민)이었으며, 그녀는 모리셔스에서 출생한 프랑스계 모리셔스인이었습니다. 그녀는 프랑스에서 공부한 뒤 미국으로 갔으며, 저는 타이완에서 공부한 뒤에 미국으로 갔습니다. 우리 둘은

같은 과정을 거친 것 같았습니다. 단지 경험한 곳이 세계 속의 다른 지역일 뿐이었죠. 우리는 마치 두 개의 평행선상에서 생활하면서 오래도록 연락하지 못한 벗과 같았으며, 아인슈타인의 상대성이론과도 같은 경우였습니다. 한 사람은 세계의 저편에, 한 사람은 세계의 이편에 있다가 나중에 파리에서 만난 것입니다. 이후 그녀가 UCLA로 오면서 우리는 함께 작업하길 진심으로 원했습니다. 그래서 연구단체를 만들어야겠다는 생각으로 캘리포니아대학의 대략 10명의 젊은 학자와 비교적 경력이 풍부한 몇몇 학자들을 초청하였습니다. 저는 아시아연구와 아시아계 미국연구 방면의 네트워크를 활용하였고, 그녀는 유럽연구와 프랑스어권연구의 네트워크를 활용하였습니다. 인원 40명 정도의 큰 단체를 만들어 매년 한두 차례 만나 학회를 거행했는데, '비주류 에스닉그룹의 트랜스내셔널리즘'이 그 중 하나입니다. 그 학회의 명칭은 제가 생각해낸 거였죠. 당시 제가 사회학적 트랜스내셔널리즘에 관한 이론을 많이 공부하고 있었기 때문입니다. 우리는 트랜스내셔널리즘을 사유할 때, 인문학자인 우리가 반드시 공헌을 해야 한다고 생각했습니다. 왜냐하면 당시 대부분의 경우 경제학과 사회학의 학자들이 이 의제를 연구하고 있었기 때문입니다. 우리 단체 성원들은 모두 소수에스닉그룹少數族群 담론에 경도되어 있었습니다. 그것이 우리가 지식의 측면에서 조직을 만든 방식입니다. 그러므로 그 책은 어떤 측면에서 보자면, 트랜스내셔널리즘 문제를 대할 때 어떻게 인문주의적 입장에 설 것인지, 특히 소수와 비주류의 입장에 설 것인지를 탐색하고 있다고 할 수 있습니다.

그것은 또한 새로운 방식으로 사람들이 줄곧 이야기하는 일련의 문제를 사고한 것이기도 합니다. 인구이동의 경우를 말해봅시다. 트랜스내셔널리즘은 결코 스스로 이주하기를 원한 사람들만을 언급하지는 않습니다. 강제로 이동된 사람들도 있지 않습니까? 난민 같은 이들 역시 트랜스내셔널한 에스닉그룹입니다. 원原식민지에서 온 이민자와 이주노동자 역시 어떤 경우에서는 강제로 국가를 넘나들게 된 이들입니다. 그들은 이전에는 피식민자였으며, 지금은 대도시의 입구에 이르러 이주민 출신의 에스닉 집단이 되었습니다. 전 유럽의 반이민 정서는 바로 그들을 겨냥하고 있죠. 저는 그들을 피억압자들의 제국에 대한 반격the return of the repressed to the empire이라 부릅니다. 사실 '트랜스내셔널'은 수많은 여러 의미를 지닙니다. 동시에, 인구이동과 화물유통의 증가와 함께 소수민족 혹은 비주류의 예술 형식과 문화 간에 더 많은 대화를 가능하게 만듭니다. 그러므로 주류집단을 회피하는, 비주류 대 비주류의 관계a minor-to-minor relationality를 구축하고자 '비주류 에스닉그룹의 트랜스내셔널리즘'이라는 새로운 단어를 사용합니다. 만약 이주민 출신의 에스닉 연구와 탈식민연구를 관찰한다면 그것들이 늘 비주류와 주류 간의 관계 혹은 피식민자와 식민지배자 간의 관계이며, 이 양자는 모두 중심을 거쳐 중개된다는 사실을 발견할 수 있습니다. 우리는 다른 방법으로 비주류라는 의제와 비주류라는 영역을 사유하고자 합니다. 우리의 이 모임이 한 곳에 모이면 늘 수많은 지혜와 흥미가 생겨납니다. 우리가 이론화하려는 대상은 주류가 아니라, 비주류 대 비주류의 관계를 강조하는 것입니다. 비주류 대 비주류의 트랜스내셔널리티minor-to-minor transnationality는 실제로 선명한 역사적 흔적을 가지고도 있습니다. 우리 담론의 가장 유력한 예증은 파농Frantz Fanon입니다. 파농은 마르티니크Martinique 출신으로, 프랑스에서 교육받았지만 스스로 원하여 알제리로 가서 군 소속 정신과 의사가 되었습니다. 그러므로 그의 이동은 사실 카리브해에서 알제리로 간 것으로, 하나의 주변 지역에서 또 다른 주변 지역으로 간 것이기도 합니다. 이후, 그는 알제리의 혁명이념을 받아들였는데 그것은 프랑스의 혁명이념이 아니었습니다. 그는 결코 프랑스의 편에 서지 않았기에 그와 데리다Jacques Derrida가 취한 입장은 완전히 극과 극임을 알 수 있습니다.

알제리 혁명 시기, 알제리인이었던 데리다는 알제리의 군대에서 교사로서 아이들을 가르쳤습니다. 이후 프랑스로 가서 거의 프랑스인이 돼버렸죠. 제가 말하려는 바는 그는 당연히 프랑스 후예이며, 소위 '검은 발인 피에누아르pied noirs'*였다는 겁니다. '검은 발'이라는 명칭이 생긴 이유는 그들이 검은색인 아프리카에서 흰색인 프랑스로 이동했기 때문입니다. 그러므로 당신은 데리다와 파농이 얼마나 다른지 알 수 있습니다. 파농은 마르티니크에서 알제리로 갔지만, 데리다는 알제리에서 오히려 파리

---

* 프랑스가 1848년 공식적으로 알제리 합병을 선포한 뒤, 알제리 사회는 두 개의 집단으로 나뉘게 되었다. 한편에는 법적으로 그리고 대부분 경제적으로 열등한 위치에 놓인 이슬람교도 원주민, 다른 한편에는 유럽 본국의 사람들에 비하면 대체로 열악하지만, 알제리 원주민에 비하면 월등한 생활수준을 누리는 프랑스 시민인 '검은 발'로 말이다. 알제리는 1954년부터 1962년까지 8년에 걸쳐 프랑스와 '알제리 독립전쟁'을 치렀지만, 1999년까지 프랑스에서는 이것을 '전쟁'이라 부르지 않고 '질서유지 작전opération de maintien d'ordre'이라 불렀다. 알제리 독립전쟁은 프랑스계:알제리계와 같이 민족에 따라 전선이 확연히 구분되는 전쟁이 아니기 때문이다. 1962년 종전 무렵 UN의 통계에 따르면, 26만 3천 명의 알제리 원주민이 프랑스군에 소속되어 있었고, 그중 정규군이 6만 명, '아르키harki'라고 불리던 프랑스를 지지한 알제리 원주민으로 구성된 준準 군사조직에서 복무한 6만 명을 포함한 비정규군이 15만 3천 명, 친프랑스파가 5만 명에 달했다고 한다. 알제리 종전을 결정한 '에비앙 협정'에서 프랑스는 이러한 친프랑스 알제리인의 프랑스 송환을 약속했으나, 대략 150만 명의 친프랑스 알제리인 가운데 최대 약 30만 명, 즉 1/5도 안 되는 사람들만 프랑스로 이주한 것으로 추정된다. 전쟁 자체가 부정된 만큼 '아르키'의 존재 역시 오랫동안 프랑스 내에서 공식적으로 인정되지 않았다.(이용철 외 공저, 『프랑스어권 연구』, 한국방송통신대학교출판문화원, 2017, 29쪽 참고)

로 갔습니다. 데리다의 인생 목표는 중심에 도달하는 것이었죠. 제가 처음 파리에 갔을 때, '해체비평解構批評, deconstruction'이라는 말은 차가운 조소와 신랄한 풍자의 대상이었습니다. 그러나 이후 '차연衍異, différance'이라는 말이 프랑스어사전에 기입됐을 때, 사람들은 그것을 큰 승리로 여겼습니다. 이는 데리다식의 사유에 다음과 같은 면이 있음을 보여줍니다. 즉, 설령 그것이 중심을 해체한다 하더라도, 결국에는 오히려 중심에 있고자 한다는 것을 말입니다. 한편, 파농은 정말로 일생 내내 비주류의 입장을 견지했습니다. 그렇기 때문에 사람의 마음을 뒤흔드는 파농이라는 인물이 우리가 '비주류 에스닉그룹의 트랜스내셔널리즘'이라는 틀을 구축하는 데 도움을 줍니다.

이론의 크리올화와 그 이후

산: 실제로 매우 흥미롭습니다. 당신들의 공동 프로젝트의 다음 계획은 무엇인가요?

스: 저는 가는 곳마다 사람들이 『비주류 에스닉그룹의 트랜스내셔널리즘』을 읽었다는 사실을 목격했는데요, 매우 놀랍고도 기뻤습니다. 미국, 캐나다, 유럽의 여러 지방을 방문했는데 모두들 이 책을 읽은 것 같았습니다. 그건 정말 근사한 일임에 분명합니다. 후속 작업으로 우리는 함께 두 번째 책인 『이론의 크리올화理論的克里歐化』를 쓰고 있습니다. 이 책 역시 우리의 공동 프로젝트에서 비롯한 것입니다. 이 프로젝트의 목표는 이론과 관련한 대화를 심화시키는 데 있습니다. 이론 문제의 경우 늘 초조감

이 존재합니다. 특히 지역연구와 이주민 출신 에스닉연구가 그렇죠. 프랑스어권 연구는 좀 다릅니다. 이전의 프랑스 식민지, 특히 마르티니크와 같은 작은 섬의 경우, 수많은 세계적 수준의 사상가를 배출했기 때문입니다. 당신은 몇 명의 노벨문학상 수상자가 카리브해 출신인지 아시나요? 20세기의 중요한 사상가가 몇 명이나 카리브해에서 나왔는지요? 프랑스어권 연구의 경우 이론에 대해 그다지 초조감을 보이지 않는다고 저는 생각합니다. 프랑스어권 이론이 그 자체로 폭넓은 인정을 받지 못하더라도 말입니다. 제 말의 뜻은, 예를 들어 우리가 피에누아르라 비판하더라도 사람들은 데리다를 프랑스어권으로 여긴다는 겁니다. 아시아연구와 아시아계 미국연구의 맥락 속에는 이론은 유럽의 것이라는 이론에 대한 커다란 초조함이 존재합니다. 우리는 어떻게 이론을 대해야 할까요? 아시아연구에 있어서도 같은 문제가 늘 되물어집니다. 20세기 중엽의 다케우치 요시미竹內好, Takeuchi Yoshimi에서부터, 심지어는 19세기 말의 중국에서부터, 동양학문東學과 서양학문西學의 비교에 관한 문제가 지속적으로 질문되었는데, 이 모든 것은 이론에 관한 다양한 질문이었습니다. 우리는 서구의 이론과 방법론을 공부하지만 아시아를 내용으로 합니다. 왜 이론은 늘 서구의 것인가요? 권력의 계급power hierarchy이 바로 여기에 있습니다. 우리는 이 문제를 다루려 합니다.

　아시아계 미국연구에도 줄곧 이론에 관한 수많은 의제가 있었습니다. 아시아계 미국연구자는 이전에 비판이론과도 논쟁을 벌였으며, 심지어 탈식민이론과 논쟁하기도 했습니다. 저는 게이츠Henry Louis Gates, Jr.가 주편을 맡은 『'인종', 글쓰기 그리고 차이"Race", Writing and Difference』(1992)라는 역사적 의의가 있는 문집이 이론을 아프리카계 미국연구로 가져올 때 맡았던 역할을 기억합니다. 2008년 『미국현대언어학회 회간PLMA: Publications of the Modern Language Association of America』의 임시편집본 특집호에 저는 이 책의 출판 20주년 기념을 회고하는 칼럼을 발표했었습니다. 그 특집호의 제목은 '비교 인종화Comparative Racialization'로, 연구논문과 짧은 글 이외에 저는 두 개의 칼럼도 맡았습니다. 하나는 『'인종', 글쓰기 그리고 차이』에 대한 것이었고, 다른 하나는 마이클 오미와 하워드 위난트Michael Omi and Howard Winant가 공저한 『미국에서의 인종의 형성Racial Formation in the United States』(1986)에 관한 것이었습니다. 이 두 책은 출판된 지 20년이 지난 당시에도 여전히 큰 영향력을 지니고 있었습니다. 그렇기에 특집호는 20년 이후에도 깊은 깨달음을 주는 두 책의 관점과 두 책이 출판된 당시 미국연구에 미친 영향과 한계에 대한 반성을 포함하고 있습니다.[6] 『이론의 크리올화』는 매우 구체적인 역사의 방법으로 이러한 문제를 다룹니다. 우리는 비판이론이나 해체주의비평의 문제를 예로 들어 이전의 이론이 어떤 것이었는지, 현재의 이론은 또 어떤 것인지, 이론을 어떻게 이해해야 하는지를 연구합니다. 데리다가 어떠한 알제리인인지, 크리스테바Julia Kristeva가 어떠한 불가리아인인지, 이들 50년대, 60년대의 모든 작가들 혹은 전지구적 60년대the Global Sixties 출신 세대의 사람들이 어떻게 전지구적 탈식민운동의 영향을 받았는지를 조사했습니다. 설령 그들은 소위 프랑스이론, 독일이론 혹은 미국문학 이론의 일부라 하더라도 전지구적 60년대를 공통된 역사 기점으로 삼습니다.

저의 경우, 미국 인권운동의 문제, 아시아계 미국운동의 문제, 소수자 문제 및 이 모든 것이 어떻게 우리가 오늘날 말하는 전지구적 60년대의 일부가 되었는지를 다루었습니다. 이는 전 세계의 50년대부터 70년대까지의 탈식민운동과 급진주의 운동이 전지구화한 60년대에 대한 사고가 뉴욕대학 역사학자인 로스Kristin Ross*의 시대단절론斷代法에 근거하고 있다는 것을 보여줍니다. 저는 『이론의 크리올화』에서 전지구적 60년대에 대한 그녀의 정의를 사용하였습니다. 말한 김에 그 책의 표지가 당시 파리에 있던 제 외삼촌인 장홍張弘이 그렸다는 사실을 언급하겠습니다. 저는 그와 그의 작품을 사람들에게 알리려 했습니다. 하지만 여전히 그를 아는 사람은 없죠. 『화어계연구독본』의 표지 역시 외삼촌의 작품입니다.

산: 그는 모더니즘 화가이죠?

스: 그렇습니다. 제가 알기론 그렇습니다. '크리올화creolization'의 경우, 이론의 기원을 역사적으로 분석하여, 사실 모든 이론이란 이미 혼종어混語이거나 뒤섞이는 과정을 거쳐 만들어진 것임을 밝혀내고자 했습니다. 이것이 곧 크리올화의 의미이며, 바로 혼종어의 창설입니다. 우리는 이론이 크리올화되었음을, 그리고 크리올화 그 자체가 일종의 이론의 형식임을 연구합니다. 『이론의 크리올화』라는 책은 주류나 유럽 중심이 구축해낸 이론을 비판합니다. 저는 화어계연구 역시 어떤 측면에서 이 책 속의 수많은 집합과 조합이지 않을까 추측합니다. 『시각과 정체성』이후 사람들로부터 받은 모든 질문은 저로 하여금 계속해서 화어계연구를 다루

---

*   크리스틴 로스(1953-현재)는 뉴욕대학교 비교문학 교수이다. 1981년 예일대학교에서 박사 학위를 받은 뒤 『The Emergence of Social Space: Rinbaud and the Paris Commune』(1988), 『Fast Cars, Clean Bodies: Decolonization and the Reordering of French Culture』(1995) 등을 발표하며 현대 프랑스 대중문화와 사상의 전문가로 두각을 나타내고 있다. 최근작으로 『May '68 and Its Afterlives』(2002) 등이 있다.(조르조 아감벤 등 저, 김상운 등 역, 『민주주의는 죽었는가』(도서출판 난장, 2010)의 저자 소개 참고) 한국에는 그녀의 글 「민주주의를 팝니다Démocratie à vendre」가 『민주주의는 죽었는가』에 소개되어 있다.

는 글을 쓰도록 고무시켰습니다. 2007년 그 책을 쓴 뒤, 저는 대략 서너 편의 논문을 발표하면서, 새로운 책인 『화어계의 제국華語語系的帝國 Empires of the Sinophone』을 빨리 완성시킬 수 있길 바랐습니다. 하지만 당시 화어계연구 독본을 한 권 편집하길 바라기도 했습니다. 이 작업은 순조롭게 진행되었으며, 함께할 뛰어난 두 명의 편집인인 차이젠신과 베르나르즈를 만나게 되었습니다. 그들은 당시 매우 젊은 이들이었습니다. 더 이상 무슨 말을 해야 할지 모르겠네요. 왜냐하면 그 책은 출판된 지 1년밖에 안 됐고, 책의 영향력이라는 게 5년 정도는 돼야지 알 수 있기 때문입니다. 아마도 5년의 시간이 사람들로 하여금 그 책을 이해하는 데 요구되는 시간인 것 같습니다. 최소한 그 정도 돼야 제 개인적 경험을 말할 수 있겠습니다.

산: 하지만 제가 보기에 이 영역을 새롭게 개척한 작업으로, 그 밖에도 왕더웨이와 스징위안이 함께 편찬한 책이 한 권 있는 걸로 압니다.

스: 맞습니다. 『전지구적 화문문학논문집全球華文文學論文集 Global Chinese Literature: Critical Essays』은 그들이 하버드 대학에서 주최했던 학술대회에서 비롯된 것이죠.

산: 그 학술회는 2007년 말 개최됐는데 우리 둘 다 참가했었죠.

스: 맞습니다.

산: 화어계연구를 다룬 전문서인 그 책으로 말하자면, 당신은 이전에 이 영역을 연구하는 사람은 미국에서 일하기 쉽지 않다는 위험을 감수해야 한다고 말한 적이 있습니다. 그런데 제가 알기로는 차이젠신과 베르나르즈 모두 정말 좋은 일자리를 찾았어요. 아닌가요?

스: 저는 그것이 특수한 경우라 생각합니다. 먼저, 그들은 정말 뛰어난 학자들입니다. 베르나르즈는 세 개의 언어에 통달해서 태국어로 읽고 말

할 수 있으며, 중국어華語 역시 매우 유창합니다. 그는 정말 똑똑합니다. 중국과 화어계 영역을 연구할 수 있는데도 불구하고 그가 진짜로 강조하는 주요한 내용은 동남아입니다. 즉 태국과 말레이시아죠. UCLA로 와서 저의 박사생이 되었는데 우리 학교의 역사학과와 아시아학과의 동남아연구 교수진이 훌륭했기 때문입니다. 당시 그는 여러 선택이 가능해서 다른 대학을 갈 수도 있었지만, UCLA에 오기로 결정했습니다. 저는 늘 이런 학생이 좋습니다. 그들은 자신이 무엇을 해야 하는지를 알기 때문에 지도에 힘을 쏟아부을 필요가 없습니다. 이렇게만 말하면 됐습니다. "베르나르즈, 이 책을 읽도록" 이라구요. 그러면 그는 열 권의 책을 읽어냅니다. 이런 학생과 함께 작업하는 건 정말 즐겁습니다. 사실, 저 역시 그로부터 많은 걸 배웠습니다. 저는 늘 학생들로부터 많은 것을 배웁니다. 차이젠신은 당시 이미 교직을 갖고 있었죠. 오스틴의 텍사스대학에서 타이완문학을 가르치고 있었습니다. 그곳은 전 미국에서 타이완연구가 유일하게 존중받는 곳인데, 장쑹성張誦聖이 근 십 년간 노력한 덕분입니다. 하지만 그들은 특별한 경우입니다.

산: 차이젠신은 중국어판 『시각과 정체성』도 손봤었죠.

스: 네. 그가 그 일에 많은 시간을 들인 것에 정말 감사합니다.

타이완의 (무관한) 중요성

산: 최근에 당신과 랴오빙후이가 함께 편찬한 『비교 타이완』에 관해서 말해봅시다. 이 책은 2015년에 출판됐습니다.

스: 그렇습니다. 잠시 생각해 보겠습니다. 타이완연구에 몸은 담은 저는 당연히 타이완, 특히 타이완의 인문, 문학, 문화 그리고 영화를 전지구적 담론의 장으로 가져와, 더 많은 사람들에게 보여주고자 온 힘을 기울였습니다. 하지만 지역연구의 형식에만 기대서는 안 된다고 믿고 있었습니다. 지역연구 형식의 중요성은 그것이 타이완에 합당한 분량을 부여하고 타이완문학, 역사 등등을 포함한 타이완을 주요한 초점으로 여긴다는 사실에 있습니다. 저는 이 모든 것이 절대적으로 필요하다고 생각합니다. 오늘날 타이완에서의 타이완연구 대부분은 지역연구의 형식으로 이뤄지고 있는데, 중국을 중심으로 하는 중화민국 정부의 정책 하에서는 공공연하고 대담하게도 학술상의 주의력을 타이완에 집중하는 것이 오랫동안 불가능했기 때문입니다. 오늘날 학자들은 어느 작가를 연구하거나, 어느 텍스트를 연구하거나, 어떤 역사 시대를 연구하거나, 영화 자체를 연구하는데, 그렇죠? 하지만 타이완에 있는 타이완연구 학자를 제외하고는 타이완연구에 관심을 가지는 이들은 소수입니다. 이는 결코 사람들이 그것에 흥미를 느껴서는 안 된다는 말이 아니라, 사람들이 단지 그것을 무시한다는 것입니다. 그들은 스스로에게 이렇게 묻습니다. '타이완이 나와 무슨 관계가 있다는 거지?'라구요. 타이완에 대해 잘 알지 못하는 독자들 대다수가 이런 태도를 가지고 있습니다. 그러므로 천젠중陳建忠이 편찬한 비교문학에 관한 책을 위해 서문을 썼을 때에도 저는 줄곧 이 문제를 생각하고 있

었습니다.

산: 칭화淸華대학에서 출판한 그 책[7] 말인가요?

스: 네. 당시 저는 그 학회에 참가하지 못했는데,[8] 당신이 주제 강연자 중 한 명이었죠. 저는 그때 이 문제를 계속해서 진지하게 생각하고 있었습니다. '어떻게' 타이완을 연구할 것인가 하는 생각을요. 아주 오래전에 저는 『포스트식민 연구Postcolonial Studies』 잡지의 특집호를 편집한 적이 있습니다. 제목이 '전지구화: 타이완의 (무관한) 중요성全球化:臺灣的(無關)緊要 Globalization: Taiwan's (In)significance'[9]이었습니다. 사람들은 정말로 타이완이 중요하지 않구나 하고 저의 뜻을 오해했지만, 사실은 풍자하고자 한 것이었습니다. 어찌됐든 당신은 저의 출발점을 찾아낼 수 있을 겁니다. 저의 입장은 지역연구의 방식을 이용하려는 데만 있는 것이 아니라, 사람들로 하여금 타이완을 좀 보게 하려는 것입니다. 저는 지역연구가 폭넓은 활동을 만들지는 못한다고 생각합니다. 지역연구가 중요하긴 하지만 우리는 다른 유형의 작업으로 우리의 여러 독자들을 인도해야 합니다. 타이완을 연구하는 방식의 하나는 타이완을 비교의 개념으로 변화시키는 것입니다. 그렇기에 저는 '비교 타이완'이라는 관념을 생각해내었습니다. 학회개요를 쓰면서 이 프로젝트의 대강을 진술한 뒤, 랴오빙후이와 함께 여러 사람들에게 투고를 요청하였습니다. 그 시작은 학회였으며,[10] 우리는 참여자와 같이 비교이론에 관한 논문을 읽으려 했습니다. 그런데 각 투고자들이 다들 타이완 이외에 자신이 흥미를 느끼는 영역도 가지고 있었습니다. 그 결과 우리의 작업은 매우 수월해졌습니다. 우리의 투고자 가운데에는 타이완 연구자 및 타이완을 영국, 아일랜드 특히 카리브해, 태평양의 섬나라, 일본, 한국, 프랑스 등등과 연관시키는 이들도 있습니다.

산: 홍콩은요?

스: 마카오를 연구한 논문이 한 편 있지만, 홍콩을 연구한 것은 없네요. 오늘날 홍콩에서 일어난 우산혁명Umbrella Movement을 봤을 때, 크게 부주의했던 것 같습니다. '오늘의 홍콩이 내일의 타이완今日香港, 明日臺灣 Today's HongKong, Tomorrow's Taiwan'이라고 홍콩인들은 말하는데, 이는 너무나도 강력한 말이자 경고입니다. 만약 앞으로 이 책을 개정한다면 저는 타이완과 홍콩을 비교하는 글 한 편을 기꺼이 넣고자 합니다. 이전에 타이완과 홍콩을 함께 논하는 이가 적었던 이유는 그들이 서로에 대해 모종의 자기 증오自我憎惡를 가지고 있었기 때문입니다. 당신도 알다시피, 그들은 이전에 다들 중국이나 서구를 바라봤습니다. 근래에 이르러서야 서로를 바라보게 됐죠. 그것이 바로 『비주류 에스닉그룹의 트랜스내셔널리즘』라는 책에서 비판하려는 비주류의 주류와의 관계에 대한 집착입니다. 타이완과 홍콩은 오늘날 동병상련의 처지에 놓여 있으며, 중국 패권의 상황 아래 함께 처해 있습니다. 하지만 그것은 아마도 10년 정도밖에 안 된 아주 최근의 일일 겁니다. 타이완과 홍콩의 예술가, 작가, 문화종사자들은 날로 가까워지고 있습니다. 비주류 대 비주류의 이 같은 트랜스내셔널한 성격跨國性을 우리는 반드시 뒤쫓아야 합니다. 그들이 이런 관계를 논의하는 이유는 타이완 출신 편집자 장톄즈張鐵志가 오늘날 홍콩에서 일하고 있으나 이전에는 이런 상황이 전혀 아니었던 것과 같다고도 생각됩니다.[11] 룽빙콴梁秉鈞이 익명(신위안心猿)으로 1996년 홍콩에서 출판한 장편소설 『미친 도시의 날뛰는 말狂城亂馬』에는 타이완 영화인과 홍콩 영화인이 수차례 만나는 장면이 여러 곳에서 묘사되고 있는데, 타이완 영화인은 오만하게 홍콩인을 얕보면서 홍콩감독이 전혀 옳지 않다고 생각하고 있죠. 과거에는 줄

곧 이런 문제가 존재했었습니다. 상대방을 그다지 중시하지 않으며, 서로 관계가 없다고 여기는 문제 말입니다. 홍콩독자는 타이완작가인 스수칭施叔青의 『홍콩삼부곡香港三部曲』*에 분노했습니다. 광화신문 문화센터光華新聞文化中心의 주임으로 핑루平路가 홍콩에 왔을 때, 사람들은 그녀와도 의견이 맞지 않았습니다. 어떤 이는 룽잉타이龍應台만이 홍콩이라는 의제에 진정한 관심을 가졌다고 여깁니다. 왜냐하면 홍콩에 대한 그녀의 비판이 일군의 홍콩인들에게 진심으로 받아들여졌기 때문입니다. 제 기억 속에서 그녀는 아마도 홍콩인들이 진심으로 받아들인 첫 번째의 아니면 유일한 타이완인일 겁니다. 이전에는 수많은 타이완작가와 영화제작자가 홍콩으로 갔지만, 서로 간에 각종 의견차로 다투었습니다. 다만 최근 10년간 상황이 비교적 좋아져 서로 더 많이 이해하고 동정하게 되었는데, 이는 분명 97년 이후의 현상이라 생각됩니다.

산: 역사적 흐름을 살펴본다면, 냉전 시대에 미국정부가 봉쇄정책을 실시했던 홍콩과 타이완의 경우, 그 같은 봉쇄정책이 반공의 측면에서 중요한 역할을 담당했음을 알 수 있습니다. 당시 홍콩의 진르스제출판사今日世界出版社는 수많은 책을 번역·출판했고, 타이완에서의 판로가 넓었었죠. 수많은 타이완작가들이 홍콩에서 작품을 발표했으며, 장아이링張愛玲의 책은 양쪽에서 다 유행했으니, 서로 간의 교류도 상당히 밀접했다 할 수 있습니다.

스: 그렇습니다. 확실히 그랬습니다. 하지만 저는 많은 사람들이 과거를 긍정적으로 본다 하더라도, 여전히 일종의 우위적인 태도가 존재했었

---

* 홍콩삼부곡은 『她名叫蝴蝶』(1993), 『遍山洋紫荊』(1995), 『寂寞雲園』(1997)을 지칭한다.

다고 생각합니다. 심지어 오랜 기간 타이완은 홍콩을 문화의 불모지로 불렀다고 알고 있습니다. 루쉰魯迅 이래로 중국인이 줄곧 홍콩을 문화의 불모지로 불렀던 것처럼요. 그렇지 않나요?

산: 맞지만, 그건 오해입니다.

스: 그야말로 저는 근 10년에 들어서야 일종의 운명공동체로서의 감정이 생겼다고 생각합니다. 홍콩과 타이완의 지식인들이 전례 없이 함께하기 시작한 거죠. 전에 많은 이들과 얘기를 나눠봤는데, 그들은 늘 '오, 맞아요, 서로 간에 진정한 교류가 없었네요' 하더군요. 지리적 위치가 그렇게 가까운데, 비행기를 타면 1시간 30분밖에 안 걸리는데, 왜 더 많은 협력이 없었을까요? 생각해봅시다. 당시 홍콩의 재능 있는 사람과 타이완의 재능 있는 사람은 결코 진정한 협력을 하지 않았습니다. 그들이 함께 만든 좋은 영화로 뭐가 있나요? 생각해 보면, 거의 없습니다. 문학에 있어서는 얼마나 협력했던가요? 그건 최근의 일일뿐입니다. 예를 들어, 둥카이청董啓章은 뤄이쥔駱以軍의 친구인데, 얼마 전에 둥카이청에 관한 다큐멘터리 속에서 많은 분량의 뤄이쥔 인터뷰를 보았답니다.[12] 그것 역시 최근의 현상입니다. 옛날에는 홍콩에 대해 타이완이 많은 편견을 가지고 있었음을 기억합니다. 제 대학 시절에 홍콩에서 타이완으로 공부하러 온 학우는 좋은 대접을 받지 못했습니다. 타이완동창회는 국어國語 중심의 입장에서 그들의 광둥어 어투를 비판했습니다. 이전에 타이완은 폐쇄적이었으며, 오늘날에도 어떤 측면에서는 여전히 폐쇄적입니다. 그것이 몇몇 문제를 발생시킵니다. 저는 이것을 『비교 타이완』에서 말하고자 했으며, 타이완을 비교의 틀 아래 두고서 세계와 연결시키려고도 했습니다. 당시에 제가 만들고자 결심했던 'comparatize'라는 말은 여전히 쓸모가 있는 것 같습니다.

화어계연구의 효과

산: 요 몇 년 동안 당신은 비주류 에스닉그룹의 트랜스내셔널리즘, 비교 에스닉 그리고 화어계연구 등의 방면에서 중대한 영향을 미치고 있습니다. 현재 당신은 화어계연구라는 영역을 열거나 혹은 세운 사실로 가장 유명합니다. 이 새로운 영역에 대한 수용 혹은 여러 반응, 특히 찬성과 반대 양쪽의 의견을 말해주실 수 있나요?

스: 알겠습니다. 반응은 복잡한데요, 여러 가지 것들이 다 있습니다. 미국의 중국중심주의 학자들은 늘 저를 비판합니다. 당연하게도 이 책은 중국을 제국으로 여기고서 비판하기 때문입니다. 그들은 화어계의 틀이 중국을 비판하기만 한다고 오인하는데 실은 그렇지 않습니다. 그 패러다임 paradigm은 전적으로 제국들 간inter-imperial의 것으로, 그것이 바로 저의 새 책 제목이 『화어계의 제국』인 이유입니다. 보세요. 이 책에서 말하는 '제국'은 복수複數입니다. 동남아의 경우, 영국, 프랑스, 미국, 네덜란드 등과 같은 여러 제국의 교착을 보게 됩니다. 그러나 중국중심주의자는 이 점을 전혀 보지 못하는 것 같습니다. 알다시피, 당신이 비판받길 원하지 않는 어느 제국을 누군가가 만약 비판한다면, 당신은 자신도 비판받았다 여기게 됩니다. 그 속에는 스스로를 중시하는, 심지어 스스로를 사랑하는 어떤 것이 존재하지요. 사람들이 전적으로 당신을 겨냥하여 비판하지 않았다 하더라도, 당신은 자신이 유일한 비판 대상이라 여기게 됩니다. 당연히 이것은 중국 근대의 복잡한 전체 역사와 관련 있으며, 상처[피해자]의 콤플렉스complex of woundedness와도 관련 있습니다. 예를 들어, 어떤 이가 당대 중국의 청 제국 계승이라는 사실을 비판할 때, 중국인(그리고 중국을 연구

하는 많은 학자들)은 큰 위협을 느낍니다. 그들의 입장에서 보면, 그것은 잘못된 것으로, 중국은 줄곧 고난을 겪었고 늘 피해자였으므로, 제국으로 볼 수 없다고 생각하기 때문입니다. 단순하게 말해봅시다. 당대 중국은 외몽골을 제외한 청 제국의 영토를 계승했으며, 청나라 사람이 정복한 광활한 판도를 지속적으로 지배해왔는데 어떻게 제국이 아닌가요? 중국은 아편전쟁부터 중화인민공화국 건국까지 대략 백 년 동안 쇠퇴하며 부진했습니다. 1949년 이후 조금씩 타기 시작한 중국의 상승세는, 처음에는 느렸으나 이후에는 그 속도가 날로 빨라졌습니다. 중국중심주의 학자들이 중국 제국에 대한 저의 비판을 비판할 때, 그 배후에는 이 같은 상처와 피해자의 심리가 놓여 있습니다. 사실 방금 제가 말한 것처럼, 이러한 이론적 틀은 여러 제국과 여러 언어는 종횡으로 뒤얽힌 사이이며, 그 속에서 화어계가 운행되고 드러나려 하거나 살아나가려 한다는 사실을 더 많이 다루려 합니다. 말레이시아의 경우, 당신은 반드시 영국의 식민지였다는 사실을 말하게 되며, 말레이문, 영문 그리고 기타 어문을 논의하게 되는데, 소위 표준한어 외에 기타 여러 가지 화어계의 언어도 존재하지요. 화어계가 다루는 부분은 매우 넓어서 결코 중국에만 한정되지 않습니다. 타이완을 예로 들자면, 우리는 타이완으로 온 여러 식민세력 역시 논의하게 됩니다. 일본? 네덜란드? 프랑스와 스페인 사람도 타이완으로 왔습니다. 그렇죠? 그 밖에도 미국의 영향으로, 타이완은 마치 미국의 보호국처럼 되었습니다. 여기에는 갖가지 상황이 존재하지만 중국중심주의자들은 제가 쓴 모든 저서가 중국을 비판한다 여깁니다. 이러한 잘못된 인식 역시 모종의 자기애임을 당신은 알 수 있을 겁니다. 모든 사정을 중국, 중국, 중국과 연관시킵니다.

산: 또 다른 오해로는 당신이 중국을 밖으로 배제시킨다는 사실인데요. 하지만 당신은 『화어계연구독본』의 서문과 『화어영화학간Journal of Chinese Cinemas』의 화어계영화 특집호의 서문에서 중국을 배제할 의도가 전혀 없다고 언급한 적 있습니다.

스: 맞습니다. 『시각과 정체성』에서는 의도적으로 애매하게 처리했습니다. '중국과 중국성의 주변에서on the margins of China and Chineseness'라고 말했었죠. 이후 「화어계의 관념The Concept of the Sinophone」에서는 화어계란 중국과 중국성의 주변에만 있지 않으며, 미국과 미국성의 주변, 말레이시아와 말레이시아성의 주변 등에도 있다고 해명했었죠. '중국과 중국성의 주변에서'의 모호함은 의도적이었습니다. 만약 언젠가 중국중심주의 관점이 더 이상 존재하지 않게 된다면, 우리는 모두 다중성과 복잡성, 헤테로글로시아, 다문화, 다언어多言文, 여러 에스닉그룹이라는 화어계 세계 속에 놓이게 될 것이며, 이 모든 것들이 마땅히 존중받아야 한다고 저는 표현하고 싶었습니다. 그런데, 당장은 불가능한 일이기 때문에, 모든 중심주의에 대해 화어계연구는 비판적 관점을 지닙니다. 오히려 우리는 전 세계의 비주류 에스닉그룹의 목소리를 신경 쓰는 것만큼 중국 경내의 소수민족들의 목소리에 귀 기울입니다. 이것은 연구대상의 선택과 문제제기 등 연구방법상의 윤리적 표현입니다. 대다수 민족國族의 주변에는 소수의 화어계작품과 화어계공동체와 화어계문화가 존재합니다. 홍콩, 싱가포르, 타이완만 예외인데요, 이곳의 경우 주요 인구가 화어계에 속하기 때문입니다. 그러므로 우리는 여러 가지 방식으로 이론화해야만 합니다. 이것이 제가 이주정착 식민주의settler colonialism로 타이완을 이론화하는 이유입니다. 타이완의 화어계공동체는 사실 이주정착 식민지배자settler colonizers이기 때문

입니다. 우리는 반드시 이주정착 식민주의를 진지하게 마주해야 합니다. 그 속에는 여러 측면이 존재하며 그것은 우리 연구의 특성을 보여주기도 합니다.

산: 그것은 장소를 기초place-basedness로 삼는 관념과 상황성置入, situatedness 의 관념을 당신이 강조하는 까닭이기도 하죠.

스: 그렇습니다. 확실히 그렇습니다. 그것은 사람들이 저를 중국만 비판한다고 말하는 게 이해되지 않는 이유이기도 합니다. 실제로 저는 타이완에 대해서도 비판적인 태도를 가지고 있습니다. 중앙연구원이 주최한 학회에서 제가 강연했던 것을[13] 얼마 전 왕즈밍王智明이 중국어로 써서 책에 실은 적 있는데, 타이완을 비판하는 내용이었습니다. 그 글은 타이완의 이론적 상황을 다루고 있습니다. 우리는 세계 속의 이 작은 나라에 대한 이론화의 가능 여부를 이해시킬 수 있는 역사적 상황을 살펴보아야만 합니다. 당장은 두 개의 역사적 상황만을 거론할 수 있습니다. 하나는 이주정착 식민주의이며, 다른 하나는 아메리카니즘Americanism입니다.

산: 어떤 방식의 아메리카니즘이죠?

스: 타이완은 줄곧 미국의 지휘를 따라야 했습니다. 마치 미국의 식민지 혹은 보호국과도 같았죠. 특히 냉전 시기 받았던 미국의 많은 원조, 그리고 냉전 이후 타이완이 스스로를 어떻게 여기게 되었는가가 대략적으로 여기에 포함됩니다. 이러한 아메리카니즘은 타이완이 어떻게 지식과 이론을 이해하고 생산하는지와 밀접하게 연관되어 있습니다.

산: 오늘날 소위 사회과학인용색인Social Sciences Citation Index을 강조하는 것도 포함하겠네요.

스: 그렇습니다.

산: 그것은 정말 터무니없습니다.

스: 네. 제가 다른 장소에서 이 강연과 관련된 또 다른 글을 발표했을 때, 타이완의 아메리카니즘 문제를 제기했다고 저를 비판한 이가 있었습니다. 제가 비판받은 이유는 그 사람이 보기에 사실 오늘날 타이완은 미국뿐만 아니라 유럽 역시 지향하고 있기 때문이었습니다. 맞습니다. 그것도 맞아요. 하지만 아메리카니즘의 시간이 가장 길지 않나요? 저는 강연하러 가는 모든 지역에서 현지주의자本土主義者 또는 민족주의자들의 반응을 받게 되는데, 아마도 제가 모든 그들 민족주의와 중심주의를 비판하기 때문일 겁니다.

미국 원조의 경우, 이전에 미국은 해마다 타이완에 1억 달러를 주었고, 그것이 타이완 경제 기적의 기초가 되었습니다. 만약 미국과 타이완의 관계 속에서 정치, 경제 그리고 문화를 살핀다면 당신은 타이완의 문화경제가 어떻게 그러한 정치경제로부터 발생했는지를 볼 수 있을 겁니다. 그러므로 저는 그것을 비판한 겁니다. 저는 중국을 비판할 뿐 아니라, 타이완도 비판합니다. 저의 타이완 친구, 제 말은 당신과 같은 이들은 제가 당신들을 침범한다 생각하지 않습니다. 하지만 어떤 사람들은 그렇게 느낍니다. 이미 극복한 거 같음에도 불구하구요.

산: 만약 당신이 그것[아메리카니즘]을 당시의 역사적 상황 속에 놓는다면, 그것들이 소위 폐쇄정책 속에 놓여 있다면, 미국제국의 확장이기도 하겠군요. 다른 한편, 타이완은 당시에 국가의 안전을 위해서 그 같은 보호가 필요했는데요, 그렇지 않을 경우 중공의 손아귀에 떨어질 수 있었기 때문입니다. 그러므로 저는 만약 우리가 역사화를 할 수 있다면 서로 다른 입장에서 이 사실을 볼 수 있겠다고 생각합니다.

스: 네, 바로 그렇습니다. 하지만 타이완에서 또 어떻게 지식을 생산할까요? 그 맥락은 어떠할까요? 어떤 것을 강조할까요? 어디로 향할까요? 만약 우리가 타이완에서의 이론 문제를 사고하려 한다면, 이것은 중요한 문제입니다. 그것이 저의 출발점입니다. 저는 몇몇 타이완 친구들과 함께 단체를 하나 조직했습니다. '지식/타이완知識/臺灣'Knowledge/Taiwan'Collective' 이라는 학술단체입니다. 마이텐 출판사에서 첫 책을 출판할 텐데[14] 독자들이 있었으면 합니다. 당신도 이후에 우리 모임에 참여하기를 바랍니다.

산: 제가 자격이 된다면요.

스: 당연히 됩니다. 그 모임은 타이완의 이론 문제에 대해 흥미를 가지고 있는 이들의 모임일 뿐입니다.

산: 알겠습니다.

스: 화어계연구 역시 그렇습니다. 타이완이 어떻게 이 관념을 받아들였는지는 흥미로운 일이기도 합니다. 몇 년 전 저는 타이완에서 이 의제를 논의하기 시작했습니다. 하지만 타이완에는 한족 이주정착 식민주의와 국민당이 선도하는 대륙 심리로 인해서 사람들이 여전히 자신들이 중심이라 생각하고 있었기 때문에, 처음에는 이 의제를 전혀 좋아하지 않았습니다. 중국이 급부상하고 타이완이 비주류와 주변화라는 자신의 위치를 차츰 체득하면서 화어계연구는 조금씩 폭넓게 받아들여지게 됐죠.

산: 타이완은 자신을 중화문화의 계승자로 인식합니다.

스: 그렇습니다. 그들은 이전까지 자신이 대륙이라 생각했습니다. 이는 타이완이야말로 진짜 중국이라는, 국민당이 짜놓은 이데올로기를 반영합니다. 『시각과 정체성』이 7년이라는 오랜 시간 끝에 번역되어 출판되면서 더 많은 사람들이 이 관념에 주의를 기울이게 만들었습니다.

산: 『시각과 정체성』의 중국어판 출판 과정을 말해줄 수 있나요? 이처럼 치밀하고, 생각이 복잡한 이론서를 번역하는 건 정말 어려운 일인데요.

스: 네. 당신이 보기에 번역이 어떻던가요?

산: 그만하면 매끄럽게 읽힌다고 생각했습니다. 저 역시 번역을 해봐서, 이런 이론 작품을 번역하는 게 얼마나 어려운지 알고 있습니다. 특히 그렇게나 많은 다른 배경과 다른 텍스트 그리고 맥락을 포함하는 책은 더 그렇죠.

스: 맞습니다. 처음에 출판사가 찾은 번역자는 작업을 완성하지 못했습니다. 너무 어려워서였죠. 다음으로 출판사가 찾은 두 번째 번역자는 홍콩의 직업작가이자 번역자였습니다. 그가 초역을 완성했는데, 상당한 양의 번역이었을 겁니다. 하지만 번역된 것을 읽었을 때, 저의 영문이 너무 읽기 어려워 번역자의 작업을 어렵게 했음을 알게 됐습니다. 그 뒤에, 『화어계연구독본』을 함께 편찬한 차이젠신이 번역문을 손대길 열렬히 원했습니다. 그가 철저하게 한 번 편집을 한 뒤, 저 역시 한 번 읽어보았습니다. 그로 인해 긴 시간이 소비됐습니다. 네 명의 역자가 손봤다고 할 수 있습니다.

산: 그 화어계연구의 중국어판은 출판된 이후, 화어계 세계에 큰 영향을 미쳤죠.

스: 제가 보기에 사람들이 점차 이 관념을 받아들이게 된 것 같습니다. 오늘날 제가 타이완이나 홍콩에서 강연을 할 때 늘 손에 그 책을 들고 있는 사람을 보게 되는데 대단한 일이랍니다.

산: 저는 특히 타이완에서, 특히나 타이완문학연구소臺文所의 경우, 책속의 몇몇 급진적 관점에 기댈 수 있다고 생각하는데, 맞습니까?

스: 글쎄요. 그들은 여전히 화어계문학이 아닌 타이완연구나 타이완문학과 같은 분류類別를 유지하길 더 원합니다. 화어계와 타이완의 관계에 관한 저의 논점은 타이완문학은 단지 화어계에 그치지 않으며, 사실은 일본어계, 영어계 그리고 화어계를 포괄한다는 데 있습니다. 화어계의 안이라는 측면에서 보자면, 국어國語, 민남어河洛話, 커자어客家話 역시 포함합니다. 원주민에게 있어 이것들은 식민지배자의 언어입니다. 화어계 타이완문학을 언급할 때는 반드시 이러한 다중성에 유의해야만 합니다. 그것은 사실 타이완문학의 일부를 표시할 뿐입니다. 분명 큰 비중을 차지하는 부분이지만, 역사상의 서로 다른 단계에 일문과 영문 글쓰기가 존재했다는 사실도 인지해야 합니다.

산: 그 책은 타이완과 홍콩의 문학 및 시각예술도 포함하고 있습니다. 당신은 현재 홍콩에서 이미 그 책으로 학생들을 가르친 경험이 있습니다. 학생들의 반응은 어땠나요?

스: 홍콩대학의 대학 본과생 중, 비판의식을 가지지 못한 학생이라면 일반적으로 제대로 이해하지 못했을 겁니다. 작년에 중문대학中文學院에서 『화어계연구독본』을 교재로 사용했는데, 아마도 1/3 정도의 학생들이 영향을 받은 것 같으며, 기타 2/3 정도는 전혀 신경 쓰지 않는 것 같았습니다. 사실 그건 보고 싶은 게 무엇이냐에 따라 정해진다고 생각됩니다. 리어우판이 처음 홍콩에 왔을 때 홍콩대학에서 1년간 수업했었습니다. 그가 말하길 학생들로부터 어떤 흥미로운 반응도 얻지 못했다고 합니다. 저 역시 거의 비슷한 느낌을 받았는데, 무척 이상했습니다. 작년에 저는 대학의 본과과정과 본과생만 가르쳤습니다. 화어계연구를 이해하기 위해서는 반드시 비판적 사고를 가져야 하는 까닭에 그들이 힘들어 한다는 사실

을 깨달았습니다. 하지만 말레이시아에서의 반응은 좋았습니다. 특히 그들은 말레이인이 주재하는 에스닉정책과 경제정책의 압박을 받고 있다고 느꼈기 때문입니다. 동시에 말레이시아에는 훌륭한 말레이시아 화인화문작가들이 많았습니다. 그들은 창작 역사가 이미 백 년에 이르고 있었지만 여전히 극도로 주변화되었다고 느끼고 있었습니다. 그건 흥미로운 사실이었죠. 싱가포르 역시 흥미로웠는데요, 싱가포르는 여러 가지가 뒤섞여있는 곳이기 때문입니다. 알다시피 그들은 여전히 중국에 사로잡혀 있으며, 중국성을 움켜쥐고 있습니다. 싱가포르의 주된 에스닉계 집단은 한족으로, 그들이 중국과의 무역도 강화시키려 했기 때문입니다. 싱가포르의 관방정책은 표준중국어普通話(대부분의 중국계華裔 싱가포르인들이 집에서 쓰는 말이 푸젠말福建話이나 차오저우말潮州話과 같은 또 다른 화어일지라도)를 제창하고 있는데, 그것은 매우 기이합니다. 왜냐하면 그곳에서는 영어가 성행하고 있기 때문입니다. 그렇기에 화어계라는 틀은 싱가포르학자들에게도 좀 이상한 것이었죠. 하지만 미국에서 작업하는 싱가포르학자들은 오히려 이 같은 분류를 받아들였습니다. 당신은 천룽창陳榮强, E.K.Tan의 작품, 특히 그의 뛰어난 작품인 『중국성을 다시 사고한다: 난양문학세계에서 번역된 화어계 정체성再思中華性: 南洋文學世界裏的飜譯華語語系認同 Rethinking Chineseness: Translational Sinophone Identities in the Nanyang Literary World』(2013)에서 이 같은 사실을 볼 수 있습니다.

산: 어떤 의미에서 보자면, 그건 사이드Edward W. Said의 '여행 중인 이론 traveling theory' 관념과 같네요. 당신의 이론, 특히 화어계연구에 관한 이론은 여러 곳을 여행하면서 수용의 여러 상황과 반항의 여러 상황을 만나고 있네요.

스: 정확하게 표현해주셔서 감사합니다. 유럽에도 이 책을 읽은 사람이 있는 걸로 저는 알고 있습니다. 장쉐하오姜學豪, Howard Chiang가 얼마 전 유럽에서 화어계연구를 보고한 적 있는 걸로 아는데, 무슨 말을 했는지는 모릅니다. 그에게 물어봐야겠네요. 그는 최근 영국의 워릭대학University of Warwick에서 책 한 권을 편찬했습니다. 제목이 『퀴어 화어계 문화酷兒華語語系文化 Queer Sinophone Cultures』(2013)입니다.

산: 아, 재미있네요.

스: 최근 2년간 네 권의 화어계연구에 관한 책이 나왔습니다. 그중 두 권은 전문저서이고, 두 권은 논문집입니다. 한 권이 『퀴어 화어계 문화』로 제가 발문을 썼습니다. 다른 한 권은 『화어계 영화華語語系電影 Sinophone Cinemas』(2013)인데 서문을 부탁해서 썼습니다. 또 다른 한 권은 『말레이시아 화어계 문학: 중국이 만들지 않았다Sinophone Malaysian Literature: Not Made in China』(2013)로, 작가는 그로페Alison M. Groppe입니다. 저는 그녀가 서론에서 제시한 화어계의 틀이 그녀에게 매우 유용하다고 생각합니다. 마지막 한 권은 제가 방금 언급한 『중국성을 다시 사고한다』로, 작가인 천룽창은 뉴욕대학 스토니 브룩 분교The State University of New York at Stony Brook에서 학생들을 가르치고 있으며, 싱가포르 사람으로 타이완에서 대학과정을 마쳤습니다. 그도 역시 화어계의 틀을 사용합니다. 우리는 캠브리아 출판사Cambria Press에서 시리즈도 출판했습니다. 빅터 H. 마이어梅維恆, Victor H. Mair가 주편을 맡았었죠. 그런데 이 시리즈를 설명하면서 저에게 이름을 정해달라고 부탁해서 이 시리즈의 이름을 정하게 됐습니다. 그렇게 정해진 이름이 '화어계 세계 시리즈華語語系世界系列 Sinophone World Series'로, 이미 상술한 두 권의 책인 『중국성을 다시 사고한다』와 『말레이시아 화어계 문

학』을 출판했던 것입니다. 그리고 다른 책도 곧 출판될 것이라 생각합니다. 현재는 아시아계 미국연구학자, 중국문학학자, 젊은 학자들마저도 그들의 이력과 홈페이지에 그들 역시 화어계를 연구하고 있다고 말할 수 있습니다. 만약 당신이 젊은 학자들을 살펴본다면, 그들이 중국문학 및 화어계연구를 하고 있다고 말하는 걸 볼 수 있을텐데 그것은 매우 흥미롭습니다. 한 5년 전 타이완작가인 주톈원朱天文이 UCLA에 왔을 때, 그녀를 만났습니다. 당시 타이완의 교육부가 주톈원과 다른 여러 타이완작가에게 미국 방문을 요청했었죠. 약간 문화대사 같은 역할을 부탁한 것으로, 여러 대학과 모임社區에서 다른 청중을 대상으로 강연하는 활동이었습니다. 그때 출판된 소책자에서 주톈원은 '나는 화어계작가이다'라고 선언했었죠.[15]

산: 최근에 모습을 드러낸 영역인 이 분야가 그렇게 큰 영향력을 가졌다는 사실은 사실 쉽지 않은 일입니다. 시작 단계인데 많은 이들의 관심을 끌고 있네요.

스: 그런 것 같습니다. 제가 그런 노력을 들여야 한다고 결정했던 까닭 역시 사람들이 그 관념을 자신들과 연관된 것으로 느끼지 않고 자극적이라 느꼈기 때문이었으며, 그 의제가 상당히 논쟁적이었기 때문이었습니다. 사실 저는 처음에는 좀 망설였습니다. 수년 전 UCLA의 동료와 함께 이런 대화를 나눈 적이 있습니다. 그녀는 맥아서 지니어스 어워드a MacArthur Genius Award music theorist를 수상한 음악 이론가입니다.[16] 그녀와 이야기를 나누면서 저는 저의 작품이 자주 비판받으며, 논쟁성을 가지고 있다고 말했었죠. 그러자 그녀가 제게 이렇게 말하더군요. "수메이, 저의 학술적 삶은 온전히 부정적인 비판 위에서 정립되었습니다."라구요. 저는 "아, 그녀는 참 용감하구나!"라고 생각했습니다. 사실 저는 그렇게까지 용

감하지는 않습니다. 하지만 그녀의 말은 큰 격려가 됐습니다. 때로 당신은 입장을 취해야 하며, 그런 뒤 기꺼이 과녁을 향해 활을 쏘아야 합니다.

또 다른 이론적 틀을 세우기

산: 최근 당신은 여러 대륙과 여러 나라의 강연이나 학술회에서 주제 발표를 요청받고 있습니다. 소위 '여행 중인 이론' 외에, 당신은 여행 중인 이론가 혹은 전지구적 이론가로서의 자신을 어떻게 여기는가요?

스: 저는 이 두 가지 설명을 거절하고 싶습니다. 사실 미국밖에 있을 때에는 저 스스로를 분명히 자리매김할 수 있습니다. 분명하게 말하자면, 저의 작품은 대부분 미국이라는 학술환경 및 그곳에서 진행된 학술적 대화에서 비롯된 것으로, 결코 무슨 보편적인 것이 아닙니다. 동시에, 저는 주변화된 장소와 목소리에서 나왔지만 자신을 그 어떤 곳의 대변인이라 선언할 수도 없습니다. 당장의 화어계와 관련된 작업과 제가 진행 중인 새로운 프로젝트는 바로 어떻게 또 다른 종류의 이론적 틀을 세울 것인가라는 문제로, 주류 바깥에다 비주류를 더하기만 하는 것은 아닙니다. 그것은 결코 추가의 정치학politics of addition이 아니며, 어떤 의제를 이해하는 방식의 변화 혹은 어떻게 규율典律을 개념화할 것인가와 관련됩니다. 그것은 뿌리로부터 시작하여 기본적인 관념을 변화시키는 것입니다. 화어계연구는 중국문학에다 화어계문학을 덧붙이거나 프랑스문학이나 미국문학에다가 화어계문학을 덧붙이는 것이 결코 아닙니다. 그것은 미국문학이 무엇이고, 프랑스문학이 무엇이고, 중국문학이 무엇이고, 말레이시아문학이 무

엇인가 등의 문제를 어떻게 새롭게 사고해야만 하는가와 연관됩니다. 그것은 단일어 국가문학의 구축에 대한 반성과 연관됩니다. 이와 같은 류의 수많은 일들은 덧붙이는 방식으로 존재하지 않습니다. 그러므로 현재 저는 하나의 세계문학이라는 프로젝트를 진행하고도 있습니다. 마찬가지로 이 세계문학은 더 많은 비서구의 책이나 소수 에스닉그룹의 책을 세계문학의 규율 속으로 집어넣는 것이 결코 아닙니다. 그런 게 아니라, 세계문학이 최초로 어떻게 정의되었는가를 새롭게 사고하는 것입니다.

　산: 그렇다면 어떻게 정의 내려야 하나요?

　스: 그것이 바로 제가 지금 진행 중인 프로젝트입니다. 저는 관계의 방법relational way으로 세계를 사고하자고 제안합니다. 그 관점의 일부는 『이론의 크리올화』라는 책에서 내세웠던 주장입니다. 이 책에서 저는 사실 이론이라는 것이 특정한 역사적 맥락에서 어떻게 생산되는지, 각처에서 발생하는 동시성과 관련성에 어떻게 주의를 기울여야 하는지를 말하였습니다. 미국의 민권운동, 전 세계의 학생운동, 파리의 1968년 5월 운동, 알제리 혁명, 아프리카와 아시아의 탈식민운동과 같은 것이 모두 동시에 발생했습니다. 마찬가지로, 저는 세계문학을 하나의 관계의 영역a field of relations으로 여겨 사고해야 한다고 주장하는 바입니다. 당신은 주류나 주변의 것을 가져와서 서로 간의 관계를 세울 수 있습니다. 당신의 전공, 언어, 지식에 근거하여 다른 규율을 창출해내거나 다른 사고방식을 만들어내어 무엇이 세계문학을 구성하고 있는지를 사고할 수 있습니다. 막 완성한 논문에서[17] 저는 그것[세계문학]은 가장 훌륭한 작품과 관련된 것이 결코 아니며, 어떻게 세계사의 맥락 하에서 문학을 이해할 것인가와 관련된다고 언급했습니다. 제가 쓴 많은 글 속에서 저는 마치 역사학자와도 같습니다. 이런 이

유로 세계문학이란 사실은 역사 속에서 발생합니다. 세계역사라는 입장에서 세계문학을 보는데, 그것은 전체 세계와 연관됩니다.『세계사부터 세계문학까지從世界史到世界文學 From World History to World Literature』라는 이 책의 한 장에서는 전지구적 60년대를 다루었습니다.[18]『이론의 크리올화』속 작업과 이어지지만, 이번에는 세계의 서로 다른 지방의 텍스트를 연결시켰습니다. 이 장에서 분석한 작품으로는 아프리카계 미국텍스트, 중국텍스트, 이집트텍스트, 동남아텍스트 등등이 있습니다. 전지구적 60년대를 세계역사와 세계문학으로 여겨 사고하였습니다. 어떤 문제의식을 분명히 드러내기 위해서였지요. 바로 그 장은 명명백백하게 마오이즘毛派의 입장에서 이해되는 전지구적 60년대를 사고하고 해체하고자 한 것입니다. 당시의 역사를 다룰 뿐 아니라 관련된 텍스트도 세밀하게 읽어냈습니다. 저는 이러한 주장을 많은 강연에서 언급하였습니다.

산: 세계역사에서 세계문학까지 혹은 세계역사에서 세계예술에 이르기까지 등등, 당신의 연구영역은 흥미롭군요. 당신이 이러한 비평 개입의 방식에 기대어서, 담로쉬David Damrosch와 모레티Franco Moretti, 카사노바Pascale Casanova 등이 새롭게 사고하는 세계문학에 개입하는 것으로 여겨집니다.

스: 맞습니다. 저는 그 같은 현상을 연구한 글을 썼습니다. 제가 발표했던 논문인「관계의 비교학關係的比較學 Comparison as Relation」[19]이 바로 거기에서 시작하고 있죠. 저는 그 논문에서 담로쉬, 모레티, 카사노바에 대한 특정의 비평의견을 냈었는데요, 대다수의 학자들이 세계문학을 연구할 때 이 세 사람을 인용하기 때문입니다. 최근에 제가 쓴 또 다른 글인「세계연구와 관계비교World Studies and Relational Comparison」는 이미 너무나 많은 사

람이 연구했기 때문에 비평을 생략했습니다.[20] 저 자신의 틀과 이런 의제에 대한 저의 이론적 사유만 제공하고 다른 사람을 비평하지 않겠다고 결정했던 겁니다. 사실은 이 역시 다른 방식의 비평이기 때문입니다. 저는 특정한 방식으로 세계문학을 연구하거나, 아니면 비교연구를 관계연구로 봐야 한다고 제안했습니다. 제가 이전에 발표했던 그 논문은 앞서 언급한 신서인 『세계사부터 세계문학까지』의 한 장으로, 글에서 거론한 문학의 예시는 19세기 말—20세기 초의 쿨리라는 직업입니다. 그 직업은 카리브해부터 동남아까지, 그리고 다시 미국의 남부까지 존재했습니다. 책에서는 글리상Édouard Glissant이 쓴 포크너 관련 전문서를 중간매개로 삼았습니다. 글리상은 플랜테이션 경제plantation economy란 실은 미국 남부에서 시작된 것이며, 이후 카리브해까지 확장되었다고 말합니다. 그는 『포크너, 미시시피Faulkner, Mississippi』(1999)에서 포크너의 장편소설 속에 나타나는 인종의 뒤섞임과 인종 사칭冒充에 대해 연구했었죠. 저는 자메이카 작가인 파웰Patricia Powell에 관한 토론도 수용했습니다. 그녀는 중국의 쿨리에 대해 쓰면서 쿨리선을 그들의 중간항로middle passage로 여겼습니다. 그녀는 노예제도와 쿨리 직업을 함께 논하면서 관대하고 동정어린 심리를 보여주었습니다. 그리고 제가 가장 좋아하는 작가인 장구이싱張貴興의 장편소설에 대해서도 처음으로 다루었습니다. 그의 장편소설 몇 편은 「관계의 비교학」이라는 논문의 주요대상입니다.

산: 당신 둘은 과의 선후배 관계이죠.

스: 네. 그는 스판대학 영문과의 선배로 저보다 3회 앞섭니다. 하지만 제가 그에 관해 글을 쓴 이유는 결코 개인적 관계 때문이 아니라 그의 작품이 지닌 에너지 때문입니다. 여러 기준으로 봤을 때, 저는 그의 우림삼

부곡雨林三部曲* 중 앞의 두 편은 노벨문학상을 받을 만하다 생각합니다.

디아스포라에 관한 반성

산: 당신이 쓴 「반디아스포라反離散 Against Diaspora」라는 제목의 논문[21]은 사실은 이전에 『시각과 정체성』에서 거론한 적이 있습니다. 글에서 디아스포라는 종료기간이 있다는 등 흥미로운 관점을 제시했는데, 좀 더 설명해주실 수 있나요? 왜냐하면 사람들은 디아스포라를 이야기할 때, 먼저 그것을 유태인 디아스포라Jewish diaspora와 한데 묶거나 아프리카계 미국인의 디아스포라African American diaspora와 한데 묶으려 하기 때문입니다. 심지어 그것을 화인에게 사용하여 '화인 디아스포라Chinese diaspora'라는 말을 제안하기까지 합니다. 하지만 당신은 이런 관념에 대해 다른 의견을 가지는 것으로 보입니다.

스: 저는 저의 사유가 사실은 대단히 아시아계 미국연구 식의 사유라고 생각합니다. 『아메라시아 학술잡지Amerasia Journal』의 1990년대 논쟁 가운데 신시아 웡黃秀玲, Sau-ling Cynthia Wong과 다른 사람들이 유사한 논쟁을 한 적 있습니다.

산: 신시아 웡의 탈국가화denationalization에 관한 논문[22]을 말하는 건가요?

스: 그렇습니다. 바로 탈국가화에 관한 논쟁입니다. 당시 저는 아직 대

---

* 우림삼부곡은 『塞蓮之歌』(1992), 『群象』(1998), 『猴杯』(2000)를 말한다.

학원생이었는데 신시아 웡의 그 논문은 저에게 큰 영향을 주었습니다. 글에서 말하는 정치는 현지의 상황에 충실해야만 한다는 것은 매우 중요한 문제입니다. 그것이 정치가 작용하는 유일한 방식입니다. 특히 억압받는 이와 주변화된 이, 비주류와 이주민 출신 에스닉의 경우는 더욱 그렇죠. 국가는 여전히 비주류 소수민족계가 승인을 요구할 수도 새로운 분배를 요구할 수도 있는 메커니즘입니다. 설령 트랜스내셔널식 방법과 트랜스내셔널한 연계방식을 사용하더라도, 결국은 국가가 여전히 자원을 통제할 것이며, 그 속에서만 비주류 에스닉의 이익이 이뤄집니다. 아시아계 미국인을 언급할 때 디아스포라 이데올로기diaspora ideology, 즉 디아스포라가 하나의 가치로 변하는 것은 굉장히 문제적입니다. 왜냐하면 아시아계 미국인은 여태까지 영원한 이방인perpetual foreigners으로 여겨졌기 때문입니다. 디아스포라란 사실 현지 연계의 결핍을 강화합니다. 때로 저는 역사가 어쩜 그렇게 희극적으로 변하는지를 이해하기 어려운데요, 신시아 웡의 논문이 발표된 지 20년이 지나서 갑자기 아시아계 미국연구에서 디아스포라 논의가 유행하게 됐습니다. 유태인 디아스포라의 경우, 늘 고향에 대해 갈망합니다. 글자대로 보자면 디아스포라는 산포散播를 의미하며, 산포란 어떤 지역에서 다른 지역으로 흩뿌려지는 것을 의미합니다. 이는 전세계 사람들이 처한 상황을 단도직입적으로 표현해줍니다. 그것이 바로 제가 말한 '역사로서의 디아스포라diaspora as history'입니다. 하지만 디아스포라가 어떤 가치(가치로서의 디아스포라diaspora as value)로 변했을 때, 그것은 문제적이며 심지어 위험하기까지 합니다. 저는 유태인의 시오니즘Zionism이 그 극단적인 예라 생각합니다. 시오니즘은 디아스포라 이데올로기가 어떻게 이주정착 식민주의의 심리로 변하고, 또다시 이스라엘에서와 같이 또 다른 식민이데올로기로 변하는지를 보여줍니다. 이전에 우리는 망명流亡과 디아스포라에 대해 토론한 적이 있습니다. 저에게 있어 디아스포라와 망명은 몸 둘 거주지와 생활할 공간 그리고 참된 정치적 투신의 장소가 없다는 것을 가리킵니다. 디아스포라가 달고 오는 이주정착 식민주의적 함의나 스스로를 그곳의 일등시민이라 여기는 전형적인 엘리트식의 망명정서elite exile sentimentalism는 거론하지 맙시다.

저의 모든 작품은 결코 디아스포라를 다른 지역에서 사용할 수 없거나 복잡한 방식에 사용할 수 없다는 걸 말하지 않습니다. 그것은 사용할 수 있는 것입니다. 저의 모든 작품에서 저는 특정의 입장을 취했는데요, 하나의 상황을 분명하게 하기 위해서였습니다. 제가 이러한 입장을 취한 까닭은 입장을 취해야만 하기 때문이며, 비판받는 것을 피하기 어렵더라도 원칙을 말해야했기 때문입니다. 그렇지 않다면, 미국에서는 제가 뉴욕에서 왔다는 이유로 캘리포니아에서 사는 사람은 저를 디아스포라라 말할 겁니다. 디아스포라는 분명하지 않은 상태로 파생되거나 사용될 수 있으며, 매우 많은 사용 방식을 가집니다. 어떤 용어라도 이와 같이 의미를 무궁무진하게 파생시킬 수 있습니다. 우리는 의미란 안정적인 것이 아니라는 것을 압니다. 하지만 만약 모든 용어가 안정적이지 않고 의미가 무궁무진하다면, 어떻게 어떤 [특정] 용어로 하여금 어떤 [특정] 작용을 발휘하게 할 수 있을까요? 그러므로 당신은 하나의 입장을 갖길 원해야만 합니다. 그리고 이렇게 말해야 합니다. 이것이 바로 제가 그것을 이해하고자 하는 방식으로, 그것은 어떤 정치적 승인을 갖고 있기 때문입니다 라구요. 이 또한 제가 디아스포라란 기한이 있다고 말하는 까닭이기도 합니다. 저는 한국에서 자랐으며, 부모님은 늘 제게 '너는 한국인이 아니야'라고 말씀하셨습니다. 물론 국적으로 볼 때, 저는 한국인이었던 적이 없습니다. 하지만 이 사실은 부모님께서 일평생을 한국에서 사셨지만 여전히 한국인과 다름을 느꼈다는 것을 의미하기도 합니다. 미국에서 1세대 이민자인 부모들은 아이들에게 '너는 ABC(미국에서 출생한 화인)이지 중국인이 아니야'라거나 혹은 '너는 정말 미국인 같구나'라고 말합니다. 이것은 아마도 부모가 인종멸시를 받거나, 사회가 그들을 소수민족으로 여겨 자신들은 100퍼센트의 미국인이 될 수 없다거나 또는 미국인으로 받아들여지지 않는다고 느꼈기 때문일 겁니다. 그러나 이런 경우, 그들은 아이들을 미국에 팔아넘겼다며 손가락질 받기도 합니다. 이 같은 상황속에서 사용하는 것은 지극히 가치판단적이고 보수적인 입장입니다. 저에게 있어 이 모든 것은 디아스포라 심리의 표현으로 보입니다. 인도네시아에서 인도네시아사람들은 당신네들 화인은 중국 국적이기 때문에 에스닉 폭동이 발생하면 당신들을 죽일 수 있다고 말합니다. 말레이시아 역시 마찬가지죠. 에스닉 폭동과 이런 모든 사건은 당신들은 여기에서 외지인이며, 이곳으로 디아스포라한 것이라는 관념을 근거로 합니다. 하지만 말레이시아의 화인은 그곳에서 이미 기백 년을 보냈으며, 인도네시아 역시 그러합니다. 우리는 이 모든 사실을 어떻게 이해해야 할까요? 그렇습니다. 아마도 우리 학자들은 지나치게 다중적 함의를 지니고 있는 디아스포라와 같은 개념어術語를 마음대로 파생시켜 사용할 수 있을 것 같습니다. 하지만 실상은 그렇지 않습니다. 왜냐하면 현지의 정치와 연관되기 때문입니다. 사람들은 이런 용어로 인해 위해를 당하기도 하는데, 어떤 해석이 때로 이들 용어를 최소한의 변명이나 이유로 사용하기도 하기 때문입니다. 저의 경우, 반드시 입장을 취함으로써 어떤[특정] 문자가 어떤 작용을 일으키게 하거나 혹은 어떤 문자가 어떤 작용을 일으키지 않게 합니다. 당신도 입장을 취해야만 합니다. 늘 문자는 구체적인 결과를 가집니다. 그것이 바로 그 논문이 「반反디아스포라」라는 놀라우면서 곁눈질하게 만드는 제목을 가진 까닭이기도 합니다.

산: 이전에 당신은 가오싱젠高行健과 하진哈金, 맥신 홍 킹스톤과 같은 사람들에 대해 언급한 적이 있었죠. 만약 우리가 그들을 중국과의 관계 혹은 중국이라는 근원으로 접근하지 않는다면 어떻게 그들을 하나로 묶을 수 있을까요? 전에 만났을 때, 당신은 다중 소속의 가능성possibility of multiple belongings을 제시한 적이 있는데, 만약 디아스포라라는 관념을 유보한다면 다중 소속에 또 하나의 가능한 면모를 덧붙일 수 있을까요?

스: 한 국가 안의 에스닉 관계라는 측면에서 보자면, 다중 소속이 가능한지의 여부를 저는 알지 못합니다. 만약 에스닉을 이유로 삼아 다른 사람이 당신에게 편견을 가지게 된다면, 디아스포라라는 감각이 상황을 그렇게 엉망이지는 않게 만들 수 있을까의 여부를 저는 알지 못합니다. 이런 설명이 통하나요?

산: 네. 정말 정치적인 상황이네요.

스: 맞습니다. 당시 제가 말한 다중 소속이란 사실 트랜스내셔널하게 출판된 문학작품과 사용된 언어가, 서로 다른 규율 혹은 서로 다른 국가문학 속에서 다르게 자리매김 되는 것을 겨냥하고 있습니다. 그때 우리는 비판의 방식으로 국가문학의 분류를 해체하려 했습니다. 개인의 정치적 신분과 정체성이 어떻게 한 국가 안에서 구축되며 그 모든 함의는 유연성을 지니는가에 대해 저는 모릅니다. 만약 당신이 미국의 흑인이라면, 제가 최근에 논문을 써서 언급하고 있는 아프리카계 미국작가인 스미스

William Gardner Smith가 쓴 반자전적인 장편소설 『돌 얼굴The Stone Face』을 예로 들 수 있을 겁니다.[23] 그는 젊었을 때 필라델피아거리를 거닐다 경찰에게 구타당했습니다. 당시 그는 자신이 이주자라서 도움을 받지 못하는 건가 하고 생각했습니다. 아무도 도와주지 않았습니다. 그 결정적인 순간에 다중 소속은 전혀 쓸모가 없었습니다. '아프리카는 나의 고향'이라고 마음속으로 생각만 하는 것은 얻어터지는 그 순간 절대로 당신을 좀 편안하게 해주지 않습니다. 저는 우리 모두가 마음을 열어젖히고서 모든 타자를 포용해야 한다고 생각합니다. 수용과 배제에 관한 구조를 봅시다. 그것은 당신이 지정된 위치에서 얼마를 베풀 수 있느냐와 연관됩니다. 때로 당신은 그들에게 대항할 힘이 없습니다. 그래서 우리는 그런 권력에 대해 말을 하지만, 이 같은 개방적인 이론의 위치에서만은 아닙니다. 권력과 마주했을 때, 권력이 거칠고, 적나라하여, 반항할 수 없게 되는 까닭은 당신이 너무나 나약하거나 아니면 당신의 사회적 지위가 당신으로 하여금 그 같은 폭력에 저항할 수 없게 만들기 때문입니다. 우리는 이러한 상황을 비판해야만 합니다. 그것이 바로 우리가 에스닉이란 생물적 분류가 아니라 사회적 분류라고 말하는 이유죠.

마찬가지로, 우리가 말하는 성별 역시 생물적 분류가 아닌, 사회적 분류입니다. 사회경제적 구조에서 보자면 성별 위계질서는 여전히 존재하고 있으며 에스닉 위계질서도 여전히 존재하고 있습니다. 당신이 '나는 성별 위계질서를 초월했어'라고 인식한다고 해서 당신이 그것의 영향을 받지 않는 것은 아닙니다. 당신이 어떤 성별을 받거나 어떤 위계질서 속에 놓이는 것은 당신의 선호 여부와 상관이 없습니다. 비판적 사상가라는 신분을 지닌 우리는 이러한 구조를 반드시 비판해야 한다고 생각합니다. 그것이 제가 『미국에서의 인종의 형성』이라는 책을 좋아하는 이유입니다. 우리 모두가 평등하기 때문에 에스닉을 무시하거나 에스닉을 더 이상 보거나 사고할 필요가 없다 할지라도, 실은 그렇지 못합니다. 당신이 진심으로 에스닉을 보고자 할 때, 다시 말해 당신이 에스닉에 관한 모든 문제를 이해할 때에 사회는 더욱 평등해질 것이며 우리는 더욱 평등해질 겁니다. 이러한 일은 정말 이상하죠. 저는 대학의 인사들이 늘 심오한 사고를 하는 척 하면서 다음과 같이 말하는 것을 발견합니다. "오, 그건 정말 복잡하군요, 복잡해. 그 일은 많은 측면을 가지고 있죠. 우리는 이러한 방식으로 디아스포라를 사유할 수 있으며, 저러한 방식으로도 디아스포라를 사유할 수 있죠." 저는 이것이 정말 문제적이라 봅니다. 왜냐하면 많은 이들이 갖가지 이데올로기의 고통과 여러 편견과 가치로 인해 직접적으로 고통 받고 있기 때문입니다. 이것이 그 논문[「반디아스포라」]에서 제가 '가치로서의 디아스포라'와 상대적인 '역사로서의 디아스포라'를 구별하는 이유이기도 합니다. 역사로서의 디아스포라는 가능합니다. 우리는 디아스포라이며, 저는 디아스포라된 사람입니다. 하지만 가치로서의 디아스포라는, 오, 그건 문제입니다.

역사에 대한 흥미와 인문학과의 현황

산: 이론가로서 당신은 여러 영역에서 많은 영향력을 발휘하고 있는데요, 역사에 흥미를 가지고 있다고 스스로 밝힌 적이 있습니다. 그래서 저는 이론, 역사 그리고 문학 간의 관계는 어떠한지를 묻고자 합니다.

스: 먼저 저는 스스로를 어떤 일에 있어 중대한 영향을 미치는 사람으로 결코 생각지 않는다는 사실을 말해야겠습니다. 저는 수많은 의제를 분명하게 하려고 여전히 시도 중이라고 생각합니다. 다른 사람과 마찬가지로, 저는 여러 의제와 분투 중입니다. 최근에 더 많은 저의 목소리를 찾았다 생각하지만 여전히 그것들은 분투 중입니다. 제 작품을 읽은 사람들이 좀 많아진 것이 저를 기쁘게 합니다. 하지만 저의 목표는 영향력을 발휘하는 것이 아닙니다. 만약 위험을 무릅쓰고 급진적이지만 원칙적인 입장을 표명함으로써 저의 작품이 일군의 사람들에게 어떤 에너지를 줄 수 있다면 저는 뒤따르는 모든 비판을 기꺼이 감내할 겁니다. 그건 가치가 있습니다. 이론, 역사, 문학 간의 영향의 경우, 모두가 연관되는 것이라 봅니다. 저의 세대는 대학원에서 데리다의 해체주의를 공부했습니다. 당시 문학이론과 역사, 문학은 모두 상당히 거리가 있었죠. 일반적인 모더니즘 연구의 추세와 마찬가지로 주된 것은 형식주의formalism였습니다.

산: 신비평New Criticism 말인가요?

스: 네. 바로 그겁니다. 신비평도 역사와 이론을 멀리 떨어뜨린 채 텍스트를 중심으로 하죠. 오랜 기간 이어진 모더니즘연구 역시 텍스트를 더 중시합니다. 개인적으로 문학은 역사의 산물이며 이론 역시 그렇다 생각합니다. 사실 문학과 이론의 거리는 그렇게 멀지 않습니다. 단지 미국의 대학에서만 그럴 뿐입니다. 이론은 일반적으로 유럽철학에서 비롯합니다. 예를 들자면, 프랑스문학을 연구하는 사람은 이론과 텍스트 사이에 더욱 큰 상응하는 지점이 있다는 사실을 발견합니다. 하지만 세계역사라는 측면에서 유럽철학을 본다면, 제가 리오넷과 공저한 『이론의 크리올화』에서 했던 것처럼, 사실 그 속의 많은 것이 역사의 산물임을 알 수 있을 겁니

다. 1968년 5월의 파리운동은 실은 당시 전세계적 혁명운동으로부터 고무 받아 발생했습니다. 저는 그것들이 밀접하게 연관된다 생각합니다. 그것이 제가 오늘날 줄 수 있는 가장 좋은 답안이라 여겨지네요. 저는 줄곧 이론과 문학, 역사라는 세 유형을 넘나들고 있는데요, 결국 이 세 가지 사이에는 엄격한 구별이 없기 때문입니다. 제가 지금 쓰고 있는 『화어계의 제국』의 전제가 바로 이것입니다. 저는 화어계의 문학을 이론으로 읽을 수도, 어떤 중요한 이론적 의제를 사색하는 여러 방식으로도 볼 수 있다고 생각합니다. 예를 들자면, 그중 하나는 지역연구입니다. 이전에 저는 지역연구에다 에스닉화를 덧붙여 연구했는데, 사실은 말레이시아의 문학 텍스트로 지역연구를 언급한 것이었습니다. 탈식민이론에 관한 한 장은 티베트문학으로 탈식민이론을 다루었습니다. 이론의 문제에 관한 또 다른 장의 경우, 나중에 수정 후 전문서로 출판할 계획인데요, 중국문학을 예로 들어 언급하고 있습니다. 저는 문학텍스트로 이론적 의제를 사유합니다. 이를 통해 그 같은 구별이 사실은 인위적임을 드러내고자 하죠.

산: 듣자하니 매우 흥미롭습니다. 그것이 당신의 진행 중인 프로젝트군요. 매우 어렵지만 제가 보기에 다음과 같은 중요한 문제가 있는 거 같습니다. 미국이나 아시아뿐만 아니라, 특히 타이완과 홍콩의 대학에서 인문연구의 미래가 점차 몰락하는 것으로 보인다는 사실입니다.

스: 저는 인문학자는 인문이라는 학문을 더욱 잘 선전해야만 한다고 생각합니다. 우리는 여러 사회에 공헌한 바가 많지만, 자기가 어떤 공헌을 했고, 얼마만큼의 공헌을 했는지 잘 말하지 않습니다. 우리 모두 자신의 작업으로 너무나 바쁜데도 불구하고 자신을 위해서 변호를 한 적은 정말 없다고 생각합니다. 실제로 구체적인 숫자로 말하자면 인문학과는 결

코 쇠퇴한 적이 없습니다. 「고등교육 연대기 보고서The Chronicle of Higher Education」는 올해 좀 이르게 글을 한편 발표했습니다. 미국의 인문학위를 받은 사람의 수입이 과학학위를 지닌 사람과 마찬가지로 높다는 사실을 지적하고 있습니다.[24] 이는 놀라운 통계숫자입니다. 예술과 인문을 공부한 사람은 과학을 공부한 사람과 마찬가지로 대우가 좋습니다. 인문학은 중요하지 않다는 것과 관련된 모든 변명說詞은 변명일 따름입니다. 우리는 자신의 변호說詞로 그러한 변명에 대항해야만 하며, 진정한 집단작업으로 인문학과의 가치를 기록하고 변호해야 합니다. 그것들은 가치 없거나 가치가 사라지는 것이 아닙니다. 사실은 절대로 그렇지 않습니다. 그러나 우리는 공격을 당하는데도 반격을 하지 않습니다. 참으로 필요한 것은 사회에 대한 여러 가지 인문학의 공헌을 더 많이 연구하는 것입니다. 아마도 숫자상으로는 인문을 공부하는 사람이 좀 적겠지만 그것 역시 정확하다 할 수 없습니다. 예를 들어 볼까요. 인문교육을 최고로 삼는 미국의 리버럴 아츠 칼리지liberal arts college는 줄곧 너무나도 큰 환영을 받고 있습니다.

산: 그 사실이 저를 매우 기쁘게 하는군요. 남은 질문은 '당신은 인터뷰의 성격과 작용이 무엇이라 생각하는가?'입니다.

스: 인터뷰를 받는 사람은 이를 영광스럽게 생각합니다. 자신의 과거를 되돌아보고 하나의 서사를 부여할 기회가 생기기 때문입니다. 인터뷰는 서사화narrativizing의 하나입니다. 게다가 저는 인터뷰가 하얀 종이와 검은 글자에 피와 살을 불어넣는다고 생각합니다. 이전에 인터뷰를 받아들였을 때, 인터뷰 발표와 독자의 반응을 본 적 있는데요, 매우 흥미로웠습니다. 사실, 저는 결코 확정적이지 않습니다. 당신은 어떻게 생각하나요? 당신은 전문가이며 최고의 인터뷰어인데요.

산: 당치 않습니다. 저의 경우, 먼저 사람에 관한 관심human interest과 관련 있다 보는데요, 다시 말해 어떤 사람의 글만 읽는 것이 아니라, 얼굴을 마주하고 의문을 제기하고 이야기를 나눌 수도 있다는 겁니다. 그건 흥미로워요. 책만 읽는 것이 아니라, 그 사람을 이해할 수 있길 희망하니까요.

스: 하지만 우리는 이미 친구잖아요.

산: 그렇죠. 우리는 이미 친구죠. 하지만 평소 만날 때는 한담을 나눌 뿐, 오늘처럼 이렇게 토론하지는 않죠. 다시 말해, 인터뷰는 공통의 관심사에 대해 어느 정도 정식으로 이야기를 나눌 수 있는 장을 제공해줍니다. 또한 인터뷰는 제가 보기에 교감하는 것으로, 저는 인터뷰 속에서 특별한 경험을 지닌 뛰어난 학자와 작가들로부터 답안을 얻기도 합니다. 그리고 그들이 자신과 자신의 작품, 자신의 관념에 대해 얘기하게 만들기도 합니다. 심지어 그들은 얘기를 나눌 때, 그들의 관념이 자신에게 원래는 좀 모호한 것이었는데 이야기하는 과정에서 점차 분명해진다고도 합니다. 인터뷰는 자아의 재현과 관계있기 때문에 인터뷰 당사자가 기록된 인터뷰 녹취록을 읽고 수정하여 정확하게 자신을 재현하기를 원하는지 묻습니다. 인터뷰 당사자의 수정을 거치면, 저는 힘껏 출판의 기회를 찾아 그들의 관념이 사람들에게 공유될 수 있게 합니다. 그러므로 저는 우리도 공유할 수도 있다고 말하렵니다.

스: 그렇죠, 맞는 말입니다. 당신은 자신이 인터뷰 받은 경험이 있나요?

산: 많은 인터뷰 요청의 경우, 저 자신은 잘 받아들이지 않았네요.

스: 그렇다면 당신의 경험은 어땠습니까?

산: 그건 흥미로웠습니다. 먼저, 높은 평가를 받았다는 느낌이었습니

다. 저의 작품에 흥미를 가지는 사람이 있다는 게 그리고 인터뷰를 위해 그렇게 많은 시간과 노력을 기울인다는 게 무척 감사했습니다. 인터뷰하는 동안 그러한 문제가 저로 하여금 제가 하고 있는 일에 대해 생각하게 했으며, 저를 되돌아보도록 만들었습니다. 인터뷰는 아마도 저에게 자신이 앞으로 할 수 있는 일에 대해 말할 기회를 준 것 같았습니다. 어떤 인터뷰는 예를 들어 이번 일과 같이 방향을 저에게 제시하기도 합니다.

스: 정말 멋진 답변입니다.

산: 예를 들어, 어떤 대학원생은 그녀의 석사논문을 위해 저를 인터뷰했는데요, 타이완에서의 아시아계 미국문학의 형성화에 관한 내용이었습니다.[25] 그 여학생은 열심히 공부했으며, 저는 그 전체 과정을 돌아보면서 이미 무엇을 했고 무엇을 해야 하는지를 발견할 수 있었습니다. 저에게 있어 정말 재미있는 일이었습니다.

스: 맞습니다. 타이완의 아시아계 미국연구와 일본의 아시아계 미국연구, 혹은 전 아시아의 아시아계 미국연구는 매우 매우 중요한 의제입니다.

산: 그렇죠.

스: 그건 매우 흥미로운 문제입니다. 앞서 당신이 우리가 어떻게 하진, 가오싱젠, 맥신 홍 킹스톤을 함께 거론할 수 있는가를 언급했기 때문에 저는 다음과 같이 말할 수 있습니다. 가능할 수도, 불가능할 수도 있으며, 이러한 상황을 빨리 이루게 할 수도 하지만 동시에 문제적이기도 하다구요. 왜냐하면 그것이 에스닉으로 이루어졌기 때문입니다. 그 같은 특수한 상황에 대해 저는 에스닉 이외의 방식으로 사고하고자 합니다. 당신이 에스닉을 공언하는 것과 당신에게 에스닉이 덧씌워지는 것은 다른 일이며, 후자는 정말 매우 문제적입니다. 화어계연구를 쓸모 있다고 여기는 까닭은

그것이 에스닉에 관한 것이 아니라, 언어에 관한 것이기 때문입니다.

산: 제가 그 문제를 제기한 이유는 맥신 홍 킹스톤은 중문으로 글을 쓰지 않고, 하진은 주로 영문으로 창작하여 출판하며, 가오싱젠은 중문으로 글을 쓰기도 하지만 프랑스어로도 글을 쓰기 때문입니다. 만약 그들을 하나로 본다면, 화어계는 맥신 홍 킹스톤과 같은 사람을 포함할 수 없습니다. 그래서 저는 디아스포라가 가능한 틀인지, 이들을 하나로 묶을 수 있는지를 생각하게 됩니다. 아마도 이는 에스닉을 기초로 하는 것처럼 들리겠지만 제가 사유하려는 것은 서로 다른 방식으로 서로 다른 사람들을 연결시키는 겁니다.

스: 그렇군요. 제가 보기에 그들 간 연결이 좀 부자연스럽게 이해되지만 말입니다. 하지만 반드시 그 세 명이 아니면 안 되거나, 모든 작가를 특정 의제로 연결시켜야 하는 것은 아닙니다. 여러 작가를 연결시키는 방법은 천차만별입니다. 이렇게 철저한 준비로 저를 인터뷰해주셔서 감사합니다. 저로 하여금 제 연구를 여러모로 생각해보게 하네요.

산: 바쁘신데 인터뷰에 응해주셔서, 그리고 깊이 사고할 만한 대답을 해주셔서 정말 감사드립니다.

1   원문은 鄭文惠, 顔榥富主編, 『革命·啓蒙·抒情: 中國近現代文學與文化研究學思錄』(台北: 允晨文化, 2011), pp.27-37에 수록되었다.

2   Shu-mei Shih, "The Cubist Novels of William Faulkner: The Sound and the Fury and As I Lay Dying," Amerian Studies 14.3(1984): 27-45.

3   Shu-mei Shih, "Exile and Intertextuality in Maxine Hong Kingston's China Men," The Literature of Emigration and Exile, ed. James Whitlark and Wendell Aycock(Lubbock: Texas Tech University Press, 1992) 65-77; 史書美, 「放逐與互涉: 湯亭亭之『中國男子』」, 『中外文學』 20권 1기(1991년 6월), 151-164쪽.

4   Shu-mei Shih, "Nationalism and Korean American Women's Writing: Theresa Hak Kyung Cha's Dictee," Speaking the Other Self: American Women Writers, ed. Reesman Jeanne Campbell(Athens: University of Georgia Press, 1997) 144-62; 史書美, 「離散文化的女性主義書寫」, 簡瑛瑛(編)『認同, 差異, 主體性: 從女性主義到後殖民文化想像』(臺北: 立緒文化, 1997), 87-108쪽.

5   Shu-mei Shih, "Global Literature and the Technologies of Recognition," PMLA 119.1 (January 2004): 16-30. 번역문은 紀大偉(譯), 「全球的文學,認可的機制」, 『淸華學報』 34권 1기 (2004년 6월), 1-29쪽.

6   Shu-mei Shih, "Comparative Racialization: An Introduction," PMLA 123.5(October 2008): 1347-362.

7   陳建忠(編)『跨國的殖民記憶與冷戰經驗:臺灣文學的比較文學研究』(新竹: 國立淸華大學臺灣文學硏究所, 2011).

8   '跨國的殖民記憶與冷戰經驗:臺灣文學的比較文學研究' 國際學術硏討會, 國立淸華大學臺灣文學硏究所, 新竹, 2010년 11월 19-20일.

9   "Globalization: Taiwan's(In)significance," ed. with an Introduction, special issue of Postcolonial Studies 6.2(July 2003).

10   "Comparatizing Taiwan: An Inernational Conference," University of California, Los Angeles, and University of California, San Diego, January 21-25, 2011.

11 張鐵志는 타이완 작가이자 문화비평가이다. 『旺報』의 문화부간 주임, 『新新聞』의 부총편
    집을 담당했으며, 2012년 10월 홍콩 『號外』잡지의 주편을 맡았었다. 2015년 타이완으로
    돌아가 何榮幸과 함께 인터넷매체인 『報導者』를 창간, 총주필을 겸임했다.(『위키백과維基
    百科』: '張鐵志')

12 디큐멘터리 〈名宇的玫瑰: '董啓章'地圖〉는 陳耀成이 연출한 깃으로, 홍콩 방승프로그
    램 '華人作家' 시리즈 중 한 편이다. 100분 정도의 길이이며, TV판은 두 편으로 나뉘어
    2014년 10월 5일, 12일에 RTHK 31채널에서 방송됐다. 영화식의 국제판은 2014년 11
    월 2일, 홍콩 아시아영화제에서 상영됐음을 『明報 新聞網』(2014년 10월 1일)에서 볼 수 있
    다. 「'玫瑰'的氛圍:陳耀成鏡頭下的'董啓章'」, 『映畫手民』, cinezen.hk, 12 November 2014,
    Web, 25 December 2015.

13 Shu-mei Shih, "Americanism and the Condition of Knowledge," Conference on "Oue
    Euro-America: Texts, Theories, and Problematics"('我們的'歐美': 文本,理論,問題' 학술토론회),
    Institute of European and America Studies, Academia Sinica, 3 June 2012. 史書美, 「理論臺
    灣初論」, 史書美, 梅家玲, 廖朝陽, 陳東升(編) 『知識臺灣: 臺灣理論的可能性』(臺北: 麥田出
    版, 2016), 55-94쪽.

14 臺灣大學 文學大 臺灣研究中心의 전자신문에 의하면, 『知識臺灣: 臺灣理論的可能性』은
    2016년 5월 麥田출판사에서 출판하기로 예정돼 있다.(편자의 주: 2016년 6월에 이미 출판됨).

15 2009년 行政院 文化建設委員會(약칭 文建會)의 뉴욕 주재 臺北文化中心이 주관한 '타이완
    작가 미국 캐나다 순회 좌담회臺灣作家美國加拿大巡迴座談會'로, 10월 26일부터 11월 12일까
    지 열렸다. 초청 작가로는 朱天文, 劉克襄, 柯裕棻이 있으며, 캐나다의 브리티시 컬럼비
    아 대학과 미국의 하버드대학, 웰즐리대학, 예일대학, 워싱턴대학교 세인트루이스, 텍사
    스대학 오스틴 그리고 UCLA 등의 대학교에서 자신들의 창작 경험, 생활체험 그리고 타
    이완의 다원적 문화에 관해 토론했다.

16 The MacArthur Fellows Program으로, MacArthur Fellowship나 'Genius Grant'로도 불
    린다. 1981년 미국의 최대 독립기금회 중 하나인 맥아더 기금회(John D. and Catherine T.
    MacArthur Foundation)가 설립했으며 각 영역의 독창적이고 자주적인 뛰어난 인물에게 수
    여한다. 미국의 영역을 넘나드는 가장 대표적인 상 중 하나이다.

17 주 [18]을 보시오.

18 현재 착수 중인 신서는 『從世界史到世界文學From World History to World Literature』이다.
    이 챕터는 "Race and Relation: The Global Sixties in the South of the South," Comparative
    Literature 68.2(2016):141-54로 이미 출판됐다.

19 Shu-mei Shih, "Comparison as Relation," Comparison: Theories, Approaches, Uses, ed.

Rita Felski and Susan Stanford Friedman (Baltimore: Johns Hopkins University Press, 2013) 79-98.[이 논문의 화문판은 史書美,「關係的比較學」,『中山人文學報/Sun Yat-sen Journal of Humanities』39(July 2015):1-19를 볼 것-편집자의 말]

20   Shu-mei Shih, "World Studies and Relational Comparison," PMLA 130.2(March 2015): 430-38.

21   Shu-mei Shih, "Against Diaspora: The Sinophone as Places of Cultural Production," Transforming Diaspora: Communities Beyond National Boundaries, ed. Robin E. Field and Parmita Kapadia(Lanham, MD: Fairleigh Dickinson University Press, 2011) 3-20.

22   Sau-ling Cynthia Wong, "Denationalization Reconsidered: Asian American Cultural Criticism at a Theoretical Crossroads," Amerasia Journal 21. 1-2(1995): 화문 번역판은 「去國家化之再探: 理論十字路口的亞美文化批評」으로 單德興, 梁志英Russell C. Leong, 唐·中西Don T. Nakanishi가 함께 편찬한 『全球屬性,在地聲音』 상권(臺北: 允晨文化, 2012), pp.101-148에 실림.

23   앞의 주 "Race and Relation: The Global Sixties in the South oh the South".

24   Beckie Supiano, "How Liberal-Arts Majors Fare Over the Long Haul," The Chronicle of Higher Education, 22 January. 2014, Web, 25 December 2015.

25   單德興, 吳貞儀,「亞美文學研究在臺灣: 單德興教授訪談錄」,『英美文學評論』23기(2013년 12월), pp.115-143, 吳貞儀의 석사논문「利基想像的政治: 殖民性的問題與臺灣的亞美文學研究(1981-2010)」는 Chen-Yi Wu, "Politics of Niche Imagination: The Question of Coloniality and Asian American Literary Studies in Taiwan, 1981-2010," MA thesis, National Tsing Hua University, 2013 참조.

중문도서

丁玲, 『丁玲全集·三』(石家莊: 河北人民, 2001).

毛澤東 저, 中共中央毛澤東選集出版委員會 편, 『毛澤東選集』(北京: 北京人民, 1968).

王德威, 「文學行旅與世界想像」, 『聯合報·聯合副刊』, 2006년 9월 7-8일, E7판.

史書美, 「後現代性與文化認同: 臺灣媒體中的'大陸'隱喩」, 『今天』 1998년 제2기, pp.231-251.

史書美 저, 紀大偉 역, 「全救的文學, 認可的機制」(Global Literature and the Technologies of Recognition), 『清華學報』 34권 1기, 2004년 6월, pp.1-30.

史書美 저, 楊華慶 역, 『視覺與認同: 跨太平洋華語語系表述·呈現』(Visuality and Identity: Sinophone Articulations across the Pacific)(台北: 聯經, 2013).

申旭, 劉稚, 『中國西南與東南亞的跨境民族』(昆明: 雲南民族, 1988).

朱耀偉, 「香港(研究)作爲方法—關於'香港論述'的可能性」, 『二十一世紀雙月刊』 147기, 2015년 2월, pp.47-63.

李佩然, 「'本土'作爲方法: 香港電影的本土回歸與文化自主」, 『字花』 55기, 2015년, pp.119-123.

吳榮臻, 『乾嘉苗民起義史稿』(貴陽: 貴州人民, 1985).

金庸, 『笑傲江湖』(台北: 遠流, 1996).

查良鏞, 『香港的前途: 明報社評選之一』(香港: 明報有限公司, 1984).

洛楓, 『世紀末城市: 香港的流行文化』(香港: 牛津大學出版社, 1995).

郁達夫, 『郁達夫小說全編』(杭州: 浙江文藝, 1991).

高行建, 『一個人的聖經』(台北: 聯經, 1999).

高行建, 『靈山』(台北: 聯經, 1990).

張愛玲, 『傳奇』(北京: 人民文學, 1986).

張錦忠,「小文學, 複系統: 東南亞華文文學的意義」, 吳耀宗 편,『當代文學與人文生態』(台北: 萬卷樓, 2003), pp.313-327에 수록.

莊華興 편저역,『國家文學: 宰制與回應』(吉隆坡: 大將, 2006).

陳天俊,「歷代王朝對苗族地區的政策以及其影響」, 中國西南民族研究會가 편찬한『西南民族研究』(貴陽: 貴州民族, 1988)에 수록.

賀淑芳,「別再提起」, 王德威·黃錦樹 편『原鄉人: 族群的故事』(台北: 麥田, 2004), pp.228-234에 수록.

黃秀玲,「黃與黑: 美國華文作家筆下的華人與黑人」,『中外文學』34권 4기(2005년 9월), pp.15-53.

黃萬華,『文化轉換中的世界華文文學』(北京: 中國社會科學, 1999).

黃錦樹,「否想金庸—文化代現的雅俗,時間與地理」, 王秋桂 주편,『金庸小說國際學術研討會論文集』(台北: 遠流, 1999), pp.587-607에 수록.

黃錦樹,「華文/中文: 失語的南方與語言再造」,『馬華文學與中國性』(台北: 元尊文化, 1998), pp.53-92에 수록.

黃錦樹,『文與魂與體: 論現代中國性』(台北: 麥田, 2006).

黃錦樹,『由島至島』(台北: 麥田, 2001).

黃錦樹,『馬華文學與中國性』(台北: 元尊文化, 1998).

楊牧 편,『許地山小說選』(台北: 洪範, 1984).

蔡石山 저, 黃中憲 역,『海洋臺灣: 歷史上與東西洋的交接』(Maritime Taiwan: Historical Encounters with the East and the West)(台北: 聯經, 2011).

葛兆光,『宅玆中國: 重建有關'中國'的歷史論述』(台北: 聯經, 2011).

薛華棟,『和諾貝爾文學獎較勁』(上海: 學林, 2002).

영문도서

Ahmad, Aijaz. 1992. "Jameson's Rhetoric of Otherness and the 'National Allegory'" in Theory: Classes, Nations, Literarntures. London; Verso, pp.95-122.

Anderson, Benedoct. 1992. Imagined Communities: Reflections on the Origin and Spread of Nationalism. Revised Edition. London: Verso.

Ang, Ien. 2001. On Not Speaking Chinese: Living between Asia and the West. London: Routledge.

Ahmed, Sara. 2000. Strange Encounters: Embodied Others on Post-coloniality. London: Routledge.

Amin, Samir. 1997. Capitalism in the Age of Globalization: The Management of Contemporary Society. London and New York: Zed Books.

Badiou, Alain. 2002. Ethics: An Essay on the Understanding of Evile. Trans. Peter Hallward. London: Verso.

Balibar, Étienne. 1991. "The Nation Form: History and Ideology," in Race, Nation, Class: Ambiguous Identities. By Balibar and Emmanuel Wallerstein. New York: Verso, pp.86-106.

Balibar, Étienne. 1991. "Racism and Nationalism," in Race, Nation, Class: Ambiguous Identities. By Balibar and Emmanuel Wallerstein. New York: Verso, pp.37-67.

Baucom, Ian. 2001. "Globalit, Inc.; Or, the Cultural Logic of Global Literary Studies," in Special Topic: Globalizing Literary Studies. Gunn, Giles. Coordinator. PMLA 116.1:158-72.

Bernheimer, Charles. 1995. "Introduction: The Anxieties of Comparison," in Comparative Literature in the Age of Multiculturalism. Baltimore and London: Johns Hopkins University Press, pp.1-17.

Butler, Judith. 1998. "Merely Cultural." New Left Review ns 227:33-44.

Casanova, Pascale. 2004. The World Republic of Letters. Trans. M.B.DeBevoise. Cambridge, Mass.: Harvard University Press.

Chang, Iris. 2003. The Chinese in America: A Narrative History, New York: Penguin Books.

Chaves, Jonathan. 1991. "Forum: From the 1990 AAS Roundtable," Chinese Literature: Essay, Articles, Reviews 13:77-82.

Chen, Yiping. n.d. "Overseas Chinese and China's soft power: A comparative study on the Chinese in U.S. and Southeast Asia." http://202.116.13.5:8080/eng/index.php(accessed June 20, 2012).

China: The Rebirth of an Empire. Dir. Jesse Veverka and Jeremy Veverka. Veverka, 2010. Film.

Chow, Rey. 1998. "On Chineseness as a Theoretical problem," introduction. Boundary 2 25.3:1-24.

Chow, Rey. 1998. Ethnics after Idealism: Theory-Culture-Ethnicity-Reading.

Bloomington: Indiana University Press.

Chow, Rey. 2001. "How (the) Inscrutable Chineses Led to Globalized Theory," in Special Topic: Globalizing Literary Studies. Gunn, Giles. Coordinator. PMLA 116.1:69-74.

Chun, Allen. 1996. "Fuck Chineseness: On the Ambiguities of Ethnicity as Culture as Identity," Boundary 2 23.2:111-38.

Crossley, Pamela Kyle. 1999. A Translucent Mirror: History and Identity in Qing Imperial Ideology. Berkely: University of California Press.

Crossley, Pamela Kyle, Helen F.Siu, Donald S.Sutton. ed. 2006. Empire at the Margins: Culture, Ethnicity, and Frontier in Early Modern China. Berkeley and Los Angeles: University of Callifornia Press.

de Lauretis, Teresa. 1987. Technologies of Gender. Bloomington: Indiana University Press.

Dimock, Wai Chee. 2001. "Literature for the Planet," in Special Topic: Globalizing Literary Studies. Gunn, Giles. Coordinator. PMLA 116.1:173-88.

Dirlik, Alif. 2002. "Literature/Identity: Transnationalism, Narrative and Representation," Review of Education/Pedagogy/Cultural Studies 24.3:209-34.

Dubey, Madhu. 2002. "Postmodernism and Racial Difference," University of California Multi-campus Research Group on Transnational and Transcolonial Studies. University of California, Los Angeles. 20 Nov.

Edouard Glissant: One World in Relation. Dir. Manthia Diawara. Color, 1 hour, USA, 2009. Film.

Fanon, Franz. 1963. The Wretched of the Earth. Trans. Richard Philcox. New York: The Grove Press.

Fitzgerald, C.P..1965. The Third China. Melbourne: F.W.Cheshire.

Foucault, Michel. 1984. "Nietzsche, Genealogy, History." in The Foucault Reader. Ed. Paul Rabinow, New York: Pantheon Books, pp.76-100.

Fraser, Nancy. 2000. "Rethinking Recognition," New Left Review 3:107-20.

Fusco, Serena. 2006. "The Ironies of Comparison: Comparative Literature and the Re-Production of Cultural Difference between East and West," Trans: Revue de literture generale et comparee 2, http://trans.univ-paris3.fr/spip.php?article238 (accessed september 2, 2010)

Gao, Xingjian. 2003. "The Case for Literature,: Nobel Lecture. 2002. The Nobel Prize in Literature 2000.21 Aug. 2003. Nobel Foundation. 13 Sept. http://www.nobel.se/literature/laureates/2000/gao-lecture-e.htm

Hallward, Peter. 2002. "Introduction," in Ethics: An Essay on the Understanding of Evil. By Alain Badiou. Trans. Peter Hallward. London: Verso. pp.vii-v I vii.

Hartsock, Nancy. 1990. "Rethinking Modernism: Minority vs. Majority Theories," in The Nature and Context of Minority Discourse. Ed. Abdul R.JanMohamed and David Lloyd. New York: Oxford University Press, pp.17-36.

Hegel, G.W.H. 1967. The Philosophy of Right. Trans. T.M.Knox. Oxford University Press.

Hegel, G.W.H. 1980. Lectures on the Philosophy of World History. Trans. H.B.Nisbet. Cambridge: Cambridge University Press.

Huang, Philip. 1991. "The Paradigmatic Crisis in Chinese Studies," Modern China 17.3:299-341.

Huang, Philip ed. 1993. "Public Sphere"/"Civil Society," in China?: Paradigmatic Issues in Chinese Studies, III, Modern China 19.2.

Jameson, Fredric. 1986. "Third-World Literature in the Era of Multinational Capitalism." Social Text 15:65-88.

Jameson, Fredric. 1987. "A Brief Response," Social Text 17:26-27.

Kenley, David L.. 2003. New Culture in a New World: The Fourth Movement and Chinese Diaspora in Singapore, 1919-1932. New York and London: Routledge.

Kristal, Efraín. 2002. "Considering Coldly...," New Left Review 15:61-74.

Kuhn, Philip. 2008. Chinese Among Others: Emigration in Modern Times. Lanham. MD: Rowman and Littlefield.

Levathes, Louis. 1994. When China Ruled the Seas: The Treasure Fleet of the Dragon Throne, 1405-1433. Oxford: Oxford University press.

Levenson, Joseph. 1958. Confucian China and its Modern Fate, Berkeley: University of California Press.

Levinas, Emmanuel. 2000. Otherwise Than Being: or, Beyond Essence. Trans. Alphonso Lingis. Pittsburgh: Duquesne University Press.

Lionnet, Françoise and Shu mei Shih. 2005. "Thinking through the Minor,

Transnationally," Introduction. Minor Transnationalism. Ed. Françoise Lionnet and Shu mei Shih. Durham: Duke University Press, pp.1-23.

Lipman, Jonathan. 1997. Familiar Strangers: A History of Muslims in Northwest China. Seattle: University of Washington Press.

Lowe, Lisa. 1996. Immigrant Acts: On Asian American Cultural Politics. Durham : Duke University Press.

Maconi, Lala. 2002. "Lion of the Snowy Mountains: The Tibetan Poet Yidan Cairang and His Chinese Poetry: Re-constructing Tibetan National Identity in Chinese," in Tibet, Self, and Tibetan Diaspora: Voices of Difference. Ed. Christiaan Klieger. Leiden: Brill, pp.165-93.

Mair, Victor. 2005. "Introduction," in Hawai'i Reader in Traditional Chinese Culture. Ed. Victor H.Mair, Nancy Shatzman Steinhardt and Paul R.Goldin. Honolulu: University of Hawai'i Press, pp.1-7.

Mair, Victor. 1991. "What is a Chinese ;Dialect/Topolect'? Reflection on Some Key Sino-English Linguistic Terms," Sino-Platonic Papers 29:1-31.

Majumdar, Margaret A.. 2002. Francophone Studies. London: Arnold.

Majumdar, Margaret A.. 2003. "The Francophone World Moves Into the Twenty-First Century," in Francophone Post-colonial Cultures. Ed. Kamal Salhi. Lanham. Boulder, New York, Oxford: Lexington Books, pp.4-5.

Malmqvist, Goran. 2003. "Presentation Speech,: 2000. The Nobel Prize in Literature 2000. 19 Dec.2003. Nobel Foundation. 13 Sept. http://www.nobel.se/literaure/laureates/2000/presentation-speech.htlm.

Mignolo, Walter. 2000. Local Histories/Global Designs: Coloniality, Subaltern Knowledge, and Border Thinking. Princeton, N.J.: Princeton University Press.

Miyoshi, Masao and H.D.Harootunian ed. 2002. Learning Places: The Afterlives of Area Studies. Durham: Duke University Press.

Moretti, Franco. 2000. "Conjectures on World LIterature," New Left Review 1:54-68.

Moretti, Franco. 2000. "The Slaughterhouse of Literature," Modern Language Quarterly 61.1:207-27.

Oliver, Kelly. 2001. Witnessing: Beyond Recognition. Minneapolis: University of Minnesota Press.

Omi, Michael and Howard Winant. 1994. Racial Formation in the United States: From the 1960s to the 1990s(2nd ed). New York and London: Routledge.

Palumbo-Liu, David. 2005. "Rational and Irrational Choices: Form, Affect, Ethics,"in Minor Transnationalism. Ed. Françoise Lionnet and Shu mei Shih. Durham : Duke University Press, pp.41-72.

Pan, Lynn. 1990. Sons of the Yellow Emperor: A History of the Chineses Diaspora. Boston, Toronto, London: Little, Brown.

Perdue, Peter D. 2005. China Marches West: The Qing Conquest of Central Eurasia. Cambridge, Mass.; London, England: Belknap Press of Harvard University Press.

Pizer, John. 2000. "Goethe's 'World Literature' Paradigm and Contemporary Cultural Globalization," Comparative Literature 52.3:213-27.

Pomeranz, Kenneth, and Steven Topik. 2005. The World hat Trade Created: Society, Culture, and the World Economy, 1400 to the Present. 2nd ed. New York: Sharpe.

Radhakrishnan, R. 1996. Diasporic Mediations: Between Home and Location. Minneapolis: University of Minnesota Press.

Rawski, Evelyn. 1998. The Last Emperors: A Social History of Qing Imperial Institutions. Berkeley: University of California Press.

Said, Edward W.. 1979. Orientalism. New York: Vintage.

Said, Edward W.. 1993. Culture and Imperialism. New York: Alfred A Knopf.

Said, Edward W.. 2003. "A Window on the World: Guardian 2 Aug. 2003. 14 Oct. ⟨http://www.guardian.co.uk⟩.

Sakai, Naoki. 2000. "'You Asian': On the Historical Role of the West and Asia Binary," South Atlantic Quarterly 99. 4:789-817.

San Juan, E., Jr. 1998. Beyond Postcolonial Theory. New York: St. Martin's.

San Juan, E., Jr. 2002. After Colonialism: Remapping Philippines-United State Confrontation. Boulder: Rowman.

Sartre, Jean-Paul. 1988. "What Is Literature?" in "What Is Literature?" and Other Essays. Trans. Bernard Frechtman. Cambridge: Harvard University Press, pp.21-245.

Saussy, Haun. 2006. "Exquisite Cadavers Stitched from Fresh Nightmares: Of Memes, Hives, and Selfish Genes," in Comparative Literature in the Age of Globalization.

Ed. Haun Saussy. Baltimore and London: John Hopkins University Press, pp.3-42.

Shiaffini-Vedani, Patricia. 2004. "The Language Divide: Identity and Literary Choices in Modern Tibet," Journal of International Affairs 57.2:81-98.

Shih, Shu-mei. 2000. "Globalizaion and Minoritizaion: Ang Lee and the Politics of Flexibility," New Formations: A Journal of Culture/Theory/Politics 40:86-101.

Shih, Shu-mei. 2007. Visuality and Identity: Sinophone Articulations across the Pacific. Berkely: University of California Press.

Shih, Shu-mei. 2008. "Comparative Racialization: A Introduction," PMLA 123.5:1347-362.

Shih, Shu-mei. 2008. "Hong Kong Literature as Sinophone Literature," Journal of Literature in Chinese 8.2&9.1:12-18.

Shih, Shu-mei. 2010. "Against Diaspora: Sinophone as Places of Cultural Production," in Global Chinese Literature: Critical Essays. Ed. Jing Tsu and David Der-wei Wang. Leiden: Brill, pp.29-48.

Shih, Shu-mei. 2010. "Theory, Asia, and the Sinophone," Postcolonial Studies 13.4:465-84.

Shih, Shu-mei. 2012. "Is the Post in Postsocialism the Post in Posthumanism?" Social Text 30.1:27-50.

Shih, Shu-mei. 2014. "Sinophone American Literature," in The Routledge Companion to Asian American and Pacific Islander Literature. Ed. Rachel Lee. London and New York: Routledg, pp.329-38.

Shih, Shu-mei. "Racializing Area studies, defetishizing China," Positions: East Asia Cultures Critique(근간).

Shih, Shu-mei, Ed. 2003. " Globalization and Taiwan's (In)significance" special issue, Postcolonial Studies 6.2

Shih, Shu-mei, Chien-hsin Tsai, and Brian Bernards, Eds. 2013. Sinophone Studies: A Critical Reader. New York: Columbia University Press.

Shih, Shu-mei and Françoise Lionnet. 2011. "The Creilization of Theory," in The Creolization of Theory. Ed. Françoise Lionnet and Shu mei Shih. Durham : Duke University Press, 2011, pp.1-33.

Shih, Shu-mei and Ping-hui Liao, Eds. 2015. Comparatizing Taiwan. New York and

London: Routledge.

So, Billy K.L. 2000. Prosperity, Region, and Institutions in Maritime China: The South Fukien Pattern, 946-1368. Cambridge, Mass.: Harvard University Asia Center, 2000.

Spivak, Gayatri Chakaravorty. 1988. "Can the Subaltern Speak?" Marxism and the Interpretation of Culture. Ed. Cary Nelson and Laurence Grossberg. Urbana: University of Illinois Press, pp.271-33.

Suryadinada, Leo. ed. 1997. Ethnic Chinese as Southeast Asians. Singapore: Institute of Southeast Asian Studies.

Takaki, Ronald. 1998. Strangers from a Different Shore: A History of Asian Ametican(rev edn), Boston: Little, Brown, and Company.

Takeuchi, Yoshimi. 2005. "What is Modernity?" in Writing of Takeuchi Yoshimi. Ed. and trans. Richard F Calichman. New York: Columbia University Press, pp.53-81.

Tam, Kwok-kan. 2001. "Gao Xingjian, the Nobel Prize, and the Politics of Recognition," Introduction. Soul of Chaos: Critical Perspectives on Gao Xingjian. Ed. Kwok-kan Tam. Hong Kong: The Chinese University Press, pp.1-20.

Tee, Kim Tong. 2010. "(Re)Mapping Sinophone Literature," in Global Chinese Literature: Critical Essays. Ed. Jing Tsu and David Der-wei Wang. Leiden: Brill, pp.77-91.

Tsu, Jing and David Der-wei Wang ed. 2010. Global Chinese Literature: Critical Essays. Leiden: Brill.

Tsu, Jing. 2005. Failure, Nationalism, and Literature: The Making of Modern Chinese Identity, 1895-1937. Stanford: Stanford University Press.

Tsu, Jing. 2010. Sound and Script in Chinese Diaspora. Cambridge, Mass.: Harvard University Press.

Waley-Cohen, Joanna. 2004. "The New Qing History," Radical History Review 88:193-206.

Waley-Cohen, Joanna. 2006. The Culture of War in China: Empire and the Military Under the Qing Dynasty. London, New York: I.B.Tauris.

Wallerstein, Immanuel. 2000. "World-Systems Analysis," in The Essential Wallerstein. New York: New Press, pp.129-48.

Wang, Gungwu. 1999. "Chineseness: The Dilemmas of Place and Practicd," in Cosmopolitan Capitalism: Hong Kong and the Chinese Diaspora at the End of the Twentieth Century. Ed. Gary Hamilton. Seattle: University of Washington Press, pp.118-34.

Wang, Gungwu. 2000. The Chinese Overseas: From Earthbound China to the Quest for Autonomy. Cambridge, Mass.: Harvard University Press.

Wang, Gungwu and Chin-Keong Ng ed. 2004. Maritime China in Transition, 1750-1850. Weisbaden: Harrassowitz.

Wang, Ling-chi. 1995. "The Structure of Dual Domination: Toward a Paradigm for the Study of the Chinese Diaspora in the United States," Amerasia Journal 21.1&2:149-69.

Wong, Sau-ling. 1995. "Denationalization Reconsidered: Asian American Cultural Criticism at a Theoretical Crossroads," Amerasia Journal 21.1&2:1-27.

Yang, Mayfair Mei-hui. 2011. "Postcoloniality and Religiosity in Modern China: The Disenchantments of Sovereignty," Theory, Culture and Society 28.2:3-44.

Zhang, Longxi. 1993. "Out of the Culture Ghetto: Theory, Politics and the Study of Chinese Literature," Moodern China 19.1:71-101.

Žižek, Slavoj. 1997. "Multiculturalism; or, The Cultural Logic of Multinational Capitalism." New Left Review 225:28-51.

1. 본서에 관한 개괄적인 소개

본서의 저자 스수메이史書美는 최근의 중국현대문학 연구, 그 중 중국대
륙 밖에서 중국현대문학의 새로운 패러다임을 추구하는 연구에 있어서
왕더웨이王德威와 함께 거론되는 주요 인물 중 한 명이다. 그녀의 연구 중
가장 자주 그리고 가장 먼저 언급되는 것은, 거세지는 중국의 패권 담론
에 맞선다고 이해되는 (혹은 그녀의 표현에 따르자면 협소한 이해로 인해 오해받
고 있는) '화어계[시노폰Sinophone]'연구인데, 이에 관한 개략적 내용은 이미
한국에 소개된 바 있다. '화어계' 연구를 가장 먼저 선도한 까닭에, 그리
고 그녀의 연구에 있어 '화어계'가 차지하고 있는 중요도가 매우 높은 까
닭에, 스수메이 연구에 있어 '화어계'는 빼놓을 수 없다. 한국의 경우, 전
문 연구자들의 관련 논문* 외에 비교적 최근에 그녀의 대표 저서 중 하나

---

* 대표적인 연구자로 김혜준과 임춘성을 들 수 있다. 김혜준은 '화어계[시노폰]'관련 논의를
  한국에 소개한 「화인화문문학 연구를 위한 시론」(『중국어문논총』 제50집, 2011), 「시노폰 문
  학, 경계의 해체 또는 재획정」(『중국현대문학』 제80집, 2017) 등의 글을 통해 스수메이의 관점

인 『시각과 정체성: 태평양을 넘어서는 시노폰 언술』*이 번역 소개되면서 그녀의 연구에 대한 관심 역시 높아지고 있는 상황이다. 본서보다 먼저 번역된 『시각과 정체성』은 2007년 영문으로 출판된 이후 많은 관심을 받아서 다시 중문으로 번역되기도 한 책으로, 영화, 다큐멘터리, 회화 및 설치미술 전시 등과 같은 시각문화를 주요 텍스트로 삼아 화인의 정체성에 대해 탐색한다. 『시각과 정체성』과 비교하자면, 본서의 경우 '화어계'의 언어적 측면에 보다 천착하여 연구를 진행한다. 나아가 중국 밖의 화인을 끊임없이 민족국가 중국과 연계시키고자 하는 디아스포라나 화교 개념을 비판적으로 사고하면서, 기존 중국 현대문학의 범주 및 정의를 새롭게 살펴볼 것을 주장한다. 본서에서 다루고 있는 '화어계'의 이론적 바탕과 '화어계문학' 연구의 실천적 측면은 제국과 제국주의의 영향으로부터 자유롭지 못한 학계의 주류 담론에 문제를 제기하는 포스트[엄밀한 의미에서 '후'의 의미가 아닌 '탈'의 의미를 갖는]식민주의적 이해와도 연관된다. 그러나 스수메이의 비판 대상에는 서구제국뿐만 아니라 중화제국 역시 포함되고 있으며, 이 점이 우리가 익숙하게 알고 있는 포스트식민주의 이론과 그녀의 이론이 구별되는 부분이다. 스수메이가 본서에서 밝히고 있는, 앞으로의 연구 방향인 '아시아'와 '타이완' 이론의 가능성 그리고 주류담론 밖 주변과 비주류의 연계작업은 이러한 동서의 제국 및 이들 제국주의에 대한 비판 및 저항과 연관되는 것으로 이해할 수 있다.

을 한국에 소개했으며, 임춘성의 관련 연구로는 「중국 근현대문학의 자발적 타자, 사이노폰 문학」(『중국사회과학논총』 3권2호, 2021)이 있다.

* 스수메이 저, 고혜림·조영경 역, 『시각과 정체성: 태평양을 넘어서는 시노폰 언술』, 학고방, 2021.

본서의 제목인 '반反디아스포라'는 대륙 중국을 중점 연구대상으로 하
는 기존의 중국문학연구 범주에 대한 의문 제기이자, 화인華人 정체성과
늘 연관되어 언급되는 '디아스포라 중국인' 개념에 대한 문제 제기이기도
하다. 자신의 개인적 경험과 학문적 경험을 바탕으로 하는 까닭에, 스수메
이의 화인 정체성 및 중국문학에 대한 이해는 모종의 중심주의적 시각에
서 사용하는 이들 용어에 대한 이해에 비판적 반성을 요구한다. '디아스포
라'의 고향에 대한 그리움 및 그것이 내포할 수 있는 민족 환원주의에 대
해, 그리고 전지구적 자본주의화 세계 속에서 급부상하면서 또 하나의 패
권 담론으로 나아가고 있는 중화주의에 대해, 스수메이는 비판적 태도를
견지한다. 디아스포라 개념과는 달리 현지성을, 그리고 학문과 문학에 있
어서의 아카데미즘이 아닌 세속성을 중시하는 그녀의 주장은, 고향에 영
원히 묶인다는 본질주의적 정체성과 학계의 주류인 서구 이론 중심주의
에 대한 비판과 저항의 의미를 갖는다. 나아가 자신의 주요 연구대상이자
이론틀인 '화어계'와 마찬가지로, 본서에서 중요하게 다루는 정체성 역시
결코 관념적인 것이 아니라 역사적이고 구체적인 것으로 이해되어야 한
다고 주장한다. 한국에서 출생하여, 타이완에서 대학 교육을 마쳤으며, 이
후 미국으로 건너가 소수인종 신분의 타이완계 미국인 학자로 활동하고
있다는, 스수메이의 '개인적 차원'은 '각자에게 무한대의 흔적을 남기면서
지금까지 전개되어온 역사적 과정의 소산(그람시)'이라는 측면에서 그녀의
연구를 이해하는 데 있어 중요한 요소이다.

2. 화인 정체성과 화어계에 대한 고민

한국에서 태어나 '화교'로 지칭되던 스수메이는 이후 국민당 지배이데 올로기 하의 타이완으로 돌아가 대학 교육을 마친 뒤, 미국으로 건너가 석 박사 과정을 밟고 타이완계 미국인이라는 신분으로 현재 UCLA에 재직 중이다. 이 같은 '개인적 차원'의 경험은 그녀로 하여금 자신의 정체성 즉 화인 정체성에 대해 의문을 갖게 만들었다. 본서 「부록 4」의 인터뷰에서 언급하듯, 산둥 출신 부모님을 두었기 때문에 재한 중화민국의 교육체계 및 교육내용을 이수하면서 그녀는 자연스레 대륙 중국을 돌아가야 할 고 향으로, 자신을 고향을 떠나있지만 중국에 뿌리를 화교 혹은 화인 디아스 포라로 생각했었다. 그러나 이후 타이완계 미국학자라는 신분을 갖게 되 면서 그녀는 익숙했던 '화교', '디아스포라 중국인'과 같은 신분 지칭이 자 신을 비롯한 대륙 밖 화인을 제대로 표현할 수 없다는 사실을 발견하게 된다. 또한 미국 속 비주류 이민자였던 그녀는 학문 과정 속에서 포스트구 조주의 및 포스트식민이론, 마르크스주의, 지역연구 등을 접하면서 대단 히 포괄적이고 이데올로기적인 개념으로 작용하는 '중국인' 혹은 '화교' 라는 용어를 비판적으로 바라보게 된다. 세계 곳곳에 산포된 이주 화인 혹 은 '화교'의 정체성을 설명할 때 주로 사용되는 '디아스포라' 개념에 대한 비판적 시각은, 이처럼 그녀가 처한 특정의 위치에서 제기된 것이라 할 수 있다. 고향을 떠나 떠도는 존재라는 의미로서의 '디아스포라'는 고향으로 돌아가고자 하는 바람을 전제로 한 개념이다. 스수메이에게 있어 이것은 '타이완계' 미국인인 자신의 존재가 협의의 인종적 측면에서 '중국계' 미 국인으로 인식된다는 사실, 그리고 '중국계'라는 말에 존재하는 다양한 차이가 묵살된다는 사실과 연관되는 것으로 다가왔다. 『시각과 정체성』에서 스수메이는 '디아스포라'란 '끝나는 날이 있는', '시간적인 범주로서의 정체성'과 연관된다 밝힌 바 있는데, '시간적 범주로서의 정체성'에 대한 이해는 스수메이 연구의 기본적인 입장으로, 본서 『반反디아스포라』에서도 깊이 있게 다뤄지고 있다. 인종과 문화가 뒤섞이는 오늘날, 어떤 본질주의적이고 환원주의적인 정체성을 주장하는 것은 종종 인종차별주의와 같은 여러 차별주의의 근거가 되기도 한다.

이 같은 정체성에 대한 접근은 스수메이로 하여금 『시각과 정체성』에서 '국적, 인종[종족ethnic], 언어를 동일시'하여 세계 곳곳의 화어華語를 사용하는 사람들과 (중국을 떠난 지 오래되어 이미 현지인이 된) 화인들에게 획일적으로 '중국인'이라는 프레임을 씌우는 것에 문제점을 제기하도록 만들었다. 그리고 나아가 본서에서는 국적, 인종, 언어가 뒤섞여 만들어내는 다양한 차이의 정체성에 대해 분석하고 있다. 그러므로 그녀의 연구에 있어 주요한 개념인 '화어계'란 '역사적 과정의 소산으로서의 나 자신'에 대한 이해에서 출발한 것으로, 이 역사적 과정 속에서 '디아스포라'의 고정된 개념 역시 벗겨지게 된다. 이 책의 제목이 의미하는 '반反디아스포라'는 이와 같은 관점에서 이해해야 할 것이다.

먼저, 스수메이는 오늘날 만연한 '디아스포라' 특히 '디아스포라 중국인the Chinese diaspora'이라는 개념이 타이완의 남도어계 원주민이 처해 있는 상황처럼, '오늘날의 식민 상태를 은폐'하는 역할을 하며, 동시에 '과거 중국인이 동남아시아에서 이주정착 식민화한 정황을 은폐'하는 역할하기도 한다는 사실을 지적한다. 이를 살피고자 그녀는 '가치로서의 디아스포라'와 '역사로서의 디아스포라'를 구별하는데, '가치로서의 디아스포라'란

'모국인 중국에 대한 충성과 향수를 은밀하게 내포'하는 것이다. 그러므로 '디아스포라'를 하나의 가치, 돌아가야 할 모국이나 조국을 상정하고서 영구히 조국에 자신을 묶어두는 개념으로 보지 말고, 역사적인 과정의 하나로 보아야 한다고 주장한다. 즉, 다양한 이유로 조국을 떠난 이들이 타국을 자기 삶의 기반으로 삼고서 그곳에 정착하게 된다면, 그리하여 몇 세대가 지나게 된다면, 그들의 조국은 더 이상 떠나온 그곳이 아닌 현지인 이곳이 된다는 것이다. 이들은 더 이상 조국으로 돌아갈 방법을 찾지 않고, 현지에서 안전하게 정착할 방법을 찾게 되며, 이를 위해 현지의 정치 경제적 상황 속에서 분투하게 된다. 그렇다고 해서, 이들을 이해하는 방식이 현지 언어-종족-국적이 하나로 묶이는 현지의 단일화한 정체성을 의미하지는 않는다고 스수메이는 말한다.

그렇다면, 세계 곳곳에 산포된 (한족만이 아닌) 화인의 존재와 그들의 삶의 양태는 어떻게 설명해야 할 것인가? 이것을 설명하고자 스수메이가 내세우는 개념이 바로 (표준 중국어를 포함하는) 화어와 화문華文을 매개로 하는 '화어계'이다. 스수메이는 먼저 화어계를 다음과 같이 설명한다. "화어계는 민족 또는 민족성nationalness 주변에 위치한 각종 화어공동체와 그것(문화·정치·사회 등 방면)의 진술을 포함하며, 중국 경내의 내부 식민지, 이주정착 식민지, 그리고 기타 세계 각지 소수민족 공동체를 포괄한다."(본서 「도론」 참고) 그러므로 단일한 언어를 바탕으로 하는 근대 국민국가의 개념은 스수메이가 주장하는 느슨한 범주이자 변화 가능한 범주로서의 '화어계'로 인해 해체된다. '화어계'란 '디아스포라 중국인' 및 '화교'에 내재된 오늘날 민족국가로서의 중국중심주의에 대한 도전일 뿐만 아니라, 일국 내 존재하는 다양한 소수 공동체의 발언권과 연관된 것이기도 하다. 종족-국가로 연결되는 단일한 정체성과 이를 변별기준으로 삼아 행해지는 억압과 배제의 현실에 대해 스수메이는 여타 포스트식민론자들과 유사한 문제의식을 가지고서 중국 중심주의를 포함하는 여러 패권담론에 맞서고 있는 것이다. 또한 그녀는 언어 공동체란 '현존하는 공동체community in the present'로 기묘한 가소성strange plasticity을 지닌다는 발리바르의 주장을 빌려와 언어 공동체로서의 '화어계'를 설명하고자 한다. 즉 "언어 공동체는 개방적이면서 끊임없이 변화하는 공동체이며, 구성원이 조성하는 파동은 정해져 있지 않다. 언어는 변화를 겪기도 하며 심지어 소멸하기도 한다. 게다가 언어와 언어 사용 사이의 동력은 각각의 언어 자체를 부단하게 변화시킨다"(본서 「도론」 참고)는 것이 스수메이가 말하는 '화어계'의 주요 특징을 이룬다. 이런 측면에서 보자면, '화어계'는 부단하게 변화하는 것으로, 결코 본질론적이고 환원주의적인 정체성을 전제하는 것이 아님을 알수 있다.

한편, 스수메이는 본서에서 '역사로서의 화어계'와 '이론으로서의 화어계'를 구별함으로써 '화어계연구'가 나아갈 방향에 대해서도 언급하고 있다. 전자가 '하나의 역사적 현상으로, 어떤 옳고 그름 혹은 비판 의식의 유무와 관계없이 객관적으로 존재'하는 것이라면, 후자는 '비판이론의 가능성'으로서의 의미를 지니는 것으로, 그녀는 '화어계문학이나 문화에 대한 연구를 통해 어떤 비판적 관점을 도출해내어 기존의 관점에 질문을 던지'고자 한다.(본서 제2장 「화어계연구에 관한 네 가지 문제」 참고) 스수메이 본인이 밝히듯, '화어계연구'는 아직 시작과 시도 단계인 까닭에, '화어계연구'에서 중요한 일환이 되는 이론으로서의 아시아 혹은 타이완의 구체적 양상이 무엇인지 불분명하다. 하지만 기존의 주류학문에 깊이 내재한 서구 제국주의적 태도 및 주류 중국문학에 있어서 대륙 중심적인 흐름에 대해 화어계연구가 비판적 태도를 가지고 있음은 분명하다. 즉 화어계연구와 아시아 및 타이완 이론*의 추구와 같은 시도는 "기존의 포스트식민주의가 전제하고 있는 식민지배자/피지배자는 '동일한 구조'로 이루어진 것으로, 그 속에 '다양한 차이와 타자들이 억압되어 있다'는 사실"을 밝혀내려는** 의도와 연관된다고 할 수 있다.

3. 중심주의에 저항하는 이론의 가능성과 그 방법

스수메이의 '화어계연구'가 보여주는 '포스트식민연구, 종족연구, 민족을 넘나드는[횡단하는] 연구, 지역연구 등과의 융합' 및 '중국과 중국성Chineseness 주변에 처한 각종 화어華語, Sinitic-language문화와 공동체에 관한 연구'(본서 제1장 「반反디아스포라: 문화 생산장으로서의 화어계」 참고)라는 특

---

* '이론 타이완/타이완 이론'에 대한 시도는 2017년 『중외문학中外文學』이 주관한 '타이완이론 키워드와 이론의 현지화台灣理論關鍵詞與理論在地化'에 관한 토론에서 그 대략적 모습을 찾을 수 있다.

** 유사하나 보다 급진성을 띠는 로버트 J.C 영의 작업과도 일부 연결된다. 영의 '트리컨티넨탈 포스트식민주의'는 기존의 '포스트식민주의'와 '서구 마르크스주의'에 대한 비판적 읽기를 통해 재구축 및 결합하고자 하는 것이다. 영은 "포스트식민주의를 트리컨티넨탈[남반구 세 대륙인 아시아, 아프리카, 아메리카] 현실 속으로 개방하면서 동시에 서발턴의 인식적·실천적 관점을 세우는' 포스트식민적인 것의 급진화'를 추구하는 한편, "서양 마르크스주의의 동일적 구조 속에 억압된 차이와 타자들을 재평가하고, 서양 학계에 갇힌 포스트식민주의를 트리컨티넨탈 현실 속으로 개방하여, 서양 학계에 소개되지 않은 풍부한 트리컨티넨탈 포스트식민주의의 전통을 회복"하고자 한다.(김용규, 「로버트 J.C 영의 트리컨티넨탈 포스트식민주의」, 『아래로부터의 포스트식민주의』(로버트 J.C 영 저, 김용규 역, 현암사, 2003) 참고)

성은 이 연구가 기본적으로 여러 가지 형태의 중심주의에 대한 저항과 연관된다는 사실을 의미한다. 본서 부록 2의 제목 「화어계 연구는 중국중심주의에 대한 비판만은 아니다」를 통해 알 수 있듯, '화어계연구'는 다양한 '중심주의'를 겨냥한다. 오랜 이주민의 역사를 가지고 있음에도 불구하고 패권화 속에서 오히려 강화되고 있는 '중국 중심주의'를 비판할 뿐만 아니라, 학계의 서구이론 중심주의 및 미국의 주요 인가메커니즘인 시장, 인종 우월주의 등도 비판한다. 강단 연구자인 스수메이는 특히 학계에 만연한 '서구이론/아시아현실'이라는 이원대립(관련 논의는 본서 제3장 「이론·아시아·화어계」참고) 및 그 속에 내재하는 서구 이성중심주의에 대해 강하게 반발한다. 본서의 제3장에서 타진하고 있는 '아시아이론'의 가능성과 제4장 '세계에 복귀시킨 타이완연구'는 이 같은 이원대립에 바탕하고 있는 주류담론에 대한 비판이다. 아시아가 이론적 사유를 위한 장소가 아니라는 전제가 깔려있는 학문 풍토에 대한 비판이 이론적 장소로서의 아시아와 타이완에 대한 시도로 나아가고 있다. 그렇다고 해서 스수메이가 아시아와 타이완을 또 다른 중심으로 세우려 한다고 보는 것은 오해이다. 오히려 특수와 보편 사이의 강한 긴장을 토대로 한, 이론에 대한 새로운 사유를 추구하려 한다고 생각된다.

앞서 언급했듯 스수메이는 에드워드 사이드에서 비롯되는 '포스트식민이론'을 자신의 주요 이론적 근거 중 하나로 삼고 있지만, 이 이론의 한계에 대해서도 명확하게 인식한다. 스수메이가 탐색하고 있는 '아시아 및 타이완' 이론의 가능성은 그 한계에 대한 인식과 밀접하게 연관된다. 그녀는 기존의 포스트식민연구가 갖는 한계를 짚으면서 다음과 같이 되묻는다. 포스트식민연구의 대상은 반드시 서구와의 연관성 속에서만 사고되어야 하는, 서구제국의 침략이라는 역사를 지니고 있는 비서구권에 한정되어야만 하는 것인가 하고 말이다. 서구를 중심으로 하는 근대화 이후, 서구는 서구이성에 대한 긍정이든 비판이든 관계없이 모든 이론의 중심에 자리하게 되었다. 스수메이는 해체주의 등장 이후 서구 학계를 휩쓴 서구 이성중심주의에 대한 비판이론 역시 서구이론을 바탕으로 하고 있다는 사실에 주목한다. 물론, 스수메이 본인도 미국에서 영어로 글을 쓰는데다 서구이론의 도움을 받긴 하지만, 왜 모든 학술적 이론과 주류 학문은 서구 중심이어야 하는가 하는 그녀의 문제의식은 충분히 곱씹을만한 의의를 지닌 것으로 보인다. 억압과 침탈의 경험마저도, 서구침략을 전제로 해야 학문적·이론적 영역으로의 진입이 가능하다는 오늘날 학문적 경향에 대한 비판은 '서구의 포스트식민이론이 주된 대상으로 삼고 있는 것은 식민지가 아니라 제국이다'(본서 제4장 「세계에 복귀시킨 타이완」 참고)라는 매서운 문제의식을 가능하게 한다. 이러한 문제의식은 당연히 오늘날까지의 포스트식민주의가 주로 서남아시아의 피식민경험을 중심으로 한다는 사실에서 비롯한다. '타이완계 미국학자'라는 그녀의 '개인적 처지'는, 서구가 아닌 일본과 중국이라는 아시아제국의 침략 경험과 연관된다. 이로 인해 그녀의 관심은 중첩된 주변으로서의 특수성에 기반한 '타이완' 이론의 가능성에 대한 타진으로 나아가고 있다.

　'서구의 주류 담론 밖에 있기 때문에 대체로 중요하지 않은 타이완'은 스수메이에게 있어 특정한 역사를 가진 문제적 장소이다. 왜냐하면, 타이완의 식민경험은 대체로 비서구권인 일본과 중국에 의해 이루어졌기 때문이다. 시모노세키조약 체결 이후의 직접적인 일본의 식민지 경험과 1949년 전후 중국 대륙인[외성인]의 대거 이주는 타이완의 독특한 식민경험으로 남았다. 타이완의 중요하지 않음은 타이완이 실제로 중요하지 않다는 사실을 뜻하지 않는다. 그것은 오히려 타이완의 가능성을 의미하는 것으로, 포스트식민이론이 보다 구체적인 현실의 다양한 층차를 살필 것을 요구한다. 그러므로 타이완연구를 진행할 때 던져야 한다고 스수메이가 제안하는 다음과 같은 질문은 오늘날의 주류 학문세태에 대한 비판적 시각과 연관시켜야만 한다. 그것은 중국연구에 있어 부차적 의미를 갖는 현 타이완연구가 어떻게 보편성과 세계성을 획득할 수 있을지에 대한 질문으로, 이것은 타이완연구가 중심성을 획득한다는 것과는 확연히 다른 의미를 지닌다. 이때의 타이완연구는 '제국을 위해 작업하지 않는, 지역연구에 국한되지 않는 비서구제국 연구'를 의미한다. 너무나도 작은 영토를 지닌, 보잘 것 없는 '타이완연구'가 보편성을 획득하는 방법 중 하나는 타이완이 지니고 있는 지나치게 복잡한 역사에서 비롯된다. 작은 영토임에도 다언어, 다종족 국가인데다 현재 미국과 중국이라는 두 패권주의의 주변에 처해있다는 구체적 현실[특수]은 '타이완연구'가 일종의 복잡성의 모델[보편]이 될 수 있게 한다. 이것은 스수메이가 추구하려는 주류학문과 담론에서 소외된 이들의 연계작업과도 밀접하게 연관된다. 비록 타이완과 달리 서구 식민경험을 겪긴 했지만, 라틴아메리카, 아프리카 등 일종의 '글로벌 디자인'에 대항적인 의미를 갖는 '로컬 히스토리'에 천착한 학계의 탐색 역시 스수메이에게는 중요한 연계의 대상이다.* '비주류 대 비주류'의 관계를 구축하고자 최근 진행하고 있는 작업인 '비주류 에스닉그룹의 트랜스내셔널리즘Minor Transnationalism'(본서 「부록 4 화어계연구 및 기타」 참고) 연구

---

* 이상의 용어와 문제의식은 월터 D. 미뇰로의 관점을 빌려왔다.

는 일종의 '개입과 실천'으로서의 이론(로버트 J.C.영)으로 볼 수도 있을 것이다.

　이러한 공동작업과 이론화 작업 외에, 본서에서 흥미로운 부분은 『시각과 정체성』에서 볼 수 없었던 중국현대문학 작품에 대한 '화어계연구'로, 이는 에드워드 사이드의 '대위법적 독해'*를 연상시킨다. 그러므로 그것은 단순하게 이론의 적용이라는 의미가 아닌, 오히려 이론적 실천으로서의 모습을 띠는 것으로 이해할 수 있다. 중국현대문학사에 있어 주요작가들의 작품을 '화어계실천'의 관점으로 재해석하고 있는, 도론의 화어계 말레이시아작가인 허수팡賀淑芳의 〈더는 말을 말자別再提起〉에 대한 분석, 제3장의 쉬디산許地山 작품에 관한 분석과 딩링丁玲과 장아이링張愛玲의 작품에 관한 분석 및 제5장의 진융金庸의 「소오강호笑傲江湖」와 이를 영화화한 쉬커徐克의 작품에 관한 분석, 제6장의 말레이시아[황진수黃錦樹를 비롯한 마화馬華작가들]의 화어계문학 양상, 홍콩의 화어계문학의 범주에 관한 재인식,** 하진哈金과 녜화링聶華苓(『쌍칭과 타오훙桑青與桃紅』)과 같은 미국의 화어계작가 작품들에 대한 분석은 매우 흥미로운 내용으로 이루어져 있다. 그리고 이들 작가와 작품에 대한 이해와 분석을 통해서 스수메이의 '화어계'가 어떻게 구체적이고 역사적인 현실 속으로 개입하고자 하는지를 엿볼 수 있다.

---

* 　"대위법적 독해란 정전 문화에 제국주의가 편재함을 보여주는 제국의 서사와, 개별 텍스트의 심층에 침투해 있는 탈식민적 '대항-서사' 사이에 대칭점을 설정하도록 만드는 주제와 변주의 기술을 일컫는다."(빌 애쉬크로프트, 팔 알루와리아 지음, 윤영실 옮김, 『다시 에드워드 사이드를 위하여』(서울: 앨피, 2005), 179쪽)

** 　여기에는 특히 샤오훙이 홍콩에서 대부분을 창작한 『후란허 이야기呼蘭河傳』에 대한 이해가 포함된다.

강단의 지식인이지만 지식과 권력의 관계에 대해 늘 주의 깊게 사유하면서, 학문이 패권 담론의 견고화가 아닌, 해체에 기여하길 바라고 있음을 그녀의 이와 같은 작업들에서 찾아볼 수 있을 것이다. 비록 여전히 그녀의 작업이 '이론 대 현실'이라는 이분법적 대립에 근거하고 있지만, 구체적 현실을 이론화하려는 노력은 이러한 대립적 구도의 해체를 지향한다. 보편적 이론을 역사화·맥락화한다는 의미를 갖는 타이완이론을 위한 '타이완이론 키워드' 작업은 그 첫 시도로 볼 수 있다. 스수메이가 세밀하게 분석할 것을 요구하는 화어계 작가들의 현지와 모국 사이에 놓인 정체성에 대한 고민, 「관계의 비교학關係的比較學」에서 찾을 수 있는 지역 역사와 세계사의 관계, 크레올화를 통한 정체성에 대한 새로운 이해, 제국주의의 흔적을 찾아 폭로하고 그것이 어떻게 소수와 비주류의 목소리를 억압하고 있는지를 밝혀내는 작업 및 이들의 연대 추구 등이 향후 그녀의 지속적인 작업이 될 것으로 기대된다.

2023년 1월
성옥례

2004년에 발표한 「Global Literature and the Technologies of Recognition」
에서 처음으로 'sinophone studies'를 언급한 후, 스수메이는 이에 관한 자
신의 구체적인 관점을 발전시켜 나갔다.* 본서의 「도론」은 2011년의 영
어논문(「The Concept of Sinophone」)을, 「제1장 반反디아스포라: 문화 생산장
으로서의 화어계」는 2013년의 영문저술(『Sinophone Studies: A Critical Reader』)
의 「PART ONE. 1. Against Diaspora」을 중국어로 다시 정리한 것이다.
「제3장 이론·아시아·화어계」는 2012년 『中國現代文學』(第22期)에 스수메

---

*   스수메이가 『反離散: 華語語系研究論』(聯經, 2017)을 발표하기 전, 자신의 생각을 정립
　　해 나간 글을 순서대로 정리하면 다음과 같다. "Global Literature and the Technologies of
　　Recognition", *PMLA: Publications of the Modern Language Association of America*, Vol.119,
　　No.1, 2004, *Visuality and Identity: Sinophone Articulations across the Pacific,* Berkeley: University
　　of California Press, 2007, 「華語語系研究芻議, 惑, 『弱勢族群的跨國主義』翻譯專輯小引」,
　　『中外文學』第36卷第2期, 2007, "Hong Kong Literature as Sinophone Literature", *Journal of
　　Modern Literature in Chinese*, Vol. 8.2 & 9.1, 2008, "Theory, Asia, Sinophone", *Postcolonial
　　Studies*, Vol.13, No.4, 2010, "The Concept of Sinophone", *PMLA: Publications of the Modern
　　Language Association of America*, Vol.126, No.3, 2011, "PART ONE. 1.Against Diaspora:
　　The Sinophone as Place of Culture Production" *Sinophone Studies: A Critical Reader*. Edited by
　　Shu-mei Shih, Chien-hsin Tsai and Brain Bernards. New York: Columbia University Press,
　　2013.[趙娟 譯, 「反離散: 華語語系作爲文化生産的場域」, 『華文文學』, 2011年第6期]

이가 중국어로 발표한 적 있으며, 2016년『文山評論: 文學與文化』, 「何謂華語語系研究?」(第9卷第2期)는 본서의 「도론」 내용과 대동소이하지만, 제1절과 제2절의 순서가 바뀌어 있다. 영문·중문 두 가지로 확인 가능한 「도론」과 「제1장 반디아스포라」는 본 역서가 출판되기 전 한국에 이미 소개되었다.* 그 외 본서의 제2장, 제4장, 제5-6장은『反離散: 華語語系研究論』(2017)을 위해 처음부터 중국어로 작성되었다고 할 수 있다.**

스수메이가 '디아스포라'라는 레테르를 거부하겠다는 생각을 하게 된 동기는, 미국 사회가 이주 전 다양한 배경을 가진 미국 내 중국계 미국인을 '디아스포라 중국인'이라는 틀로 단순화·동질화시키는 데 질렸기 때문이다. 영미권 학계에서 '디아스포라'는 협의의 측면에서, 출신국과의 관계에서 조명된 이주자들의 문학과 정체성을 의미한다. '장거리 또는 원거리 민족주의'라고 인식되는 '디아스포라'를 구성하는 요건들로는 ① 조국에 대한 기억과 신화의 공유 ② 조국에 대한 이상화 ③ 조국의 번영과 보존에 모두가 헌신해야 한다는 믿음 ④ 장기간에 걸친 민족 공동체 의식의 유지를 꼽을 수 있다.*** 여러 세대를 거치면서 미국인 정체성을 가진 아시

---

* 조영현 옮김, 「사이노폰 개념The Concept of Sinophone」, 『중국현대문학』 vol.95, 2020.10, 443-464쪽, 이정구 옮김, 「디아스포라에 대한 반대: 문화 생산 장소로서의 사이노폰Against Diaspora: The Sinophone as Place of Culture Production」, 『중국사회과학논총』 vol.3 No.2, 2021.3, 6-32쪽.

** 이에 관해서는 저자와의 연락을 통해 직접 확인했음을 밝혀둔다.("제2장, 4장, 5장, 6장을 포함하여 이 책의 대부분은 중국어로 직접 썼습니다. 제1장과 제3장 및 도론은 원래 영문으로 출판했으나 번역자들이 중국어로 옮겼고, 제가 다시 검토·수정했습니다. 這本書大部分是直接用華文寫的, 包括2, 4, 5, 6章.第1, 3章和導論原來用英文出版, 由幾位譯者翻成華文, 再由我糾正和改寫完成.")

*** William Safran, Diaspora in modern scieties: myths of homeland and return, Diaspora1(1), 1991, 83-99쪽, 로빈 코헨 지음, 유영민 옮김, 『글로벌 디아스포라: 경계를 넘나드는 사람들의 역사와 문화』, 민속원, 2017, 27쪽, 이석구, 『제국과 민족국가 사이에서: 탈식민시대

아계가 많음에도 불구하고, 그들의 정체성 및 예술 세계를 이러한 스테레오 타입에 한정하여 해석하고 평가하는 풍토에 이의를 제기할 필요가 있다고 생각한 것이다.

스수메이는 항상 (국가) 중국·중국문화와 얽히게 되는 '해외 화교overseas Chinese'가 아니라 'sinophone community'로 바꾸어 명명하는 방식으로 언어·문화·에스닉 또는 민족 및 국가 간에 형성된 등가 사슬을 와해시키고, 세계 각지에서 생산된 다양한 종류의 sinophone text를 고찰함으로써, 중국 중심주의는 물론 유럽 중심주의 또는 말레이시아의 말레이 중심주의 등 각종 중심주의에 순응하지 않는 다방향 비평multi-directional critique 방법론을 구축하고자 했다. 그외 스수메이의 sinophone 연구에는 중국 내 소수민족 및 그들의 각종 문화 텍스트, 홍콩·타이완도 포함된다. 스수메이는 이론이자 방법으로서의 sinophone 개념을 통해, 국가와 국가 사이에서 Minor Transnationalism 비교연구를 열어줄 수 있기를, 수평축 상의 소수자와 소수자 사이에서의 관계가 중국과 중국성Chineseness 및 각종 패권에 대한 사유 방식을 전환시킬 수 있기를 기대하고 있다.

스수메이의 문제의식 및 이론화 작업의 필요성과 취지에는 공감하지만, 그럼에도 불구하고 『반反디아스포라』를 읽어보면 전반적으로 학술적 논증의 치밀함보다는 선언적인 정론政論에 좀 더 기울어져 있음을 알 수 있다. 스수메이는 sinophone 연구에 대한 자신의 생각을 구체화하면서 학자들의 다양한 반론에 직면했었는데, 본서의 「제2장 화어계연구에 관한 네 가지 문제」에서 자신의 관점이 '포스트식민연구'의 틀과 다른 점을

영어권 문학 다시읽기』, 한길사, 2011, 35쪽.

해명한 것은 자오시팡趙稀方의 지적(「從後殖民論到華語語系文學」, 『北方論叢』, 2015年第2期)을, 「부록 2 화어계연구는 중국중심주의에 대한 비판만이 아니다」는 왕더웨이王德威(「華夷之變」, 『中國現代文學』第34期, 臺北: 中國現代文學學會, 2018.12) 등의 지적*을 의식한 것으로 볼 수 있다.

또 다른 예로는 『반디아스포라』 중 제5장과 제6장의 '홍콩'에 관한 내용을 수정한 것을 들 수 있다. 스수메이는 『Visuality and Identity』의 「제5장 민족적 알레고리」를 마무리할 때, "sinophone 홍콩은 중국과 중국성의 주변을 모호하게 돌아다니고 있는데 … 표준 중국어가 더 많이 교육되고 사용되면서, 홍콩의 대중국 통합이 점점 더 철저해짐에 따라 홍콩은 불가피하게 중국과 중국성의 주변에서 sinophone community 되기를 그만두게 될 것이며 중국 내 새로운 형태의 중국성에 대한 상상력에 더 구체적으로 참여하게 될 것"이라고 했었는데, 홍콩의 연구자들이 반발하자 2008년 홍콩을 포함시키는 논문(「Hong Kong Literature as Sinophone Literature」)을 발표하여 자신의 관점을 수정한 바 있다. 이후 본서의 「제5장 성별과 에스닉 좌표 상의 중화무협문화: 홍콩」과 「제6장 화어계문학 고찰: 말레이시아, 홍콩, 미국」에는 홍콩과 홍콩성이 sinophone studies를 통해 어떤 시사점을 제시해 주는지에 관한 내용이 보완되어 있다.

『반디아스포라』가 장별로 어떤 내용을 담고 있는지에 관해서는 역자

---

* 고운선 옮김, 「화와 이의 전변華夷之變: 화어계 연구의 새로운 시각」, 『중국현대문학』 vol.95, 2020.10, 387-441쪽. 왕더웨이의 이 글은 2013년부터 sinophone literature에 관한 자신의 생각을 발전시켜 2014년 sinophone의 중문 표기를 '華夷風'으로 고쳐야겠다는 생각(왕더웨이 글의 각주 74번 참고)을 한 뒤, 이를 통해 자신의 관점이 스수메이와 다른 부분이 있음을 학술적으로 증명하기 위해 작성되었다. 본 역서에 실린 스수메이의 인터뷰 「부록 2」는 2014년에 진행되었다.

해제 I 에서 소개했으므로, 역자 해제 II 에서는 스수메이가 사용하고 있는 용어와 관점 상에서 주의해야 할 점을 지적하고자 한다.

1. 본서에 인용된 학술적 근거 다시 살펴보기, '제국' 담론의 유통과 중국 '천하'관의 부활

『반디아스포라』는 만주족이 중국의 북서 변방을 군사적으로 정복하여 세운 청나라의 방식이 '내륙 식민주의적'이며, 현재의 중국은 청나라의 판도를 계승한 '신흥 제국'이라는 내용으로 시작한다. 2007년에 발표한 『Visuality and Identity』에서 이 내용이 결론을 제외한 마지막 장에 배치되어 있던 것을 고려하면, 본서에서는 그녀의 시각이 어디에서 출발하는지 선언하고 시작한다고 볼 수 있다. 스스로를 타이완계 미국인 Taiwanese American으로 생각(「부록 4」)하고 있는 그녀의 입장에서는 이러한 중국관이 당연하겠지만, 학술적 측면에서는 되짚어볼 필요가 있다. 스수메이는 왜 현재의 중국을 현대 제국 또는 신흥 제국으로 보았을까? 그 근거는 본서를 통해서는 알 수 없고, 『Visuality and Identity』의 「Chapter6. Cosmopolitanism among Empires」를 통해 찾아볼 수 있다.

스수메이는 에릭 홉스봄Eric Hobsbawm의 『제국의 시대』 중, 1914년 이후 형성된 (자본주의 부르주아계급) 제국의 마지막 시대는 경제적·정치적 용어로 설명되어야 한다는 부분을 인용하면서 '세계 경제의 7가지 주요 특징'을 언급하고, 경제의 지리적 팽창은 제국의 영토 확장의 원인과 효과 둘 다였다고 정리한다. 즉 스수메이가 볼 때 '현대적 제국'은 경제 장악력 또는 영향력을 통해 충분한 공간을 확보하는 형태를 띠며, 이러한 경제는 정치와 무관하지 않다. 그러한 예로는 미국의 이라크 침공을 들 수 있는데, 미국이 중국의 엄청난 석유 수요를 의식하면서 석유 장악을 통해 초강대국 지위를 유지하려는 욕망을 노골화한 것이라고 분석한 데이비드 하비David Harvey의 『신제국주의』 일부를 인용한다. 그리고 세계자본주의가 지구 구석구석 미치지 않는 곳이 없을 정도로 퍼져나가 시장이나 값싼 노동력을 찾아나서는 일이 어느 시대보다 더 강도높게 진행되고 있는데, 이러한 과정을 통해 중국은 경제·정치의 강국으로 부상했다고 진술한다. 그런 다음, '중국의 위협China threat'이라는 문구가 유행하는 상황을 언급하고, 하버드대학의 정치학자인 로스 테릴Ross Terrill이 쓴 『The New Chinese Empire and What it Means for the United States(새로운 제국 중국, 그리고 이것이 미국에 의미하는 것)』이 전근대 시기부터 현대까지 중국의 제국주의적 역사를 풀어내면서, 현대 중국이 세계에 어떤 위협이 되는지 냉철하게 분석했다고 인용한다.*

우리가 주목할 부분은 로스 테릴의 관점이다. 로스 테릴은 타이완을 놓고 의견차가 나는 것을 제외하고 미국과 중국 사이의 갈등의 원인이, 중국의 경제적 성장도 주변에 대한 군사적 위협도 아닌, "제국주의적—레닌주의적 독재자들이 성장하는 중국을 통치하고 있다는 사실"에 있다고 설명한다. 이어서 "중국의 지도자들이 미국과 전쟁을 감수한다면 그것은 중국의 국가이익 때문이 아니라 중국을 통치하는 집단의 이익이 될 수 있기

---

* Shu-mei Shih, Chapter6. Cosmopolitanism among Empire, 'The Age of Empires and, Especially, Their Sizes', 『Visuality and Identity』, University of California Press, 2007, 165-168쪽.

436   반反디아스포라: 화어계 연구론

때문"이라고 주장한다.* 이 말은 즉, 미국이 중국의 세계적 부상을 걱정하는 것은 중국이 미국과 같은 민주적인 정치체제를 가지고 있지 않기 때문이라는 뜻이다. 그가 저서의 전반부에 중국의 방대한 역사를 정리한 것도 현재의 중국이 왕조적 통치방식을 계승한 제국주의적 국가임을 설명하기 위해서였고, 사회적 추진력이 미국처럼 아래로부터 발산되는 방식이 아님을 반복적으로 강조한 것도 중국이 자유로운 정치표현을 통제·억압하는 독재국가임을 설명하기 위해서였다. 스수메이는 현대 중국이 청대의 통치 판도를 근거로 내몽골·티베트·위구르를 포함한 광대한 영토 지배의 정당성을 내세우는 것에 들이댔던 비판적 시각을 미국 정치학자의 관점에는 발휘하지 않았다. 심지어 중국 정부가 중국근현대사를 '피해자 정서'에 입각하여 해석하는 것을 비판하는 스수메이의 관점은 놀라울 정도로 로스 테릴과 닮아있다.**

사실 홉스봄과 데이비드 하비가 제국 연구에 있어 시사하는 바는 스수메이가 인용한 그 정도 선에서 그치지 않는다. 홉스봄은 『제국의 시대』에서, 20세기 후반 우리 시대의 특성들 즉, 자본주의 경제, 대의제 정치제도, 과학기술과 무선통신의 발달, 대중 매체의 발달 등이 대부분 1차 세계대

---

* 로스 테릴 지음, 이춘근 옮김, 『새로운 제국—중국』, 나남출판, 2005, 53쪽.

** "왜 인도의 과거 식민지 시절에 대한 기억은 훨씬 짧은 기간 동안 식민지를 경험한 중국의 반응보다 온건한 것일까? … 인도는 중국과 달리 자신의 문명을 북쪽으로 확대시키려는 노력을 반복하지 않았다. 인도는 중국처럼 자신들이 문화적으로 남보다 훨씬 우월하다는 특권의식 같은 것이 없었다. … 아시아의 두 강대국은 독립을 이룩할 당시 그 반응이 달랐다. 중국은 복수의 일념에 불타고 있었지만, 인도는 서방의 식민국가들에 대해 느긋한 입장이었다. 노스코트 파킨슨은, 만약 제국주의가 궁극적 보복을 불러일으킨다면 그 보복은 결국 필연적으로 새로운 제국주의를 초래하게 될 것이라고 기술했다. 그는 마치 중국의 미래를 예측했던 것 같다."(로스 테릴 지음, 이춘근 옮김, 『새로운 제국—중국』, 나남출판, 2005, 433쪽)

전 이전의 30년 동안 지속되어온 세월 속에 그 기원을 두고 있음을 설명하면서, 당시 유럽인들이 계급에 상관없이 국내의 경제적·사회적 불만을 개선할 수 있는 방법으로서 제시되는 제국주의적 팽창을 묵인했다는 사실도 다루고 있다. 당시 유럽 노동자의 상대적인 생활의 안정은 식민지 민중의 피와 땀에 기대고 있었다는 뜻이다. 1870년대 대공황을 거쳐 1880년대 대중적 노동운동과 사회주의 운동이 등장하면서부터 정부와 지배계급은 곤경에 빠지게 되었지만, 사회복지와 사회개혁을 추진하면서 식민지 정복을 통해 시장을 확대하고, 군사적 승리를 대중 상업문화를 활용하여 홍보하는 방식으로 정치적 안정을 추구했기 때문이다.[*]

데이비드 하비는 『신제국주의』에서, 미국의 이라크 침공이 하나의 사건인 이유로, 1960년대 이래 미국의 제국주의적 성격에 대해서는 신물이 날 정도로 많은 분석이 있었지만 '옅은 제국empire lite' 정도로만 취급되어 왔는데, '테러와의 전면전'이라는 명분을 통해 공식적 제국으로 전환했기 때문이라고 분석한다. 그동안 미국인들은 미국의 군대, 비밀공작원, 특수부대가 전 세계를 활보하고 다녀도 자신의 국가를 제국으로 인정하고 싶지 않았다고 한다. 그런데 9·11테러를 기점으로, 미국 정부가 세계에서 미국의 역할을 분명히 해야 한다며 노골적이고 일방적인 군사적 행동을 공식화하고, 미국 국민들이 정치적으로 받아들일 수 있는 분위기를 조성하여, 중동 지역에서의 미국의 개입을 점진적으로 확대할 수 있었다.[**] 자본주의 체제와 대의제 정치제도 하의 팽창과 군사적 행동에는 사실상 '대다수 국민들의 동의'가 동반된다는 뜻으로, 로스 테릴이 너무 단순하게 중

---

[*]   에릭 홉스봄 지음, 김동택 옮김, 『제국의 시대』, 한길사, 2004, 176-179쪽.
[**]   데이비드 하비, 최병두 옮김, 『신제국주의』, 한울, 2005, 17-39쪽.

국과 미국을 독재국가 vs 민주국가로 대비시켰음을 알 수 있다. 그런 점에서 스수메이가 홉스봄과 하비를 인용할 때, 어느 정도까지 각 학자들의 논점을 의식했는지 불분명한 것은 논란이 될 수 있다. 정치적 입장이 다르기 때문이 아니라 서구 이론의 '되감기'를 스스로 얼마나 실천했는지 검증받을 수 있기 때문이다.

다시 『*Visuality and Identity*』로 돌아가서, 스수메이는 로스 테릴의 저서에 관해 언급한 후, 프랑스 철학자 레기 드브레Régis Debray의 소설 내용을 설명하면서 제국주의 형성과 '크기'의 관계를 집중적으로 다룬다. 국제 권력 투쟁에서 그 규모가 커지면 커질수록 특정한 나라가 더 강대해 보이기 마련인데, 중국의 급부상이 이러한 규모의 이데올로기에 대한 두려움을 촉발시키고, 타이완처럼 작은 것에서 가치를 찾을 여지를 거의 남기지 않는다고 말이다. 타이완처럼 작은 나라들이 국제 정치에서 힘을 쓸 수 없다면, 그들의 문화는 무엇을 할 수 있는지 질문을 던지면서 말이다. 『반디아스포라』의 서두에서 왜 스수메이가 '광대한 영토'를 키워드로 하여 청과 현대 중국의 연속성을 언급하고, 중국 내 소수민족이 중국 식민제국의 지배를 받고 있다는 것으로 시작했는지 짐작할 수 있는 대목이라 하지 않을 수 없다. 불안정한 중국과 타이완의 관계 속에서 어떤 방면으로든 압도적인 '크기'를 과시하는 중국을 의식하지 않을 수 없는데, 타이완이 중국으로 통합될 경우 홍콩 또는 중국 내 소수민족의 현재가 타이완의 미래가 될 수 있다고 생각했기 때문이 아니겠는가. 상술한 학술적 근거들은 학문적 담론이야말로 정치적이어야 한다는 스수메이의 신념 하에서 인용되었음을 명심해야 할 것이다.

두 번째로 우리가 주의해야 할 점은, 중국은 스스로를 표상할 때 결코

'제국'이라는 용어를 사용하지 않는다는 사실이다. 중국은 중심부로서의 자기표상을 위해 전통적으로 '中國', '皇國', '天下'라는 표현을 사용해 왔다. 또한 동아시아의 주변 국가들도 주변자의 관점에서 칭제한 자가 갖는 중심성을 외교적 관례 상 인정하여 같은 표현을 사용해왔다.* 그렇다면 청제국과 같이 중국사를 '제국'의 역사로 분석하는 주체는 누구인가? 바로 구미 사학계이다.

서구학계가 사용하는 '제국'이라는 개념은 일단, 특정 집단이 다른 습속과 전통을 가진 집단을 점령하여 이를 강제적으로 지배한다는 데서 출발한다. 그래서 '제국'이라는 분석틀로 중국을 볼 경우, 중국사에서 영토가 확장될 때 주변 세력이 이에 대해 어떻게 대응했는지 살펴볼 수 있다는 장점이 있다. 왜냐하면 중국 중심적 자기표상의 시각인 '中國+四夷 또는 夷狄 = 天下'로 볼 경우, 이민족을 포함하는 천하를 당연히 천자가 통치해야 한다는 논리로 귀결되어 중국과 이민족이 길항하는 현실을 외면하게 되기 때문이다. 그러므로 전통적인 천하 관념에서는 중심의 주변에 대한 군사적 점령과 강압적 지배라는 측면이 사라지고, 이민족과의 복잡한 관계 양상이 묻히게 된다. '중국'의 국경 안팎에 존재하는 이민족이 중국의 팽창에 어떻게 대응했는지, 또 중국은 그러한 저항에 다시 어떻게 반응했는지 전혀 알 수가 없다. 한국학계에서도 소위 '천하질서' 속에서 주변의 여러 이민족이 중심인 중국과 어떻게 관계를 맺어왔는지, 그 다양한 층위를 밝혀내기 위해 구미학계의 '제국' 개념을 활용하고 있다. 즉 '제국' 개념이 로마를 분석할 때 사용하던 관습적 틀을 편의적으로 중국에 적용

---

* 이삼성, 『제국』, 소화, 2014, 82-84쪽.

한 감이 없지 않다 하더라도, 최소한 주변 세력과의 관계를 논할 때만큼은 유용한 분석틀이 될 수 있다.*

스수메이가 많이 기대고 있는 미국학계의 신청사 연구도 이러한 경향을 가지고 있다. 1990년대 말부터 등장하기 시작한 신청사 연구는 청조의 통치 집단인 만주족과 중원문화와의 관계 및 다른 비한족 집단과의 관계에 주목하여, 오랫동안 통용되어 온 '한화漢化', 즉 중국을 정복한 외래 집단과 중국의 이웃들이 중국의 방식과 문화를 자발적으로 수용해왔다는 관점을 수정하게 한 의의가 있다. 특히 만주족의 내륙 아시아 진출을 기점으로 비한족집단과 그들의 독자성에 대해 관심의 폭을 넓혀가면서, 한문 기록에만 의존하지 않고 만주어·몽골어 자료도 확인하는 분위기를 형성했다. 근대 이전 아시아의 국제질서를 중국 중심적인 '조공체제'로 설명한 페어뱅크식의 관점과 다르게 볼 수 있는 토대를 마련했다고 평가할 수 있다.**

그럼에도 불구하고, 스수메이의 관점을 그대로 수용하기만 하면 우리가 놓치게 되는 사실이 있다. 18세기 이래의 제국주의를 연상시키는 '제국'은 2차 세계대전 이후 냉전 시기에도 불의한 지배와 폭력의 표상으로서 부정적인 개념이었다. 그래서 적대 진영의 국가를 '제국'이라는 용어를 사용하며 상대편을 부정적으로 규정하는 풍토가 만연했다. 항간에 알려진 것처럼, 근대를 경험하면서 겪은 반半식민 상황과 1960년대 '비동맹운

---

* 김병준, 「진한제국을 바라보는 두 시각: 『케임브리지 중국사1권: 진한제국』을 읽고」, 『구미학계의 주국사 인식과 한국사 서술 연구』, 동북아역사재단, 2021, 50-54쪽.

** 김선민, 「'신청사'의 등장과 분기: 미국의 청대사 연구동향」, 『내일을 여는 역사』(445), 2011.12.

동'의 일원(「부록 2」)으로서 반제민족해방운동에 동참한 이력이 있는 중국만 '제국'에 대한 부정적 이미지를 가지고 있었던 것은 아니라는 뜻이다. 그렇다면 '제국'에 긍정적 이미지라는 것이 있을 수 있는가? 그렇다. 제국 개념의 전복은 1980년대 후반 '초대받은 제국론empire as invitation'을 주장한 미국에서 시작되었다.

1990년 소련의 체제 포기 선언과 세계화 시대가 도래하기 직전, 미국 군사 역사학계의 존 루이스 개디스John Lewis Gaddis가 ① 제국이 방어적인 목적에서 발전할 수도 있으며, ② 제국은 안보를 추구하는 나라들에 의해 초대받아 형성될 수도 있다는 논의를 전개했다. 제국은 기본적으로 광역성과 팽창성을 내포하는 질서 표상 개념인데, 때마침 공산권의 붕괴 및 세계화와 함께 강력해진 신자유주의neoliberalism 사조가 정치·경제적 차원에서 제국 담론이 부상하는 풍토를 형성했기 때문이다. 신자유주의 이론은 국가와 시장을 대립시키고, 기업과 국가를 대립시켰으며, 국내 경제와 대외 무역에서 국가의 역할과 개입을 최소화하고, 시장의 역할을 극대화했다. 이제 '제국'은 초국주의가 지배하는 지적 풍토에서 주로 억압과 폭력의 주체로 인식된 국가와 달리, 포용과 관용의 질서를 표상하는 것으로 제시되기 시작했다. 이런 시기에 미국이 제국으로서 세계 다른 나라들의 초대를 받을 수 있는 이유는, 미국 내부의 질서가 가진 성격, 즉 관용 때문에 가능하다는 논리였다. 이러한 '신 제국론'은 냉전 말기부터 종종 언급된, 미국이 세계에 대해 갖는 책임과 역할의 당위성과 맞물려 긍정적인 의미를 형성했다.*

---

* 이삼성, 『제국』, 소화, 2014, 411-412쪽.

관용의 표상으로서 구축된 미국발 '신 제국' 개념은, 이후 세계 지식인 사회의 좌우 양측에서 경쟁적으로 분화·확산되었다. 미국의 신보수파 지식인들은 미국에 의한 단극체제, 미국에 의한 전지구적 지배가 정당함을 설파했고, 2000년을 전후한 시기 미국의 우파는 21세기 세계질서에서 미국의 '제국적 의무imperial obligations'를 말하기 주저하지 않았다. 두 명의 부시 대통령 재임 기간에 발발한 '걸프 전쟁'과 '이라크 전쟁'을 떠올린다면, 미국이 도덕적으로 복권시킨 새로운 제국 관념이 국제사회에 어떤 영향을 끼쳤는지 충분히 유추할 수 있을 것이다.

한편 서구 좌파 지식계의 대표로 언급되는 안토니오 네그리와 마이클 하트 또한 이러한 제국 개념의 전환을 비판하기보다 탈근대적으로 진화한 형태라고 하면서 제국 담론에 동참했다. 그들은 제국이 세계를 지배하는 힘을 가리키는 것은 맞지만, 반드시 착취적 지배를 지칭하는 어둠의 용어가 아니라고 본다. 혹 착취를 내포한다 하더라도 그것은 역사상 진보된 형태의 세련된 착취제제라면서 말이다. 비록 민주적 자본주의 세계체제의 탈중심성을 설파하기는 했지만, 결국 미국을 그 주도적 배경으로 본 것 또한 사실이다. 일본의 가라타니 고진의 경우, 새로운 제국의 원리 구성에서 미국이 차지하는 중심적 역할을 부정하고 미국의 자격 미달을 지적하기는 했지만, 마찬가지로 제국을 폭력과 지배가 아닌 문명, 질서, 관용으로 정의하면서 제국 개념의 지위를 고양했다. 요컨대 서구와 일본의 지식인들이 좌·우파를 막론하고 제국의 도덕적 복권을 통해 현재와 미래의 세계질서를 표상하는 데 열심이었다고 할 수 있다.*

---

* 　이삼성, 『제국』, 소화, 2014, 413-431쪽.

냉전 종식 후 진행된 이러한 새로운 세계질서의 구축과 담론의 추세 속에서 중국 또한 자신의 존재를 국제사회에 각인시키는 데 열심이었다. 서구 지성계가 자신을 중심에 놓고 그들이 구축한 담론의 방식으로 향후 세계질서를 논하고 있으니, 20세기 초와 같이 세계질서에서 소외되거나 주도권을 뺏기지 않으려면, 중국 또한 발언 공간을 확보해야 했을 것이다. 서구 지성계의 성과를 적극 수용함으로써 중국을 새롭게 발견하기도 했지만, 중국학계가 서구의 신 제국 담론을 자연스럽게 원용하여 티베트 문제를 간접적으로 정당화한 것은 아이러니하다고 하지 않을 수 없다. 왕후이는 중국과 티베트 간의 갈등에 대해, 서구의 '민족국가' 잣대를 비판하고, '다민족 일국가'의 논리를 전개하기 위해 '제국' 개념을 동원한 바 있다.* 왕후이 관점의 옳고 그름을 떠나서, 그가 중국의 티베트 지배의 정당성을 미국에서 도덕적으로 복권한 '제국' 개념에 기대어 전개할 수 있었던 담론의 유통 자체가 흥미롭지 않을 수 없다. 현재 중국은 자오팅양趙汀陽의 예에서 보듯이, 또 다른 과거형인 '천하' 개념을 재가공하여 중국을 중심에 위치시킨 미래의 세계질서를 표상하는 데 앞장서고 있다. 스수메이가 여러 차례 해명했음에도 불구하고 그녀의 이론이 여전히 반反중국을 향하고 있다는 인상은 남기는 것은,** 이처럼 미국과 중국 간의 복잡한 헤게모니 양상을 다방향으로 치밀하게 다루지 않은 것과 무관하지 않다.

---

* 이삼성, 「제국과 천하 담론의 개념사적 맥락」, 『고려대 중국학연구소 추계학술대회』 2018년 11월 3일 참고. 왕후이 지음, 송인재 옮김, 「제3장 동양과 서양, 그 사이의 '티베트 문제': 오리엔탈리즘, 민족의 지역자치, 그리고 존엄의 정치」, 『아시아는 세계다』, 글항아리, 2011, 145-272쪽.

** 趙剛, 「【第162期】西奴風與落花生: 評史書美的「華語語系」概念(網路完整版)」, 『兩岸犇報』, 2017.11.9.

2. sinophone의 재번역어 '화어계'가 야기하는 문제

스수메이가 sinophone 개념을 구상하게 된 계기는, 미국인들이 항상 Chinese를 (현재 국가로 존재하고 있는) '중국'으로 이해하여 Chinese Literature(중국문학)와 Literature in Chinese(중국어로 쓴 문학)를 같은 것으로 오해했기 때문이다. 그래서 anglophone, francophone 등에서 착안하여 sinophone literature로 후자를 새롭게 명명하여, 베이징 관화(표준 중국어)에 기반한 中文 또는 華文이 내포하고 있는 중국 중심적 패권과 Chinese Literature가 설정하는 하나의 중심에 반대할 대체 용어로 삼은 것이다. 새롭게 명명된 이 용어와 관점을 통해 언어의 형성과 소멸 과정을 관찰하는 한편, 고전적인 중화제국을 증명하려고도 현재 형성 중인 중화제국을 증명하려고도 하지 않기 위해서 말이다.

우리가 생각해볼 점은, 그녀가 주장하는 화어계라는 개념이 "끝까지 국가, 민족과 함께 묶이지 않고, 사라지는 과정에 있는 일종의 언어 신분일 뿐"이며, "(화인) 세대가 바뀜에 따라 현지 언어로 소통하는 현지화에 관심을 가지게 되면, '화어계'도 결국 존재 이유가 사라질 것"이라고 하는 대목이다. 그녀가 화어계라는 용어를 통해 '현지성'을 강조하는 것은 뿌리로서의 (국가) 중국에 포섭당하지 않고 (한족 중심적) 민족 동일성에 저항하기 위해서 꼭 필요한 요소이기 때문인데, 그렇다면 그녀가 주장하는 '현지화'라는 것은 세계 각지의 화인이 정착한 nation-state에 '동화'되는 것과 어떻게 다른 것일까? 사실 이 문제는 『반디아스포라』보다 『Visuality and Identity』에서 다룬 류훙劉虹의 사례를 참고하면 이해하기 쉽다.

스수메이는 1980-90년대 후기 류훙의 작품을 분석하면서 류훙이 페미니즘으로 중국의 부권체제에 대항하고, 자유주의로 마오쩌둥의 국가체제에 대항하는 동시에 페미니즘적 입장에서 마오주의 통치하의 중국이 성평등이라는 미명하에 여성의 성별 특징을 억압하는 정책을 펼쳤음을 비판했다고 본다. 또한 미국에서 소수민족의 처지에 있는 자신의 입장에서 미국 사회의 인종차별과 중국인에 대한 스테레오타입에 대항하면서, 서구의 응시 즉, 서구인의 오리엔탈리즘을 희화화하여 보여주는 방식으로 비판했다고 평가했다.[*] 즉 스수메이가 말하는 '현지화'는, "아프리카 프랑스어권 국가들에서 식민지배자의 언어를 다른 정도로 유지 또는 폐지하면서 동시에 자기 언어의 미래를 모색하고 있는 것"(「제1장」)에 가깝다고 할 수 있다. 정리해 보면, 이주민의 복잡한 경험으로 인한 '다중 주체'가 창작자로서 각각 다른 권력 기제를 마주할 때 작동하는 방식이 저항으로 표출될 수도 공모의 모습으로 표출될 수도 있는 애매함을 가지고 있다는 말이다.[**]

문제는, 이 경우, 「도론」과 「제2장」에서 sinophone 개념이 포스트콜로니얼 담론과 다른 점을 설명하기 위해 부여한 '이주정착식민'이라는 역사 해석과 어긋나게 되는 것은 아닐까? 왜냐하면 '화교'에서 '화인'으로 명명되어온 역사적 과정이 바로 스수메이가 목표로 하는 'against diaspora' 그 자체라고 하는 황진수黃錦樹의 주장[***]에 힘을 실어주기 때문이다. 마찬가

---

[*]   Shu-mei Shih, Chapter 2. A Feminist Transnationality, *Visuality and Identity*.

[**] 스수메이가 제3세계 예술을 '민족적 알레고리'의 틀로 바라보는 서구 비평계의 풍토를 비판하고 『*Visuality and Identity*』에서 화인 예술가들의 시각예술을 통해 증명하고 싶었던 것은, (서구) 소비문화패턴으로서의 이국적 정취를 이용하면서 동시에 국가 또는 민족이데올로기에서도 미끄러져 나가는 이러한 '애매함'과 '모호함'이었다.(賴佩暄, 「書文評介『視覺與認同: 跨太平洋華語語系表述 · 呈現』」, 『臺大東亞文化研究』第2期, 2014.6)

[***] 黃錦樹, 「這樣的'華語語系'論可以休矣!—史書美的'反離散'到底在反甚麼?」, 2018.1.2.

지로, 1970년대부터 시작된 '타이완 정체성'에 대한 논의가 1998년 무렵, 굴곡진 근현대사를 겪으며 뒤얽히게 된 다양한 에스닉들의 역사와 정체성을 '신타이완新台灣人'으로 명명하는 것으로 수렴되었는데, 이 과정 또한 'against diaspora'라고 할 수 있다.

　말레이시아 출신 화인작가이자 학자로서 타이완에서 활동하고 있는 황진수는, 영국인·프랑스인이 인도와 아프리카 등지를 떠나 영국·프랑스로 돌아가듯, 본인의 조상이 떠나온 곳으로 돌아가지 않고 계속 말레이시아에 정착하고 있다는 이유로 '이주정착 식민지배자'라는 레테르를 부여받게 되는 것이 황당하다고 반응했다. 이미 '현지화'한 말레이시아 화인들의 뿌리를 새삼 추적하고 들춰내는 그녀의 모양새는, 마치 나치가 오래전 유럽 현지화된 유태인들의 인종적 뿌리를 새삼 추적하여 '다윗별'을 붙이는 것과 무엇이 다른가 하고 말이다. 그녀의 이런 행위야말로 중국 중심적이며 패권적이지 않는가 반문하면서 말이다.* 자오캉趙剛의 말대로, 차라리 스수메이가 서구 학계의 인정을 받은 화인 이론가로서 한자권에서 '화어계'와 '반디아스포라 담론'을 설파하기보다, 미국 또는 북미 지역의 그쪽 nation-state에서 다문화적·다국어적 요소가 불가결한 것임을 글쓰기를 통해 지속적으로 실천하는 모습을 보여줬다면,** 다양한 입장에 있는 학계의 반응도 지금과는 다르지 않았을까?

　『반디아스포라』에는 2011년, 2013년 스수메이의 영문 저술에는 없는 각주가 추가되어 있다.(「도론」 미주 4번) 스수메이의 설명에 따르면, 그녀

---

* 黃錦樹, 「這樣的'華語語系'論可以休矣!—史書美的'反離散'到底在反甚麼?」, 2018.1.2.

** 趙剛, 「【第162期】西奴風與落花生: 評史書美的「華語語系」概念(網路完整版)」, 『兩岸犇報』, 2017.11.9.

역자 해제 Ⅱ　447

가 sinophone을 한자로 표기할 때 '華語語系'로 옮기면 좋겠다고 생각한 것은 2004년 무렵부터였다. 中文(중국어)의 다언어성·다발음성·다문자성을 담을 수 있는 '-어계family of language' 개념을 통해, 중국어는 하나가 아니라 여러 개의 언어·소리·글자로 구성되므로, 서로 다른 언어를 사용하는 사람들을 대륙의 표준 중국어를 기준으로 위계화하거나 동화시키거나 할 수 없음을 강조하기 위해서 말이다. 하지만 스수메이가 anglophone, francophone의 반식민적 특징·이중언어 체제·지역성·혼종성·다원문화 속성과 직접적으로 유사한 개념인 sinophone을 중국어로 표기할 때 음역하지 않고 '華語語系'로 번역함으로써 논란을 자초한 감이 있다.

왕더웨이와 스징위안이 함께 편찬한 『Global Chinese Literature: Critical Essays』(Brill Academic Pub, 2010)에서 Eric Hayot의 경우, '사이니펑賽呢風'이라 음역 표기한 선례도 있는데 말이다. 中文, 中國語, 華文, 漢語 등 스수메이가 '원죄'를 부여한 中, 漢, 華 중 하나인 '華'라는 글자를 스수메이는 왜 삭제하지 않았을까? 왕더웨이가 sinophone을 중국어로 표기한다면 차라리 '華夷風'이 낫지 않겠냐고 한 데서 출발해 보자.

근대 이전 동아시아 지역을 유럽·아프리카·중동·동남아시아·라틴 아메리카 지역과 다른 국제질서와 문명을 공유해온 하나의 '세계'로 인정할 수 있다면, 아무리 '華'라는 에스닉그룹이 수천 년간 이웃해온 다양한 에스닉그룹과의 관계에서 한자·유학·율령 제도를 전파해온 상위 문명으로 자부한다 하더라도, 그들이 '夷'라고 명명하는 존재가 없다면 자신들의 에스닉 정체성 자체가 성립할 수 없다. '나'의 정체성 또는 나의 우월을 인식하려면 반드시 '타자'가 상정되어 있어야 한다는 뜻이다. 즉 중국華과 이민족夷의 우열에 앞서 명심해야 할 것은 화·이가 항상 서로 관계하는 개념이라는 사실이다. 왕더웨이가 '華夷風' 표기를 제안했을 때 그가 강조하고자 한 점은, 중국이 역사적으로나 현대 정치적으로나 '夷'의 존재를 과소평가하지만, 수천 년의 역사를 잘 살펴보면 한족과 다른 에스닉의 각종 교섭 현상을, 심지어 다른 에스닉이 (중화)제국을 이끌기도 하면서 한족의 정체성도 형성되었음을 부정할 수 없다는 사실(「화와 이의 전변」, 421쪽)이었다. 그러므로 왕더웨이는 '화이풍' 문학에 중국 중심주의가 개입하는 것을 경계하며 자주성을 확보하면서도, 동시에 중국성에의 관심을 유지하려는 입장임을 알 수 있다. 물론 화이풍 용어에는, '조공책봉', '천하질서'와 같은 하나의 현상을 두고 각자의 입장차에 따라 팽팽하게 대립하는 두 개 이상의 해석이 있을 시, 어떻게 합의점을 찾아갈 것인가 하는 문제가 남아 있지만 말이다.

마찬가지로 스수메이가 반복적으로 제시했듯 '화어계'가 중국 밖의 화어문화와 에스닉그룹 및 중국 내의 소수민족 에스닉그룹만 포함하는 개념이라 하더라도, 화어계와 짝을 이루는 중국문학·문화, 중문, 화문, 표준중국어는 화어계의 '타자'로서 이미 주어져 있다는 논리가 성립된다. 말레이시아 화인들의 국가·정치 정체성은 말레이시아에 가깝지만, 문화정체성은 중화문화—현존하는 국가, 중국을 지칭할 때는 '중국문화'라고 구분하여 표현한다—에 가까운 복합 정체성을 가지고 있는데, 스수메이에 앞서 2차 세계대전 시기에 이미 '馬華語系'라는 용어를 사용하여 이주 정착한 말레이시아라는 '현지 공간'에서 생산된 작품을 지칭한 적 있음*을 고려하면, 아무리 '국가로서의 중국'과 관계하지 않는다(「제1장」) 하더라

---

* 朱崇科, 「爲反而反的悖謬」, 『華人硏究國際學報』 제11권제2기, 2019.12, 85쪽.

도, 논리적으로 그것의 타자인 '華'는 항상 짝을 이루고 있다. 여기에 말레이시아 국가·문화와의 관계가 더 추가될 수 있는 것이고, 그래야지만 sinophone의 다향방 비평의 가능성을 증명할 수 있다. 황진수의 말대로 '목욕물을 버리는데 아이까지 쏟아버릴 필요'는 없지 않을까?

물론 스수메이가 sinophone을 '화어계'로 재번역한 것은, 자오캉과 황진수의 지적처럼, 그녀가 자기 논리의 허점을 알고서도 (사실상 미국의) 정치적 입장을 그대로 드러내면서, 중국 내 소수민족 및 타이완의 원주민을 자기 이론의 입론을 위해 끌어들인 것은 아니었을 것이다.* 하지만 『반디아스포라』 한글판에서 원저자 본인이 남긴 논란의 흔적인 '화어계'를 굳이 시노폰으로 음역해야 한다고도 생각하지 않는다. 독자들도 '화어계'라는 단어와 함께 스수메이가 방법론을 구축할 때 가져온 근거들의 타당성과 전체적 논리 전개 방식 및 이론 성립의 가능성을 보여주는 사례 분석 등을 곰곰이 따져보길 권해 드린다.

---

* 자오캉은 스수메이가 주장하는 반디아스포라, 즉 한족 중심적·중국 중심적 호명에 반대한다는 논리를 위와 같이 생각해보면 오히려 중국에 대한 강한 애착을 표현하는 것이 아니냐고 반문한다. 어떤 대상을 사랑해본 적 없는 사람은, 그 대상에 대한 미움도 가질 수 없듯이 말이다. 나아가 이론을 창안했다고 하는 사람의 논리가 이렇게 허술하다면, 그녀의 sinophone은 '시누펑西奴風' 즉, '서양 노예가 일으킨 바람'에 불과하다고 본다. 황진수는 스수메이가 '華語語系'라는 표기가 허점이 있음을 몰랐을 리 없다고 보고, 중국의 '피해자 정서'를 비판하면서 그들을 '가해자(식민주의자)'로 설정한 후, 비어있는 '피해자' 자리에 중국의 소수민족과 타이완 원주민을 끌어넣어 영리하게 자신의 담론에 도덕적 효과, 정치적 올바름을 입혔다고 비판한다. 현재 타이완에서 각광받고 있는 sinophone 담론의 대표주자는 왕더웨이가 아니라 스수메이인데, 『反離散』이 출판된 다음해(2018년)에 그녀는 모교인 타이완스판대학의 '학교를 빛낸 동문'으로 선정되었다. 후배 교수들과의 대담에서 그녀는 자신의 '화어계' 개념이 '선택적', '전략적', '정치적'이라고 명시한 바 있다.(「從華語語系研究到世界研究: 史書美訪談」, 『中外文學』(48)2, 2019.6, 229쪽) 물론 그 '정치'에서 스수메이 자신은 소수자 편에 서 있다고 생각한다.

스수메이가 '반디아스포라'라고 내세운 표제어의 의미는, 한족 중심적 중국 정체성과 (국가) 중국이 주도하는 민족주의 이데올로기(=디아스포라)에 대한 저항이라고 정리할 수 있다. 이 저항은 중국이 정한 표준으로부터 다소 비껴나 있는 비주류적·이질적인, 그리고 중국이라는 식민제국의 지배를 받고 있는 화어계를 기반으로 한다.

하지만 제4장-제6장의 구체적인 텍스트 분석 예시에도 불구하고 여전히 남은 문제는 있다고 생각한다. 중국은 자신들의 문명이 고대부터 순수성을 강조하기보다 (비록 우열화하기는 했지만) 이질적 요소를 '한화'하는 방식으로 발전해왔음을 강조한다. 최근 대륙 학계에서는 서구 주도적 세계질서의 한계, 각 방면에서의 서구중심주의에 대한 대안으로서 문명론에 집중하여, 중국 문명의 기원을 한쪽으로 정하지 않고 역사 발전에 따라 '각종 요소들이 얽힌 형세'를 강조하고 있는데, 이러한 다원 복수적인 문명기원을 통해 최종적으로는 '여럿이 바로 하나'라는 결론에 수렴하도록 하는 위험성을 보이고 있다. 중국의 논리에 따르면, 화어계의 이질적인 요소, 혼종성은 중화문명에 쉽게 포섭될 것이고, 비주류적 요소는 언제나 그랬듯 중화제국의 넓은 아량에 용인될 수 있다. 서구 정전문학의 판을 키우는 데 일조한 사이드식의 오류를 화어계는 어떻게 피해갈 것인가?

이후 저자의 후속 작업을 좀 더 지켜볼 필요가 있을 것이다.

2023년 1월
고운선

지은이 **스수메이** 史書美, Shu-Mei, Shih, 1961~

한국에서 출생, 타이완 사범대학을 나와 미국에서 석·박사 학위를 취득한 뒤 현재 미국 UCLA에 재직 중인 타이완계 미국학자이다. 『모던의 유혹: 반半식민 중국의 모더니즘에 관하여The Lure of the Modern: Writing Modernism in Semicolonial China, 1917-1937』로 박사학위를 취득했다. 저자는 이후 화어계Sinophone라는 개념을 내세워 기존의 중국현대문학 패러다임의 변화를 시도했다. 저서로는 한국에 소개된 『시각과 정체성: 태평양을 넘어서는 화어계 언술』을 비롯하여, 공동편찬한 *Comparatizing Taiwan, The Creolization of Theory*, 『知識台灣: 台灣理論的可能性』 등이 있으며, 최근 『跨界理論』을 발표했다.

옮긴이 **고운선**

부산대학교 한문학과에서 학사를, 중어중문학과에서 석사학위를 취득한 후, 고려대학교 중어중문학과에서 「저우줘런 산문에 나타난 문학담론 연구」로 박사학위를 취득했다. 한동안 20세기 초반 동·서양 지식 교류의 역사 및 세계사적 지식 담론의 보급과 유통에 관심을 가지고 5·4신문학을 연구했으며, 문학작품 번역을 계기로 현재 타이완문학과 동남아시아 화문문학에 관심을 두고 있다. 역서로 『원향인原鄉人』, 『혼수로 받은 수레嫁粧一牛車』, 『물고기 뼈魚骸』(공역), 『타이완신문학사』(공역)가 있으며, 공저로는 『길 없는 길에서 꾸는 꿈』, 『부산미각』이 있다.

성옥례

부산대학교 중어중문학과에서 학사·석사학위를 취득한 후, 고려대학교 중어중문학과에서 「루쉰의 모순의식과 갈등 서사」로 박사학위를 취득했으며, 현재 한림대학교에 출강 중이다. 『무중풍경: 중국영화문화 1978-1998』, 『타이완의 근대문학』, 『타이완신문학사』를 공역했으며, 공저로는 『부산미각』이 있다.

한국연구재단 학술명저번역총서
동양편 282

반反디아스포라: 화어계 연구론
反離散: 華語語系硏究論

초판 1쇄 인쇄 2024년 6월 10일
초판 1쇄 발행 2024년 6월 25일

지 은 이   스수메이(史書美)
옮 긴 이   고운선 성옥례
펴 낸 이   이대현

편   집   이태곤 권분옥 임애정 강윤경
디 자 인   안혜진 최선주 이경진
기획/마케팅 박태훈 한주영

펴 낸 곳   도서출판 역락
주   소   서울시 서초구 동광로46길 6-6 문창빌딩 2층(우06589)
전   화   02-3409-2055(대표), 2058(영업), 2060(편집) FAX 02-3409-2059
이 메 일   youkrack@hanmail.net
홈페이지   www.youkrackbooks.com
등   록   1999년 4월 19일 제303-2002-000014호

ISBN 979-11-6742-841-7 94820
ISBN 979-11-6742-443-3 94080(세트)

*정가는 뒤표지에 있습니다.
*잘못된 책은 바꿔 드립니다.

이 저서는 2020년 대한민국 교육부와 한국연구재단의 지원을 받아 수행된 연구임 (NRF-2020S1A5A7085292)